ET

Dello stesso autore nel catalogo Einaudi

I Mandarini
L'età forte
La forza delle cose
Una morte dolcissima
Le belle immagini
Una donna spezzata
La terza età
A conti fatti
Lo spirituale un tempo
Quando tutte le donne del mondo...
La cerimonia degli addii seguita da Conversazioni con Jean-Paul Sartre

Simone de Beauvoir
Memorie d'una ragazza perbene

Traduzione di Bruno Fonzi

Einaudi

Titolo originale *Mémoires d'une jeune fille rangée*
© Éditions Gallimard, Paris

Per la traduzione © 1960 e 1994 Giulio Einaudi editore s.p.a., Torino

Prima edizione «Supercoralli» 1960

ISBN 88-06-17499-1

Memorie d'una ragazza perbene

Parte prima

Sono nata il 9 gennaio 1908, alle quattro del mattino, in una stanza dai mobili laccati in bianco che dava sul boulevard Raspail. Nelle foto di famiglia fatte l'estate successiva si vedono alcune giovani signore con lunghe gonne e cappelli impennacchiati di piume di struzzo, e dei signori in panama, che sorridono a un neonato: sono io. Mio padre aveva trent'anni, mia madre ventuno, e io ero la loro primogenita. Volto una pagina dell'album; la mamma tiene in braccio un neonato che non sono io; io porto una gonna pieghettata e un berretto, ho due anni e mezzo, e mia sorella è appena nata. A quanto pare, io ne fui gelosa, ma per poco. Per quanto lontano riesco a spingere la memoria, ero fiera d'essere la piú grande: la primogenita. Mascherata da Cappuccetto rosso, con la focaccia e il burro nel panierino, mi sentivo piú interessante d'una lattante chiusa nella sua culla. Io avevo una sorellina, ma lei non aveva me.

Dei miei primi anni non ritrovo che un'impressione confusa: qualcosa di rosso, e di nero, e di caldo. L'appartamento era rosso, rossa la mochetta, la sala da pranzo Enrico II, il broccato che mascherava le porte a vetri, e le tende di velluto nello studio di papà; i mobili di quella stanza sacra erano in pero scurito; io m'accovacciavo entro la nicchia sotto la scrivania, e mi avvoltolavo nelle tenebre, era scuro, era caldo, e il rosso della mochetta mi feriva gli occhi. È cosí che passai la mia primissima infanzia. Guardavo, palpavo, apprendevo il mondo, al riparo.

La sicurezza quotidiana la dovetti a Louise. Era lei che mi vestiva, al mattino, mi spogliava la sera, e dormiva con me, nella stessa stanza. Giovane, senza bellezza, senza mistero, poiché ella non esisteva – o almeno cosí credevo – che per vegliare su mia sorella e su me, non alzava mai la voce, non mi rimproverava mai senza ragione. Il suo sguardo tranquillo mi proteggeva mentre facevo le formine con la sabbia al Lussemburgo, mentre cullavo la mia bambola Biondina, scesa dal cielo una notte di Natale con la valigia contenente il suo corredo. Verso sera, Louise si sedeva accanto a me, mi mostrava delle figure e mi raccontava delle storie. La sua presenza m'era necessaria e mi pareva naturale quanto la terra su cui posavo i piedi.

Mia madre, piú lontana e piú capricciosa, m'ispirava sentimenti amorosi; m'installavo sulle sue ginocchia, nella profumata dolcezza delle sue braccia, coprivo di baci la sua pelle di giovane donna; a volte, la notte, appariva accanto al mio letto, bella come un'immagine, nel suo spumeggiante abito a fogliami, ornato con un fiore color malva, o nel luccicante vestito di pagliette nere. Quando era arrabbiata mi faceva gli « occhiacci »; avevo un gran timore di quel lampo burrascoso che le imbruttiva il volto; avevo bisogno del suo sorriso.

Quanto a mio padre, lo vedevo poco. Usciva tutte le mattine per andare al « Palais », portando sotto il braccio una cartella piena di cose intoccabili che si chiamavano *dossiers*. Non aveva barba né baffi, i suoi occhi erano azzurri e allegri. Quando rientrava, la sera, portava alla mamma delle violette di Parma, si baciavano e ridevano. Papà rideva anche con me; mi faceva cantare *C'è un'auto grigia...* o *Aveva una gamba di legno*; mi sbalordiva cogliendo sulla punta del mio naso una moneta da cinque franchi. Mi divertiva, ed ero contenta quando s'occupava di me; ma nella mia vita non aveva una parte ben definita.

La principale funzione di Louise e della mamma era quella di nutrirmi, compito non sempre facile. Attraverso la bocca il mondo entrava in me piú intimamente che non attraverso gli occhi o le mani. Non lo accettavo in blocco. La scipitezza delle creme di grano tenero, i brodi d'avena, i pangrattati, mi strappavano le lacrime; l'untuosità dei grassi, il mistero vischioso delle conchiglie mi rivoltavano; singhiozzi, gridi, vomiti, le mie repulsioni erano cosí ostinate che rinunciarono a combatterle. In compenso, approfittavo con passione del privilegio dell'infanzia, per la quale la bellezza, il lusso, la felicità, sono cose che si mangiano; davanti alle confetterie di rue Vavin restavo pietrificata, affascinata dallo splendore della frutta candita, dal cangiante dei marzapani, dalla screziata fioritura dei bonbons; verde, rosso, arancione, viola: agognavo i colori non meno dei piaceri che promettevano. Avevo spesso l'occasione di tramutare l'ammirazione in godimento. La mamma pestava delle mandorle tostate in un mortaio, mescolava quella poltiglia granulosa con crema gialla; il rosa dei bonbons digradava in sfumature squisite: affondavo il mio cucchiaio in un tramonto. Le sere in cui i miei genitori ricevevano, gli specchi del salotto moltiplicavano i fuochi d'un lampadario di cristallo. La mamma sedeva al piano a coda, una signora vestita di tulle suonava il violino, e un cugino il violoncello. Io facevo crocchiare tra i denti il guscio d'un finto frutto, una palla di luce scoppiava contro il mio palato con un sapore di ratafià o d'ananas: possedevo tutti i colori e tutte le fiamme, le sciarpe di velo, i brillanti, i merletti, possedevo tutta la festa. I paradisi dove scorrono il latte e il miele non m'hanno mai attirato, ma invidiavo alla Fata Tartina la sua camera da letto in marzapane: se quest'universo che abitiamo fosse tutto commestibile, che presa avremmo su di esso! Adulta, avrei voluto pascolare nei mandorli in fiore, mordere nelle mandorle tostate del tramonto. Contro il cielo di New York, le insegne al neon mi parvero giganteschi dolciumi, suscitandomi un senso di frustrazione.

Mangiare non era soltanto un'esplorazione e una conquista, ma il piú serio dei miei doveri. – Un cucchiaio per la mamma, uno per la nonna... Se non mangi non diventerai mai grande –. Mi facevano mettere con le spalle al muro dell'ingresso, tracciavano un segno all'altezza della mia testa, che veniva confrontato con un segno precedente: ero cresciuta di due o tre centimetri, si congratulavano con me, e io mi davo delle arie; a volte, tuttavia, mi spaventavo. Il sole accarezzava il parquet lucido e i mobili laccati in bianco. Guardavo la poltrona della mamma e pensavo: « Non potrò piú sedermi sulle sue ginocchia ». D'improvviso, l'avvenire esisteva; mi avrebbe cambiata in un'altra che avrebbe detto io e non sarebbe piú stata me.

Ho presentito tutti i divezzamenti, i rinnegamenti, gli abbandoni e la successione delle mie morti. – Un cucchiaio per il nonno... – Mangiavo, tuttavia, ed ero fiera di diventar grande; non m'auguravo di restare per sempre una bambinetta. Devo aver vissuto questo conflitto davvero intensamente, per ricordarmi cosí bene, anche nei particolari, l'album in cui Louise mi leggeva la storia di Carlotta. Una mattina Carlotta trovava su una sedia accanto al suo letto un uovo di zucchero rosa, grande quasi come lei: anch'io ne ero affascinata. Era un ventre, una culla, eppure lo si poteva sgranocchiare. Rifiutando ogni altro cibo, Carlotta diventava di giorno in giorno sempre piú piccola, piccolissima: per poco non annegava in una pentola, la cuoca la gettava per disattenzione nella pattumiera, un topo se la portava via. Veniva salvata: terrorizzata, pentita, Carlotta si rimpinzava con tanta avidità che si gonfiava come una vescica: la madre la portava da un medico, un pallone mostruoso. Contemplavo con saggia appetenza la dieta prescritta dal dottore, che le immagini illustravano: una tazza di cioccolato, un uovo alla coque, una cotoletta dorata. Carlotta riacquistava le sue dimensioni normali, e io emergevo sana e salva dall'avventura che prima m'aveva ridotta a un feto e poi tramutata in una matrona.

Continuavo a crescere e sentivo d'esser condannata all'esilio: cercavo rifugio nella mia immagine. Al mattino, Louise arrotolava i miei capelli attorno a un bastoncino e guardavo con soddisfazione nello specchio il mio viso incorniciato di riccioli; mi avevano detto che le brune con gli occhi azzurri non sono comuni, e già avevo imparato ad apprezzare le cose rare. Mi piacevo e cercavo di piacere. Gli amici dei miei genitori incoraggiavano la mia vanità: mi lusingavano, mi adulavano. Io m'accarezzavo contro le pellicce e le vesti di seta delle donne; rispettavo di piú gli uomini, coi loro baffi, il loro odore di tabacco, le loro voci gravi, le braccia che mi sollevavano da terra. Ci tenevo particolarmente a interessarli. Scodinzolavo, mi agitavo, aspettando la parola che mi avrebbe strappata al mio limbo e fatta esistere nel loro mondo per davvero. Una sera, in presenza d'un amico di mio padre, rifiutai con ostinazione un piatto d'insalata cotta; in una cartolina inviataci durante le vacanze, l'amico domandò per ischerzo: – E a Simone, piace sempre, l'insalata cotta? – La scrittura aveva per me ancor piú prestigio della parola: esultai. Quando incontrammo di nuovo il signor Dardelle sul sagrato di Notre-Dame-des-Champs, mi misi a fare graziosi dispettucci, cercai di provocarne; non ebbi eco. Insistei, mi dissero di smetterla. Scoprii con dispetto quanto sia effimera la gloria.

Di solito, questo genere di delusioni mi era risparmiato. In casa, il minimo fatto suscitava vasti commenti; ascoltavano volentieri le mie storie, si ripetevano le mie parole. Nonni, zii, zie, cugini, un'abbondante famiglia mi garantiva della mia importanza. Inoltre, un'intera popolazione soprannaturale si chinava su di me con sollecitudine. Da quando avevo cominciato a camminare, la mamma m'aveva condotta in chiesa, e m'aveva mostrato, in cera, in gesso, dipinte sui muri, immagini di Gesú Bambino, di Dio, della Madonna, degli angeli, uno dei quali era particolarmente adibito al mio servizio, come Louise. Il mio cielo era stellato d'una miriade di occhi benevolenti.

Sulla terra, la madre e la sorella della mamma si occupavano attivamente di me. La nonna aveva la guance rosee, i capelli bianchi, orecchini di brillanti; succhiava certe pastiglie di gomma, dure e rotonde come bottoni da stivaletto, e con certi colori trasparenti che m'incantavano; le volevo molto bene perché era vecchia; e volevo bene alla zia Lilí perché era giovane: ella viveva coi genitori come una bambina, e mi sembrava piú vicina degli altri adulti. Rosso, il cranio lucido, il mento oscurato da un muschio grigiastro, il nonno mi faceva coscienziosamente dondolare sul suo piede, ma aveva una voce cosí rauca che non si sapeva mai se scherzasse o fosse arrabbiato. Pranzavo da loro tutti i giovedí; tortelli, fricassea, monte bianco; la nonna mi trattava come una regina. Dopo mangiato, il nonno sonnecchiava su una poltrona imbottita, e io giocavo sotto il tavolo a dei giochi che non fanno rumore. Poi se ne andava. Allora la nonna prendeva dalla cristalliera la trottola di metallo dove s'infilavano, mentre girava, dei cerchi di cartone multicolori; oppure, dietro un pupazzo di piombo che lei chiamava « Padre la colica », accendeva una capsula bianca da cui s'innalzava una serpentina brunastra. Faceva con me delle partite a domino, alla battaglia, ai bastoncini. Mi sentivo un po' soffocare, in quella sala da pranzo piú ingombra d'un retrobottega d'antiquario; sulle pareti non c'era uno spazio vuoto: arazzi, ceramiche, quadri dai colori fumosi; una tacchina morta giaceva in mezzo a un mucchio di cavoli verdi; i tavolinetti erano ricoperti di velluto, di felpa, di merletti; le aspidistre imprigionate nei portavasi di rame mi rattristavano.

A volte, la zia Lilí mi portava a passeggio; non so per qual ragione, mi portò diverse volte al concorso ippico. Un pomeriggio, seduta accanto a lei in una tribuna d'Issy-les-Moulineaux, vidi volteggiare nel cielo dei biplani e dei monoplani. Andavamo molto d'accordo. Uno dei miei ricordi piú lontani e piú piacevoli è un soggiorno che feci con lei a Chateauvillain, nella Haute-Marne, da una sorella della nonna. La vecchia zia Alice, che aveva perduto da molti anni figlia e marito, ammuffiva, sola e sorda, in un grande edificio circondato da un giardino. La piccola città, con le sue vie strette, le case basse, sembrava copiata dal mio libro di figure. Gli scuri, su cui erano intagliati cuori e fiori, venivano fermati al muro con dei rampini a forma di ometti; i battenti erano a forma di mani; una porta monumentale si apriva su un parco nel quale correvano i caprioli; attorno a una torre di pietra s'arrampicavano le roselline selvatiche. Le vecchie signorine del villaggio mi facevano festa. La signorina Elise mi regalava del pan di spezie a forma di cuore. La signorina Marthe aveva un topo fatato, chiuso in una scatola di vetro; si faceva scivolare entro una fenditura un cartoncino sul quale era scritta una domanda; il topo, girava in tondo e picchiava col muso su un casellario: la risposta era stampata su un foglietto. Ciò che mi meravigliava di piú erano le uova, decorate con disegni a carboncino, che deponevano le galline del dottor Masse; le scoprivo e le prendevo con le mie proprie mani, il che mi permise piú tardi di ritorcere a una piccola amica scettica: – Le ho raccolte io stessa! – Mi piacevano, nel giardino della zia Alice, i tassi ben tagliati, il pio odore del bosso, e, sotto un viale di carpini, un oggetto deliziosamente equivoco quanto un orologio di carne: una roccia che era un mobile, un tavolo di pietra. Una mattina ci fu un temporale; giocavo con la zia Lilí nella sala da pranzo quando sulla casa cadde un fulmine; era un avvenimento grave, che mi riempí di fierezza: ogni volta che mi succedeva qualcosa avevo l'impressione d'essere qualcuno. Ma conobbi un piacere piú sottile. Sul muro di divisione s'arrampicavano delle clematidi; una mattina la zia Alice mi chiamò con voce secca: c'era un fiore per terra, ed ella m'accusò d'averlo colto. Toccare i fiori del giardino era un delitto di cui non misconoscevo la gravità: ma io non l'avevo commesso, e protestai. La zia Alice non mi credette. La zia Lilí mi difese con ardore. Era lei la delegata dei miei genitori, il mio solo giudice; la zia Alice, con la sua vecchia faccia picchiettata s'imparentava con le fate cattive che perseguitavano i bambini; assistei compiaciuta alla lotta che le forze del bene scatenavano a mio favore contro l'errore e l'ingiustizia. A Parigi, genitori e nonni presero con indignazione le mie parti, e io assaporai il trionfo della mia virtú.

Protetta, vezzeggiata, divertita dall'incessante novità delle cose, ero una bambina molto allegra. Pure, c'era qualcosa che non andava, poiché a volte ero assalita da crisi furibonde che mi gettavano a terra, convulsa e violacea. Ho tre anni e mezzo, pranziamo nella terrazza assolata d'un grande albergo (fu a Divonne-les-Bains); mi dànno una prugna rossa, e comincio a pelarla. – No, – dice la mamma, e io mi getto sul pavimento, urlando. Urlo per tutto il boulevard Raspail perché Louise mi ha trascinato via dal giardinetto Boucicaut, dove facevo le formine. In quei momenti non mi raggiungevano né gli occhiacci della mamma, né la voce severa di Louise, né gli interventi straordinari di papà. Urlavo cosí forte e cosí a lungo che al Lussemburgo, a volte, mi presero per una bambina maltrattata. – Povera piccola! – disse una signora porgendomi un bonbon. La ringraziai con un calcio. Quest'episodio fece un gran chiasso; una zia obesa e baffuta, che maneggiava la penna, lo raccontò nella « Poupée modèle ». Io condividevo la reverenza che ispirava ai miei genitori la carta stampata: attraverso il racconto che mi lesse Louise mi sentii un personaggio; a poco a poco, tuttavia, fui presa dall'imbarazzo. « La povera Louise spesso piangeva amaramente, rimpiangendo le sue pecorelle », aveva scritto mia zia. Louise non piangeva mai; non aveva mai posseduto pecore; mi voleva bene: e poi come si può fare il confronto tra una bambina e le pecore? Quel giorno sospettai che tra la letteratura e la verità il rapporto doveva essere piuttosto incerto.

Mi sono spesso domandata quale fosse la ragione e il senso di queste mie rabbie. Credo ch'esse si spieghino in parte con una profonda vitalità, e con un estremismo cui non ho mai rinunciato del tutto. Spingendo le mie repulsioni fino al vomito, e i miei desideri fino all'ossessione, un abisso separava le cose che mi piacevano da quelle che non mi piacevano. Non potevo accettare con indifferenza la caduta che mi precipitava dalla pienezza al vuoto, dalla beatitudine all'orrore; se la ritenevo fatale mi rassegnavo: non me la sono mai presa con gli oggetti. Ma non volevo saperne di cedere a quella forza impalpabile che sono le parole; il fatto che una frase buttata là negligentemente: « bisogna... non si deve », rovinasse in un attimo le mie imprese, le mie gioie, mi rivoltava. L'arbitrio degli ordini e delle proibizioni in cui mi scontravo ne denunciava l'inconsistenza; ieri ho pelato una pesca: perché oggi non posso pelare la prugna? perché interrompere i miei giochi proprio in questo momento? dovunque incontravo costrizioni, in nessun luogo la necessità. Nel cuore della legge che mi opprimeva con l'implacabile rigore delle pietre, intravvedevo una vertiginosa assenza, e mi precipitavo in quest'abisso, la bocca lacerata dalle grida. Gettandomi a terra, scalciando, opponevo il peso della mia carne all'aerea potenza che mi tiranneggiava, la obbligavo a materializzarsi: mi afferravano, mi rinchiudevano nello sgabuzzino buio, tra le scope e i piumini; e allora potevo martellare coi piedi e con le mani contro veri muri, invece di dibattermi contro volontà inafferrabili. Sapevo che questa lotta era vana; dal momento in cui la mamma mi aveva tolta dalle mani la prugna vermiglia, o in cui Louise aveva riposto nel suo paniere la mia paletta e le mie formine, ero vinta, ma non mi arrendevo. Completavo l'opera della disfatta. I miei singulti, le lacrime che mi accecavano, frantumavano il tempo, cancellavano lo spazio, abolivano insieme l'oggetto del mio desiderio e gli ostacoli che mi separavano da esso. Affondavo nella notte dell'impotenza; non restava piú che la mia presenza nuda, che esplodeva in lunghe grida.

Gli adulti, non soltanto schernivano la mia volontà, ma mi sentivo in balia del loro capriccio. A volte mi trattavano benignamente, come loro pari; ma avevano anche il potere di operare incantesimi;

mi cambiavano in bestia, in oggetto. – Che bei polpacci ha questa bambina! – disse una signora chinandosi per palparmi. Se avessi potuto dire: « Quanto è stupida, questa signora; mi prende per un cagnolino », sarei stata salva. Ma a tre anni non avevo difesa contro quella voce benigna, quel sorriso goloso, altro che gettandomi a terra ringhiando. Piú tardi imparai qualche parata; ma diventai piú esigente; per ferirmi bastava che mi trattassero da bebé; confinata nelle mie conoscenze e nelle mie possibilità mi ritenevo ciò non di meno una vera persona. In piazza Saint-Sulpice, tenuta per mano dalla zia Marguerite, che non sapeva gran che come parlarmi, mi domandai d'un tratto: « Come mi vede, lei? » e provai un acuto sentimento di superiorità, poiché io mi conoscevo nell'intimo, e lei m'ignorava; ingannata dalle apparenze, era ben lontana dall'immaginare, vedendo il mio corpo incompiuto, che dentro di me non mancava proprio niente; mi ripromisi che quando sarei stata grande non avrei dimenticato che a cinque anni si è una persona completa. Era ciò che negavano gli adulti quando mi trattavano con condiscendenza, offendendomi. Avevo suscettibilità di malata. Se la nonna barava giocando a carte, per farmi vincere, se la zia Lilí mi proponeva un indovinello troppo facile, mi agitavo. Spesso sospettavo che i grandi recitavano la commedia; avevo di loro troppa stima per immaginare che lo facessero in buona fede; pensavo dovessero farlo apposta per prendermi in giro. Alla fine d'un pranzo festivo il nonno volle farmi brindare: mi prese una crisi. Un giorno che avevo corso, Louise prese un fazzoletto per asciugarmi il sudore: mi dibattei con odio, il suo gesto mi era sembrato falso. Quando sospettavo, a torto o a ragione, che abusassero della mia ingenuità per manovrarmi, mi impennavo.

La mia violenza faceva impressione. Mi rimproveravano, mi punivano un poco; era raro che mi schiaffeggiassero. – Simone, quando la si tocca, diventa paonazza, – diceva la mamma. Un mio zio, esasperato, non ci badò: ne fui cosí sconvolta che la mia crisi cessò di colpo. Forse sarebbero riusciti facilmente a domarmi, ma i miei genitori non prendevano sul tragico i miei furori. Papà, parodiando non so chi, si divertiva a ripetere: – Questa bambina è asociale –. Dicevano anche, non senza un'ombra di fierezza: – Simone è testarda come un mulo –. Ne approfittavo. Facevo capricci, disobbedivo per il solo piacere di disobbedire. Sulle fotografie di famiglia, mostro la lingua, volto le spalle, intorno a me si ride. Queste piccole vittorie m'incoraggiarono a non considerare insormontabili le regole, i riti, gli usi, e sono alla radice di un certo ottimismo che doveva sopravvivere all'educazione.

Quanto alle mie sconfitte, non generavano in me né umiliazioni né risentimenti; quando, allo stremo delle lacrime e delle grida, finivo per capitolare, ero troppo esausta per ruminare rancori; spesso avevo addirittura dimenticato il motivo della mia ribellione. Vergognosa di un eccesso di cui non trovavo piú in me la giustificazione, non provavo altro che rimorsi; anche questi si dissipavano presto, poiché non duravo fatica a ottenere il perdono. Tutto sommato le mie collere compensavano l'arbitrio delle leggi che mi asservivano, mi evitavano di raggelarmi in silenziosi rancori. Non misi mai seriamente in dubbio l'autorità. Il comportamento degli adulti non mi appariva sospetto altro che nella misura in cui rifletteva l'equivoco della mia condizione infantile: era contro questa, in realtà, che mi ribellavo. Ma accettavo senza la minima riserva i dogmi e i valori che mi venivano proposti.

Le due categorie principali secondo le quali si ordinava il mio universo erano il Bene e il Male. Io abitavo la regione del Bene, in cui regnavano – indissolubilmente unite – la felicità e la virtú. Avevo l'esperienza dei dolori giustificati; mi accadeva di ammaccarmi, di scorticarmi; un'eruzione della pelle mi aveva sfigurata: un medico mi bruciava le pustole con il nitrato d'argento, e gridavo. Ma questi accidenti si riparavano presto e non scuotevano il mio credo: le gioie e le pene degli uomini corrispondono ai loro meriti.

Vivendo in intimità col Bene, appresi d'improvviso ch'esso comportava gradi e sfumature. Io ero una brava bambina e commettevo errori; la zia Alice pregava molto, e sarebbe andata sicuramente in paradiso, però con me si era comportata ingiustamente. Tra le persone che dovevo amare e rispettare, ce n'era qualcuna che, su certi punti, i miei genitori criticavano. Perfino il nonno e la nonna non sfuggivano alle loro critiche; essi, per esempio, erano in rotta con certi cugini che la mamma vedeva spesso, e che io trovavo molto simpatici; la frase stessa, « essere in rotta », non mi piaceva; perché si è in rotta? e come? mi sembrava un peccato, essere in rotta. Io sposai con calore la causa della mamma. – Da chi siete stati, ieri? – domandava la zia Lilí. – Non ve lo dico: la mamma me l'ha proibito –. La zia scambiava con sua madre un lungo sguardo. A volte dicevano frasi antipatiche: – E cosí? la mamma va sempre in giro? – La loro malevolenza le screditava senza sfiorare la mamma; ma non alterava, del resto, l'affetto ch'io provavo per loro. Trovavo naturale, e in certo senso piacevole, che questi personaggi secondari fossero meno irreprensibili delle divinità supreme: Louise e i miei genitori detenevano il monopolio dell'infallibilità.

Una spada di fuoco separava il Bene dal Male; quest'ultimo non l'avevo mai incontrato faccia a faccia. A volte la voce dei miei genitori s'induriva; dalla loro indignazione, dalla loro collera, indovinavo che persino nella loro cerchia c'era qualche anima veramente nera: non sapevo chi e ignoravo i suoi misfatti. Il Male si teneva a debita distanza. Non immaginavo i suoi seguaci se non attraverso certe figure mitiche: il diavolo, la fata Carabosse, le sorelle di Cenerentola; visto che non li avevo mai incontrati in carne e ossa li riducevo alla loro pura essenza; il Cattivo peccava come il fuoco brucia, senza scusa, senza remissione; l'Inferno era il suo luogo naturale, la tortura il suo destino, e mi sarebbe parso un sacrilegio impietosirmi sui suoi tormenti. A dire il vero, gli stivaletti di ferro rovente che i nani facevano calzare alla matrigna di Biancaneve, le fiamme in cui cuoceva Lucifero, non evocavano mai per me l'immagine di una carne sofferente. Orchi, streghe, demoni, matrigne e carnefici erano esseri disumani che simboleggiavano una potenza astratta, e i loro supplizi illustravano astrattamente la loro giusta sconfitta. Quando partii per Lione con Louise e mia sorella, accarezzai la speranza di affrontare il Nemico a viso aperto. Eravamo stati invitati da certi lontani cugini che abitavano nei sobborghi della città, in una casa circondata da un grande parco. La mamma mi avvertí che i piccoli Sirmione non avevano piú la mamma, che non sempre erano bravi, e che non recitavano bene le loro preghiere: non mi dovevo turbare se mi avessero presa in giro quando recitavo le mie. Mi parve di capire che il loro padre, un vecchio professore di medicina, si infischiava del Buon Dio. Mi drappeggiai nella bianca tunica di Santa Blandina gettata in pasto ai leoni, ma restai delusa, poiché nessuno mi assalí. Lo zio Sirmione, quando usciva di casa, borbottava dentro la barba: – Arrivederci, Dio vi benedica –; allora non era un pagano. I miei cugini, che erano sette, dai dieci ai venti anni, certo si comportavano in maniera insolita; attraverso le cancellate del parco gettavano sassi ai monelli di strada, si picchiavano tra loro, tormentavano una piccola orfanella idiota che abitava con loro; la notte, per terrorizzarla, andavano a prendere nello studio del padre uno scheletro, che vestivano con un lenzuolo. Benché mi sconcertassero, queste stravaganze mi sembravano benigne; non vi scoprivo l'insondabile nerezza del male. Giocavo placidamente tra i cespugli di ortensie, e il rovescio del mondo mi rimase celato.

Una sera, tuttavia, credetti che la terra mi crollasse sotto i piedi.

Papà e mamma erano venuti a raggiungerci. Un pomeriggio, Louise condusse me e mia sorella a una festa campestre dove ci divertimmo molto. Quando ci avviammo per tornare cadeva il crepuscolo. Chiacchieravamo, ridevamo, io stavo rosicchiando uno di quei falsi oggetti che mi piacevano tanto, una rondine di liquirizia, quando la mamma apparve a una svolta della strada. Portava sul capo una sciarpa di mussola verde e aveva il labbro superiore increspato: era questa l'ora di rientrare? ella era piú grande di età, ed era la « signora »: aveva il diritto di rimproverare Louise, ma non mi piacque la sua smorfia, né la sua voce; non mi piacque veder brillare negli occhi pazienti di Louise un sentimento non affettuoso. Quella sera – o un'altra sera, ma nel mio ricordo i due episodi sono strettamente legati – mi trovavo in giardino con Louise e un'altra persona che non so piú identificare; era buio; nella facciata scura, una finestra si apriva su d'una stanza illuminata; si scorgevano due ombre e si udivano delle voci agitate: – Ecco il signore e la signora che litigano, – disse Louise. In quel momento il mio universo si capovolse. Impossibile che papà e mamma fossero nemici, che Louise fosse loro nemica; quando l'impossibile si compie, il paradiso si mescola all'inferno, le tenebre si confondono con la luce. Precipitai nel caos che precedette la Creazione.

Quest'incubo non durò a lungo: il mattino dopo, i miei genitori avevano il sorriso e la voce di tutti i giorni. Il tono beffardo di Louise mi pesava ancora sul cuore, ma cercai di non pensarci: c'erano molti piccoli fatti che seppellivo a questo modo nella nebbia.

Questa capacità di mettere a tacere avvenimenti che tuttavia sentivo cosí profondamente da non scordarli mai piú è uno dei tratti che piú mi colpiscono, quando rievoco i miei primi anni. Il mondo che mi veniva insegnato si disponeva armoniosamente intorno ad alcune coordinate fisse e a categorie precise. Le nozioni neutre ne erano state escluse: tra il traditore e l'eroe come tra il rinnegato e il martire non vi era via di mezzo; ogni frutto non commestibile era velenoso; mi assicuravano che « amavo » tutti i membri della mia famiglia, comprese le prozie piú ridicole. Dai miei primi balbettamenti, la mia esperienza smentí quest'essenzialismo. Il bianco ben raramente era perfettamente bianco, la nerezza del male sfumava: non mi riusciva di veder altro che chiaroscuri. Solo che quando cercavo di afferrarne le indecise sfumature, ero obbligata a servirmi delle parole, e mi trovavo rigettata nell'universo dei concetti dai duri contorni. Ciò che vedevo con i miei occhi, ciò che provavo realmente, doveva in un modo o nell'altro rientrare in quelle cornici; i miti e i *clichés* prevalevano sulla verità: incapace di fissarla lasciavo che questa scivolasse nell'insignificanza.

Poiché non riuscivo a pensare senza l'aiuto del linguaggio supponevo che questo coprisse esattamente la realtà. Ad esso ero stata iniziata dagli adulti che prendevo per i depositari dell'assoluto: nel designare una cosa essi ne spremevano la sostanza come si spreme il succo da un frutto. Tra la parola e il suo oggetto, perciò, non immaginavo alcuna distanza in cui potesse scivolare l'errore; è cosí che si spiega come mi sia sottomessa al Verbo senza critica, senza esame, anche quando le circostanze mi invitavano a dubitarne. Due dei miei cugini Sirmione succhiavano degli zuccherini: – È un purgante, – mi dissero in tono sornione; i loro sogghigni mi avvertirono che mi prendevano in giro; tuttavia la parola si incorporò in quei bastoncini biancastri, e cessai di desiderarli poiché ormai mi apparivano come un losco compromesso tra la leccornia e la medicina.

Mi ricordo tuttavia di un caso in cui la parola non sopraffece la mia convinzione. In campagna, durante le vacanze, a volte mi portavano a giocare da un lontano cuginetto che abitava in una bella casa in mezzo a un grande giardino, e con lui mi divertivo molto. – È un povero idiota, – disse mio padre una sera. Molto piú grande di me, Cendri, mi sembrava normale, giacché mi era familiare. Non so se mi avessero indicato o descritto degli idioti; nella mia fantasia essi avevano un sorriso bavoso, lo sguardo vuoto. Quando rividi Cendri, cercai invano di incollare quest'immagine sul suo volto; può darsi che dentro di lui, senza averne l'apparenza, egli somigliasse agli idioti, ma mi ripugnava crederlo. Spinta dal desiderio di sincerarmene, e anche per un oscuro rancore verso mio padre che aveva insultato il mio compagno di giochi, interrogai sua nonna: – È vero che Cendri è idiota? – le domandai. – Ma no! – rispose lei con aria offesa. Lei lo conosceva bene, suo nipote. Non poteva darsi che papà si fosse ingannato? Restai perplessa.

Non tenevo gran che, a Cendri, e l'episodio, anche se lí per lí mi aveva stupita, mi toccò poco. Scoprii la nera magia delle parole solo quando mi morsero a fondo.

La mamma aveva inaugurato un vestito color tango. Louise disse alla cameriera di fronte: – Avete visto come si è infiocchettata la mia signora? è proprio un'eccentrica! – Un altro giorno, Louise chiacchierava nell'androne con la figlia della portinaia; al secondo piano, la mamma, al pianoforte, cantava. – Ah! – disse Louise, – ecco di nuovo la signora che canta come una gatta scorticata! – Eccentrica. Gatta scorticata. Alle mie orecchie queste parole suonavano orrende: cos'avevano a che fare con la mamma, che era bella, elegante, brava musicista? eppure le aveva pronunciate proprio Louise: come annullarle? dagli altri sapevo difendermi, ma lei era la giustizia, la verità; e il rispetto che avevo per lei mi proibiva di giudicarla. Non sarebbe bastato discutere il suo gusto, per neutralizzare la sua malevolenza, bisognava imputarla a una crisi di malumore, e ammettere ch'ella non andava d'accordo con la mamma; e in questo caso una delle due aveva dei torti! no, le volevo tutt'e due senza difetti. Mi diedi a svuotare della loro sostanza le parole di Louise: dalla sua bocca erano usciti dei suoni bizzarri, per qualche ragione che mi sfuggiva. Non vi riuscii del tutto. Adesso, quando la mamma portava una toletta vistosa, o quando cantava a piena voce, mi succedeva di provare un certo disagio. D'altra parte, sapendo ormai che non bisognava tener conto di tutto quello che diceva Louise, non l'ascoltavo piú con la stessa docilità di una volta.

Pronta a mettermi al riparo quando la mia sicurezza mi sembrava minacciata, mi soffermavo volentieri sui problemi nei quali non presentivo un pericolo. Quello della nascita mi preoccupava poco. Al principio mi avevano raccontato che i genitori compravano i loro bambini; questo mondo era cosí vasto, cosí pieno di meraviglie sconosciute che poteva ben esserci un negozio di lattanti. A poco a poco quest'immagine svaní, e mi accontentai di una soluzione piú vaga: «È Dio che crea i bambini». Egli aveva fatto la terra dal caos, Adamo dal fango: niente di straordinario che facesse sorgere un lattante in una culla. Il ricorso alla volontà divina tranquillizzava la mia curiosità: all'ingrosso, essa spiegava tutto. Quanto ai particolari, mi dicevo che li avrei scoperti a poco a poco. Ciò che mi rendeva perplessa era la cura che mettevano i miei genitori nel nascondermi certe loro conversazioni: al mio avvicinarmi, abbassavano la voce o ammutolivano. Allora, c'erano cose che avrei potuto comprendere ma che non dovevo sapere: quali? perché me le nascondevano? la mamma aveva proibito a Louise di leggermi una delle favole di Madame de Ségur, poiché mi avrebbe provocato incubi. Cosa gli succedeva a quel ragazzo vestito con pelli d'animali che vedevo nelle figure? invano le interrogavo, «Ourson» mi appariva come l'incarnazione stessa del segreto.

I grandi misteri della religione erano troppo lontani e troppo difficili per sorprendermi. Ma il familiare miracolo di Natale mi fece riflettere. Mi pareva un controsenso che l'onnipotente Gesú Bambino si divertisse a scendere per i camini come un volgare spazzacamino. Rimuginai a lungo la questione dentro di me, finché mi confidai con papà e mamma, che finirono per confessare. Quello che mi stupí fu di aver creduto cosí saldamente ad una cosa non vera, il che significava che potevano esservi delle certezze false. Non ne trassi alcuna conclusione pratica. Non mi dissi che se i miei genitori mi avevano ingannata una volta, avrebbero potuto ingannarmi ancora. Certo non gli avrei perdonato una menzogna che mi avesse delusa, o ferita nella mia carne; mi sarei rivoltata, mi sarei fatta diffidente. Ma non mi sentii piú lesa dello spettatore cui l'illusionista riveli uno dei suoi trucchi; anzi, avevo provata una tale felicità trovando accanto alla mia scarpa Biondina seduta sulla sua valigia, che mi sentivo grata ai miei genitori del loro inganno. Forse gliene avrei fatta colpa se non avessi appresa la verità dalla loro bocca: ma riconoscendo di avermi ingannata essi mi convinsero della loro franchezza. Adesso mi parlavano come a una persona grande; fiera della mia nuova dignità, accettai che avessero illusa la bambinetta che non ero piú; mi parve normale che si continuasse a imbrogliare la mia sorellina. Io ero passata dalla parte degli adulti, ed ero certa che d'ora innanzi la verità mi era garantita.

I miei genitori rispondevano di buon grado alle mie domande; la mia ignoranza si dissipava non appena le formulavo. Tuttavia mi rendevo conto di una lacuna: sotto gli occhi degli adulti, quei segni neri allineati nei libri si cambiavano in parole; li guardavo, anche per me erano visibili, eppure non sapevo vederli. Mi avevano fatta giocare molto presto con le lettere. A tre anni sapevo che *o* si dice *o*, la *s*, era una *s* come una tavola è una tavola; conoscevo press'a poco l'alfabeto, ma le pagine stampate continuavano a tacere. Un giorno vi fu un piccolo clic, nella mia testa. La mamma aveva aperto sul tavolo della sala da pranzo il metodo Regimbeau; contemplavo la figura di una mucca, e le due lettere *m*, *u*, che si pronunciavano *mu*. Compresi d'un tratto che quelle lettere non avevano un nome come gli oggetti, ma rappresentavano un suono: compresi che cosa è un segno. Feci presto a imparare a leggere. Tuttavia, il mio pensiero si fermò a metà strada. Vedevo nell'immagine grafica l'esatto duplicato del suono che ad essa corrispondeva: emanavano insieme dalla cosa che esprimevano, e pertanto il loro rapporto non aveva nulla d'arbitrario. La comprensione del segno non portò con sé quella della convenzione. È per questo che feci viva resistenza quando la nonna volle insegnarmi le note. M'indicava con un uncinetto le semibrevi scritte sul rigo; mi spiegava che quel segno rinviava a quella tal nota del piano. Perché? Come? non vedevo niente di comune tra la carta rigata e la tastiera, mi ribellavo; allo stesso modo rifiutavo le verità che non riflettevano un assoluto. Volevo cedere soltanto alla necessità; le decisioni umane avevano piú o meno qualcosa del capriccio; non avevano un peso sufficiente per impormi la mia adesione. Per giorni e giorni continuai ad ostinarmi, poi finii per arrendermi. Un giorno seppi fare la scala; ma ebbi l'impressione d'imparare le regole di un gioco, non di acquistare una cognizione. In compenso, appresi senza difficoltà l'aritmetica, poiché credevo nella realtà dei numeri.

Nel mese d'ottobre del 1913 – avevo cinque anni e mezzo – venne deciso di iscrivermi a una scuola dal nome allettante: l'Istituto Désir. La direttrice delle classi elementari, signorina Fayet, mi ricevette in uno studio solenne, dalle portiere trapuntate. Parlando con la mamma, mi accarezzava i capelli. – Noi non siamo delle insegnanti, ma delle educatrici, – spiegò. Portava il soggolo, una lunga gonna, e mi parve troppo untuosa: mi piacevano le cose che resistevano un po'. Comunque, alla vigilia della mia prima lezione, saltavo di gioia in anticamera: – Domani vado a scuola! – Non ne sarai sempre cosí contenta, – mi disse Louise. Una volta tanto si sbagliava, ne ero sicura. L'idea di entrare in possesso di una vita mia personale mi esaltava. Fino allora ero cresciuta all'ombra degli adulti; d'ora innanzi avrei avuto la mia cartella, i miei libri, i miei quaderni, i miei compiti; la mia settimana e le mie giornate si sarebbero svolte secondo i miei orari; intravvedevo un avvenire che invece di separarmi da me stessa si sarebbe depositato nella mia memoria; d'anno in anno mi sarei arricchita, pur restando fedelmente la scolara di cui celebravo in questo momento la nascita.

Non fui delusa. Il mercoledí e il sabato partecipavo, per un'ora, a una sacra cerimonia la cui pompa trasfigurava tutta la mia settimana. Le allieve sedevano intorno a un tavolo ovale; presiedeva la signorina Fayet, troneggiante su una specie di cattedra; dall'alto della sua cornice, Adeline Désir, una gobba che in alto loco ci s'adoprava per far beatificare, ci sorvegliava. Le nostre madri, installate su divani di cerata nera, ricamavano o lavoravano all'uncinetto, e a seconda del nostro comportamento ci davano il voto di condotta, che alla fine della lezione noi leggevamo ad alta voce. La signorina li scriveva sul suo registro. La mamma mi dava sempre dieci su dieci. Un nove ci avrebbe disonorate entrambe. La signorina ci distribuiva dei « satisfecit » che ogni trimestre noi scambiavamo con dei libri dal taglio dorato. Poi si metteva sotto l'arco della porta, deponeva un bacio sulla nostra fronte e buoni consigli nel nostro cuore. Io sapevo leggere, scrivere e fare un po' di conto: ero la prima della classe « Zero ». Verso Natale mi vestirono con una veste bianca bordata d'un gallone dorato, e figurai da Gesú Bambino; le altre bambine s'inginocchiavano davanti a me.

La mamma controllava i miei compiti e mi faceva accuratamente ripetere le lezioni. Mi piaceva imparare. La Storia Sacra mi sembrava ancora piú divertente delle favole di Perrault, poiché i prodigi che raccontava erano avvenuti davvero. Anche le tavole del mio atlante mi rapivano. Mi commuovevo alla solitudine delle isole, all'arditezza dei promontori, alla fragilità della lingua di terra che unisce le penisole al continente. Ho conosciuto nuovamente quest'estasi geografica, quando, adulta, ho visto dall'aeroplano la Corsica e la Sardegna inscriversi nell'azzurro del mare; quando ho ritrovato a Calcide, illuminata da un sole vero, l'idea perfetta di un istmo strozzato tra due mari. Forme rigorose, aneddoti solidamente intagliati nel marmo dei secoli: il mondo era un album di figure dai colori smaglianti, che io sfogliavo rapita.

Presi tanto piacere allo studio perché la mia vita quotidiana non mi appagava piú. Abitavo a Parigi, in uno scenario eretto dalla mano dell'uomo e perfettamente addomesticato; vie, case, tram, lampioni, utensili: le cose, piatte come concetti, si riducevano alle loro funzioni. Il Lussemburgo dai cespugli intoccabili, dalle aiuole proibite, non era altro, per me, che un terreno di gioco. Qua e là, uno strappo lasciava intravvedere, dietro la tela dipinta, confuse profondità. Le gallerie del métro fuggivano all'infinito verso il cuore segreto della terra. Al boulevard Montparnasse, sul luogo dove oggi sorge la Coupole, c'era un deposito di carbone « Juglar », da cui si vedevano uscire uomini dalla faccia sporca, incappucciati con un sacco di iuta: tra i mucchi di coke e di antracite, come nella fuliggine delle ciminiere, vagavano in pieno giorno quelle tenebre che Dio aveva separate dalla luce. Ma erano fuori della mia portata. Nel lustro universo in cui ero relegata, ben poco mi stupiva, poiché ignoravo dove cominciasse e dove finisse il potere dell'uomo. Gli aeroplani e i dirigibili che a volte attraversavano il cielo di Parigi meravigliavano molto di piú gli adulti che me. Quanto alle distrazioni, non ne avevo alcuna. I miei genitori mi condussero ai Champs-Elysées a veder sfilare i sovrani inglesi; assistei a qualche corteo di mezza quaresima, e piú tardi al funerale di Gallieni. Seguii delle processioni, visitai degli ospizi. Non andavo quasi mai al circo, raramente al teatro delle marionette. Avevo qualche gioco che mi divertiva, ma pochissimi che mi attirassero. Mi piaceva incollare gli occhi sullo stereoscopio che trasformava due piatte fotografie in una scena a tre dimensioni, o veder girare nel kinetoscopio una striscia di immagini che, ruotando, diventavano il galoppo di un cavallo. Mi regalavano dei librettini che si animavano facendone scorrere rapidamente le pagine tra le dita: la bambina si metteva a saltare, il boxeur a tirar pugni. Giochi d'ombre, proiezioni luminose: in tutte le illusioni ottiche ciò che piú m'interessava era che si componevano e ricomponevano sotto i miei occhi. In complesso, le magre ricchezze della mia esistenza di cittadina non potevano rivaleggiare con quelle contenute nei libri.

Tutto cambiava quando lasciavo la città ed ero trasportata tra gli animali e le piante, nella natura dalle innumerevoli pieghe.

Passavamo l'estate nel Limousin, dalla famiglia di papà. Il nonno si era ritirato presso Uzerche, in una tenuta acquistata da suo padre. Portava i favoriti bianchi, la papalina, il nastrino della Legion d'Onore, e canticchiava tutto il giorno. Mi diceva il nome degli alberi, dei fiori e degli uccelli. I pavoni, facevano la ruota davanti alla casa coperta di glicini e di bignonie; nella voliera ammiravo il cardinale dalla testa rossa e i fagiani dorati. Interrotto da cascate artificiali e fiorito di ninfee, « il fiume inglese », dove nuotavano i pesci rossi, chiudeva nelle sue acque una minuscola isola collegata alla terra da due ponti di tronchetti. Cedri, wellingtonie, faggi violacei, alberi nani del Giappone, salici piangenti, magnolie, araucarie, sempreverdi e foglie caduche, cespugli, siepi, prati: il parco, circondato da bianche staccionate, non era grande, ma cosí vario che non finivo mai di esplorarlo. Lo lasciavamo alla metà delle vacanze per andare dalla sorella di papà, che aveva sposato un gentiluomo terriero dei dintorni; avevano due figli. Venivano a prenderci col « gran break » tirato da quattro cavalli. Dopo il pranzo di famiglia, ci installavamo sui sedili di cuoio blu che sapevano di polvere e di sole. Mio zio ci scortava a cavallo. Fatti venti chilometri, si arrivava alla Grillère. Il parco, piú vasto e piú selvaggio di quello di Meyrignac, ma piú monotono, circondava un brutto castello fiancheggiato di torrette e col tetto d'ardesia. La zia Hélène mi trattava con indifferenza. Lo zio Maurice, baffuto, instivalato, un frustino in mano, a volte silenzioso e a volte corrucciato, mi spaventava un po'. Ma mi divertivo con Robert e Madeleine, piú grandi di me di cinque e tre anni. Dalla zia, come dal nonno, mi lasciavano correre in libertà sui prati, e potevo arrivare dappertutto. Grattando la terra, impastando il fango, gualcendo foglie e corolle, pelando le castagne d'India, schiacciando col calcagno le galle piene d'aria, imparavo ciò che non insegnano né i libri, né l'autorità. Imparavo a conoscere il bottone d'oro e il trifoglio, il flox zuccheroso, l'azzurro fluorescente dei volubili, le farfalle, la coccinella, il verme lucente, le tele di ragno, e i fili della Vergine. Imparai che il rosso dell'agrifoglio è piú rosso di quello del lauro-ciliegia o del sorbo, che l'autunno indora le pesche e fa diventare i fogliami color rame, che il sole sale e scende nel cielo senza che mai lo si veda muoversi. La profusione dei colori e degli odori mi esaltava. Dappertutto, nell'acqua verde delle peschiere, nell'ondeggiare delle praterie, sotto le felci taglienti, nelle forre dei boschi cedui, si nascondevano tesori ch'io ardevo di scoprire.

Da quando avevo iniziata la scuola, mio padre s'interessava ai miei successi e ai miei progressi, e aveva un posto maggiore nella mia vita. Egli mi sembrava di una specie piú rara del resto degli uomini. In quell'epoca di barbe e di mustacchi, il suo viso glabro, dalla mimica espressiva, faceva colpo; i suoi amici dicevano che somigliava a Rigadin. Nessuno della gente che conoscevo era cosí strano, cosí interessante, cosí brillante; nessuno aveva letto tanti libri, sapeva a memoria tante poesie, e ne discuteva con tanto ardore. Addossato al caminetto, parlava molto, con molti gesti; tutti lo ascoltavano. Nelle riunioni di famiglia, era lui che teneva banco: recitava monologhi, o *La scimmia* di Zamacoïs, e tutti applaudivano. La sua piú grande originalità era che, nel tempo libero, recitava. Quando lo vedevo, in fotografia, travestito da Pierrot, da cameriere di caffè, da fantaccino, da attore tragico, lo prendevo per una sorta di mago; con un grembiale bianco, un berretto in testa, torcendo i suoi occhi azzurri, mi fece ridere fino alle lacrime nella parte di una cuoca idiota che si chiamava Rosalia.

Tutti gli anni i miei genitori trascorrevano tre settimane a Divonne-les-Bains, con una compagnia di filodrammatici che si produceva nel Teatro del Casinò; divertivano i villeggianti, e il direttore del Grand Hôtel li albergava gratis. Nel 1914, Louise, mia sorella ed io andammo ad aspettarli a Meyrignac. Vi trovammo lo zio Gaston, che era il fratello maggiore di papà, la zia Marguerite, che mi metteva soggezione col suo pallore e la sua magrezza, e mia cugina Jeanne, di un anno piú piccola di me. Abitavano a Parigi e ci vedevamo spesso. Mia sorella e Jeanne subivano docilmente la mia tirannia. A Meyrignac le attaccavo a un carrettino e loro mi tiravano di gran carriera attraverso i viali del parco. Facevo loro scuola, e le trascinavo in scappate che interrompevo prudentemente in mezzo al viale. Una mattina stavamo giocando nella legnaia, tra la segatura fresca, quando suonò la campana a stormo: era stata dichiarata la guerra. Avevo sentito quella parola per la prima volta a Lione, un anno prima. In tempo di guerra, mi era stato detto, gli uomini si ammazzano tra loro, e mi ero domandata: e io, dove sarei fuggita? Nel corso dell'anno, papà mi aveva spiegato che la guerra significa l'invasione di un paese da parte di stranieri, e cominciai a guardare con timore gli innumerevoli giapponesi che allora vendevano ventagli e lampioncini di carta per le strade. Ma no, i nostri nemici erano i tedeschi dagli elmi chiodati, che già ci avevano portato via l'Alsazia e la Lorena, e di cui scopersi negli album di Hansi la grottesca laidezza.

Adesso sapevo che durante una guerra sono soltanto i soldati che si uccidono tra loro, e sapevo abbastanza di geografia per situare la frontiera assai lontano dal Limousin. Nessuno, intorno a me, sembrava spaventato, e non mi preoccupavo. Papà e mamma arrivarono all'improvviso, impolverati e loquaci: avevano fatto quarantotto ore di treno. Sulle porte della rimessa furono affissi degli ordini di requisizione, e i cavalli del nonno furono condotti a Uzerche. L'agitazione generale, i grossi titoli del « Courrier du Centre », mi eccitavano; ero sempre contenta quando succedeva qualcosa. Inventai dei giochi appropriati alla circostanza: io impersonavo Poincaré, mia cugina Giorgio V, e mia sorella lo zar. Tenevamo delle conferenze sotto i cedri, e tagliavamo in due i prussiani a colpi di sciabola.

In settembre, alla Grillère, imparai a compiere i miei doveri di donna francese. Aiutai la mamma a fabbricare della filaccia, lavorai un passamontagna. La zia Hélène attaccava il calesse inglese e andavamo alla stazione vicina a distribuire mele a degli alti indú col turbante che ci davano manciate di grano saraceno; portavamo ai feriti dei panini al formaggio o al paté. Le donne del villaggio correvano lungo i treni con le braccia cariche di vettovaglie. – Un ricordo, un ricordo! – reclamavano, e i soldati davano loro dei bottoni del cappotto o dei bossoli. Una, un giorno, offrí un bicchiere di vino a un ferito tedesco. Ci furono dei mormorii. – E che, non sono uomini anche loro? – disse lei. Il mormorio aumentò. Una santa collera risvegliò gli occhi distratti della zia Hélène. I *boches* erano delinquenti di nascita; piú che indignazione, suscitavano odio: contro Satana, l'indignazione non basta. I traditori, le spie, i cattivi francesi, scandalizzavano deliziosamente i nostri cuori virtuosi. Io stornavo il capo con diligente orrore da quella che era ormai chiamata « la tedesca ». Finalmente il Male si era incarnato.

Abbracciai la causa del bene con trasporto. Mio padre, a suo tempo riformato per vizio cardiaco, fu « riveduto », e assegnato agli zuavi. Andai con la mamma a trovarlo a Villetaneuse, dove prestava servizio; si era lasciato crescere i baffi, e la gravità della sua faccia sotto il fez m'impressionò. Dovevo dimostrarmi degna di lui, e subito diedi prova di un patriottismo esemplare schiacciando sotto i piedi un bambolotto di celluloide « Made in Germany », che del resto era di mia sorella. Ebbero un bel da fare per impedirmi di buttare dalla finestra dei portacoltelli d'argento, che portavano lo stesso marchio infamante. Piantai bandierine alleate in tutti i vasi. Giocavo al valoroso zuavo, all'eroica fanciulla. Scrivevo coi gessetti colorati: « Viva la Francia ». Gli adulti ricompensarono il mio zelo. – Simone è terribilmente sciovinista, – dissero con orgoglio divertito. Io incassai il sorriso e assaporai l'elogio. Non so piú chi regalò alla mamma del panno azzurro-cielo da ufficiale; una sarta confezionò per mia sorella e me dei mantelli a imitazione dei cappotti militari. – Guardate, c'è perfino la martingala, – diceva mia madre alle sue amiche ammirate o stupite. Nessun bambino portava un indumento cosí originale, cosí francese come il mio: mi sentii consacrata.

Non ci vuol molto che un bambino si muti in una scimmia; in passato, facevo volentieri la commedia, ma mi rifiutavo di entrare in quelle concertate dagli adulti; troppo grande, ormai, per farmi accarezzare, vezzeggiare, coccolare da loro, avevo un bisogno sempre piú acuto della loro approvazione. Ora essi mi proponevano una parte facile da interpretare, e che mi donava molto: mi ci buttai. Col mio mantello azzurro-cielo, raccolsi offerte sui grandi boulevards, davanti alla porta d'un Foyer franco-belga che era diretto da un'amica della mamma. – Per i piccoli profughi belgi! – le monete piovevano nel mio cestino fiorito, e i sorrisi dei passanti mi assicuravano che ero un'adorabile piccola patriota. Peraltro, una donna in nero mi squadrò: – Perché i profughi belgi? e i francesi? – Rimasi sconcertata. I belgi erano i nostri eroici alleati, ma alla fin fine, se uno si piccava di sciovinismo, ad essi bisognava preferire i francesi; mi sentii battuta sul mio stesso terreno. Ricevetti altre offerte. Quando la sera rientrai nel Foyer, venni felicitata con condiscendenza. – Cosí potrò pagare il riscaldamento! – disse la direttrice. Protestai: – Il denaro è per i profughi! – Ebbi difficoltà ad ammettere che i loro interessi si confondevano; avevo sognato carità piú spettacolari. Per di piú, la signorina Fevrier aveva promesso a un'infermiera l'intera somma raccolta, e non confessò che se ne tratteneva la metà. – Dodici franchi, è magnifico! – mi disse cortesemente l'infermiera. E io ne avevo raccolti ventiquattro! Arsi di rabbia. Non ero apprezzata nel mio giusto valore; e poi, m'ero presa per una stella e non ero stata che un accessorio: s'eran fatti gioco di me.

Di quel pomeriggio conservai tuttavia un ricordo abbastanza glorioso, e perseverai. Camminai per la Basilica del Sacro Cuore con altre bambine, agitando un orifiamma e cantando. Recitai litanie e rosari per i nostri cari soldatini. Ripetei tutte le frasi fatte, osservai tutte le consegne. Nel métro e nei tram si leggeva: «Tacete! diffidate! orecchie nemiche vi ascoltano!» Si parlava di spie che conficcavano aghi nel didietro delle donne e altre che distribuivano ai bambini dolciumi avvelenati. Io mi misi a giocare il gioco della prudenza. All'uscita di scuola la mamma d'una compagna mi offerse delle pastiglie di gomma, le rifiutai: era una signora profumata, aveva il rossetto sulle labbra, portava grossi anelli alle dita, e per colmo si chiamava signora Malin. Non credevo veramente che i suoi bonbons fossero mortali, ma mi pareva meritorio esercitarmi al sospetto.

Una parte dell'Istituto Désir era stata trasformata in ospedale. Nei corridoi, un edificante odore di farmacia si mescolava con quello dell'encausto. Sotto i loro veli bianchi macchiati di rosso, quelle signorine sembravano delle sante, e mi commuovevo quando le loro labbra toccavano la mia fronte. Nella mia classe entrò una piccola profuga del Nord; la fuga l'aveva gravemente scossa, aveva dei tic e balbettava; mi parlavano molto dei piccoli profughi e volli contribuire ad addolcire i loro mali. Pensai di conservare in una scatola tutti i dolciumi che mi offrivano: quando la scatola fu piena di pasticcini ammuffiti, di cioccolato tarlato, di prugne disseccate, la mamma mi aiutò ad avvolgerla e la portai a quelle signorine; le quali si astennero dal ringraziarmi con troppo ardore, ma sopra la mia testa vi furono mormorii lusinghieri.

La virtú mi fece sua; mai piú rabbie né capricci: mi era stato spiegato che dipendeva dalla mia bontà e dalla mia pietà che Dio salvasse la Francia. Quando il confessore dell'Istituto Désir m'ebbe presa in mano, divenni una bambina modello. Era giovane, pallido, infinitamente soave. Mi ammise al catechismo e m'iniziò alle dolcezze della confessione. M'inginocchiai dinanzi a lui in una piccola cappella e risposi con zelo alle sue domande. Non ricordo piú affatto che cosa gli raccontai, ma in presenza di mia sorella che me lo riferí egli si rallegrò con la mamma per la mia bell'anima. Mi innamorai di quest'anima che immaginavo bianca e raggiante come l'ostia nell'ostensorio. Accumulai meriti. All'inizio dell'Avvento, l'abate Martin ci distribuí delle imaginette che rappresentavano Gesú Bambino: ad ogni buona azione dovevamo perforare con un colpo di spillo i contorni del disegno tracciati in color violetto. Il giorno di Natale dovevamo deporre i nostri cartoncini nella culla che brillava in fondo all'altar maggiore. Inventai ogni specie di mortificacazioni, di sacrifici, di azioni edificanti, affinché il mio fosse tempestato di buchi. Queste imprese indisponevano Louise. Ma la mamma e quelle signorine mi incoraggiavano. Entrai in una confraternita infantile, gli «Angeli della Passione», il che mi diede il diritto di portare uno scapolare, e il dovere di meditare sui sette dolori della Vergine. In conformità alle recenti istruzioni di Pio X preparai la mia prima comunione e seguii gli esercizi spirituali. Non capivo bene perché i Farisei si fossero accaniti contro Gesú, ma mi impietosii sulle sue sventure. In un abito di velo, con in testa una calotta in merletto d'Olanda, ingoiai la mia prima ostia. D'allora in poi la mamma mi portò tre volte la settimana a comunicarmi a Notre-Dame-des-Champs. Mi piaceva, nella penombra del mattino, il rumore dei nostri passi sul selciato. Aspirando l'odore dell'incenso, lo sguardo intenerito dall'esalazione dei ceri, mi era dolce prostrarmi ai piedi della Croce, pur pensando vagamente alla tazza di cioccolato che mi aspettava a casa.

Queste pie complicità rinsaldarono la mia intimità con la mamma, che prese nettamente il primo posto nella mia vita. I fratelli di Louise erano stati mobilitati, e lei dovette tornare dai suoi genitori per aiutarli nei lavori dei campi. Arricciata, furbetta, pretensiosa, la nuova bambinaia, Raymonde, mi ispirò soltanto disprezzo. La mamma non usciva piú quasi affatto, riceveva poco, si occupava moltissimo di mia sorella e di me; io partecipavo alla sua vita piú strettamente di mia sorella; anche lei era una primogenita e tutti dicevano che le somigliavo molto: avevo l'impressione che ella mi appartenesse in maniera privilegiata.

Papà partí per il fronte in ottobre; rivedo i corridoi del métro, e la mamma che cammina accanto a me, con gli occhi umidi; aveva begli occhi color nocciola, e due lacrime le scivolarono sulle guance. Ne fui molto commossa. Tuttavia non mi resi affatto conto che mio padre correva dei pericoli. Avevo visto dei feriti; sapevo che c'era un rapporto tra la guerra e la morte. Ma non concepivo che questa grande avventura collettiva potesse riguardarmi direttamente. E poi dovevo esser convinta che Dio avrebbe protetto mio padre in modo particolare: ero incapace d'immaginare la sventura. Gli avvenimenti confermarono il mio ottimismo; in seguito a una crisi cardiaca, mio padre fu ricoverato all'ospedale di Coulommiers, e poi distaccato al Ministero della Guerra. Cambiò uniforme e si tagliò i baffi. Press'a poco in quest'epoca ritornò Louise, e la vita riprese il suo corso normale.

Io mi ero definitivamente trasformata in una brava bambina. Al principio, il mio personaggio l'avevo costruito; ma tante lodi e cosí grandi soddisfazioni mi aveva valse, che finii per identificarmi in esso: divenne la mia sola verità. Il mio sangue era meno vivace che in passato; la crescita, e una varicella, mi avevano anemizzata: facevo bagni solforati, prendevo tonificanti; non infastidivo piú i grandi con la mia irrequietezza, e del resto i miei gusti si accordavano con la vita che conducevo, cosicché non venivo quasi mai contrariata. In caso di conflitto, ormai ero in grado d'interrogare, di discutere. Spesso si limitavano a rispondermi: – È una cosa che non si fa. Quando dico no, è no –. Nemmeno in questi casi mi ritenevo piú oppressa. Mi ero convinta che i miei genitori non desideravano che il mio bene. E poi, era la volontà di Dio che si esprimeva per loro bocca: egli mi aveva creata, ero morto per me, aveva diritto a una sottomissione assoluta. Sentivo sulle mie spalle il giogo rassicurante della necessità.

Abdicai in tal modo all'indipendenza che la mia prima infanzia aveva tentato di salvaguardare. Per molti anni mi feci docile riflesso dei miei genitori. È venuto il momento di dire chi essi erano, nella misura in cui lo so.

Sull'infanzia di mio padre possiedo poche informazioni. Il mio bisnonno, ch'era stato esattore delle imposte ad Argenton, dové lasciare ai suoi figli un buon patrimonio, poiché il piú piccolo poté vivere di rendita; e il primogenito, mio nonno, che aveva sposato una giovane appartenente a una facoltosa famiglia borghese del Nord, ereditò tra altri beni una tenuta di duecento ettari. Tuttavia, sia per suo piacere, sia perché aveva tre figli, entrò al municipio di Parigi, dove fece una lunga carriera che terminò come capo-servizio e insignito d'un'onorificenza. Il suo tenore di vita fu assai al di sopra della sua posizione. Mio padre trascorse l'infanzia in un bell'appartamento sul boulevard Saint-Germain, e conobbe, se non l'opulenza, almeno una larga agiatezza. Aveva una sorella e un fratello maggiori di lui; quest'ultimo era un poltrone, un rompicollo, spesso brutale, che lo maltrattava. Mio padre, che invece era mingherlino e nemico della violenza, s'ingegnò di compensare la sua debolezza fisica con la simpatia: fu il beniamino di sua madre e dei professori. I suoi gusti erano sistematicamente contrari a quelli del fratello maggiore; refrattario agli sport e alla ginnastica, si appassionò alla lettura e allo studio. La nonna lo stimolava: egli viveva nella sua ombra e non aveva altro desiderio che compiacerla. Appartenente a una borghesia austera che credeva fermamente in Dio, al lavoro, al dovere, al merito, ella esigeva che uno scolaro dovesse adempiere in modo perfetto i suoi compiti di scolaro: ogni anno, al collegio Stanislas, Georges otteneva il premio di eccellenza. Durante le vacanze, arruolava imperiosamente i figli dei contadini e gli faceva scuola: una foto lo rappresenta nel cortile di Meyrignac, circondato da una diecina di allievi, maschi e femmine. Una cameriera in grembiule bianco e cuffietta tiene un vassoio carico di bicchieri di aranciata. Sua madre morí quando egli aveva tredici anni; non soltanto ne provò un violento dolore, ma si trovò bruscamente abbandonato a se stesso. La nonna impersonava per lui la legge, una parte che il nonno non era in grado di assumere. Certo era un benpensante: odiava i comunardi e declamava Déroulède, ma era piú conscio dei suoi diritti che convinto dei suoi doveri. Qualcosa di mezzo tra l'aristocratico e il borghese, tra il proprietario terriero e il funzionario, rispettoso della religione senza praticarla, non si sentiva né solidamente integrato nella società, né investito di serie responsabilità: professava un epicureismo di buon gusto. Praticava uno sport quasi altrettanto distinto della scherma, la « canne »[1] e aveva ottenuto il titolo di « prevosto » di cui si mostrava molto fiero. Non gli piacevano né le discussioni né i fastidi, e lasciava che i figli facessero ciò che volevano. Mio padre continuò a brillare nelle materie che l'interessavano, in latino e in letteratura; ma non ottenne piú il premio di eccellenza: aveva cessato di applicarsi.

Mediante certe compensazioni finanziarie, Meyrignac sarebbe toccato allo zio Gaston, il quale, pago di quest'avvenire sicuro, si diede all'ozio. La sua posizione di cadetto, l'attaccamento per la madre, i successi scolastici, portarono mio padre – che non aveva l'avvenire assicurato – a sfruttare la sua personalità: si riconosceva delle qualità e intendeva metterle a profitto. Buon parlatore com'era, la professione d'avvocato lo attirò, per il suo lato oratorio. Si iscrisse alla facoltà di legge. Ma tante volte mi ha ripetuto che se le convenienze non glielo avessero impedito sarebbe entrato alla scuola d'arte drammatica. Non era una battuta; nulla fu piú autentico in lui del suo amore per il teatro. Fin da studente, si entusiasmò alla letteratura che piaceva ai tempi suoi; passava le notti a leggere Alphonse Daudet, Maupassant, Bourget, Marcel Prévost, Jules Lemaître; ma il suo piacere piú grande era andare a sedersi nella platea della Comédie-Française o delle Variétés. Assisteva a tutti gli spettacoli, era innamorato di tutte le attrici, idolatrava i grandi attori, e per assomigliar loro si denudò il volto. A quell'epoca si recitava molto nei salotti; papà prese lezioni di recitazione, studiò l'arte del trucco ed entrò a far parte di compagnie di dilettanti.

L'insolita vocazione di mio padre credo si spieghi con la sua situazione sociale. Il nome che portava, certe relazioni di famiglia, certe compagnie d'infanzia e amicizie di giovanotto lo convinsero di appartenere all'aristocrazia, ed egli ne adottò i valori. Gli piacevano i gesti eleganti, i sentimenti graziosi, la disinvoltura, il portamento, il fasto, la frivolezza, l'ironia. Le virtú serie, apprezzate dalla borghesia, l'annoiavano. Grazie alla sua ottima memoria, passava agli esami, ma gli anni di studio li consacrò soprattutto ai suoi piaceri: il teatro, i campi di corse, i caffè e i salotti. Gli stava cosí poco a cuore

[1] Tipo di scherma, in voga nell'Ottocento, che si combatteva con bastoni [*N. d. T.*].

la sua riuscita pratica, che una volta ottenuti i primi titoli, non si diede la pena di sostenere una tesi; si iscrisse alla Corte d'Appello ed entrò come segretario nello studio di un avvocato di grido. Disdegnava i successi che si ottengono col lavoro e lo sforzo; per lui, se uno « nasceva », possedeva le qualità che nessun merito poteva raggiungere: spirito, talento, fascino, razza. Il guaio è che nella casta cui pretendeva di appartenere egli in realtà non era nulla: aveva un nome con la particella, ma oscuro, che non gli apriva né i club né i salotti eleganti, e per vivere da gran signore gli mancavano i mezzi. A ciò che poteva essere nel mondo borghese – un distinto avvocato, un padre di famiglia, un cittadino onorato – dava poco valore. Partiva per la vita a mani vuote, e disprezzava i beni che si acquistano. Per mitigare la sua indigenza non gli restava che una soluzione: figurare. Per figurare ci vogliono testimoni; mio padre non gustava né la natura, né la solitudine: stava bene soltanto in società. La sua professione lo divertiva solo in quanto l'avvocato, quando difende, dà spettacolo. Da giovane, curava il suo aspetto come un dandy. Abituato fin dall'infanzia alle finzioni per cattivarsi l'altrui simpatia, si fece una fama di brillante parlatore e di uomo affascinante, ma erano successi che non potevano appagarlo; lo innalzavano a un rango appena mediocre nei salotti, dove ciò che contava soprattutto era la ricchezza e i quarti di nobiltà; per rifiutare le gerarchie ammesse nel suo mondo bisognava metterlo in discussione tutt'intero, e perciò – poiché ai suoi occhi le classi inferiori non contavano – porsi fuori della società. La letteratura permette di vendicarsi della realtà asservendola alla finzione; ma se mio padre era un lettore appassionato, sapeva che la scrittura esige virtú scoraggianti, sforzi, pazienza; è un'attività solitaria in cui il pubblico esiste solo come speranza. Il teatro, in compenso, offriva ai suoi problemi una soluzione ideale. L'attore elude i terrori della creazione, poiché gli si offre bell'e fatto un universo immaginario nel quale ha un posto riservato; si mette in carne e ossa di fronte a un pubblico di carne ed ossa; ridotto alla parte dello specchio, questo gli rimanda docilmente la sua immagine; sulla scena egli è sovrano ed esiste realmente: si sente veramente sovrano. Mio padre provava un piacere tutto particolare a truccarsi: attaccandosi parrucca e favoriti si faceva sparire, ed evitava in tal modo qualunque confronto. Né signore né plebeo, questa indeterminatezza diventava plasticità; avendo radicalmente cessato d'essere, egli diventava chiunque: li sorpassava tutti.

È comprensibile com'egli non abbia mai pensato a liberarsi dei pregiudizi del suo ambiente e ad abbracciare la professione d'attore. Si dava al teatro poiché non si rassegnava alla modestia della sua posizione, ma non aveva alcuna intenzione di abbassarsi. Il colpo gli riuscí doppiamente. Cercando una difesa contro una società che gli si apriva con difficoltà, egli ne forzò le porte. Grazie alle sue qualità di attore dilettante egli ebbe in realtà accesso a circoli piú eleganti e meno austeri dell'ambiente in cui era nato, circoli dove si apprezzava la gente distinta, le belle donne, il piacere. Attore e uomo di società, mio padre aveva trovato la sua via. Consacrava al teatro tutto il suo tempo libero. Recitò perfino alla vigilia del suo matrimonio. Appena tornato dal viaggio di nozze, fece recitare la mamma, la cui bellezza compensava l'inesperienza. Ho già detto come tutti gli anni, a Divonne-les-Bains, i miei genitori partecipassero agli spettacoli d'una compagnia di dilettanti. Andavano spesso a teatro. Mio padre era abbonato a «Comédia», e si teneva al corrente di tutti i pettegolezzi di camerino. Tra i suoi amici intimi c'era un attore dell'Odéon. Durante la sua degenza nell'ospedale di Coulommiers, compose e interpretò una rivista in collaborazione con un altro malato, il giovane *chansonnier* Gabriello, che invitò qualche volta a casa nostra. Piú tardi, quando non ebbe piú i mezzi per condurre vita mondana, trovò ancora qualche occasione per calcare le scene, magari per beneficenza.

Questa passione cosí pervicace costituí la sua singolarità. Per le opinioni, mio padre appartenne alla sua epoca e alla sua classe. Riteneva utopistica l'idea d'una restaurazione monarchica, ma la repubblica gli ispirava soltanto disgusto. Senza essere affiliato all'«Action française» aveva amici tra i «Camelots-du-Roi», e ammirava Maurras e Daudet. Il nazionalismo era per lui qualcosa d'indiscutibile; se qualche sconsigliato pretendeva di discuterne, vi si rifiutava con una gran risata: il suo amor di patria si poneva al di sopra di ogni discussione: – È la mia unica religione, – diceva.

Detestava i sanguemisti, era indignato che agli ebrei fosse permesso di occuparsi di politica ed era convinto della colpevolezza di Dreyfus quanto mia madre dell'esistenza di Dio. Leggeva il « Matin », e un giorno prese un'arrabbiatura perché uno dei nostri cugini Sirmione aveva portato in casa « L'Oeuvre », « quel lerciume ». Considerava Renan come un grande spirito, ma rispettava la Chiesa e aveva in orrore le leggi Combes. La sua morale privata era imperniata sul culto della famiglia; la donna, in quanto madre, gli era sacra; esigeva dalle spose la fedeltà, dalle fanciulle l'innocenza, ma concedeva agli uomini grandi libertà, il che lo portava a considerare con indulgenza le donne cosiddette leggere. Come è classico, in lui l'idealismo si alleava a uno scetticismo che sfiorava il cinismo. Vibrava al *Cyrano*, gustava Clément Vautel, si divertiva a Capus, Donnay, Sacha Guitry, Flers e Caillavet. Nazionalista e boulevardier, apprezzava la grandiosità e la frivolezza.

Fin da piccolissima egli mi aveva soggiogata con la sua allegria e le sue chiacchiere; crescendo imparai ad ammirarlo piú seriamente: la sua cultura, la sua intelligenza, il suo infallibile buonsenso mi sbalordivano. In casa la sua preminenza era indiscussa; mia madre, di otto anni piú giovane di lui, gliela riconosceva volentieri: era lui che l'aveva iniziata alla vita e ai libri. – La donna è come la fa suo marito, sta a lui formarla, – diceva spesso papà. Le leggeva ad alta voce *Le origini della Francia contemporanea* di Taine, e il *Saggio sulla disuguaglianza delle razze umane* di Gobineau. Non era pretenzioso, al contrario, si piccava di conoscere i suoi limiti. Riportò dal fronte dei soggetti di novelle che mia madre trovò straordinari, ma ch'egli non si arrischiò a scrivere per timore della mediocrità. Con questa modestia, dimostrava una lucidità che l'autorizzava a esprimere su ogni cosa giudizi senza appello.

A mano a mano che mi facevo grande si occupava di me sempre di piú. Sorvegliava in modo particolare la mia ortografia, e quando gli scrivevo mi rimandava le mie lettere corrette. Durante le vacanze mi dettava dei testi spinosi, scelti, di solito, in Victor Hugo. Poiché leggevo molto, facevo pochi errori, ed egli diceva soddisfatto che l'ortografia mi veniva naturale. Per formare il mio gusto letterario aveva raccolto, in un taccuino di tela nera, una piccola antologia: un *Evangile* di Coppée, *Le pantin de la petite Jeanne* di Banville, *Hélas!, si j'avais su!* di Hégésippe Moreau, e qualche altra poesia. Mi insegnò a recitarle con espressione. Mi leggeva ad alta voce i classici, il *Ruy-Blas*, l'*Hernani*, le opere di Rostand, la *Storia della letteratura francese* di Lanson, e le commedie di Labiche. Gli facevo molte domande, e mi rispondeva volentieri. Non mi intimidiva, nel senso che davanti a lui non provavo mai alcun imbarazzo, ma non tentavo mai di forzare la distanza che lo separava da me; c'era una quantità di argomenti di cui non pensavo nemmeno lontanamente di parlargli; per lui non ero né un corpo né un'anima, ero una mente. I nostri rapporti si svolgevano in una sfera di limpidezza in cui non poteva prodursi alcun urto. Egli non si chinava su di me: m'innalzava fino a lui, e io provavo allora l'orgoglio di sentirmi una persona grande. Quando ricadevo al livello normale, allora dipendevo dalla mamma; papà aveva lasciato a lei, senza riserva, la cura di vegliare sulla mia vita fisica e di dirigere la mia formazione morale.

Mia madre era nata a Verdun, in una pia e ricca famiglia borghese; suo padre, banchiere, aveva studiato dai Gesuiti; sua madre in un convento. Françoise aveva un fratello e una sorella piú giovani di lei. Dedicata corpo e anima a suo marito, la nonna manifestava per i figli un affetto distante; e la beniamina del nonno era Lilí; la mamma soffrí della loro freddezza. Messa a semiconvitto nel convento degli Uccelli, trovò consolazione nella calorosa stima di cui la circondavano le suore; si gettò a capofitto nello studio e nelle pie pratiche; presa la licenza elementare, perfezionò la sua cultura sotto la direzione della madre superiora. La sua adolescenza fu rattristata da altre delusioni. Infanzia e gioventú le lasciarono nel cuore un risentimento che non si placò mai del tutto. A vent'anni, imprigionata nelle stecche di balena, abituata a reprimere i suoi slanci e a soffocare nel silenzio segreti amari, si sentiva sola e incompresa; nonostante la sua bellezza era insicura e affatto priva di allegria. Fu senza alcun entusiasmo che andò a Houlgate per incontrare un giovanotto sconosciuto. Si piacquero. Conquistata dall'esuberanza di papà, fatta forte dai sentimenti ch'egli le dimostrava, mia madre sbocciò. I miei primi ricordi di lei sono quelli di una giovane donna ridente e gioconda. C'era anche qualcosa, in lei, di caparbio e d'imperioso, cui, dopo il matrimonio, diede libero sfogo. Mio padre godeva ai suoi occhi d'un grande prestigio, ed ella pensava che la donna deve obbedire all'uomo. Ma con Louise, con mia sorella e con me, era autoritaria, a volte fino all'eccesso. Se qualcuno dei suoi intimi la contrariava o la offendeva, reagiva spesso con collera e con violenti scoppi di franchezza. In società, tuttavia, rimase sempre timida. Trapiantata bruscamente in una cerchia molto diversa dal suo ambiente provinciale, vi si adattò non senza sforzo. La sua giovinezza, la sua inesperienza, il suo amore per mio padre, la rendevano vulnerabile; temeva le critiche, e, per evitarle, poneva ogni cura nel « fare come tutti ». Il suo nuovo ambiente rispettava solo a metà la morale del convento degli Uccelli. Mia madre non voleva passare per bigotta, e rinunciò a giudicare secondo il suo codice: decise di adattarsi alle convenienze. Il miglior amico di papà conviveva maritalmente, il che è a dire nel peccato; ciò non gli impediva di venire spesso a casa nostra; ma la sua concubina non era ricevuta. Mia madre non si sognò mai di protestare – né in un senso, né in un altro – contro un'incoerenza sanzionata dagli usi mondani. Acconsentí a ben altri compromessi, che peraltro non intaccarono mai i suoi principî. Forse, fu appunto per compensare queste concessioni ch'ella conservò interiormente una rigorosa intransigenza. Benché fosse stata senza alcun dubbio una sposa felice, faceva ben poca distinzione tra vizio e sessualità; associò sempre strettamente l'idea della carne a quella del peccato. Poiché gli usi l'inducevano a scusare negli uomini certe sregolatezze, la sua severità si concentrò sulle donne; per lei, tra le « donne oneste » e le « libertine » non c'era via di mezzo. Le questioni « fisiche » le ripugnavano tanto che con me non le toccò mai; non mi avvertí nemmeno delle sorprese che mi aspettavano alla soglia della pubertà. In tutti gli altri campi condivideva le idee di mio padre, senza mostrare difficoltà a conciliarle con la religione. Mio padre si stupiva dei paradossi dell'animo umano, dell'ereditarietà, delle stranezze dei sogni; non ho mai vista mia madre stupirsi di niente.

Tutta compresa delle proprie responsabilità quanto papà se ne disinteressava, prese molto a cuore il suo compito d'educatrice. Chiedeva consigli alla Confraternita delle Madri Cristiane, e conferiva sovente con le signorine dell'Istituto. Mi accompagnava lei stessa a scuola, assisteva alle lezioni, controllava i compiti; imparò l'inglese e cominciò a studiare il latino per seguirmi. Dirigeva le mie letture, e mi portava alla messa e alla benedizione; recitavamo tutt'e tre insieme, lei, mia sorella ed io, le preghiere del mattino e della sera. Ella era il mio testimone in ogni istante, fin nel segreto del mio cuore, e non facevo alcuna differenza tra il suo sguardo e quello di Dio. Nessuna delle mie zie – nemmeno la zia Marguerite che era stata educata al Sacré-Coeur – praticava la religione con tanto zelo: la mamma si comunicava spesso, pregava assiduamente, e leggeva una quantità di libri di devozione; conformava la sua condotta alle sue credenze: era pronta a sacrificarsi, e si dedicava interamente alla famiglia. Non la consideravo una santa perché mi era troppo familiare e perché si arrabbiava troppo facilmente; e per questo il suo esempio mi riusciva tanto piú convincente: potevo, anzi, dovevo eguagliarla in pietà e in virtú. Fosse stata piú impeccabile e piú lontana non avrebbe agito su di me cosí profondamente.

In realtà, il suo ascendente era dovuto in gran parte alla nostra intimità. Mio padre mi trattava come una persona adulta; mia madre si prendeva cura della bambina che ero. Era piú indulgente di lui; trovava naturale che dicessi stupidaggini, mentre lui se ne irritava; si divertiva alle mie uscite, ai miei scarabocchi, ch'egli non trovava affatto curiosi. Volevo esser presa in considerazione, ma avevo essenzialmente bisogno di essere accettata cosí com'ero, con le manchevolezze della mia età. Gli elogi che piú mi lusingavano erano quelli di mio padre; ma se egli si arrabbiava perché avevo messo in disordine il suo scrittoio, o se esclamava: – Come sono stupidi questi bambini! – prendevo alla leggera queste parole cui evidentemente egli non dava molto peso; in compenso, un rimprovero di mia madre, un suo minimo aggrottar di ciglia scuoteva la mia sicurezza: privata della sua approvazione non mi sentivo piú in diritto di esistere.

Le sue critiche mi toccavano cosí a fondo perché fidavo nella sua benevolenza. A sette o otto anni, non mi contenevo, con lei, e le parlavo con gran libertà. Ho un ricordo preciso che me ne rende certa. Dopo la varicella, soffersi di una leggera scoliosi; un medico tracciò una linea lungo la mia colonna vertebrale, come se la mia schiena fosse una lavagna, e mi disse di fare della ginnastica svedese. Presi delle lezioni private da un professore alto e biondo. Aspettandolo, un pomeriggio, mi esercitavo ad arrampicarmi alla pertica; arrivata in cima, provai un curioso formicolio tra le cosce, era piacevole, e lo feci di nuovo, il fenomeno si ripeté. – È curioso, – dissi alla mamma, descrivendole ciò che avevo provato. Con aria indifferente, lei cambiò argomento, e io pensai di aver fatto uno di quei discorsi oziosi che non sono degni di risposta.

In seguito, tuttavia, il mio atteggiamento cambiò. Quando, un paio d'anni piú tardi, riflettei sui « legami di sangue », di cui si parla cosí spesso nei libri, e sul « frutto del ventre tuo », dell'*Ave Maria*, non partecipai alla mamma i miei sospetti. Può darsi che nel frattempo ella avesse opposto a certe mie domande una resistenza che ho dimenticata. Ma il mio silenzio era l'indice d'un atteggiamento piú generale: ormai mi sorvegliavo. Mia madre mi puniva raramente, e anche se aveva la mano lesta, i suoi schiaffi non facevano gran male. Tuttavia, pur senza amarla di meno, avevo cominciato a temerla. C'era una frase ch'ella usava volentieri, e che aveva un effetto paralizzante su noi bambine: – È ridicolo! – La sentivamo spesso pronunciare questa sentenza, quando criticava con papà la condotta di una terza persona; rivolta contro di noi, ci precipitava dall'empireo familiare negli abissi dove strisciava il resto del genere umano. Incapaci di prevedere il gesto o la parola che potevano scatenarla, qualsiasi iniziativa comportava per noi un pericolo: la prudenza consigliava di andar caute. Ricordo la nostra sorpresa quando, avendo chiesto alla mamma il permesso di portarci le nostre bambole in villeggiatura, ella rispose. – Perché no? – Per anni avevamo frenato questo desiderio. Senza dubbio, la causa principale della mia timidezza era la preoccupazione di evitare il suo disprezzo. Ma oltre a ciò, quando i suoi occhi si accendevano d'una luce minacciosa, o quando semplicemente la sua bocca s'increspava, credo ch'io temessi, non meno della mia disgrazia, i tumulti che provocavo nel suo animo. S'ella mi avesse convinta di menzogna avrei risentito il suo scandalo piú vivamente della mia propria vergogna: la sola idea mi riusciva cosí intollerabile che dicevo sempre la verità. Naturalmente non mi rendevo conto che mia madre, affrettandosi a condannare ogni diversità e ogni novità, evitava lo sconcerto che qualsiasi contestazione suscitava in lei, ma sentivo che le parole insolite, i progetti imprevisti turbavano la sua serenità. La responsabilità di cui mi sentivo gravata raddoppiava la mia dipendenza.

Cosí vivevamo, lei ed io, in una specie di simbiosi, e senza far nulla per imitarla, io fui modellata da lei. Fu lei a inculcarmi il senso del dovere, come pure i principî della dedizione e dell'austerità. A mio padre non dispiaceva mettersi in mostra, ma io appresi dalla mamma a restare in ombra, a controllare il mio linguaggio, a censurare i miei desideri, a dire e a fare esattamente ciò che si doveva dire e fare. Non rivendicavo niente e osavo ben poco.

L'accordo che regnava tra i miei genitori rafforzava il rispetto che provavo per ciascuno di loro, e mi permise di eludere una difficoltà che avrebbe potuto mettermi in serio imbarazzo; papà non andava alla messa, e sorrideva quando la zia Marguerite commentava i miracoli di Lourdes: non era credente. Questo scetticismo non mi raggiungeva, tanto mi sentivo investita della presenza di Dio; e tuttavia mio padre non sbagliava mai: come spiegare ch'egli fosse cieco per la piú lampante delle verità? A veder le cose com'erano, era una contraddizione insuperabile. Pure, visto che mia madre, ch'era cosí pia, sembrava trovar la cosa naturale, accettavo tranquillamente l'atteggiamento di papà. La conseguenza fu che mi abituai a considerare la mia vita intellettuale – incarnata da mio padre – e la mia vita spirituale – diretta da mia madre – come due campi radicalmente eterogenei, tra i quali non poteva esservi alcuna interferenza. La santità e l'intelligenza appartenevano a due ordini diversi, e le cose umane – la cultura, la politica, gli affari, gli usi e i costumi – non avevano niente a che fare con la religione. Cosí, relegai Dio fuori del mondo, e ciò avrebbe influenzato profondamente il corso della mia evoluzione.

La mia situazione familiare era analoga a quella di mio padre da ragazzo, che si era trovato in bilico tra il disinvolto scetticismo di mio nonno e la serietà borghese di mia nonna. Anche nel mio caso, l'individualismo di papà e la sua morale profana contrastavano con la severa morale tradizionalista che m'insegnava la mamma; e si deve in gran parte a questo squilibrio, che mi destinava alla discussione, il fatto ch'io sia divenuta un'intellettuale.

Ma allora mi sentivo protetta e guidata, sia sulla terra che nelle vie celesti. Per di piú, avevo la fortuna di non essere sola nella mia condizione di bambina, avevo una compagna: mia sorella, la cui parte divenne considerevole verso il mio sesto anno.

In casa la chiamavamo Poupette, e aveva due anni e mezzo meno di me. Bionda con gli occhi azzurri, dicevano che rassomigliava a papà; il suo sguardo, nelle fotografie di quando era bambina, sembra imbevuto di lacrime. La sua nascita era stata una delusione, poiché tutta la famiglia desiderava un bambino; certo nessuno gliene serbò rancore, ma forse non è stato senza conseguenze che intorno alla sua culla si sia sospirato. I miei ponevano ogni cura nel trattarci con esatta giustizia; portavamo vestiti identici, uscivamo quasi sempre insieme, avevamo una sola vita in due; tuttavia, come primogenita, io godevo di certi vantaggi. Io avevo una stanza, che dividevo con Louise, e dormivo in un letto grande, falso antico, in legno scolpito, sopra il quale c'era una riproduzione dell'*Assunzione* del Murillo. Per mia sorella si montava un lettino in uno stretto corridoio. Durante il servizio militare di papà, ero io che accompagnavo la mamma quando andava a trovarlo. Relegata in una posizione secondaria, la « piú piccola » si sentiva quasi superflua. Per i miei genitori io ero un'esperienza nuova: mia sorella doveva fare ben piú fatica per sconcertarli o per stupirli; io non ero stata paragonata con nessuno, lei veniva continuamente paragonata con me. All'Istituto Désir, quelle signorine usavano portare ad esempio le primogenite alle piú piccole; qualunque cosa facesse Poupette, il passato e le sublimazioni della leggenda volevano che io l'avessi fatto meglio di lei; nessuno sforzo, nessun successo le permetteva mai di sfondare quel soffitto. Vittima di un'oscura maledizione, Poupette ne soffriva, e spesso, la sera, seduta sulla sua seggiolina, piangeva. Le rimproveravano il suo carattere piagnucoloso: un altro punto d'inferiorità. Avrebbe potuto prendermi in odio, e invece, paradossalmente, non stava bene che accanto a me. Comodamente installata nella mia parte di primogenita, io non mi valevo di alcun'altra superiorità fuori di quella conferitami dalla mia età; giudicavo Poupette molto sveglia per la sua; la consideravo per quella che era: una mia simile un po' piú giovane di me. Lei mi era riconoscente della mia stima, e la ricambiava con una devozione assoluta. Era il mio vassallo, il mio secondo, il mio doppione: non potevamo fare a meno l'una dell'altra.

Compiangevo i figli unici; i divertimenti solitari mi sembravano insulsi, nient'altro che un modo di ammazzare il tempo. In due, una partita a palla o a nasconderella diveniva un'impresa, per correre dietro un cerchio, per una gara, perfino per fare le decalcomanie o per colorare delle figure, mi occorreva una socia; rivaleggiando, collaborando, l'opera di ciascuna trovava nell'altra la sua destinazione, si salvava dalla gratuità. I giochi che mi piacevano di piú erano quelli in cui incarnavo un personaggio, poiché esigevano un complice. Non avevamo molti giocattoli; i piú belli – la tigre che saltava, l'elefante che sollevava le zampe – papà e mamma ce li tenevano sotto chiave, per farli ammirare, all'occasione, agli invitati. Non ne provavo alcun rammarico. Ero lusingata di possedere oggetti coi quali si divertivano i grandi; li preferivo preziosi anziché familiari. D'altra parte, gli utensili – la piccola drogheria, la batteria da cucina, il pronto soccorso –, offrivano solo un tenue stimolo alla mia fantasia. Per animare le storie che inventavo mi era indispensabile una *partenaire*.

Ci rendevamo conto della banalità di gran parte delle situazioni che mettevamo in scena, tuttavia, per vendere cappelli o sfidare le pallottole tedesche, la presenza degli adulti non ci dava imbarazzo. Altri soggetti, quelli da noi preferiti, esigevano la clandestinità. In apparenza erano perfettamente innocenti; ma sublimando l'avventura della nostra infanzia o anticipando l'avvenire, lusingavamo in noi qualcosa di intimo e di segreto. Parlerò piú avanti di quelli che, dal mio punto di vista, mi appaiono come i piú significativi. In realtà, ero soprattutto io che mi esprimevo attraverso di essi, poiché li imponevo a mia sorella, assegnandole delle parti ch'ella accettava docilmente. Nelle ore in cui il silenzio, l'ombra, la noia delle case borghesi invadono l'ingresso, io liberavo i miei fantasmi; a forza di gesti e di parole li materializzavamo, e a volte, esaltandoci a vicenda, riuscivamo a staccarci da questo mondo finché una voce imperiosa non ci richiamava alla realtà. Il giorno dopo ricominciavamo. – Adesso giochiamo a *questo*, – dicevamo. Arrivava il giorno in cui il tema troppo spesso ripreso non ci ispirava piú; allora ne sceglievamo un altro cui restavamo fedeli per qualche ora o qualche settimana.

Se ho potuto calmare tanti sogni recitandoli, lo devo a mia sorella; lei mi permise anche di salvare la mia vita quotidiana dal silenzio; è con lei che presi l'abitudine della comunicazione. In sua assenza, oscillavo tra due estremi: la parola, o era un suono ozioso che producevo con la bocca, oppure, se la rivolgevo ai miei genitori, era un atto serio; quando parlavamo Poupette ed io, le parole avevano un senso, ma non un peso eccessivo. Con lei non conobbi i piaceri dello scambio, poiché tutto ci era comune; ma, commentando a viva voce i fatti e le emozioni della giornata ne moltiplicavamo il valore. Non v'era niente di sospetto nei nostri discorsi, pure, per l'importanza che entrambe vi attribuivamo, essi creavano tra noi una connivenza che ci isolava dagli adulti: insieme, possedevamo un nostro giardino segreto.

Questo ci era assai utile. Le tradizioni ci obbligavano a una quantità di *corvées*, specialmente verso la fine dell'anno: bisognava partecipare a interminabili pranzi di famiglia da certe zie piú o meno tali, bisognava far visita a certe vecchie signore ammuffite. Spesso ci salvavamo dalla noia rifugiandoci nell'ingresso e giocando « *a questo* ». D'estate, il nonno organizzava spesso delle spedizioni nei boschi di Chaville o di Neudon; per scongiurare la noia di quelle passeggiate, non avevamo altra risorsa che le nostre chiacchiere; facevamo progetti, rievocavamo ricordi; Poupette mi faceva delle domande, io le raccontavo episodi della storia romana o della storia francese, o cose di mia invenzione.

Ciò che piú apprezzavo nei nostri rapporti era che io avevo su di lei una presa reale. Gli adulti mi tenevano alla loro mercè; se riuscivo a estorcergli una lode erano pur sempre loro che decidevano di farmela. Certi miei atti colpivano direttamente mia madre, ma in modo del tutto indipendente dalle mie intenzioni. Tra mia sorella e me tutto ciò che accadeva era reale. Litigavamo, lei piangeva, io mi arrabbiavo, ci gettavamo a vicenda il supremo insulto: – Quanto sei stupida! – e poi ci riconciliavamo. Le sue lacrime non erano finte, e se rideva per una spiritosaggine, non lo faceva per compiacenza. Mi riconosceva dell'autorità; gli adulti a volte cedevano, con me; lei mi obbediva.

Uno dei legami piú solidi che si stabilirono tra noi fu quello tra maestro e allievo. Mi piaceva tanto studiare che trovavo appassionante insegnare. Far scuola alle mie bambole non poteva certo appagarmi; non si trattava di parodiare dei gesti, ma di trasmettere veramente la mia scienza.

Insegnando a mia sorella a leggere, a scrivere e a contare, conobbi già all'età di sei anni l'orgoglio dell'efficacia. Mi piaceva scarabocchiare sulla carta bianca frasi o disegni, ma cosí facendo non fabbricavo che cose inutili, invece, quando cambiavo l'ignoranza in sapere, quando imprimevo delle verità in uno spirito vergine, creavo qualcosa di reale. Non imitavo gli adulti, li eguagliavo, e il mio successo andava molto al di là della loro compiacenza, soddisfaceva in me aspirazioni piú serie della vanità. Fino allora mi ero limitata a profittare delle cure di cui ero oggetto, adesso, a mia volta, ero io che servivo agli altri; sfuggivo in tal modo alla passività dell'infanzia, ed entravo nel grande circuito umano, dove, pensavo, ciascuno è utile a tutti gli altri. Da quando lavoravo seriamente il tempo non fuggiva piú, si iscriveva in me: trasmettendo le mie cognizioni a un'altra memoria, le conservavo doppiamente.

Grazie a mia sorella – mia complice, mia sottoposta, mia creatura –, affermavo la mia autonomia. Naturalmente, non le riconoscevo che « l'uguaglianza nella differenza » il che è un modo di affermare la propria preminenza. Senza formularlo chiaramente, davo per ammesso che i miei genitori riconoscevano questa gerarchia, e che ero io la loro favorita. La mia stanza dava sul corridoio dove dormiva mia sorella e in fondo al quale si apriva lo studio; dal mio letto, udivo papà e mamma che parlavano, la notte, e quel pacato mormorio mi cullava; una sera, il cuore quasi mi cessò di battere;

con voce posata, appena curiosa, la mamma domandava: – Quale preferisci delle due? – Aspettai che papà pronunciasse il mio nome, ma per un istante che mi parve interminabile, egli esitò: – Simone è piú riflessiva, ma Poupette è cosí affettuosa... – Continuarono a soppesare i pro e i contro, dicendo tutto ciò che pensavano; e infine si accordarono sul fatto che ci amavano ugualmente entrambe; era proprio come si leggeva nei libri: i genitori vogliono bene in misura uguale a tutti i loro figli. Ne provai tuttavia un certo dispetto. Non avrei sopportato che uno di essi preferisse mia sorella a me; se mi rassegnai a una divisione in parti uguali fu perché mi persuasi che tornava a mio vantaggio. Piú grande, piú istruita, piú avvertita della mia sorella minore, se papà e mamma avevano per noi lo stesso affetto, a me, per lo meno, dovevano considerarmi di piú, e sentirmi piú vicina alla loro maturità.

Consideravo una fortuna evidente che il cielo mi avesse assegnati proprio quei genitori, quella sorella, quella vita. Senza alcun dubbio avevo una quantità di ragioni per rallegrarmi della mia sorte. Inoltre, ero dotata di quella che vien chiamata un'indole felice; ho sempre trovata la realtà piú nutriente dei miraggi; le cose che per me esistevano con maggiore evidenza erano quelle che possedevo; il valore che attribuivo loro mi salvaguardava contro le delusioni, le nostalgie, i rammarichi; i miei attaccamenti avevano di gran lunga la meglio sui miei desideri. Biondina era vecchiotta, sciupata, malvestita; non l'avrei ceduta contro la piú sontuosa delle bambole che troneggiavano nelle vetrine: l'amore che provavo per essa la rendeva unica, insostituibile. Non avrei scambiato contro nessun paradiso il parco di Meyrignac, contro nessun palazzo il nostro appartamento. L'idea che Louise, mia sorella, i miei genitori potessero essere diversi da come erano non mi sfiorava nemmeno. Io stessa non m'immaginavo con un altro volto, né in un'altra pelle: mi piaceva con la mia.

Dalla soddisfazione alla sufficienza il passo è breve. Contenta del posto che occupavo nel mondo, lo consideravo privilegiato. I miei genitori erano esseri d'eccezione, e consideravo la nostra famiglia come esemplare. A papà piaceva prendere in giro la gente, e alla mamma criticare; erano pochi quelli che trovavano grazia ai loro occhi, mentre loro non li avevo mai sentiti criticare da nessuno; il loro modo di vivere rappresentava perciò la norma assoluta. La loro superiorità si rifletteva su di me. Al Lussemburgo ci era proibito giocare con bambine sconosciute; ciò dipendeva evidentemente dal fatto che noi eravamo d'una stoffa piú fine. Non ci era permesso bere nei bicchieri di metallo attaccati alle fontane, come la gente volgare; la nonna mi aveva regalato una conchiglia di madreperla, di un modello esclusivo, come i nostri cappotti azzurro cielo. Mi ricordo che un martedí grasso le nostre borse erano piene, anziché di confetti, di petali di rosa. Mia madre si forniva da certi pasticcieri; le focacce del fornaio mi sembravano praticamente incommestibili, quasi fossero fatte di gesso: la delicatezza dei nostri stomaci ci distingueva dalla gente comune. Mentre la maggior parte dei bambini del mio ambiente erano abbonati alla « Semaine de Suzette », io ero abbonata all'« Etoile noëliste », che la mamma riteneva di un livello morale piú elevato. Io non facevo i miei studi alla scuola pubblica, ma in un istituto privato, che dimostrava la sua originalità in una quantità di particolari; le classi, per esempio erano numerate in modo curioso: Zero, Prima, Seconda, Terza-Prima, Terza-Seconda, Quarta-Prima, ecc. Frequentavo il catechismo nella cappella della scuola, senza mescolarmi alla turba dei bambini della parrocchia. Appartenevo a un'*élite*.

Tuttavia, in questa cerchia cosí scelta, certi amici dei miei genitori godevano di un importante vantaggio: erano ricchi; come soldato di seconda classe, mio padre guadagnava cinque soldi al giorno, e noi le tiravamo verdi. A volte, mia sorella ed io eravamo invitate a feste di un lusso sbalorditivo; in enormi appartamenti pieni di lampadari, di broccati, di velluti, un nugolo di bambini si impinzavano di gelati alla crema e di *petits-fours*; assistevamo a una rappresentazione di marionette, ai giochi di un prestigiatore, o facevamo il girotondo intorno all'albero di Natale. Le altre bambine erano vestite di lucida seta o di merletto, noi portavamo dei vestitini di lanetta dai colori smorti. Io mi sentivo un po' mortificata, ma alla fine della giornata, stanca, sudata, lo stomaco in subbuglio, rivolgevo il mio disgusto verso i tappeti, i cristalli, le sete, ed ero contenta quando mi ritrovavo a casa mia. Tutta la mia educazione mi assicurava che la virtú e la cultura contano piú del denaro, e i miei gusti mi portavano a crederlo; perciò accettavo serenamente la modestia della nostra condizione. Fedele al mio atteggiamento ottimista mi convincevo perfino ch'essa era invidiabile: vedevo nella nostra mediocrità un giusto equilibrio. I poveri, i mascalzoni, li consideravo degli esclusi; ma anche i principi e i miliardari erano separati dal vero mondo: la loro situazione eccezionale ne li escludeva. Quanto a me, credevo di aver accesso sia alle piú alte che alle piú basse sfere della società; in realtà le prime mi erano chiuse, e dalle seconde ero radicalmente tagliata fuori.

Erano poche le cose che potevano turbare la mia tranquillità. Consideravo la vita come un'avventura felice; contro la morte mi difendeva la fede: chiudevo gli occhi, e in un lampo le nivee mani degli angeli mi trasportavano al cielo. In un libro dal taglio dorato lessi un apologo che mi colmò di certezza; una piccola larva che viveva in fondo a uno stagno era preoccupata; una dopo l'altra le sue compagne si perdevano nella notte del firmamento acquatico: sarebbe scomparsa cosí anche lei? D'un tratto si ritrovava dall'altra parte delle tenebre: aveva le ali, volava, accarezzata dal sole, tra fiori meravigliosi. L'analogia mi parve irrefutabile; un sottile tappeto di azzurro mi separava dai paradisi dove risplendeva la vera luce; spesso mi distendevo sulla mochetta con gli occhi chiusi, le mani giunte, e comandavo alla mia anima d'involarsi. Era soltanto un gioco; se davvero avessi creduto ch'era giunta la mia ultima ora avrei gridato dal terrore. Peraltro, la semplice idea della morte non mi spaventava. Una sera tuttavia, il nulla mi angosciò. Leggevo: in riva al mare, una sirena spirava; per amore di un bel principe, ella aveva rinunciato alla sua anima immortale e si cambiava in schiuma. Quella voce dentro di lei, che ripeteva senza tregua: « son qui », si era taciuta per sempre: mi parve come se l'universo intero fosse affondato nel silenzio. Ma no. Dio prometteva l'eternità: io non avrei mai cessato di vedere, di udire, di parlarmi. Non ci sarebbe stata alcuna fine.

Ma c'era stato un principio; questo, a volte, mi turbava. I bambini nascono per un *fiat* divino, pensavo; ma, contro ogni ortodossia, limitavo le capacità dell'Onnipotente. Quella presenza che sentivo dentro di me, e che mi assicurava che ero io, non dipendeva da nessuno, nulla poteva raggiungerla, era impossibile che qualcuno, fosse pure Dio, l'avesse fabbricata: egli si era limitato a fornirle un involucro. Nello spazio soprannaturale nuotavano, invisibili, impalpabili, miriadi di piccole anime che aspettavano d'incarnarsi. Io ero stata una di loro, e l'avevo del tutto dimenticato; quelle anime vagabondavano fra cielo e terra e non se lo sarebbero ricordato. Mi rendevo conto con angoscia che quest'assenza di memoria equivaleva al nulla; tutto avveniva come se prima di comparire nella mia culla io non fossi esistita affatto. Bisognava colmare quella lacuna: avrei catturato al passaggio i fuochi fatui la cui luce illusoria non illuminava nulla, avrei prestato loro il mio sguardo, avrei dissipato la loro notte, e i bambini che sarebbero nati in futuro avrebbero ricordato... mi perdevo in queste oziose fantasticherie fino alla vertigine, negando vanamente lo scandaloso divorzio della mia coscienza dal tempo.

Io, almeno, ero emersa dalle tenebre; ma le cose intorno a me vi restavano affondate. Mi piacevano le storie che attribuivano alla grossa aguglia idee a forma di aguglia, alla credenza pensieri di legno; ma erano fiabe; gli oggetti dal cuore opaco pesavano sulla terra senza saperlo, senza poter mormorare: « son qui ». Ho raccontato altrove come a Meyrignac contemplassi stupita una vecchia giacchetta abbandonata sulla spalliera di una sedia. Provai a dire al suo posto: « sono una vecchia giacchetta abbandonata ». Non mi riuscí, e fui presa dal panico. Nei secoli trascorsi, nel silenzio degli esseri inanimati, presentivo la mia propria assenza: presentivo la verità, illusoriamente scongiurata, della mia morte.

Il mio sguardo creava luce; specie durante le vacanze mi ubriacavo di scoperte; ma a volte mi sentivo ròsa da un dubbio: lungi dal rivelarmi il mondo, la mia presenza lo deformava. Certo, non credevo che mentre dormivo i fiori del salotto se ne andassero al ballo, o che nella vetrina i ninnoli intrecciassero idilli. Ma a volte mi veniva il sospetto che la campagna familiare imitasse certe foreste incantate, che si camuffano quando un intruso le víola; sotto i suoi passi nascono miraggi, egli si smarrisce, boschi e radure gli nascondono il loro segreto. Nascosta dietro un albero, tentavo invano di sorprendere la solitudine del sottobosco. Un racconto che si intitolava *Valentino, o il demone della curiosità*, mi fece una grande impressione. Una fata cattiva conduceva Valentino a fare una passeggiata in carrozza; fuori, ella gli diceva, c'erano paesaggi meravigliosi, ma i finestrini erano coperti da tendine, ch'egli non doveva sollevare; spinto dal suo cattivo genio, Valentino disobbediva, e non vedeva altro che tenebre: lo sguardo aveva ucciso il suo oggetto. Non mi interessai al seguito della storia: mentre Valentino lottava contro il suo demone, io mi dibattevo ansiosamente contro la notte dell'ignoranza.

Le mie inquietudini, per quanto acute, a volte, si dissipavano presto. Gli adulti mi garantivano il mondo, e solo raramente tentavo di penetrarlo senza il loro aiuto. Preferivo seguirli negli universi immaginari ch'essi avevano creato per me.

M'installavo nel vestibolo, davanti all'armadio normanno e all'orologio di legno scolpito che racchiudeva nel suo ventre due cupree pigne di pino e le tenebre del tempo; nella parete si apriva la bocca di un calorifero; attraverso la griglia dorata respiravo il soffio nauseabondo che saliva dal profondo. Quell'abisso, il silenzio scandito dal tic-tac dell'orologio, mi intimorivano. Ma i libri mi rassicuravano: parlavano, non dissimulavano niente; in mia assenza, tacevano; quando li aprivo dicevano esattamente ciò che dicevano; se una parola mi sfuggiva, la mamma me la spiegava. Allungata bocconi sulla mochetta rossa, leggevo Madame de Ségur, Zénaïde Fleuriot, le favole di Perrault, di Grimm, di Madame d'Aulnoy, del Canonico Schmidt, gli album di Töpffer, Bécassine, le avventure della famiglia Fenouillard o del geniere Camember, *Senza famiglia*, Jules Verne, Paul d'Ivoi, André Laurie, e la collana dei « Libri rosa » di Larousse, che raccontavano le leggende di tutti i paesi; e, durante la guerra, narrazioni patriottiche.

Mi venivano dati soltanto libri per l'infanzia, scelti con cautela; libri che ammettevano le stesse verità e gli stessi valori dei miei genitori e delle mie insegnanti; i buoni erano ricompensati, i cattivi puniti; le disavventure succedevano soltanto alla gente ridicola e stupida. A me bastava che fossero salvaguardati questi principî essenziali; di solito, non cercavo alcuna corrispondenza tra le fantasie dei libri e la realtà; mi divertivo, leggendoli, come ridevo al teatro di marionette, a distanza; per questo, nonostante gli strani, nascosti significati che vi scoprono ingegnosamente gli adulti, i romanzi di Madame de Ségur non mi hanno mai sbalordita. Madame Bonbech, il generale Dourakine, come il signor Cryptogame, il barone di Crac, o Bécassine, per me non erano che fantocci. Un racconto era un bell'oggetto che bastava a se stesso, come uno spettacolo di marionette o una figura; ero sensibile alla necessità di quelle costruzioni che hanno un principio, uno svolgimento e una fine, e in cui parole e frasi brillano di luce propria come i colori di un quadro. A volte tuttavia il libro mi parlava piú o meno confusamente del mondo che mi circondava o di me stessa, e allora mi faceva sognare, o riflettere, e qualche volta scuoteva le mie certezze. Andersen mi insegnò la malinconia; nei suoi racconti, gli oggetti soffrono, si spezzano, si consumano, senza meritare la loro sventura; la piccola sirena, prima di annientarsi, soffriva ad ogni passo, come avesse camminato sui carboni ardenti, eppure non aveva commesso alcuna colpa; le sue torture e la sua morte mi tormentarono il cuore. Un romanzo che lessi a Meyrignac, e che s'intitolava *L'esploratore delle giungle*, mi sconvolse. L'autore raccontava stravaganti avventure con abilità sufficiente a suscitare la mia partecipazione. Il protagonista aveva un amico a nome Bob, un buontempone corpulento e amico fedele, che conquistò subito la mia simpatia. Detenuti entrambi in una prigione indú, scoprivano uno stretto passaggio sotterraneo che si poteva percorrere solo strisciando carponi. Bob avanzava per primo, e d'un tratto cacciava un urlo spaventoso: aveva incontrato un pitone. Le mani madide, il cuore palpitante, assistevo alla tragedia di Bob divorato dal serpente. Questa storia mi ossessionò per molto tempo. Certo la sola idea di essere ingoiati era sufficiente a gelarmi il sangue; ma sarei stata meno scossa se avessi detestata la vittima. La morte spaventosa di Bob contraddiceva tutte le mie regole; poteva succedere qualunque cosa.

Nonostante il loro conformismo, i libri allargavano il mio orizzonte; inoltre, al miracolo del tramutarsi dei segni stampati in racconto provavo il rapimento del neofita; mi venne il desiderio di invertirlo, seduta davanti a un tavolinetto, vergavo sulla carta delle frasi che mi serpeggiavano nella testa: il foglio bianco si copriva di segni violetti che raccontavano una storia. Intorno a me il silenzio dell'anticamera diveniva solenne: mi sembrava di celebrare un rito. Dato che nella letteratura non cercavo un riflesso della realtà, non mi veniva mai in mente di trascrivere le mie esperienze o i miei sogni; il mio divertimento era di congegnare un oggetto con parole, come in passato ne costruivo coi cubi; i libri soltanto, e non il mondo nella sua rozzezza, potevano fornirmi i modelli; imitavo. La mia prima opera si intitolò *Le disgrazie di Margherita*. Un'eroica alsaziana, orfana per di piú, attraversava il Reno con una nidiata di fratelli e di sorelle per raggiungere la Francia. Appresi con rammarico che il fiume non scorreva dove sarebbe stato necessario, e il mio romanzo abortí. Allora parafrasai *La famiglia Fenouillard*, che in casa piaceva molto: il signore e la signora Fenouillard, e le loro due figlie, erano la negativa della nostra famiglia. Una sera la mamma lesse a papà *La famiglia Cornichon* con risa d'approvazione; papà sorrise. Il nonno mi regalò un volume rilegato, con le pagine vergini, e la copertina gialla; la zia Lilí vi ricopiò il mio manoscritto con la sua nitida scrittura da convento; io guardai con fierezza quell'oggetto quasi vero che doveva a me la sua esistenza. Composi due o tre altre opere che ebbero minore successo. A volte mi contentavo d'inventare il titolo. In campagna giocavo al libraio; intitolai *Regina di azzurro* la foglia argentea della betulla e *Fior delle nevi* la foglia lucida della magnolia, e allestivo dotte mostre. Non sapevo bene se la mia aspirazione fosse di scrivere libri, da grande, oppure di venderli, ma ai miei occhi il mondo non conteneva niente di piú prezioso. Mia madre era socia di un gabinetto di lettura in rue Saint-Placide. Insuperabili barriere proteggevano i corridoi tappezzati di libri, che si perdevano nell'infinito come le gallerie del métro. Invidiavo le vecchie signorine dagli alti collarini, che dal mattino alla sera maneggiavano i volumi rilegati in nero, col titolo che spiccava su un rettangolo arancione o verde. Immerse nel silenzio, mascherate dalla cupa monotonia delle copertine, tutte le parole erano lí in attesa di essere decifrate. Sognavo di chiudermi in quelle viuzze polverose e di non uscirne mai piú.

Una volta all'anno andavamo allo Châtelet. Il consigliere comunale Alphonse Deville, di cui mio padre era stato segretario al tempo in cui entrambi esercitavano la professione di avvocato, metteva a nostra disposizione il palco del Municipio. Assistei cosí alla *Corsa alla felicità*, al *Giro del mondo in ottanta giorni*, e ad altre *féeries* a grande spettacolo. Ammiravo il sipario rosso, le luci, le scene, i balletti delle donne-fiori; ma le avventure che si svolgevano sulla scena m'interessavano mediocremente. Gli attori erano troppo reali, e non abbastanza. Le acconciature piú sontuose brillavano meno dei rubini delle favole. Battevo le mani, esclamavo di ammirazione, ma in fondo preferivo il tranquillo tu per tu con la carta stampata.

Quanto al cinema, i miei genitori lo ritenevano un divertimento volgare. Consideravano Charlot troppo infantile, perfino per i bambini. Tuttavia, poiché un amico di papà ci aveva procurato un invito per una proiezione privata, una mattina, in una sala dei boulevards, vedemmo *L'amico Fritz*; tutti convennero che era uno splendido film. Qualche settimana dopo, nelle stesse circostanze, assistemmo al *Re di Camarga*. Il protagonista, fidanzato con una dolce contadina bionda, cavalcava in riva al mare; una zingara nuda, dagli occhi scintillanti, derideva la sua cavalcatura ed egli ne restava mortificato per diverso tempo; piú tardi, si chiudeva con la bella ragazza bruna in una casupola in mezzo alle paludi. Osservai che la mamma e la nonna si scambiavano sguardi sgomenti; la loro inquietudine finí per colpirmi, e indovinai che questa storia non era per me, ma non ne compresi bene la ragione. Mentre la bionda correva disperatamente attraverso la palude che la inghiottiva non mi resi conto che si stava consumando il piú spaventoso dei peccati. L'altera impudicizia della zingara mi aveva lasciata indifferente. Nella *Leggenda dorata*, e nei racconti del canonico Schmidt, avevo conosciuto nudità piú voluttuose. Tuttavia non tornammo piú al cinema.

Non lo rimpiansi; avevo i miei libri, i miei giochi, e dappertutto, intorno a me, oggetti di contemplazione piú degni d'interesse che non quelle immagini piatte: uomini e donne di carne ed ossa. Al contrario delle cose mute, le persone dotate di coscienza non m'inquietavano, erano i miei simili. Nell'ora in cui le facciate si fanno trasparenti, spiavo le finestre illuminate. Non succedeva niente di straordinario, ma se un bambino si sedeva davanti a un tavolo e leggeva, mi emozionavo al vedere la mia propria vita cambiarsi sotto i miei occhi in uno spettacolo. Una donna apparecchiava la tavola, una coppia conversava: recitate a distanza, sotto la luce dei lampadari, le scene familiari rivaleggiavano in splendore con gli spettacoli dello Châtelet. Non me ne sentivo esclusa; avevo l'impressione che attraverso la diversità delle scene e degli attori si andasse svolgendo un'unica storia. Ripetuta indefinitamente di casa in casa, di città in città, la mia esistenza partecipava della ricchezza dei suoi innumerevoli riflessi, si apriva sull'intero universo.

Nel pomeriggio me ne stavo a lungo seduta sul balcone della sala da pranzo, all'altezza dei fogliami che ombreggiavano il boulevard Raspail, e seguivo con gli occhi i passanti. Conoscevo troppo poco gli usi degli adulti per tentar d'indovinare verso quali appuntamenti si affrettavano, quali preoccupazioni, quali speranze si portassero dietro. Ma i loro volti, le loro figure, il suono delle loro voci, mi avvincevano; a dire il vero, oggi non riesco a spiegarmi troppo bene la felicità ch'essi mi davano; ma ricordo la mia disperazione quando i miei decisero di trasferirsi in un quinto piano di rue de Rennes: « Non vedrò piú la gente che passa! » Mi tagliavano fuori dal mondo, mi condannavano all'esilio. In campagna, poco m'importava di esser relegata in un romitaggio, la natura mi bastava; a Parigi, avevo fame di presenze umane; la vera essenza di una città sono i suoi abitanti: in mancanza di un legame piú intimo, bisognava almeno che li vedessi. Già m'accadeva di augurarmi d'infrangere il cerchio in cui ero confinata. Un'andatura, un gesto, un sorriso, mi colpivano: avrei voluto correre dietro allo sconosciuto che voltava l'angolo della strada e che non avrei incontrato mai piú. Un pomeriggio, al Lussemburgo, una ragazza grande, in tailleur verde mela, faceva saltare dei bambini alla corda; aveva le guance rosee, un riso scintillante e tenero. La sera, dichiarai a mia sorella: – Io lo so che cos'è l'amore! – Avevo davvero intravvisto qualcosa. Mio padre, mia madre, mia sorella: quelli che amavo mi appartenevano. Presentii per la prima volta che può accadere di sentirsi toccare nel profondo da un raggio che viene *dal di fuori*.

Questi brevi slanci non m'impedivano di sentirmi solidamente ancorata al mio zoccolo. Curiosa degli altri, non sognavo affatto una sorte diversa dalla mia. In particolare, non rimpiangevo di essere una bambina; evitando come ho detto di perdermi in vani desideri, accettavo allegramente ciò che avevo. D'altra parte, non vedevo alcuna ragione positiva di ritenermi non fortunata.

Non avevo fratelli, nessun paragone poteva rivelarmi che certe licenze mi erano vietate a causa del mio sesso; le costrizioni che mi venivano imposte le imputavo soltanto alla mia età; mi rammaricavo vivamente della mia infanzia, mai della mia femminilità. I ragazzi che conoscevo non avevano nulla di prestigioso. Il piú sveglio era il piccolo René, ammesso in via eccezionale a fare i suoi primi studi all'Istituto Désir; ma io ottenevo migliori voti di lui. E la mia anima, agli occhi di Dio, non era meno preziosa di quella dei maschietti: perché avrei dovuto invidiarli?

Se consideravo gli adulti, la mia esperienza era ambivalente. Su certi piani, papà, il nonno, gli zii, mi apparivano superiori alle loro mogli. Ma nella mia vita quotidiana, Louise, la mamma, quelle signorine, tenevano il primo posto. Madame de Ségur, Zénaïde Fleuriot, prendevano a protagonisti bambini, e subordinavano loro gli adulti. Perciò, nei loro libri, le madri occupavano un posto preponderante. I padri contavano un bottone. Io stessa consideravo gli adulti essenzialmente in rapporto all'infanzia e, da questo punto di vista, il mio sesso mi assicurava la preminenza. Nei miei giochi, nelle mie fantasticherie, nei miei progetti, non mi sono mai cambiata in un uomo; tutta la mia immaginazione s'impiegava ad anticipare il mio destino di donna.

Questo destino lo foggiavo a modo mio. Non so perché, ma è un fatto che i fenomeni organici cessarono assai presto di interessarmi. In campagna aiutavo Madeleine a dar da mangiare ai suoi conigli e ai suoi polli, ma queste incombenze mi annoiavano ben presto, ed ero poco sensibile alla dolcezza di una pelliccia o di una lanugine. Non ho mai amato gli animali. I lattanti rossastri, grinzosi, dagli occhi acquosi, mi davano fastidio. Quando mi camuffavo da infermiera, era soltanto per raccogliere i feriti sul campo di battaglia, ma non li curavo. Un giorno, a Meyrignac, somministrai con una pera di gomma un finto clistere a mia cugina Jeanne, la cui sorridente passività incitava al sadismo; non ritrovo alcun altro ricordo analogo a questo. Nei miei giochi, mi adattavo alla maternità solo a condizione di negarne gli aspetti nutritivi; mia sorella ed io avevamo un modo particolare di considerare le nostre bambole, e disprezzavamo le altre bambine che ci si divertono con incoerenza; le nostre bambole sapevano parlare e ragionare, vivevano contemporaneamente a noi, allo stesso ritmo, invecchiando ogni giorno di ventiquattro ore: erano i nostri doppioni. Nella realtà, mi dimostravo piú curiosa che metodica, piú zelante che meticolosa; ma accarezzavo volentieri schizofrenici sogni di rigore e di economia, e per soddisfare questa mania utilizzavo Biondina. Madre perfetta di una bambina modello, le impartivo un'educazione ideale di cui ella traeva il massimo profitto. Accettavo la discreta collaborazione di mia sorella che aiutavo imperiosamente ad allevare i suoi propri bambini. Ma rifiutavo che un uomo mi defraudasse delle mie responsabilità: i nostri mariti erano sempre in viaggio. Nella vita, lo sapevo bene, le cose andavano in tutt'altro modo. Una madre di famiglia è sempre affiancata da uno sposo, ed è oppressa da mille compiti noiosi. Quando mi figuravo il mio avvenire queste servitú m'apparivano cosí pesanti che rinunciai ad avere bambini miei; ciò che m'importava era di formare delle menti e delle anime; decisi che avrei fatto la professoressa. Tuttavia, l'insegnamento, come lo praticavano quelle signorine, non dava all'insegnante una presa abbastanza definitiva sull'allievo; bisognava che questo mi appartenesse in modo esclusivo: avrei pianificato le sue giornate nei minimi particolari, ne avrei escluso ogni imprevisto; combinando con ingegnosa esattezza occupazioni e distrazioni, avrei sfruttato ogni istante, senza sprecarne uno. Non vedevo che un mezzo per realizzare questo fine; avrei fatto l'istitutrice presso una famiglia. I miei genitori gettarono alte grida. Non immaginavo che un precettore fosse un subalterno. Constatando i progressi fatti da mia sorella conoscevo la gioia sovrana di aver cambiato un vuoto in pienezza; non concepivo che l'avvenire potesse propormi impresa piú alta di quella di modellare un essere umano. Non già, peraltro, un essere qualsiasi. Oggi mi rendo conto che nelle mie future creazioni, come nella mia bambola Biondina, non facevo che proiettare me stessa. Era questo il senso della mia educazione: adulta, avrei ripresa in mano la mia infanzia e ne avrei fatto un capolavoro. Mi sognavo come l'artefice esclusiva di me stessa e della mia propria apoteosi.

Cosí, nel presente e nell'avvenire, mi lusingavo di regnare, da sola, sulla mia propria vita. Peraltro, la religione, la storia, le mitologie, mi suggerivano un altro ruolo. Spesso immaginavo di essere Maria Maddalena, e di asciugare coi miei lunghi capelli i piedi del Cristo. La maggior parte delle eroine reali o leggendarie – Santa Blandina, Giovanna sul rogo, Griselide, Genoveffa di Brabante – raggiungevano la gloria e la felicità, in questo mondo o nell'altro, solo attraverso prove dolorose loro inflitte dai maschi. Mi piaceva recitare alla vittima, i suoi trionfi mi entusiasmavano: il carnefice non era che un insignificante mediatore tra il martire e le sue palme. Cosí, con mia sorella, facevamo gare di sopportazione: ci pizzicavamo con le mollette dello zucchero, ci scorticavamo con l'asta delle nostre bandierine; bisognava morire senza abiurare; io baravo vergognosamente poiché spiravo alla prima scorticatura, e poiché mia sorella non aveva ceduto sostenevo ch'ella sopravviveva. Monaca, imprigionata in una cella, schernivo il mio carceriere cantando inni. La passività cui mi destinava il mio sesso la convertivo in sfida. Spesso, tuttavia, cadevo nel compiacimento: assaporavo le delizie della sventura, dell'umiliazione. La mia pietà mi disponeva al masochismo; prostrata ai piedi di un Dio biondo, o, nella notte del confessionale, davanti al soave abate Martin, gustavo squisiti deliqui; le lacrime mi scorrevano sulle guance, mi abbandonavo tra le braccia degli angeli, spingevo queste emozioni al parossismo quando, vestendo la camicia insanguinata di santa Blandina, mi esponevo agli artigli dei leoni e agli sguardi della folla. Oppure, ispirandomi a Griselide e a Genoveffa di Brabante, entravo nella pelle di una sposa perseguitata; mia sorella, costretta a impersonare i Barbablú, mi scacciava crudelmente dal suo palazzo, io mi perdevo nelle foreste selvagge fino al giorno in cui la mia innocenza veniva scoperta. A volte, modificando questo libretto, mi sognavo colpevole di una colpa misteriosa, e fremevo di pentimento ai piedi di un uomo bello, duro e terribile. Vinto dai miei rimorsi, dalla mia abiezione, dal mio amore, il giustiziere posava la mano sulla mia testa china, e io mi sentivo venir meno. Alcuni miei fantasmi non sopportavano la luce, e li evocavo solo in segreto. Fui straordinariamente colpita dalla sorte di quel re prigioniero che un tiranno orientale utilizzava come pedana quando montava a cavallo; a volte mi sostituivo tremante e seminuda a quello schiavo, cui un duro sperone scorticava la schiena.

In realtà, in questi incantesimi, interveniva piú o meno chiaramente la nudità. La tunica stracciata di santa Blandina rivelava il biancore dei suoi fianchi; Genoveffa di Brabante era velata soltanto dalla sua capigliatura. Non avevo mai visto gli adulti altro che ermeticamente vestiti; io stessa, all'infuori di quando facevo il bagno – e allora Louise mi frizionava con un'energia che impediva qualsiasi compiacenza – ero stata educata a non guardare il mio corpo, e a cambiarmi la biancheria senza scoprirmi. Nel mio universo, la carne non aveva diritto di esistere. Tuttavia, avevo conosciuto la dolcezza delle braccia materne; nella scollatura di certi corsetti nasceva un solco oscuro che mi sconcertava e mi attirava. Non ero abbastanza ingegnosa per ripetere i piaceri intravvisti al corso di ginnastica. Ma a volte, un contatto vellutato contro la mia pelle, una mano che mi accarezzava il collo, mi facevano fremere. Troppo ignorante per inventare la carezza, usai vie traverse. Attraverso l'immagine dell'uomo-pedana, operavo la metamorfosi del corpo in oggetto. La realizzavo su me stessa, prosternandomi alle ginocchia di un sovrano-padrone. Per assolvermi, egli mi posava sulla nuca la sua mano di giustiziere: implorando il perdono ottenevo la voluttà. Ma quando mi abbandonavo a questi squisiti sdilinquimenti restavo tuttavia cosciente che si trattava di un gioco. Nella realtà, non mi sottomettevo a nessuno: ero, e sarei sempre rimasta, padrona di me stessa.

Tendevo anche a considerarmi, per lo meno al livello dell'infanzia, come l'Unica. Di carattere socievole, frequentavo con piacere alcune mie compagne. Facevamo delle partite all'uomo nero o al loto, ci scambiavamo dei libri. Ma in complesso, non avevo alcuna stima per nessuno dei miei piccoli amici, maschi o femmine. Volevo che si giocasse seriamente, rispettando le regole, e lottando duramente per la vittoria; mia sorella soddisfaceva a queste esigenze; ma l'abituale futilità degli altri miei compagni mi spazientiva. Immagino che, dal canto mio, dovessi sovente riuscir loro insopportabile. Ci fu un'epoca in cui arrivavo all'Istituto Désir una mezz'ora prima della lezione, e partecipavo alla ricreazione delle semiconvittrici; vedendomi traversare il cortile, una bambina si sfregò il mento con un gesto espressivo: – Eccola di nuovo qua! oh, che barba! – Era brutta, sciocca e portava gli occhiali; mi stupii un po' ma non mi afflissi. Un giorno andammo fuori città da certi amici dei miei genitori, i cui bambini avevano un gioco di croquet; alla Grillère era il nostro passatempo preferito; durante la merenda e per tutta la passeggiata non parlai d'altro. Fremevo d'impazienza. I nostri amici se ne lagnarono con mia sorella: – È seccante, col suo croquet! – Quando, la sera, ella mi ripeté queste parole, le accolsi con indifferenza. Bambini che manifestavano la loro inferiorità non amando il croquet cosí ardentemente come me, non potevano offendermi. Ostinate nelle nostre preferenze, nelle nostre manie, nei nostri principî, mia sorella ed io rimproveravamo di comune accordo agli altri bambini la loro stupidità. La condiscendenza degli adulti trasforma l'infanzia in una specie i cui componenti si equivalgono tutti quanti: niente m'irritava di piú. Alla Grillère, mentre mangiavo delle nocciole, la zitella che faceva da istitutrice a Madeleine dichiarò dottamente: – I bambini adorano le nocciole –. La canzonai con Poupette. I gusti che avevo non dipendevano dalla mia età, io non ero « una bambina »: ero io.

In quanto vassalla, mia sorella beneficiava della sovranità ch'io mi attribuivo e che lei non metteva in discussione. Pensavo che se avessi dovuto farne parte a qualcun altro, la mia vita non avrebbe piú avuto alcun senso. Nella mia classe c'erano due gemelle che andavano perfettamente d'accordo. Mi domandavo come ci si potesse rassegnare a vivere sdoppiate; io non sarei piú stata altro che una mezza persona, pensavo; e avevo anche l'impressione che ripetendosi in modo identico in un'altra, la mia esperienza non sarebbe stata piú mia. Una sorella gemella avrebbe tolto alla mia esistenza ciò che ne faceva tutto il valore: la sua gloriosa singolarità.

Durante i miei primi otto anni, conobbi un solo bambino la cui opinione avesse importanza per me, ed ebbi la fortuna ch'egli non mi disdegnasse. La zia baffuta prendeva spesso a protagonisti dei suoi raccontini ne « La Poupée modèle » i suoi nipotini, Titite e Jacques; Titite aveva tre anni piú di me, Jacques sei mesi. Avevano perduto il padre in un incidente d'auto; la mamma, risposata, viveva a Châteauvillain. L'estate del mio ottavo anno trascorremmo un periodo abbastanza lungo dalla zia Alice. Le due case quasi si toccavano. Assistevo alle lezioni che una dolce ragazza bionda impartiva ai miei cugini; meno avanti di loro, ero sbalordita dei compiti perfetti di Jacques, del suo sapere, della sua sicurezza. Colorito, gli occhi dorati, i capelli lucenti come la scorza d'una castagna d'India, era un ragazzino molto grazioso. Sul pianerottolo del primo piano c'era uno scaffale in cui egli mi sceglieva i libri; seduti sui gradini fianco a fianco leggevamo, io *I viaggi di Gulliver*, e lui un'*Astronomia popolare*. Quando scendevamo in giardino, era lui che inventava i nostri giochi. Si era messo a costruire un aeroplano che aveva già battezzato in anticipo « Le Vieux Charles », in onore di Guynemer; per fornirgli il materiale, raccoglievo tutti i barattoli di conserva che trovavo per strada.

L'aeroplano non fu nemmeno abbozzato, ma il prestigio di Jacques non ne soffrí. A Parigi, egli abitava non in una casa comune, ma in un vecchio stabile del boulevard Montparnasse dove c'era una fabbrica di vetrate; al pianterreno c'erano gli uffici, al primo piano l'abitazione, al secondo i laboratori e all'ultimo le sale d'esposizione; quella era la sua casa, ed egli me ne faceva gli onori con l'autorità di un padroncino; mi spiegava l'arte della vetrata e ciò che la distingue da un volgare vetro dipinto; parlava agli operai in tono protettivo; io ascoltavo a bocca aperta quel ragazzetto che aveva già l'aria di comandare su un gruppo di adulti; mi metteva molta soggezione. Trattava da pari a pari con i grandi, e mi scandalizzava perfino un poco quando strapazzava sua nonna. Di solito disprezzava le bambine, e tanto piú ciò mi faceva apprezzare la sua amicizia. – Simone è una bambina precoce, – aveva dichiarato. Questa parola mi piacque molto. Un giorno fabbricò con le sue mani un'autentica vetrata, le cui losanghe azzurre, rosse e bianche erano incastonate col piombo; vi aveva scritto una dedica in lettere nere:

« A Simone ». Non avevo mai ricevuto un regalo piú lusinghiero. Decidemmo che eravamo « sposi d'amore » e chiamai Jacques « il mio fidanzato ». Facemmo il nostro viaggio di nozze sui cavalli di legno del Lussemburgo. Io presi sul serio il nostro fidanzamento. Tuttavia, quando lui non c'era, non ci pensavo affatto. Ogni volta che lo vedevo, ero contenta, ma non sentivo mai la sua mancanza.

Cosí, l'immagine che ritrovo di me stessa alle soglie dell'età della ragione è quella di una bambina ordinata, felice, e discretamente petulante. Due o tre ricordi smentiscono questo ritratto e mi fanno pensare che sarebbe bastato poco per far crollare la mia sicurezza. A otto anni non ero piú robusta come nella mia prima infanzia, ma gracile e patita. Durante le lezioni di ginnastica di cui ho parlato, ero vestita di un brutto maglione attillato, e una zia aveva detto alla mamma: – Sembra una scimmietta –. Verso la fine del corso, il professore mi aggregò agli allievi di un corso collettivo: un gruppo di ragazze e ragazzi accompagnati da una governante. Le bambine portavano un costume di jersey azzurro pallido, con la gonna corta graziosamente pieghettata; le loro trecce lucenti, la voce, le maniere, tutto in esse era impeccabile, e tuttavia correvano, saltavano, facevano capriole, ridevano, con la libertà e l'arditezza che credevo appannaggio dei monellacci. Mi sentii d'un tratto goffa, impacciata, brutta: una scimmietta; senza dubbio era cosí che mi vedevano quei bei bambini, i quali, peggio che disprezzarmi, mi ignoravano. Contemplavo accasciata il loro trionfo e la mia nullità.

Qualche mese dopo, un'amica dei miei genitori, i cui figli non mi divertivano gran che, mi portò a Villers-sur-Mer. Era la prima volta che lasciavo mia sorella, e mi sentivo mutilata. Trovai che il mare era noioso, i bagni erano un supplizio, l'acqua mi mozzava il fiato, avevo paura. Una mattina, a letto, mi misi a singhiozzare. La signora Rollin mi prese con imbarazzo sulle ginocchia e mi domandò la ragione delle mie lacrime; mi parve come se recitassimo entrambe la commedia, e non seppi cosa risponderle: no, nessuno mi aveva canzonata, tutti erano buoni con me; la verità è che, separata dalla mia famiglia, privata delle affettuosità che mi rassicuravano sui miei meriti, delle consegne e dei punti di riferimento che definivano il mio posto nel mondo, non sapevo piú come situarmi, né che cosa fossi venuta a fare sulla terra. Avevo bisogno di essere incasellata entro confini il cui rigore giustificava la mia esistenza. Me ne rendevo conto, poiché temevo i cambiamenti. Il fatto ch'io non abbia dovuto subire né lutti né trasferimenti è una delle ragioni che mi permisero di perdurare cosí a lungo nelle mie illusioni infantili.

La mia serenità subí tuttavia un'ecclissi nell'ultimo anno di guerra. Fece un gran freddo, quell'inverno, e mancava il carbone; nell'appartamento mal riscaldato mi aggrappavo inutilmente ai radiatori con le dita coperte di geloni. Era cominciata l'èra delle restrizioni. Il pane era grigio, o troppo bianco. Invece del cioccolato, al mattino, mangiavamo certe insipide zuppe. Mia madre confezionava frittate senza uova e pietanze alla margarina; la saccarina sostituiva lo zucchero; mangiavamo carne congelata, bistecche di cavallo e verdure volgari: topinambour, rape, carciofi di Gerusalemme. Per risparmiare il vino, la zia Lilí fabbricava con i fichi una bevanda fermentata, abominevole. I pasti avevano perduto la loro allegria. Spesso la notte ululavano le sirene; fuori, i lampioni e le finestre si spegnevano, si udivano passi affrettati, e la voce irritata del capo-isolato, signor Dardelle, che gridava: – Luce! – Due o tre volte la mamma ci fece scendere in cantina; ma poiché papà rimaneva ostinatamente a letto, si decise finalmente a non muoversi. Certi inquilini dei piani superiori venivano a rifugiarsi nel nostro ingresso; vi mettevamo delle poltrone sulle quali essi sonnecchiavano. A volte, degli amici, bloccati dall'allarme, prolungavano fino a ore insolite una partita di bridge. Questo disordine, il silenzio della città dietro le finestre sbarrate, e il suo brusco risveglio quando suonava il cessato allarme, mi piacevano. La noia era che i nonni, che abitavano a un quinto piano vicino al Lion de Belfort, prendevano sul serio gli allarmi; si precipitavano in cantina, e la mattina dopo dovevamo andare ad assicurarci ch'erano sani e salvi. Ai primi colpi della « Gran Bertha » il nonno, convinto dell'imminente arrivo dei tedeschi, mandò la moglie e la figlia a La Charité-sur-Loire; quanto a lui, quando fosse venuto il momento, se ne sarebbe fuggito a piedi fino a Longjumeau. La nonna, spossata dall'energica follia del marito, si ammalò. Per curarla bisognò riportarla a Parigi;

ma poiché in caso di bombardamento non sarebbe piú stata in grado di scendere dal quinto piano, venne installata in casa nostra. Quando arrivò, accompagnata da un'infermiera, il rossore delle sue guance, il suo sguardo vuoto, m'impaurirono; non poteva parlare, e non mi riconobbe. Occupò la mia stanza, e Louise, mia sorella e io ci accampammo nel salotto. La zia e il nonno venivano a mangiare a casa nostra. Con la sua voce roboante, quest'ultimo profetava catastrofi, oppure annunciava d'un tratto che la fortuna gli sarebbe caduta dal cielo. Il suo pessimismo si accoppiava in realtà a uno stravagante ottimismo. Banchiere a Verdun, le sue speculazioni si erano concluse con un fallimento che aveva ingoiato i suoi capitali e quelli di parecchia altra gente. Ciò non aveva diminuito la sua fiducia nel suo fiuto e nella sua buona stella. Adesso dirigeva una fabbrica di scarpe che, grazie alle commesse militari, andava assai bene, ma la modestia di quest'impresa non lo appagava, aveva la smania dei grandi affari, delle idee grandiose, di far soldi. Sfortunatamente per lui, non poteva piú disporre di alcun capitale senza il consenso della moglie e dei figli; perciò tentava di guadagnare l'appoggio di papà. Un giorno gli portò un piccolo lingotto d'oro che un alchimista aveva creato sotto i suoi occhi da un pezzo di piombo. Questo segreto ci avrebbe fatti tutti milionari, se avessimo consentito a dare un anticipo all'inventore. Papà sorrideva, il nonno diventava rosso, la mamma e la zia Lilí intervenivano nella discussione, tutti gridavano. Queste scene si ripetevano spesso. Esauste dalla fatica, Louise e la mamma si « montavano » facilmente, e « avevano a che dire »; succedeva perfino che la mamma litigasse con papà; con noi bambine aveva scatti di malumore, ci rimproverava, ci prendeva a schiaffi. Io non avevo piú cinque anni. Era passato il tempo in cui un litigio tra i miei genitori faceva traballare il cielo; non confondevo piú l'impazienza con l'ingiustizia. Tuttavia, quando la notte, attraverso la vetrata che separava la sala da pranzo dal salotto, udivo il pauroso tumulto della collera, mi nascondevo sotto le coperte col cuore gonfio. Pensavo al passato come a un paradiso perduto. Sarebbe mai tornato? Il mondo non mi appariva piú come un luogo sicuro.

Il maturarsi della mia immaginazione era la cosa che piú lo rendeva cupo. Attraverso i libri, i « comunicati », e le conversazioni che udivo, la verità della guerra si faceva luce: il freddo, il fango, la paura, il sangue versato, il dolore, le pene. Sul fronte avevamo perduto degli amici, dei cugini. Nonostante le promesse del cielo, soffocavo d'orrore pensando alla morte che sulla terra separa per sempre le persone che si amano. A volte, in presenza mia e di mia sorella, qualcuno diceva: – Son fortunate, loro, a essere bambine! non si rendono conto!... – Dentro di me protestavo: « Decisamente, gli adulti non sanno niente di noi! » A volte mi sentivo sommersa da qualcosa di cosí amaro, di cosí definitivo, che nessuno, ne ero sicura, poteva provare una disperazione peggiore. Perché tante sofferenze? mi domandavo. Alla Grillère, dei prigionieri tedeschi e un giovane profugo belga riformato per obesità, mangiavano la zuppa in cucina, fianco a fianco con dei lavoratori francesi, e andavano tutti perfettamente d'accordo. Tutto sommato, anche i tedeschi erano uomini, anche loro sanguinavano e morivano. Perché? Mi misi a pregare disperatamente affinché questa jattura cessasse. La pace mi importava piú della vittoria. Salendo le scale, un giorno, parlavo con la mamma, e lei mi diceva che la guerra forse sarebbe finita presto: – Sí! – dissi con slancio, – comunque finisca, purché finisca! – La mamma si fermò di colpo e mi guardò con aria spaventata: – Non dire una cosa simile! la Francia deve vincere! – Mi vergognai non soltanto di essermi lasciata sfuggire un'enormità, ma di aver potuto concepirla. Tuttavia mi riusciva difficile ammettere che un'idea potesse essere colpevole. Sotto casa nostra, di fronte al tranquillo Dôme, dove il signor Dardelle giocava a domino, si era aperto da poco un caffè rumoroso, la Rotonde. Vi si vedevano entrare certe donne truccate, dai capelli corti, e uomini vestiti in modo bizzarro. – È un covo di meticci e di disfattisti, – diceva papà. Gli domandai che cos'era un disfattista. – Un cattivo francese che crede alla disfatta della Francia, – mi rispose. Non capii. I pensieri vanno e vengono a loro piacere, nella nostra testa. Non lo si fa apposta, a credere ciò che si crede. Ad ogni modo, l'accento oltraggiato di mio padre e la faccia scandalizzata di mia madre mi confermarono che non era il caso di esprimere ad alta voce tutte le cose che ci sussurriamo dentro di noi.

Il mio incerto pacifismo non m'impediva di andar fiera del patriottismo dei miei. Spaventate dalle incursioni aeree e dalla « Gran Bertha », la maggior parte delle allieve dell'Istituto disertarono Parigi prima della fine dell'anno scolastico. Nella mia classe restai io sola con una tontolona di dodici anni; ci siedevamo al gran tavolo deserto, di fronte alla signorina Gontran, la quale si occupava soprattutto di me. Presi un piacere tutto particolare a queste lezioni, solenni come corsi pubblici e intime come lezioni private. Un giorno, arrivando con la mamma e Poupette in rue Jacob, trovammo il palazzo vuoto: erano scesi tutti in cantina. La cosa ci fece molto ridere. Decisamente, con la nostra disinvoltura e il nostro coraggio noi dimostravamo di essere della gente speciale.

La nonna si riprese, e tornò a casa sua. Durante le vacanze, e al ritorno in città, sentii molto parlare dei due traditori che avevano tentato di vendere la Francia alla Germania, Malvy e Caillaux. Non li fucilarono, come avrebbero dovuto, ma le loro manovre furono sventate. L'11 novembre, mentre studiavo il piano sotto la sorveglianza della mamma, suonarono le campane dell'armistizio. Papà tornò a vestire i suoi abiti civili; il fratello della mamma, appena smobilitato, morí di febbre spagnola. Ma io lo conoscevo poco, e quando la mamma si fu asciugata le lacrime, la felicità, almeno per me, tornò a splendere.

In casa non si sprecava nulla: una crosta di pane, un pezzo di spago, un biglietto di favore, né alcuna occasione di consumare gratis. Mia sorella ed io usavamo i vestiti fino alla corda, e anche oltre. Mia madre non perdeva mai un minuto; mentre leggeva, lavorava all'uncinetto; quando parlava con mio padre o con amici, cuciva, rammendava o ricamava; in tram o in métro, confezionava chilometri di « puntina », con cui orlava le nostre gonne. La sera faceva i conti: per anni e anni, ogni centesimo passato per le sue mani è stato segnato su un grosso libro nero. Pensavo che – non soltanto nella mia famiglia, ma dovunque – il tempo e il denaro erano cosí strettamente misurati che bisognava amministrarli con la piú rigorosa esattezza; era un'idea che mi piaceva, poiché desideravo un mondo senza capricci. Poupette e io giocavamo spesso agli esploratori smarriti nel deserto, ai naufraghi relegati in un'isola deserta; oppure, resistevamo alla carestia in una città assediata; prodigavamo tesori d'ingegnosità per trarre il massimo profitto dalle risorse piú infime; quello di utilizzare tutto era uno dei nostri temi favoriti: io cercavo di attuare sul serio questo principio. Sui taccuini in cui annotavo ogni settimana il programma delle mie lezioni, mi misi a scrivere in caratteri minutissimi, senza lasciare uno spazio bianco: quelle signorine, stupite, domandarono a mia madre se ero avara. Rinunciai abbastanza presto a questa mania; fare economie inutili è un controsenso, e poi non è divertente. Ma continuavo ad essere convinta che bisognava sfruttare tutto e completamente, a cominciare da se stessi. Prima o subito dopo i pasti, o all'uscita dalla messa, alla Grillère c'erano spesso dei momenti morti; io mi agitavo. – Ma questa bambina non può proprio stare senza far niente? – diceva spazientito lo zio Maurice; i miei genitori ne ridevano con me; entrambi condannavano l'ozio; e io lo ritenevo tanto piú criticabile in quanto mi annoiava. Il mio dovere faceva perciò tutt'uno col mio piacere; per questo, a quell'epoca, ero cosí felice: avevo solo da seguire la mia inclinazione e tutti erano entusiasti di me.

All'Istituto Adéline Désir c'erano convittrici, semiconvittrici, esterne sorvegliate, e altre che, come me, si limitavano a frequentare i corsi; due volte la settimana c'erano le lezioni di cultura generale, che duravano due ore; io, in piú, studiavo l'inglese, il piano e il catechismo. I miei entusiasmi di neofita non si erano attutiti: dal momento in cui la signorina faceva il suo ingresso in classe, il tempo diventava sacro. Le nostre insegnanti non ci dicevano niente di cosí palpitante; recitavamo loro le nostre lezioni, ci correggevano i compiti; ma io non chiedevo loro nient'altro che una pubblica sanzione della mia esistenza. I miei meriti venivano scritti su un registro che ne eternava la memoria. Ogni volta, mi era necessario, se non superarmi, almeno essere all'altezza di me stessa: la partita ricominciava di continuo; perdere mi avrebbe costernata; vincere mi esaltava. Il mio anno scolastico era punteggiato di questi momenti scintillanti: ogni giorno portava in qualche posto. Compiangevo gli adulti, che vivevano settimane stagnanti, pallidamente colorate dalla scipitezza delle domeniche. Vivere senza aspettarsi nulla mi sembrava spaventoso.

Io aspettavo, ero aspettata. Rispondevo senza tregua a un'esigenza che mi risparmiava di domandarmi: perché son qui? seduta davanti alla scrivania di papà, traducendo un testo inglese o ricopiando un componimento, occupavo il mio posto sulla terra e facevo ciò che bisognava fare. Quell'arsenale di posacenere, calamai, tagliacarte, matite e portapenne sparpagliati intorno alla carta asciugante rosa partecipava di questa necessità di cui era penetrato il mondo intero. Dalla mia poltrona studiosa udivo l'armonia dei mondi.

Peraltro, non adempivo a tutti i miei compiti con lo stesso entusiasmo. Il mio conformismo non aveva ucciso in me preferenze e avversioni. Quando, alla Grillère, la zia Hélène serviva un piatto di zucca gialla, abbandonavo la tavola in lacrime piuttosto che assaggiarla; nessuna minaccia, nessuna percossa mi avrebbe indotta a mangiare del formaggio. Ma avevo ostinazioni piú serie. Non sopportavo la noia, poiché subito si volgeva in angoscia; per questo, come ho detto, detestavo l'ozio; ma i lavori che paralizzavano il mio corpo senza assorbire lo spirito mi lasciavano lo stesso vuoto. La nonna riuscí a interessarmi agli arazzi e al ricamo su rete; bisognava seguire con la lana o il cotone il rigore di un modello, e questo compito mi occupava abbastanza; confezionai una dozzina di federe e coprii con una tappezzeria ricamata, orrenda, una sedia della mia stanza. Ma disprezzavo gli orli a giorno, i sopraggitti, i rammendi, il punto a croce, il punto inglese, il macramé. Per stimolare il mio amor proprio, la signorina Fayet mi raccontò una storiella; a un giovanotto incline al matrimonio si vantavano i meriti di una fanciulla, musicista, colta, dotata di mille qualità; sa cucire? – domandò il giovanotto. Con tutto il rispetto, trovai stupido che si pretendesse di farmi dipendere dai capricci di un giovanotto che neanche conoscevo. Non mi emendai. In tutti i campi, quanto ero avida d'istruirmi altrettanto mi era noioso eseguire. Quando aprivo i miei libri d'inglese mi sembrava di partire per un viaggio. Li studiavo con zelo appassionato; ma non mi applicai mai ad acquistare un accento corretto. Decifrare una sonatina mi divertiva; imparare a suonarla mi contrariava; abborracciavo le scale e gli esercizi, cosí che ai concorsi di piano mi classificavo tra le ultime. In solfeggio, m'interessavo soltanto alla teoria; nel canto stonavo; e i dettati musicali li sbagliavo miseramente. La mia calligrafia era cosí informe che si tentò invano di correggerla con delle lezioni private. Se dovevo disegnare il corso di un fiume, i contorni di un paese, la mia inettitudine scoraggiava qualsiasi critica. Queste caratteristiche mi sarebbero rimaste. Raffazzonavo tutti i lavori pratici, e la ricercatezza non è mai stata il mio forte.

Riconoscevo non senza dispetto le mie manchevolezze; mi sarebbe piaciuto eccellere in tutto. Ma dipendevano da ragioni troppo profonde perché un effimero sforzo di volontà potesse bastare a rimediarle. Da quando avevo cominciato a riflettere avevo scoperto in me stessa un potere infinito e limiti irrisori. Quando dormivo, il mondo spariva; aveva bisogno di me per esser visto, conosciuto, compreso; mi sentivo investita d'una missione che adempivo con orgoglio; ma non presupponevo che il mio corpo imperfetto dovesse parteciparvi; al contrario, se interveniva rischiava di rovinare tutto. Senza dubbio, per far esistere nella verità un brano musicale, bisognava renderne le sfumature, non massacrarlo; ad ogni modo, sotto le mie dita esso non avrebbe mai raggiunto la sua massima perfezione; e allora, perché accanirmi? Sviluppare capacità fatalmente destinate a rimaner limitate e relative, era un'impresa cosí oziosa che mi contrariava: avevo soltanto da guardare, da leggere, da ragionare, per raggiungere l'assoluto! Traducendo un testo inglese ne scoprivo in modo totale, unico, il senso universale, mentre il *th* nella mia bocca non era altro che una modulazione tra milioni di altre; non intendevo preoccuparmene. L'urgenza del mio compito mi proibiva di perdere tempo in queste futilità; c'erano tante cose che avevano bisogno di me! bisognava risvegliare il passato, scoprire i cinque continenti, scendere al centro della terra e fare il giro intorno alla luna. Quando venivo costretta a compiere esercizi oziosi, il mio spirito si lamentava e mi dicevo che stavo perdendo del tempo prezioso. Mi sentivo frustrata e colpevole: mi affrettavo a farla finita. Qualsiasi consegna s'infrangeva contro la mia impazienza.

Credo anche che disprezzassi il lavoro di esecuzione poiché mi sembrava di produrre soltanto delle apparenze. In fondo pensavo che la verità di una sonata era sul pentagramma, eterna e immutabile come quella di Macbeth nel libro stampato. Creare era un'altra cosa. Far sorgere nel mondo qualcosa di reale e di nuovo mi riempiva di ammirazione. Io non potevo provarmi altro che in un campo: la letteratura. Disegnare, per me, significava copiare, e tanto meno mi applicavo a questo in quanto vi riuscivo male; reagivo a un oggetto nel suo complesso senza far attenzione ai particolari della mia percezione; non riuscivo a riprodurre nemmeno il fiore piú semplice. In compenso, sapevo servirmi del linguaggio, che, esprimendo la sostanza delle cose, le illuminava. Avevo una spontanea tendenza a raccontare tutto quello che mi accadeva, parlavo molto e scrivevo volentieri. Se in un componimento descrivevo un episodio della mia vita, questo si salvava dall'oblio, interessava altre persone, era conservato definitivamente. Mi piaceva anche inventare delle storie, e nella misura in cui erano ispirate alla mia esperienza, la giustificavano; in un certo senso non servivano a nulla, ma erano uniche, insostituibili, esistevano, ed ero fiera di averle tratte dal nulla. Perciò dedicavo sempre molta cura ai miei componimenti, al punto che ne ricopiai alcuni sul «libro d'oro».

In luglio, la prospettiva delle vacanze mi permetteva di dare un addio senza rimpianto all'Istituto Désir; ma, di ritorno a Parigi, aspettavo febbrilmente la riapertura delle scuole. Mi sedevo nella poltrona di cuoio, accanto alla libreria, facevo cricchiare tra le mani i libri nuovi, ne aspiravo l'odore, guardavo le figure, le carte, scorrevo una pagina di storia: avrei voluto in un solo colpo d'occhio animare tutti i personaggi, tutti i paesaggi nascosti nell'ombra dei fogli neri e bianchi. La loro muta presenza, e il potere ch'io avevo su di essi, m'inebriava.

A parte lo studio, la grande occupazione della mia vita restava la lettura. Adesso la mamma si era abbonata alla Biblioteca Cardinale, in piazza Saint-Sulpice. Un tavolo carico di riviste e periodici occupava il centro di una grande sala da cui s'irradiavano dei corridoi tappezzati di libri. Provai una delle piú grandi gioie della mia infanzia il giorno in cui mia madre mi disse che mi offriva un abbonamento personale. Mi piantai dinanzi a uno scaffale riservato alle « opere per la gioventú », dove si allineavano centinaia di volumi. « Tutta questa roba è mia! » mi dissi, rapita. La realtà sorpassava i miei sogni piú ambiziosi; davanti a me si apriva il paradiso, fin allora sconosciuto, dell'abbondanza. Mi portai a casa un catalogo; aiutata dai miei feci una scelta tra le opere segnate *G*, e compilai delle liste; ogni settimana, esitavo deliziosamente tra molteplici tentazioni. Inoltre, la mamma mi portava qualche volta a comprare romanzi inglesi in un negozietto vicino alla scuola; mi duravano a lungo, poiché li decifravo lentamente; provavo un gran piacere nel sollevare con l'aiuto di un dizionario il velo opaco delle parole; descrizioni e racconti conservavano non poco del loro mistero; li trovavo piú profondi e affascinanti che se li avessi letti in francese.

Quell'anno, mio padre mi regalò *L'abate Constantin*, in una bella edizione illustrata da Madeleine Lemaire, e una domenica mi condusse alla Comédie Française, a vedere la commedia tratta dal romanzo. Era la prima volta che mettevo piede in un vero teatro, frequentato dai grandi; emozionata, sedetti sul mio sgabello rosso e ascoltai religiosamente gli attori. Rimasi un po' delusa; i capelli tinti e il parlare affettato di Cécile Sorel non si adattavano all'immagine che mi ero fatta di Madame Scott. Due o tre anni dopo, piangendo al *Cyrano*, singhiozzando a *L'Aiglon*, fremendo al *Britannicus*, cedetti corpo e anima ai sortilegi della scena. Ma ciò che veramente mi rapí, quel pomeriggio, non fu tanto la rappresentazione quanto il mio tête-à-tête con mio padre; assistere, sola con lui, a uno spettacolo ch'egli aveva scelto per me, era una cosa che creava tra noi una tale complicità che per qualche ora ebbi l'inebriante impressione ch'egli appartenesse solo a me.

Verso quell'epoca, i miei sentimenti per mio padre si esaltarono. Era spesso preoccupato, adesso. Diceva che Foch s'era lasciato abbindolare, che si sarebbe dovuti arrivare fino a Berlino. Parlava molto dei bolscevichi, il cui nome richiamava spiacevolmente quello dei *boches* che l'avevano rovinato. Vedeva l'avvenire cosí cupo che non osava riaprire il suo studio di avvocato. Accettò un posto di condirettore nella fabbrica del suocero. Aveva già avuto varie amarezze: in seguito al fallimento del suocero, la dote di mia madre non era mai stata versata; e adesso, con la carriera spezzata, i titoli del prestito russo, in cui era investita la maggior parte del suo capitale, divenuti carta straccia, egli si allineava sospirando nella categoria dei « nuovi poveri ». Si conservava tuttavia abbastanza sereno, e preferiva criticare l'andazzo del mondo piuttosto che impietosirsi su se stesso; mi commuoveva che un uomo così superiore si adattasse con tanta semplicità a una condizione così meschina. Un giorno, lo vidi recitare per beneficenza ne *La Paix chez soi* di Courteline. Interpretava la parte di un giornalista squattrinato, oppresso dal bisogno di denaro e dai costosi capricci di una moglie bambina; questa non rassomigliava affatto alla mamma; pure identificai mio padre col suo personaggio; l'ironia disillusa che ad esso conferiva mi commosse fin quasi alle lacrime; c'era malinconia, nella sua rassegnazione: la silenziosa ferita che indovinavo in lui lo dotò di un nuovo prestigio. Lo amai romanticamente. Nelle belle giornate d'estate, dopo pranzo, ci conduceva qualche volta a fare un giro al Lussemburgo: prendevamo il gelato in un caffè di Place Médicis, e poi attraversavamo di nuovo il giardino, mentre un suono di tromba annunciava la chiusura. Invidiavo agli abitanti del Senato le loro notturne fantasticherie per i viali deserti. Il programma delle mie giornate era rigoroso come il ritmo delle stagioni: il minimo scarto mi gettava nello straordinario. Camminare nella dolcezza del crepuscolo, all'ora in cui di solito la mamma tirava i chiavistelli della porta d'ingresso, era altrettanto sorprendente, altrettanto poetico di un biancospino in fiore nel cuore dell'inverno.

Ci fu una serata del tutto insolita in cui andammo a prendere il cioccolato sulla terrazza di Prévost, di fronte al palazzo del « Matin ». Un giornale luminoso comunicava l'andamento dell'incontro che si stava disputando a New York tra Carpentier e Dempsey. La strada era nera di folla. Quando Carpentier fu messo k. o., ci fu della gente che si mise a piangere; tornai a casa tutta fiera d'aver assistito a questo grande avvenimento. Ma le nostre serate quotidiane, nello studio tutto ben tappato, non mi piacevano di meno; papà ci leggeva *Il viaggio del signor Perrichon*, oppure leggevamo, fianco a fianco, ciascuno per conto suo. Guardavo i miei genitori, mia sorella, e mi si scaldava il cuore. « Noi quattro! » mi dicevo, rapita. E pensavo: «Quanto siamo felici!» C'era una sola cosa che mi attristava, a volte: un giorno, lo sapevo, questo periodo della mia vita sarebbe finito. Non mi sembrava possibile. Quando si sono amati i propri genitori per vent'anni, come si può lasciarli per seguire uno sconosciuto senza morire di dolore? Quando si è fatto a meno di lui per vent'anni, come ci si può mettere ad amare, dall'oggi al domani, un uomo che non ci è niente? Interrogai papà in proposito. – Un marito è un'altra cosa, – rispose, con un sorrisetto che non mi illuminò. Consideravo sempre con dispiacere il matrimonio. In esso non vedevo una servitú, poiché la mamma non era per nulla un'oppressa; era la promiscuità che mi ripugnava. «La sera, a letto, non si può nemmeno piangere tranquillamente, se una ne ha voglia!» mi dicevo con spavento. Non so se la mia felicità fosse intramezzata da crisi di tristezza, ma spesso la notte mi mettevo a piangere, cosí, per il piacere di farlo. Costringermi a frenare quelle lacrime sarebbe stato rifiutarmi quel minimo di libertà di cui avevo un bisogno imperioso. Tutto il giorno sentivo degli sguardi fissi su di me; amavo quelli che mi circondavano, ma quando mi coricavo, la sera, provavo un vivo sollievo all'idea di vivere finalmente per un poco senza testimoni; potevo interrogarmi, rievocare, commuovermi, ascoltare quei rumori timidi che sono soffocati dalla presenza degli adulti. Esser privata di questa tregua mi sarebbe riuscito odioso. Mi era necessario sfuggire almeno per qualche istante alla sollecitudine altrui, e parlarmi in pace senza che nessuno mi interrompesse.

Ero molto pia; mi confessavo due volte al mese dall'abate Martin, mi comunicavo tre volte alla settimana, leggevo ogni mattina un capitolo dell'*Imitazione*; tra una lezione e l'altra, scivolavo nella cappella dell'Istituto e pregavo a lungo, con la testa tra le mani; spesso, durante la giornata, elevavo la mia anima a Dio. Non m'interessavo piú di Gesú Bambino, ma adoravo perdutamente il Cristo. Avevo letto in margine ai Vangeli dei romanzi conturbanti di cui egli era il protagonista, e contemplavo con occhi d'innamorata il suo bel viso tenero e triste; seguivo attraverso le colline coperte d'olivi lo splendore della sua veste bianca, bagnavo con le mie lacrime i suoi piedi nudi, ed egli mi sorrideva come aveva sorriso a Maddalena. Quando avevo abbracciato le sue ginocchia, e pianto abbastanza a lungo sul suo corpo insanguinato, lo lasciavo risalire in cielo. Lassú egli si fondeva con l'essere piú misterioso cui dovevo la vita e il cui splendore mi avrebbe rapita un giorno, e per sempre.

Quale consolazione, saperlo lassú! Mi avevano detto ch'egli prediligeva ciascuna delle sue creature come fosse l'unica; il suo sguardo non mi avrebbe abbandonata neanche per un istante, e tutti gli altri sarebbero stati esclusi dal nostro colloquio, io li facevo scomparire, non c'era nessun altri che Lui e me; mi sentivo necessaria alla sua gloria: la mia esistenza aveva un valore infinito. Egli non ne lasciava sfuggire nulla; in modo piú definitivo che sui registri di quelle signorine, i miei atti, i miei pensieri, i miei meriti si registravano in lui per l'eternità; anche le mie mancanze, naturalmente, ma cosí ben lavate dal mio pentimento e dalla sua bontà da brillare quanto le virtú. Non mi stancavo mai di ammirarmi in quel puro specchio senza principio né fine. La mia immagine, tutta raggiante della gioia che suscitava nel cuore di Dio, mi consolava di tutti i miei dispiaceri terreni; mi salvava dall'indifferenza, dall'ingiustizia, e dai malintesi umani. Poiché Dio prendeva sempre le mie parti; se avessi avuto qualche torto, nell'istante in cui gli chiedevo perdono, egli soffiava sulla mia anima che ritrovava tutta la sua lucentezza; ma di solito, nella sua luce, le colpe che mi venivano imputate svanivano; giudicandomi, egli mi giustificava. Egli era il luogo supremo in cui avevo sempre ragione. L'amavo con tutta la passione che provavo nel vivere.

Ogni anno facevo gli esercizi spirituali; per tutto il giorno ascoltavo le istruzioni di un predicatore, assistevo alle funzioni, sgranavo rosari, meditavo; facevo colazione a scuola, e durante il pasto una sorvegliante ci leggeva la vita di una santa. La sera, in casa, la mamma rispettava il mio silenzioso raccoglimento. Annotavo su un taccuino le effusioni della mia anima e i proponimenti di santa vita. Desideravo ardentemente avvicinarmi di piú a Dio, ma non sapevo come; la mia condotta lasciava cosí poco a desiderare che non potevo quasi affatto migliorarmi; d'altronde, mi domandavo fino a che punto le mie mancanze riguardassero Dio. La maggior parte delle cose che la mamma ci rimproverava, a mia sorella e a me, erano storditaggini o inettitudini. Poupette si fece duramente rimproverare e punire per aver perduto un collettino di zibetto. Quando, pescando gamberi nel « fiume inglese » con lo zio Gaston, caddi nell'acqua, la cosa che piú mi afflisse fu la sgridata che mi aspettava, e che del resto mi fu risparmiata. Queste mancanze non avevano niente a che fare col peccato, e, evitandole, non mi sarei perfezionata. La cosa imbarazzante era che Dio proibiva una quantità di cose ma non esigeva niente di positivo, all'infuori di qualche preghiera e di qualche pratica che non modificavano il corso delle giornate. Trovavo anche strano vedere come la gente, appena comunicata, ricadesse nel trantran abituale; anch'io facevo come gli altri, ma la cosa m'imbarazzava. In fondo, i credenti e i non credenti conducevano esattamente la stessa esistenza; mi persuadevo sempre di piú che nel mondo profano non v'era posto per la vita soprannaturale. E tuttavia, era questa che contava, questa sola. Una mattina mi fu bruscamente chiaro che i cristiani convinti della beatitudine futura non avrebbero dovuto dare la minima importanza alle cose effimere. Come poteva, la maggior parte di essi, adattarsi a restare nel secolo? Piú vi riflettevo e piú me ne stupivo. Conclusi che in ogni caso non li avrei imitati: tra l'infinito e il finito, la mia scelta era fatta. « Entrerò in un convento », decisi. Le attività delle suore di carità mi sembravano ancora troppo futili, l'unica occupazione ragionevole era quella di contemplare per tutto il tempo la gloria di Dio. Mi sarei fatta carmelitana. Non confidai a nessuno questo progetto, non l'avrebbero preso sul serio. Mi accontentavo di dichiarare in tono saputo: – Io non mi sposerò –. Mio padre sorrideva: – Ne riparleremo quando avrà quindici anni –. Internamente, respingevo il suo sorriso. Sapevo che una logica implacabile mi destinava al chiostro: come si poteva preferire il nulla al tutto?

Quest'avvenire costituí per me un comodo alibi. Per diversi anni mi permise di godere senza scrupoli di tutti i beni di questo mondo.

La mia felicità raggiungeva il culmine nei due mesi e mezzo che trascorrevo in campagna ogni estate. Mia madre era d'umore piú sereno che a Parigi, mio padre si dedicava di piú a me, e avevo tempo in abbondanza per leggere e per giocare con mia sorella. Non sentivo la mancanza dell'Istituto Désir; il senso di necessità che lo studio conferiva alla mia vita si ripercuoteva sulle mie vacanze. Il mio tempo non era piú regolato da esigenze precise, ma la loro mancanza era largamente compensata dall'immensità degli orizzonti che si aprivano alla mia curiosità. Li esploravo senza aiuto; la mediazione degli adulti non s'interponeva piú tra il mondo e me. Ora potevo ubriacarmi di solitudine e di libertà, che nel corso dell'anno mi erano concesse con tanta parsimonia. Potevo conciliare tutte le mie aspirazioni: la mia fedeltà al passato e il mio gusto della novità, l'amore per i miei genitori e il mio desiderio d'indipendenza.

Di solito, trascorrevamo dapprima qualche settimana alla Grillère. Il castello mi sembrava immenso e vetusto; aveva appena cinquant'anni, ma nessun oggetto entratovi durante quel mezzo secolo, mobile o ninnolo che fosse, ne era piú uscito. Nessuna mano si avventurava a spazzare le ceneri del tempo, vi si respirava l'odore delle vecchie vite estinte. Appesa alle pareti del vestibolo lastricato, una collezione di corni di ottone lucente, evocava – falsamente, credo – i fasti di antiche cacce a cavallo. Nella « sala da biliardo », dove si stava di solito, una quantità di animali impagliati, volpi, bozzagri, nibbi, eternavano questa tradizione micidiale. Non c'era nessun biliardo, in quella sala, ma un monumentale camino, una libreria diligentemente chiusa a chiave, un tavolo di vimini, dei numeri del « Cacciatore francese »; fotografie ingiallite, fasci di piume di pavone, ciottoli, terrecotte, barometri, pendole mute, lampade sempre spente, ingombravano i tavolinetti. Ad eccezione della sala da pranzo, ben di rado venivano utilizzate le altre stanze: un salotto imbottito di naftalina, un salottino, una sala di studio, una specie di ufficio dagli scuri sempre accostati, e che serviva da stanza di sgombero. In uno sgabuzzino invaso da un acuto odore di pellame, riposavano generazioni di stivali e stivaletti; due scale portavano ai piani superiori, i cui corridoi davano accesso a oltre una dozzina di stanze, per la maggior parte in disuso, e piene di ciarpame polveroso. In una di esse dormivamo mia sorella ed io, in letti a baldacchino. I muri erano decorati con figure ritagliate dall'«Illustration» e messe sotto vetro.

Il posto piú vivo di tutta la casa era la cucina, che occupava metà del seminterrato. Era lí che facevo la mia prima colazione, al mattino: caffelatte e pan bigio. Dalla griglia si vedevano passare galline, faraone, cani, talvolta piedi umani. Mi piaceva il legno massiccio del tavolo, delle panche, delle madie. La cucina di ghisa mandava fiamme, i rami rutilavano: casseruole di tutte le misure, caldai, cúcume, bacili e bacinelle; mi divertiva l'allegria dei piatti smaltati dai colori infantili, la varietà delle tazze, delle ciotole, dei bicchieri, delle scodelle, dei piattini, delle pignatte, delle brocche. La quantità di marmitte, tegami, pentole, caldai, casseruole, zuppiere, piatti, scolatoi, accette, mortai, stampi, macinini; di ghisa, di terracotta, di ceramica, di porcellana, di alluminio, di stagno! Dall'altra parte del corridoio, dove tubavano le tortore, c'era la cremeria. Giare e scodelle verniciate, zangole di legno lucidato, pani di burro, formaggi freschi dalla polpa liscia sotto le bianche mussole: quella nudità igienica e quell'odore di lattante mi facevano fuggire. Ma mi piaceva starmene nel ripostiglio della frutta, dove pere e mele maturavano sulle incannucciate, e nei cellari, tra le botti, le bottiglie, i prosciutti, i salami, le trecce di cipolle e di funghi secchi. In quei sotterranei si concentrava tutto il lusso della Grillère. Il parco era brutto quanto l'interno della casa: non un cespo di fiori, non una sedia da giardino, non un angoletto dove starsene comodi e tranquilli. Davanti allo scalone c'era una vasca, dove spesso le domestiche lavavano la biancheria con grandi colpi; un prato scendeva in ripida inclinazione fino a una costruzione, piú antica del castello, la «casa di sotto», piena di finimenti e di ragnatele. Tre o quattro cavalli nitrivano nelle vicine scuderie.

Lo zio, la zia, i cugini, menavano un'esistenza intonata a questa cornice. La zia Hélène dalle sei del mattino si metteva a ispezionare i suoi armadi. Servita da un numeroso personale, non si occupava dell'andamento domestico, cucinava di rado, non cuciva né leggeva mai, e tuttavia si lamentava di non avere mai un minuto per sé: non faceva che rovistare senza tregua dalla cantina al solaio. Lo zio scendeva verso le nove; si puliva i gambali nello stanzino delle scarpe, e se ne andava a sellare il suo cavallo. Madeleine governava le sue bestie. Robert dormiva. Si pranzava tardi. Prima di mettersi a tavola, lo zio Maurice condiva meticolosamente l'insalata e la rimescolava con posate di legno. All'inizio del pasto si discuteva con calore sulla qualità dei poponi; alla fine si paragonavano i sapori delle diverse specie di pere. Tra l'uno e l'altra si mangiava molto e si parlava poco. La zia tornava ai suoi armadi, e lo zio alla scuderia, facendo sibilare il suo scudiscio. Madeleine veniva a giocare al croquet con Poupette e me. In generale, Robert non faceva niente; qualche volta andava a pescare le trote; in settembre andava un po' a caccia. Dei vecchi precettori assunti a poco prezzo avevano tentato di inculcargli qualche rudimento di aritmetica e di ortografia. Poi, una zitella dalla pelle giallastra si dedicò a Madeleine, meno riluttante, e che era l'unica di tutta la famiglia che leggesse. Si rimpinzava di romanzi, sognava di diventare bellissima e di essere amata. La sera ci riunivamo tutti quanti nella sala da biliardo; papà reclamava la luce. La zia protestava: – È ancora chiaro! – Infine si rassegnava a posare sul tavolo una lampada a petrolio. Dopo cena la si udiva trotterellare per i corridoi scuri. Robert e lo zio, immobili nelle loro poltrone, l'occhio fisso, aspettavano in silenzio l'ora di coricarsi. Eccezionalmente, uno dei due sfogliava per qualche minuto il « Cacciatore francese ». La mattina dopo ricominciava la stessa giornata, salvo la domenica, quando, sbarrate tutte le porte, si andava con la carrozza inglese ad ascoltare la messa a Saint-Germain-Les-Belles. La zia non riceveva né rendeva mai visita a nessuno.

Io mi adattavo assai bene a queste abitudini. Passavo la maggior parte della giornata sul campo da croquet con mia sorella e mia cugina, e leggevo. A volte ce ne andavamo per funghi attraverso i castagneti. Trascuravamo gli insipidi funghi di prato, le famigliole, le barbe di cappuccino, i cantarelli; evitavamo con cura i boleti di Satana dalla rossa coda, e i falsi ceppatelli, che riconoscevamo dal colore scialbo e dalla rigidezza della linea. Disprezzavamo i ceppatelli già vecchi, la cui polpa cominciava ad ammollire e a proliferare in una barba verdastra. Raccoglievamo solo quelli giovani, dal gambo rigonfio e dall'ombrello coperto d'un bel velluto violaceo o testa-di-negro. Frugando tra il muschio, scostando le felci, schiacciavamo col piede le « vesciche di lupo », che scoppiando sprigionavano una polvere immonda. A volte andavamo con Robert a pescare i gamberi; oppure, per dar da mangiare ai pavoni di Madeleine, ci mettevamo a sventrare i formicai con una paletta, e portavamo su una carriola dei carichi di uova biancastre.

Il « gran break » non usciva piú dalla rimessa. Per andare a Meyrignac, viaggiavamo per un'ora su un trenino che si fermava ogni dieci minuti; caricavamo i bagagli su un carretto tirato da un asino, e a piedi, attraverso i campi, raggiungevamo la tenuta. Per me non esisteva al mondo un posto piú bello. In un certo senso, le giornate che in esso trascorrevamo erano giornate austere. Poupette e io non possedevamo né il croquet né alcun altro gioco all'aria aperta; la mamma non aveva voluto che papà ci comprasse la bicicletta; non sapevamo nuotare, e d'altronde la Vézère non era molto vicina. Quando capitava di udire sul viale il rumore di un'automobile, la mamma e la zia Marguerite fuggivano precipitosamente dal parco per andare a mettersi in ordine; tra i visitatori non c'erano mai bambini. Ma potevo fare a meno dei divertimenti. La lettura, le passeggiate, i giochi che inventavo con mia sorella mi bastavano.

La prima delle mie felicità era quella di sorprendere, al mattino presto, il risveglio delle praterie; con un libro in mano, uscivo dalla casa addormentata e spingevo la cancellata; impossibile sedersi sull'erba zuppa di bianca rugiada; camminavo sul viale, lungo il prato piantato di alberi pregiati, che il nonno chiamava « il parco panoramico »; leggevo, camminando pian piano, e sentivo contro la pelle la freschezza dell'aria farsi piú dolce; il faggio violaceo, i cedri azzurri, i pioppi argentati brillavano d'uno splendore altrettanto nuovo che in un'alba del paradiso: ed io ero sola a portare la bellezza del mondo e la gloria di Dio, con un sogno di cioccolato e di pan tostato alla bocca dello stomaco. Quando le api cominciavano a ronzare, quando le persiane verdi si aprivano all'odore assolato delle glicini, io già condividevo con quella giornata che per gli altri appena cominciava, un lungo passato segreto. Dopo le effusioni familiari e la prima colazione, mi sedevo sotto il catalpa, davanti a un tavolo di ferro, e facevo i miei « compiti delle vacanze »; mi piacevano quei momenti, in cui, falsamente occupata in un compito facile, mi abbandonavo ai rumori dell'estate: il ronzio delle vespe, il chiocciolio delle faraone, il profumo dei flocs, si mescolava agli odori di caramella e di cioccolato che mi arrivavano a sbuffi dalla cucina; sul mio quaderno danzavano cerchi di sole. Ogni cosa, e me stessa, avevamo il nostro giusto posto, qui, ora e sempre.

Il nonno scendeva verso mezzogiorno, il mento rasato di fresco tra i favoriti bianchi, e si metteva a leggere « L'Echo de Paris » fino all'ora di colazione. Gli piacevano le pietanze robuste: pernice ai cavoli, vol-au-vent di pollo, anatra alle olive, cosciotto di lepre, pâtés, dolci, frangipani, torte di ciliege. Mentre il fonografo suonava un'aria delle *Campane di Corneville*, egli scherzava con papà; per tutto il tempo del pasto si toglievano la parola a vicenda, ridevano, declamavano, cantavano; era un continuo saccheggiare i ricordi, gli aneddoti, le battute, gli episodi ameni del folclore familiare. Nel pomeriggio, di solito partivo per una passeggiata con mia sorella; graffiandoci gambe e braccia ai rovi e ai cespugli esploravamo per chilometri intorno i castagneti, i campi, le lande. Facevamo grandi scoperte: stagni, una cascata, certi massi di granito grigio in mezzo a una brughiera, ai quali davamo la scalata per vedere in lontananza il profilo azzurrastro delle Monédières. Strada facendo mangiavamo le nocciole o le more di siepe, le corbezzole, le corniole, l'uvaspina; assaggiavamo le mele di tutti i meli, ma ci guardavamo dal succhiare il latte delle euforbie, e di toccare le belle spighe color minio che portano alteramente il nome enigmatico di « sigillo di Salomone ». Stordite dall'odore del guaime falciato di fresco, dall'odore del caprifoglio, dall'odore delle saggine in fiore, ci allungavamo sul muschio o sull'erba, a leggere. A volte, invece, trascorrevo il pomeriggio da sola nel parco panoramico, e mi ubriacavo di lettura mentre guardavo le ombre che si allungavano e il volo delle farfalle.

Nelle giornate di pioggia si restava a casa. Ma se soffrivo delle costrizioni inflittemi dalle volontà umane, non detestavo quelle che mi erano imposte dalle cose. Me ne stavo volentieri nel salotto dalle poltrone tappezzate di felpa verde, le porte e le finestre velate di mussola ingiallita; sul marmo della caminiera, sui tavoli e sulle credenze, una quantità di cose morte finivano di morire; gli uccelli impagliati perdevano le piume, i fiori secchi si sbriciolavano, le conchiglie si offuscavano. Salivo su uno sgabello e frugavo nella libreria; riuscivo sempre a pescare qualche Fenimore Cooper, o qualche « Magasin Pittoresque » dalle pagine macchiate di ruggine, che non conoscevo ancora. C'era un pianoforte, stonato, e con molti tasti muti; la mamma apriva sul leggio lo spartito del *Grand Mogol* o delle *Noces de Jeannette*, e cantava le arie favorite del nonno, che cantava i ritornelli in coro con noi. Quando il tempo era bello, dopo cena andavo a fare un giro nel parco; sotto la via lattea respiravo l'odore patetico delle magnolie, spiando per vedere qualche stella filante.

Poi, con un candeliere in mano, salivo a coricarmi. Avevo una camera tutta per me; dava sul cortile, davanti alla legnaia, al lavatoio e alla rimessa, che conteneva, decadute come vecchie carrozze, una victoria e una berlina; la piccolezza di questa stanza mi rapiva: un letto, un cassettone, e, sopra una specie di baule, il bacile e la brocca. Era una vera cella, proprio fatta sulla mia misura, come un tempo la nicchia in cui mi accovacciavo sotto la scrivania di papà. Benché la presenza di mia sorella di solito non mi pesasse, la solitudine mi esaltava. Quando ero in vena di santità ne approfittavo per dormire sul pavimento. Ma soprattutto, prima di mettermi a letto, mi attardavo a lungo in finestra, e spesso mi alzavo per spiare il respiro pacifico della notte. Mi chinavo, affondavo le mani nella frescura di un cespo di lauroceraso; l'acqua della fontana colava chioccolando su una pietra verdastra; a volte una vacca batteva col suo zoccolo sulla porta della stalla; indovinavo l'odore della paglia e del fieno. Un grillo friniva, monotono, ostinato come un cuore che batte; contro il silenzio infinito, sotto l'infinito del cielo, sembrava che la terra facesse eco a quella voce dentro di me che sussurrava senza tregua: son qui; il mio cuore oscillava dal suo calore vivo al fuoco gelido delle stelle. Lassú c'era Dio che mi guardava; accarezzata dalla brezza, ebbra di profumi, quella festa nel mio sangue mi dava l'eternità.

C'era una frase che tornava spesso alla bocca degli adulti: non sta bene. Il suo significato non mi era molto chiaro. Al principio vi avevo attribuito un senso piú o meno scatologico. Nelle *Vacances* di Madame de Ségur, c'era un personaggio che raccontava una storia di fantasmi, di incubi, di un lenzuolo sporcato, che mi scandalizzava al pari dei miei genitori; collegavo perciò l'indecenza con le basse funzioni del corpo; in seguito appresi che tutto il corpo partecipava della loro indecenza: bisognava nasconderlo; mostrarne le parti, o la pelle – salvo in qualche zona ben definita – era una cosa che non stava bene. Certi particolari dell'abbigliamento, certi atteggiamenti, erano riprovevoli quanto un'indiscreta nudità. Queste proibizioni riguardavano particolarmente il genere femminile; una signora « come si deve » non doveva né andare molto scollata, né portare gonne corte, né tingersi i capelli, né tagliarseli, né truccarsi, né sdraiarsi su un divano, né baciare suo marito nei corridoi del métro; se trasgrediva queste regole non era una signora perbene. La sconvenienza non si identificava esattamente col peccato, ma suscitava critiche piú severe del ridicolo. Mia sorella ed io sentivamo bene che sotto apparenze anodine si nascondeva qualcosa d'importante, e per proteggerci contro questo mistero ci affrettavamo a volgerlo in ridicolo. Al Lussemburgo, passando davanti alle coppie di innamorati, ci davamo di gomito. La sconvenienza, nella mia mente, aveva un rapporto, ma estremamente vago, con un altro enigma: le opere proibite. A volte, prima di darmi un libro, la mamma ne spillava insieme alcune pagine. Nella *Guerra dei mondi* di Wells, trovai un intero capitolo cosí condannato. Non tolgievo mai le spille, ma spesso mi domandavo: di che cosa si tratterà? Era una cosa strana. Gli adulti parlavano liberamente davanti a me; circolavo per il mondo senza incontrare ostacoli; e tuttavia, in questa trasparenza si nascondeva qualcosa: che cosa? dove? invano il mio sguardo frugava l'orizzonte cercando di scoprire la zona occulta che nessuno schermo mascherava e che tuttavia restava invisibile.

Un giorno, mentre stavo studiando seduta dinanzi alla scrivania di papà, trovai a portata di mano un romanzo dalla copertina gialla: *Cosmopolis*. Stanca, con la testa vuota, l'aprii macchinalmente; non avevo intenzione di leggerlo, ma mi sembrava che, senza nemmeno riunire le parole in frasi, un'occhiata nell'interno del volume mi avrebbe rivelato il colore del suo segreto. La mamma apparve improvvisamente dietro di me: – Che cosa fai? – Balbettai. – Non si deve! – disse lei. – Non devi mai toccare i libri che non sono per te –. La sua voce era supplichevole, e sul suo volto c'era un'inquietudine piú convincente di un rimprovero: tra le pagine di *Cosmopolis* un grande pericolo mi aspettava al varco. Mi profusi in promesse. La mia memoria ha legato indissolubilmente quest'episodio con un altro molto piú antico: ero piccolissima; seduta su quella stessa poltrona, avevo affondato il dito nel buco nero della presa elettrica; la scossa mi aveva strappato un grido di sorpresa e di dolore. Mentre mia madre mi parlava, ebbi la visione di quel cerchio nero, in mezzo al tondo di porcellana, oppure quest'avvicinamento l'ho fatto solo piú tardi? In ogni caso, ebbi l'impressione che un contatto con i Zola e i Bourget della biblioteca mi avrebbe data una scossa imprevedibile e folgorante. E come la terza rotaia del métro mi affascinava perché l'occhio scivolava sulla sua superficie lucente senza scoprire la sua energia micidiale, i vecchi volumi dai dorsi stanchi tanto piú m'intimorivano in quanto nulla segnalava il loro potere malefico.

Durante gli esercizi spirituali che precedettero la mia prima comunione, il predicatore, per metterci in guardia contro le tentazioni della curiosità, ci raccontò una storia che esasperò la mia. Una bambina eccezionalmente intelligente e precoce, ma allevata da genitori poco vigili, un giorno era andata a confidarsi con lui: aveva fatto cosí cattive letture che aveva perduto la fede e preso la vita in orrore; egli aveva cercato di riaccenderle la speranza, ma la bambina era contaminata in modo troppo grave: poco tempo dopo egli apprese che si era suicidata. Il mio primo moto fu uno slancio d'invidiosa ammirazione per quella bambina, piú grande di me solo di un anno, e che la sapeva tanto piú lunga di me. Poi caddi nella perplessità. La fede era la mia assicurazione contro l'inferno; lo temevo troppo per poter mai commettere un peccato mortale; ma se uno cessava di credere, tutti gli abissi si spalancavano; era possibile che potesse accadere una sciagura cosí spaventosa senza che uno se la fosse meritata? La piccola suicida non aveva nemmeno peccato per disobbedienza; s'era soltanto esposta senza precauzione a forze oscure che avevano devastata la sua anima; perché Dio non l'aveva soccorsa? e come potevano, delle parole accozzate insieme dagli uomini, distruggere le prove soprannaturali? La cosa che meno riuscivo a capire era che la conoscenza potesse condurre alla disperazione. Il predicatore non aveva detto che i libri cattivi dipingevano la vita con falsi colori, in questo caso avrebbe facilmente spazzato le loro menzogne; il dramma della bambina ch'egli non era riuscito a salvare era ch'ella aveva scoperto prematuramente il volto autentico della realtà. In ogni caso, mi dicevo, un giorno la vedrò anch'io ben in faccia, e non ne morirò; ma l'idea che vi fosse un'età in cui la verità uccideva ripugnava al mio razionalismo. D'altronde non era soltanto l'età che contava; la zia Lilí non poteva leggere che i libri « per giovinette »; la mamma un giorno le aveva strappato dalle mani *Claudine à l'école*, e la sera aveva commentato il fatto con papà: – Fortuna che non ha capito niente! – Il matrimonio era l'antidoto che permetteva di digerire senza pericolo i frutti dell'albero della Scienza; non me ne spiegavo esattamente il perché. Non mi azzardavo mai a toccare questi problemi con le mie compagne. Un'allieva era stata espulsa dalla scuola per aver tenuto « brutti discorsi », e io mi dicevo virtuosamente che se ella avesse tentato di rendermene complice non le avrei prestato orecchio. Mia cugina Madeleine, peraltro, leggeva qualunque cosa. Papà si era indignato nel vederla, a dodici anni, immersa nei *Tre Moschettieri*: la zia Hélène aveva alzato distrattamente le spalle. Ingozzata di libri « al di sopra della sua età », Madeleine non aveva affatto l'aria di pensare al suicidio. Nel 1919 i miei genitori trovarono in rue de Rennes un appartamento meno costoso di quello del boulevard Montparnasse, e per poter fare il trasloco in pace ci lasciarono, mia sorella e me, alla Grillère, per tutta la prima quindicina di ottobre. Stavamo dal mattino alla sera sole con Madeleine. Un giorno, senza premeditazione, tra due partite di croquet, le domandai di che parlavano i libri proibiti; non avevo certo intenzione di farmene rivelare il contenuto; volevo solo capire per qual ragione ci fossero proibiti.

Avevamo posate le nostre mazze, e c'eravamo sedute tutt'e tre sul prato, ai margini del campo da croquet. Madeleine esitò, sbuffò, e si mise a parlare. Ci indicò il suo cane, e ci fece osservare le due palle che aveva tra le gambe: – Be', anche gli uomini ce le hanno, – disse. In un volume intitolato *Romanzi e novelle*, aveva letto una storia melodrammatica: una marchesa gelosa di suo marito, gli faceva tagliare le «palle» mentre dormiva. E il marito ne era morto. Trovai oziosa questa lezione di anatomia, e senza rendermi conto che avevo fomentato un «brutto discorso», insistei: che altro c'è? Madeleine mi spiegò allora che cosa voleva dire la parola «amante»; se la mamma e lo zio Maurice si fossero amati, lei sarebbe stata la sua amante. Non precisò il senso della parola «amare», e la sua ipotesi fuori luogo mi sconcertò senza istruirmi. I suoi discorsi cominciarono a interessarmi solo quando m'informò del modo in cui nascono i bambini; il ricorso alla volontà divina non mi soddisfaceva piú, poiché sapevo che, miracoli a parte, Dio operava sempre attraverso causalità naturali, ciò che avveniva sulla terra esigeva una spiegazione terrena. Madeleine confermò i miei sospetti: i bambini si formavano nei visceri della madre; qualche giorno prima, la cuoca, aprendo una coniglia, le aveva trovato nel ventre sei coniglietti. Quando una donna aspetta un bambino si dice che è incinta, e il ventre le s'ingrossa. Madeleine non ci diede altri particolari. Proseguí annunciandomi che di lí a uno o due anni nel mio corpo sarebbero successe delle cose; avrei avuto delle «perdite bianche» e poi ogni mese avrei perduto sangue e avrei dovuto portare tra le gambe una specie di benda. Le domandai se queste perdite si chiamavano «perdite rosse» e mia sorella si preoccupò di sapere come si sarebbe fatto con quella benda: come si faceva a orinare? la domanda diede ai nervi a Madeleine, disse che eravamo due stupide, alzò le spalle e se ne andò a dar da mangiare ai suoi polli. Forse, constatando la nostra puerilità, ci ritenne indegne d'un'iniziazione piú spinta. Io rimasi sbalordita: avevo immaginato che i segreti conservati dagli adulti fossero di ben piú alta importanza. D'altra parte, il tono confidenziale e beffardo di Madeleine mal si accordava con la strana futilità delle sue rivelazioni; c'era qualcosa che non andava, ma non sapevo che cosa. Ella non aveva toccato il problema del concepimento, sul quale meditai nei giorni seguenti; avevo compreso che la causa e l'effetto erano necessariamente omogenei, e non potevo ammettere che la semplice cerimonia nuziale facesse nascere nel ventre della donna un corpo di carne; tra i genitori doveva accadere qualcosa di organico. Il comportamento degli animali avrebbe potuto illuminarmi; avevo visto Criquette, la piccola fox di Madeleine, attaccata a un grosso cane lupo, e Madeleine in lacrime che cercava di separarli. – I piccoli saranno troppo grossi, Criquette ne morirà! – Ma non accostavo questi sollazzi, né quelli degli uccelli e delle mosche, ai costumi umani. Le espressioni « vincoli di sangue », « figli dello stesso sangue », « riconosco il mio sangue », mi suggerivano che il giorno delle nozze, e una volta per tutte, si trasfondesse un po' di sangue dello sposo nelle vene della sposa; immaginavo gli sposi in piedi, il polso destro dell'uomo congiunto al polso sinistro della donna; era un'operazione solenne alla quale assistevano il prete e alcuni testimoni scelti.

Per quanto deludenti, le chiacchiere di Madeleine dovettero agitarci assai, poiché Poupette e io ci abbandonammo a grandi orge verbali. La zia Hélène, buona e poco moralista com'era, e con la sua aria di essere sempre altrove, non ci dava soggezione. Ci mettemmo a fare in sua presenza una quantità di discorsi « sconvenienti ». Nel salotto con i mobili coperti dalle fodere, a volte la zia Hélène sedeva al piano per cantare con noi delle canzoni 1900; ne possedeva un'intera collezione; noi sceglievamo le piú sospette e le canticchiavamo con compiacimento. « *I suoi bianchi seni alla mia bocca golosa - son meglio delle fragole di bosco - e il latte che vi bevo...* » Quest'inizio di romanza c'incuriosiva molto: bisognava intenderlo alla lettera? succede, che l'uomo beva il latte della donna? È un rito amoroso? In ogni caso, non c'era dubbio che quella strofa era molto « sconveniente ». La scrivevamo con la punta del dito sui vetri appannati; la recitavamo ad alta voce in presenza di zia Hélène, che assillavamo con una quantità di domande ridicole, facendole intendere che ormai non c'imbrogliavano piú. Credo che questa esuberanza disordinata fosse in realtà intenzionale; non eravamo abituate a dissimulare, e volevamo avvertire gli adulti che avevamo penetrato i loro segreti; ma ce ne mancava l'audacia, e avevamo bisogno di stordirci; la nostra franchezza prese la forma della provocazione. Raggiungemmo i nostri fini. Tornate a Parigi, mia sorella, meno inibita di me, osò interrogare la mamma, domandandole se i bambini uscivano dall'ombelico. – Perché questa domanda? – disse mia madre un po' seccamente. – Sapete già tutto! – Evidentemente, la zia Hélène l'aveva messa al corrente; incoraggiate da questo primo passo, ci spingemmo piú in là; la mamma ci lasciò intendere che i neonati uscivano dall'ano e senza dolore. Parlava in tono distaccato; ma questa conversazione non ebbe seguito; non toccai mai piú questi argomenti, con lei, ed ella non ne fece piú parola.

Non ricordo di aver ruminato sui fenomeni della gravidanza e del parto né di averli integrati al mio avvenire; ero refrattaria al matrimonio e alla maternità, e non ne provavo alcun interesse, ma questa mezza iniziazione mi turbò per un altro verso. Lasciava in sospeso molti enigmi. Che rapporto c'era tra quella cosa seria che è la nascita di un bambino, e le cose sconvenienti? se non c'era alcun rapporto, perché il tono di Madeleine e le reticenze della mamma facevano supporre che vi fosse? La mamma aveva parlato solo dietro nostra sollecitazione, sommariamente, e senza spiegarci il matrimonio. I fatti fisiologici appartenevano alla scienza come la rotazione della terra: che cosa impediva ai grandi d'informarcene con la stessa semplicità? E d'altra parte, se i libri proibiti contenevano solo indecenti ridicolaggini, come aveva fatto capire mia cugina, da dove traevano il loro veleno? non mi ponevo esplicitamente queste domande, ma mi tormentavano. Bisognava che il corpo fosse di per sé qualcosa di pericoloso, visto che qualsiasi allusione, seria o frivola che fosse, alla sua esistenza, sembrava pericolosa.

Sospettando che dietro il silenzio degli adulti si nascondesse qualcosa, non li accusavo di fare molto rumore per nulla. Tuttavia, avevo perduta ogni illusione sulla natura dei loro segreti: essi non attingevano a sfere occulte in cui la luce fosse piú splendente e l'orizzonte piú vasto che nel mio mondo. La mia delusione riduceva l'universo e gli uomini alla loro trivialità quotidiana. Non me ne resi conto subito, ma il prestigio dei grandi ne risultò notevolmente sminuito.

Mi era stato insegnato quanto la vanità fosse vana, e futile la futilità; mi sarei vergognata di attribuire importanza al mio aspetto, e di guardarmi a lungo allo specchio; tuttavia, quando ne ero autorizzata dalle circostanze, consideravo con favore la mia immagine. Nonostante la mia timidezza, aspiravo come un tempo a fare la primadonna. Il giorno della mia comunione solenne, ormai familiare da molto tempo alla sacra mensa, gustai senza scrupolo le attrattive profane della festa. Il vestito, prestatomi da una cugina, non aveva nulla di notevole, ma in luogo della classica cuffia di tulle, all'Istituto Désir si portava una corona di rose; questo particolare indicava che io non appartenevo al gregge ordinario dei bambini delle parrocchie: l'abate Martin somministrava l'ostia a un'*élite* ben selezionata. Inoltre, io fui prescelta per rinnovare, in nome delle mie compagne, i voti solenni con i quali il giorno del nostro battesimo avevamo rinunciato a Satana, alle sue opere e alle sue pompe. La zia Marguerite diede un gran pranzo in mio onore; nel pomeriggio, a casa mia, ci fu una merenda, ed io esposi sul piano a coda i regali che avevo ricevuti. Fui festeggiata, e mi trovai bella. La sera deposi il mio vestito con rincrescimento; per consolarmi, mi convertii momentaneamente al matrimonio: sarebbe venuto il giorno in cui, nel candore delle sete e nello splendore dei ceri e degli organi, mi sarei nuovamente cambiata in una regina.

L'anno seguente feci con gran piacere la parte piú modesta di damigella d'onore. La zia Lilí si sposò. Fu una cerimonia senza fasto, ma la mia toletta mi rapí. Mi piaceva la carezza serica del mio vestito in foulard azzurro; un nastro di velluto nero mi fermava i riccioli, e avevo in capo una cappellina di paglia grigia fiorita di papaveri e anemoni. Mi faceva da cavaliere un bel ragazzo di diciannove anni che mi parlava come a una grande: ero convinta di riuscirgli affascinante.

Cominciai a interessarmi della mia futura immagine. Oltre alle opere serie e ai romanzi d'avventure che prendevo al gabinetto di lettura, leggevo anche i romanzi della « Biblioteca di mia figlia », che avevano distratto l'adolescenza di mia madre, e che occupavano un intero ripiano del mio armadio; alla Grillère, avevo diritto alle *Veillées des Chaumières*, e ai volumi della collezione «Stella», di cui si dilettava Madeleine; Delly, Guy Chantepleure, *La Neuvaine de Colette*, *Mon oncle et mon curé*: questi idilli virtuosi non mi divertivano gran che; le eroine mi sembravano stupide e i loro innamorati insipidi, ma ci fu un libro in cui credetti di riconoscere il mio volto e il mio destino: *Little Women*, di Luisa Alcott. Le piccole March erano protestanti, figlie di un pastore; la loro mamma gli aveva dato come *livre de chevet*, non *L'imitazione di Cristo*, ma *The Pigrim's Progress*; queste differenze facevano risaltare meglio i tratti che ci erano comuni. Mi commuovevo vedendo Meg e Joe infilarsi dei poveri vestiti di cotonina nocciola per andare a uno spettacolo in cui tutti gli altri bambini erano vestiti di seta; a loro, come a me, veniva insegnato che la cultura e la moralità sono cose piú importanti della ricchezza; come la mia, la loro modesta famigliuola aveva un non so che si eccezionale. Io mi identificavo appassionatamente in Joe, l'intellettuale. Brusca e angolosa, Joe, per leggere si appollaiava in cima agli alberi; era assai piú mascolina e piú ardita di me, ma io condividevo il suo orrore per il cucito e per le faccende domestiche, e il suo amore per i libri. Joe scriveva; per imitarla, resuscitai il mio passato e composi due o tre novelle. Non so se sognassi di resuscitare la mia vecchia amicizia con Jacques, o, piú vagamente, se desiderassi che la barriera che mi escludeva dal mondo dei ragazzi scomparisse, ma i rapporti di Joe e di Laurie mi toccarono il cuore. In seguito, ne ero sicura, si sarebbero sposati; dunque, poteva succedere che la maturità realizzasse le promesse dell'infanzia anziché rinnegarle; quest'idea mi colmava di speranza. Ma ciò che piú mi entusiasmava era la decisa parzialità che Luisa Alcott dimostrava per Joe. Ho già detto come m'indisponesse che la condiscendenza dei grandi livellasse la specie infantile. Le qualità e i difetti che gli autori attribuivano ai loro giovani eroi sembravano, di solito, accidenti senza conseguenze: diventando grandi essi sarebbero divenuti tutti quanti delle persone perbene. D'altronde non si distinguevano tra loro altro che per la moralità: mai per l'intelligenza; si sarebbe detto che, da questo punto di vista, l'età li eguagliasse tutti quanti. Joe, al contrario, superava le sue sorelle, piú virtuose o piú belle, per la sua passione di sapere e per il vigore della sua mente; la sua superiorità, cosí lampante quanto quella di certi adulti, le garantiva un destino insolito; ella era segnata. Mi ritenni autorizzata anch'io a considerare la mia passione per i libri, i miei successi scolastici, come il segno di un valore che il mio avvenire avrebbe confermato. Ai miei occhi divenni un personaggio da romanzo; e poiché qualsiasi trama romanzesca esigeva ostacoli e sconfitte, me ne inventai. Un pomeriggio, stavo giocando al croquet con Poupette, Jeanne e Madeleine. Portavamo dei grembiali di tela nocciola orlati di rosso, e con delle ciliege ricamate. I cespugli di lauro brillavano al sole, la terra mandava un buon profumo. D'un tratto m'immobilizzai: mi accingevo a vivere il primo capitolo d'un libro di cui ero l'eroina; costei stava giusto allora uscendo dall'infanzia; ma presto saremmo state grandi; decisi che mia sorella e le mie cugine, piú graziose, piú carine, piú dolci di me, sarebbero piaciute di piú, avrebbero trovato marito; io no. Non me ne sarei amareggiata; sarebbe stato giusto che le avessero preferite a me; ma a me, qualcosa mi avrebbe innalzata al di sopra di qualsiasi preferenza; ignoravo in quale forma e da parte di chi, ma sarei stata riconosciuta. Immaginai che già uno sguardo abbracciasse il campo di gioco e le quattro bambine in grembiale nocciola; questo sguardo si fermava su di me e una voce mormorava: «Quella non è uguale alle altre». Era ben ridicolo confrontarmi tanto pomposamente con una sorella e delle cugine senza nessuna pretesa. Ma attraverso di loro io miravo a tutte le mie simili. Affermavo che sarei stata, che già ero, fuori serie.

Accadeva piuttosto raramente, tuttavia, che mi abbandonassi a queste orgogliose rivendicazioni, poiché la stima di cui ero oggetto non lo rendeva necessario. E se a volte mi ritenevo eccezionale, non giungevo piú al punto di credermi unica. Ormai la mia presunzione era temperata dai sentimenti ispiratimi da un'altra persona. Avevo avuto la fortuna di trovare un'amica.

Il giorno in cui entrai in quarta-prima – ero ormai sui dieci anni – il posto accanto al mio era occupato da una bambina nuova:

una brunetta dai capelli corti. Aspettando la signorina, e alla fine della lezione, parlammo. Si chiamava Elizabeth Mabille, e aveva la mia età. I suoi studi, cominciati in famiglia, erano stati interrotti da un grave incidente: in campagna, mentre stavano cuocendo delle patate, le si era appiccato il fuoco all'abito; aveva riportato un'ustione di terzo grado alla coscia che l'aveva fatta urlare per notti e notti. Era dovuta restare a letto per un anno intero; sotto la gonna pieghettata, la carne era ancora tutta raggrinzita. A me non era mai accaduto nulla di cosí importante. La mia nuova compagna mi parve subito un personaggio. Il suo modo di parlare con le insegnanti mi sbalordí; la sua naturalezza contrastava con la voce stereotipata delle altre compagne. Nella settimana che seguí mi conquistò totalmente: scimmiottava in modo meraviglioso la signorina Bodet, e tutto quello che diceva era interessante o strano.

Nonostante le lacune dovute al suo ozio forzato, Elizabeth si piazzò ben presto tra le prime della classe; in componimento io la battevo di misura. L'emulazione che sorse tra noi piacque alle insegnanti, che incoraggiarono la nostra amicizia. Al saggio ricreativo che aveva luogo ogni anno verso Natale, ci fecero recitare insieme un dialogo. Con un vestito rosa, il viso incorniciato di riccioli, io impersonavo Madame de Sévigné bambina; Elizabeth faceva la parte d'un suo giovane e irrequieto cugino; il costume da ragazzo le si addiceva, e il pubblico rimase incantato dalla sua vivacità e disinvoltura. Il lavoro delle prove, e il nostro colloquio sotto le luci della ribalta, rinsaldarono ancor di piú i nostri legami; ormai ci chiamavano « le due inseparabili ».

Mio padre e mia madre fecero molti discorsi sui diversi rami delle varie famiglie Mabille di cui avevano sentito parlare, e conclusero che avevano con i genitori di Elizabeth vaghe relazioni comuni. Suo padre era un ingegnere delle ferrovie di grado molto elevato; sua madre, nata Larivière, apparteneva a una casata di cattolici militanti; aveva nove figli e si occupava attivamente delle opere di san Tomaso d'Aquino. Ogni tanto faceva la sua apparizione in rue Jacob. Era una bella signora di quarant'anni, bruna, dagli occhi di fuoco e dal sorriso accentuato; attorno al collo portava un nastro di velluto fermato con un gioiello antico.

Temperava con una premurosa amabilità la sua disinvoltura da sovrana. Conquistò la mamma chiamandola « petite Madame », e dicendole che sembrava la mia sorella maggiore. Elizabeth ed io fummo autorizzate ad andare a giocare l'una in casa dell'altra.

La prima volta che andai a rue de Varennes mia sorella mi accompagnò, e restammo tutt'e due sgomente. Elizabeth – che nell'intimità era chiamata Zazà – aveva una sorella e un fratello piú grandi, e sei, tra fratelli e sorelle, piú piccoli di lei, oltre una moltitudine di cugini e di piccoli amici. Correvano, saltavano, si picchiavano, si arrampicavano sui tavoli, rovesciavano i mobili, gridando. Alla fine del pomeriggio, la signora Mabille entrava nel salotto, rimetteva in piedi una sedia, asciugava sorridendo una fronte sudata; io mi stupivo della sua indifferenza ai bernoccoli, alle macchie, ai piatti rotti: non si arrabbiava mai. Non mi piacevano molto quei giochi forsennati, e spesso anche Zazà se ne stancava. Andavamo a rifugiarci nello studio del signor Mabille, e, lontane dal tumulto, ci mettevamo a parlare. Era un piacere nuovo. I miei genitori mi parlavano, e io parlavo loro, ma non conversavamo; tra mia sorella e me non c'era la distanza necessaria per uno scambio. Con Zazà facevo vere conversazioni, come papà con la mamma, la sera. Parlavamo dei nostri studi, delle letture, delle compagne, dei professori, di ciò che sapevamo del mondo: mai di noi stesse. Mai i nostri colloqui diventarono confidenze. Non ci permettevamo alcuna familiarità. Ci davamo cerimoniosamente del voi, e non ci baciavamo se non per lettera. A Zazà piacevano i libri e lo studio al pari di me; in piú, essa era dotata di una quantità di capacità che a me mancavano. A volte, quando arrivavo in rue de Varennes, la trovavo occupata a confezionare dei sabbiati, dei caramellati; infilzava con un uncinetto degli spicchi d'arancia, dei datteri, delle prugne e li immergeva in una casseruola dove cuoceva uno sciroppo che odorava di aceto caldo: i suoi canditi sembravano usciti da una confetteria. Ogni settimana poligrafava da sé, in una decina di esemplari, una *Cronaca familiare* redatta da lei stessa, e che era dedicata alle nonne, zii e zie assenti da Parigi; la vivacità dei suoi racconti, e la sua bravura nel fabbricare qualcosa che somigliava a un vero giornale erano oggetto di grande ammirazione per me. Prese alcune lezioni di piano con me, ma ben presto mi passò avanti. Benché mingherlina, sapeva fare mille prodezze ginnastiche. Al principio della primavera, la signora Mabille ci condusse tutt'e due in un sobborgo fiorito – credo a Nanterre. Zazà fece la ruota sull'erba, la spaccata, e ogni sorta di capriole; si arrampicava sugli alberi e si sospendeva ai rami coi piedi. In ogni circostanza dava prova di una disinvoltura che mi stupiva. A dieci anni andava per la strada da sola; all'Istituto Désir non prese mai le mie maniere compassate; parlava a quelle signorine in modo educato ma disinvolto, quasi da pari a pari. Un anno, durante un saggio di pianoforte, si permise un'audacia che rasentò lo scandalo. La sala delle feste era gremita. Nelle prime file, le allieve agghindate nei loro piú bei vestiti, arricciate, ondulate, con nastri nei capelli, aspettavano il momento di esibirsi. Dietro di loro erano sedute le professoresse e le sorveglianti, in blusa di seta e guanti bianchi. Piú indietro sedevano i genitori e i loro invitati. Zazà, vestita di taffetà azzurro, suonò un pezzo che sua madre giudicava troppo difficile per lei, che di solito ne massacrava qualche parte; questa volta lo eseguí senza sbagli, dopodiché, gettando alla madre un'occhiata trionfante, le mostrò la lingua. Le bambine fremettero sotto i loro boccoli, e la faccia di quelle signorine s'irrigidí di riprovazione; ma quando Zazà scese dal palco, la mamma la baciò con tanta gaiezza che nessuno osò rimproverarla. Ai miei occhi quest'episodio la circonfuse di gloria. Sottomessa com'ero alle leggi, alle consuetudini, ai pregiudizi, amavo tuttavia le cose nuove, sincere, spontanee. La vivacità e l'indipendenza di Zazà mi affascinavano.

Non mi resi conto subito del posto che aveva quest'amicizia nella mia vita; non ero in grado, piú di quanto non lo fossi stata nella mia prima infanzia, di definire ciò che succedeva dentro di me. Mi avevano portata a confondere ciò che dovrebb'essere con ciò che è; non esaminavo mai ciò che si nascondeva sotto la convenzione delle parole. Ch'io provassi un tenero affetto per tutta la mia famiglia, compresi i piú lontani cugini, era cosa sottintesa. E i miei genitori, mia sorella, li amavo: questa parola copriva tutto. Le sfumature dei miei sentimenti, le loro fluttuazioni, non avevano diritto di esistere. Zazà era la mia migliore amica: non c'era nient'altro da dire. In un cuore ben ordinato, l'amicizia occupa un posto onorevole, ma non ha né lo splendore del misterioso Amore, né la sacra dignità degli affetti filiali. Non mettevo in discussione questa gerarchia.

Anche quell'anno, come gli altri, il mese di ottobre mi riportò la gioiosa agitazione della riapertura delle scuole. I libri nuovi cricchiavano tra le mie dita, avevano un buon odore; seduta sulla poltrona di cuoio mi crogiolavo nelle promesse dell'anno che stava per cominciare.

Nessuna di quelle promesse fu mantenuta. Nei giardini del Lussemburgo ritrovai i sentori e i rossori dell'autunno, ma non mi dicevano piú niente; l'azzurro del cielo era diventato opaco. Le lezioni mi annoiavano; studiavo, facevo i compiti senza gioia, e spingevo con indifferenza la porta dell'Istituto Désir. Era proprio il mio passato che resuscitava, non c'era dubbio, eppure non lo riconoscevo: aveva perduto tutti i suoi colori; le mie giornate non avevano alcun sapore. Mi davano tutto, e le mie mani restavano vuote. Camminavo per il boulevard Raspail, accanto alla mamma, e d'un tratto mi domandavo con angoscia: « Che succede? è questa la mia vita? non è stata che questa? e continuerà cosí per sempre? » All'idea d'infilare indefinitamente settimane, mesi, anni che non avrebbero soddisfatto alcuna attesa, alcuna promessa, mi si mozzò il fiato: mi parve d'un tratto che il mondo fosse morto. Nemmeno a questa disperazione seppi dare un nome.

Per dieci o quindici giorni mi trascinai da un'ora all'altra, da un giorno all'altro, con le gambe molli. Un pomeriggio, mi stavo svestendo nello spogliatoio dell'Istituto, quando apparve Zazà. Ci mettemmo a parlare, a raccontare, a commentare; le parole mi si affollavano alle labbra, e nel mio petto volteggiavano mille soli; in una vertigine di gioia mi dissi: « Mi mancava lei! » Era cosí radicale la mia ignoranza delle vere avventure del cuore che non avevo affatto pensato di dirmi: « Soffro della sua mancanza ». Mi occorreva la sua presenza per rendermi conto del bisogno che avevo di lei, e questo ora mi apparve con un'evidenza folgorante. D'un tratto, le convenzioni, le consuetudini, i *clichés* volarono in pezzi, e fui sommersa da un'emozione che non era prevista da nessuna regola. Mi lasciai trasportare da questa gioia che si gonfiava in me, fresca e violenta come l'acqua delle cascate, nuda come un bel granito. Qualche giorno dopo arrivai a scuola in anticipo, e guardai con una sorta di stupore lo sgabello di Zazà: «E se non dovesse mai piú sedercisi, se morisse, cosa accadrebbe di me?» e una nuova scoperta mi folgorò: «Non posso piú vivere senza di lei!» La cosa mi spaventò un po': lei andava e veniva, lontana da me, e tutta la mia felicità, la mia stessa esistenza erano nelle sue mani. Immaginai che la signorina Gontran sarebbe entrata spazzando il pavimento con la sua lunga gonna, e ci avrebbe detto: – Pregate, bambine: la notte scorsa il Signore ha chiamato a sé la vostra piccola compagna Elizabeth Mabille –. Ebbene, mi dissi, morirei sul momento! scivolerei giú dal mio sgabello e cadrei a terra, spirando. Questa soluzione mi rassicurò. Non credevo sul serio che una grazia divina mi avrebbe tolta la vita; ma nemmeno credevo sul serio che Zazà sarebbe morta. Ero arrivata a confessarmi lo stato di dipendenza in cui mi poneva il mio attaccamento per lei, ma non osai affrontarne tutte le conseguenze.

Non esigevo che Zazà provasse a mio riguardo un sentimento cosí definitivo: mi bastava essere la sua compagna preferita. L'ammirazione che avevo per lei non mi svalutava ai miei occhi. L'amore non è l'invidia. Non immaginavo nulla di meglio al mondo che essere me stessa, e amare Zazà.

Parte seconda

Avevamo cambiato casa. Il nuovo alloggio, disposto press'a poco come l'altro, arredato in modo identico, era piú piccolo e meno comodo. Niente stanza da bagno; un solo stanzino da toletta, senza acqua corrente; mio padre vuotava ogni giorno il pesante secchio posto sotto il lavabo. Niente riscaldamento; d'inverno, all'infuori dello studio, dove mia madre accendeva una stufa, l'appartamento era gelato; anche d'estate, era quella la stanza in cui dovevo lavorare, poiché la stanza da letto, che dividevo con mia sorella (Louise andava a dormire al sesto piano), era troppo piccola per potervi restare. Invece dell'ingresso spazioso dove amavo rifugiarmi, c'era un corridoio. Una volta scesa dal letto, non c'era piú un angolo che fosse mio; non avevo nemmeno uno scaffaletto per metterci la mia roba. Nello studio, la mamma riceveva spesso visite, ed era anche lí che chiacchierava con mio padre, la sera. Imparai a fare i compiti e a studiare le lezioni in mezzo al vocio delle conversazioni. Ma mi riusciva penoso non potermi mai isolare. Con mia sorella, invidiavamo ardentemente le bambine che avevano una stanza tutta per loro; la nostra era soltanto un dormitorio.

Louise si fidanzò con un conciatetti; la sorpresi un giorno in cucina, seduta goffamente sulle ginocchia di un uomo rosso; lei aveva una pelle biancastra e lui un colorito rubicondo; senza sapere perché, mi sentii triste; ma tutti avevano approvato la sua scelta, poiché, pur essendo un operaio, il suo fidanzato era d'idee rette. Quando Louise ci lasciò, fu sostituita da Catherine, una giovane contadina fresca e allegra con la quale avevo giocato a Meyrignac. Era quasi una compagna; ma la sera usciva coi pompieri della caserma di fronte, « correva la cavallina ». La mamma la rimproverò, poi la rimandò a casa, e decise che avrebbe fatto a meno di aiuti, poiché gli affari di papà andavano male. La fabbrica di scarpe era andata declinando. Grazie alla protezione di un lontano cugino importante, mio padre entrò nella « pubblicità finanziaria »; lavorò dapprima al « Gaulois » e poi in diversi altri giornali; era un mestiere che rendeva poco e che lo affliggeva. In compenso, la sera, se ne andava piú spesso a giocare a bridge in casa di amici o al caffè, e d'estate passava le domeniche alle corse. La mamma restava spesso sola. Non si lamentava, ma detestava occuparsi delle faccende domestiche e la povertà le pesava; diventò sempre piú nervosa. A poco a poco, mio padre perse la sua bella serenità. Non che litigassero veramente, ma alzavano la voce per un nonnulla, e spesso se la prendevano con mia sorella e con me.

Nei riguardi dei grandi, noi restavamo strettamente unite; se una rovesciava un calamaio era colpa di tutt'e due, e ne assumevamo insieme la responsabilità. Tuttavia, da quando avevo conosciuto Zazà, i nostri rapporti erano un po' cambiati; io non vedevo piú che per gli occhi della mia nuova amica. Zazà prendeva in giro tutti, e non risparmiava Poupette, trattandola da « piccola » e io la imitavo. Mia sorella se ne prese tanto che cercò di staccarsi da me. Un pomeriggio, eravamo sole nello studio, e avevamo litigato; d'un tratto lei mi disse in tono drammatico: – Sai, devo confessarti una cosa! – Aperto un libro d'inglese sulla carta asciugante rosa, io avevo cominciato a studiare; volsi appena la testa. – Vedi, – proseguí mia sorella, – credo di non volerti piú bene come una volta –. Mi spiegò in tono pacato la nuova indifferenza del suo cuore; io l'ascoltavo in silenzio e le lacrime cominciarono a scivolarmi sulle guance; lei saltò su: – Non è vero niente! non è vero niente! – gridò, abbracciandomi; ci stringemmo, e asciugai le mie lacrime. – Sai, – le dissi, – non ti avevo creduto! – Pure, lei non aveva mentito del tutto; cominciava a ribellarsi alla sua condizione di secondogenita, e poiché io l'abbandonavo, m'inglobava nella sua rivolta. Nella sua stessa classe c'era nostra cugina Jeanne, cui ella voleva molto bene, ma della quale non condivideva i gusti; la si obbligava a frequentarne le amiche, bambine sciocche e pretenziose che lei non poteva soffrire, e si arrabbiava che le si ritenessero degne della sua amicizia; ma non ci si faceva caso. All'Istituto Désir, si continuava a considerare Poupette come un riflesso, necessariamente imperfetto, della sorella maggiore; lei se ne sentiva spesso umiliata, e cosí la si accusava di essere orgogliosa, e quelle signorine, da buone educatrici, si facevano premura di umiliarla ancor di piú. Poiché io ero la piú grande, era a me che andavano le maggiori attenzioni di papà; senza condividere la devozione che io avevo per lui, mia sorella soffriva di questa parzialità; un'estate, a Meyrignac, per provare che la sua memoria non era inferiore alla mia, imparò a memoria tutta la lista dei marescialli di Napoleone; li recitò tutti d'un fiato; i nostri genitori sorrisero. Nella sua esasperazione, Poupette cominciò a considerarmi con occhio diverso, si mise a cercare i miei difetti. M'irritava ch'ella pretendesse di rivaleggiare con me, di criticarmi, di sfuggirmi. Sempre, in passato, avevamo bisticciato, perché io ero brutale e lei piangeva facilmente; ora lei piangeva meno, ma i nostri litigi erano piú seri; ci mettevamo l'amor proprio, adesso, e ciascuna voleva avere l'ultima parola. Tuttavia, finivamo sempre per riconciliarci: avevamo bisogno l'una dell'altra. Avevamo le stesse idee sulle nostre compagne, su quelle signorine, sui membri della famiglia; non ci nascondevamo niente; e ci piaceva sempre molto giocare insieme. Quando i nostri genitori uscivano, la sera, facevamo festa; ci cucinavamo un'*omelette soufflée* che mangiavamo in cucina; mettevamo a soqquadro l'appartamento, con grandi grida. Adesso che dormivamo nella stessa stanza, continuavamo per un pezzo, a letto, i nostri giochi e le nostre conversazioni.

L'anno in cui ci trasferimmo in rue de Rennes, i miei sonni cominciarono a turbarsi. Avevo mal digerito le rivelazioni di Madeleine? Soltanto un tramezzo divideva ora il mio letto da quello dei miei genitori, e a volte mi capitava di udire mio padre russare; che fossi sensibile a questa promiscuità? Soffrivo d'incubi. Un uomo saltava sul mio letto, mi affondava un ginocchio nello stomaco, soffocavo; sognavo disperatamente di svegliarmi, e di nuovo il peso del mio aggressore mi opprimeva. Verso la stessa epoca, il momento di alzarmi divenne un trauma cosí doloroso che al solo pensarvi, la sera, prima di addormentarmi, mi si serrava la gola e mi sudavano le mani. Quando, al mattino, udivo la voce di mia madre, desideravo ammalarmi tanto mi faceva orrore dovermi strappare al torpore delle tenebre. Di giorno, avevo dei capogiri, sbiancavo. La mamma e il medico dicevano: – È la crescenza –. Odiavo questa parola, e il sordo lavorio che andava operandosi nel mio corpo. Invidiavo la libertà delle « ragazze grandi »; ma mi ripugnava l'idea di vedere il mio petto gonfiarsi; m'era accaduto di udire, a volte, delle donne adulte orinare con un rumore di cateratta; pensando agli otri pieni d'acqua ch'esse portavano nel ventre, provavo lo stesso spavento di Gulliver quando le giovani gigantesse gli avevano mostrato le mammelle.

Da quando ne avevo sventato il mistero, i libri proibiti mi spaventavano meno; spesso lasciavo scivolare il mio sguardo sui pezzi di giornale appesi nel gabinetto. È cosí che lessi un frammento di romanzo d'appendice in cui il protagonista posava le sue labbra ardenti sui bianchi seni dell'eroina. Questo bacio mi bruciò; maschio, femmina e spettatrice a un tempo, lo davo, lo subivo, e me ne riempivo gli occhi. Senza dubbio, se ne provavo un'emozione cosí viva, vuol dire che il mio corpo si era già svegliato. Ma i suoi sogni si cristallizzarono intorno a quell'immagine e non so quante volte la evocai prima di addormentarmi. Ne inventai altre; mi domando di dove le tirassi fuori. Il fatto che gli sposi giacessero poco vestiti nello stesso letto non era stato sufficiente, finora, a suggerirmi l'amplesso né la carezza; immagino dovetti crearli partendo dal mio bisogno. Poiché per un certo periodo fui preda di desideri tormentosi; mi rivoltavo nel letto, la gola arida, invocando un corpo di uomo contro il mio, mani d'uomo sulla mia pelle. Calcolavo disperata: « Non ci si può sposare prima dei quindici anni! » Anzi, questa era ancora un'età limite: avrei dovuto aspettare anni e anni prima che il mio supplizio finisse. Cominciava pian piano; nel tepore delle lenzuola e il formicolio del mio sangue i miei fantasmi mi facevano battere deliziosamente il cuore; sembravano lí lí per materializzarsi, ma no, ecco che svanivano; nessuna mano, nessuna bocca calmava la mia carne irritata; la camicia di madapolam mi diventava una tunica avvelenata. Soltanto il sonno mi liberava. Mai mi accadde di associare questi disordini con l'idea del peccato: la loro brutalità superava la mia compiacenza, e mi sentivo vittima piuttosto che colpevole. Nemmeno mi domandavo se le altre bambine conoscessero questo martirio. Non avevo l'abitudine di paragonarmi agli altri.

Eravamo ospiti presso amici, nel caldo soffocante di mezzo luglio, quando un mattino mi svegliai atterrita: la mia camicia era sporca. La lavai, mi vestii: la biancheria mi si sporcò di nuovo. Avevo dimenticato le imprecise profezie di Madeleine, e mi domandavo di quale ignominiosa malattia mi fossi contagiata. Inquieta, sentendomi vagamente colpevole, dovetti ricorrere a mia madre; ella mi spiegò che ero diventata « una ragazza grande », e mi impacchettò in una maniera molto scomoda. Mi sentii molto sollevata nell'apprendere che non ero colpevole di nulla, e anzi, come succedeva ogni volta che mi capitava qualcosa d'importante, provai una specie di fierezza. Sopportai senza troppo imbarazzo che mia madre parlottasse con le amiche; in compenso, quando la sera ci ritrovammo con mio padre in rue de Rennes, ed egli fece scherzando un'allusione al mio stato, arsi di vergogna. Avevo immaginato che la consorteria femminile dissimulasse con cura agli uomini la sua tara segreta. Di fronte a mio padre mi credevo un puro spirito, ed ebbi orrore ch'egli mi considerasse d'un tratto come un organismo. Mi sentii decaduta per sempre.

Diventai brutta, mi si arrossò il naso; sulla faccia e sulla nuca mi spuntarono delle pustole che stuzzicavo nervosamente. Mia madre, oberata di lavoro, mi vestiva con negligenza; i miei vestiti sformati accentuavano la mia goffaggine. Imbarazzata dal mio corpo, sviluppai delle fobie; per esempio, non sopportavo di bere una seconda volta in un bicchiere dove avessi già bevuto. Mi vennero dei tic: alzavo continuamente le spalle, arricciavo il naso. – Non ti grattare le pustole, non arricciare il naso, – mi ripeteva mio padre. Senza cattiveria, ma anche senza riguardo, faceva osservazioni sul mio colorito, i miei pedicelli, il mio intontimento, esasperando il mio disagio e le mie manie.

Il ricco cugino che aveva procurato il posto a papà organizzò una festa per i suoi figliuoli e i loro amici. Compose una rivista in versi. Mia sorella, in una veste di tulle azzurro disseminata di stelle, i bei capelli sparsi sulle spalle, impersonava la « Bella di notte ». Dopo aver poeticamente dialogato con un pierrot lunare, presentava in strofette rimate i giovani invitati in costume, che sfilavano su una passerella. Io, travestita da spagnola dovevo pavoneggiarmi, sventagliandomi, mentre lei cantava sull'aria di *Funiculi funiculà*:

> *Ecco venir verso di noi una bella dama.*
> *Fiera la fronte eretta* (bis)
> *Adesso è di gran moda a Barcellona*
> *Il passo spagnolo* (bis)
> *I suoi grandi occhi certo non abbassa,*
> *pieni d'audacia...* ecc.

Con tutti gli sguardi fissi su di me, mi sentivo le guance in fiamme, che supplizio! Poco tempo dopo, assistei alle nozze di una cugina del Nord; e mentre il giorno del matrimonio della zia Lilí la mia immagine m'era piaciuta tanto, questa volta mi afflisse. La mamma si accorse soltanto quella mattina, ad Arras, che il mio vestito nuovo in crespo di Cina beige, metteva in risalto in modo indecente il mio petto che non aveva piú nulla di infantile. Mi venne fasciato cosí strettamente che per tutto il giorno ebbi l'impressione di nascondere nel mio corsetto un'ingombrante infermità. Nella noia della cerimonia e di un interminabile banchetto, fui tristemente conscia di ciò che è confermato dalle fotografie: male acconciata, bambocciona, sgraziata, esitavo tra la bambina e la donna.

Le mie notti erano tornate calme. In compenso, in maniera indefinibile, il mondo si turbò. Questo cambiamento non riguardò Zazà, ché era una persona, lei, non un oggetto. Ma nella classe avanti alla mia c'era un'allieva ch'io contemplavo come un bell'idolo; bionda, sorridente e rosea; si chiamava Marguerite de Théricourt, e suo padre possedeva una delle piú grosse fortune di Francia; veniva a scuola accompagnata da una governante, in una grande automobile nera guidata da uno *chauffeur*; già a dieci anni, con i suoi boccoli impeccabili, i vestiti accurati, i guanti che si levava solo al momento di entrare in classe, mi era parsa una piccola principessa.

Adesso era divenuta una graziosa ragazza dai lunghi capelli chiari e lucenti, dagli occhi di porcellana e dal sorriso aggraziato; la sua disinvoltura, il suo riserbo, la sua voce posata e cantante mi rapivano. Brava scolara, manifestava a quelle signorine un'estrema deferenza, ed esse, abbacinate anche dalla sua grande ricchezza, l'adoravano. Con me era sempre molto gentile. Si diceva che sua madre era malatissima, e questa prova conferiva a Marguerite un'aura romantica. A volte mi dicevo che s'ella m'avesse invitata a casa sua sarei venuta meno dalla gioia, ma non osavo nemmeno desiderarlo: abitava in sfere per me cosí lontane quanto la Corte d'Inghilterra. D'altronde, non desideravo diventarle intima ma soltanto poterla contemplare piú da vicino.

Quando ebbi raggiunta la pubertà, la natura del mio sentimento si fece piú evidente. Alla fine della terza – che veniva chiamata sesta-prima – assistei all'esame solenne che le allieve di seconda sostenevano all'interno dell'Istituto, e che permetteva di conseguire un «diploma Adeline Désir». Marguerite portava un elegante abito in crespo di Cina grigio, le cui maniche lasciavano scorgere in trasparenza le sue belle braccia rotonde: questa nudità pudica mi sconvolse. Ero troppo ignorante e troppo timorata per concepire il minimo desiderio; non immaginavo nemmeno che una mano potesse mai profanare quelle bianche spalle; ma per tutta la durata delle prove non ne distaccai gli occhi, e qualcosa d'ignoto mi serrava la gola.

Il mio corpo cambiava, e con esso la mia esistenza; il passato mi abbandonava. Avevamo già traslocato, e Louise era andata via. Stavo guardando con mia sorella delle vecchie fotografie quando d'un tratto mi venne in mente che un giorno o l'altro avrei perduto Meyrignac. Il nonno era molto anziano, sarebbe morto; e quando la tenuta fosse passata allo zio Gaston – che ne aveva già la nuda proprietà – non mi sarei piú sentita a casa mia; ci sarei andata da estranea, e poi non ci sarei andata piú. Ne fui costernata. Papà e mamma dicevano sempre – e il loro esempio sembrava confermarlo – che la vita finisce per prevalere sulle amicizie d'infanzia: avrei dunque dimenticata Zazà? Con Poupette ci domandavamo inquiete se il nostro affetto avrebbe resistito all'età. I grandi non condividevano i nostri giochi né i nostri piaceri. Non ne conoscevo nemmeno uno che sembrasse divertirsi gran che: la vita non è una cosa allegra, la vita non è un romanzo, dicevano in coro.

La monotonia dell'esistenza degli adulti mi aveva sempre afflitta; quando mi resi conto che tra non molto l'avrei condivisa anch'io, fui presa dall'angoscia. Un pomeriggio – stavo aiutando la mamma a rigovernare i piatti, lei lavava e io asciugavo – dalla finestra vedevo il muro della caserma dei pompieri, e altre cucine, con donne che strofinavano casseruole o pulivano la verdura. Ogni giorno, la colazione, il pranzo; ogni giorno fare i piatti; ore che ritornano indefinitamente e che non conducono a nulla: sarebbe stata questa la mia vita? nella mia mente si formò un'immagine, cosí nitida, cosí desolante, che me la ricordo ancor oggi: una fila di quadratini grigi che si estendevano a perdita di vista, rimpicciolendo secondo le leggi della prospettiva, ma tutti identici e piatti; erano i giorni, le settimane, gli anni. Da quando ero nata, ogni sera mi ero addormentata un po' piú ricca della sera prima; mi elevavo a grado a grado; ma se in cima non avrei trovato nient'altro che un triste pianoro, senz'alcuna meta verso cui puntare, a che pro?

No, mi dissi ordinando sul ripiano una pila di piatti, la mia vita condurrà in qualche posto. Per fortuna, io non ero destinata a una vita di massaia. Mio padre non era un femminista, ammirava la saggezza dei romanzi di Colette Yver in cui l'avvocatessa o la dottoressa finiscono per sacrificare la loro carriera all'armonia del focolare domestico; ma la necessità fa la legge: – Voi, bambine mie, non vi sposerete, – ripeteva spesso. – Non avete dote, dovrete lavorare –. Io preferivo infinitamente la prospettiva di un mestiere a quella del matrimonio; autorizzava delle speranze. C'era stata gente che aveva fatto cose: ne avrei fatte anch'io. Non sapevo bene quali. L'astronomia, l'archeologia, la paleontologia, mi avevano di volta in volta attirato, e continuavo ad accarezzare vagamente il progetto di scrivere. Ma erano progetti che mancavano di consistenza, e non vi credevo abbastanza per affrontare con fiducia l'avvenire. Portavo già in anticipo il lutto del mio passato.

Questo rifiuto dell'ultimo divezzamento si manifestò in modo clamoroso quando lessi il romanzo di Luisa Alcott, *Good wives*, che fa seguito a *Little Women*. Era passato piú di un anno da quando avevo lasciato Joe e Laurie che sorridevano insieme all'avvenire. Quando ebbi tra le mani il volumetto della collezione Tauchnitz in cui si completava la loro storia, l'apersi a caso: capitai su una pagina che m'informò brutalmente del matrimonio di Laurie con una delle sorelle piú piccole di Joe, la bionda, vana e stupida Amy. Gettai via il libro come se m'avesse bruciato le dita. Per diversi giorni restai affranta da una sciagura che mi aveva colpita nel vivo: l'uomo che amavo e dal quale mi credevo amata, mi aveva tradito per una sciocca. Detestai Luisa Alcott. Piú tardi, scoprii ch'era stata Joe stessa a rifiutare la sua mano a Laurie. Dopo lunghi anni di solitudine, di errori, di prove, ella incontrava un professore piú anziano di lei, dotato delle piú alte qualità, che la comprendeva, la consolava, la consigliava: si sposavano. Assai meglio del giovane Laurie, quest'uomo superiore che giungeva nella storia di Joe dal di fuori, impersonava il Giudice Supremo dal quale io sognavo di essere riconosciuta un giorno; tuttavia la sua intrusione mi dispiacque. In altri tempi, leggendo *Les Vacances* di Madame de Ségur, avevo deplorato che Sophie non avesse sposato Paul, il suo amico d'infanzia, ma un giovane castellano sconosciuto. L'amicizia, l'amore, erano ai miei occhi qualcosa di definitivo, di eterno, non un'avventura precaria. Non volevo che l'avvenire mi imponesse delle rotture, bisognava che includesse tutto il mio passato.

Avevo perduto la sicurezza dell'infanzia; in cambio non avevo guadagnato niente. L'autorità dei miei genitori non s'era attenuata, e a mano a mano che il mio spirito critico si risvegliava la sopportavo con sempre maggiore impazienza. Non vedevo l'utilità delle visite, dei pranzi di famiglia, di tutte quelle *corvées* che i miei genitori ritenevano obbligatorie. Le risposte: «Bisogna», «Non sta bene», non mi soddisfacevano piú affatto. La sollecitudine di mia madre mi pesava. Ella aveva «le sue idee», che non si curava di giustificare, e cosí le sue decisioni mi apparivano spesso arbitrarie. Avemmo una discussione violenta a proposito di un messale che donai a mia sorella per la sua comunione solenne; io lo volevo rilegato in cuoio fulvo, come quello che avevano la maggior parte delle mie compagne; la mamma riteneva che una copertina di tela azzurra sarebbe stata bella abbastanza; io protestai che i soldi del mio salvadanaio erano miei; ella rispose che non si dovevano spendere venti franchi per un oggetto che ne può costare solo quattordici. Mentre stavamo dal fornaio per comprare il pane, e poi salendo le scale per tornare a casa, le tenni testa. Infine dovetti cedere, con la rabbia in cuore, ripromettendomi di non perdonarle mai piú ciò che consideravo un abuso di potere. Se mi avesse contrariata spesso credo che mi avrebbe precipitata nella rivolta. Ma nelle cose importanti – gli studi, la scelta delle mie amiche – ella interveniva poco; rispettava il mio lavoro, e anche i miei divertimenti, chiedendomi soltanto piccoli servizi: macinare il caffè, portare di sotto la pattumiera. Ero abituata alla docilità, e credevo che, in complesso, Dio l'esigesse da me; il conflitto che mi opponeva a mia madre non scoppiò; ma sordamente ne avevo coscienza; il suo ambiente l'aveva convinta che il ruolo piú bello per una donna era la maternità, e lei poteva svolgerlo solo se io svolgevo il mio, ma io mi rifiutavo, con la stessa ostinazione di quando avevo cinque anni, a prestarmi alle commedie degli adulti. All'Istituto Désir, alla vigilia della nostra comunione solenne, ci esortavano a gettarci ai piedi delle nostre madri e chieder loro perdono delle nostre colpe; non soltanto io non l'avevo fatto, ma quando venne la volta di mia sorella, la dissuasi dal farlo. Mia madre ne fu offesa. Indovinava in me delle reticenze che la indisponevano, e mi rimproverava spesso. Mi risentivo del fatto che mi mantenesse in uno stato di dipendenza e affermasse dei diritti su di me. Inoltre, ero gelosa del posto ch'ella occupava nel cuore di mio padre, poiché la mia passione per lui era andata aumentando.

Piú la vita di papà diveniva ingrata, piú la sua superiorità mi accecava; non dipendeva né dalla fortuna né dal successo, cosí mi persuasi ch'egli li avesse deliberatamente trascurati; ciò non mi impediva dal compiangerlo: lo ritenevo misconosciuto, incompreso, vittima di oscuri cataclismi. Tanto piú gli ero grata dei suoi accessi di allegria, ancora abbastanza frequenti. Raccontava vecchie storie, canzonava il terzo e il quarto, inventava battute. Quando restava a casa, ci leggeva Victor Hugo e Rostand; parlava degli scrittori che amava, del teatro, dei grandi avvenimenti passati, di una quantità di argomenti elevati, e mi sentivo trasportata ben lontano dal grigiore quotidiano. Mi pareva non potesse esistere un uomo intelligente quanto lui. In tutte le discussioni cui assistevo, era lui che aveva sempre l'ultima parola, e quando si attaccava agli assenti, li schiacciava. Ammirava focosamente certi grandi uomini; ma questi appartenevano a sfere cosí lontane che mi apparivano mitici, e d'altronde non erano mai irreprensibili; la stessa esuberanza del loro genio li votava all'errore: l'orgoglio li ottenebrava, e la loro intelligenza si falsava. Era il caso di Victor Hugo di cui mio padre declamava le poesie con entusiasmo, ma che infine la vanità aveva fatto smarrire; era il caso di Zola, di Anatole France, e di molti altri. Mio padre opponeva alle loro aberrazioni una serena imparzialità. Perfino l'opera di quelli che stimava senza riserve aveva dei limiti: il tono con cui diceva queste cose era caldo, persuaso, il suo pensiero era inafferrabile e infinito. Persone e cose comparivano dinanzi a lui ed egli giudicava sovranamente.

Quando egli mi approvava, ero sicura di me. Per anni, non mi aveva dispensato che elogi. Quando entrai nell'età ingrata, lo delusi; l'eleganza, la bellezza, erano queste le cose che apprezzava nelle donne. Non soltanto non mi nascose la sua delusione, ma cominciò a dimostrare piú interesse che in passato per mia sorella, che restava una graziosa bambina. Raggiava di fierezza quando ella sfilò mascherata da « Bella di notte ». A volte, partecipava a spettacoli organizzati nei patronati di periferia dal suo amico Jeannot – il grande zelatore del teatro cattolico – e faceva recitare con lui anche Poupette. Il volto incorniciato delle sue lunghe trecce bionde, ella fece la parte della bambina nel *Farmacista* di Max Maurey. Papà le insegnò a recitare delle favole, con mimica ed effetti. Senza confessarmelo, io soffrivo di questo loro accordo e provavo un vago rancore per mia sorella.

Ma la mia vera rivale era la mamma. Sognavo di avere con mio padre rapporti personali; ma anche nelle rare occasioni in cui ci trovavamo noi due soli, parlavamo come se lei fosse presente. In caso di conflitto, se fossi ricorsa a papà, mi avrebbe risposto: – Fa' come ti ha detto la mamma! – Una volta mi accadde di sollecitare la sua complicità. Ci aveva condotte alle corse a Auteuil; il prato era affollato di gente, faceva caldo, non succedeva niente, e mi annoiavo; finalmente fu data la partenza; la gente corse alle staccionate, e una muraglia di schiene mi nascose la pista. Papà ci aveva preso in affitto dei seggiolini, e io volli salire sul mio. – No, – disse la mamma, che detestava la folla ed era innervosita da quello scompiglio. Io insistei. – No e poi no! – ripeté. E mentre lei si affaccendava con mia sorella, mi volsi a papà, ed esclamai con violenza: – La mamma è ridicola! perché non posso salire sullo sgabello? – Egli alzò le spalle con aria imbarazzata, senza prender partito.

Se non altro, questo gesto ambiguo mi permise di supporre che anche papà, da parte sua, trovava che la mamma, a volte, era troppo imperiosa; mi persuasi che tra lui e me esisteva una tacita alleanza. Ma fu un'illusione di breve durata. Durante un pasto, si stava parlando di un cugino dissipato, che considerava sua madre come un'idiota, e a detta di mio padre lo era veramente. Tuttavia egli dichiarò con violenza: – Un figlio che giudica sua madre è un imbecille! – Mi feci scarlatta e m'allontanai dalla tavola col pretesto di un malessere: io giudicavo mia madre. Papà mi aveva inferto un doppio colpo, affermando la loro solidarietà e trattandomi indirettamente da imbecille. Ciò che mi sconvolgeva ancor di piú era che io giudicavo anche quella frase ch'egli aveva appena pronunciata: visto che la stupidità di mia zia saltava agli occhi, perché suo figlio non avrebbe dovuto riconoscerla? Non era un male, riconoscere la verità, e del resto, capita spesso che uno non lo faccia apposta; in questo momento, per esempio, non potevo impedirmi di pensare ciò che pensavo: ero in colpa? in un certo senso no, e tuttavia le parole di mio padre mi rodevano dentro, cosí che mi sentivo a un tempo irreprensibile e mostruosa. In seguito, e forse in parte a causa di quest'episodio, non accordai piú a mio padre un'infallibilità assoluta. Tuttavia i miei genitori conservavano il potere di farmi sentire colpevole; pur vedendomi con occhi diversi dai loro, accettavo i loro verdetti. La verità del mio essere ancora apparteneva ad essi quanto a me, ma, paradossalmente, la mia verità in essi poteva non esser altro che un simulacro, poteva essere falsa. Non c'era che un mezzo per impedire questa strana confusione: bisognava dissimular loro le apparenze ingannevoli. Avevo l'abitudine di sorvegliare le mie parole: raddoppiai di prudenza. Feci un passo piú in là. Poiché non confessavo tutto, perché non osare atti inconfessabili? Imparai la clandestinità.

Le mie letture continuavano a essere controllate con lo stesso rigore che in passato; all'infuori della letteratura particolarmente destinata all'infanzia, o convenientemente espurgata, non mi venivano date che pochissime opere scelte; e in piú i miei genitori spesso ne censuravano dei passi; mio padre fece dei tagli perfino ne *L'Aiglon*. Tuttavia, confidando nella mia lealtà, non chiudevano a chiave la libreria; alla Grillère, mi lasciavano portar via le raccolte rilegate della « Petite Illustration », dopo avermi indicate le parti che erano « per me ». Nelle vacanze, ero sempre a corto di letture; quando avevo terminato *Primerose* o *Les Bouffons*, guardavo con bramosia la massa di carta stampata che giaceva sull'erba, a portata della mia mano e dei miei occhi. Da molto tempo mi permettevo innocenti disobbedienze; mia madre mi proibiva di mangiare fuori pasto; in campagna, ogni pomeriggio mi portavo via nel grembiale una dozzina di mele, e nessun malanno mi aveva mai punito di questi eccessi. Dopo le mie conversazioni con Madeleine, dubitavo che Sacha Guitry, Flers e Caillavet, Capus, Tristan Bernard, fossero molto piú dannosi. Mi arrischiai in zona proibita. M'imbaldanzii fino al punto di affrontare Bernstein e Bataille: non ne subii alcun danno. A Parigi, fingendo di limitarmi alle *Notti* di De Musset, mi installai davanti al grosso volume contenente le sue opere complete, e lessi tutto il Teatro, *Rolla* e *Le Confessioni di un figlio del secolo*. Ormai, ogni volta che mi trovavo sola in casa, pascolavo liberamente nella libreria. Passavo ore meravigliose tra le braccia della poltrona di cuoio, divorando la collezione dei romanzi a novanta centesimi che avevano entusiasmato la giovinezza di papà: Bourget, Alphonse Daudet, Marcel Prévost, Maupassant, i Goncourt. Costoro completarono la mia educazione sessuale, ma senza troppa coerenza. L'atto d'amore durava a volte tutta una notte, a volte qualche minuto, a volte sembrava insipido, altre volte straordinariamente voluttuoso; comportava raffinatezze e variazioni che mi restavano del tutto oscure. I rapporti visibilmente torbidi dei *Civilisés* di Farrère coi loro boys, di Claudine con la sua amica Rézi, imbrogliarono ancor di piú la questione. Sia per mancanza di talento, sia perché ne sapevo a un tempo troppo e troppo poco, nessun autore riuscí a toccarmi come in passato mi aveva toccata il Canonico Schmidt. In generale, non mettevo affatto in rapporto questi racconti con la mia esperienza personale; mi rendevo conto ch'essi descrivevano una società in gran parte scomparsa; a parte Claudine e Mademoiselle Dax di Farrère, le eroine – fanciulle sciocche, o futili donne di mondo – m'interessavano poco; e gli uomini li trovavo mediocri. Nessuna di queste opere mi proponeva un'immagine dell'amore né un'idea del mio destino che potessero soddisfarmi, in esse non cercavo una prefigurazione del mio avvenire; ma mi davano ciò che gli chiedevo: l'evasione. Grazie ad esse, mi affrancavo dalla mia infanzia, entravo in un mondo complicato, avventuroso, imprevisto. Quando i miei genitori uscivano, la sera, prolungavo fino a notte tarda le gioie dell'evasione; mentre mia sorella dormiva, appoggiata al guanciale, leggevo; quando udivo girare la chiave nella serratura, spegnevo; al mattino, dopo essermi rifatta il letto, facevo scivolare il libro sotto il materasso, in attesa del momento di rimetterlo al suo posto. Era impossibile che la mamma sospettasse queste manovre; ma certe volte, il solo pensiero che *Les Demi-vierges*, o *La Femme et le pantin*, giacesse dentro il mio letto, mi faceva fremere di terrore. Dal mio punto di vista, ciò che facevo non aveva nulla di riprovevole: mi distraevo, mi istruivo; i miei genitori desideravano il mio bene; io non li contrariavo poiché le mie letture non mi facevano alcun male. Peraltro, una volta reso pubblico, il mio atto sarebbe divenuto criminoso.

Paradossalmente, fu una lettura lecita che mi precipitò negli abissi del tradimento. Avevo tradotto in classe *Silas Marner*. Prima di partire per le vacanze, la mamma mi comprò *Adam Bede*. Seduta sotto i pioppi del « parco panoramico », seguii per molti giorni con pazienza lo svolgersi di quella storia lenta e un po' scialba. D'un tratto, in seguito a una passeggiata in un bosco, la protagonista – che non era sposata – si ritrovava incinta. Il cuore prese a battermi violentemente: purché la mamma non legga questo libro! poiché allora avrebbe saputo che io sapevo, e quest'idea mi riusciva insopportabile. Non che temessi un rimprovero. Nessuno poteva rimproverarmi di quella lettura. Ma avevo una paura panica di ciò che le sarebbe passato per la testa. Forse si sarebbe sentita in obbligo di avere una conversazione con me. Questa prospettiva mi spaventava, poiché, dal silenzio ch'ella aveva sempre mantenuto su questi problemi misuravo la sua ripugnanza ad affrontarli. Per me, l'esistenza delle ragazze madri era un fatto obiettivo, che non mi dava piú fastidio dell'esistenza degli antipodi: ma il fatto che lo conoscessi sarebbe divenuto, attraverso la coscienza di mia madre, uno scandalo che ci avrebbe insudiciate entrambe.

Nonostante la mia ansia, non inventai la semplice finzione di aver perso il libro nel bosco. Perdere un oggetto, fosse pure uno spazzolino da denti, scatenava in casa tali tempeste che il rimedio mi spaventava quasi altrettanto del male. Inoltre, anche se praticavo senza scrupoli la riserva mentale, non avrei avuto la sfrontatezza di sostenere davanti a mia madre una menzogna positiva; il mio rossore, le mie esitazioni, mi avrebbero tradita. Ebbi semplicemente cura affinché *Adam Bede* non le cadesse fra le mani. A lei non venne l'idea di leggerlo, e il suo disappunto mi fu risparmiato.

Cosí, i rapporti con la mia famiglia erano divenuti assai meno facili di un tempo. Mia sorella non mi idolatrava piú senza riserve, mio padre mi trovava brutta, e me ne faceva una colpa, mia madre diffidava degli oscuri cambiamenti che indovinava in me. Se avessero letto dentro di me, i miei genitori mi avrebbero condannata; invece di proteggermi come un tempo, il loro sguardo mi metteva in pericolo. Essi, dal canto loro, erano scesi dal loro empireo; ma non ne approfittavo per ricusare il loro giudizio. Al contrario, me ne sentivo doppiamente contestata; non abitavo piú in un luogo privilegiato, e la mia perfezione s'era sbrecciata, ero insicura di me stessa e vulnerabile. Era inevitabile che i miei rapporti con gli altri ne venissero modificati.

Le doti di Zazà si svilupparono; suonava il pianoforte in modo notevole per la sua età, e iniziava lo studio del violino. Mentre la mia calligrafia era grossolanamente infantile, la sua mi sbalordiva per la sua eleganza. Mio padre apprezzava quanto me lo stile delle sue lettere, la vivacità della sua conversazione; si divertiva a trattarla cerimoniosamente, e lei si prestava al gioco con grazia; l'età ingrata non la imbruttiva; abbigliata senza affettazione, aveva maniere disinvolte di ragazza, ma non aveva perduto il suo ardimento monellesco: nelle vacanze, faceva galoppate a cavallo per le foreste delle Lande, incurante dei rami che la sferzavano. Fece un viaggio in Italia; al ritorno, mi parlò dei monumenti, delle statue, dei quadri che le erano piaciuti; invidiai le gioie che aveva provato in quel paese leggendario, e guardavo con rispetto quella testa bruna che racchiudeva immagini cosí belle. La sua originalità m'inebriava. Curandomi meno di giudicare che di conoscere, io m'interessavo di tutto; Zazà sceglieva; la Grecia l'incantava, i romani l'annoiavano; insensibile alle sventure della famiglia reale, il destino di Napoleone l'entusiasmava. Ammirava Racine; Corneille l'irritava; detestava l'*Horace* e il *Polyeucte*, e ardeva di simpatia per il *Misanthrope*. Era sempre stata un tipo beffardo; tra i dodici e i quindici anni fece dell'ironia un sistema; volgeva in ridicolo non soltanto la maggior parte della gente, ma anche le usanze stabilite e le idee accettate; le *Massime* di La Rochefoucauld eran divenute il suo *livre de chevet*, e andava ripetendo a destra e a manca che ciò che guida gli uomini è l'interesse. Io non avevo alcun'idea generale sull'umanità, e il suo ostinato pessimismo mi faceva colpo. Aveva molte opinioni sovversive; fece scandalo all'Istituto Désir difendendo, in un componimento, Alceste contro Filinte, e un'altra volta ponendo Napoleone al di sopra di Pasteur. Le sue audacie crucciavano certe insegnanti; altre le attribuivano alla sua giovinezza e se ne divertivano: era la bestia nera delle prime e la favorita delle seconde. Di solito, io la superavo anche in francese, dove avevo la meglio per la « sostanza », ma pensavo ch'ella disdegnasse il primo posto; benché ottenessero voti meno buoni dei miei, i suoi compiti avevano un non so che di disinvolto che la mia diligenza mi negava. Si diceva ch'ella aveva personalità: era quello il suo privilegio supremo. Il confuso compiacimento di me stessa che avevo provato in passato non m'aveva conferito contorni precisi; dentro di me, tutto era sfumato, insignificante; in Zazà intravvedevo una presenza, zampillante come una sorgente, robusta come un blocco di marmo, disegnata con la fermezza di un ritratto del Dürer. La paragonavo col mio vuoto interiore e mi disprezzavo. Era lei stessa che mi costringeva a questo confronto, poiché metteva spesso in parallelo la sua noncuranza e il mio zelo, i suoi difetti e le mie perfezioni – di cui volentieri si faceva beffe. Nemmeno io, infatti, ero al riparo dai suoi sarcasmi.

« Io non ho personalità », mi dicevo tristemente. Ero curiosa di tutto, credevo all'assolutezza del vero, alla necessità della legge morale; i miei pensieri si modellavano sul loro oggetto; se a volte uno di essi mi sorprendeva, voleva dire che rifletteva qualcosa di sorprendente. Preferivo il meglio al bene, il male al peggio, disprezzavo lo sprezzevole. Non scorgevo alcuna traccia della mia soggettività. Mi ero voluta senza limiti ed ero informe come l'infinito. La cosa paradossale è che mi accorsi di questa deficienza proprio nel momento in cui scoprivo la mia individualità: la mia pretesa all'universale fin allora mi era apparsa ovvia, e invece, ecco che diveniva un tratto di carattere. « Simone si interessa di tutto ». Mi trovavo delimitata dal mio rifiuto dei limiti. Certi comportamenti, certe idee che mi si erano imposte in modo del tutto naturale traducevano in realtà la mia passività e la mia mancanza di senso critico. Invece di restare la pura coscienza aderente al centro del Tutto, mi incarnai; fu un doloroso decadimento. Il volto che d'un tratto mi si attribuiva, non poteva che deludermi, io ch'ero vissuta, come Dio, senza volto. È per questo che fui cosí pronta a gettarmi nell'umiltà. Se non ero che un individuo tra gli altri, qualsiasi differenza, invece di confermare la mia sovranità, rischiava di volgersi in inferiorità. I miei genitori avevano cessato di essere per me dei garanti sicuri; e amavo talmente Zazà ch'ella mi sembrava piú reale di me stessa: ero il suo negativo; invece di rivendicare le mie proprie particolarità, le subivo con dispetto.

Un libro che lessi verso i tredici anni mi forní un mito cui credetti a lungo. Era *L'Ecolier d'Athènes*, di André Laurie. Teagene, studente serio, applicato, ragionevole, era soggiogato dal bell'Euforione, un giovane aristocratico, elegante, delicato, raffinato, artista, spirituale, impertinente, che affascinava compagni e professori, benché talvolta gli si rimproverasse la sua noncuranza e la sua disinvoltura. Euforione moriva nel fiore dell'età, e Teagene, cinquant'anni dopo, raccontava la loro storia. Identificai Zazà col bell'efebo biondo, e me stessa con Teagene; c'erano esseri dotati ed esseri meritevoli, io appartenevo irrimediabilmente a quest'ultima categoria.

Peraltro, la mia era una modestia equivoca; i meritevoli dovevano ai dotati ammirazione e dedizione. Ma insomma, chi sopravviveva era Teagene, ed era lui che parlava del suo amico: egli era la memoria e la coscienza, il Soggetto essenziale. Se qualcuno mi avesse proposto di essere Zazà, avrei rifiutato; preferivo possedere l'universo anziché un volto. Conservavo la convinzione che io soltanto sarei riuscita a scoprire la verità senza deformarla né sminuirla. Solo quando mi confrontavo con Zazà mi avveniva di deplorare amaramente la mia banalità.

In certa misura, ero vittima di un miraggio: sentivo me stessa dal di dentro e vedevo lei dal di fuori, la partita non era eguale. Trovavo straordinario ch'ella non potesse toccare, anzi, nemmeno vedere, una pesca senza che le venisse la pelle d'oca; mentre il mio orrore delle ostriche era ovvio. Ma non c'era nessun'altra compagna che mi sbalordisse. Zazà era davvero piuttosto eccezionale.

Dei nove fratelli Mabille, lei era la terza, e la seconda delle femmine; sua madre non aveva avuto il tempo di coccolarla; ella si era mescolata alla vita dei fratelli, dei cugini e dei loro compagni, e aveva preso i loro modi da maschiaccio; molto presto era stata considerata come una grande, e gravata delle responsabilità che incombono ai fratelli maggiori. Sposata a venticinque anni con un cattolico praticante, che era per di più suo cugino, la signora Mabille, alla nascita di Zazà, era già solidamente installata nella sua posizione di matrona; esemplare perfetto della borghesia benpensante, ella percorreva la sua strada con la sicurezza delle grandi dame che approfittano della loro conoscenza dell'etichetta per infrangerla all'occasione; e cosí tollerava nei suoi figli bizzarre stravaganze; la spontaneità di Zazà, la sua naturalezza, riflettevano l'orgogliosa disinvoltura di sua madre. Ero rimasta stupefatta che Zazà osasse mostrarle la lingua nel bel mezzo di un'audizione musicale: il fatto è ch'ella dava per ammessa la complicità della madre; al di sopra delle teste del pubblico, entrambe si ridevano delle convenzioni. Se io avessi commesso un atto reprensibile mia madre ne avrebbe risentita la vergogna: il mio conformismo traduceva la sua timidezza.

Il signor Mabille mi piaceva fino a un certo punto; era troppo diverso da mio padre, il quale, a sua volta, non aveva molta simpatia per lui. Aveva una lunga barba e gli occhiali a stringinaso; si comunicava tutte le domeniche, e consacrava una buona parte del suo tempo libero a opere di beneficenza. I suoi peli setosi, le sue virtú cristiane, lo femminilizzavano e lo abbassavano ai miei occhi. Al principio della nostra amicizia, Zazà mi raccontò ch'egli faceva ridere i bambini fino alle lacrime leggendo ad alta voce, e mimandolo, *Il Malato immaginario*. Poco tempo dopo, lo ascoltava con interesse deferente, quando nella grande galleria del Louvre egli ci spiegava le bellezze di un Correggio, e quando, all'uscita da una proiezione dei *Tre Moschettieri*, prediceva che il cinema avrebbe ucciso l'Arte. Una volta mi parlò, intenerita, della notte in cui i suoi genitori, da poco sposati, avevano ascoltato, in riva a un lago, con la mano nella mano, la barcarola *Bella notte o notte d'amore...* A poco a poco, si mise a tenermi discorsi molto diversi. – Papà, è talmente serio! – mi disse un giorno con rancore. La sorella maggiore, Lilí, prendeva dal signor Mabille: metodica, cavillosa, categorica come lui, brillava in matematica: lei e il padre s'intendevano a meraviglia. Zazà non voleva bene a questa sorella maggiore, positiva e predicatrice. La signora Mabille fingeva una grande stima per quel modello di figlia, ma c'era tra loro una sorda rivalità, e spesso la loro ostilità veniva a galla; la signora Mabille non faceva mistero della sua predilezione per Zazà: – È tutto il mio ritratto, – diceva in tono felice. Da parte sua, Zazà preferiva sua madre con trasporto. Mi raccontò che il signor Mabille aveva chiesto piú volte invano la mano di sua cugina; bella, ardente, vivace, Guite Larivière aveva paura di quel severo ingegnere; tuttavia, nella provincia basca ella conduceva un'esistenza isolata e i partiti scarseggiavano; a venticinque anni, sotto l'imperiosa pressione di sua madre, si era rassegnata a dir di sí. Zazà mi confidò inoltre che la signora Mabille – cui ella attribuiva tesori di fascino, di sensibilità e di fantasia – aveva sofferto per l'incomprensione di un marito noioso come un libro d'algebra; lei ne pensava ben di peggio; oggi mi rendo conto ch'ella provava per suo padre una repulsione fisica. Sua madre l'informò assai presto, e con una crudezza malvagia, delle realtà sessuali: Zazà comprese precocemente che sua madre aveva odiato gli amplessi coniugali fin dalla prima notte, e per sempre. Ella estese a tutta la famiglia di suo padre la ripugnanza che questi le ispirava. In compenso, adorava la nonna materna che, ogni volta che veniva a Parigi, dormiva con lei nel suo letto. Il signor Larivière aveva collaborato in passato a giornali e riviste di provincia, a fianco di Louis Veuillot; aveva lasciato dietro di sé qualche articolo e una vasta biblioteca; contro suo padre, contro la matematica, Zazà optò per la letteratura; ma, morto il nonno, poiché né la signora Larivière né la signora Mabille si piccavano di cultura, non c'era nessuno che potesse istillare a Zazà dei principî o dei gusti, ed ella dovette fare da sé. A dire il vero, il suo margine di originalità era assai ristretto; fondamentalmente, ella esprimeva, come me, il suo ambiente. Ma all'Istituto Désir, e nelle nostre famiglie, noi eravamo cosí strettamente soggette ai pregiudizi e ai luoghi comuni, che il piú piccolo slancio di sincerità, la minima invenzione, sorprendeva.

Ciò che piú m'impressionava in Zazà era il suo cinismo. Cascai dalle nuvole quando – anni dopo – me ne spiegò le ragioni. Ella era ben lungi dal condividere l'alta opinione ch'io mi facevo di lei. La signora Mabille aveva troppi figli, e adempiva a troppi « doveri sociali » e obblighi mondani per concedere molto di se stessa a ciascuno dei suoi figli; la sua pazienza, i suoi sorrisi, coprivano, secondo me, una gran freddezza; fin da piccolissima Zazà si sentí praticamente abbandonata a se stessa; in seguito, sua madre le dimostrò un affetto particolare, ma molto misurato: l'amore appassionato che le portava Zazà fu certamente piú geloso che felice. Non so se nel suo rancore per il padre non entrasse anche un certo dispetto: ella non doveva essere indifferente alla predilezione che il signor Mabille manifestava per Lilí. Ad ogni modo, il terzo rampollo d'una famiglia di nove figli, non può sentirsi che un numero tra gli altri; beneficia d'una sollecitudine collettiva che non l'incoraggia a credersi qualcuno. Nessuno dei piccoli Mabille stava a occhi bassi; ponevano troppo in alto la loro famiglia per provare timidezza dinanzi agli estranei; ma quando Zazà, anziché come membro del clan si considerava soltanto di per se stessa, si scopriva un monte di difetti, era brutta, sgraziata, poco amabile, mal amata, e compensava allora col sarcasmo questo sentimento d'inferiorità. Non me ne accorgevo, allora, ma ella non mi prese mai in giro per i miei difetti: soltanto per le mie virtú; mai metteva in risalto le sue qualità e i suoi successi, non si vantava che delle sue manchevolezze. Durante le vacanze di Pasqua del nostro quattordicesimo anno, mi scrisse che non aveva il coraggio di fare il ripasso di fisica, e perciò si affliggeva all'idea di sbagliare il prossimo compito in classe: « Voi non potete comprendermi, poiché se aveste una cosa da studiare, invece di tormentarvi di non saperla, la studiereste ». Mi rattristai, leggendo queste parole che volgevano in ridicolo le mie manie di buona scolara; ma la loro aggressività discreta significava anche che Zazà si rimproverava la sua indolenza. Se io la urtavo, ciò dipendeva dal fatto ch'ella mi dava ad un tempo ragione e torto; difendeva senza gioia contro le mie perfezioni la bambina sfortunata quale si considerava.

Nel suo disprezzo dell'umanità v'era anche del risentimento; non aveva alcuna stima di se stessa, ma il resto del mondo non le sembrava piú stimabile. Chiedeva al cielo l'amore che la terra le negava, era molto pia. Viveva in un ambiente piú omogeneo del mio; in esso, i valori religiosi erano affermati unanimemente e con enfasi, perciò la smentita che la pratica infliggeva alla teoria ne risaltava in modo piú scandaloso. I Mabille dispensavano denaro in beneficenza. Ogni anno, in occasione del pellegrinaggio nazionale, andavano a Lourdes; i ragazzi facevano da barellieri; le ragazze lavavano i piatti nelle cucine degli ospizi. Nel loro ambiente si parlava molto di Dio, di carità, di ideali; ma Zazà si accorse ben presto che tutta quella gente non rispettava che il denaro e le dignità sociali. Quest'ipocrisia la rivoltò; se ne difese col cinismo. Non mi accorsi mai di ciò che v'era di lacerato, di stridente, in quelli che all'Istituto Désir venivano chiamati i suoi paradossi.

Zazà dava del tu alle altre sue amiche; alle Tuileries, giocava con chiunque, aveva maniere molto libere, perfino un po' sfrontate. Tuttavia, i miei rapporti con lei erano molto contegnosi, né abbracci né sfuriate; continuavamo a darci del voi e a trattarci a distanza. Sapevo ch'ella teneva a me assai meno di quanto io tenessi a lei; mi preferiva alle altre compagne, ma la vita scolastica non contava per lei quanto per me; attaccata alla sua famiglia, al suo ambiente, al suo pianoforte, alle sue vacanze, ignoravo qual era il posto ch'ella mi concedeva nella sua esistenza; al principio non me n'ero preoccupata; ma ora me lo domandavo; mi rendevo conto che la mia diligenza studiosa, la mia docilità l'annoiavano: fino a qual punto mi stimava? Di confessarle i miei sentimenti, cercar di conoscere i suoi, non era neanche il caso di pensarci. Ero riuscita a liberarmi internamente dei luoghi comuni di cui gli adulti soffocano l'infanzia; osavo esprimere le mie emozioni, i miei sogni, i miei desideri, e dire perfino certe parole. Ma non immaginavo si potesse comunicare sinceramente con altri. Nei libri, le persone si fanno dichiarazioni d'amore, di odio, mettono il loro cuore in frasi; nella vita non si pronunciano mai parole che hanno peso. Ciò che « si dice » è sottoposto a regole non meno di quello che « si fa ». Niente di piú convenzionale delle lettere che ci scambiavamo. Zazà usava i luoghi comuni in modo un po' piú elegante di me; ma né l'una né l'altra esprimevamo nulla di ciò che ci toccava veramente. Le nostre madri leggevano la nostra corrispondenza: questa censura non favoriva di certo la libertà delle effusioni. Ma anche nelle nostre conversazioni rispettavamo certe convenienze indefinibili; eravamo al di qua perfino del pudore, persuase entrambe che la nostra intima verità non doveva enunciarsi apertamente. Pertanto, mi trovavo ridotta a interpretare dei segni incerti; il minimo elogio di Zazà mi colmava di gioia; i sorrisi beffardi di cui era prodiga mi distruggevano. La felicità che mi dava la nostra amicizia fu travagliata, durante quegli anni ingrati, dalla costante preoccupazione di dispiacerle.

Un anno, nel bel mezzo delle vacanze, la sua ironia mi fece soffrire mille morti. Ero stata ad ammirare con la famiglia le cascate di Gimmel; al loro pittoresco riconosciuto reagii con un entusiasmo di dovere. Beninteso, poiché le mie lettere riguardavano la mia vita pubblica, in esse tacevo con cura le gioie solitarie che mi dava la campagna; in compenso, mi misi a descrivere a Zazà questa gita collettiva, le sue bellezze, i miei rapimenti. La piattezza del mio stile sottolineava lamentevolmente l'insincerità delle emozioni. Zazà, nella sua risposta, insinuò maliziosamente che le avevo mandato per sbaglio un compito delle vacanze. Ne piansi. Sentivo ch'ella mi rimproverava qualcosa di piú grave che non la goffa pomposità delle mie frasi: mi portavo dappertutto i miei cenci di brava scolara.

In parte era vero, ma era anche vero che amavo Zazà con un'intensità che non aveva niente a che fare con gli usi né con le falserighe convenzionali. Non coincidevo esattamente col personaggio ch'ella scambiava per me; ma non trovavo il mezzo d'abbatterlo per mostrare a Zazà il mio cuore nudo: questo malinteso mi faceva disperare. Nella mia risposta finsi di scherzare rimproverando a Zazà la sua cattiveria; ella dové sentire che m'aveva fatto male poiché si scusò a giro di posta: ero stata vittima, mi diceva, di una sua crisi di malumore. Mi rasserenai.

Zazà non sospettava fino a qual punto la venerassi, né che per lei mi fossi spogliata di tutto il mio orgoglio. A una vendita di beneficenza dell'Istituto Désir, una grafologa esaminò le nostre scritture. Quella di Zazà le parve denotare una maturità precoce, una sensibilità, una cultura, un temperamento artistico sbalorditivi; nella mia non scorse altro che infantilismo. Accettai questo verdetto: sí, io ero una scolara diligente, una bambina saggia, niente di piú. Zazà si ribellò con una violenza che mi confortò. Protestando, in una lettera, contro un'altra analisi ugualmente sfavorevole che le avevo comunicata, abbozzò il mio ritratto: « un certo riserbo, una certa sottomissione alle dottrine e agli usi; vi aggiungo molto cuore, e un accecamento senza uguale e molto indulgente per le vostre amiche ».

Non ci accadeva sovente di parlare cosí esplicitamente di noi stesse. Era colpa mia? Il fatto è che Zazà faceva discretamente allusione al mio « riserbo »; desiderava forse un maggiore abbandono fra noi? L'affetto che avevo per lei era un affetto fanatico, il suo, per me, reticente; ma fui senza dubbio io la responsabile della nostra eccessiva discrezione.

E questa, tuttavia mi pesava. Brusca e caustica com'era, Zazà era molto sensibile; una volta era arrivata a scuola col viso devastato perché il giorno prima aveva appreso la morte di un lontano cuginetto. Si sarebbe commossa del culto che nutrivo per lei; mi divenne intollerabile che non indovinasse nulla. Poiché non mi era possibile alcuna parola, inventai un gesto. Significava correre grandi rischi; la mamma avrebbe trovata ridicola la mia iniziativa; e forse la stessa Zazà l'avrebbe accolta con sorpresa. Ma avevo un tal bisogno di esprimermi che, per una volta tanto, non me ne curai. Confidai il mio progetto alla mamma, che l'approvò. Avrei offerto a Zazà, per la sua festa, una borsa che avrei confezionata con le mie mani. Comprai della seta rossa e azzurra broccata d'oro che mi parve il colmo del lusso; in base a un modello di « Moda pratica », la montai su un'armatura di sparto, e foderai il taschino con del *satin* color ciliegia; avvolsi la mia opera in carta di seta. Venuto il giorno, attesi Zazà nello spogliatoio; quando le porsi il mio dono, ella mi guardò con stupore, poi il sangue le salí alle guance e il suo volto mutò; per un momento restammo l'una dinanzi all'altra, imbarazzate della nostra emozione, incapaci di trovare nel nostro repertorio una parola, un gesto appropriato. Il giorno dopo le nostre madri si incontrarono. – Ringrazia la signora de Beauvoir, – disse la signora Mabille col suo tono affabile. – Tutto il disturbo è stato suo –. Tentava di far rientrare il mio gesto nell'ambito delle cortesie degli adulti. Mi accorsi in quel momento che non la potevo piú soffrire. Peraltro il suo tentativo fallí. Era avvenuto qualcosa che non si poteva piú cancellare.

Tuttavia, restai lo stesso sul chi vive. Anche quando Zazà mi si mostrava amicissima, anche quando sembrava star bene con me, avevo paura d'importunarla. Di quella « personalità » segreta che l'abitava, ella non mi concedeva che gli spiccioli; dei suoi colloqui con se stessa mi facevo un'idea quasi religiosa. Un giorno andai in rue de Varennes a prendere un libro che lei mi doveva prestare; non era in casa; mi fecero entrare ad aspettarla in camera sua, ché non avrebbe tardato; guardai la parete tappezzata di carta azzurra, la *Sant'Anna* di Leonardo da Vinci, il crocefisso; Zazà aveva lasciato aperto sulla scrivania uno dei suoi libri favoriti: i *Saggi* di Montaigne. Lessi la pagina ch'ella aveva appena interrotta, che presto avrebbe ripreso: che cosa vi leggeva? le parole stampate mi riuscirono indecifrabili come al tempo in cui non conoscevo ancora l'alfabeto. Cercai di vedere la stanza con gli occhi di Zazà, d'insinuarmi nel monologo ch'ella svolgeva tra sé e sé, invano. Potevo toccare tutti quegli oggetti in cui era impressa la sua presenza, ma essi non me l'abbandonavano; annunciandomela, me la nascondevano; si sarebbe detto perfino che mi diffidassero dall'avvicinarmi a lei. L'esistenza di Zazà mi parve cosí ermeticamente chiusa in se stessa che per me non c'era il piú piccolo posto. Presi il mio libro e me ne fuggii. Quando la incontrai il giorno dopo parve sbalordita: perché me n'ero andata cosí in fretta? non seppi spiegarglielo. Non mi confessavo con quali febbrili torture pagavo la felicità ch'ella mi dava.

La maggior parte dei ragazzi che conoscevo mi sembravano goffi e limitati; sapevo tuttavia che appartenevano a una categoria privilegiata. Ma appena possedevano un po' di fascino o di vivacità, ero subito disposta a subire il loro prestigio. Mio cugino Jacques non aveva mai perduto il suo. Abitava da solo con sua sorella e una vecchia domestica nella casa del boulevard Montparnasse, e spesso veniva a passar la serata da noi. A tredici anni aveva già modi di giovanotto; la sua vita indipendente, la sua autorità nelle discussioni, ne facevano un adulto precoce, e trovavo normale che mi trattasse da cuginetta. Per mia sorella e me era una gran festa quando riconoscevamo la sua scampanellata. Una sera, arrivò cosí tardi che eravamo già a letto; ci precipitammo nello studio in camicia da notte. – Via! – disse mia madre, – non è questo il modo di presentarsi! siete troppo grandi! – ne rimasi attonita. Consideravo Jacques una specie di fratello. Mi aiutava a fare le traduzioni di latino, criticava la scelta delle mie letture, mi recitava dei versi. Una sera, sul balcone, recitò la *Tristesse d'Olympio*, e mi ricordai, con una stretta al cuore, ch'eravamo stati fidanzati. Adesso, faceva vere conversazioni solo con mio padre.

Era esterno al collegio Stanislas, dove si faceva onore; tra i quattordici e i quindici anni concepí un grande entusiasmo per un professore di letteratura che gli insegnò a preferire Mallarmé a Rostand. Mio padre alzò le spalle, poi si irritò. Poiché Jacques diceva male del *Cyrano* senza sapermene spiegare i difetti, poiché recitava con aria estasiata dei versi oscuri senza farmene sentire le bellezze, ammisi, d'accordo con papà e mamma, che posava. Tuttavia, pur respingendo i suoi gusti, ammiravo che li difendesse con tanta superbia. Conosceva una quantità di poeti e di scrittori ch'io non avevo mai sentito nominare; con lui entravano in casa i rumori d'un mondo che mi era chiuso; come avrei voluto penetrarvi! Papà diceva spesso: – Simone ha un cervello d'uomo; Simone è un uomo –. Però mi trattava da ragazza. Jacques e i suoi compagni leggevano i veri libri, erano al corrente dei veri problemi; vivevano a cielo aperto: io ero confinata in una *nursery*. Ma non disperavo. Confidavo nell'avvenire. V'erano state delle donne che per merito del loro sapere e del loro talento s'erano fatte un posto nell'universo degli uomini. Ma mi spazientivo del ritardo che mi veniva imposto. Quando mi capitava di passare davanti al collegio Stanislas mi si serrava il cuore; evocavo il mistero che si celebrava dietro quei muri: una scuola di ragazzi, e mi sentivo esiliata. Quelli avevano per professori uomini di grande intelligenza, che trasmettevano loro la conoscenza nel suo intatto splendore. Quella che mi comunicavano le mie vecchie insegnanti era espurgata, scolorita, sfiorita. Mi nutrivano di surrogati e mi tenevano in gabbia.

Quelle signorine non mi apparivano piú come le auguste sacerdotesse del Sapere, ma come bigotte piuttosto ridicole. Quasi tutte affiliate all'ordine dei Gesuiti, si pettinavano con la riga da una parte finché erano ancora novizie, e con la riga in mezzo dopo pronunciati i voti. Si credevano in dovere di dimostrare la loro devozione con la stravaganza dell'abbigliamento; portavano corsetti in taffetà cangiante, con le maniche a sbuffo, il soggolo con le stecche, e le sottane che spazzavano il pavimento. Erano piú ricche di virtú che di diplomi. Si considerava degno di nota che la signorina Dubois, una bruna baffuta, conseguisse un diploma d'inglese; la signorina Billon, di circa trent'anni, era stata vista alla Sorbona mentre dava gli orali del suo baccalaureato, tutta rossa e inguantata. Papà non nascondeva che trovava quelle pie donne un po' arretrate. Si seccava che mi obbligassero, se raccontavo in un componimento una passeggiata o una festa, a terminare il mio scritto « ringraziando il Signore di questa bella giornata ». Ammirava Voltaire e Beaumarchais, e sapeva a memoria Victor Hugo; non ammetteva che la letteratura francese si fermasse al diciassettesimo secolo. Arrivò perfino a proporre alla mamma di mandarci al liceo, dove avremmo fatto studi piú seri e con minor spesa. Io respinsi l'idea con ardore; avrei perso ogni gusto di vivere se m'avessero separata da Zazà; la mamma mi appoggiò. Anche su questo punto mi sentivo divisa. Volevo restare all'Istituto Désir dove peraltro non mi trovavo piú bene. Continuavo a lavorare con ardore, ma la mia condotta cambiò. La direttrice delle classi superiori, signorina Lejeune, una donna alta, magra e vivace, dalla parola facile, mi dava soggezione; ma con Zazà e qualche altra compagna mettevo in ridicolo le altre insegnanti. Le sorveglianti non riuscivano piú a farci star tranquille. Passavamo le ore d'intervallo tra una lezione e l'altra in una grande stanza che veniva chiamata « la sala di studio ». Chiacchieravamo, scherzavamo, stuzzicavamo l'assistente incaricata della disciplina, che avevamo soprannominata « lo spaventapasseri ». Mia sorella decise di diventare francamente insopportabile. Con un'amica che lei stessa s'era scelta, Anne-Marie Gendron, fondò « L'Eco dell'Istituto Désir »; Zazà le prestò la pasta poligrafica, e anch'io, di quando in quando, collaboravo; redigevamo violenti libelli. Le note di condotta non bastavano piú, quelle signorine ci facevano ramanzine e si lamentavano con nostra madre. Ella s'inquietava un po', ma poiché papà rideva con noi, lasciava perdere. Non mi sfiorò mai l'idea di attribuire un significato morale a queste impennate: da quando avevo scoperto che erano sciocche, quelle signorine non detenevano piú le chiavi del bene e del male.

La stupidità: in passato mia sorella ed io la rimproveravamo ai bambini che ci annoiavano; adesso la imputavamo a molti adulti, e in particolare a quelle signorine. Le prediche piene di unzione, le solenni tiritere, i paroloni, le smorfie, quanta stupidità! era stupido dar importanza alle bagattelle; ostinarsi negli usi e nei costumi; preferire i luoghi comuni e i pregiudizi alle realtà evidenti. Il colmo della stupidità era di credere che noi ingoiassimo le virtuose bugie che ci propinavano. La stupidità ci faceva ridere, era uno dei nostri grandi motivi di spasso; ma aveva anche qualcosa di spaventevole. Se avesse prevalso, non avremmo piú avuto il diritto di pensare, di prendere in giro, di provare veri desideri, veri piaceri. Bisognava combatterla o rinunciare a vivere.

Quelle signorine finirono per irritarsi della mia insubordinazione e me lo fecero sapere. L'Istituto Adeline Désir poneva gran cura nel distinguersi dalle scuole laiche, dove si coltivava la mente senza formare l'anima. Invece di distribuirci alla fine dell'anno dei premi corrispondenti ai nostri successi scolastici, nel mese di marzo ci venivano conferite, con una cerimonia presieduta da un vescovo, nomine e medaglie che ricompensavano soprattutto il nostro zelo, la nostra buona condotta, e anche la nostra anzianità nell'Istituto. La cerimonia aveva luogo alla sala Wagram, con enorme pompa. La massima distinzione era la « menzione d'onore », concessa in ciascuna classe a un ristretto numero di elette che eccellevano in tutto. Le altre avevano diritto soltanto a una menzione speciale. Quell'anno, quando il mio nome echeggiò solennemente nel silenzio, udii con sorpresa la signorina Lejeune proclamare: « menzione speciale in matematica in storia e in geografia ». Tra le mie compagne, vi fu un mormorio semicosternato e semisoddisfatto, poiché non avevo che amiche. Incassai l'affronto con dignità. All'uscita, la mia insegnante di storia accostò mia madre: l'influenza di Zazà mi era nefasta; non bisognava piú lasciarci vicine, durante le lezioni. Ebbi un bell'irrigidirmi, ma mi vennero le lacrime agli occhi; la signorina Gontran se ne rallegrò, credendo che piangessi per la mia mancata menzione onorevole; io mi sentivo soffocare di collera poiché si tentava di allontanarmi da Zazà. Ma la mia disperazione era piú profonda. In quel triste corridoio mi resi conto oscuramente che la mia infanzia era finita. Gli adulti mi tenevano ancora sotto tutela senza piú assicurarmi la pace del cuore. Ero separata da essi da quella libertà da cui non traevo alcun orgoglio ma che subivo in solitudine.

Non regnavo piú sul mondo; le facciate delle case, gli sguardi indifferenti dei passanti mi esiliavano. Fu per questa ragione che il mio amore per la campagna prese dei colori mistici. Arrivata a Meyrignac, i muri crollavano, l'orizzonte si allontanava. Mi perdevo nell'infinito pur restando me stessa. Sentivo sulle palpebre il calore del sole che brilla per tutti, ma che lí, in quell'istante, non accarezzava che me. Il vento volteggiava intorno ai pioppi: veniva da altri posti, da dovunque, scuoteva lo spazio, e io turbinavo immobile fino ai confini della terra. Quando nel cielo si levava la luna, io comunicavo con le lontane città, con i deserti, i mari, i villaggi che in quel momento si bagnavano nella sua luce. Non ero piú una coscienza vacante, uno sguardo astratto, ma l'odore ondoso dei campi di grano, l'odore intimo delle brughiere, il calore spesso del mezzogiorno, o il fremito dei crepuscoli; avevo peso, e tuttavia evaporavo nell'azzurro, non avevo piú confini.

La mia esperienza umana era breve; di essa, per mancanza d'una buona illuminazione e di parole appropriate non afferravo tutto quanto. La natura mi scopriva, visibili, tangibili, una quantità di maniere di esistere cui non m'ero mai accostata. Ammiravo l'isolamento superbo della quercia che dominava il parco panoramico; mi rattristavo della solitudine collettiva dei fili d'erba. Conobbi i mattini ingenui e la malinconia crepuscolare, i trionfi e i declini, i rinnovamenti e le agonie. Un giorno, qualcosa in me si sarebbe accordato col profumo dei caprifogli. Ogni sera andavo a sedermi in mezzo alle stesse brughiere, e guardavo le ondulazioni azzurrastre delle Monédières; ogni sera il sole tramontava dietro la stessa collina: ma i rossi, i rosa, i carmini, le porpore, i violetti non si ripetevano mai. Nelle praterie immutabili ronzava dall'alba alla notte una vita sempre nuova. Di fronte al cielo mutevole, la fedeltà si distingueva dalla consuetudine, e invecchiare non era necessariamente rinnegarsi.

Di nuovo mi sentivo unica e necessaria; era necessario il mio sguardo perché il rosso del faggio contrastasse con l'azzurro del cielo e l'argento dei pioppi. Quando me ne andavo, il paesaggio si disfaceva, non esisteva piú per nessuno: non esisteva piú affatto.

Pure, ben piú vivamente che a Parigi, sentivo attorno a me la presenza di Dio; a Parigi gli uomini e le loro impalcature me lo nascondevano; qui vedevo le erbe e le nubi com'egli le aveva strappate al caos, e portavano la sua marca. Piú aderivo alla terra e piú mi avvicinavo a lui, e ogni passeggiata era un atto di adorazione. La sua sovranità non mi toglieva la mia. Egli conosceva tutte le cose alla sua maniera, e cioè assolutamente; ma mi pareva che, in una certa maniera, avesse bisogno dei miei occhi perché gli alberi avessero i loro colori. Il calore del sole, la freschezza della rugiada, come li avrebbe provati, un puro spirito, se non attraverso il mio corpo? Egli aveva fatto questa terra per gli uomini, e gli uomini per testimoniarne le bellezze: la missione di cui mi ero sempre oscuramente sentita incaricata, era lui che me l'aveva data. Lungi dal detronizzarmi, egli assicurava il mio regno. Privata della mia presenza, la creazione scivolava in un sonno oscuro; svegliandola, io compivo il piú sacro dei miei doveri, mentre gli adulti, indifferenti, tradivano i disegni di Dio. Quando al mattino oltrepassavo correndo le bianche staccionate per inoltrarmi nella macchia, era proprio lui che mi chiamava, e mi guardava compiaciuto guardare quel mondo che aveva creato perché io lo vedessi.

Anche se la fame mi attanagliava, anche se ero stanca di leggere e di almanaccare, mi ripugnava di reintegrare la mia carcassa, e di rientrare nello spazio chiuso, nel tempo sclerotizzato degli adulti. Una sera mi obliai. Fu alla Grillère. Avevo letto a lungo, in riva a uno stagno, una storia di san Francesco d'Assisi; al crepuscolo, avevo chiuso il libro; distesa nell'erba, rimasi a contemplare la luna che brillava sull'Ombrie bagnata dai primi pianti della notte; la dolcezza di quell'ora mi soverchiava. Avrei voluto afferrarla a volo e fissarla per sempre sulla carta con delle parole; ci saranno altre ore, mi dicevo, e imparerò a trattenerle. Restavo inchiodata alla terra, con gli occhi fissi al cielo. Quando spinsi la porta della sala da biliardo il pranzo stava per terminare. Si scatenò il finimondo; vi partecipò perfino mio padre, e rumorosamente. Per rappresaglia, mia madre decretò che il giorno dopo non avrei messo piede fuori del parco. Non osai disobbedire. Passai la giornata seduta sui prati, oppure misurando i viali, con un libro in mano e la rabbia nel cuore. Laggiú, le acque dello stagno s'increspavano, si calmavano, la luce si esasperava, si addolciva, senza di me, senza nessun testimone; era una cosa intollerabile. «Se piovesse, se ci fosse una ragione, – mi dicevo, – mi rassegnerei». Ritrovavo intatto il senso di rivolta che in altri tempi m'aveva agitata; una parola gettata là a casaccio bastava a impedirmi una gioia, un senso di pienezza; e questa frustrazione del mondo e di me stessa non serviva a nessuno e a nulla. Per fortuna quel brutto scherzo non si ripeté. In generale, purché tornassi all'ora dei pasti, disponevo liberamente delle mie giornate.

Le mie vacanze mi evitarono di confondere le gioie della contemplazione con la noia. A Parigi, nei musei, mi capitava di barare; per lo meno conoscevo la differenza tra le ammirazioni forzate e le emozioni sincere. Appresi anche che per entrare nel segreto delle cose, prima bisogna darsi ad esse. Di solito la mia curiosità era golosa; credevo di possedere appena conoscevo e di conoscere appena sfiorando. Ma per appropriarmi un angolo di campagna vagabondavo per giorni e giorni per le mulattiere; restavo per lunghe ore immobile ai piedi di un albero: allora, la minima vibrazione dell'aria, ogni sfumatura dell'autunno mi toccava.

Mi rassegnavo malvolentieri a far ritorno a Parigi. Uscivo sul balcone: non vedevo che tetti; il cielo si riduceva a un luogo geometrico, l'aria non era né profumo né carezza, si confondeva col nudo spazio. I rumori della strada non mi dicevano nulla. Restavo lí, col cuore vuoto e le lacrime agli occhi.

A Parigi ricadevo sotto la cappa degli adulti. Continuavo ad accettare la loro versione del mondo senza criticarla. Non si può immaginare insegnamento piú settario di quello che ricevetti io. Manuali scolastici, libri, lezioni, conversazioni: tutto convergeva. Mai mi si permise di udire, nemmeno da lontano, nemmeno in sordina, il suono d'un'altra campana.

Appresi la storia con la stessa docilità della geografia, senza sospettare che potesse prestarsi anche di piú alla discussione. Da piccola, al Museo Grévin, mi ero commossa dinanzi ai martiri gettati ai leoni, dinanzi alla nobile figura di Maria Antonietta. Gl'imperatori che avevano perseguitato i cristiani, le donne sferruzzanti e i sanculotti, mi apparivano come le piú odiose incarnazioni del Male. Il Bene era la Chiesa e la Francia. A scuola mi avevano fatto studiare i Papi e i Concili; ma m'interessava molto di piú il destino del mio paese; in casa nostra, il passato, il presente, l'avvenire della Francia alimentavano molte conversazioni; papà leggeva con diletto le opere di Madelin, di Lenôtre, di Funck-Brentano; mi si fece leggere una quantità di romanzi e di racconti storici, e tutta la collezione dei *Mémoires* espurgati di Madame Carette. Verso i nove anni avevo pianto sulle sventure di Luigi XVII e ammirato l'eroismo degli scioani; ma rinunciai presto alla monarchia; trovavo assurdo che il potere dipendesse dall'eredità, e nella maggior parte dei casi capitasse a imbecilli. Mi sarebbe parso normale che il governo fosse affidato agli uomini piú competenti. Da noi, lo sapevo bene, purtroppo non era cosí. Una maledizione condannava la Francia ad avere per dirigenti dei dissoluti; e cosí, pur essendo essenzialmente superiore a tutte le altre nazioni, essa non occupava nel mondo il posto che le spettava. Certi amici di papà sostenevano, contro la sua opinione, che la nostra nemica ereditaria era l'Inghilterra e non la Germania; ma i loro dissensi non andavano piú in là di questo. Erano d'accordo nel considerare l'esistenza di qualsiasi paese straniero come un'irrisione e un pericolo. Vittima dell'idealismo criminale di Wilson, minacciata nel suo avvenire dal brutale realismo dei *boches* e dei bolscevichi, la Francia, per mancanza d'un capo dal pugno di ferro, correva verso la rovina. D'altronde, era l'intera civiltà che stava naufragando. Mio padre, che si stava mangiando tutto il suo patrimonio, destinava alla rovina tutta l'umanità, e la mamma gli faceva coro. C'era il pericolo rosso, il pericolo giallo; ben presto, dai confini della terra e dai bassifondi della società si sarebbe scatenata una nuova barbarie; la rivoluzione avrebbe precipitato il mondo nel caos. L'appassionata veemenza con la quale mio padre profetava queste calamità mi costernava; quest'avvenire ch'egli dipingeva a colori cosí spaventosi era il mio avvenire; io amavo la vita, non potevo accettare che si trasformasse in una geremiade senza speranza. Un giorno, invece di lasciarmi sommergere da quel fiume di parole e d'immagini devastatrici, pensai una risposta: « In ogni caso, – mi dissi, – saranno sempre degli uomini, quelli che vinceranno ». A sentire mio padre, si sarebbe detto ch'erano dei mostri informi che si accingevano a fare a pezzi l'umanità; e invece no, in entrambi i campi erano uomini che si affrontavano. Dopo tutto, pensai, sarà la maggioranza, che vincerà; i malcontenti saranno la minoranza; se la felicità cambia di mano, non sarà una catastrofe. L'« altro » aveva d'un tratto cessato di apparirmi come il Male assoluto: non vedevo a priori perché si dovesse preferire ai suoi interessi quelli che si diceva fossero i miei. Respirai. La terra non era in pericolo.

Era stata l'angoscia a stimolarmi; contro la disperazione avevo scoperto una via d'uscita poiché l'avevo cercata con ardore. Ma la mia sicurezza e le mie comode illusioni mi rendevano insensibile ai problemi sociali. Ero ben lungi dal mettere in questione l'ordine stabilito.

Dire che la proprietà mi apparisse come un diritto sacro è dire poco; come in altri tempi tra la parola e la cosa ch'essa designa, tra il proprietario e i suoi beni supponevo un'unione consunstanziale. Dire: il *mio* denaro, *mia* sorella, il *mio* naso, equivaleva in tutt'e tre i casi ad affermare un legame che nessuna volontà poteva distruggere, poiché esisteva al di là di qualsiasi convenzione. Seppi che per costruire la linea ferroviaria di Uzerche, lo Stato aveva espropriato un certo numero di contadini e di proprietari terrieri. Ne fui scandalizzata non meno che se gli avesse cavato sangue. Meyrignac apparteneva al nonno in modo altrettanto assoluto della sua vita.

In compenso, non ammettevo che un fatto materiale come la ricchezza potesse costituire il fondamento d'alcun diritto, né conferire alcun merito. Il Vangelo fa l'elogio della povertà. Rispettavo molto di piú Louise che una quantità di dame benestanti. M'indignavo che mia cugina Madeleine si rifiutasse di salutare i panettieri che venivano col carretto a consegnare il pane alla Grillère: – Tocca a loro salutarmi per i primi, – diceva. Credevo nell'uguaglianza astratta delle persone umane. Un'estate, a Meyrignac, lessi un libro di storia che propugnava il suffragio per censo. Alzai la testa: – Ma è una vergogna, impedire ai poveri di votare! – Papà sorrise. Mi spiegò che una nazione è un insieme di beni economici; la cura di amministrarli spetta naturalmente a chi li detiene. E concluse citandomi il motto di Guizot: «Arricchitevi!» La sua spiegazione mi lasciò perplessa. Lui non era riuscito ad arricchirsi: avrebbe trovato giusto che l'avessero privato dei suoi diritti? Se protestavo, lo facevo in nome del sistema di valori ch'egli stesso mi aveva inculcato. Egli non riteneva che la qualità di un uomo si misurasse dal suo conto in banca; e spesso si faceva beffe dei «nuovi ricchi». Secondo lui l'*élite* si definiva per l'intelligenza, la cultura, un'ortografia corretta, una buona educazione, idee sane. Quando al suffragio universale egli obiettava la stupidità e l'ignoranza della maggior parte degli elettori lo seguivo facilmente: solo le persone «illuminate» avrebbero dovuto aver voce in capitolo. M'inchinavo dinanzi a quella logica che perfezionava una verità empirica: i «lumi» sono appannaggio della borghesia. Certe persone degli strati inferiori possono riuscire a compiere qualche prodezza intellettuale, ma conservano sempre qualcosa di «primitivo», sono generalmente false intelligenze. In compenso, tutte le persone di buona famiglia possiedono un «non so che» che le distingue dal volgo. Che il merito fosse legato al caso di una nascita, non mi riusciva troppo offensivo, poiché era la volontà di Dio a decidere delle fortune degli uomini. In ogni caso, un fatto mi appariva patente: moralmente, e perciò in via assoluta, la classe cui appartenevo superava di gran lunga il resto della società. Quando andavo con la mamma a far visita ai contadini del nonno, l'odore del letame, la sporcizia delle stanze dove razzolavano i polli, la rozzezza degli arredi, mi sembravano esprimere la grossolanità degli animi; li vedevo lavorare nei campi, infangati, emananti un tanfo di sudore e di terra, e mai che contemplassero l'armonia del paesaggio, le bellezze del tramonto. Non leggevano, non avevano ideali; papà diceva, sia pure senza animosità, ch'erano dei «bruti». Quando mi lesse il *Saggio sulla disuguaglianza delle razze umane* di Gobineau, adottai prontamente l'idea che il loro cervello era diverso dal nostro.

Amavo tanto la campagna che la vita dei contadini mi sembrava felice. Se avessi appena intravvista quella degli operai, certo non avrei potuto evitare di pormi delle domande: ma non sapevo nulla degli operai. Prima di sposarsi, la zia Lilí, che non aveva niente da fare, si occupava di beneficenza; qualche volta m'aveva condotta con sé, a portare dei balocchi a dei bambini ben scelti; i poveri non mi erano sembrati infelici, c'era una quantità di anime pie che gli facevano la carità, e poi c'erano le suore di San Vincenzo che si dedicavano in modo speciale al loro servizio. Tra loro c'erano dei malcontenti: erano falsi poveri, che la notte di Natale banchettavano col tacchino arrosto, oppure cattivi poveri che alzavano il gomito. Certi libri – Dickens, *Senza famiglia* di Hector Malot – descrivevano esistenze molto dure; trovavo terribile la sorte dei minatori, affondati tutto il giorno nelle buie gallerie, alla mercè di un'esplosione di grisou. Ma mi dissero che i tempi erano cambiati. Gli operai adesso lavoravano molto meno e guadagnavano molto di piú, e poi, dopo la costituzione dei sindacati, i veri oppressi erano i padroni. Gli operai erano molto piú favoriti di noi, poiché non avevano le «spese di rappresentanza», e cosí potevano mangiare pollo tutte le domeniche; al mercato, le loro donne compravano la roba migliore, e potevano permettersi le calze di seta. Quanto alla durezza del loro mestiere, alla scomodità dei loro alloggi, erano cose cui erano abituati; loro non ne soffrivano come ne avremmo sofferto noi. Le loro recriminazioni non avevano la scusante del bisogno. – D'altronde, – diceva mio padre alzando le spalle, – di fame non muore nessuno! – No, se gli operai odiavano la borghesia era perché erano coscienti della sua superiorità. Il comunismo, il socialismo, si spiegavano soltanto con l'invidia: – E l'invidia, – diceva mio padre, – è un sentimento basso.

Una volta sola mi accadde d'intuire la miseria. Louise abitava con suo marito, il conciatetti, in una soffitta di rue Madame; ebbe un bambino e andai a trovarla con mia madre. Non avevo mai messo piede in una soffitta. Il triste corridoio su cui davano una dozzina di porte tutte uguali mi strinse il cuore. La camera di Louise, minuscola, conteneva un letto di ferro, una culla e un tavolo con sopra un fornelletto; Louise dormiva, cucinava, mangiava, viveva con un uomo, tra queste quattro mura; lungo il corridoio altre famiglie soffocavano pigiate in altre stanzette identiche a questa; trovavo già opprimente la promiscuità in cui vivevo io e la monotonia delle giornate borghesi. Intravvidi un mondo in cui l'aria che si respirava aveva un gusto di fuliggine, e dove mai uno spiraglio di luce fendeva la sporcizia; l'esistenza, per costoro, era una lenta agonia. Poco tempo dopo, Louise perse il suo bambino. Singhiozzai per ore: era la prima volta che vedevo da vicino la sventura. Immaginavo Louise nella sua camera senza gioia, privata del suo bambino, privata di tutto: una tale miseria avrebbe dovuto far esplodere la terra. « È troppo ingiusto! » mi dicevo. Non pensavo soltanto al bambino morto, ma a quel corridoio del sottotetto. Finii per asciugare le mie lacrime senza aver messa in questione la società.

Mi era ben difficile pensare da me sola, poiché il sistema che mi veniva insegnato era ad un tempo monolitico e incoerente. Se i miei genitori avessero litigato, avrei potuto opporli l'uno all'altro. Una dottrina unica e rigorosa avrebbe fornito alla mia giovane logica solidi appoggi. Ma nutrita contemporaneamente della morale del convento degli Uccelli, e del nazionalismo paterno, affondavo nelle contraddizioni. Né mia madre né quelle signorine dubitavano che il Papa fosse scelto dallo Spirito Santo; e tuttavia mio padre gli proibiva di occuparsi delle cose del secolo, e la mamma la pensava come lui; Leone XIII, dedicando delle encicliche ai « problemi sociali » aveva tradito la sua missione; Pio X, che in proposito non aveva detto una parola, era un santo. Ero quindi obbligata a digerire questo paradosso: l'uomo scelto da Dio per rappresentarlo sulla terra non doveva occuparsi delle cose terrene. La Francia era la figlia primogenita della Chiesa, e doveva obbedienza a sua madre. Ciò non di meno i valori nazionali avevano la precedenza sulle virtú cattoliche; quando, a Saint-Sulpice, si faceva la questua per « i bambini affamati dell'Europa centrale », mia madre s'indignava, e si rifiutava di dare « per i *boches* ». In ogni circostanza, il patriottismo e la salvaguardia dell'ordine prevalevano sulla carità cristiana. Mentire era offendere Dio; e tuttavia papà affermava che commettendo un falso il colonnello Henry si era comportato da gran galantuomo. Uccidere era un delitto, ma non si doveva abolire la pena di morte. M'insegnarono assai presto le conciliazioni della casistica, a separare radicalmente Dio da Cesare, e a dare a ciascuno il suo; tuttavia era sconcertante che Cesare avesse sempre la meglio su Dio. A considerare il mondo contemporaneamente attraverso i versetti del Vangelo e le colonne del « Matin », la vista si confondeva. Non avevo altra risorsa che rifugiarmi a capo basso nell'autorità.

Mi sottomettevo ad essa ciecamente. Si era scatenato un conflitto tra l'« Action française » e la « Democratie Nouvelle »; i Camelots du Roi, assicuratisi il vantaggio del numero, attaccarono i partigiani di Marc Sangnier e gli fecero ingurgitare bottiglie di olio di ricino. Papà e i suoi amici ci si divertirono molto. Nella mia prima infanzia avevo imparato a ridere delle sofferenze dei cattivi; senza pormi altre questioni, ammisi, sulla fede di papà, che lo scherzo era davvero divertente. Risalendo con Zazà rue Saint-Benoit, feci gaiamente allusione all'episodio. Il volto di Zazà s'indurí: – Che indegnità! – disse in tono rivoltato. Non seppi cosa rispondere. Sconfitta, mi resi conto che avevo copiato ciecamente l'atteggiamento di papà, ma che io non avevo un'opinione in proposito. Zazà esprimeva anche l'opinione dei suoi. Suo padre aveva appartenuto al « Sillon », prima che la Chiesa lo condannasse; continuava a pensare che i cattolici hanno doveri sociali e rifiutava le teorie di Maurras; era una posizione abbastanza coerente perché una ragazzetta di quattordici anni potesse condividerla in piena coscienza; l'indignazione di Zazà, il suo orrore della violenza erano sinceri. Io avevo parlato come un pappagallo, ma personalmente non pensavo nulla. Il disprezzo di Zazà mi fece soffrire, ma ciò che mi turbò di piú fu il dissenso che in quel momento si era manifestato tra lei e mio padre; non volevo dar torto a nessuno dei due. Ne parlai a papà, il quale alzò le spalle e disse che Zazà era una bambina. Questa risposta non mi soddisfece. Per la prima volta venivo indotta a prendere partito, ma non ne capivo niente, e non decisi niente. La sola conclusione che trassi da quest'episodio fu che si poteva avere un'opinione diversa da quella di mio padre. Non era piú garantita nemmeno la verità.

Fu la *Storia delle due Restaurazioni* di Vaulabelle a farmi inclinare verso il liberalismo; lessi in due estati i sette volumi della biblioteca del nonno. Piansi sulla sconfitta di Napoleone, presi in odio la monarchia, il conservatorismo, l'oscurantismo. Volevo che fosse la ragione a governare gli uomini, e mi entusiasmai per la democrazia che garantiva a tutti, pensavo, l'uguaglianza di diritti e la libertà. Mi fermai qui.

Le remote questioni sociali m'interessavano assai meno dei problemi che mi concernevano strettamente: la morale, la mia vita interiore, i miei rapporti con Dio; e cominciai a riflettere su questi problemi.

La natura mi parlava di Dio. Ma decisamente, egli mi sembrava del tutto estraneo al mondo in cui si agitavano gli uomini. Allo stesso modo che il Papa in fondo al Vaticano non deve occuparsi di quello che succede nel secolo, Dio, nell'infinito del cielo non doveva interessarsi ai particolari delle avventure terrene. Da molto tempo avevo imparato a distinguere tra la sua Legge e l'autorità profana. Il mio contegno insolente in classe, le mie letture clandestine non lo riguardavano. Di anno in anno, la mia pietà, fortificandosi, si purificava, e disdegnavo le scipitaggini della morale a beneficio della mistica. Pregavo, meditavo, cercavo di rendere sensibile al mio animo la presenza divina. Verso i dodici anni inventai delle mortificazioni: chiusa nel gabinetto – il mio unico rifugio – mi strofinavo a sangue con una pietra pomice, e mi fustigavo con una catenina d'oro che portavo al collo. Il mio fervore diede pochi frutti. Nei miei libri di pietà, si parlava molto di progressi, di ascensione; le anime s'arrampicavano per ripidi sentieri, infrangevano ostacoli, a volte attraversavano aridi deserti, e poi una rugiada celeste le consolava: era una vera avventura. In realtà, mentre intellettualmente mi elevavo di giorno in giorno verso il sapere, non avevo mai l'impressione di essermi avvicinata a Dio. Agognavo le apparizioni, le estasi, che accadesse qualcosa, in me o fuori di me; ma nulla accadeva, e i miei esercizi finivano per assomigliare a una commedia. Mi esortavo alla pazienza, tenendo per certo che un giorno mi sarei ritrovata meravigliosamente distaccata dalla terra, installata nel cuore dell'eternità. In attesa, vivevo sulla terra senza costrizioni poiché i miei sforzi si ponevano ad altezze spirituali la cui serenità non poteva essere turbata da cose triviali.

Il mio sistema ebbe una smentita. Da sette anni mi confessavo due volte al mese all'abate Martin; gli parlavo dei miei stati d'animo; mi accusavo di essermi comunicata senza fervore, di aver pregato a fior di labbro, di aver pensato troppo raramente a Dio; a queste eteree mancanze egli rispondeva con un sermone di stile elevato. Un giorno, invece di conformarsi a questi riti, egli si mise a parlarmi in tono familiare. – M'è venuto alle orecchie che la mia piccola Simone è cambiata... che è disobbediente, turbolenta, che risponde quando la rimproverano... ormai bisognerà fare attenzione a queste cose –. Le guance mi si fecero di brace; guardai con orrore l'impostore che per anni avevo preso per il rappresentante di Dio: d'improvviso, si era alzata la veste, scoprendo le sottane della bigotta; la sua veste di prete non era che un travestimento; vestiva una comare che si pasceva di pettegolezzi. Lasciai il confessionale con la testa in fiamme, decisa a non rimettervi mai più il piede: d'ora innanzi mi sarebbe parso odioso inginocchiarmi davanti all'abate Martin quanto davanti allo « spaventapasseri ». Quando mi capitava di scorgere nei corridoi dell'Istituto la sua sottana nera il cuore prendeva a battermi, e fuggivo via: m'ispirava un malessere fisico, come se la sua soperchieria m'avesse resa complice d'un'oscenità.

Suppongo ch'egli ne rimanesse assai stupito; ma senza dubbio si ritenne legato dal segreto professionale, non mi risultò che avesse fatto parola della mia defezione, né tentò di spiegarsi con me. Dall'oggi al domani, la rottura fu consumata.

Dio uscí indenne da questa avventura, ma di misura. Se mi ero affrettata a sconfessare il mio direttore spirituale, l'avevo fatto per scongiurare l'atroce sospetto che per un istante aveva ottenebrato il cielo: forse Dio era meschino e imbroglione come una vecchia beghina, forse Dio era stupido. Mentre l'abate parlava una mano sciocca s'era abbattuta sulla mia nuca, mi faceva chinare la testa, m'incollava la faccia al suolo; per tutta la vita mi avrebbe obbligata a trascinarmi carponi, accecata dal fango e dalla tenebra; bisognava dire addio per sempre alla verità, alla libertà, a qualsiasi gioia; vivere diveniva un'onta e un'afflizione.

Mi strappai a questa mano di piombo; concentrai il mio orrore sul traditore che aveva usurpato il ruolo del mediatore divino. Quando uscii dalla cappella, Dio era ristabilito nella sua onnisciente maestà, avevo rattoppato il cielo. Errai sotto le volte di Saint-Sulpice alla ricerca di un confessore che non alterasse con impure parole umane i messaggi venuti dall'alto. Ne trovai uno rosso, poi uno bruno che riuscii a interessare alla mia anima. Questi m'indicò dei temi di meditazione, e mi prestò un *Sommario di teologia ascetica e mistica*. Ma nella grande chiesa nuda non mi sentivo al caldo come nella cappella dell'Istituto. Il mio nuovo direttore spirituale non mi era stato dato fin dall'infanzia, l'avevo scelto io, un po' a casaccio: non era un Padre e non potevo abbandonarmi totalmente a lui. Avevo giudicato e disprezzato un prete, ormai nessun prete mi appariva piú come il Giudice sovrano. Nessuno sulla terra incarnava esattamente Dio: ero sola di fronte a Lui. E in fondo al cuore mi restava un'inquietudine: chi era? dove si collocava? che cosa voleva esattamente?

Mio padre non credeva; i piú grandi scrittori, i migliori pensatori condividevano il suo scetticismo; in generale, erano soprattutto le donne che andavano in chiesa; cominciavo a trovare paradossale e sconcertante che la verità fosse privilegio delle donne, quando gli uomini, senza discussione possibile, erano superiori ad esse. Nel tempo stesso, pensavo che non esisteva catastrofe piú grande di quella di perdere la fede, e tentavo spesso di assicurarmi contro questo rischio. Avevo spinto abbastanza avanti la mia istruzione religiosa e seguito corsi di apologetica; ad ogni obbiezione contro le verità rivelate sapevo opporre un argomento sottile; ma non ne conoscevo nessuno che le dimostrasse. L'allegoria dell'orologio e dell'orologiaio non mi convinceva. Ignoravo troppo radicalmente il dolore per trarne argomento contro la Provvidenza; ma l'armonia del mondo non mi saltava agli occhi. Il soprannaturale s'era manifestato sulla terra attraverso il Cristo e una quantità di santi, ma mi rendevo conto che la Bibbia, i Vangeli, i miracoli, le visioni, non erano garantiti altro che dall'autorità della Chiesa. – Il piú grande miracolo di Lourdes, è Lourdes stessa, – diceva mio padre. I fatti religiosi non erano convincenti altro che per i convinti. Oggi non avevo alcun dubbio che la Vergine fosse apparsa a Bernadette vestita di bianco e azzurro: magari domani ne avrei dubitato. I credenti ammettevano l'esistenza di questo circolo vizioso poiché affermavano che per credere è necessaria la grazia. Non pensavo che Dio mi avrebbe giocato il brutto tiro di rifiutarmela, un giorno o l'altro; tuttavia avrei desiderato potermi attaccare a una prova incontestabile; ne trovai una sola: le voci di Giovanna d'Arco. Giovanna apparteneva alla storia; mio padre la venerava non meno di mia madre. Né mentitrice né illuminata, come ricusare la sua testimonianza? Tutta la sua straordinaria avventura confermava che le voci le avevano parlato davvero; era un fatto accertato scientificamente, e non capivo come mio padre se la sbrogliasse per eluderlo.

Una sera, a Meyrignac, mi misi come tante altre volte alla finestra; un caldo odore di stalla saliva verso gli spalti del cielo; la mia preghiera prese debolmente lo slancio, poi ricadde. Avevo passato la giornata a mangiare mele proibite, e a leggere, in un Balzac proibito, lo strano idillio di un uomo e una pantera; prima di addormentarmi, mi sarei messa a raccontarmi delle storie curiose che m'avrebbero messa in uno stato curioso. «Sono peccati», mi dissi. Impossibile continuare a barare: la disobbedienza continuata e sistematica, la menzogna, le fantasticherie impure, non erano azioni innocenti. Affondai le mani nella frescura dei rampicanti, ascoltai il chioccolio della fontana, e compresi che nulla mi avrebbe fatto rinunciare alle gioie terrene. «Non credo piú in Dio», mi dissi senza troppo stupore. Questo ne era una prova: se avessi creduto in lui, non mi sarei tranquillamente adattata a offenderlo. Avevo sempre pensato che a paragone dell'eternità questo mondo non contava nulla; contava, invece, poiché l'amavo, e era Dio, d'un tratto, che non aveva piú peso: era dunque evidente che il suo nome, per me, ormai non copriva piú che un miraggio. Da molto tempo l'idea che mi facevo di lui si era depurata e sublimata al punto ch'egli aveva perduto qualsiasi volto, qualsiasi legame concreto con la terra, e infine, il suo stesso essere. La sua perfezione escludeva la sua realtà. È per questo che provai cosí poca sorpresa quando constatai la sua assenza nel mio cuore e nel cielo. Non lo negai per sbarazzarmi di qualcuno che m'incomodava: al contrario, mi accorsi ch'egli non interveniva piú nella mia vita e conclusi che aveva cessato di esistere per me.

Era fatale che giungessi a questa liquidazione. Ero troppo estremista per vivere sotto l'occhio di Dio dicendo al secolo sí e no ad un tempo. D'altra parte, mi sarebbe ripugnato di saltare con malafede dal profano al sacro, e di confessare Dio pur vivendo senza di lui. Non ammettevo compromessi col cielo. Per poco che lo si rifiutasse, era sempre troppo, se Dio esisteva; per poco che lo si ammettesse, era troppo se non esisteva. Cavillare con la propria coscienza, arzigogolare sui propri piaceri, erano cose che mi nauseavano. Fu per questo che non tentai di giocar d'astuzia. Appena la luce si fece in me, tagliai netto.

Lo scetticismo paterno mi aveva aperta la via; non m'imbarcai da sola in un'avventura cosí rischiosa. Provai anzi un gran sollievo nel ritrovarmi, affrancata dalla mia infanzia e dal mio sesso, in accordo con gli spiriti liberi che ammiravo. Le voci di Giovanna d'Arco non mi turbavano gran che; c'erano altri enigmi che m'incuriosivano, ma la religione mi aveva abituata ai misteri. Era piú facile pensare un mondo senza creatore che un creatore responsabile di tutte le contraddizioni del mondo. La mia incredulità non ebbe mai tentennamenti.

Peraltro, la faccia dell'universo cambiò. Piú d'una volta, nei giorni che seguirono, seduta al piede della quercia violacea o dei pioppi argentei, sentii con angoscia il vuoto del cielo. In passato mi ero sentita al centro di un quadro vivente di cui Dio stesso aveva scelto i colori e le luci; tutte le cose mormoravano dolcemente la sua gloria. D'un tratto, tutto era ammutolito. Che silenzio! La terra roteava in uno spazio che nessuno sguardo penetrava, e perduta sulla sua superficie immensa, in mezzo all'etere cieco, io ero sola. Sola! Compresi per la prima volta il senso terribile di questa parola. Sola, senza testimoni, senza interlocutori, senza rifugio. Il respiro nel mio petto, il sangue nelle mie vene, e tutto questo guazzabuglio nella mia testa, erano cose che non esistevano per nessuno. Mi alzai, corsi verso il parco, e mi sedetti sotto il catalpa tra la mamma e la zia Marguerite, tanto avevo bisogno di udire delle voci.

Poi feci un'altra scoperta. Un pomeriggio, a Parigi, mi resi conto che ero condannata a morte. Ero sola in casa, e non frenai la mia disperazione; piansi, graffiai la mochetta rossa. E quando mi rialzai inebetita, mi domandai: « Come fanno gli altri? come farò, io? » mi sembrava impossibile vivere tutta la vita col cuore contorto dall'orrore. Quando si avvicina il tracollo, mi dicevo, quando si ha già trent'anni, quarant'anni, e si pensa: « È per domani », come si può sopportarlo? Piú della morte stessa, avevo paura di questo spavento che presto mi avrebbe dominata, e per sempre.

Per fortuna, nel corso dell'anno scolastico, queste folgorazioni metafisiche si fecero rare: mi mancava il tempo e non avevo la solitudine necessaria. Quanto alla mia vita pratica, essa non fu modificata dalla mia conversione. Avevo cessato di credere scoprendo che Dio non esercitava alcuna influenza sulla mia condotta, e questa, pertanto, non cambiò quando rinunciai a lui. Avevo pensato che la legge morale traesse da lui la sua necessità, ma essa si era impressa cosí profondamente in me che rimase intatta dopo la soppressione di lui. L'autorità di mia madre non proveniva affatto da un potere soprannaturale, era il mio rispetto per lei che dava un carattere sacro alla sua volontà. Continuai a sottomettermi ad essa. I concetti di dovere, di merito, i tabú sessuali, tutto fu conservato.

Non pensai affatto di confidarmi con mio padre, l'avrei messo in un grande imbarazzo. Perciò, portai da sola il mio segreto, e lo trovai pesante: per la prima volta in vita mia avevo l'impressione che il bene non coincideva con la verità. Non potevo far a meno di vedermi con gli occhi degli altri, di mia madre, di Zazà, delle mie compagne, perfino di quelle signorine, e con gli occhi di quella che io ero stata. L'anno prima, nella sezione di filosofia, c'era stata un'allieva grande di cui si sussurrava che « non credeva »; era una ragazza studiosa, che non teneva discorsi fuori luogo, e non era stata rimandata; ma provavo una sorta di spavento quando scorgevo nei corridoi il suo viso, che la fissità d'un occhio di vetro rendeva ancora piú sconcertante. Adesso toccava a me, di sentirmi la pecora nera. Ciò che aggravava il mio caso era che io dissimulavo: andavo alla messa, facevo la comunione. Ingoiavo l'ostia con indifferenza, pur sapendo che per i credenti commettevo un sacrilegio. Nascondendo la mia colpa la moltiplicavo, ma come avrei potuto osare confessarla? Sarei stata mostrata a dito, scacciata dall'Istituto, avrei perduto l'amicizia di Zazà; e che scandalo nel cuore della mamma! ero condannata alla menzogna. E non era certo una menzogna da poco, insozzava la mia vita intera, e certe volte – specie di fronte a Zazà, che ammiravo per la sua dirittura – mi pesava come una tara. Ero nuovamente vittima di una fatalità che non riuscivo a scongiurare:

non avevo fatto nulla di male, e mi sentivo colpevole. Se gli adulti avessero decretato che ero un'ipocrita, un'empia, una bambina sorniona e snaturata, il loro verdetto mi sarebbe parso a un tempo orribilmente ingiusto e perfettamente giustificato. Mi sembrava d'avere una duplice esistenza; tra ciò che ero per me stessa e ciò che ero per gli altri non v'era alcun rapporto.

A volte, il sentirmi bollata, maledetta, esclusa, mi era causa di tanta sofferenza che desideravo ripiombare nell'errore. Dovevo restituire all'abate Roullin il *Sommario di teologia ascetica e mistica* che m'aveva prestato. Tornai a Saint-Sulpice, m'inginocchiai nel confessionale, dissi che da diversi mesi mi ero allontanata dai sacramenti perché non credevo piú. Vedendomi tra le mani il *Sommario* e misurando da quali altezze ero caduta, l'abate si stupí, e con brutalità intenzionale, mi domandò: – Quale grave peccato avete commesso? – Io protestai. Non mi credette, e mi consigliò di pregare molto. Mi rassegnai a vivere al bando.

In quell'epoca lessi un romanzo che mi rifletté l'immagine del mio esilio: *The Mill on the Floss* di George Eliot, mi fece un'impressione ancor piú profonda di quella che anni prima mi aveva fatta *Little Women*. Lo lessi in inglese, a Meyrignac, distesa sull'erba di un castagneto. Bruna, amante della natura, della lettura, della vita, troppo spontanea per osservare le convenzioni del suo ambiente, ma sensibile alle critiche di un fratello che adorava, Maggie Tulliver era, come me, divisa tra gli altri e se stessa: mi riconobbi in lei. La sua amicizia col giovane gobbo che le prestava i libri mi commosse quanto quella di Joe con Laurie; desideravo che si sposassero. Ma anche questa volta, l'amore passava con l'infanzia. Maggie s'innamorava del fidanzato di una cugina, Stephen, che conquistava involontariamente. Compromessa da lui, si rifiutava di sposarlo per lealismo verso Lucy; il villaggio avrebbe scusato una perfidia sanzionata da giuste nozze, ma non perdonava a Maggie di aver sacrificato le apparenze alla voce della sua coscienza. Perfino suo fratello la rinnegava. Io non concepivo che l'amicizia-amore; ai miei occhi, dei libri scambiati e discussi insieme creavano tra un giovane e una ragazza legami eterni; non riuscivo a comprendere troppo bene l'attrazione che Maggie provava per Stephen. Tuttavia, visto che lo amava, non avrebbe dovuto rinunciare a lui. Quando ella si ritirava nel vecchio mulino, misconosciuta, calunniata, abbandonata da tutti, mi struggevo di tenerezza per lei. Piansi sulla sua morte per ore e ore. Gli altri l'avevano condannata perché valeva piú di loro; io le somigliavo, e da allora, nel mio isolamento, non vidi piú un marchio d'infamia ma un segno di elezione. Ma non avevo intenzione di pagarlo con la vita. Attraverso la sua eroina, io m'identificavo con l'autrice; un giorno, un'adolescente, un'altra me stessa, avrebbe bagnato con le sue lacrime un romanzo in cui io avrei raccontata la mia propria storia.

Già da molto tempo avevo deciso di consacrare la mia vita ai lavori intellettuali. Zazà mi scandalizzò dichiarando in tono provocatorio: – Mettere al mondo nove figli, come ha fatto la mamma, vale quanto scrivere dei libri –. Io non vedevo affatto una misura comune tra questi due destini. Avere figli, che a loro volta avrebbero avuto figli, significava rifriggere all'infinito lo stesso noioso ritornello; il dotto, l'artista, lo scrittore, il pensatore, creavano un altro mondo, un mondo luminoso e gioioso, dove tutto aveva la sua ragion d'essere. Era in quel mondo che volevo passare i miei giorni; ero ben decisa a farmici un posto. Quando ebbi rinunciato al cielo, affiorarono le mie ambizioni terrene: bisognava emergere. Distesa su un prato, contemplavo, proprio all'altezza del mio occhio, l'accavallarsi dei fili d'erba, tutti identici, ciascuno affondato nella minuscola giungla che gli nascondeva tutti gli altri. Questa ripetizione indefinita dell'ignoranza, dell'indifferenza, equivaleva alla morte. Levai gli occhi alla quercia; dominava il paesaggio e non aveva eguali. Io sarei stata come lei.

Perché ho deciso di mettermi a scrivere? Da bambina, non avevo preso minimamente sul serio i miei scarabocchi; il mio vero interesse era quello di sapere; mi piaceva fare i componimenti di francese, ma le signorine mi rimproveravano il mio stile agghindato; non mi sentivo «dotata». Tuttavia, quando, a quindici anni, scrissi sull'album di un'amica le predilezioni e i progetti che avrebbero dovuto definire la mia personalità, alla domanda: «Che cosa volete fare da grande?» risposi di getto: «Essere una scrittrice celebre». A proposito del musicista preferito, del fiore prediletto, avevo inventato gusti piú o meno fittizi. Ma su questo punto non ebbi esitazioni: agognavo quest'avvenire ad esclusione di qualsiasi altro.

La prima ragione era l'ammirazione che m'ispiravano gli scrittori; mio padre li metteva ben al di sopra degli scienziati, degli eruditi, dei professori. Anch'io ero convinta della loro superiorità; anche se il suo nome era largamente conosciuto, l'opera di uno specialista era soltanto per un ristretto numero di persone; i libri, tutti li leggevano, toccavano il cuore e la fantasia; conferivano al loro autore la gloria piú universale e piú sentita. Inoltre, come donna, mi sembravano piú accessibili quelle cime che i pianori sottostanti; le piú celebri delle mie simili si erano illustrate nella letteratura.

E poi avevo sempre avuto il gusto della comunicazione. Sull'album della mia amica, come divertimenti favoriti, citai la lettura e la conversazione. Ero loquace. Tutto ciò che mi colpiva nel corso di una giornata, lo raccontavo, o almeno tentavo di farlo. Ciò che temevo era la notte, l'oblio; era una lacerazione abbandonare al silenzio ciò che avevo visto, sentito, amato. Commossa da un chiaro di luna, desideravo carta e penna, e sapere come servirmene. A quindici anni, amavo le corrispondenze, i diari – per esempio il giornale di Eugénie de Guérin – che cercano di fissare il tempo. Avevo anche compreso che i romanzi, le novelle, i racconti, non sono cose estranee alla vita, ma la esprimono a loro modo.

Se un tempo avevo desiderato far l'insegnante, è perché sognavo di essere principio e fine a me stessa; ora pensavo che la letteratura mi avrebbe permesso di realizzare questo desiderio. Essa m'avrebbe assicurato un'immortalità che avrebbe compensato l'eternità perduta; non c'era piú un Dio che mi amava, ma io avrei bruciato in milioni di cuori. Scrivendo un'opera nutrita della mia storia avrei creato nuovamente me stessa e avrei giustificato la mia esistenza. Nel tempo stesso avrei servito l'umanità: dei libri, quale miglior regalo per essa? M'interessavo ad un tempo a me stessa e agli altri; accettavo la mia « incarnazione » ma non volevo rinunciare all'universale; era un progetto che conciliava tutto, che lusingava tutte le aspirazioni che s'erano sviluppate in me nel corso di quei quindici anni.

Avevo sempre attribuito all'amore un alto valore. Verso i tredici anni, nel settimanale « Le Noël », che avevo cominciato a ricevere dopo « L'Etoile noëliste », lessi un edificante romanzetto intitolato *Ninon-Rose*. La pia Ninon amava André da cui era riamata; ma sua cugina Thérèse, in lacrime, i bei capelli sparsi sulla camicia da notte, le confidava che si consumava d'amore per André; dopo una lotta interiore e qualche preghiera, Ninon si sacrificava, rifiutava la mano ad André il quale, indispettito sposava Thérèse. Ma Ninon era ricompensata: convolava con un altro giovane assai meritevole, a nome Bernard. Questa storia mi rivoltò. Un eroe di romanzo aveva il diritto d'ingannarsi sull'oggetto della sua fiamma o sui propri sentimenti; ad un amore falso o incompreso – come quello di David Copperfield per la sua moglie-bambina – poteva succedere l'amore vero; ma questo, una volta esploso in un cuore, era insostituibile; nessuna generosità, nessuna abnegazione autorizzava a rifiutarlo. Zazà ed io fummo sconvolte da un romanzo di Fogazzaro intitolato *Daniele Cortis*. Daniele era un uomo politico importante, e cattolico; la donna che amava, e che lo ricambiava, era sposata; tra loro v'era un'intesa eccezionale; i loro cuori battevano all'unisono; tutti i loro pensieri si accordavano; erano fatti l'uno per l'altro. Pure, anche un'amicizia platonica avrebbe suscitato pettegolezzi, rovinato la carriera di Daniele e compromesso la causa ch'egli serviva; giurandosi fedeltà « fino alla morte e oltre », essi si lasciavano per sempre. Me ne sentii lacerata, furibonda. La carriera, la causa, erano cose astratte. Trovavo assurdo e criminale preferirle alla felicità, alla vita. Senza dubbio era la mia amicizia per Zazà che mi faceva attribuire tanto valore all'unione di due esseri; scoprendo insieme il mondo e offrendoselo a vicenda, pensavo, essi ne prendevano possesso in una maniera privilegiata; nel tempo stesso, ciascuno trovava la ragione finale della sua esistenza nel bisogno che l'altro aveva di lui. Rinunciare all'amore mi appariva altrettanto insensato che disinteressarsi della propria salvezza quando si crede nell'eternità.

Io mi proponevo di non lasciarmi scappare nessun bene di questo mondo. Quando ebbi rinunciato al chiostro, mi misi a sognare l'amore; cominciai a pensare senza ripugnanza al matrimonio. L'idea della maternità continuava ad essermi estranea e mi stupiva che Zazà andasse in estasi davanti a dei grinzosi neonati: ma vivere accanto a un uomo da me scelto non mi appariva piú una cosa inconcepibile. La casa paterna non era una prigione, e se avessi dovuto lasciarla da un momento all'altro, mi sarei sentita sgomenta; ma avevo smesso di figurarmi il mio eventuale distacco come una lacerazione atroce. Nella cerchia familiare mi sentivo un po' soffocare. Per questa ragione mi colpí cosí vivamente un film tratto dal *Bercail* di Bataille, cui assistei per un invito casuale. La protagonista si annoiava tra i suoi bambini e un marito tedioso quanto il signor Mabille; una pesante catena che le avvinceva i polsi era il simbolo della sua schiavitú. Un bel ragazzo focoso la strappava al suo focolare. Con un vestito di tela, le braccia nude, i capelli al vento, la giovane donna camminava a gran passi attraverso le praterie tenendosi per mano col suo innamorato; si lanciavano in faccia manciate di fieno (mi sembrava di respirarne l'odore), avevano gli occhi ridenti: mai avevo provato, contemplato, immaginato, tali deliri di gaiezza. Non so quali peripezie riconducevano all'ovile la povera creatura, che lo sposo accoglieva con bontà; mortificata, pentita, ella vedeva trasformarsi la sua pesante catena d'acciaio in una ghirlanda di rose. Questo miracolo mi lasciò scettica. Rimasi tuttavia inebriata dalla rivelazione di delizie sconosciute cui non sapevo dar nome, ma che un giorno mi avrebbero colmata: era la libertà, il piacere. La tetra schiavitú degli adulti mi affliggeva; ad essi non capitava mai nulla d'imprevisto; subivano tra i sospiri un'esistenza in cui tutto era già deciso in anticipo, senza che mai nessuno decidesse nulla. L'eroina di Bataille aveva osato un gesto, ed era brillato il sole. Per molto tempo, quando volgevo lo sguardo verso gli anni incerti della mia maturità, l'immagine di una coppia che scherzava in un prato mi fece fremere di speranza.

L'estate del mio quindicesimo anno, finita la scuola, andai per due o tre volte in barca al Bois, con Zazà e altre compagne. Una volta, in un viale, notai una giovane coppia che camminava davanti a me; il ragazzo appoggiava leggermente la mano sulla spalla della donna. Mi dissi, emozionata, che doveva essere dolce camminare attraverso la vita sentendosi sulla spalla una mano cosí familiare che appena se ne sentiva il peso, e cosí presente che la solitudine ne veniva scongiurata per sempre. « Due esseri uniti »: queste parole mi facevano sognare. Né mia sorella, che mi era troppo vicina, né Zazà, troppo lontana, me ne avevano fatto intuire il vero significato. Adesso mi accadeva sovente, quando leggevo nello studio, di sollevare la testa e di domandarmi: « Incontrerò mai un uomo fatto per me? » Le mie letture non me ne avevano fornito alcun modello. Mi ero sentita abbastanza vicina a Hellé, l'eroina di Marcelle Tinayre. – Le ragazze come te, Hellé, son fatte per essere le compagne degli eroi, – le diceva suo padre. Questa profezia mi aveva colpita; ma trovavo piuttosto ripugnante l'apostolo rosso e barbuto che Hellé finiva per sposare. Non prestavo alcun lineamento definito al mio futuro consorte. In compenso, mi facevo un'idea precisa dei nostri rapporti: avrei provato per lui un'ammirazione appassionata. In questo campo, come in tutti gli altri, ero assetata di necessità. L'eletto avrebbe dovuto impormisi, come mi si era imposta Zazà, per una sorta di evidenza; altrimenti mi sarei domandata: perché lui e non un altro? Questo dubbio era incompatibile col vero amore. Avrei amato il giorno in cui un uomo mi avesse soggiogata per la sua intelligenza, la sua cultura, la sua autorità.

Su questo punto, Zazà non era d'accordo con me; anche per lei l'amore implicava la stima e l'accordo; ma se un uomo ha sensibilità e immaginazione, se è un artista, un poeta, poco importa, – ella diceva, – che sia poco istruito e perfino mediocremente intelligente. – Allora, non ci si può dire tutto! – obbiettavo io. Un pittore, un musicista non mi avrebbe compresa interamente, ed egli stesso mi sarebbe rimasto in parte opaco. Io volevo che tra marito e moglie tutto fosse in comune; ciascuno doveva adempiere nei confronti dell'altro quel ruolo di esatto testimone che in passato avevo attribuito a Dio. Ciò escludeva che si potesse amare una persona *diversa*: mi sarei sposata solo se avessi incontrato, piú compiuto di me, il mio simile, il mio doppione.

Perché esigevo che mi fosse superiore? Non credo affatto ch'io cercassi in lui il succedaneo di mio padre; tenevo alla mia indipendenza, avrei esercitato un mestiere, avrei scritto, avrei avuto una vita personale; e non mi raffiguravo mai come la compagna di un uomo: saremmo stati due compagni. Tuttavia, l'idea che mi facevo della nostra coppia era indirettamente influenzata dai sentimenti che avevo provato per mio padre. La mia educazione, la mia cultura, e la visione che avevo della società, tutto mi faceva convinta che le donne appartengono a una classe inferiore; Zazà ne dubitava poiché lei preferiva di gran lunga sua madre al signor Mabille; nel mio caso, al contrario, il prestigio paterno aveva rafforzato quest'opinione: era in parte su di essa che fondavo la mia esigenza. Membro di una specie privilegiata, beneficiario di un vantaggio considerevole già in partenza, se in assoluto un uomo non fosse valso piú di me, avrei pensato che, in senso relativo, valeva meno di me; per riconoscerlo come mio pari bisognava che mi superasse.

D'altronde, pensavo a me dal di dentro, come a qualcuno che è in via di farsi, e avevo l'ambizione di progredire all'infinito; l'eletto lo vedevo dal di fuori, come una persona compiuta; perché restasse sempre alla mia altezza gli garantivo fin dalla partenza perfezioni che per me non esistevano ancora se non come speranza; egli era fin dal principio il modello di ciò che io volevo diventare, e perciò aveva la meglio su di me. Peraltro, avevo cura di non mettere troppa distanza tra noi. Non avrei accettato che il suo pensiero, i suoi lavori, mi fossero incomprensibili: in questo caso avrei sofferto della mia insufficienza; bisognava che l'amore mi giustificasse senza limitarmi. L'immagine che evocavo era quella di una scalata in cui il mio *partenaire*, un po' piú agile e robusto di me, mi avrebbe aiutata a issarmi di balza in balza. Ero piú severa che generosa, desideravo ricevere e non dare; se avessi dovuto rimorchiare un poltrone mi sarei consumata dall'impazienza. In questo caso lo stato di nubile era ben preferibile al matrimonio. La vita in comune doveva favorire e non ostacolare la mia impresa fondamentale: appropriarmi del mondo. Né inferiore né differente, né offensivamente superiore, l'uomo predestinato avrebbe dovuto garantirmi la mia esistenza senza toglierle la sua sovranità.

Questo schema orientò i miei sogni per due o tre anni. Davo una certa importanza, a questi sogni. Un giorno interrogai mia sorella con una certa ansia: ero proprio decisamente brutta? avevo qualche possibilità di diventare una donna carina abbastanza da essere amata? Abituata a sentir dire da papà che ero un uomo, Poupette non comprese la mia domanda; lei mi voleva bene, Zazà mi voleva bene, di che mi preoccupavo? A dire il vero mi tormentavo moderatamente. I miei studi, la letteratura, le cose che dipendevano da me restavano al centro delle mie preoccupazioni. Il mio destino di adulta m'interessava meno del mio avvenire immediato.

Alla fine della seconda, avevo quindici anni e mezzo, andai con papà e mamma a trascorrere le vacanze del 14 luglio a Chateauvillain. La zia Alice era morta; eravamo ospiti della zia Germaine, la mamma di Titite e di Jacques. Quest'ultimo era rimasto a Parigi, per gli orali del suo baccalaureato. Titite, cui volevo molto bene, era uno splendore di freschezza, aveva una bella bocca carnosa e s'indovinava sotto la sua pelle il battito del sangue. Fidanzata con un amico d'infanzia, uno splendido giovanotto dalle ciglia immense, aspettava il matrimonio con un'impazienza che non nascondeva; certe zie borbottavano che a quattr'occhi col fidanzato si comportava male, *molto male*. La sera del mio arrivo, dopo cena, andammo a fare un giro nel « Maglio » ch'era attiguo al giardino. Ci sedemmo su una panchina di pietra, in silenzio: non avevamo mai gran che da dirci. Lei ruminò per un poco, poi mi guardò con curiosità: – Ti bastano davvero, i tuoi studi? – mi domandò, – sei felice cosí? non desideri mai qualche altra cosa? – Scossi la testa. – Mi bastano, – dissi; ed era vero; in questa fine d'anno scolastico non vedevo piú in là del prossimo anno scolastico e del baccalaureato che bisognava superare. Titite sospirò e ricadde nelle sue fantasticherie di fidanzata, che, nonostante la mia simpatia per lei, io giudicavo a priori un po' sciocche. Jacques arrivò il giorno dopo, promosso, e pieno di sufficienza. Mi portò sul campo da tennis, mi propose di scambiar quattro palle, mi schiacciò, e si scusò con disinvoltura di avermi utilizzata come *punching-ball*. Non l'interessavo troppo, e lo sapevo. L'avevo sentito parlare con stima delle ragazze che mentre preparano la licenza giocano al tennis, escono, vanno a ballare, si vestono bene. Peraltro, il suo disprezzo scivolò su di me; neanche per un momento rimpiansi la mia inettitudine al gioco, né il taglio rudimentale del mio vestito di spugna rosa. Io valevo molto di piú di quelle studentesse tutte lustre che Jacques mi preferiva: se ne sarebbe accorto, un giorno.

Stavo uscendo dall'età ingrata; anziché rimpiangere la mia infanzia, ora mi volgevo verso l'avvenire; non era ancora abbastanza vicino da spaventarmi, ma già mi affascinava. Mai come in quell'estate m'inebriai del suo splendore. Mi sedevo su un blocco di granito grigio in riva al laghetto che avevo scoperto alla Grillère l'anno prima. Un mulino si specchiava nell'acqua su cui vagavano le nubi. Leggevo le *Passeggiate archeologiche* di Gaston Boissier, e mi dicevo che un giorno avrei passeggiato anch'io sul Palatino. Le nubi in fondo al laghetto si tingevano di rosa; mi alzai, ma non mi decidevo ad andarmene; mi addossai al cespuglio di noccioli; la brezza della sera accarezzava le fusaggini, mi sollecitava, mi schiaffeggiava, e m'abbandonavo alla sua dolcezza e alla sua violenza. I noccioli mormoravano, e comprendevo il loro oracolo; ero attesa: da me stessa. Grondante di luce, il mondo disteso ai miei piedi come un grande animale domestico, sorridevo all'adolescente che domani sarebbe morta e sarebbe resuscitata nella mia gloria: nessuna vita, nessun istante di nessuna vita avrebbe potuto mantenere le promesse di cui affollavo il mio credulo cuore.

Alla fine di settembre fui invitata con mia sorella a Meulan, dove i genitori della sua migliore amica possedevano una casa; Anne-Marie Gendron apparteneva a una famiglia numerosa, abbastanza ricca e molto unita; mai un litigio, mai uno scoppio di voci, ma sorrisi e cortesie: mi ritrovai in un paradiso di cui avevo perduto perfino il ricordo. I ragazzi ci portavano in barca sulla Senna; la più grande delle ragazze, che aveva vent'anni, ci condusse in taxi a Vernon. Facemmo la strada a mezza costa che domina il fiume; fui sensibile alle bellezze del paesaggio ma più ancora alla grazia di Clotilde; la sera, ella m'invitò ad andare nella sua stanza e conversammo. Clotilde aveva già preso il suo baccalaureato, leggeva un po', studiava assiduamente il piano; mi parlò del suo amore per la musica, della signora Svetcin, della sua famiglia. La sua scrivania era piena di *souvenirs*: fasci di lettere, biglietti, *carnets* – sicuramente dei diari –, programmi di concerti, fotografie, un acquarello dipinto da sua madre, che glielo aveva donato in occasione del suo diciottesimo compleanno. Possedere un passato proprio mi parve straordinariamente invidiabile, quasi quanto avere una personalità. Mi prestò dei libri; mi trattava da pari a pari e mi consigliava con una sollecitudine di sorella maggiore. Presi una passione per lei. Non l'ammiravo come Zazà, ed era troppo eterea per ispirarmi, come Marguerite, oscuri desideri. Ma la trovavo romanzesca; mi offriva un'attraente immagine della ragazza che sarei stata domani. Fu lei a ricondurci dai nostri genitori; aveva appena richiusa la porta dietro di sé che scoppiò una scenata: avevamo dimenticato a Meulan uno spazzolino da denti! dopo le giornate serene che avevo appena vissute, l'aspra atmosfera in cui ero ripiombata mi parve d'un tratto irrespirabile. Appoggiai la testa al cassettone dell'ingresso e mi misi a singhiozzare; mia sorella mi imitò: – Che bella cosa! sono appena tornate, e si mettono a piangere! – dicevano papà e mamma indignati. Mi confessai per la prima volta quanto mi fossero penose le grida, le recriminazioni, le reprimende che incassavo quotidianamente in silenzio; tutte le lacrime che per mesi e mesi avevo ricacciato mi soffocavano. Non so se mia madre indovinasse che nel mio intimo cominciavo a sfuggirle, ma s'irritava con me assai spesso; fu per questa ragione che cercai in Clotilde una sorella maggiore, una consolatrice. Andavo a trovarla abbastanza spesso; i suoi graziosi vestiti, l'arredamento raffinato della sua stanza, la sua gentilezza, la sua indipendenza, tutto m'incantava; quando mi conduceva al concerto, ammiravo il fatto che prendesse il taxi – il che ai miei occhi era il colmo della magnificenza – e che indicasse con decisione sul programma i suoi pezzi preferiti. I nostri rapporti sbalordirono Zazà, e ancor piú le amiche di Clotilde: gli usi volevano che ci si frequentasse soltanto tra coetanee. Un giorno andai a prendere il tè da lei, con Lilí Mabille e altre « grandi »; mi sentii fuori posto, e la scialba conversazione mi deluse. E poi Clotilde era molto pia, non poteva certo servirmi da guida, a me che non credevo piú. Immagino che da parte sua, ella mi trovasse troppo giovane; diradò i nostri incontri ed io non insistei; in capo ad alcune settimane cessammo di vederci. Poco tempo dopo ella fece con molto sentimentalismo un matrimonio « combinato ».

All'inizio dell'anno scolastico, il nonno si ammalò. Tutte le sue imprese erano finite male. Suo figlio, tempo prima, aveva inventato un modello di scatola di conserva che s'apriva con una moneta da due soldi; egli avrebbe voluto sfruttare quest'invenzione, ma il brevetto gli fu rubato; intentò causa al concorrente e la perse. Nelle sue conversazioni tornavano continuamente parole inquietanti: creditori, tratte, ipoteche. A volte, quando ero a pranzo da lui e si sentiva suonare alla porta d'ingresso, sul suo volto paonazzo lo sguardo s'impietriva; si portava un dito alle labbra, e noi trattenevamo il fiato. Un pomeriggio, a casa nostra, quando si alzò per andar via, si mise a balbettare: – Dov'è il mio piaraploggia? – Quando lo rividi, era seduto su una poltrona, immobile, con gli occhi chiusi; si muoveva a fatica, e sonnecchiava tutto il giorno. Ogni tanto sollevava le palpebre: – Mi è venuta un'idea, – diceva alla nonna. – Mi è venuta una buona idea: diventeremo ricchi! – La paralisi l'invase interamente, e non poté piú alzarsi dal suo grande letto dalle colonne a tortiglione; il corpo gli si coprí di piaghe che emanavano un fetore spaventevole. La nonna lo curava, e sferruzzava tutto il giorno vestiti per bambini. Il nonno era sempre stato predestinato alle catastrofi; la nonna accettava la sua sorte con tanta rassegnazione, e tutt'e due erano cosí anziani che la loro sventura mi toccò appena.

Studiavo con piú ardore che mai. L'imminenza degli esami, la speranza di diventare presto una studentessa mi stimolava. Fu una annata fausta. Il volto mi si aggraziava, il mio corpo non m'imbarazzava piú; i miei segreti pesavano meno. Avevo ripreso fiducia in me stessa; anche Zazà era cambiata; non sapevo il perché, ma d'ironica divenne sognatrice. Cominciò ad amare Musset, Lacordaire, Chopin. Criticava ancora il farisaismo del suo ambiente, ma senza condannare tutta l'umanità. Adesso non mi bersagliava piú coi suoi sarcasmi.

All'Istituto Désir facevamo banda a parte. L'Istituto preparava soltanto nelle materie letterarie. Il signor Mabille voleva che sua figlia avesse una formazione scientifica; a me piacevano le cose astruse, mi piaceva la matematica. Fecero venire un'insegnante extra, che dalla seconda in poi ci insegnò l'algebra, la trigonometria e la fisica. Giovane, viva, competente, la signorina Cassin non perdeva tempo in parabole morali: si lavorava senza sciocchezze. Ci voleva molto bene. Quando Zazà si perdeva troppo a lungo nell'invisibile, le domandava gentilmente: – Dove siete, Elizabeth? – Zazà sobbalzava e sorrideva. Per condiscepole avevamo soltanto due gemelle sempre in lutto e quasi mute. L'intimità di quelle lezioni mi riusciva deliziosa. In latino, avevamo ottenuto di saltare un anno, passando dalla seconda direttamente al corso superiore; l'emulazione con le allieve di prima mi era di stimolo. Quando, nell'anno del baccalaureato, mi ritrovai con le mie antiche compagne, e il pimento della novità venne a mancare, la scienza dell'abate Trécourt mi parve un po' tenue; non sempre evitava i controsensi; ma quell'omaccione dal colorito acceso era piú aperto e piú gioviale delle signorine, e provavamo per lui una simpatia ch'egli visibilmente ci ricambiava. Poiché i nostri genitori trovavano simpatico che noi ci presentassimo anche in latino-lingue, verso gennaio cominciammo a studiare l'italiano, e assai presto fummo in grado di decifrare *Cuore* e *Le mie prigioni*. Zazà faceva tedesco; tuttavia, poiché la mia insegnante d'inglese non apparteneva alla confraternita, e mi dimostrava dell'amicizia, seguivo le sue lezioni con piacere. In compenso sopportavamo con impazienza le sbrodolature patriottiche della signorina Gontran, nostra insegnante di storia; e la signorina Lejeune c'indisponeva con la piccineria dei suoi pregiudizi letterari. Per allargare i nostri orizzonti, leggevamo molto e discutevamo tra di noi. Spesso, in classe, difendevamo ostinatamente i nostri punti di vista; non so se la signorina Lejeune fosse cosí perspicace da capirmi a fondo, ma adesso sembrava diffidare molto piú di me che di Zazà.

Facemmo amicizia con qualche compagna; ci riunivamo per giocare a carte e per chiacchierare; d'estate, il sabato mattina, ci trovavamo ad un tennis scoperto di rue Boulard. Nessuna di queste compagne contava molto, né per Zazà né per me. A dire il vero, le allieve grandi dell'Istituto Désir non erano gran che avvenenti. Poiché undici anni di frequenza mi erano valsi una medaglia di vermeil, mio padre accettò, senza entusiasmo, di assistere alla premiazione; la sera, si lamentò che alla cerimonia non aveva visto che un mucchio di bruttone. Alcune mie compagne peraltro, erano graziose di lineamenti, ma c'infiocchettavano troppo; l'austerità delle pettinature, i colori violenti o zuccherosi delle sete e dei taffetà avrebbero fatto sfigurare qualsiasi volto. Ciò che soprattutto dové colpire mio padre fu l'aria mesta e oppressa di quelle adolescenti. Io vi ero talmente abituata che quando vidi apparire una nuova recluta che rideva d'un riso veramente gaio, spalancai gli occhi; era campionessa internazionale di golf, aveva viaggiato molto; i suoi capelli corti, la camicetta ben tagliata, la gonna larga a pieghe profonde, l'andatura sportiva, la voce ardita, denotavano ch'era cresciuta ben lungi da san Tomaso d'Aquino; parlava l'inglese in modo perfetto, e conosceva il latino a sufficienza da presentarsi, a quindici anni e mezzo, al suo primo baccalaureato; Corneille e Racine la facevano sbadigliare. – La letteratura mi fa venir sonno, – mi disse. Io esclamai: – Oh, non dite questo! – E perché non dovrei dirlo, se è vero? – La sua presenza rinfrescava la funebre «sala di studio». Certe cose l'annoiavano, altre le piacevano, nella sua vita c'erano dei piaceri, e s'indovinava che lei si aspettava qualcosa dall'avvenire. La tristezza che opprimeva le altre mie compagne era dovuta non tanto al loro aspetto scialbo quanto alla loro rassegnazione. Una volta preso il baccalaureato, avrebbero seguito qualche corso di storia e di letteratura, avrebbero fatto la scuola del Louvre, o il corso della Croce Rossa, la scuola di ceramica, di batik, di rilegatura, e si sarebbero occupate di qualche opera di beneficenza. Di quando in quando le avrebbero condotte a vedere la *Carmen*, o a girare intorno alla tomba di Napoleone per intravvedere un giovanotto; con un po' di fortuna l'avrebbero sposato. Questa era la vita che conduceva la piú grande delle Mabille; cucinava, andava ai balli, faceva da segretaria a suo padre, da sarta alle sorelle. Sua madre se la trascinava dietro di conferenza in conferenza. Zazà mi raccontò che una sua zia professava la teoria del «colpo di fulmine sacramentale»: nel momento stesso in cui i fidanzati si scambiavano il *sí* davanti al prete, la grazia scendeva su di essi, ed essi cominciavano ad amarsi. Questi usi indignavano Zazà; un giorno dichiarò che non vedeva alcuna differenza tra una donna che si sposava per interesse e una prostituta; le avevano insegnato che una cristiana doveva rispettare il suo corpo: non lo rispettava affatto se si dava senza amore, per ragioni di convenienza o d'interesse. La sua violenza mi sbalordí; sembrava ch'ella sentisse nella sua propria carne l'ignominia di questo mercato. Per me, la questione non si poneva nemmeno. Io mi sarei guadagnata la vita, sarei stata libera. Ma nell'ambiente di Zazà bisognava sposarsi o farsi monaca. – Restar nubile, – si diceva, – non è una vocazione –. Zazà cominciava a temere l'avvenire; era forse questa la ragione delle sue insonnie? Dormiva male; spesso, la notte, si alzava e si frizionava dalla testa ai piedi con acqua di Colonia; al mattino, per darsi forza, ingoiava un miscuglio di caffè e di vino bianco. Quando mi raccontava questi accessi, mi rendevo conto che c'erano molte cose in lei che mi sfuggivano. Ma incoraggiavo la sua resistenza, e lei me n'era grata: ero la sua unica alleata. Avevamo in comune molte avversioni, e un gran desiderio di felicità.

Nonostante le nostre differenze, reagivamo spesso in maniera identica. Papà ricevette da un suo amico attore due biglietti di favore per una *matinée* all'Odéon; li regalò a noi. Davano un lavoro di Paul Fort, *Carlo VI*. Quando mi ritrovai seduta in un palco, sola con Zazà, senza terzi incomodi, esultai. Furono battuti i tre colpi, ed ebbe inizio un dramma nero; Carlo perdeva la ragione; alla fine del primo atto, errava per la scena, torvo, monologando con incoerenza; caddi in un'angoscia solitaria quanto la sua follia. Guardai Zazà: era livida. – Se continua cosí, ce ne andiamo, – proposi. Lei annuí. Quando il sipario tornò ad alzarsi, Carlo, in camicia, si dibatteva tra le mani di uomini mascherati e vestiti di saio. Ce ne andammo. L'inserviente ci arrestò: – Perché ve ne andate? – È troppo spaventoso, – dissi. Quella si mise a ridere: – Ma bambine mie, non è mica vero, è teatro! – Lo sapevamo; ma avevamo intravvisto ugualmente qualcosa di orribile.

Il mio accordo con Zazà, la sua stima, mi aiutarono ad affrancarmi dagli adulti e a vedermi con i miei occhi. Peraltro, un incidente mi ricordò fino a che punto dipendessi ancora dal loro giudizio. Esplose in maniera inattesa, quando già cominciavo a crogiolarmi nella noncuranza.

Come ogni settimana, feci la traduzione letterale della mia

versione latina e la trascrissi su due colonne. Si trattava adesso di metterla « in buon francese ». Per combinazione quel brano era tradotto nel mio manuale di letteratura latina con un'eleganza che mi parve ineguagliabile: al confronto, tutte le soluzioni che mi venivano in mente mi apparivano di una goffaggine deprimente. Non avevo commesso alcun errore d'interpretazione, ero sicura di ottenere un voto eccellente; ma la parola, la frase, avevano le loro esigenze, dovevano esser perfette; mi ripugnava sostituire al modello ideale fornito dal manuale le mie invenzioni maldestre. Da una parola all'altra finii per ricopiare la pagina stampata.

Non ci lasciavano mai sole con l'abate Trécourt; seduta a un tavolinetto vicino alla finestra, una delle signorine ci sorvegliava; prima ch'egli ci rendesse le nostre versioni, ella segnava il voto su un registro. Questa funzione, quel giorno, veniva svolta dalla signorina Dubois, la laureata; l'anno precedente avrei dovuto seguire il suo corso di latino, ma Zazà ed io l'avevamo disdegnata a favore dell'abate: non mi aveva in simpatia. Sentii che si agitava, dietro di me, e dava in esclamazioni, rattenute, ma furiose. Finí per scrivere un bigliettino che posò sulla pila dei compiti prima di consegnarla all'abate. Questi si pulí gli occhiali, lesse il messaggio e sorrise. – Sí, – disse bonariamente, – questo passo di Cicerone era tradotto nel vostro manuale, e molte di voi se ne sono accorte. Ho dato i voti migliori alle allieve che hanno saputo essere piú originali –. Nonostante l'indulgenza della sua voce, la faccia corrucciata della signorina Dubois e il silenzio inquieto delle mie compagne, mi riempirono di terrore. Sia per abitudine, sia per distrazione o per amicizia, l'abate mi aveva classificata prima: mi aveva dato un diciassette. Nessuna, d'altronde, aveva avuto meno di dodici. Certo per giustificare la sua parzialità mi chiese di tradurre il testo parola per parola; cercai di far la voce ferma, ed eseguii senza sbagli. Egli si rallegrò con me e l'atmosfera si allentò. La signorina Dubois non osò reclamare che mi si facesse leggere ad alta voce la mia versione in « buon francese »; Zazà, seduta accanto a me, non vi gettò neanche uno sguardo: era scrupolosamente onesta, e si rifiutò, immagino, di sospettarmi. Ma altre compagne, all'uscita di classe, bisbigliavano tra loro, e la signorina Dubois mi prese in disparte:

avrebbe avvertito la signorina Lejeune della mia slealtà. Cosí, ciò che avevo tante volte temuto si sarebbe infine avverato: un atto compiuto nell'innocenza della clandestinità, rivelandosi, mi disonorava. Provavo ancora del rispetto per la signorina Lejeune: l'idea che tra poco ella m'avrebbe disprezzata mi tormentava. Impossibile tornare indietro, ormai ero bollata per sempre! L'avevo presentito, che la verità poteva essere ingiusta. Per tutta la serata e una parte della notte mi dibattei nella trappola in cui storditamente ero caduta, e cui non sarei piú sfuggita. Di solito, eludevo le difficoltà con la fuga, il silenzio, l'oblio; raramente prendevo iniziative; ma questa volta decisi di lottare. Per dissipare le apparenze che mi facevano sembrare colpevole, bisognava mentire, e avrei mentito. Sarei andata dalla signorina Lejeune e le avrei giurato, con le lacrime agli occhi, che non avevo copiato: nella mia versione si erano insinuate involontarie reminiscenze. Convinta di non aver fatto nulla di male, mi difesi col fervore della franchezza. Ma il mio era un tentativo assurdo: fossi stata innocente avrei prodotto il mio compito come pezza d'appoggio; mi accontentai di dare la mia parola. La direttrice non mi credette, me lo disse, e aggiunse con impazienza che l'incidente era chiuso. Non mi fece la predica, non mi mosse alcun rimprovero; proprio quest'indifferenza, e la sua voce secca, mi rivelarono che non provava nemmeno un'oncia d'affetto per me. Avevo temuto che il mio errore m'avrebbe rovinata nella sua opinione; ma da molto tempo non avevo piú nulla da perdere. Mi rasserenai. Ella mi rifiutava in modo cosí categorico la sua stima che cessai di desiderarla.

Durante le settimane che precedettero il baccalaureato conobbi gioie senza ombre. Faceva bel tempo, e mia madre mi dava il permesso d'andare a studiare al Lussemburgo. M'installavo nei giardini all'inglese, sull'orlo di un'aiuola, o vicino alla fontana dei Medici. Portavo ancora i capelli sulle spalle, o raccolti in un berretto, ma quell'estate mia cugina Annie, che spesso mi faceva dono dei suoi vestiti smessi, m'aveva data una gonna bianca pieghettata e una camicetta di cretonne azzurro; sotto la mia cappellina di paglia mi davo arie di ragazza grande. Leggevo Faguet, Brunetière, Jules Lemaître, respiravo l'odore dell'erba, e mi sentivo altrettanto libera degli studenti che traversavano il giardino con aria noncurante. Uscivo dalla cancellata, me ne andavo a gironzolare sotto i portici dell'Odéon; provavo gli stessi rapimenti che a dieci anni nei corridoi della biblioteca Cardinale. Sulle bancarelle c'erano libri rilegati, dal taglio dorato, con le pagine tagliate; leggevo in piedi, per due o tre ore, senza che mai un venditore m'importunasse. Lessi Anatole France, i Goncourt, Colette, e tutto quello che mi capitava sotto mano. Mi dicevo che fintanto che vi fossero stati i libri la mia felicità era assicurata.

Avevo ottenuto il diritto di star alzata fino a tardi; quando papà era partito per il «Versailles», dove giocava al bridge quasi ogni sera; quando la mamma e mia sorella si erano coricate, restavo sola nello studio. Mi affacciavo alla finestra; il vento mi portava a folate un odore di verdura; in lontananza brillavano dei vetri. Prendevo il binocolo di mio padre, lo estraevo dall'astuccio, e, come in passato, mi mettevo a spiare le vite sconosciute; poco m'importava la banalità dello spettacolo; ero – e son tuttora – sensibile al fascino di quel piccolo teatro d'ombre che è una stanza illuminata in fondo alla notte. Il mio sguardo errava di facciata in facciata, e, commossa dal tepore della sera, mi dicevo: «Presto vivrò davvero».

Dare gli esami fu una cosa che mi diede gran piacere. Negli anfiteatri della Sorbona sedevo gomito a gomito con ragazzi e ragazze che avevano fatto i loro studi in scuole e collegi sconosciuti, o nei licei: evadevo dall'Istituto Désir, affrontavo la verità del mondo. Assicurata dalle mie insegnanti di aver fatto bene gli scritti, attaccai gli orali con tanta fiducia da sentirmi graziosa nel mio vestito di voile azzurro troppo lungo. Davanti a quei signori importanti, riuniti apposta per giudicare i miei meriti, ritrovai la mia vanità infantile. L'esaminatore di lettere, in particolare, mi lusingò parlandomi in tono di conversazione; mi domandò se ero parente di Roger de Beauvoir; risposi che questo era soltanto uno pseudonimo; mi interrogò su Ronsard; mentre sciorinavo il mio sapere, ammiravo la bella testa pensosa che si chinava verso di me: finalmente vedevo faccia a faccia uno di quegli uomini superiori di cui agognavo l'approvazione! Alle prove di latino-lingue, peraltro, l'esaminatore mi accolse ironicamente. – E cosí, signorina, lei colleziona diplomi! – Sconcertata, mi resi bruscamente conto che la mia impresa poteva apparire ridicola; ma lasciai perdere. Ottenni la menzione « buono », e le signorine, contente di poter iscrivere questo successo nei loro annali, mi festeggiarono. I miei genitori erano raggianti. Jacques, sempre perentorio, aveva decretato: – Bisogna ottenere almeno la menzione « buono », o nessuna menzione addirittura –. Mi felicitò con calore. Anche Zazà fu promossa; ma in quel periodo mi occupavo molto piú di me stessa che di lei.

Clotilde e Marguerite mi inviarono lettere affettuose; mia madre me ne guastò un poco il piacere, consegnandomele aperte, e recitandomene con animazione il contenuto; ma quella consuetudine era cosí saldamente stabilita che non protestai. Ci trovavamo allora a Valleuse, in Normandia, da certi cugini estremamente benpensanti. Non mi piaceva quella tenuta troppo pettinata: niente mulattiere, niente boschi; i prati erano circondati di filo spinato; una sera scivolai sotto un recinto e mi stesi sull'erba; una donna si avvicinò e mi domandò se mi sentivo male. Tornai nel parco, ma mi sentivo soffocare. Papà non c'era, la mamma e i miei cugini erano accomunati dalla stessa devozione, professavano gli stessi principî senza che nessuna voce rompesse il loro perfetto accordo; parlando con abbandono davanti a me, m'imponevano una complicità che non osavo ricusare; avevo l'impressione di esser violentata. Andammo in automobile a Rouen; il pomeriggio trascorse nella visita alle chiese; ce n'erano molte, e ognuna scatenava deliri d'entusiasmo; dinanzi ai merletti di pietra di Saint-Maclou, l'estasi giunse al parossismo: che lavoro! che finezza! io stavo zitta. – Come! Tu non lo trovi bello! – mi domandarono in tono scandalizzato. Non lo trovavo né bello né brutto: non sentivo niente. Insisterono. Strinsi i denti; non volli saperne che mi s'introducessero a forza delle parole in bocca. Tutti gli sguardi si fissarono con deplorazione sulle mie labbra riottose; la collera, l'angoscia, mi spinsero sull'orlo delle lacrime. Mio cugino finí per spiegare in tono conciliante che alla mia età si aveva lo spirito di contraddizione, e il mio supplizio ebbe fine.

Nel Limousine ritrovai la libertà di cui avevo bisogno. Dopo aver trascorsa la giornata da sola o con mia sorella, la sera giocavo volentieri al mah-jong in famiglia. M'iniziai alla filosofia leggendo la *Vie Intellectuelle*, di padre Sertilanges, e *La Certitude Morale* d'Ollè-Laprune, che mi annoiarono parecchio.

Mio padre non aveva mai masticato di filosofia; nel mio ambiente, come in quello di Zazà, era tenuta in sospetto. – Che peccato! A te che ragioni cosí bene, t'insegneranno a sragionare! – Aveva detto uno zio a Jacques, il quale, invece, se ne interessava. A me, la novità suscitava sempre una speranza. Aspettai con impazienza la riapertura delle scuole.

Psicologia, logica, morale, metafisica: l'abate Trécourt, svolgeva il programma in quattro ore alla settimana. Si limitava a restituirci le nostre dissertazioni, a dettarci un corrige, e a farci recitare la lezione studiata sul nostro manuale. A proposito di ciascun problema, l'autore, il reverendo padre Lahr, faceva un rapido inventario degli errori umani e c'insegnava la verità secondo san Tomaso. Nemmeno l'abate andava troppo per il sottile. Per confutare l'idealismo, opponeva l'evidenza del tatto alle possibili illusioni della vista. Batteva un pugno sul tavolo e dichiarava: – Ciò che è, è –. Le letture che c'indicava mancavano di sale; erano l'*Attenzione* di Ribot, *La psicologia delle folle* di Gustave Lebon, *Le Idee-forza* di Fouillée. Ma mi appassionavano ugualmente. Ritrovavo, trattati da signori seri, nei libri, i problemi che avevano impensierito la mia infanzia; d'un tratto, il mondo degli adulti non andava piú cosí liscio, c'era un dritto e un rovescio, vi s'insinuava il dubbio; se ci si spingeva piú in là, che cosa ne sarebbe rimasto? Non ci si spingeva piú in là, ma era già abbastanza straordinaria, dopo dodici anni di dogmatismo, una disciplina che poneva problemi, e li poneva a me. Poiché ero io, cui non s'era mai parlato altro che per luoghi comuni, ero io che mi trovavo d'un tratto in causa. Di dove veniva fuori la mia coscienza? Di dove traeva i suoi poteri? La statua di Condillac mi fece sognare vertiginosamente quanto quella vecchia giacca a sette anni. Sbalordita, vidi che le coordinate dell'universo si mettevano a vacillare. Le teorie di Henry Poincaré sulla relatività dello spazio e del tempo mi tuffarono in meditazioni infinite. Mi commossi alle pagine in cui egli evocava il passaggio dell'uomo attraverso il cieco universo: null'altro che un lampo, ma un lampo che è tutto! Per molto tempo fui perseguitata dall'immagine di questo gran fuoco ardente nelle tenebre. Ciò che mi attirava soprattutto, nella filosofia, era il fatto che andasse dritta all'essenziale. Non avevo mai avuto il gusto del particolare; percepivo il senso globale delle cose anziché le loro singolarità, e preferivo comprendere che vedere; avevo sempre desiderato conoscere *tutto*; la filosofia mi permetteva di soddisfare questo desiderio, poiché mirava alla totalità del reale; s'installava d'un tratto nel cuore di esso, e mi scopriva, anziché un delusivo caleidoscopio di fatti o di leggi empiriche, un ordine, una ragione, una necessità. Le scienze, la letteratura, tutte le altre discipline ora m'apparivano come parenti poveri. Peraltro, il tempo passava senza che imparassimo gran che. Ma Zazà ed io evitavamo la noia con la tenacia che mettevamo nelle discussioni. Vi fu un dibattito particolarmente agitato sull'amore che vien chiamato platonico e sull'altro di cui non si faceva mai parola. Una compagna aveva messo Tristano e Isotta tra gl'innamorati platonici; Zazà scoppiò a ridere: – Platonici Tristano e Isotta? no di certo! – disse, con un'aria di competenza che sconcertò tutta la classe. L'abate concluse esortandoci al matrimonio di ragione. Non si sposa un ragazzo perché la cravatta gli sta bene. Gli perdonammo questa sciocchezza. Ma non sempre eravamo cosí accomodanti; quando un argomento c'interessava discutevamo con decisione. Rispettavamo molte cose; pensavamo che le parole patria, dovere, bene, male, avevano un senso; cercavamo soltanto di definirle; non cercavamo di distruggere niente, ma ci piaceva ragionare. Era piú che sufficiente per farci accusare di esser « malintenzionate ». La signorina Lejeune, che assisteva a tutte le lezioni, dichiarò che stavamo prendendo una china pericolosa. L'abate, alla metà dell'anno, ci prese in disparte e ci scongiurò di non « inaridirci », altrimenti avremmo finito per assomigliare a quelle signorine: erano sante donne, ma era meglio non seguire le loro orme. Fui commossa della sua benevolenza, e sorpresa della sua aberrazione: gli assicurai che non sarei entrata di certo nella confraternita. Questa m'ispirava un disgusto che sbalordiva perfino Zazà; nonostante le sue canzonature, ella conservava un certo affetto per le nostre insegnanti; e la scandalizzai un poco quando le dissi che le avrei lasciate senza alcun rimpianto.

La mia vita di scolara stava per finire, sarebbe cominciata qualche altra cosa, ma che cosa esattamente? Nelle «Annales» lessi una conferenza che mi fece sognare; un'ex allieva di Sèvres evocava i suoi ricordi; descriveva dei giardini in cui passeggiavano al chiaro di luna belle ragazze avide di sapere; le loro voci si mescolavano al mormorio dei getti d'acqua. Ma mia madre non si fidava di Sèvres, e, riflettendoci, io non ci tenevo affatto a rinchiudermi fuori di Parigi con delle donne. Che cosa decidere, allora? L'elemento d'arbitrio che comporta qualsiasi scelta m'intimoriva. Mio padre, che a cinquant'anni soffriva d'avere dinanzi a sé un avvenire incerto, desiderava soprattutto la mia sicurezza; mi destinava a un impiego statale, che m'avrebbe assicurato uno stipendio fisso e una pensione. Qualcuno gli consigliò l'Ecole des Chartes. Andai con mia madre a consultare una certa signorina nei corridoi della Sorbona. Percorsi gallerie foderate di libri, e con classificatori pieni di schede. Da bambina avevo sognato di vivere in questa polvere dotta, e oggi mi pareva di penetrare in un sancta sanctorum. La signorina ci descrisse le bellezze ma anche le difficoltà della carriera di bibliotecaria; l'idea d'imparare il sanscrito mi ripugnò; l'erudizione non mi tentava. A me sarebbe piaciuto continuare i miei studi di filosofia. Avevo letto in una rivista un articolo su una filosofa, una certa signorina Zanta, che aveva ottenuto il dottorato; era stata fotografata dinanzi alla sua scrivania, il volto grave e pacato; viveva con una giovane nipote che aveva adottata, e in tal modo era riuscita a conciliare la vita intellettuale con le esigenze della sensibilità femminile. Come mi sarebbe piaciuto che un giorno si fossero scritte su di me cose cosí lusinghiere! A quell'epoca le donne provviste di un dottorato o d'un'abilitazione in filosofia si contavano sulle dita di una mano; agognavo di diventare una di queste pioniere. Praticamente, la sola carriera che questi titoli m'avrebbero aperta era quella dell'insegnamento; non avevo nulla in contrario. Mio padre non si oppose a questo progetto, ma si oppose a lasciarmi dare lezioni private: avrei insegnato in un liceo. Perché no? Questa soluzione soddisfaceva i miei gusti e la sua prudenza. La mamma comunicò timidamente la decisione a quelle signorine, e i loro volti si fecero di ghiaccio. Esse avevano votato la loro esistenza a combattere il laicismo, e non facevano differenza tra una scuola statale e una casa pubblica. Spiegarono inoltre a mia madre che la filosofia corrodeva mortalmente le anime: in un anno di Sorbona avrei perduto la mia fede e la mia moralità. La mamma si preoccupò. Poiché la laurea in lettere classiche offriva, secondo papà, maggiori sbocchi, e poiché forse avrebbero permesso a Zazà di frequentare anche lei qualche corso in quella facoltà, accettai di sacrificare la filosofia alle lettere. Ma mantenni la mia decisione d'insegnare in un liceo. Che scandalo! Undici anni di attenzioni, di sermoni, d'indottrinamento assiduo: e io mordevo la mano che m'aveva nutrita! Negli sguardi delle mie educatrici leggevo con indifferenza la mia ingratitudine, la mia indegnità, il mio tradimento: Satana m'aveva circuita.

In luglio superai l'esame di matematica elementare e di filosofia. L'insegnamento dell'abate era stato cosí fiacco che la mia dissertazione, che da lui avrebbe ottenuto un sedici, mi valse appena un undici. Mi rifeci con le scienze. La sera dell'orale mio padre mi condusse al Teatro delle Dieci, dove ascoltai Dorin, Colline, Noël-Noël, e mi divertii molto. Com'ero felice d'averla finita con l'Istituto Désir! Due o tre giorni dopo, peraltro, ritrovandomi sola in casa, fui presa da uno strano disagio; restai piantata in mezzo all'anticamera, sperduta, come fossi stata sbalestrata su un altro pianeta: senza famiglia, senza amiche, senza legami, senza speranze. Il mio cuore era morto, il mondo vuoto. Si sarebbe mai colmato, un tal vuoto? Ebbi paura. Poi il tempo riprese a scorrere.

C'era un punto sul quale la mia educazione mi aveva profondamente marcata: nonostante le mie letture rimanevo un'oca bianca. Un giorno, avevo circa sedici anni, una zia mi condusse, con mia sorella, a vedere un film di viaggi alla Sala Pleyel. I posti a sedere erano tutti occupati, e dovemmo restare in piedi nel corridoio. Con sorpresa sentii delle mani che mi palpavano attraverso il mio mantello di panno; credetti che qualcuno volesse rubarmi la borsetta, e la tenni stretta sotto il braccio; le mani continuarono a massaggiarmi, in modo assurdo. Non sapevo che dire né che fare: non osai fiatare. Terminato il film, un uomo dal cappello marrone m'indicò sogghignando a un amico che si mise a ridere anche lui. Mi prendevano in giro; perché? non ci capii niente.

Poco tempo dopo, qualcuno – non so piú chi – m'incaricò di comprare in una libreria religiosa vicino a Saint-Sulpice una commedia per filodrammatici. Un commesso biondo, timido, con un lungo spolverino nero, mi domandò educatamente che cosa desiderassi. Si diresse verso il fondo del magazzino e mi fece segno di seguirlo; mi avvicinai: egli si aprí lo spolverino scoprendo qualcosa di roseo; il suo volto non esprimeva nulla; rimasi per un attimo interdetta, poi feci dietrofront e me ne andai. Quel gesto assurdo mi tormentò meno dei deliri del falso Carlo VI sulla scena dell'Odéon, ma mi lasciò l'impressione che potevano succedere inopinatamente strane cose. Adesso, quando mi ritrovavo sola con un uomo sconosciuto – in un negozio, o sulla banchina del métro – provavo una certa apprensione.

All'inizio del mio anno di filosofia la signora Mabille persuase la mamma a farmi prendere lezioni di ballo. Una volta la settimana ritrovavo Zazà in un salotto dove alcune ragazze e ragazzi si esercitavano a muoversi a tempo sotto la direzione di una matura dama. A quell'epoca indossavo un vestito azzurro di jersey, eredità della cugina Annie, e che mi stava addosso in un modo qualsiasi. Mi era proibita la piú piccola truccatura. In famiglia, soltanto mia cugina Madeleine infrangeva questa proibizione. Verso i sedici anni aveva cominciato ad acconciarsi con civetteria. Papà, la mamma, la zia Marguerite, le puntavano il dito contro: – Madeleine ti sei messa la cipria! – Ma no, zia, ve l'assicuro! – rispondeva lei un po' impacciata. Io ridevo con gli adulti: l'artificio era sempre «ridicolo». Tutte le mattine tornavano alla carica: – Non negare, Madeleine, ti sei messa la cipria, si vede benissimo! – Un giorno – aveva ormai diciotto o diciannove anni – lei replicò, seccata: – Dopo tutto, perché no? – Aveva finalmente confessato: trionfarono. Ma la sua risposta mi fece riflettere. In ogni caso, il nostro modo di vita era ben lontano dallo stato naturale. In famiglia si diceva: – Il belletto rovina la carnagione –. Ma vedendo la pelle rovinata delle nostre zie, Poupette ed io ci dicevamo spesso che la loro prudenza era mal ricompensata. Tuttavia non osavo discutere. Insomma, arrivavo alle lezioni di ballo infagottata, i capelli scialbi, le guance e il naso lustri. Non sapevo far nulla del mio corpo, nemmeno nuotare né andare in bicicletta; mi sentivo falsa come quella volta che m'ero esibita mascherata da spagnola. Ma la ragione per cui presi in odio quelle lezioni fu un'altra. Quando il mio cavaliere mi stringeva fra le braccia e mi serrava contro il suo petto, provavo un'impressione bizzarra, che somigliava a una smania di stomaco, ma che dimenticavo meno facilmente. Tornata a casa, mi gettavo nella poltrona di cuoio, inebetita da un languore che non sapevo definire e che mi dava voglia di piangere. Presi a pretesto lo studio per sospendere quelle lezioni.

Zazà era piú sveglia di me. – Quando penso che le nostre madri ci guardano ballare in piena tranquillità di spirito, povere ingenue! – mi disse una volta. Prendeva in giro sua sorella Lilí e le cugine grandi: – Eh, via! non venite a raccontarmi che se ballassimo tra di noi, o coi nostri fratelli, ci divertiremmo lo stesso –. Pensai ch'ella legasse il piacere del ballo con quello, per me estremamente vago, del flirt. A dodici anni la mia ignoranza aveva intuito il desiderio, la carezza; a diciassette, informata in teoria, non sapevo nemmeno piú riconoscere il turbamento.

Non so se nella mia ingenuità entrasse o no la malafede; comunque, la sessualità mi spaventava. Una sola persona, Titite, m'aveva fatto intravvedere che l'amore fisico poteva esser vissuto con gioia e naturalezza; il suo corpo esuberante non conosceva la vergogna, e quando parlava del suo matrimonio, il desiderio che le brillava negli occhi l'abbelliva. La zia Simone insinuava che col suo fidanzato ella era andata « troppo in là »; la mamma la difendeva; a me queste discussioni sembravano oziose; sposati o no, gli abbracci fra quelle due belle giovani persone non mi scandalizzavano affatto: si amavano. Ma quest'unica esperienza non fu sufficiente ad abbattere i tabú di cui mi avevano circondata. Dopo Villers, non soltanto non avevo piú messo piede su una spiaggia, in una piscina, in una palestra, sí che la nudità per me si confondeva con l'indecenza, ma nell'ambiente in cui vivevo, mai la franchezza di un bisogno, mai un atto violento lacerava la rete delle convenzioni e degli usi. Negli adulti disincarnati, che non si scambiavano altro che parole e gesti compiti, come far posto alla crudezza animale dell'istinto, del piacere? Nel corso del mio anno di filosofia, Marguerite de Théricourt venne ad annunciare alla signorina Lejeune il suo prossimo matrimonio: sposava un conoscente di suo padre, ricco e titolato, molto piú anziano di lei, e che lei conosceva fin dall'infanzia. Tutti le fecero i rallegramenti, ed ella raggiava di candida felicità. La parola « matrimonio » esplose nella mia testa, ne rimasi piú trasecolata che non quel giorno in cui in piena classe una compagna s'era messa ad abbaiare. Come si poteva sovrapporre all'immagine di questa seria signorina inguantata, in cappellino, dai sorrisi studiati, quella di un corpo roseo e morbido disteso tra le braccia di un uomo? Non arrivavo fino al punto di denudare Marguerite: ma sotto la sua lunga camicia e la massa ondeggiante dei suoi capelli sciolti, la sua carne si offriva. In questa brusca impudicizia c'era qualcosa di folle. O la sessualità era una breve crisi di follia, o Marguerite non coincideva con la fanciulla beneducata che andava in giro sempre accompagnata da una governante; le apparenze mentivano, il mondo che mi avevano insegnato era tutto un trucco. Propendevo per quest'ipotesi, ma ero stata ingannata per troppo tempo; l'illusione resisteva al dubbio. La vera Marguerite portava ostinatamente cappello e guanti. Quando la pensavo mezza svestita, esposta agli sguardi d'un uomo, mi sentivo travolta in un simun che polverizzava ogni norma della morale e del buonsenso.

Alla fine di luglio partii per la villeggiatura. Qui scoprii un aspetto nuovo della vita sessuale; né tranquilla gioia dei sensi né conturbante smarrimento: mi apparve semplicemente come una porcheria.

Mio zio Maurice, dopo essersi nutrito esclusivamente d'insalata per due o tre anni era morto di un cancro allo stomaco, tra atroci sofferenze. Mia zia e Madeleine l'avevano pianto a lungo. Ma quando si furono consolate, la vita alla Grillère divenne molto piú gaia che in passato. Robert poteva invitare liberamente i suoi compagni. I figli dei signorotti limousini avevano appena scoperto l'automobile, e si riunivano per un raggio di cinquanta chilometri, per ballare o andare a caccia. Quell'anno, Robert corteggiava una giovane bellezza sui venticinque anni, che trascorreva le sue vacanze nel vicino villaggio, con l'evidente intenzione di trovar marito; costei esibiva un guardaroba multicolore, capelli opulenti, e un sorriso cosí immutabile che non ho mai potuto stabilire se fosse sorda o idiota. Un pomeriggio, nel salotto liberato dalle fodere, sua madre si mise al piano, e Yvonne, vestita da andalusa, sventagliandosi e occhieggiando, eseguí delle danze spagnole in mezzo a un cerchio di giovani scanzonati. In occasione di quest'idillio le riunioni si moltiplicarono, sia alla Grillère che nei dintorni. Io mi ci divertivo molto. I genitori non vi s'immischiavano; potevamo ridere e agitarci a nostro piacere. Farandole, quadriglie, trattenimenti musicali; il ballo diveniva un gioco tra tanti altri e non mi dava piú fastidio. Trovai perfino molto simpatico uno dei miei cavalieri, che stava terminando gli studi di medicina. Una volta, in un castello vicino, facemmo molto tardi; ci cucinammo la zuppa di cipolle, in cucina; andammo in auto fino al piede del monte Gargan, che scalammo per veder sorgere il sole; prendemmo il caffelatte in un'osteria; fu la mia prima notte bianca. Nelle mie lettere, raccontavo a Zazà queste dissolutezze, ed ella parve un po' scandalizzata che io mi ci divertissi tanto e che la mamma le tollerasse. Né la mia virtú né quella di mia sorella corsero mai alcun pericolo; ci chiamavano «le due piccole»; evidentemente, poco scaltrite com'eravamo, il *sex-appeal* non era il nostro forte. Peraltro le conversazioni formicolavano di allusioni e di sottintesi la cui licenziosità mi urtava. Madeleine mi confidò che durante quelle serate, nei boschetti e nelle auto succedevano molte cose. Le ragazze avevano cura di rimanere ragazze. Poiché Yvonne aveva trascurato questa precauzione, gli amici di Robert, che a turno avevano approfittato di lei, si fecero un dovere di avvertirne mio cugino, e il matrimonio andò a monte. Le altre ragazze conoscevano la regola del gioco e l'osservavano; ma questa precauzione non impediva loro piacevoli divertimenti, senza dubbio non molto leciti; le scrupolose il giorno dopo correvano a confessarsi e avevano di nuovo l'anima monda. Mi sarebbe ben piaciuto comprendere per quale meccanismo il contatto di due bocche provocasse la voluttà: spesso, guardando le labbra di un ragazzo o di una ragazza, restavo perplessa, come un tempo davanti alla micidiale rotaia del métro o a un libro pericoloso. Gl'insegnamenti di Madeleine erano sempre bizzarri; mi spiegò che il piacere dipendeva dai gusti personali: la sua amica Lilí, per esempio, esigeva che il suo *partenaire* le baciasse o le solleticasse le piante dei piedi. Piena di curiosità e di disagio, mi domandavo se nel mio corpo si celassero sorgenti nascoste da cui un giorno sarebbero zampillate imprevedibili emozioni.

Per nulla al mondo mi sarei prestata alla piú modesta esperienza. Le cose che mi descriveva Madeleine mi rivoltavano. L'amore quale io lo concepivo non aveva nulla a che fare con il corpo; ma non ammettevo che il corpo cercasse di soddisfarsi al di fuori dell'amore. Non spingevo l'intransigenza al punto di Antoine Redier, direttore della «Révue française» dove lavorava mio padre, che in un romanzo aveva tracciato il toccante ritratto di una fanciulla veramente ammodo, la quale, essendosi lasciata strappare un bacio da un uomo, piuttosto che confessare questo tradimento al suo fidanzato, rinunciava a lui. Questa storia mi appariva sciocca. Ma quando una mia compagna, figlia di un generale, mi raccontò, non senza sospiri, che ogni volta che usciva, almeno uno dei suoi cavalieri la baciava, la criticai. Mi sembrava triste, fuori luogo, e insomma colpevole, dare le proprie labbra a una persona che ci era indifferente. Una delle ragioni della mia pruderie era senza dubbio il disgusto misto a timore che il maschio ispira solitamente alle vergini; avevo timore soprattutto dei miei stessi sensi e dei loro capricci; il disagio che avevo provato durante le lezioni di ballo m'irritava poiché lo subivo a mio malgrado; non ammettevo che per un semplice contatto, una pressione, una stretta, il primo venuto potesse farmi rabbrividire. Sarebbe venuto il giorno in cui mi sarei sdilinquita tra le braccia di un uomo, ma sarei stata io a scegliere il momento, e la mia decisione sarebbe stata giustificata dalla violenza dell'amore. A quest'orgoglio razionalista si sovrapponevano i miti forgiati dalla mia educazione. Avevo idoleggiato quell'ostia immacolata ch'era la mia anima; nella mia memoria restavano immagini di ermellino insozzato, di giglio profanato; se non era trasfigurato dal fuoco della passione, il piacere insudiciava. D'altro canto, ero estremista: volevo tutto o nulla. Se avessi amato, sarebbe stato un amore per la vita, e mi sarei data ad esso tutta intera, col mio corpo, il cuore, la testa, e tutto il mio passato. Mi rifiutavo di rubacchiare sensazioni, voluttà, estranee a quest'impresa. A dire il vero, non ebbi l'occasione di provare la solidità di questi principî poiché nessun seduttore tentò di scuoterli.

La mia condotta si conformava alla morale che vigeva nel mio ambiente; ma l'accettavo con un'importante riserva: esigevo che gli uomini fossero soggetti alla stessa legge delle donne. Con frasi velate, la zia Germaine aveva deplorato davanti ai miei genitori che Jacques fosse troppo serio. Mio padre, la maggior parte degli scrittori, e insomma, l'universale consenso, incoraggiavano i giovanotti a correre la cavallina. Quando sarebbe stato il momento, avrebbero sposato una fanciulla del loro mondo; in attesa, facevano bene a divertirsi con ragazze di bassa condizione, sartine, modistine, commesse. Quest'uso mi rivoltava. Tante volte m'avevano ripetuto che le classi basse non hanno morale, che la mala condotta d'una cucitrice o d'una fioraia mi sembrava cosí naturale da non scandalizzarmi nemmeno; provavo simpatia per quelle giovani senza beni di fortuna che spesso i romanzieri dotavano delle piú commoventi qualità. Tuttavia, il loro amore era condannato in partenza: un giorno o l'altro, secondo il capriccio o la comodità, il loro amante le avrebbe piantate per una signorina. Io ero democratica e romantica: trovavo rivoltante che costui, con la scusa che era un uomo e aveva denaro, fosse autorizzato a prendersi gioco di un cuore. Inoltre, mi ribellavo in nome della bianca fidanzata con la quale m'identificavo. Non vedevo alcuna ragione di riconoscere al mio *partenaire* diritti che non concedevo a me stessa. Il nostro amore sarebbe stato necessario e totale soltanto se egli si conservava per me come io mi conservavo per lui. E poi, bisognava che la vita sessuale fosse, per la sua stessa essenza, e quindi per tutti, una cosa seria; altrimenti sarei giunta a rivedere il mio atteggiamento, e poiché per il momento ero incapace di cambiarlo, ciò m'avrebbe gettata in grandi perplessità. Perciò mi ostinavo, a dispetto dell'opinione pubblica, a esigere dai due sessi un'identica castità.

Alla fine di settembre, trascorsi una settimana ospite di una compagna. Zazà mi aveva invitata diverse volte a Laubardon, ma le difficoltà del viaggio e la mia età ancor troppo giovane non me l'avevano permesso. Adesso avevo diciassette anni, e la mamma acconsentí a mettermi su un treno che m'avrebbe portata direttamente da Parigi a Joigny, dove i miei ospiti sarebbero venuti a prendermi. Era la prima volta che viaggiavo sola; mi ero tirata su i capelli, portavo un piccolo feltro grigio; ero fiera della mia libertà, e leggermente inquieta; alle stazioni sogguardavo i viaggiatori; non mi sarebbe affatto piaciuto trovarmi in uno scompartimento, sola con uno sconosciuto. Thérèse mi aspettava sulla banchina. Era un'adolescente triste, orfana di padre, che menava una funerea esistenza tra sua madre e una mezza dozzina di sorelle piú grandi. Pia e sentimentale, aveva decorato la sua stanza con festoni di mussola bianca che avevano fatto sorridere Zazà. M'invidiava la mia relativa libertà e credo ch'io incarnassi per lei tutta l'allegria di questo mondo. Trascorreva l'estate in un grande castello di mattoni, abbastanza bello ma assai lugubre, circondato di magnifiche foreste. Negli alti boschi, sulle pendici coperte di vigneti, scoprii un autunno nuovo, viola, arancione, rosso, e tutto scintillante d'oro. Passeggiando, parlavamo della prossima riapertura delle scuole: Thérèse aveva ottenuto di seguire con me qualche corso di letteratura e di latino. Io mi accingevo a lavorare forte. A papà sarebbe piaciuto che oltre alle lettere avessi studiato diritto, «che può sempre servire»; ma a Meyrignac avevo dato una scorsa al *Codice civile*, e quella lettura mi aveva ripugnato. In compenso, il mio professore di scienze mi spingeva a tentare la matematica generale, e l'idea mi seduceva; avrei preparato questa licenza all'Istituto Cattolico. Quanto alle lettere, dietro istigazione del signor Mabille era stato deciso che avremmo seguito dei corsi nell'Istituto diretto dalla signora Danielou, a Neuilly, cosí i nostri rapporti con la Sorbona sarebbero stati ridotti al minimo. La mamma aveva parlato con la signorina Lambert, principale collaboratrice della signora Danielou: se avessi continuato a studiare con zelo avrei potuto benissimo spingermi fino all'abilitazione. Ricevetti una lettera da Zazà: la signorina Lejeune aveva scritto a sua madre per avvisarla della spaventosa crudezza dei classici greci e latini; la signora Mabille aveva risposto che per una giovane fantasia ella temeva i tranelli del romanzesco ma non del realistico. Robert Garric, nostro futuro professore di letteratura, cattolico fervente e d'una spiritualità ad di sopra d'ogni sospetto, aveva assicurato al signor Mabille che si poteva prendere una licenza senza dannarsi per questo. Cosí, tutti i miei desideri si avveravano: questa vita che mi si apriva l'avrei ancora condivisa con Zazà.

Una vita nuova, un'altra vita; ero piú emozionata che alla vigilia del mio ingresso alla classe Zero. Distesa sulle foglie morte, lo sguardo stordito dai colori appassionati dei vigneti, mi ripetevo quelle parole austere: laurea, abilitazione. E tutte le barriere, tutti i muri scomparivano. Avanzavo, a cielo aperto, attraverso la verità del mondo. L'avvenire non era piú una speranza, lo toccavo. Quattro o cinque anni di studi, e poi tutt'un'esistenza che avrei modellata con le mie mani. La mia vita sarebbe stata una bella storia che si sarebbe avverata a mano a mano che me la fossi raccontata.

Parte terza

Inaugurai la mia nuova esistenza salendo le scale della Biblioteca Sainte-Geneviève. Sedetti nel settore riservato alle lettrici, dinanzi a un grande tavolo ricoperto, come quelli dell'Istituto Désir, di cerata nera, e mi tuffai ne *La Comédie humaine* o ne i *Mémoires d'un homme de qualité*. Di fronte a me, all'ombra d'un grande cappello carico di uccelli, una matura signorina sfogliava vecchi tomi del « Journal officiel »; parlava tra sé e rideva. A quell'epoca, l'ingresso alla sala era libero; vi si rifugiavano una quantità di maniaci e di semibarboni; parlavano da soli, canticchiavano, sgranocchiavano vecchie croste di pane; ce n'era uno che passeggiava in lungo e in largo, con in testa un cappello di carta. Mi sentivo lontanissima dalla sala di studio dell'Istituto: finalmente mi ero gettata nella mischia umana! « Ci siamo: eccomi studentessa! » mi dicevo gioiosamente. Portavo un vestito scozzese di cui avevo cucito io stessa gli orli, ma nuovo, e tagliato sulla mia misura; compulsando i cataloghi, andando, venendo, affaccendandomi, mi sembrava dovessi far bella figura.

Quell'anno, c'erano in programma Lucrezio, Giovenale, l'Eptameron e Diderot; se fossi rimasta cosí ignorante quanto se l'erano augurato i miei genitori, lo choc sarebbe stato brutale; e se ne accorsero. Un pomeriggio, ero sola nello studio, mia madre venne a sedersi di fronte a me; esitò, arrossí: – Ci sono certe cose che bisogna tu sappia, – disse. Arrossii anch'io: – Le so già, – dissi vivamente. Ella non fu curiosa delle mie fonti; con nostro comune sollievo, la conversazione si fermò lí. Qualche giorno piú tardi mi chiamò nella sua stanza, e con un certo imbarazzo mi domandò a che punto ero in fatto di religione. Il cuore si mise a battermi: – Ebbene, – dissi, – già da qualche tempo non credo piú –. Il suo volto si decompose: – Povera piccola mia! – esclamò. Chiuse la porta perché mia sorella non udisse il seguito della nostra conversazione; con voce implorante abbozzò una dimostrazione dell'esistenza di Dio; poi si arrestò con un gesto d'impotenza, aveva le lacrime agli occhi. Mi dispiacque di averla addolorata, ma mi sentii molto sollevata: finalmente potevo vivere a viso scoperto.

Una sera, scendendo dall'autobus S, vidi davanti casa l'auto di Jacques, il quale da qualche mese possedeva una vetturetta. Salii i gradini a quattro a quattro. Jacques veniva a trovarci meno spesso che in passato; i miei genitori non gli perdonavano i suoi gusti letterari, e certo egli doveva seccarsi delle loro canzonature. Mio padre riservava il monopolio dell'ingegno agl'idoli della sua gioventú; secondo lui il successo degli autori stranieri e degli autori moderni era soltanto un fatto di snobismo. Poneva Alphons Daudet mille cubiti al di sopra di Dickens; quando gli si parlava del romanzo russo alzava le spalle. Un allievo del Conservatorio, che provava con lui una commedia di Jeannot intitolata *Ritorno alla terra*, una sera dichiarò con foga: – Bisogna inchinarsi davanti a Ibsen! – Mio padre scoppiò in una gran risata: – Ebbene, – disse, – io non m'inchino proprio affatto! – Inglesi, slavi, nordici, tutte le opere di oltre frontiera gli sembravano noiose, fumose e puerili. Quanto agli scrittori e ai pittori d'avanguardia, essi speculavano cinicamente sulla stupidità umana. Mio padre apprezzava la naturalezza di certi giovani attori: Gaby Morlay, Fresnay, Blanchar, Charles Boyer. Ma giudicava oziose le ricerche di Copeau, di Dullin e di Jouvet, e detestava i Pitoeff, quei mezzi-sangue. Giudicava cattivi francesi quelli che non condividevano le sue opinioni. Perciò Jacques evitava le discussioni; vivace, leggero, scherzava con mio padre, faceva a mia madre una corte scherzosa, e si guardava bene dal parlare di qualche cosa. Mi dispiaceva, poiché quando per caso si scopriva diceva cose che m'interessavano e m'incuriosivano; io non lo trovavo affatto pretenzioso; sul mondo, la gente, la pittura, la letteratura, la sapeva ben piú lunga di me; avrei voluto che mi facesse profittare della sua esperienza. Quella sera, come sempre, mi trattò da cuginetta; ma c'era tanta gentilezza nella sua voce e nei suoi sorrisi, che mi sentii tutta felice semplicemente di averlo rivisto. Con la testa sul guanciale, gli occhi mi si riempirono di lacrime. «Piango, dunque amo», mi dissi rapita. Diciassette anni: ne avevo l'età.

Intravvidi un mezzo per conquistarmi la stima di Jacques. Egli conosceva Robert Garric, che teneva il corso di letteratura francese all'Istituto Sainte-Marie. Garric era il fondatore e dirigente di un movimento, le «Equipes Sociales», che si proponeva di diffondere la cultura nei ceti popolari; Jacques ne faceva parte, ed era un ammiratore di Garric. Se fossi riuscita a farmi notare dal mio nuovo professore, se questi avesse vantato a Jacques i miei meriti, forse egli avrebbe cessato di considerarmi una scolaretta insignificante. Garric aveva poco piú di trent'anni; biondo, leggermente calvo, parlava con voce allegra, con un'ombra di accento auvergnate; le sue lezioni su Ronsard mi entusiasmavano. Misi ogni cura nel redigere la mia prima dissertazione, ma soltanto una suora domenicana, che frequentava i corsi in abiti civili, ricevette elogi; Zazà ed io ci distaccammo appena dal resto della classe, con un undici di benevolenza. Thérèse veniva molto dopo di noi.

Il livello intellettuale del Sainte-Marie era molto piú elevato di quello dell'Istituto Désir. La signorina Lambert, che dirigeva la sezione superiore, m'ispirava rispetto. Abilitata in filosofia, sui trentacinque anni, una frangia nera induriva il suo volto in cui brillavano due occhi azzurri dallo sguardo penetrante. Ma non la vedevo mai. Cominciai il greco; mi accorsi che di latino non ne sapevo niente; i professori m'ignoravano. Quanto alle mie nuove condiscepole, non mi parvero piú gaie delle antiche. Erano alloggiate e istruite gratis; in cambio insegnavano e mantenevano la disciplina nelle classi inferiori. Per la maggior parte precocemente maturate, pensavano con amarezza che non si sarebbero sposate; la loro sola possibilità di farsi una vita decente, un giorno, era di passare agli esami; questa preoccupazione le assillava. Provai a parlare con qualcuna di loro, ma non avevano niente da dirmi.

In novembre cominciai a preparare matematica generale all'Istituto Cattolico; le ragazze sedevano nelle prime file, i ragazzi nelle ultime; in tutti trovai la stessa espressione limitata. Alla Sorbona, i corsi di letteratura mi annoiavano, i professori si accontentavano di ripetere con voce molle ciò che avevano scritto nelle loro tesi di dottorato tanti anni prima; Fortunat Strowski ci raccontava gli spettacoli teatrali cui aveva assistito durante la settimana; il suo stanco brio mi divertí per poco tempo. Per consolarmi, osservavo gli studenti e le studentesse seduti attorno a me nei banchi degli anfiteatri; alcuni m'incuriosivano, mi attiravano; all'uscita mi accadeva di seguire lungamente con gli occhi una sconosciuta che mi sbalordiva con la sua eleganza, con la sua grazia: a chi andava ad offrire il sorriso dipinto sulle sue labbra? Sfiorata da quelle vite sconosciute, ritrovavo l'intima e oscura felicità che avevo conosciuta, bambina, sul balcone del boulevard Raspail. Ma non osavo parlare con nessuno, e nessuno mi parlava.

Il nonno morí alla fine dell'autunno, dopo un'interminabile agonia; la mamma si avvolse di velo nero e fece tingere di nero i miei vestiti. Quella funebre livrea m'imbruttiva, mi isolava, e mi parve votarmi definitivamente a un'austerità che cominciava a pesarmi. Per il boulevard Saint-Michel, ragazzi e ragazze passeggiavano in comitiva, ridevano, se ne andavano al caffè, a teatro, al cinema. Io, dopo aver letto tesi tutto il giorno e tradotto Catullo, la sera risolvevo problemi di matematica. I miei genitori infrangevano gli usi orientandomi non verso il matrimonio ma verso una carriera; ciò non di meno, nella vita quotidiana, continuavano ad assoggettarmi ad essi; di lasciarmi uscire senza di loro, di risparmiarmi le faccende domestiche, non era neanche il caso di parlarne.

L'anno prima, la mia principale distrazione erano state le riunioni con le amiche, le nostre chiacchierate; adesso, a parte Zazà, esse mi annoiavano. Per tre o quattro volte partecipai al circolo di studio dov'esse si riunivano sotto la presidenza dell'abate Trécourt, ma la piatta stupidità delle discussioni mi mise in fuga. Le mie compagne non erano cambiate gran che, e nemmeno io; ma in passato ci legava la nostra impresa comune, i nostri studi; oggi, le nostre vite divergevano; io continuavo ad avanzare, a svilupparmi, mentre, per adattarsi alla loro esistenza di ragazze da marito, esse cominciavano a istupidirsi. La diversità dei nostri futuri già mi separava da loro.

Dovetti ben presto confessarmelo: quell'anno non mi portava ciò che avevo sperato. Spaesata, separata dal mio passato, vagamente sbalestrata, non avevo tuttavia scoperto alcun orizzonte veramente nuovo. Fino allora mi ero rassegnata a vivere in gabbia, poiché sapevo che un giorno sempre piú vicino la porta si sarebbe aperta; ed ecco, l'avevo oltrepassata ed ero ancora rinchiusa. Che delusione! Piú nessuna speranza precisa mi sosteneva: questa prigione non aveva sbarre, non riuscivo a vedervi alcun'uscita. Può darsi che ce ne fosse una, ma dove? E quando l'avrei trovata? Ogni sera portavo di sotto la cassetta dell'immondizia; mentre vuotavo nella pattumiera la verdura, le ceneri, i vecchi pezzi di carta, interrogavo il quadrato di cielo sopra il cortiletto; mi fermavo davanti al portone di casa; c'erano vetrine illuminate, automobili che correvano per i viali, passanti; fuori, la notte viveva. Risalivo la scala, stringendo con ripugnanza il manico un po' grasso della pattumiera. Quando i miei genitori cenavano fuori, mi precipitavo per la strada con mia sorella; ci mettevamo a vagabondare senza meta, cercando di cogliere un'eco, un riflesso delle grandi feste dalle quali noi eravamo escluse.

La mia cattività mi riusciva tanto piú insopportabile in quanto non mi piaceva piú affatto stare in casa. Gli occhi levati al cielo, mia madre pregava per la mia anima; quaggiú, gemeva sui miei smarrimenti; qualsiasi comunicazione tra noi era tagliata. Ma per lo meno conoscevo le ragioni del suo disappunto. Le reticenze di mio padre mi stupivano e mi ferivano assai di piú. Avrebbe dovuto interessarsi ai miei studi, ai miei progressi, parlarmi amichevolmente degli autori che studiavo: non mi dimostrava che indifferenza, perfino una vaga ostilità. Mia cugina Jeanne era poco dotata per gli studi, ma molto sorridente e compita; mio padre andava ripetendo a chiunque volesse intenderlo che suo fratello aveva una figlia deliziosa, e sospirava. Ero indispettita. Non sospettavo affatto il malinteso che ci separava e che doveva pesare gravemente sulla mia giovinezza.

Nel mio ambiente a quel tempo si riteneva fuori luogo che una fanciulla compisse gli studi superiori; abbracciare una professione significava degradarsi. Non occorre dire che mio padre era decisamente antifemminista; come ho già detto, gli piacevano i romanzi di Colette Yver; riteneva che il posto della donna è accanto al focolare e nei salotti. Certo, ammirava lo stile di Colette e la recitazione di Simone; ma come apprezzava la bellezza delle grandi cortigiane: a distanza; non le avrebbe ricevute sotto il suo tetto. Prima della guerra, l'avvenire gli sorrideva; contava di fare una prospera carriera, speculazioni fortunate, e di farci fare, a mia sorella e a me, un matrimonio brillante. Per brillare nel bel mondo egli riteneva che una donna doveva possedere non soltanto bellezza ed eleganza, ma anche una buona conversazione, una cultura, e cosí si era rallegrato dei miei primi successi scolastici; fisicamente promettevo; se in piú ero intelligente e colta avrei brillato nella migliore società. Ma se amava le donne di spirito, non gli piacevano affatto le basbleus. Quando dichiarò: – Voi, piccole mie, non vi sposerete, dovrete lavorare, – c'era amarezza nella sua voce. Credetti che compiangesse noi, ma mi sbagliavo, nel nostro avvenire laborioso egli leggeva il suo proprio fallimento; se la prendeva col destino ingiusto che lo condannava ad avere per figlie delle declassate.

Cedeva alla necessità. La guerra l'aveva rovinato, spazzando via i suoi sogni, i suoi miti, le sue giustificazioni, le sue speranze. M'ingannavo, quando lo credevo rassegnato; egli non cessava di protestare contro la sua nuova condizione. Apprezzava soprattutto la buona educazione e le belle maniere; pure, quando mi trovavo con lui in un ristorante, in métro, in treno, i suoi scoppi di voce, le sue gesticolazioni, la sua brutale indifferenza per l'opinione dei circostanti mi mettevano a disagio; con questo esibizionismo aggressivo dimostrava che non apparteneva alla loro specie. Al tempo in cui viaggiava in prima classe, con la sua compitezza raffinata indicava che era di buona famiglia; in terza, lo dimostrava negando le regole elementari della civiltà. Quasi dappertutto affettava un comportamento stupido e provocante a un tempo, che significava che il suo vero posto non era lí. In trincea, aveva parlato con tutta naturalezza lo stesso linguaggio dei suoi commilitoni; ci aveva raccontato divertito che uno di essi aveva dichiarato: – Quando Beauvoir dice merda, diventa una parola distinta –. Per dimostrarsi la sua distinzione, si mise a dire merda sempre piú spesso. Ormai frequentava solo persone ch'egli giudicava «comuni»; le sorpassava in volgarità; poiché non era piú riconosciuto dai suoi pari traeva un acre piacere nel farsi disconoscere dagli inferiori. In qualche rara occasione – quando andavamo a teatro e il suo amico dell'Odéon lo presentava a qualche attrice nota –, ritrovava tutte le sue grazie mondane. Per il resto del tempo si applicava cosí bene a sembrar volgare che alla fine nessuno, tranne lui stesso, poteva pensare che non lo fosse.

In casa, si lamentava della durezza dei tempi; ogni volta che mia madre gli domandava del denaro per la spesa aveva uno scatto; si lamentava in modo particolare dei sacrifici che gli costavano le figlie: avevamo l'impressione di essere indiscretamente imposte alla sua carità. Se mi aveva rimproverate con tanta impazienza le goffaggini della mia età ingrata, è perché provava già del rancore verso di me. Adesso non ero piú soltanto un fardello, stavo diventando l'incarnazione vivente del suo fallimento. Le figlie dei suoi amici, di suo fratello, di sua sorella, sarebbero state delle dame: io no. Certo, quando ottenni i miei baccalaureati, si rallegrò dei miei successi, lo lusingavano, e gli evitavano un mucchio di preoccupazioni: non avrei avuto difficoltà a guadagnarmi la vita. Non mi resi conto che alla sua soddisfazione si mescolava un aspro dispetto.

– Peccato che Simone non sia un maschio, avrebbe potuto fare il Politecnico! – Spesso avevo udito i miei genitori esprimere questo rammarico. Un ingegnere, ai loro occhi, era qualcuno. Ma il mio sesso vietava loro sí alte ambizioni, perciò papà mi destinava prudentemente a un impiego statale, eppure detestava i funzionari, quei mangiaufo, e mi diceva con risentimento: – Se non altro, avrai la pensione! – Aggravai la situazione optando per l'insegnamento; sul piano pratico approvava la mia scelta, ma nel fondo del suo cuore era ben lontano dall'aderirvi. Per lui tutti i professori erano dei pedanti. Allo Stanislas aveva avuto come condiscepolo Marcel Bouteron, grande specialista di Balzac; ne parlava con commiserazione: trovava ridicolo che uno consumasse la sua vita in polverosi lavori di erudizione. Nutriva verso i professori i piú gravi risentimenti; appartenevano a quella setta pericolosa che aveva sostenuto Dreyfus: gli intellettuali. Ubriacati dal loro sapere libresco, ostinati nel loro orgoglio astratto e nelle loro vane pretese all'universalismo, costoro sacrificavano le realtà concrete – paese, razza, casta, famiglia, patria – alle fanfaluche per le quali la Francia e la civiltà stavano agonizzando: i Diritti dell'uomo, il pacifismo, l'internazionalismo, il socialismo. Condividendo la loro condizione non avrei finito per adottare le loro idee? Mio padre vide giusto; d'un tratto gli divenni sospetta. In seguito, mi stupii che invece di stimolare prudentemente mia sorella a seguire la mia stessa via, preferisse ch'ella corresse le alee d'una carriera artistica: non se la sentí di gettare entrambe le sue figlie nel campo nemico.

Domani avrei tradito la mia classe come già oggi rinnegavo il mio sesso; neanche a questo mio padre si rassegnava: aveva il culto della fanciulla, quella vera. Mia cugina Jeanne incarnava quest'ideale, ella credeva ancora che i bambini nascessero sotto i cavoli. Mio padre aveva tentato di preservare la mia ignoranza; in passato aveva detto che quando avessi avuto diciotto anni mi avrebbe ancora proibito i *Racconti* di François Coppée; adesso, accettava che leggessi qualsiasi cosa, ma non vedeva molta differenza tra una ragazza avvertita e la *Garçonne* di cui Victor Margueritte, in un libro infame, aveva tracciato il ritratto. Se almeno avessi salvato le apparenze! avrebbe potuto rassegnarsi ad avere una figlia eccezionale purché ella evitasse con cura d'essere insolita; ma io non vi riuscivo. Ero uscita dall'età ingrata, mi guardavo di nuovo allo specchio con piacere, ma in società facevo una figura meschina. Le mie amiche, e la stessa Zazà, recitavano con disinvoltura il loro ruolo mondano; partecipavano ai « pomeriggi » delle loro madri, servivano il tè, sorridevano, dicevano amabilmente dei nonnulla; io non sapevo sorridere, non sapevo essere graziosa, non sapevo far dello spirito, e nemmeno delle concessioni. I miei genitori mi citavano ad esempio ragazze « notevolmente intelligenti » e che pure brillavano nei salotti. Io m'irritavo, poiché sapevo ch'esse non avevano nulla in comune con me; studiavano da dilettanti, mentre io ero passata nel rango dei professionali. Quell'anno preparavo le licenze di letteratura, di latino, di matematica generale, e studiavo il greco; io stessa avevo stabilito questo programma, la difficoltà mi divertiva; ma appunto per impormi con serenità uno sforzo simile bisognava che lo studio non rappresentasse soltanto un lato della mia vita, ma la mia vita stessa. Le cose di cui si parlava intorno a me non m'interessavano. Non avevo idee sovversive, anzi, non avevo affatto idee, su nulla; ma per tutto il giorno mi allenavo a riflettere, a comprendere, a criticare, e mi ponevo domande; cercavo con precisione la verità: questo scrupolo mi rendeva inadatta alle conversazioni mondane.

Tutto sommato, all'infuori dei momenti in cui superavo i miei esami, non facevo onore a mio padre, cosí egli dava un'estrema importanza ai miei diplomi e m'incoraggiava ad accumularli. La sua insistenza mi persuase ch'egli era fiero di avere per figlia una donna d'ingegno; e invece, soltanto dei successi straordinari potevano dissipare l'imbarazzo ch'egli ne provava. Se prendevo tre licenze in una volta, divenivo una specie di Inaudi, un fenomeno che sfuggiva alle norme consuete; il mio destino non rifletteva piú la decadenza familiare, ma si spiegava con la strana fatalità di un dono.

Evidentemente non mi rendevo conto della contraddizione che divideva mio padre, ma mi accorsi ben presto di quella della mia propria situazione. Mi conformavo puntualissimamente alle sue volontà, ed egli ne sembrava irritato; mi aveva votata allo studio, e mi rimproverava di stare per tutto il tempo col naso sui libri. A vedere il suo malumore, si sarebbe detto che m'ero avviata per quella strada contro la sua volontà, e invece era stato lui stesso a sceglierla. Mi domandavo di che cosa fossi colpevole; mi sentivo a disagio, e dentro di me provavo rancore.

Il momento piú bello della mia settimana era la lezione di Garric. Lo ammiravo sempre di piú. Al Sainte-Marie si diceva ch'egli avrebbe potuto fare una brillante carriera universitaria; ma non aveva alcuna ambizione personale; non si curava di terminare la sua tesi e si consacrava anima e corpo alle sue Equipes; viveva come un asceta, in una casa popolare di Belleville. Spesso faceva conferenze propagandistiche, e per mezzo di Jacques fui ammessa con mia madre a una di esse; Jacques c'introdusse in una serie di ricchi salotti, nei quali erano state predisposte file e file di seggiole rosse dallo schienale dorato; ci fece sedere, e andò a stringere delle mani; aveva l'aria di conoscere tutti quanti: come l'invidiavo! Faceva caldo, nei miei vestiti a lutto soffocavo, e non conoscevo nessuno. Comparve Garric; dimenticai tutto il resto e me stessa; l'autorità della sua voce mi soggiogò. A vent'anni, ci disse, in trincea, aveva scoperto le gioie di un cameratismo che eliminava le barriere sociali; quando l'armistizio l'aveva restituito ai suoi studi, non aveva voluto rinunciarvi; la segregazione che separa i giovani borghesi dai giovani operai, nella vita civile, egli la sentiva come una mutilazione; d'altronde, riteneva che tutti quanti avevano diritto a un'istruzione. A suo vedere, il pensiero espresso da Lyautey in uno dei suoi discorsi marocchini era vero: al di là di tutte le differenze, esiste sempre tra gli uomini un denominatore comune. Su questa base, egli aveva deciso di creare tra gli studenti e i figli del popolo un sistema di scambi che avrebbe strappato i primi alla loro solitudine egoista e gli altri alla loro ignoranza. Imparando a conoscersi e ad amarsi, essi avrebbero lavorato insieme alla conciliazione delle classi. Poiché non è possibile, affermò Garric tra gli applausi, che il progresso sociale scaturisca da una lotta il cui fermento è l'odio: il progresso si realizzerà soltanto attraverso l'amicizia. Egli aveva alleato al suo programma alcuni compagni che l'aiutavano a organizzare un primo centro culturale, a Neuilly. Ottennero appoggi, sussidi, e il movimento si allargò; ora raggruppava, in tutta la Francia, circa diecimila aderenti, tra ragazzi e ragazze, e milleduecento insegnanti. Personalmente, Garric era un cattolico convinto, ma non si proponeva alcun apostolato religioso; tra i suoi collaboratori c'erano degli increduli; egli riteneva che gli uomini dovessero aiutarsi reciprocamente su un piano umano. Concluse con voce vibrante che il popolo è buono quando lo si tratta bene; rifiutandosi di tendergli la mano, la borghesia avrebbe commesso un grosso sbaglio le cui conseguenze sarebbero ricadute su lei stessa.

Bevevo le sue parole; non scuotevano il mio universo, non mettevano in discussione me stessa, e tuttavia alle mie orecchie avevano un suono assolutamente nuovo. Certo, intorno a me si predicava l'abnegazione, ma entro i limiti della cerchia familiare; al di fuori di essa, gli altri non erano piú il prossimo. Gli operai in particolare appartenevano a una specie pericolosamente straniera quanto i *boches* e i bolscevichi. Garric aveva spazzato queste frontiere; sulla terra non esisteva che un'immensa comunità, tutti i membri della quale erano miei fratelli. Negare tutti i limiti e tutte le separazioni, uscire dalla mia classe, uscire dalla mia pelle: questa parola d'ordine mi elettrizzò. E pensavo non si potesse meglio servire l'umanità che dandole luce, bellezza. Mi ripromisi d'iscrivermi alle Equipes. Ma soprattutto contemplavo attonita l'esempio che mi dava Garric. Finalmente vedevo un uomo che invece di subire un destino aveva scelto la sua vita; dotata di un fine, di un senso, la sua esistenza incarnava un'idea e ne traeva una superba necessità. Quel volto modesto, dal sorriso vivace, ma senza spicco, era quello di un eroe, di un superuomo.

Tornai a casa esaltata; in anticamera mi tolsi il soprabito e il cappello nero e d'un tratto m'immobilizzai; con gli occhi fissi sulla mochetta logora, sentii dentro di me una voce imperiosa: «Bisogna che la mia vita serva! bisogna che nella mia vita tutto serva!» Un'evidenza mi pietrificava: mi attendevano compiti infiniti, c'era bisogno di tutta me stessa; se mi fossi permessa il minimo spreco avrei tradito la mia missione, avrei lesa l'umanità. «Tutto servirà», mi dissi a gola stretta; era un giuramento solenne, e lo pronunciai con la stessa emozione che se avesse impegnato irrevocabilmente il mio avvenire al cospetto del cielo e della terra.

Perdere il tempo non m'era mai piaciuto; pure mi rimproveravo d'aver vissuto come una stordita, e d'allora in poi sfruttai coscienziosamente ogni istante. Dormivo di meno; facevo toletta in fretta e furia; di guardarmi allo specchio non se ne parlava neanche piú: era già molto se mi lavavo i denti; non mi pulivo mai le unghie. Mi vietai le letture frivole, le chiacchierate inutili, tutti i divertimenti; non fosse stato per l'opposizione di mia madre avrei rinunciato alle partite di tennis del sabato mattina. A tavola mi portavo un libro; studiavo i verbi greci, risolvevo un problema di matematica. Mio padre si irritò, io mi ostinai, ed egli mi lasciò fare, nauseato. Quando mia madre riceveva le sue amiche mi rifiutavo di andare in salotto; a volte vinceva lei, cedevo; ma restavo seduta sull'orlo della sedia, a denti stretti, con un'aria cosí furibonda che mi lasciavano andare ben presto. In famiglia e tra gl'intimi si stupivano della mia trascuratezza, del mio mutismo, della mia scortesia; ben presto passai per una specie di mostro.

Senza alcun dubbio, adottai quest'atteggiamento per risentimento; i miei genitori non mi trovavano di loro gusto, e io mi resi francamente odiosa. Mia madre mi vestiva male e mio padre mi rimproverava di essere malvestita: diventai una sudiciona. Loro non cercavano di comprendermi, e io m'immersi nel silenzio, nella mania, volli farmi completamente opaca. Nel tempo stesso mi difendevo contro la noia. Non ero fatta per la rassegnazione; spingendo al parossismo l'austerità cui ero destinata, ne feci una vocazione; privata dei piaceri, scelsi l'ascesi; invece di trascinarmi languidamente attraverso la monotonia delle mie giornate, andavo diritta, muta, l'occhio fisso, tesa verso una meta invisibile. Mi abbrutivo di lavoro, e la stanchezza mi dava un'impressione di pienezza. I miei eccessi avevano anche un senso positivo. Da un pezzo mi ero ripromessa di fuggire la spaventevole banalità quotidiana: l'esempio di Garric trasformò questa speranza in una volontà. Non volli saperne di pazientare ancora; entrai, senza piú aspettare, nella via dell'eroismo.

Ogni volta che vedevo Garric rinnovavo i miei voti. Seduta tra Thérèse e Zazà, aspettavo, con la bocca arida, il momento della sua apparizione. L'indifferenza delle mie compagne mi sbalordiva: mi sembrava si dovesse udire il battito di tutti i cuori. La stima che Zazà provava per Garric non era senza riserve; si seccava ch'egli arrivasse sempre in ritardo. « La puntualità è la cortesia dei re », scrisse un giorno sulla lavagna. Lui si sedeva, incrociava le gambe sotto il tavolo scoprendo delle giarrettiere color malva; Zazà criticava questa noncuranza. Io non capivo come ella potesse fissarsi su queste sciocchezze, ma me ne rallegravo, poiché avrei mal sopportato che un'altra raccogliesse con la mia stessa devozione le parole e i sorrisi del mio eroe. Avrei voluto sapere tutto di lui. La mia infanzia m'aveva allenata alle tecniche della meditazione; le utilizzavo per cercare di rappresentarmi ciò che chiamavo, con una espressione presa da lui, il suo paesaggio interiore. Ma lavoravo su indici ben tenui: le sue lezioni, e le critiche un po' affrettate ch'egli pubblicava nella «Revue des Jeunes»; inoltre, spesso ero troppo ignorante per profittarne. C'era uno scrittore che Garric citava spesso: Peguy; chi era costui? chi era quel Gide di cui un pomeriggio, quasi furtivamente, e scusando con un sorriso la sua audacia, egli aveva pronunciato il nome? Dopo la lezione, entrava nello studio della signorina Lambert: che cosa si dicevano? Sarei stata degna, un giorno, di parlare con Garric da pari a pari? Un paio di volte, sognai: «Le ragazze come te, Hellé, son fatte per diventare le compagne degli eroi». Stavo traversando piazza Saint-Sulpice e quella lontana profezia balenò d'un tratto nella sera umida. Aveva fatto il mio oroscopo, Marcelle Tinayre? Dapprima innamorata d'un giovane poeta ricco e noncurante, Hellé si arrendeva alle virtú di un apostolo dal gran cuore, molto piú anziano di lei. I meriti di Garric oggi eclissavano ai miei occhi il fascino di Jacques; avevo forse incontrato il mio destino? Mi limitai a baloccarmi timidamente con questo presagio. Garric sposato, che idea urtante! Desiderai soltanto di esistere un poco per lui. Raddoppiai gli sforzi per guadagnare la sua stima; ci riuscii. Una dissertazione su Ronsard, la spiegazione d'un *Sonnet à Hélène*, una lezione su d'Alembert, mi valsero elogi inebrianti. Diventai la prima della classe, seguita da Zazà, e Garric c'impegnò a presentarci all'esame di letteratura già alla sessione di marzo.

Senza misurarne tutta la violenza, Zazà riteneva eccessiva la mia ammirazione per Garric; lei lavorava sobriamente, usciva un poco, consacrava molto tempo alla famiglia; non si scostava dalle vecchie abitudini; non era stata raggiunta da quell'appello al quale io rispondevo con fanatismo; mi distaccai un poco da lei. Dopo le vacanze di Natale, che aveva trascorso nella provincia basca, Zazà cadde in una strana apatia. Assisteva alle lezioni con lo sguardo morto, non rideva piú, parlava appena; indifferente alla propria vita, l'interesse che io avevo per la mia non trovava in lei alcuna eco. – Vorrei addormentarmi per non svegliarmi piú, – mi disse un giorno. Non vi diedi importanza. Spesso Zazà aveva attraversato quelle crisi di pessimismo; questa l'attribuii al timore che le ispirava l'avvenire. Questo anno di studio per lei non era che una dilazione; il destino ch'ella temeva si andava avvicinando, probabilmente non si sentiva la forza di resistervi né di rassegnarvisi, e allora desiderava la quiete del sonno. Le rimproveravo il suo disfattismo, che implicava già, pensavo, un'abdicazione. Lei, dal canto suo, vedeva nel mio ottimismo la prova che io mi adattavo facilmente all'ordine stabilito. Entrambe tagliate dal mondo, Zazà dalla sua disperazione, e io da una folle speranza, le nostre solitudini non ci univano; al contrario, diffidavamo vagamente l'una dell'altra, e il silenzio tra noi si faceva piú spesso.

Quanto a mia sorella, quell'anno era felice; preparava il suo baccalaureato, brillantemente; all'Istituto Désir le sorridevano; aveva una nuova amica cui voleva bene; s'interessava a me moderatamente, e pensavo che in un prossimo avvenire sarebbe divenuta anche lei una piccola borghese tranquilla. – Poupette, la sposeremo, – dicevano papà e mamma con fiducia. Stavo ancora volentieri con lei, ma comunque era soltanto una bambina: non le parlavo di nulla.

C'era qualcuno che avrebbe potuto aiutarmi, ed era Jacques. Rinnegavo le lacrime intempestive che avevo versate una notte; no, non l'amavo; se amavo qualcuno, non era lui. Ma agognavo la sua amicizia. Una sera in cui ero a cena dai suoi genitori, al momento di andare a tavola ci attardammo un istante in salotto, parlando di cose da nulla. Mia madre mi richiamò all'ordine con voce secca. – Scusateci, – le disse Jacques con un piccolo sorriso, – parlavamo della *Musica interiore* di Charles Maurras... – Mangiai tristemente la mia minestra. Come fargli sapere che avevo smesso di volgere in ridicolo le cose che non comprendevo? Se mi avesse spiegato le poesie, i libri che a lui piacevano, l'avrei ascoltato. – Parlavamo della *Musica interiore*... – Spesso mi ripetevo questa frase, assaporandone l'amarezza in cui affiorava un fondo di speranza.

In marzo superai molto brillantemente l'esame di letteratura. Garric mi felicitò. La signorina Lambert mi chiamò nel suo studio, mi scrutò, mi soppesò, e mi preconizzò un brillante avvenire. Pochi giorni dopo Jacques venne a cena da noi; verso la fine della serata mi prese in disparte: – Ho visto Garric, l'altro ieri, abbiamo parlato molto di te –. In tono serio, mi fece alcune domande sui miei studi e i miei progetti. – Domattina ti porto a fare un giro al Bois in auto, – concluse inopinatamente. Che tam-tam, nel mio cuore! Ero riuscita al mio scopo, Jacques s'interessava di me! Era una bella mattinata di primavera, correvo in macchina attorno ai laghetti, sola con Jacques. Rideva con me. – Ti piacciono le fermate brusche? – e battevo il naso sul parabrezza. Dunque, alla nostra età, si poteva ancora essere allegri come bambini! Rievocammo la nostra infanzia: Chateauvillain, l'astronomia popolare, il Vieux Charles, e i barattoli di latta che io raccoglievo: – Come ti facevo trottare, mia povera Sim! – mi disse allegramente. Cercai anche, con frasi succinte, di dirgli le mie difficoltà, i miei problemi; egli scosse gravemente la testa. Verso le undici mi depose davanti al tennis di rue Boulard, e mi sorrise con malizia: – Sai, – disse, – si può essere persone molto in gamba anche con una laurea –. Persone in gamba, persone molto in gamba: essere ammessi tra quegli eletti era la massima promozione. Attraversai il campo da tennis con passo trionfale: era successo qualcosa, qualcosa era cominciato. – Arrivo adesso dal Bois de Boulogne, – annunciai con fierezza alle mie amiche. Raccontai la mia passeggiata con tanta allegria e incoerenza che Zazà mi esaminò con occhio sospettoso: – Ma che cos'avete, stamane? – Ero felice.

La settimana dopo, quando Jacques suonò alla nostra porta, papà e mamma erano usciti; in questi casi egli scherzava per qualche minuto con mia sorella e me e poi se ne andava; questa volta rimase. Ci recitò una poesia di Cocteau e mi consigliò alcune letture; fece una quantità di nomi che non avevo mai sentito, e mi raccomandò in particolare un romanzo che s'intitolava, a quanto mi parve di capire, *Le Grand Môle*. – Passa domani pomeriggio a casa mia, ti presterò dei libri, – mi disse, andandosene.

Fui accolta da Elise, la vecchia governante: – Jacques non è in casa, ma ha lasciato in camera sua della roba per voi –. Egli aveva scarabocchiato due parole: « Scusami, vecchia Sim, e prendi i libri ». Trovai sul suo tavolo una diecina di volumi, dai vivaci colori di bonbon: dei Montherlant verde pistacchio, un Cocteau rosso fragola, dei Barrès giallo limone, dei Claudel, dei Valéry di un candore niveo ravvivato di rosso. Attraverso la carta trasparente, lessi e rilessi i titoli: *Le Potomak, Les Nourritures terrestres, L'Annonce faite à Marie, Le Paradis à l'ombre des épées, Du sang, de la volupté et de la mort*. Mi eran già passati per le mani una quantità di libri, ma questi non appartenevano alla specie comune; mi aspettavo rivelazioni straordinarie. Quasi mi stupii, quando li apersi, di leggervi senza difficoltà parole familiari.

Ma non mi delusero: fui sconcertata, sconvolta, rapita. A parte le rare eccezioni di cui ho già detto, consideravo le opere letterarie come monumenti che esploravo con più o meno interesse, che a volte ammiravo, ma che non mi riguardavano. D'un tratto uomini di carne e d'ossa mi parlavano all'orecchio, di se stessi e di me; esprimevano aspirazioni, rivolte ch'io non avevo saputo formularmi, ma che riconoscevo. Schiumai Sainte-Geneviève: leggevo Gide, Claudel, Jammes, con la testa in fiamme, le tempie che mi battevano, soffocando di emozione. Esaurii la biblioteca di Jacques; mi abbonai alla «Casa degli amici del libro», in cui troneggiava Adrienne Monnier in una lunga veste di bigello grigio; ero così avida che non m'accontentavo dei due volumi cui avevo diritto: ne cacciavo di nascosto più di mezza dozzina nella mia cartella; la difficoltà era poi di rimetterli a posto, e ho ben timore di non averli restituiti tutti. Quand'era bel tempo andavo a leggere al Lussemburgo, nel sole, camminavo esaltata intorno alla vasca, ripetendomi le frasi che mi piacevano. Spesso me ne andavo nella sala di studio dell'Istituto Cattolico, che mi offriva, a pochi passi da casa mia, un silenzioso asilo. Fu lí, seduta davanti a un pulpito nero, tra pii studenti e seminaristi dalle lunghe vesti nere che lessi, con le lacrime agli occhi, il romanzo che Jacques amava sopra tutti gli altri, e che si chiamava non *Le Grand Môle*, ma *Le Grand Meaulnes*. M'immersi nella lettura come in altri tempi nella preghiera. La letteratura prese nella mia vita il posto che vi aveva occupato la religione, la invase interamente e la trasfigurò. I libri che amavo divennero una Bibbia dove attingevo consigli e soccorsi; ne copiavo lunghi estratti; imparai a memoria nuovi cantici e nuove litanie, salmi, proverbi e profezie, e santificavo tutte le circostanze della mia vita recitandomi quei testi sacri. Le mie emozioni, le mie lacrime, le mie speranze erano altrettanto sincere; le parole e le cadenze, i versi, i versetti non mi servivano per fingere: ma salvavano dal silenzio tutte quelle avventure intime di cui non potevo parlare con nessuno; tra me e le anime sorelle che esistevano in qualche posto, fuor di portata, essi creavano una sorta di comunione; invece di vivere la mia piccola storia particolare partecipavo a una grande epopea spirituale. Per mesi mi nutrii di letteratura: ma a quell'epoca era la sola realtà cui potessi accedere.

I miei genitori aggrottavano le ciglia. Mia madre classificava i libri in due categorie: le opere serie e i romanzi; questi ultimi li riteneva un divertimento, se non colpevole, per lo meno futile, e mi criticava di sprecare con Mauriac, Radiguet, Giraudoux, Larbaud, Proust, ore che avrei potuto impiegare a istruirmi sul Belucistan, la principessa di Lamballe, la vita delle anguille, l'anima della donna, o il segreto delle Piramidi. Dopo aver scorso con uno sguardo i miei autori favoriti, mio padre li giudicò pretenziosi, lambiccati, barocchi, decadenti, immorali; rimproverò vivamente Jacques di avermi prestato, tra gli altri, *Etienne* di Marcel Arland. Non avevano piú i mezzi per censurare le mie letture, ma spesso se ne indignavano con violenza. Questi attacchi m'irritavano; il conflitto che covava tra noi si esasperò.

La mia infanzia e la mia adolescenza erano trascorse senza urti. Di anno in anno rimanevo la stessa. D'un tratto mi parve che nella mia vita si fosse prodotta una rottura decisiva; ripensavo all'Istituto Désir, all'abate, alle mie compagne, ma non riconoscevo piú affatto la tranquilla scolara ch'ero stata qualche mese prima; adesso m'interessavo ai miei stati d'animo assai di piú che al mondo esterno. Cominciai a tenere un giornale intimo; in esergo, scrissi: « Se qualcuno, chiunque sia, legge queste pagine, non glielo perdonerò mai. Fa una brutta e cattiva azione. Si prega di rispettare quest'avvertimento nonostante la sua ridicola solennità ». Inoltre, avevo gran cura di nasconderlo a tutti gli sguardi. Vi ricopiavo passi dei miei libri favoriti, mi ponevo domande, mi analizzavo, e mi rallegravo della mia trasformazione. In che cosa consisteva, questa, esattamente? Il mio giornale non lo spiega molto bene;

in esso passavo sotto silenzio una quantità di cose e mancavo di distacco. Tuttavia, rileggendolo, alcuni fatti mi son saltati agli occhi.

« Sono sola. Si è sempre soli. Io sarò sempre sola ». Ritrovo questo *leitmotiv* in tutto il mio quaderno. Mai avevo pensata una cosa simile. « Io son fatta in un altro modo », mi ero detta a volte con orgoglio; ma vedevo nelle mie differenze il segno d'una superiorità che un giorno sarebbe stata riconosciuta da tutti. Non avevo nulla della ribelle; volevo diventare qualcuno, fare qualche cosa, per proseguire all'infinito l'ascesa cominciata alla nascita; perciò dovevo strapparmi alle vecchie abitudini, alle *routines*; ma credevo possibile superare la mediocrità borghese senza abbandonare la borghesia. La sua devozione ai valori universali era sincera, pensavo; mi ritenevo autorizzata a liquidare tradizioni, costumi, pregiudizi, qualsiasi particolarismo, a profitto della ragione, del bello, del bene, del progresso. Se fossi riuscita a fare una carriera, a compiere un'opera che avessero fatto onore all'umanità, sarei stata complimentata per esserrni sbarazzata del conformismo; come la signorina Zanta, sarei stata accettata, ammirata. Scoprii brutalmente che m'ero ingannata; la gente, lungi dall'ammirarmi, non mi accettava; invece di cingermi di corone, mi metteva al bando. Fui presa dall'angoscia, poiché mi resi conto che in me criticavano, più ancora del mio atteggiamento attuale, l'avvenire verso cui mi avviavo: quest'ostracismo non avrebbe mai avuto fine. Non immaginavo che esistessero ambienti diversi dal mio; qualche individuo qua o là emergeva dalla massa; ma io non avevo alcuna possibilità d'incontrarne nessuno; anche se avessi annodato un paio di amicizie, queste non m'avrebbero consolata dell'esilio di cui già soffrivo; ero stata sempre vezzeggiata, circondata, stimata, e mi piaceva essere amata; la severità del mio destino mi spaventò.

Fu mio padre ad annunciarmelo; avevo contato sul suo appoggio, sulla sua simpatia, la sua approvazione; il fatto ch'egli me li rifiutasse mi deluse profondamente. Tra le mie mire ambiziose e il suo tetro scetticismo c'era una gran distanza; la sua morale esigeva il rispetto delle istituzioni; quanto agli individui, non avevano null'altro da fare, sulla terra, se non evitar le noie e godere dell'esistenza nel miglior modo possibile. Mio padre ripeteva spesso che bisognava avere un ideale, e pur detestando gli italiani, li invidiava perché Mussolini gliene forniva uno; peraltro, egli non me ne proponeva alcuno. Ma non gli chiedevo tanto. Data la sua età e le circostanze, trovavo che il suo atteggiamento era normale, ma mi pareva ch'egli avrebbe potuto comprendere il mio. Su molti punti – la Società delle Nazioni, l'alleanza delle sinistre, la guerra in Marocco – non avevo alcuna opinione e concordavo su tutto ciò che lui mi diceva. I nostri disaccordi mi sembravano cosí inoffensivi che al principio non feci alcuno sforzo per attenuarli.

Mio padre riteneva Anatole France il piú grande scrittore del secolo; alla fine delle vacanze, mi aveva fatto leggere *Il Giglio Rosso* e *Gli Dèi hanno sete*. Insisté, e per i miei diciotto anni mi regalò i quattro volumi della *Vita letteraria*. L'edonismo di France m'indignò. Nell'arte egli non cercava che piaceri egoisti: che bassezza! pensavo. Disprezzavo anche la piattezza dei romanzi di Maupassant che mio padre considerava capolavori. Glielo dissi educatamente, ma lui se la prese a male: capiva benissimo che i miei disgusti mettevano in gioco molte cose. Si arrabbiò molto di piú quando attaccai certe tradizioni. Subivo con impazienza i pranzi e le cene che parecchie volte all'anno riunivano da questa o quella cugina tutto il mio parentado; soltanto i sentimenti hanno importanza, affermavo, e non la casualità delle parentele; mio padre aveva il culto della famiglia, e cominciò a pensare che mancavo di sentimento. Non accettavo la sua concezione del matrimonio; meno austero dei Mabille, in esso egli accordava all'amore un posto abbastanza largo; ma io non separavo l'amore dall'amicizia: tra questi due sentimenti egli non vedeva nulla di comune. Io non ammettevo che uno dei coniugi « ingannasse » l'altro: se non andavano d'accordo dovevano separarsi. M'irritavo che mio padre autorizzasse il marito a « fare qualche strappo ». Non ero femminista nel senso che non mi occupavo di politica: del diritto di voto me ne infischiavo. Ma ai miei occhi, gli uomini e le donne erano persone uguali, ed esigevo che tra loro vi fosse una perfetta reciprocità. L'atteggiamento di mio padre riguardo al bel sesso mi feriva. La frivolezza delle relazioni, degli amori, degli adulterî borghesi, mi nauseava. Lo zio

Gaston mi condusse, con mia sorella e mia cugina, a vedere una innocente operetta di Mirande, *Appassionatamente*; al ritorno, espressi il mio disgusto con un vigore che sorprese i miei genitori; eppure leggevo Gide e Proust senza batter ciglio. La morale sessuale corrente mi scandalizzava sia per le sue indulgenze che per le sue severità. Leggendo un giornale appresi con stupore che l'aborto era un delitto; ciò che succedeva nel mio corpo riguardava soltanto me; nessun argomento riuscí a smuovermi da questa convinzione.

Ben presto le nostre dispute si fecero velenose; se mio padre fosse stato tollerante avrei potuto accettarlo cosí com'era; ma io non ero ancora niente, stavo appena decidendo ciò che sarei diventata, e adottando gusti e opinioni opposti ai suoi gli sembrava che lo rinnegassi deliberatamente. D'altronde, egli vedeva assai meglio di me la china che avevo preso. Rifiutavo le gerarchie, i valori, le cerimonie con cui l'*élite* si distingue; le mie critiche tendevano soltanto a sbarazzarla di vane sopravvivenze, pensavo; in realtà implicavano la sua liquidazione. Soltanto l'individuo mi sembrava reale, importante: fatalmente avrei finito per preferire alla mia classe la società nel suo insieme. Tutto sommato, ero stata io ad aprire le ostilità, ma l'ignoravo, non capivo perché mio padre e tutto il mio ambiente mi condannassero. Ero caduta in un trabocchetto; la borghesia mi aveva persuasa che i suoi interessi coincidevano con quelli dell'umanità; credevo di poter raggiungere in accordo con essa verità valevoli per tutti: adesso che mi ci avvicinavo, essa si ergeva contro di me. Mi sentivo « sbalordita, dolorosamente disorientata ». Chi mi aveva ingannata? perché? come? In ogni caso, ero vittima di un'ingiustizia, e a poco a poco il mio rancore si cambiò in rivolta.

Nessuno mi accettava cosí com'ero, nessuno mi voleva bene: mi vorrò bene da me stessa, decisi, per compensare quell'abbandono. Un tempo mi piacevo, ma mi curavo poco di conoscermi; adesso cercavo di sdoppiarmi per osservarmi, per spiarmi; nel mio diario dialogavo con me stessa. Entrai in un mondo che mi stordí per la sua novità. Appresi ciò che separa la tristezza dalla malinconia, l'aridità dalla serenità; appresi le esitazioni e i deliri del sentimento, lo splendore delle grandi rinunce e i mormorii sotterranei della speranza. Mi esaltavo, come nelle serate in cui contemplavo il cielo cangiante dietro le montagne azzurre; io ero il paesaggio e lo sguardo: non esistevo che in me stessa e per me stessa. Mi rallegravo d'un esilio che mi aveva cacciata verso gioie cosí alte; disprezzavo quelli che le ignoravano, e mi stupivo d'aver potuto vivere per tanto tempo senza di esse.

Frattanto, perseveravo nel mio proponimento: servire. Nel mio diario protestavo, contro Renan, che nemmeno il grand'uomo è fine a se stesso: egli si giustifica solo se contribuisce a elevare il livello intellettuale e morale dell'umanità comune. Il cattolicesimo m'aveva persuasa a non considerare trascurabile nessun individuo, nemmeno il piú diseredato: tutti avevano ugual diritto di realizzare ciò che io chiamavo la loro essenza eterna. La mia strada era tracciata chiaramente: perfezionarmi, arricchirmi, ed esprimermi in un'opera che avrebbe aiutato gli altri a vivere.

Già mi sembrava di dover comunicare la solitaria esperienza che stavo attraversando. In aprile scrissi le prime pagine d'un romanzo. Sotto il nome di Eliane, passeggiavo per un parco con un gruppo di cugini e cugine; raccoglievo sull'erba uno scarabeo. – Fa' vedere, – mi dicevano. Io chiudevo gelosamente la mano. Insistevano, io mi dibattevo e fuggivo; m'inseguivano; ansimante, col batticuore, m'inoltravo nei boschi, sfuggivo ai miei genitori, e mi mettevo a piangere silenziosamente. Ben presto asciugavo le mie lacrime mormorando: « Nessuno lo saprà mai », e tornavo lentamente verso casa. « Ella si sentiva abbastanza forte per difendere il suo unico bene dai colpi come dalle carezze, e per tener sempre la mano chiusa ».

Quest'apologo traduceva la preoccupazione che piú mi assillava: difendermi dagli altri; poiché i miei genitori pur non risparmiandomi i rimproveri, esigevano la mia confidenza. Mia madre mi aveva detto tante volte come avesse sofferto per la freddezza della nonna, e che si augurava di essere un'amica per le sue figlie; ma come avrebbe potuto parlare con me da persona a persona? per lei, io ero un'anima in pericolo, un'anima da salvare: un oggetto. La solidità delle sue convinzioni le vietava la minima concessione. Se m'interrogava, non era per creare un terreno d'intesa fra noi:

indagava. Quando mi rivolgeva una domanda, avevo sempre l'impressione che guardasse dal buco della serratura. Il solo fatto ch'ella rivendicasse dei diritti su di me mi gelava. Si risentiva di questo smacco, e si sforzava di vincere le mie resistenze dimostrandomi una sollecitudine che le esasperava: – Simone preferirebbe mettersi tutta nuda piuttosto che dire ciò che ha nella testa, – diceva in tono offeso. Infatti, tacevo enormemente. Perfino con mio padre rinunciavo a discutere; non avevo la minima possibilità d'influire sulle sue opinioni, i miei argomenti si schiacciavano contro un muro; una volta per tutte, e altrettanto radicalmente di mia madre, egli mi aveva dato torto; non cercava nemmeno piú di convincermi, ma soltanto di prendermi in fallo. Anche le conversazioni piú innocenti nascondevano dei trabocchetti; i miei genitori traducevano i miei discorsi nel loro idioma, e m'imputavano idee che non avevano niente in comune con le mie. Io mi ero sempre dibattuta contro l'oppressione del linguaggio; adesso, mi ripetevo la frase di Barrès: « Perché le parole, questa precisione brutale che maltratta le nostre complicazioni? » Appena aprivo bocca, mi scoprivo, e di nuovo venivo chiusa in quel mondo per evadere dal quale m'erano occorsi anni, un mondo in cui ogni cosa ha inequivocabilmente il suo nome, il suo posto, la sua funzione, in cui l'odio e l'amore, il male e il bene sono altrettanto netti quanto il nero e il bianco, dove tutto è classificato, catalogato, conosciuto in anticipo, compreso e irrimediabilmente giudicato, quel mondo fornito di taglienti tenaglie, bagnato d'una luce implacabile, che non è mai sfiorato dall'ombra di un dubbio. Perciò preferivo starmene zitta. Ma i miei genitori non vi si rassegnavano, e mi trattavano da ingrata. Avevo il cuore assai meno arido di quanto credesse mio padre, e mi affliggevo; la sera, a letto, piangevo; mi capitò perfino di scoppiare in singhiozzi davanti a loro; si rabbuiarono e mi rimproverarono ancor di piú la mia ingratitudine. Decisi di fingere, di rispondere in modo conciliante, di mentire; ma non riuscivo a rassegnarmivi, mi pareva di tradire me stessa. Decisi allora di « dire la verità, ma brutalmente, e senza commenti »: cosí avrei evitato sia di travisare il mio pensiero come di consegnarlo in loro balía. Non era una condotta molto abile, poiché scandalizzavo i miei genitori senza appagare la loro curiosità. In realtà non c'era soluzione, ero incastrata; i miei genitori non potevano sopportare né ciò che avevo da dir loro, né il mio mutismo; quando mi arrischiavo a dar loro le mie spiegazioni, li costernavo. – Tu vedi la vita in modo sbagliato, la vita non è cosí complicata, – diceva mia madre. Ma se mi ritiravo nel mio guscio, mio padre si lamentava: mi facevo sempre piú arida, non ero piú che un cervello. Parlavano di mandarmi all'estero, chiedevano consigli in giro, si ammattivano. Cercai di corazzarmi; feci il proponimento di non temere piú le critiche, il ridicolo, i malintesi: poco importava l'opinione che si aveva di me, fondata o infondata che fosse. Quando raggiungevo quest'indifferenza, potevo ridere senza averne voglia e approvare tutto ciò che gli altri dicevano. Ma allora mi sentivo radicalmente tagliata fuori; guardavo allo specchio quella che gli altri vedevano: non ero io; io ero assente; assente da tutto; dove ritrovarmi? Mi smarrivo. « Vivere è mentire », mi dicevo accasciata; in generale non avevo niente contro la menzogna; ma in pratica era faticoso fabbricarsi continuamente una maschera. A volte pensavo che le forze mi sarebbero mancate, e che mi sarei rassegnata a ridiventare come gli altri.

Quest'idea mi spaventava, tanto piú che adesso ricambiavo l'ostilità che gli altri mi dimostravano. Quando in passato mi ripromettevo di non rassomigliare loro, provavo per essi pietà e non animosità; ma ora essi detestavano in me ciò che mi distingueva da loro, e a cui io attribuivo il massimo valore: passai dalla commiserazione alla collera. Come potevano essere cosí sicuri d'aver ragione? Respingevano qualsiasi cambiamento e qualsiasi contestazione, negavano tutti i problemi. Per comprendere il mondo, per trovare me stessa, bisognava che mi salvassi da loro.

Era ben sconcertante, mentre avevo creduto d'inoltrarmi per una strada trionfale, accorgermi d'un tratto ch'ero impegnata in una lotta; mi ci volle molto per rimettermi dalla scossa che ne provai; la letteratura mi aiutò per lo meno a rimbalzare dall'abbattimento all'orgoglio. « Famiglia, io ti odio! focolari chiusi, porte sbarrate! » L'imprecazione di Menalco mi assicurava che annoiandomi in casa io servivo una causa santa. Leggendo i primi Barrès appresi che « l'uomo libero » suscita fatalmente l'odio dei « barbari » e che il suo primo dovere è di tenergli testa. Io non subivo un'oscura avversità, ma lottavo per la giusta causa.

Condividevo le devozioni degli scrittori della nuova generazione, Barrès, Gide, Valery, Claudel, e leggevo febbrilmente tutti i romanzi e i saggi dei poco piú anziani di me. È normale che mi riconoscessi in loro, poiché eravamo della stessa riva. Borghesi come me, si sentivano come me a disagio nella loro pelle. La guerra aveva distrutto la loro sicurezza senza strapparli alla loro classe; si rivoltavano, ma soltanto contro i loro genitori, contro la famiglia e la tradizione. Nauseati «dell'imbottimento dei crani» cui erano stati sottoposti durante la guerra, reclamavano il diritto di guardar le cose in faccia e di chiamarle col loro nome; solo, poiché non avevano alcuna intenzione di far crollare la società, si limitavano a studiare con minuzia i loro stati d'animo: predicavano la «sincerità verso se stessi». Respingendo i *clichés* e i luoghi comuni, rifiutavano con disprezzo le vecchie dottrine di cui avevano constatato il fallimento, ma non tentavano di costruirne un'altra; preferivano affermare che non bisogna mai accontentarsi di niente: esaltavano l'inquietudine. Ogni giovane alla moda era un inquieto; durante la quaresima del 1925 padre Sanson predicò a Nôtre Dame su «l'inquietudine umana». Per il disgusto delle vecchie morali, i piú audaci arrivavano al punto di mettere in questione il Bene e il Male: ammiravano i «demoniaci» alla Dostojevskij che divenne uno dei loro idoli. Certuni professavano uno sdegnoso estetismo; altri si davano all'immoralismo.

Io ero esattamente nella stessa situazione di questi figli di famiglia sbalestrati; mi separavo dalla classe cui appartenevo, ma dove andare? di scendere verso «i ceti inferiori» non era da parlarne; si poteva, si doveva, aiutarli a elevarsi, ma per il momento nei miei diari confondevo in uno stesso disgusto l'epicureismo di Anatole France e il materialismo degli operai «che si accalcano nei cinematografi». Poiché non scorgevo in tutta la terra alcun posto che mi convenisse, decisi allegramente che non mi sarei mai fermata in nessun posto. Mi votai all'Inquietudine. Quanto alla sincerità, vi aspiravo fin dall'infanzia. Intorno a me si riprovava la menzogna ma si fuggiva diligentemente la verità; se oggi mi era tanto difficile parlare, ciò dipendeva dal fatto che mi ripugnava adoperare la falsa moneta in corso nel mio ambiente. Non feci meno in fretta ad abbracciare l'immoralismo. Certo, non approvavo che si rubasse per interesse, né che ci si sollazzasse in un letto per il piacere; ma se erano gratuiti, disperati, ribelli – e, benintesto, immaginari – incassavo senza batter ciglio tutti i vizi, gli stupri e gli assassinî. Fare il male era la maniera piú radicale di ripudiare ogni complicità con la gente perbene.

Rifiuto delle parole vuote, delle false morali e della loro comodità: la letteratura presentava quest'atteggiamento negativo come un'etica positiva. Del nostro disagio essa faceva una ricerca: noi cercavamo una salvezza. Se avevamo rinnegato la nostra classe, era per porci nell'Assoluto. « Il peccato è il posto vuoto di Dio », scriveva Stanislas Fumet nel *Notre Baudelaire*. Cosí l'immoralismo non era soltanto una sfida alla società, ma permetteva di raggiungere Dio; credenti e increduli facevano spesso uso di questo nome; secondo gli uni esso designava una presenza inaccessibile, secondo gli altri un'assenza vertiginosa: non c'era molta differenza, e non ebbi difficoltà ad amalgamare Claudel e Gide; in entrambi, Dio si definí, in rapporto al mondo borghese, come l'*altro*, e tuttociò che era altro manifestava qualcosa di divino; nel cuore vuoto della Giovanna D'Arco di Péguy, nella lebbra che rodeva Violaine, riconoscevo la sete che divorava Nathanaël; tra un sacrificio sovrumano e un delitto gratuito non c'è molta distanza, e vedevo in Sygne la sorella di Lafcadio. L'importante era strapparsi alla terra, e allora si attingeva all'eterno.

Un piccolo numero di giovani scrittori – Ramon Fernandez, Jacques Prévost – si allontanavano da queste vie mistiche per tentar di fondare un nuovo umanesimo; non li seguii. Pure, l'anno prima avevo acconsentito al silenzio del cielo, e avevo letto con emozione Henry Poincaré; sulla terra stavo bene; ma l'umanesimo – a meno che non sia rivoluzionario – e quello di cui si parlava nella « N.R.F. » non lo era – comporta la possibilità di raggiungere l'universale rimanendo borghesi, e io avevo appena constatato che questa speranza era un'illusione. Ormai, alla mia vita intellettuale accordavo soltanto un valore relativo, poiché essa non aveva saputo conciliarmi la stima di tutti. Invocai un'istanza superiore che mi permettesse di rifiutare i giudizi estranei: mi rifugiai nel mio « io profondo » e decisi che tutta la mia esistenza doveva essergli subordinata.

Questo cambiamento mi portò a considerare l'avvenire sotto una luce nuova: « Avrò una vita felice, feconda, gloriosa », mi ero detta a quindici anni. Adesso decisi: « Mi accontenterò di una vita feconda ». Servire l'umanità mi sembrava ancora importante, ma non mi aspettavo piú di essere riconosciuta da essa, poiché l'opinione altrui non doveva piú contare per me. Questa rinuncia mi costò poco, giacché la gloria non era stata altro che un incerto fantasma in fondo all'avvenire. La felicità, in compenso, l'avevo conosciuta, l'avevo sempre desiderata; non mi rassegnai facilmente a rinunciarvi. Se mi decisi a farlo fu perché credetti che mi sarebbe stata vietata per sempre. Non la separavo dall'amore, dall'amicizia, dalla tenerezza, ed io m'imbarcavo in un'impresa « irrimediabilmente solitaria ». Per riconquistarla, sarebbe stato necessario tornare indietro, decadere: decretai che ogni felicità è di per se stessa una decadenza. Come conciliarla con l'inquietudine? Amavo il Grand Meaulnes, Alissa, Violaine, la Monique di Marcel Arland: avrei camminato sulle loro orme. In compenso, non era proibito accettare la gioia, e questa mi visitava spesso. Versai molte lacrime durante quel trimestre, ma conobbi anche grandi esaltazioni.

Pur avendo ormai ottenuto il diploma di letteratura, non pensai affatto di privarmi delle lezioni di Garric: continuai a sedermi di fronte a lui tutti i sabati pomeriggio. Il mio fervore non declinava: mi sembrava che la terra non sarebbe stata abitabile se non avessi avuto nessuno da ammirare. Quando mi capitava di tornare da Neuilly senza Zazà né Thérèse, tornavo a piedi; percorrevo l'avenue de la Grande-Armée; mi divertivo a fare un gioco che a quel tempo comportava ancora solo un rischio limitato: traversare dritta, senza fermarmi, place de l'Etoile; fendendo a gran passi la folla che saliva e scendeva l'avenue des Champs-Elysées. E pensavo a quell'uomo che abitava in un quartiere sconosciuto, quasi esotico, Belleville;

non era « inquieto », ma non dormiva, aveva trovato la sua strada; niente famiglia, niente mestiere, niente *routine*. Nelle sue giornate, nessuna scoria; era solo, libero dal mattino alla sera, agiva, illuminava, ardeva. Come avrei voluto imitarlo! Risvegliavo nel mio cuore lo « spirito Equipe », guardavo tutti i passanti con amore. Quando leggevo al Lussemburgo, se qualcuno si sedeva sulla mia panchina e attaccava discorso, mi facevo premura di rispondere. Da piccola mi avevano proibito di giocare con le bambine che non conoscevo, e mi piaceva offendere gli antichi tabú. Ero particolarmente contenta quando m'accadeva d'aver a che fare con « gente del popolo »; in questi casi mi sembrava di mettere in pratica le istruzioni di Garric. La sua esistenza illuminava le mie giornate.

Peraltro, le gioie che ne traevo cominciarono ben presto a venarsi d'angoscia. Lo ascoltavo ancora parlare di Balzac, di Victor Hugo: dovetti confessarmi che in realtà mi stavo sforzando di prolungare un passato morto; ero un'ascoltatrice, ma non piú sua allieva: avevo cessato d'appartenere alla sua vita. « E tra poche settimane non l'avrei nemmeno visto piú! » mi dicevo. Già l'avevo perduto. Non avevo mai perduto nulla di prezioso, quando le cose mi lasciavano avevo già smesso di tenere ad esse; questa volta mi si faceva violenza, e mi ribellavo. No, dicevo, non voglio. Ma la mia volontà non contava nulla. Come lottare? Comunicai a Garric che mi sarei iscritta alle Equipes; egli se ne rallegrò: ma non si occupava affatto della sezione femminile. Sicuramente, l'anno prossimo, non avrei avuta alcuna occasione d'incontrarlo. L'idea mi era cosí insopportabile che mi diedi a fantasticare; avrei mai avuto il coraggio di parlargli, di scrivergli, di dirgli che non potevo vivere senza mai vederlo? Se avessi osato, mi domandavo, che cosa sarebbe successo? Non osai. « Alla riapertura delle scuole, saprò ben ritrovarlo ». Questa speranza mi calmava un po'. E poi, pur accanendomi a trattenerlo nella mia vita, lo lasciavo tuttavia scivolare in secondo piano. Jacques acquistava sempre maggiore importanza. Garric era un idolo lontano; Jacques si preoccupava dei miei problemi, mi era dolce parlare con lui. Ben presto mi resi conto ch'egli aveva ripreso il primo posto nel mio cuore.

A quel tempo preferivo stupirmi che comprendere; non tentavo di collocare Jacques, né di spiegarmelo. Soltanto oggi ricompongo la sua storia con una certa coerenza.

Il nonno paterno di Jacques era stato sposato con la sorella di mio nonno – la prozia baffuta che scriveva nella « Poupée modèle ». Ambizioso, giocatore, aveva compromesso il suo patrimonio con speculazioni azzardate. I due cognati avevano ferocemente litigato per questioni d'interesse, e benché anche mio nonno fosse passato di fallimento in fallimento, al tempo in cui chiamavo Jacques il mio fidanzato aveva dichiarato fieramente: – Mai una mia nipote sposerà un Laiguillon! – Quando Ernest Laiguillon morí, la fabbrica di vetrate si reggeva ancora; ma in famiglia si diceva che se quel povero Charlot non fosse perito prematuramente in quello spaventoso incidente, avrebbe senza dubbio completato l'affondamento: come suo padre, era intraprendente all'eccesso, e irragionevolmente fiducioso nella propria stella. Fu il fratello della zia Germaine che s'incaricò di dirigere la ditta fino alla maggiore età del nipote; la sua amministrazione fu prudentissima, poiché, contrariamente ai Laiguillon, i Flandin erano provinciali dalle vedute limitate, che si accontentavano di profitti modesti.

Jacques aveva due anni quando perse suo padre; gli rassomigliava; aveva preso da lui gli occhi di giaietto, la bocca golosa, l'aria sveglia; la nonna Laiguillon l'idolatrava, e appena seppe parlare cominciò a trattarlo da piccolo capo della famiglia: egli doveva proteggere Titite e mammina. Jacques prese sul serio questa parte; la sorella e la mamma lo adulavano. Ma dopo cinque anni di vedovanza, la zia Germaine si risposò con un funzionario che risiedeva a Châteauvillain dove anche lei andò a stare, ed ebbe un bambino. Dapprima tenne con sé i due piú grandi. Poi, nell'interesse dei loro studi, Titite fu messa a semiconvitto all'Istituto Valton, e Jacques allo Stanislas; entrambi abitarono nell'appartamento del boulevard Montparnasse sorvegliati dalla vecchia Elise. Come sopportò quest'abbandono, Jacques? Pochi bambini furono piú imperiosamente costretti a camuffarsi di questo piccolo signore detronizzato, esiliato, abbandonato. Egli fingeva gli stessi sentimenti sorridenti per il patrigno e per il fratellastro quanto per sua madre e sua sorella;

l'avvenire doveva provare – molto tempo dopo – che soltanto il suo affetto per Titite era vero; senza dubbio, non si rendeva conto dei suoi rancori: ma non è un caso che trattasse male la nonna Flandin e manifestasse sempre alla sua famiglia materna un disprezzo che rasentava l'ostilità. Inciso su una facciata, scritto nella luce delle belle vetrate cangianti, il nome dei Laiguillon aveva ai suoi occhi lo splendore di un blasone; e inoltre, se se ne vantava con tanta ostentazione, se riconosceva esclusivamente la sua ascendenza paterna, era perché, cosí facendo, si vendicava di sua madre.

Non era riuscito a rimpiazzare in famiglia il padre morto; in compenso ne rivendicò altamente la successione: a diciotto anni, subendo con disdegno la provvisoria tutela dello zio, si proclamava l'unico padrone della ditta. Si spiega cosí la sua giovanile importanza. Nessuno ha saputo quali abbattimenti, quali gelosie, quali rancori, quali terrori forse, egli si trascinasse per le soffitte deserte in cui le polveri del passato gli annunciavano il suo avvenire. Ma senza dubbio la sua iattanza, le sue arie, le sue fanfaronate, nascondevano un grande smarrimento.

Un bambino è sempre un ribelle: Jacques volle essere ragionevole come un uomo. Non ebbe da conquistare la libertà ma da difendersene: s'impose le norme e le proibizioni che un padre vivo gli avrebbe dettate. Esuberante, disinvolto, insolente, in collegio gli capitava spesso di dar scandalo; una volta mi mostrò ridendo sul suo libretto scolastico una nota che gli rimproverava « rumori in spagnolo »; non posava al ragazzino modello: era un adulto cui la maturità permetteva d'infrangere una disciplina troppo infantile. A dodici anni, improvvisando in casa sua una commedia-sciarada, sbalordí l'uditorio facendo l'apologia del matrimonio di convenienza; faceva la parte di un giovanotto che rifiutava di sposare una ragazza povera. – Se fondo una famiglia, spiegava, – voglio poter garantire ai miei figli una comoda agiatezza –. Adolescente, non mise mai in discussione l'ordine stabilito. Come avrebbe potuto ribellarsi contro il fantasma che era il suo unico sostegno contro il nulla? Buon figlio, fratello premuroso, egli restò fedele alla linea che una voce d'oltretomba gli aveva assegnata. Ostentava un gran rispetto per le istituzioni borghesi. Un giorno, parlando di Garric, mi disse: – È un tipo a posto, ma dovrebbe sposarsi ed esercitare un mestiere. – Perché? – Un uomo deve avere un mestiere –. Da parte sua, prendeva molto a cuore le sue future funzioni. Seguiva corsi d'arte decorativa, di diritto, e si iniziava agli affari negli uffici al pianterreno, che odoravano di vecchia polvere. Gli affari e il diritto lo annoiavano; in compenso gli piaceva il disegno; imparò l'incisione su legno, e s'interessava vivamente di pittura. Quanto a dedicarvisi, non se ne parlava nemmeno; suo zio, che di belle arti non si intendeva affatto, dirigeva benissimo la ditta; i compiti di Jacques non sarebbero stati affatto diversi da quelli di un qualsiasi piccolo industriale. Egli se ne consolava riesumando le mire audaci di suo padre e di suo nonno; nutriva grandi progetti; lui non si sarebbe accontentato di una modesta clientela di parroci di campagna; le vetrate Laiguillon avrebbero sbalordito il mondo per la loro qualità artistica, e la fabbrica sarebbe divenuta una grossa impresa. Sua madre, i miei genitori si preoccupavano: – Farebbe meglio a lasciare la direzione degli affari a suo zio, – diceva mio padre. – Manderà in rovina la ditta –. Il fatto è che nel suo zelo c'era qualcosa di sospetto; la serietà dei suoi diciotto anni somigliava troppo a quella ch'egli esibiva a otto, per non sembrare ugualmente recitata. Egli insisteva sul conformismo, come se non avesse appartenuto per diritto di nascita alla casta che rivendicava. Il fatto è che non era riuscito a sostituirsi effettivamente a suo padre: non udiva che la propria voce, e questa mancava d'autorità. Evitava tanto piú accuratamente di mettere in discussione la saggezza di cui s'era dotato, in quanto non la interiorizzava mai. Non coincise mai col personaggio che interpretava in modo cosí clamoroso: Laiguillon figlio.

Io scorgevo questa falla. Ne conclusi che Jacques aveva adottato l'unico atteggiamento che mi sembrasse valido: cercare soffrendo. La sua veemenza non mi convinceva della sua ambizione, né la sua voce ponderata della sua rassegnazione. Ben lungi dall'allinearsi tra la gente assestata, egli arrivava addirittura al punto di rifiutare le facilità dell'anticonformismo. Il suo broncio *blasé*, lo sguardo esitante, i libri che mi aveva prestato, le sue mezze confidenze, tutto mi faceva capire ch'egli viveva rivolto verso un incerto al di là. Amava il Grand Meaulnes, l'aveva fatto amare anche a me: li identificavo. Vedevo in Jacques una raffinata incarnazione dell'Inquietudine.

Con i miei, andavo abbastanza spesso a cena da loro, al boulevard Montparnasse. Quelle serate non mi dispiacevano. Contrariamente al resto del parentado, la zia Germaine e Titite non mi consideravano un mostro; da loro, nel grande appartamento semibuio che mi era familiare fin dall'infanzia, le fila della mia vita si riannodavano, non mi sentivo piú un'esiliata. Avevo con Jacques dei brevi colloqui a quattr'occhi, in cui la nostra complicità si rinsaldava. I miei genitori non la vedevano di malocchio. Avevano nei riguardi di Jacques sentimenti ambivalenti: ce l'avevano con lui perché non veniva piú a trovarli, e perché si occupava di me piú che di loro, accusavano anche lui d'ingratitudine. Tuttavia, egli godeva d'una situazione apprezzabile: se m'avesse sposata, che bazza, per una ragazza senza dote! Ogni volta che mia madre pronunciava il suo nome, abbozzava un sorrisetto discreto; io bruciavo di rabbia che si volesse trasformare in un'impresa borghese un'amicizia fondata su un comune rifiuto degli orizzonti borghesi; tuttavia trovavo assai comodo che la nostra amicizia fosse lecita, e che fossi autorizzata a vedere Jacques a quattr'occhi.

Di solito suonavo alla sua porta verso la fine del pomeriggio; salivo fino all'appartamento. Jacques mi accoglieva con un sorriso gentile: – Ti disturbo? – Tu non mi disturbi mai. – Come va? – Va sempre bene quando ti vedo –. La sua gentilezza mi scaldava il cuore. Mi conduceva nella lunga galleria medievale dove aveva installato il suo tavolo da lavoro; non vi era mai troppa luce, lí, a causa di una vetrata; mi piaceva quella penombra, mi piacevano i forzieri e i cofani di legno massiccio. Mi sedevo su un divano tappezzato di velluto cremisi; lui si metteva a passeggiare in lungo e in largo, con una sigaretta all'angolo delle labbra, strizzando un poco gli occhi per cercare il pensiero nelle volute di fumo. Gli restituivo i libri che m'aveva imprestati, me ne imprestava altri; mi leggeva Mallarmé, Laforgue, Francis Jammes, Max Jacob. – La vuoi iniziare alla letteratura moderna? – gli aveva domandato mio padre in un tono tra l'ironico e il piccato. – Niente potrebbe farmi piú piacere, – aveva risposto Jacques. Si prendeva a cuore questo compito. – In ogni caso, ti ho fatto conoscere delle belle cose! – mi diceva a volte con fierezza. Peraltro, mi guidava con molta discrezione. – È chic amare Aimée! – mi disse quando gli riportai il romanzo di Jacques Rivière; di rado spingevamo piú avanti i nostri commenti; detestava essere pesante. Spesso, se gli domandavo uno schiarimento, sorrideva e mi citava Cocteau: – È come gl'incidenti ferroviari: si sente, non si spiega –. Quando mi mandava allo Studio des Ursulines a vedere – di pomeriggio, con mia madre – un film d'avanguardia, o l'ultimo spettacolo di Dullin all'Atélier, mi diceva soltanto: – Questo non bisogna perderlo –. A volte mi descriveva minuziosamente un particolare: una luce gialla nell'angolo di un quadro; sullo schermo, una mano che si apre; religiosa, divertita, la sua voce suggeriva l'infinito. Mi diede tuttavia indicazioni preziose sul modo in cui bisognava guardare un quadro di Picasso; mi sbalordiva perché sapeva riconoscere un Braque o un Matisse senza vedere la firma: questo mi pareva stregoneria. Tutte queste novità ch'egli mi rivelava mi stordivano, e avevo un po' l'impressione che ne fosse egli stesso l'autore. Attribuivo quasi a lui l'*Orfeo* di Cocteau, gli *Arlecchini* di Picasso, l'*Entracte* di René Claïr.

Che faceva, lui, in realtà? Quali erano i suoi progetti, i suoi pensieri? Non lavorava molto. Gli piaceva scorrazzare in auto per Parigi, la notte; frequentava un poco le birrerie del Quartiere Latino, i caffè di Montparnasse; mi descriveva i caffè come dei posti favolosi dove succedeva sempre qualcosa. Ma non era molto contento della sua esistenza. Misurando a gran passi la galleria, scompigliandosi i capelli d'un bel castano dorato, mi confidava sorridendo: – È terribile, quanto sono complicato! mi perdo nelle mie stesse complicazioni! – Una volta, mi disse senza affatto ridere: – Vedi, quello che mi ci vorrebbe è di credere in qualche cosa! – E non basta vivere? – gli domandai; credevo alla vita, io. Lui scosse la testa: – Non è facile vivere se non si crede in niente –. E poi cambiò discorso; si abbandonava soltanto a piccole dosi, e non insistei. Con Zazà, nelle nostre conversazioni, non toccavamo mai argomenti essenziali; con Jacques, se ce ne accostavamo, mi sembrava normale farlo nella maniera piú ristretta. Sapevo che aveva un amico, Lucien Riaucourt, figlio di un grosso banchiere lionese, con cui passava intere nottate a parlare; si accompagnavano l'un l'altro, dal boulevard Montparnasse alla rue de Beaune, e a volte Riaucourt restava a dormire sul divano rosso. Questo giovane aveva conosciuto Cocteau e confidato a Dullin un progetto di commedia. Aveva pubblicato una raccolta di poesie illustrata con una xilografia di Jacques. M'inchinavo dinanzi a queste vette. Mi stimavo già ben fortunata che Jacques mi concedesse un posto in margine alla sua vita. Di solito, egli non aveva molta simpatia per le donne, mi diceva; voleva bene a sua sorella, ma la trovava troppo sentimentale; era davvero una cosa eccezionale poter parlare, tra ragazzo e ragazza, come facevamo noi.

Ogni tanto gli parlavo un poco di me, ed egli mi dava dei consigli. – Cerca di essere limpida, – mi diceva. Mi diceva anche che bisognava accettare ciò che la vita ha di quotidiano, e mi citava Verlaine: – La vita umile, dai lavori noiosi e facili –. Non ero completamente d'accordo; ma ciò che importava era che egli mi ascoltasse, mi comprendesse, m'incoraggiasse, e mi salvasse per qualche momento dalla solitudine.

Io credo che non avrebbe domandato di meglio che associarmi piú familiarmente alla sua vita. Mi mostrava delle lettere dei suoi amici, avrebbe voluto farmeli conoscere. Un pomeriggio lo accompagnai alle corse a Longchamps. Una volta si offrí di condurmi ai Balletti russi, ma la mamma oppose un netto rifiuto: – Simone non uscirà da sola, la sera –. Non ch'ella dubitasse della mia virtú; prima di cena, potevo passare ore e ore sola in casa con Jacques; ma dopo, a meno che non fosse esorcizzato dalla presenza dei miei genitori, qualunque posto diventava un brutto posto. La nostra amicizia si ridusse dunque a scambi di frasi incomplete, inframmezzate da lunghi silenzi, e a letture ad alta voce.

Il trimestre venne al termine. Passai i miei esami di matematica e di latino. Era piacevole andare in fretta, riuscire; ma decisamente, non provavo alcuna passione né per le scienze esatte, né per le lingue morte. La signorina Lambert mi consigliò di tornare al mio primitivo progetto; era lei che teneva il corso di filosofia al Sainte-Marie: sarebbe stata felice di avermi per allieva; mi assicurò che avrei ottenuto l'abilitazione senza difficoltà. I miei genitori non si opposero, ed io fui molto soddisfatta di questa decisione.

Benché in queste ultime settimane la figura di Garric fosse un po' impallidita, avevo tuttavia la morte nel cuore quando in un triste corridoio dell'Istituto Sainte-Marie mi accomiatai da lui. L'avrei ascoltato ancora una volta: tenne una conferenza in una sala del boulevard Saint-Germain cui presero parte anche Henry Massis e il signor Mabille. Questi parlò per ultimo; le parole gli sgorgavano con difficoltà dalla barba, e per tutto il suo intervento le guance di Zazà arsero d'imbarazzo. Io divoravo con gli occhi Garric. Sentivo su di me lo sguardo perplesso di mia madre, ma non tentai nemmeno di dominarmi. Imparavo a memoria quel volto che stava per spegnersi per sempre. Quanto è totale la presenza, altrettanto è radicale l'assenza. Tra le due, non sembrava possibile alcun passaggio. Il signor Mabille cessò di parlare, gli oratori lasciarono il podio: la questione era chiusa.

Mi aggrappai ancora. Una mattina presi il métro e sbarcai in una terra sconosciuta, così lontana che mi sembrava di aver passato clandestinamente una frontiera: a Belleville. Percorsi la strada principale, dove abitava Garric; conoscevo il numero della sua casa; mi avvicinai rasentando i muri; se m'avesse sorpresa, ero preparata a svenire dalla vergogna. Mi fermai un momento davanti alla sua casa, contemplai la tetra facciata di mattoni, e quella porta ch'egli attraversava ogni giorno, mattino e sera; continuai a camminare; guardavo i negozi, i caffè, il giardinetto sulla piazza; egli li conosceva così bene che non li vedeva nemmeno più. Che cosa ero venuta a cercare? Comunque, me ne tornai con un palmo di naso.

Quanto a Jacques, ero sicura di ritrovarlo in ottobre, e lo salutai senza tristezza. Era appena stato bocciato all'esame di diritto, ed era un po' abbattuto. Nella sua ultima stretta di mano, nel suo ultimo sorriso, mise tanto calore che mi commosse. E dopo averlo lasciato mi domandai ansiosamente se non c'era pericolo che avesse preso la mia serenità per indifferenza. L'idea mi costernò. Mi aveva dato tanto! Pensavo non tanto ai libri, ai quadri, ai film, quanto alla luce carezzevole che c'era nei suoi occhi quando gli parlavo di me. D'un tratto sentii il bisogno di ringraziarlo, e gli scrissi d'un fiato una letterina. Ma sulla busta la penna mi rimase in sospeso. Jacques apprezzava al piú alto grado il pudore. Con uno dei suoi sorrisi pieni di sottintesi misteriosi, una volta mi aveva citato la frase di Goethe: « Io t'amo: forse che ciò ti riguarda? » Avrebbe trovato indiscrete le mie sobrie effusioni? Non avrebbe borbottato dentro di sé: « Forse che ciò mi riguarda? » Tuttavia, se la mia lettera avesse potuto dargli un po' di conforto, sarebbe stata una vigliaccheria non inviargliela. Esitai, trattenuta da quella paura del ridicolo che aveva paralizzata la mia infanzia; ma non volevo piú comportarmi da bambina. Aggiunsi vivamente un poscritto: « Magari mi troverai ridicola, ma mi disprezzerei se non osassi esserlo mai ». E andai a gettare la lettera in una cassetta.

La zia Marguerite e lo zio Gaston c'invitarono, mia sorella e me, a Cauterets, dove villeggiavano con i figli. Un anno prima avrei scoperto la montagna con entusiasmo; adesso m'ero rinchiusa in me stessa e il mondo esterno non mi toccava piú. E poi avevo avuto rapporti troppo intimi con la natura, per accettare di vederla abbassata al livello d'una distrazione di villeggianti come qui avveniva; me la vendevano a fette, senza lasciarmi il tempo e la solitudine necessari per avvicinarla; non volendomi dare ad essa, non ne ricevetti nulla. Gli abeti e i torrenti non mi dicevano niente. Andammo in escursione all'anfiteatro di Gavarnie e al lago di Gaube; mia cugina Jeanne faceva fotografie, io non vedevo nient'altro che tristi diorami. Quegli scenari inutilmente sontuosi non mi distraevano dalla mia pena piú dei brutti alberghi piantati lungo le strade.

Poiché mi sentivo infelice. Garric era scomparso per sempre; e con Jacques, a che punto ero? Nella mia lettera gli avevo dato l'indirizzo di Cauterets; poiché evidentemente egli non avrebbe desiderato che la sua risposta cadesse in mani diverse dalle mie, mi avrebbe scritto qui o non avrebbe scritto affatto: non scriveva. Dieci volte al giorno, andavo a guardare nella casella 46 al bureau dell'albergo: niente. Perché? Avevo vissuta la nostra amicizia in fiducia e spensieratezza; adesso mi domandavo: che cosa sono, io, per lui? L'aveva trovata puerile, la mia lettera? o fuori luogo? mi aveva semplicemente dimenticata? che tormento! e come avrei desiderato poterlo analizzare in pace. Ma non avevo un istante di tranquillità. Dormivo nella stessa stanza con Poupette e Jeanne; uscivamo sempre in gruppo; per tutto il giorno dovevo esser presente a me stessa, continuamente c'erano voci che mi entravano nelle orecchie. Alla Rallière, intorno a una tazza di cioccolato, la sera nel salone dell'albergo, quelle dame e quei signori non facevano che parlare; erano in vacanza, leggevano e parlavano delle loro letture. Dicevano: – È scritto bene, ma ci sono delle lungaggini –. Oppure: – Ci sono delle lungaggini, ma è scritto cosí bene –. A volte, con occhio sognante, la voce sottile, sfumavano: – È curioso, – oppure, in tono un po' piú severo: – È strano –. Aspettavo la notte per piangere; la mattina dopo, la lettera non era ancora arrivata; ricominciavo ad aspettare la sera, i nervi tesi, il cuore coronato di spine. Un giorno, in camera mia, scoppiai in singhiozzi; non so come riuscii a rassicurare la mia povera zia tutta spaventata.

Prima di tornare a Meyrignac ci fermammo due giorni a Lourdes. Ne ebbi uno choc. Dinanzi a quell'atroce parata di moribondi, d'infermi, di gozzuti, mi resi conto brutalmente che il mondo non era uno stato d'animo. Gli uomini avevano un corpo e soffrivano nel loro corpo. Seguendo una processione, insensibile al gracidare dei cantici e all'odore stantio dei devoti in giubilo, mi vergognai del mio egocentrismo. Non c'era altra realtà che questa opaca miseria. Invidiai vagamente Zazà che durante i pellegrinaggi lavava i piatti dei malati. Dedicarsi. Dimenticarsi. Ma come? Perché? L'infelicità mascherata con grottesche speranze era troppo priva di senso, qui, per aprirmi gli occhi. Macerai per qualche giorno nell'orrore, poi ripresi il filo delle mie preoccupazioni.

Passai tristi vacanze. Mi trascinavo per i castagneti e piangevo. Mi sentivo assolutamente sola al mondo. Quell'anno mia sorella mi era estranea. Avevo esasperato i miei genitori col mio atteggiamento aggressivamente austero; mi osservavano con diffidenza. Leggevano i romanzi che mi ero portata, e ne discutevano tra loro e con la zia Marguerite: – È torbido, è parziale, non è cosí, – dicevano spesso; mi ferivano altrettanto quando facevano commenti sul mio umore o supposizioni su ciò che mi passava per la testa. Meno occupati che a Parigi, sopportavano meno pazientemente che mai i miei silenzi, e certo io non facilitai le cose lasciandomi andare, due o tre volte, a uscite inconsulte. Nonostante i miei sforzi, restavo molto vulnerabile. Quando mia madre scuoteva la testa dicendo: – Decisamente, cosí non va, – ardevo di rabbia; ma se riuscivo invece a farla sospirare con soddisfazione: – Cosí va meglio, – mi esasperavo. Volevo bene ai miei genitori, e in quei luoghi in cui eravamo stati cosí uniti i nostri malintesi mi erano ancor piú dolorosi che a Parigi. Inoltre, ero disoccupata; i libri ch'ero riuscita a procurarmi erano pochi. Grazie a un saggio su Kant, mi appassionai all'idealismo critico, che mi confermava nel mio rifiuto di Dio. Nelle teorie di Bergson sull'« io sociale e l'io profondo », riconobbi con entusiasmo la mia stessa esperienza. Ma le voci impersonali dei filosofi non mi davano lo stesso conforto di quelle dei miei autori prediletti. Non sentivo piú delle paterne presenze intorno a me. Il mio solo rifugio era il mio diario; quando vi avevo scaricata la mia noia e la mia tristezza, ricominciavo tristemente ad annoiarmi.

Una notte, alla Grillère, mi ero appena coricata in un gran letto campagnolo quando l'angoscia si riversò su di me; m'era già avvenuto di aver paura della morte fino alle lacrime, fino alle grida; ma questa volta fu peggio: la vita si era già inclinata verso il nulla; nulla esisteva, se non qui, in questo istante; lo spavento fu cosí violento che fui lí lí per andare a bussare alla porta di mia madre, fingermi malata pur di udire delle voci. Finii per addormentarmi, ma di quella crisi conservai un tremendo ricordo.

Di ritorno a Meyrignac, pensai di mettermi a scrivere; preferivo la letteratura alla filosofia; se qualcuno mi avesse predetto che sarei divenuta una specie di Bergson, non ne sarei stata gran che contenta; non volevo parlare con quella voce astratta che, quando la udivo, non mi toccava. Sognavo di scrivere un « romanzo di vita interiore », volevo comunicare la mia esperienza. Esitavo; mi pareva di sentire dentro di me « un mucchio di cose da dire », ma mi rendevo conto che scrivere è un'arte, e che di quest'arte non avevo alcuna esperienza. Tuttavia buttai giú diversi soggetti di romanzo, e finalmente mi decisi. Scrissi la mia prima opera. Era la storia di un'evasione mancata. L'eroina aveva la mia età, diciotto anni; trascorreva le sue vacanze con la famiglia, in una casa di campagna ove doveva raggiungerla un fidanzato ch'ella amava in modo convenzionale. Fin allora ella s'era accontentata della banalità dell'esistenza. D'un tratto si accorgeva di essere « diversa ». Un musicista di genio le rivelava i valori veri: l'arte, la sincerità, l'inquietudine. Ella s'accorgeva di aver vissuto nella menzogna; le nasceva una febbre, un desiderio sconosciuto. Il musicista se ne andava. Arrivava il fidanzato. Dalla sua stanza al primo piano, ella udiva un allegro vocio di benvenuto; esitava: ciò che aveva intravvisto per un istante l'avrebbe salvata? l'avrebbe perduta? Il coraggio le veniva meno. Ella scendeva di sotto ed entrava sorridendo nel salotto dove gli altri la aspettavano. Non mi feci illusioni sul valore di questo racconto; ma era la prima volta che mi provavo a mettere in parole la mia esperienza, e scriverla mi diede piacere.

Avevo mandato a Garric una letterina, da allieva a professore, ed egli mi aveva risposto con un biglietto, da professore ad allieva; non pensavo piú molto a lui. Col suo esempio egli mi aveva incitata a strapparmi dal mio ambiente, dal mio passato: condannata alla solitudine, mi ero gettata, come lui, nell'eroismo. Ma era un cammino arduo, e certo avrei preferito che la condanna fosse revocata; l'amicizia di Jacques autorizzava questa speranza. Distesa sui prati, vagando per i sentieri, la sua immagine mi era sempre presente. Non aveva risposto alla mia lettera;* ma col tempo la mia delusione si attenuò; i ricordi la ricoprivano: i sorrisi con cui mi accoglieva, la nostra connivenza, le ore vellutate che avevo trascorse vicino a lui. Ero cosí stanca di piangere che mi permisi di sognare. Avrei acceso la lampada, mi sarei seduta sul divano rosso: sarei stata a casa mia. Avrei guardato Jacques: sarebbe stato mio. Senza alcun dubbio io l'amavo: perché non avrebbe dovuto amarmi anche lui? Mi misi a fare progetti di felicità. Se vi avevo rinunciato era perché avevo creduto che mi fosse proibita; ma dacché mi parve possibile ripresi ad agognarla.

Jacques era bello, d'una bellezza infantile e carnale; tuttavia, non mi suscitò mai il minimo turbamento, la minima ombra di desiderio; forse m'ingannavo quando annotai con un certo stupore sul mio quaderno che se egli avesse abbozzato un gesto di tenerezza, qualcosa in me si sarebbe ritratto; ciò significa che almeno mentalmente mantenevo le distanze. Avevo sempre considerato Jacques come un fratello grande, un po' lontano; ostile o benevola, la famiglia non cessò mai di circondarci; è senza dubbio per questo che i sentimenti che provavo per lui s'indirizzavano a un angelo.

In compenso, il carattere irrimediabile che d'un tratto attribuii a questi sentimenti, dipese dal fatto che eravamo cugini. Avevo rimproverato appassionatamente a Joe e a Maggie di aver tradito la loro infanzia: amando Jacques, pensavo di compiere il mio destino. Ripensavo al nostro antico fidanzamento, e quella vetrata che mi aveva donata; mi rallegravo che la nostra adolescenza ci avesse separati, e ci avesse data in tal modo la gioia radiosa di ritrovarci. Evidentemente, quest'idillio era scritto nel cielo.

In verità, se credetti alla sua fatalità, fu perché, senza esprimermelo chiaramente, vedevo in esso la soluzione ideale di tutte le mie difficoltà. Pur detestando le abitudini borghesi conservavo la nostalgia delle serate nello studio nero e rosso, al tempo in cui pensavo che non avrei mai potuto lasciare i miei genitori. La casa Laiguillon. Il bell'appartamento dalle spesse mochette, il salotto chiaro, la galleria ombrosa, per me erano già la mia casa; avrei letto accanto a Jacques, e avrei pensato «noi due», come in altri tempi avevo mormorato «noi quattro»; sua madre, sua sorella mi circondavano del loro affetto, i miei genitori si sarebbero raddolciti: sarei tornata ad essere quella cui tutti volevano bene, avrei ripreso il mio posto in quella società fuori della quale non vedevo che l'esilio. E tuttavia non avrei rinunciato a niente; vicino a Jacques la felicità non sarebbe mai stata un letargo; le nostre giornate si sarebbero ripetute teneramente, ma di giorno in giorno noi avremmo proseguito la nostra ricerca; ci saremmo smarriti l'uno accanto all'altro, senza mai perderci, uniti dalla nostra inquietudine. Cosí avrei raggiunto la mia salvezza nella pace del cuore e non nella lacerazione. Allo stremo delle lacrime e della noia, puntai di slancio tutta la mia vita su questa *chance*. Attesi febbrilmente il ritorno in città, e in treno il cuore mi batteva forte.

Quando mi ritrovai nell'appartamento dalla mochetta logora mi risvegliai brutalmente; non avevo approdato in casa di Jacques, ma a casa mia; avrei passato tutto l'anno tra quelle mura. Abbracciai con uno sguardo tutta la serie dei giorni e dei mesi: che deserto!

le vecchie amicizie, le comitive, i divertimenti, avevo fatto tabula rasa di tutto; Garric era perduto per me; avrei veduto Jacques tutt'al piú due o tre volte al mese, e nulla mi autorizzava ad aspettarmi da lui piú di quanto mi avesse dato. Avrei nuovamente provato lo scoraggiamento dei risvegli in cui non si annuncia alcuna gioia; la pattumiera da vuotare, la sera; e la stanchezza e la noia. Il delirio fanatico che m'aveva sostenuta, l'anno scorso, nel silenzio dei castagneti, s'era esaurito del tutto; tutto sarebbe ricominciato, tranne quella specie di follia che m'aveva permesso di sopportare tutto.

Fui cosí spaventata che volli subito correre da Jacques: lui solo poteva aiutarmi. Come ho già detto, i sentimenti dei miei genitori a suo riguardo erano ambigui. Quella mattina mia madre mi proibí di andare a trovarlo, ed ebbe uno sfogo violento contro di lui e contro l'influsso che esercitava su di me. Io non osavo ancora disobbedire, né mentire seriamente. Parlavo a mia madre dei miei progetti, la sera le rendevo conto della mia giornata. Mi sottomisi. Ma soffocavo di collera, e soprattutto di dolore. Da settimane aspettavo appassionatamente quell'incontro e bastava un capriccio materno per privarmene! Mi resi conto con orrore della mia dipendenza. Non soltanto mi avevano condannata all'esilio, ma nemmeno mi lasciavano libera di lottare contro l'aridità della mia sorte; i miei atti, i miei gesti, le mie parole, tutto era controllato; spiavano nei miei pensieri, e con una parola potevano far abortire i progetti che mi stavano piú a cuore, qualsiasi rifugio mi era impedito. L'anno prima, bene o male, m'ero adattata alla mia sorte poiché ero sossopra per i grandi cambiamenti che si stavano producendo in me; adesso, quell'avventura era finita, e ricadevo nella disperazione. Ero cambiata, e intorno a me avrei voluto un mondo diverso, ma quale? Che cosa desideravo, esattamente? Non arrivavo nemmeno a immaginarlo. Questa passività mi angosciava. Non mi restava che aspettare. Ma per quanto tempo? Tre anni, quattro anni? Sono tanti, quando se ne hanno diciotto. E se li passavo in prigione, in ceppi, all'uscita mi sarei sempre ritrovata altrettanto sola, senza amore, senza fervore, senza niente. Avrei insegnato filosofia, in provincia: che cosa ci avrei guadagnato? Scrivere? I miei tentativi di Meyrignac non valevano niente. Se restavo la stessa, in preda alle stesse abitudini, alla stessa noia, non avrei mai fatto alcun progresso; non sarei mai riuscita a fare qualcosa. No, nessuna luce, da nessuna parte. Per la prima volta in vita mia pensai sinceramente che era meglio essere morti che vivi.

Dopo una settimana ebbi il permesso di andare a trovare Jacques. Giunta dinanzi alla sua porta mi prese il panico: egli era la mia unica speranza, e non sapevo piú nulla di lui, salvo che non aveva risposto a una lettera. Ne era stato commosso o irritato? Come mi avrebbe accolta? Feci il giro dell'isolato una o due volte, né morta né viva. Il campanello incastrato nel muro mi atterriva: aveva la stessa falsa innocenza di quel buco nero in cui da bambina avevo imprudentemente infilato il dito. Premetti il bottone come sempre, la porta si aprí automaticamente, salii le scale. Jacques mi sorrise, sedetti sul divano cremisi. Lui mi tese una busta col mio indirizzo: – Tieni, – disse, – non te l'ho spedita perché preferivo che la cosa restasse tra noi –. Era arrossito fino agli occhi. Spiegai la lettera. In epigrafe, aveva scritto: « Forse che ciò ti riguarda? » Si rallegrava con me del fatto che non avevo temuto il ridicolo; mi diceva che spesso, « nei pomeriggi caldi e solitari », aveva pensato a me. Mi dava consigli: « offenderesti meno il tuo ambiente se tu fossi piú umana, starei quasi per dire, piú orgogliosa... » « il segreto della felicità, e il colmo dell'arte, è di vivere come tutti pur essendo come nessuno ». E terminava con questa frase: « Vuoi considerarmi tuo amico? » Un sole enorme si levò nel mio cuore. Poi Jacques si mise a parlare, a piccole frasi staccate, e scese il crepuscolo. Cosí non andava avanti, disse, non poteva andare avanti. Si sentiva tremendamente a terra; aveva creduto di essere un tipo a posto, adesso non lo credeva piú; si disprezzava, non sapeva cosa fare di se stesso. L'ascoltavo, intenerita dalla sua umiltà, commossa dalla sua confidenza, oppressa dal suo abbattimento. Lo lasciai col cuore in fiamme. Sedetti su una panchina per toccare, per guardare il dono che mi aveva fatto: un foglio di bella carta spessa, dalle barbe puntute, coperta di segni violetti. Alcuni dei suoi consigli mi stupivano: non mi sentivo disumana, non lo facevo apposta, a offendere il mio ambiente; vivere come tutti era una cosa che non mi tentava affatto; ma ero commossa al pensiero ch'egli avesse composto per me quelle frasi. Rilessi dieci volte l'epigrafe: «Forse che ciò ti riguarda?» Significava chiaramente che Jacques teneva a me piú di quanto me l'avesse mai dimostrato; ma c'era un'altra cosa che s'imponeva con evidenza: non mi amava; altrimenti non sarebbe piombato in quello stato di abbattimento. Presi rapidamente la mia decisione; il mio errore era lampante: impossibile conciliare l'amore con l'inquietudine. Jacques mi richiamava alla realtà; le serate noi due soli sotto la lampada, i lillà e le rose, non erano per noi. Noi eravamo troppo lucidi e troppo esigenti per riposarci nella falsa sicurezza dell'amore. Jacques non avrebbe mai arrestato la sua corsa ansiosa. Egli era stato all'estremo della disperazione, al punto di volgerla in disgusto contro se stesso: io dovevo seguirlo in quegli aspri sentieri. Chiamai in mio soccorso Alissa e Violaine, e mi sommersi nella rinuncia. «Non amerò mai piú nessuno, ma tra noi due l'amore è impossibile», decisi. Non rinnegavo la convinzione che mi s'era imposta durante le vacanze: Jacques era il mio destino. Ma le ragioni per le quali legavo la mia sorte alla sua escludevano ch'egli mi fosse apportatore di felicità. Avevo una parte da svolgere nella sua vita, ma non era quella d'invitarlo al sonno; bisognava combattere il suo scoraggiamento e aiutarlo a proseguire nella sua ricerca. Mi misi subito all'opera. Gli scrissi un'altra lettera in cui gli proponevo delle ragioni di vivere attinte nei migliori autori.

Era normale che non mi rispondesse, poiché entrambi desideravamo che la nostra amicizia «restasse tra noi». Tuttavia mi rodevo. Cenando da lui, con i miei, per tutta la serata spiai un lampo di complicità nei suoi occhi: niente. Faceva il buffone in modo ancor piú stravagante del solito: – Non hai ancora finito di fare il matto! – gli diceva sua madre ridendo. Sembrava cosí noncurante, e a mio riguardo cosí indifferente, che questa volta ebbi la certezza d'aver fatto un passo falso: doveva essersi seccato del mio goffo panegirico. «Dolorosa, dolorosa serata in cui la sua maschera dissimulava troppo ermeticamente il suo volto... Vorrei vomitare il mio cuore», scrissi la mattina dopo. Decisi di rintanarmi, di dimenticare, ma otto giorni dopo, mia madre, informata dai parenti di Jacques, mi disse ch'egli era stato di nuovo bocciato, e appariva molto depresso. Sarebbe stato gentile da parte mia andare a fargli una visita. Subito preparai i miei medicamenti, i miei balsami, e accorsi. Effettivamente aveva un'aria costernata; affondato in una poltrona, la barba lunga, il colletto slacciato, quasi sbracato, non riuscí neanche a strapparsi un sorriso. Mi ringraziò della mia lettera, senza troppa convinzione, mi parve. E mi ripeté ch'era un buono a nulla, che non valeva niente. Per tutta l'estate aveva fatto una vita stupida, rovinava tutto, era disgustato di se stesso. Cercai di confortarlo, ma senza convinzione. Quando lo lasciai bofonchiò: – Grazie di essere venuta, – in un tono concentrato che mi rimescolò; rientrai a casa molto abbattuta. Questa volta non riuscii a dipingermi a colori sublimi la desolazione di Jacques; non sapevo che cosa avesse fatto esattamente quell'estate; ma immaginavo il peggio: il gioco, l'alcool, e ciò che io chiamavo vagamente la dissolutezza. Senza dubbio, aveva delle scusanti; ma trovavo deludente doverlo scusare. Ricordavo il gran sogno d'amore-ammirazione che m'ero forgiata a quindici anni, e lo confrontavo tristemente col mio affetto per Jacques: no, non l'ammiravo. Magari ogni ammirazione era soltanto un inganno; magari nel fondo di tutti i cuori non v'era altro che lo stesso incomprensibile guazzabuglio; magari il solo legame possibile tra due anime era la compassione. Questo pessimismo non bastò a consolarmi.

Il nostro incontro successivo mi gettò in nuove perplessità. Si era ripreso, rideva, faceva in tono riflessivo dei progetti ragionevoli. – Un giorno mi sposerò, – lanciò. Questa frase mi sconvolse. L'aveva pronunciata casualmente, o di proposito? E in questo caso, era una promessa o un avvertimento? Impossibile sopportare che sua moglie fosse un'altra e non io: e tuttavia, scoprii che l'idea di sposarlo mi rivoltava. Per tutta l'estate l'avevo accarezzata; adesso, quando pensavo a questo matrimonio che i miei genitori si auguravano ardentemente, mi veniva voglia di fuggire. In esso non vedevo piú la mia salvezza, ma la mia perdita. Vissi per parecchi giorni nel terrore.

Quando tornai a trovare Jacques, c'erano degli amici; me li presentò, e poi continuarono a parlare fra loro: di caffè e di barmen, di preoccupazioni di denaro, di oscuri intrighi; mi faceva piacere che la mia presenza non li imbarazzasse, tuttavia quella conversazione mi depresse. Jacques mi disse di aspettarlo mentre lui riaccompagnava i suoi amici con la macchina, e, prostrata sul divano rosso, coi nervi a pezzi, scoppiai in singhiozzi. Quando fu di ritorno m'ero calmata. Il suo volto era cambiato, e di nuovo, dalle sue parole traspariva una tenerezza premurosa. – Sai, è davvero eccezionale un'amicizia come la nostra, – mi disse. Scese con me per il boulevard Raspail e ci fermammo a lungo davanti a una vetrina dov'era esposto un bianco quadro di Fu-jita. Partiva il giorno dopo per Châteauvillain dove avrebbe trascorso tre settimane. Pensai con sollievo che per tutto quel tempo la dolcezza di questo crepuscolo sarebbe rimasta il mio unico ricordo.

Tuttavia, la mia agitazione non si calmò: non sapevo piú che cosa pensare. In certi momenti Jacques era tutto, in certi altri assolutamente niente. Mi stupivo di trovare « quell'odio per lui, a volte ». Mi domandavo: « Perché soltanto nell'attesa, nel rimpianto, nella pietà, conosco grandi slanci di tenerezza? » L'idea di un amore condiviso tra noi mi agghiacciava. Se il bisogno che avevo di lui si assopiva, mi sentivo diminuita; ma annotai: « Ho bisogno di *lui* – non di *vederlo* ». Invece di stimolarmi come l'anno passato, le nostre conversazioni m'indebolivano. Preferivo pensare a lui a distanza, anziché trovarmelo davanti.

Tre settimane dopo la sua partenza, traversando piazza della Sorbona, vidi la sua automobile davanti alla terrazza del d'Harcourt. Che colpo! Sapevo che la sua vita si svolgeva all'infuori di me; ne parlavamo con parole velate, io restavo al margine. Ma volevo pensare che nei nostri colloqui egli metteva la parte piú vera di se stesso; quella piccola auto al bordo del marciapiede mi affermava il contrario. In quell'istante, in ogni istante, Jacques esisteva in carne ed ossa per altri e non per me; che peso avevano i nostri timidi incontri nella massa delle settimane e dei mesi? Una sera venne a casa nostra, fu affascinante, e io mi sentii crudelmente delusa. Perché? Ci vedevo sempre meno chiaro. Sua madre e sua sorella stavano trascorrendo un periodo a Parigi, e quando ci vedevamo non era mai solo. Mi sembrava che giocassimo a rimpiattino, e magari avremmo finito per non trovarci piú. L'amavo o non l'amavo? Lui mi amava? Mia madre mi riportò, in tono ambiguo, ch'egli aveva detto alla sua: – Simone è molto carina; è un peccato che la zia Françoise la vesta cosí male –. La critica non mi riguardava: registrai soltanto che il mio viso gli piaceva. Aveva soltanto diciannove anni, doveva terminare gli studi; doveva fare il militare; era normale che parlasse di matrimonio solo per vaghe allusioni; questo riserbo non smentiva il calore delle sue accoglienze, i suoi sorrisi, la pressione della sua mano. Mi aveva scritto: « Forse che ciò ti riguarda? » Nell'affetto che mi dimostravano la zia Germaine e Titite, quell'anno, c'era una specie di complicità: la sua famiglia, come la mia, sembrava considerarci fidanzati. Ma che cosa ne pensava, lui, esattamente? Certe volte aveva un'aria cosí indifferente! Alla fine di novembre cenammo in un ristorante con i suoi genitori e i miei. Egli chiacchierò, scherzò; la sua presenza mascherava troppo perfettamente la sua assenza: una mascherata in cui mi smarrivo. Piansi per metà della notte.

Qualche giorno dopo per la prima volta in vita mia vidi morire una persona: lo zio Gaston, ucciso in brevissimo tempo da un'occlusione intestinale. Agonizzò per tutta una notte. La zia Marguerite gli teneva la mano e gli diceva parole ch'egli non udiva. Intorno al suo capezzale c'erano i suoi figli e i miei genitori, mia sorella ed io. Rantolava e vomitava della roba nera. Quando cessò di respirare la mascella gli cadde sul petto e gli fu annodata una mentiera intorno al capo. Mio padre, che non avevo mai visto piangere, singhiozzava. La violenza della mia disperazione sorprese tutti e me stessa. Volevo molto bene a mio zio, e amavo il ricordo delle nostre partite di caccia a Meyrignac, la mattina presto; volevo molto bene a mia cugina Jeanne, e mi faceva orrore pensare: « È orfana ». Ma né i miei rimpianti né la mia compassione potevano giustificare l'uragano che mi devastò per due giorni: non riuscivo a sopportare quello sguardo annegato che lo zio aveva gettato a sua moglie proprio un attimo prima di morire, e dove già l'irreparabile si era compiuto. Irreparabile; irrimediabile; queste parole mi martellavano la testa fino a farla scoppiare; e un'altra faceva eco: inevitabile. Magari anche a me sarebbe toccato di vedere quello sguardo negli occhi dell'uomo che avrei lungamente amato.

Fu Jacques a consolarmi. Parve cosí commosso dai miei occhi

devastati, si dimostrò cosí affettuoso che asciugai le mie lacrime. Un giorno, mentre eravamo a pranzo da sua nonna Flandin, questa mi disse incidentalmente: – Tu non saresti piú tu se non lavorassi –. Jacques mi guardò con tenerezza: – Io spero che sarebbe ugualmente lei –. E io pensai: « Avevo torto di dubitare: mi ama ». La settimana dopo fui a cena da lui; e in un breve colloquio a quattro occhi, mi confidò ch'era uscito dal suo abbrutimento, ma che temeva di esser sul punto d'imborghesirsi. E poi, d'un tratto, dopo mangiato se ne andò. Cercai di trovargli delle scuse, ma nessuna mi convinceva: se avesse tenuto a me non se ne sarebbe andato. Ma teneva davvero seriamente a qualche cosa? Decisamente, mi sembrava instabile, volubile, si perdeva in piccole compagnie e in piccole noie, non si curava dei problemi che mi tormentavano, mancava di convinzione intellettuale. Ricaddi nella confusione: « Dunque non sarei mai riuscita a strapparmi da lui, anche se talvolta mi sentivo ribellare? Lo amo, lo amo insensatamente: eppure non so nemmeno se è fatto per me ». Il fatto è che c'erano molte differenze tra noi. Tracciando il mio autoritratto, quell'autunno, la cosa che notai prima d'ogni altra fu quella che chiamavo la mia serietà: « Una serietà austera, implacabile, di cui non comprendo la ragione, ma alla quale mi adatto come ad un'imperiosa necessità ». Fin dalla mia infanzia, mi ero sempre dimostrata estremista, tutta d'un pezzo, e ne traevo motivo di fierezza. Le altre si fermavano a mezza strada, nella fede come nello scetticismo, nei desideri come nei progetti: disprezzavo la loro tepidezza. Io andavo fino al fondo dei miei sentimenti, delle mie idee, delle mie imprese; non prendevo niente alla leggera; e come nella mia prima infanzia, volevo che tutto nella mia vita fosse giustificato da una sorta di necessità. Questa ostinazione, me ne rendevo conto, mi privava di certe qualità, ma non pensavo neanche lontanamente a rinunciarvi; la mia serietà era « tutta me stessa », e tenevo enormemente a me stessa.

Non rimproveravo a Jacques la sua disinvoltura, i suoi paradossi, le sue elissi; lo ritenevo piú artista, piú sensibile, piú spontaneo, e piú dotato di me; a volte, resuscitavo il mito di Teagene e Euforione, ed ero pronta a porre al di sopra dei miei meriti la grazia che lo abitava. Ma mentre in Zazà, in altri tempi, non trovavo nulla da criticare, certi tratti di Jacques m'imbarazzavano: « Il suo gusto delle formule; certi entusiasmi sproporzionati al loro oggetto; certi sdegni un po' artificiosi ». Mancava di profondità, di perseveranza, e a volte, ciò che mi sembrava piú grave, di sincerità. Mi accadeva d'irritarmi dei suoi sotterfugi; e a volte lo sospettavo di mettere avanti la comoda scusa dello scetticismo per risparmiarsi il minimo sforzo. Si lamentava di non credere in nulla; io mi arrovellavo a proporgli degli scopi; mi sembrava esaltante lavorare al proprio sviluppo, ad arricchirsi; in questo senso interpretavo il precetto di Gide: « Far di se stessi un essere insostituibile »; ma se lo ricordavo a Jacques, alzava le spalle: – Per questo basta distendersi e dormire –. Lo spingevo a scrivere; ero certa che avrebbe scritto dei bei libri, se avesse voluto: – A che pro? – rispondeva. E il disegno? la pittura? ne aveva le doti. E lui rispondeva: – A che pro? – A tutti i miei suggerimenti, opponeva quelle tre parolette. « Jacques si ostina a voler costruire nell'assoluto; dovrebbe leggere Kant; non arriverà a nulla, in questa direzione », annotai un giorno, ingenuamente. Tuttavia, temevo molto che l'atteggiamento di Jacques non avesse nulla a che fare con la metafisica, e di solito lo giudicavo severamente: non mi piaceva la pigrizia, né la storditezza, né l'inconsistenza. Da parte sua, sentivo che spesso la mia buona fede l'indisponeva. Un'amicizia poteva adattarsi a queste divergenze, ma esse rendevano poco rassicurante la prospettiva di una vita in comune.

Non me ne sarei data tanto pensiero se avessi rilevato soltanto un'opposizione tra i nostri caratteri, ma mi rendevo conto che c'era ben altro in gioco: l'orientamento delle nostre esistenze. Il giorno in cui egli pronunciò la parola matrimonio, feci lungamente il bilancio di ciò che ci separava: « Godere delle cose belle a lui basta; accetta il lusso e la vita facile, ama la felicità. A me occorre una vita divorante. Ho bisogno di agire, di spendermi, di realizzare; mi occorre una meta da raggiungere, delle difficoltà da vincere, un'opera da compiere. Non sono fatta per il lusso, non potrei mai accontentarmi di ciò di cui s'accontenta lui ».

Il lusso di casa Laiguillon non aveva nulla di sensazionale; ciò che in realtà rifiutavo, ciò che rimproveravo a Jacques di accettare, era la condizione borghese. Il nostro accordo riposava su un equivoco che spiega le incoerenze del mio cuore. Ai miei occhi Jacques si staccava dalla sua classe perché era inquieto: non mi acccorgevo che l'inquietudine era il modo con cui quella generazione borghese cercava di recuperare se stessa; tuttavia, sentivo che il giorno in cui il matrimonio l'avesse liberato di quest'inquietudine, Jacques avrebbe coinciso esattamente col suo personaggio di giovane industriale e di capofamiglia. In verità, tutto ciò che egli desiderava era di svolgere un giorno con convinzione la parte assegnatagli dalla sua nascita; e per acquistare la fede che gli mancava contava sul matrimonio come Pascal sull'acqua benedetta. Questo non me lo diceva ancora chiaramente, ma compresi ch'egli considerava il matrimonio come una soluzione, e non come un punto di partenza. Di elevarsi insieme verso le vette non era neanche da parlarne: se fossi divenuta la signora Laiguillon, sarei stata votata a dirigere un « focolare chiuso ». Che questo fosse non del tutto inconciliabile con le mie aspirazioni personali? Diffidavo dei compromessi e questo in particolare mi appariva pericoloso. Quando avessi condiviso l'esistenza di Jacques mi sarebbe stato difficile difendermi da lui, poiché il suo nichilismo già mi contaminava. Tentavo di respingerlo facendo forza sull'evidenza delle mie passioni, delle mie volontà; spesso vi riuscivo. Ma nei momenti di scoraggiamento inclinavo a dargli ragione. Sotto la sua influenza, e per compiacerlo, non mi sarei lasciata indurre a sacrificare tutto ciò che costituiva « il mio valore »? Mi ribellavo contro questa mutilazione. Ecco perché, per tutto quell'inverno, il mio amore per Jacques fu cosí doloroso. O si disperdeva e si smarriva lontano da me, e ne soffrivo, oppure cercava l'equilibrio in un « imborghesimento » che avrebbe potuto avvicinarmelo, ma in cui io vedevo una degradazione; non potevo seguirlo nei suoi disordini, e non volevo accomodarmi con lui in un ordine che disprezzavo. Nessuno di noi due aveva fede nei valori tradizionali; ma io ero decisa a scoprirne o a inventarne altri, mentre lui non vedeva nulla al di là di essi, e oscillava tra la dissipazione e il marasma; e la saggezza cui faceva ricorso era quella del buonsenso; non cercava di cambiare la vita ma d'adattarvisi. Io, da parte mia, cercavo un superamento.

Mi succedeva spesso d'intuire un'incompatibilità, tra noi, e me ne affliggevo: « Lui è la felicità, la vita! Ah, la felicità, la vita dovrebbero esser tutto! » Pure, non mi decidevo a strappare Jacques dal mio cuore. Partí per un giro d'affari di un mese attraverso la Francia; andava a visitare parroci, chiese, a cercar di piazzare le vetrate Laiguillon. Era inverno, faceva freddo: ricominciai a desiderare il calore della sua presenza, un amore placido, una casa nostra, mia, non mi ponevo piú dei problemi. Leggevo l'*Addio all'adolescenza* di Mauriac, e ne imparavo a memoria lunghi brani languidi, che mi recitavo per la strada.

Se mi ostinavo in quest'amore, era perché, prima di tutto, attraverso le mie esitazioni conservavo sempre per Jacques un affetto commosso; era fascinoso e affascinante, e la sua gentilezza, capricciosa, ma sincera, aveva sconvolto piú di un cuore; il mio era senza difesa: un'intonazione, uno sguardo, bastavano a scatenarvi una pazza gratitudine. Jacques non mi sbalordiva piú; per comprendere i libri, i quadri, ora potevo fare a meno di lui; ma ero commossa della sua confidenza, e dei suoi accessi di umiltà. Tutti gli altri, i giovani limitati, gli adulti ordinati, sapevano tutto di tutto, e quando dicevano: – Non capisco! – non era mai a se stessi che davano torto. Com'ero riconoscente a Jacques delle sue incertezze! Volevo aiutarlo come egli aveva aiutato me. Piú ancora che dal nostro passato, mi sentivo legata a lui da una specie di patto che mi rendeva la sua « salvezza » piú necessaria della mia. Credevo tanto piú fermamente a questa predestinazione in quanto non conoscevo nessun uomo né giovane né vecchio col quale potessi scambiare due parole. Se Jacques non era fatto per me, allora nessuno era fatto per me, e bisognava tornare a una solitudine che mi riusciva ben amara.

Nei momenti in cui tornavo a votarmi a Jacques, rialzavo la sua statua: « Tutto ciò che mi viene da Jacques mi sembra un gioco, una mancanza di coraggio, una viltà – e poi mi rendo conto della verità di ciò che mi ha detto ». Il suo scetticismo esprimeva la sua lucidità; in fondo, ero io che mancavo di coraggio quando mi dissimulavo la triste relatività dei fini umani; lui osava confessarsi che nessun fine meritava uno sforzo. Perdeva il tempo nei caffè? In essi fuggiva la sua disperazione, e gli accadeva d'incontrarvi la poesia. Anziché rimproverargli le sue dispersioni bisognava ammirare la sua prodigalità: somigliava a quel re di Tule ch'egli amava citare, e che non aveva esitato a gettare in mare il suo piú bel nappo d'oro per la gioia di un sospiro. Io non ero capace di simili finezze, ma ciò non mi autorizzava a disconoscerne il valore. Ero certa che un giorno le avrebbe espresse in un libro. Egli non mi scoraggiava del tutto: ogni tanto mi annunciava d'aver trovato un titolo formidabile. Bisognava pazientare, fargli credito. In tal modo, dalla delusione all'entusiasmo, operavo ardue restaurazioni.

La principale ragione del mio accanimento era che all'infuori di quest'amore la mia vita m'appariva disperatamente vuota e inutile. Jacques non era che se stesso, ma a distanza diventava tutto: tutto ciò che io non avevo. A lui dovevo gioie e pene la cui violenza soltanto mi salvava dall'arida noia in cui affogavo.

Zazà tornò a Parigi ai primi d'ottobre. Si era fatta tagliare i bei capelli neri, e la nuova pettinatura dava un tono piacevolmente spigliato al suo viso un po' magro. Vestita alla foggia di san Tomaso d'Aquino portava sempre, comodamente, seppure senza eleganza, delle cloches calcate fino alle sopracciglia, e spesso i guanti. Il giorno in cui ci rivedemmo, passammo il pomeriggio sui lungosenna e alle Tuileries; aveva quell'aria seria e perfino un po' triste che ormai le era abituale. Mi disse che suo padre aveva cambiato impiego; a ingegnere capo delle Ferrovie dello Stato avevano nominato Raul Gautri, e il signor Mabille, che aspirava a quella nomina, indispettito, aveva accettato le proposte che da tempo gli faceva la Citroën: d'ora innanzi avrebbe guadagnato enormemente. La famiglia stava per trasferirsi in un lussuoso appartamento in rue de Berri; avevano comprato un'automobile; avrebbero fatto una vita sociale assai piú intensa che in passato. Tutto ciò non sembrava entusiasmare Zazà; ella mi parlò con impazienza della vita mondana che le imponevano, e capii che se partecipava ai matrimoni, ai funerali, ai battesimi, alle prime comunioni, ai tè, ai *lunches*, alle fiere di beneficenza, alle riunioni di famiglia, ai rinfreschi di fidanzamento, alle serate danzanti, non lo faceva certo con gran piacere; giudicava il suo ambiente con la stessa severità che in passato, e ne sentiva il peso ancor di piú. Prima delle vacanze le avevo prestato alcuni libri; mi disse che l'avevano fatta riflettere molto; aveva letto tre volte *Le Grand Meaulnes*: mai un romanzo l'aveva tanto scombussolata. Mi parve d'un tratto molto vicina, e le parlai un poco di me: su una quantità di punti la pensava esattamente come me. « Ho ritrovata Zazà! » mi dissi felice quando la lasciai, al cader della sera.

Prendemmo l'abitudine di fare una passeggiata insieme tutte le domeniche mattina. I colloqui a quattr'occhi non ci erano piú possibili né a casa sua né a casa mia, e ignoravamo assolutamente l'uso dei caffè: – Ma che fa tutta quella gente? Non hanno una casa? – mi domandò una volta Zazà passando davanti al Régence. Perciò misuravamo i viali del Lussemburgo o i Champs-Elysées; quando faceva bel tempo ci siedevamo sulle sedie di ferro al margine di un'aiuola. Alla biblioteca circolante di Adrienne Monnier prendevamo in prestito gli stessi libri; leggemmo con passione la corrispondenza di Alain-Fournier e Jacques Rivière; lei preferiva di gran lunga Fournier; io ero sedotta dalla rapacità metodica di Rivière. Discutevamo, commentavamo la nostra vita quotidiana. Zazà aveva serie difficoltà con sua madre che le rimproverava di consacrare troppo tempo allo studio, alla lettura, alla musica, e di trascurare i suoi « doveri sociali »; i libri che piacevano a Zazà le sembravano sospetti; si preoccupava. Zazà aveva per sua madre la stessa devozione d'un tempo, e addolorarla le riusciva insopportabile. – Però, ci sono cose alle quali non intendo rinunciare! – mi disse con voce angosciata. Temeva che in futuro sarebbero sorti conflitti piú gravi; a forza di trascinarsi di ricevimento in ricevimento, Lilí, che aveva già ventitre anni, avrebbe pur finito per accasarsi; e allora avrebbero pensato a sposare Zazà. – Non mi lascerò comandare, – mi diceva. – Ma sarò costretta a litigare con mammà! – Pur non parlandole di Jacques, né della mia evoluzione religiosa, anch'io le dicevo molte cose. Il giorno successivo a quella notte che passai in lacrime dopo un pranzo da Jacques, non mi sentii di trascinarmi da sola fino alla sera; andai a suonare alla porta di Zazà, e appena seduta davanti a lei scoppiai in singhiozzi. Ne fu cosí costernata che le raccontai tutto.

Come sempre, la parte migliore delle mie giornate la passavo a lavorare. La signorina Lambert, quell'anno, faceva logica e storia della filosofia, e cominciai con questi due diplomi. Ero contenta di riprendere la filosofia. Come già da bambina, continuavo a esser sensibile alla stranezza della mia presenza su questa terra: di dove venivo? dove andavo? ci pensavo spesso, con stupore, e nel mio diario mi ponevo queste domande; mi sembrava di esser vittima « d'un gioco di prestigio, il cui trucco è infantile, ma non si riesce a indovinare ». Speravo, se non di scoprirlo, almeno di vederlo piú da vicino. Poiché tutto il mio bagaglio consisteva in ciò che m'aveva insegnato l'abate Trécourt, cominciai ad avanzare a tastoni, con difficoltà, attraverso i sistemi di Descartes e di Spinoza. A volte, mi trasportavano molto in alto, nell'infinito: vedevo la terra, sotto di me, come un formicaio, e la stessa letteratura diventava un vano groviglio; a volte, in essi non vedevo altro che artificiose impalcature senz'alcun rapporto con la realtà. Studiai Kant, ed egli mi convinse che nessuno mi avrebbe scoperto il rovescio delle carte. La sua critica mi parve cosí pertinente, provai tanto piacere nel comprenderla, che sul momento non me ne rattristai. Tuttavia, se non poteva spiegarmi l'universo, né me stessa, non sapevo cosa avrei dovuto farmene della filosofia; le dottrine che rifiutavo in anticipo non m'interessavano gran che. Feci una dissertazione sulla « prova ontologica in Descartes », che la signorina Lambert giudicò mediocre. Tuttavia ella aveva deciso d'interessarsi di me, e ne ero lusingata. Durante le sue lezioni di logica mi distraevo a guardarla. Portava sempre dei vestiti azzurri, semplici ma ricercati; trovavo un po' monotono il freddo ardore del suo sguardo, ma ero sempre sorpresa dei suoi sorrisi, che trasformavano la sua maschera severa in un volto umano. Si diceva ch'ella avesse perduto il suo fidanzato in guerra, e che per questo lutto aveva rinunciato al secolo. Ispirava passioni: la si accusava perfino di abusare del suo ascendente; certe studentesse, per amor suo, si affiliavano a quel terz'ordine ch'ella dirigeva a fianco della signora Daniélou; e poi, dopo aver adescato le loro giovani anime, si sottraeva alla loro devozione. Poco mi importava. Secondo me, non bastava pensare soltanto, o vivere soltanto; tutta la mia stima andava alle persone che « pensavano la loro vita », e la signorina Lambert non « viveva ». Faceva lezione, lavorava a una tesi: la sua esistenza mi appariva ben arida. Ciononostante, provavo piacere nel sedermi nel suo studio, azzurro come i suoi vestiti e i suoi occhi; sul suo tavolo, in un vaso di cristallo, c'era sempre una rosa tea. Mi consigliava dei libri; mi prestò *La tentation d'Occident* di un giovane sconosciuto che si chiamava André Malraux. Mi faceva domande su me stessa, con intensità, ma senza spaventarmi. Ammise facilmente che avessi perduto la fede. Le parlavo di molte cose, e anche del mio cuore: pensava che ci si poteva rassegnare alla felicità e all'amore? Ella mi guardò con una specie di ansia: – Credete, Simone, che una donna possa realizzarsi all'infuori dell'amore e del matrimonio? – Senza dubbio, anche lei aveva i suoi problemi; ma questa fu la sola volta che vi fece allusione; il suo compito era quello di aiutarmi a risolvere i miei. La ascoltavo senza molta convinzione; non potevo dimenticare, nonostante la sua discrezione, ch'ella aveva puntato sul cielo; ma le ero grata di occuparsi con tanto calore di me, e la sua fiducia mi confortava.

In luglio mi ero iscritta alle «Equipes sociales». La direttrice delle sezioni femminili, una donnona paonazza, mi mise a capo della Equipe di Belleville. Al principio d'ottobre convocò una riunione di «responsabili» per darci le sue istruzioni. Le ragazze che incontrai a questa riunione rassomigliavano lamentevolmente alle mie antiche compagne dell'Istituto Désir. Avevo due collaboratrici, incaricate d'insegnare una l'inglese e l'altra la ginnastica; si avvicinavano alla trentina, e la sera non uscivano mai senza i genitori. Il nostro gruppo era sistemato in una specie di Centro di assistenza sociale, che era amministrato da una ragazza bruna, alta, piuttosto bella, sui venticinque anni; si chiamava Suzanne Boigue, e mi riuscì simpatica. Ma le mie nuove attività mi diedero poca soddisfazione. Una sera la settimana, per due ore, spiegavo Balzac o Victor Hugo a delle piccole apprendiste; parlavamo, gli prestavo dei libri; venivano in discreto numero e assiduamente. Ma piú che altro per trovarsi tra loro e per mantenere buoni rapporti col Centro, da cui ricevevano benefici piú sostanziali. In esso aveva sede anche un'Equipe maschile; spesso si tenevano riunioni ricreative e balli, che riunivano ragazzi e ragazze; il ballo, il flirt, e tutto ciò che vi si accompagna attiravano ben di piú che non il circolo di studi. Trovavo che la cosa era normale. Le mie allieve lavoravano tutt'il giorno nei laboratori di sartoria o di moda; le cognizioni, peraltro disparate, che gli venivano impartite, non avevano alcun rapporto con la loro esperienza, e non gli servivano a niente. Non vedevo nessun inconveniente nel fargli leggere *I Miserabili* o *Papà Goriot*; ma Garric s'ingannava davvero se credeva ch'io facessi loro una cultura; e mi ripugnava seguire le istruzioni che m'impegnavano a parlar loro della grandezza umana o del valore della sofferenza: avrei avuto l'impressione di prenderle in giro. Quanto all'amicizia, anche qui Garric mi aveva turlupinato. L'atmosfera del Centro era abbastanza gaia; ma tra i giovani di Belleville e coloro che, come me, venivano ad essi, non v'era alcuna intimità né reciprocità. Si ammazzava il tempo insieme, niente di piú. Il mio disinganno si ripercosse su Garric. Venne a fare una conferenza, e passai una buona parte della serata con Suzanne Boigue e lui. Avevo ardentemente desiderato di parlargli, un giorno, da adulta, su un piede d'uguaglianza: e la conversazione mi parve fastidiosa. Rifriggeva sempre le stesse idee: l'amicizia deve sostituire l'odio; invece di pensare in termini di partiti, di sindacati, di rivoluzioni, bisogna pensare in termini di mestieri, famiglie, regioni; il problema è di salvare in ogni uomo il valore umano. Lo ascoltavo distrattamente. La mia ammirazione per lui era svanita, e con essa la mia fede nella sua opera. Poco tempo dopo, Suzanne Boigue mi domandò se volevo dar lezioni per corrispondenza a dei malati di Berck: accettai. Questo lavoro, pur nella sua modestia, mi pareva utile. Conclusi tuttavia che l'azione era una soluzione illusoria; ci si procurava un falso alibi fingendo di dedicarsi agli altri. Non mi venne in mente che l'azione poteva prendere forme ben diverse da quelle che condannavo. Poiché, pur intuendo nelle Equipes una mistificazione, ne fui ugualmente vittima. Credetti di avere un vero contatto col « popolo »; mi parve cordiale, deferente, e dispostissimo a collaborare coi privilegiati. Quest'esperienza truccata non fece che aggravare la mia ignoranza.

Personalmente, ciò che apprezzavo di piú nelle Equipes era che mi permettevano di passare una serata fuori di casa. Avevo ritrovata una grande intimità con mia sorella; le parlavo dell'amore, dell'amicizia, della felicità e dei suoi trabocchetti, della gioia, delle bellezze della vita, della vita interiore; lei leggeva Francis Jammes e Alain-Fournier. In compenso, i rapporti coi miei genitori non miglioravano. Si sarebbero sinceramente afflitti se avessero immaginato quanto mi addolorasse il loro atteggiamento, ma non lo sospettavano nemmeno. Consideravano i miei gusti e le mie opinioni una sfida al buon senso e a loro stessi, e contrattaccavano senza quartiere. Spesso se ne appellavano ai loro amici; denunciavano in coro la ciarlataneria degli artisti moderni, lo snobismo del pubblico, la decadenza della Francia e della civiltà: durante queste requisitorie tutti gli sguardi si fissavano su di me. Il signor Franchot, brillante parlatore, ferrato in letteratura, autore di due romanzi stampati a sue spese, una sera mi domandò in tono sarcastico quali bellezze trovavo nel *Cornet à dés* di Max Jacob. – Ah! – dissi seccamente, – certo non si può capirlo al primo sguardo –. Ciò fece scandalo e, convengo, non senza ragione; ma in questi casi non avevo altra alternativa che la pedanteria o la maleducazione. Mi sforzavo di non reagire alle provocazioni, ma i miei genitori non si rassegnavano a quella falsa mitezza. Convinti che subivo nefaste influenze, m'interrogavano con sospetto: – Ma che cos'ha, dunque, di cosí straordinario, la tua signorina Lambert? – domandava mio padre. Mi rimproverava di non avere il senso della famiglia e di preferire degli estranei. Mia madre ammetteva, in linea generale, che si potesse voler piú bene agli amici che uno si era scelti, che non a lontani parenti, ma giudicava eccessivi i miei sentimenti per Zazà. Il giorno in cui andai a piangere a casa sua, all'improvviso, le comunicai questa visita. – Sono passata da Zazà. – Ma se l'avevi già vista domenica! – disse mia madre. – Non è il caso che stai tutto il tempo rintanata da lei! – Ne seguí una lunga scena. Un altro argomento di conflitto erano le mie letture. Mia madre non ci si rassegnava; sfogliando *La Nuit kurde* di Jean-Richard Bloch, impallidí. Parlava a tutti delle preoccupazioni che le davo; a mio padre, alla signora Mabille, alle mie zie, alle mie cugine, alle sue amiche. Non arrivavo a rassegnarmi di questa diffidenza che sentivo intorno a me. Quanto mi sembravano lunghe le serate, e le domeniche! Mia madre diceva che non si poteva accendere il caminetto della mia stanza; perciò aprivo un tavolo da gioco in salotto, dove ardeva una stufa, e la cui porta restava, per abitudine, spalancata. Mia madre entrava e usciva, veniva a chinarsi sulla mia spalla: – Che stai facendo? cos'è questo libro? – Dotata d'una vitalità robusta, che non aveva modo di sfogare, credeva alle virtú dell'allegria. Cantando, ridendo, scherzando, cercava di risuscitare da sola la gioiosa atmosfera che riempiva la casa ai tempi in cui regnava il buonumore e in cui mio padre non usciva tutte le sere. Esigeva la mia complicità, e se mancavo di slancio, s'inquietava: – A che pensi? che cos'hai? perché fai quella faccia? naturalmente, a tua madre non vuoi dir nulla... – Quando finalmente andava a letto, ero troppo stanca per profittare di quella calma. Come avrei voluto potermene semplicemente andare al cinema! Mi stendevo sul tappeto con un libro, ma avevo la testa cosí pesante che spesso mi addormentavo. Andavo a coricarmi col cuore offuscato. Al mattino mi risvegliavo nella noia, e le mie giornate si trascinavano tristemente. Dei libri ne avevo fin sopra i capelli: ne avevo letti troppi che rifriggevano sempre gli stessi ritornelli; non mi portavano una speranza nuova. Preferivo ammazzare il tempo nelle gallerie di rue de Seine o di rue La Boétie: la pittura mi faceva uscire da me stessa. Cercavo di uscirne. A volte mi perdevo nelle ceneri del tramonto; guardavo fiammeggiare contro un'aiuola verde pallido, pallidi crisantemi gialli; nell'ora in cui la luce dei lampioni mutava in scenari d'opera i fogliami del Carrousel mi mettevo ad ascoltare gli zampilli. La buona volontà non mi mancava; bastava un raggio di sole perché il sangue mi desse un tuffo. Ma era autunno, piovigginava, le mie gioie erano rare e si estinguevano presto. Tornava la noia, e con essa la disperazione. Anche l'anno scorso era cominciato male; avevo contato di mescolarmi gioiosamente con la gente; ero stata trattenuta in gabbia, e poi esiliata. Me l'ero cavata con un lavoro negativo: la rottura col mio passato, col mio ambiente; avevo anche fatto delle grandi scoperte: Garric, l'amicizia di Jacques, i libri. Avevo ripreso fiducia nell'avvenire, e volato alto nel cielo, verso un destino eroico. Che caduta! Di nuovo, l'avvenire era oggi, e tutte le promesse dovevano esser mantenute senza indugio. Bisognava servire, ma a che cosa? a chi? avevo molto letto, molto riflettuto, molto imparato; ero pronta, ero ricca, mi dicevo, e nessuno mi chiedeva niente. La vita mi era parsa così piena che per rispondere ai suoi infiniti appelli avevo cercato, fanaticamente, di utilizzare tutto di me, e invece era vuota, nessuna voce mi sollecitava. Mi sentivo la forza di sollevare la terra, e non trovavo da spostare neanche un sassolino. La mia disillusione fu brutale: « *Sono* talmente di più di quanto non possa *fare*! » Non bastava aver rinunciato alla gloria, alla felicità; non chiedevo neanche più che la mia esistenza fosse feconda, non chiedevo più niente; apprendevo, dolorosamente, « la sterilità di essere ». Lavoravo per avere un mestiere, ma un mestiere è un mezzo, per quale fine? Il matrimonio, per che fare? allevare figli o correggere compiti era lo stesso inutile ritornello. Jacques aveva ragione: a che pro? La gente si rassegnava a esistere invano, non io. La signorina Lambert, come mia madre, sgranava giornate morte; entrambe s'accontentavano di passare il tempo: « Io vorrei qualcosa di così assorbente da non lasciarmi il tempo di occuparmi di niente! » ma non vedevo nulla, e nella mia impazienza generalizzavo il mio caso particolare. « Niente ha bisogno di me, niente ha bisogno di nessuno, perché niente ha bisogno di essere ».

Così ritrovavo in me stessa quel « nuovo *mal du siècle* » denunciato da Marcel Arland in un articolo sulla « N.F.R. » che aveva fatto gran chiasso. La nostra generazione, spiegava Arland, non si consolava della mancanza di Dio; scopriva con costernazione che all'infuori di lui non esistevano che delle occupazioni. Avevo letto questo saggio alcuni mesi prima, con interesse, ma senza emozione; allora facevo a meno molto facilmente di Dio, e se adoperavo il suo nome, era per designare un vuoto che aveva ai miei occhi lo splendore della pienezza. Ancora adesso, non desideravo affatto ch'egli esistesse, anzi, mi pareva addirittura che se avessi creduto in lui l'avrei detestato. Avanzando a tentoni per strade di cui egli conosceva le più piccole curve, sballottata a casaccio dalla sua grazia, pietrificata dal suo infallibile giudizio, la mia esistenza altro non sarebbe stata che una prova stupida e vana. Nessun sofisma avrebbe potuto convincermi che l'Onnipotente aveva bisogno della mia miseria, a meno che non fosse stato tutto un gioco. Quando, in passato, la divertita condiscendenza degli adulti trasformava la mia vita in una commedia puerile mi torcevo di rabbia: oggi, mi sarei rifiutata non meno furiosamente di far la scimmia di Dio. Se avessi ritrovato in cielo, amplificato all'infinito, il mostruoso miscuglio di fragilità e di rigore, di capriccio e di falsa necessità che mi opprimeva fin dalla nascita, anziché adorarlo avrei preferito dannarmi. Lo sguardo raggiante d'una maliziosa bontà, Dio mi avrebbe rubato la terra, la mia vita, gli altri, me stessa. Ritenevo una gran fortuna essermi salvata da lui.

Ma allora, perché andavo ripetendo, piena di desolazione, che « tutto è vanità »? In verità, il male di cui soffrivo era d'esser stata scacciata dal paradiso dell'infanzia e di non aver trovato un posto in mezzo agli uomini. Mi ero posta nell'assoluto per poter guardare dall'alto quel mondo che mi respingeva; ora, se volevo agire, creare un'opera, esprimermi, bisognava ridiscendervi; ma il mio disprezzo l'aveva annullato, intorno a me non vedevo che il vuoto. Il fatto è che non avevo ancora posto la mano su nulla. Amore, azione, attività letteraria: mi limitavo ad agitare delle idee dentro la mia testa; discutevo astrattamente delle astratte possibilità, e ne concludevo la straziante insignificanza della realtà. Desideravo afferrare strettamente qualcosa, e ingannata dalla violenza di questo desiderio indefinito, lo confondevo con un desiderio di infinito.

Mi sarei meno inquietata dalla mia indigenza e impotenza se avessi sospettato fino a qual punto fossi ancora limitata e ignara; di una cosa avevo bisogno: d'informarmi; e ben presto, senza dubbio, di molte altre. Ma quando si abita una prigione senza sbarre, la cosa peggiore è che non si ha nemmeno coscienza degli schermi che ci nascondono l'orizzonte; erravo attraverso una fitta nebbia e la credevo trasparente. Delle cose che mi sfuggivano non intravvedevo nemmeno l'esistenza.

La storia non m'interessava. A parte l'opera di Vaulabelle sulle due Restaurazioni, le memorie, le narrazioni, le cronache che mi avevano fatte leggere m'erano parse un guazzabuglio di aneddoti senza significato, come le lezioni della signorina Gontran. Né ciò che accadeva al presente doveva maggiormente meritare la mia attenzione. Mio padre e i suoi amici parlavano instancabilmente di politica, e sapevo che tutto andava di male in peggio: non avevo alcuna voglia di ficcare il naso in quella nera confusione. I problemi che li agitavano – il risanamento del franco, l'evacuazione della Renania, le utopie della S.D.N. – mi sembravano dello stesso ordine degli affari di famiglia e delle preoccupazioni di denaro; non mi riguardavano. Jacques e Zazà non se ne occupavano; la signorina Lambert non ne parlava mai; gli scrittori della « N.R.F. » (non ne leggevo quasi altri) non ne parlavano mai, salvo, qualche volta, Drieu La Rochelle, ma in termini per me incomprensibili. In Russia, magari, succedevano cose; ma era molto lontano. Sulle questioni sociali, le Equipes m'avevano imbrogliato le idee, e la filosofia le disdegnava. Alla Sorbona, i miei professori ignoravano sistematicamente Hegel e Marx; nel suo grosso libro sul « progresso della coscienza in Occidente » Brunschvicg aveva consacrato appena tre pagine a Marx, che metteva in parallelo con un pensatore reazionario dei più oscuri. C'insegnavano la storia del pensiero scientifico, ma nessuno ci raccontava l'avventura umana. Il sabba senza capo né coda che gli uomini menavano sulla terra poteva incuriosire degli specialisti, ma non era degno di occupare il filosofo. Tutto sommato, quando questi aveva compreso che non ne sapeva niente e che non c'era niente da sapere, sapeva tutto. Si spiega così ch'io abbia potuto scrivere, quel gennaio: « So tutto, ho fatto il giro di tutte le cose ». L'idealismo soggettivista cui mi rifacevo privava il mondo del suo spessore e della sua singolarità; non c'è da stupirsi che nemmeno nell'immaginazione non trovassi nulla di solido a cui attaccarmi.

Tutto convergeva, insomma, per convincermi dell'insufficienza delle cose umane: la mia propria condizione, l'influenza di Jacques, le ideologie che mi venivano insegnate, e la letteratura dell'epoca. La maggior parte degli scrittori continuavano a rifriggere la « nostra inquietudine » e m'invitavano a una lucida disperazione. Io spingevo all'estremo questo nichilismo. Ogni religione, ogni morale, era un inganno, compreso il « culto dell'io ». Gli entusiasmi che in passato mi avevano animata, li giudicavo, non senza ragione, artificiali. Abbandonai Gide e Barrès. In qualsiasi progetto vedevo una fuga, nello studio, un divertimento futile quanto un altro. Un giovane personaggio di Mauriac considerava le sue amicizie e i suoi piaceri come dei « rami » che lo sostenevano precariamente al di sopra del nulla: adottai questa parola. Si aveva il diritto di appendersi ai rami, ma a condizione di non confondere il relativo con l'assoluto, la sconfitta con la vittoria. Giudicavo gli altri in base a queste norme; per me esistevano soltanto le persone che guardavano in faccia senza barare questo nulla che rodeva tutto; gli altri non esistevano. Consideravo a priori i ministri, gli accademici, i signori pieni d'onorificenze, tutti gli importanti, come dei barbari. Uno scrittore doveva essere uno scrittore maledetto; qualsiasi successo si prestava al sospetto, e mi domandavo se il fatto stesso di scrivere non indicasse una falla: soltanto il silenzio di Monsieur Teste mi sembrava esprimere degnamente l'assoluta disperazione umana. In tal modo, in nome dell'assenza di Dio, resuscitavo l'ideale di rinuncia al mondo che la sua esistenza mi aveva ispirato. Ma quest'ascesi non sfociava piú in una salvezza. Tutto sommato, la soluzione piú coerente era quella di sopprimersi; lo riconoscevo, e ammiravo i suicidi per ragioni metafisiche; però non pensavo affatto d'imitarli, poiché avevo troppa paura della morte. Sola in casa, mi succedeva di dibattermi come a quindici anni; tremante, le mani madide, mi mettevo a gridare, smarrita: – Non voglio morire!

E già la morte mi rodeva. Poiché non ero impegnata in nessuna impresa, il tempo si scomponeva in istanti che si annullavano indefinitamente; non potevo rassegnarmi a « questa morte multipla e frammentaria ». Ricopiavo pagine di Schopenhauer, di Barrès, versi di Madame de Noailles. Trovavo tanto piú spaventoso morire in quanto non vedevo ragioni di vivere.

Pure, amavo la vita appassionatamente. Bastava poco per rendermi la fiducia in essa, e in me stessa: una lettera d'uno dei miei allievi di Berck, il sorriso d'un'apprendista di Belleville, le confidenze d'una compagna di Neuilly, uno sguardo di Zazà, un ringraziamento, una parola affettuosa. Appena mi sentivo utile o amata, l'orizzonte s'illuminava, e di nuovo mi facevo delle promesse: « Essere amata, essere ammirata, essere necessaria; essere qualcuno ». Ero sempre piú sicura d'avere « un mucchio di cose da dire »: e le avrei dette. Il giorno in cui compii diciannove anni, scrissi, nella biblioteca della Sorbona, un lungo dialogo in cui s'alternavano due voci ch'erano entrambe le mie: l'una diceva la vanità del tutto, il disgusto, la stanchezza; l'altra affermava che vivere, anche sterilmente, è bello. Da un giorno all'altro, da un'ora all'altra, passavo dall'abbattimento all'orgoglio. Ma durante tutto l'autunno e l'inverno, ciò che dominò in me fu l'angoscia di ritrovarmi, un giorno, «vinta dalla vita».

Questi ondeggiamenti, questi dubbi mi facevano impazzire; la noia mi soffocava; ero tutta tesa. Quando mi precipitavo nell'infelicità, lo facevo con tutta l'irruenza della mia giovinezza, della mia salute, e il dolore morale poteva devastarmi con la stessa violenza selvaggia di un dolore fisico. Camminavo attraverso Parigi, per chilometri, lasciando vagare su scenari sconosciuti uno sguardo velato di pianto. Lo stomaco vuoto dalla camminata, entravo in una pasticceria, mangiavo una brioche e mi recitavo ironicamente la battuta di Heine: «Quali che siano le lacrime che si piangono, si finisce sempre per soffiarsi il naso». Sui lungosenna, in mezzo ai miei singhiozzi, mi cullavo coi versi di Laforgue:

> *O bien-aimé, il n'est plus temps, mon coeur se crève,*
> *Et trop pour t'en vouloir, mais j'ai tant sangloté...*

Mi piaceva sentirmi gli occhi che mi bruciavano. Ma a volte tutte le mie armi mi cadevano di mano. Mi rifugiavo nelle navate laterali d'una chiesa per poter piangere in pace; rimanevo prostrata, la testa tra le mani, soffocata da aspre tenebre.

Jacques tornò a Parigi alla fine di gennaio. Già il giorno successivo al suo ritorno venne a trovarci. Per il mio diciannovesimo compleanno i miei genitori mi avevano fatto fare delle fotografie, e lui me ne chiese una; la sua voce non aveva mai avuto inflessioni cosí carezzevoli. Tremavo, quando suonai alla sua porta, otto giorni dopo, tanto temevo una brutale ricaduta. Il nostro incontro mi rapí. Aveva cominciato un romanzo che s'intitolava: *Les Jeunes Bourgeois*, e mi disse: – Se lo scrivo, in gran parte è merito tuo –. E aggiunse che l'avrebbe dedicato a me: – Ritengo ti sia dovuto –. Per alcuni giorni vissi nell'esaltazione. La settimana dopo gli parlai di me; gli raccontai la mia noia, e che non trovavo piú alcun senso nella vita. – Non c'è bisogno di cercare tanto, – mi rispose, gravemente. – Bisogna semplicemente far la propria giornata –. Poco dopo soggiunse: – Bisogna aver l'umiltà di riconoscere che non si può cavarsela da soli; è piú facile vivere per qualcun altro –. Mi sorrise: – La soluzione è di essere egoisti a due.

Mi ripetevo quella frase, quel sorriso; non dubitavo piú: Jacques mi amava; ci saremmo sposati. Ma decisamente c'era qualcosa che non andava: la mia felicità non durò piú di tre giorni. Jacques tornò a casa nostra; passai con lui una serata molto gaia, e dopo che se ne fu andato, mi disperai: «Ho tutto per essere felice, e vorrei morire! La vita è lí, mi spia, si abbatterà su di noi. Ho paura, sono sola, sarò sempre sola... se potessi fuggire... ma dove? in qualsiasi posto. Un gran cataclisma che ci portasse via ». Per Jacques, sposarsi era decisamente giungere a una fine, e io non volevo finire, non cosí presto. Continuai a dibattermi ancora per un mese. In certi momenti mi persuadevo che avrei potuto vivere accanto a Jacques senza mutilarmi; e poi il terrore mi riprendeva: « Chiudermi nei limiti di un altro! che orrore, quest'amore che m'incatena, che non mi lascia libera! » « Desiderio di spezzare questo legame, di dimenticare, di cominciare un'altra vita... » « Non ancora, non voglio ancora questo sacrificio di tutta me stessa ». Pure, provavo verso Jacques grandi slanci d'amore, e solo per brevi istanti mi confessavo: « Non è fatto per me ». Preferivo protestare ch'ero io che non ero fatta per l'amore e per la felicità. Nel mio diario ne parlavo, curiosamente, come di dati ormai definitivi, che potevo rifiutare o accettare, ma di cui non potevo modificare il contenuto. Invece di dirmi: « Credo sempre meno di poter essere felice con Jacques », scrivevo: « Temo sempre di piú la felicità ». « Angoscia, sia dinanzi all'accettazione che dinanzi al rifiuto della felicità ». « Quando lo amo di piú, è proprio allora che detesto di piú l'amore che ho per lui ». Temevo che il mio affetto mi trascinasse a divenir sua moglie, e rifiutavo accanitamente la vita che attendeva la futura signora Laiguillon.

Anche Jacques, dal canto suo, aveva i suoi capricci. Mi scoccava sorrisi pieni di seduzione. – Ci sono degli esseri insostituibili, – diceva, avvolgendomi con uno sguardo commosso; mi diceva di tornare a trovarlo presto, e poi mi accoglieva con freddezza. Al principio di marzo si ammalò. Andai spesso a trovarlo; al suo capezzale c'era sempre una quantità di zii, zie, nonne. – Vieni domani, staremo tranquilli, – mi disse una volta. Quel pomeriggio, incamminandomi per il boulevard Montparnasse, ero ancor piú emozionata del solito. Comprai un mazzolino di violette e me lo appuntai al risvolto del vestito; non fu una cosa facile, e nella mia impazienza, persi la borsetta. Dentro non c'era gran che, tuttavia arrivai a casa di Jacques molto abbattuta. Avevo molto pensato a questo nostro colloquio a quattr'occhi nella penombra della sua stanza. Ma non era solo. Accanto al suo letto era seduto Lucien Riaucourt. L'avevo già conosciuto, era un giovane elegante, disinvolto, buon parlatore. Continuarono a parlare tra loro dei caffè che frequentavano, della gente che v'incontravano; progettavano serate per la settimana seguente. Io mi sentivo del tutto fuori posto: non avevo denaro, non uscivo la sera, non ero altro che una piccola studentessa, incapace di partecipare alla vera esistenza di Jacques. Inoltre, egli era di cattivo umore; si mostrò ironico, quasi aggressivo; me ne fuggii assai presto, e lui mi salutò con evidente sollievo. Mi venne la rabbia, e lo detestai. Che cosa aveva di straordinario? Ce n'era un mucchio che valevano quanto lui. M'ero sbagliata di grosso prendendolo per una specie di Grand Meaulnes. Era volubile, egoista, gli piaceva soltanto divertirsi. Camminavo per i Grands Boulevards, piena di rabbia, ripromettendomi di separare la mia vita dalla sua. Il giorno dopo mi raddolcii, ma ero decisa a non piú rimetter piede in casa sua per parecchio tempo. Tenni la parola e passai piú di sei settimane senza rivederlo.

La filosofia non m'aveva né aperto il cielo né ancorata alla terra; con tutto ciò, in gennaio, superate le prime difficoltà, cominciai a interessarmene seriamente. Lessi Bergson, Platone, Schopenhauer, Leibniz, Hamelin, e, con fervore, Nietzsche. V'erano molti problemi che mi appassionavano: il valore della scienza, la vita, la materia, il tempo, l'arte. Non avevo una dottrina precisa, ma per lo meno sapevo che rifiutavo Aristotele, san Tomaso, Maritain, nonché tutti gli empirismi e il materialismo. In linea di massima, mi rifacevo all'idealismo critico quale ci veniva esposto da Brunschvicg, benché su molti punti mi lasciasse insoddisfatta. Ripresi gusto alla letteratura. Sul boulevard Saint-Michel, la libreria Picard accoglieva liberalmente gli studenti: andavo a sfogliarvi le riviste d'avanguardia che a quel tempo nascevano e morivano come mosche; lessi Breton e Aragon; il surrealismo mi conquistò. A lungo andare, l'inquietudine non sapeva di niente; preferivo gli eccessi della pura negazione. Distruzione dell'arte, della morale, del linguaggio, disordine sistematico, disperazione spinta fino al suicidio: questi eccessi mi rapivano.

Avevo voglia di parlare di queste cose; avevo voglia di parlare di tutto con della gente che, a differenza di Jacques, terminasse le sue frasi. Cercai avidamente di fare delle conoscenze. Al Sainte-Marie, sollecitavo le confidenze delle mie compagne; ma decisamente non ce n'era nessuna che mi interessasse. Provavo assai piú piacere a parlare con Suzanne Boigue, a Belleville. Aveva capelli castani tagliati corti, la fronte ampia, occhi azzurri molto chiari, e un che d'intrepido. Si guadagnava la vita come direttrice del Centro, come ho già detto; la sua età, la sua indipendenza, le sue responsabilità, la sua autorità, le davano un certo ascendente. Era credente, ma mi lasciò intendere che i suoi rapporti con Dio non erano di tutto riposo. In letteratura avevamo press'a poco gli stessi gusti. E mi accorsi con soddisfazione che non si faceva illusioni né sulle Equipes, né sull'« azione » in generale. Anche lei, mi confidò, voleva vivere e non dormire: anche lei temeva che sulla terra non avrebbe trovato altro che soporifici. Poiché eravamo entrambe piene di salute e di appetito, le nostre disincantate conversazioni lungi dall'abbattermi, mi rinvigorivano. Lasciandola, percorrevo a gran passi le Buttes-Chaumont. Anche lei, come me, si augurava di trovare il suo vero posto nel mondo. Andò a Berck per conoscere una specie di santa che aveva consacrato la sua vita agl'« immobilizzati ». Al suo ritorno, mi disse con energia: – La santità non fa per me –. Al principio della primavera ebbe un colpo di fulmine per un giovane e pio collaboratore delle Equipes; decisero di sposarsi. Le circostanze li costringevano a un'attesa di due anni: ma quando ci si ama, il tempo non conta, mi disse Suzanne Boigue. Era raggiante. Fui stupefatta quando, qualche settimana dopo, mi disse che aveva rotto col fidanzato. Tra loro c'era un'attrazione fisica troppo viva, e il giovane, spaventato dell'intensità dei loro baci, aveva chiesto a Suzanne di salvaguardare la loro castità con la separazione. Avrebbero atteso il matrimonio a distanza. Lei aveva preferito tagliar corto. Trovai questa storia piuttosto curiosa, e non ne ebbi mai la spiegazione. Ma la delusione di Suzanne mi commosse, e trovai patetico il suo sforzo per superarla.

I ragazzi e le ragazze che avvicinavo alla Sorbona mi apparivano insignificanti: se ne andavano in giro in comitive, ridevano troppo forte, non s'interessavano di nulla, e si appagavano di quest'indifferenza. Tuttavia, alle lezioni di storia della filosofia notai un giovane dagli occhi azzurri e gravi, molto piú anziano di me, tutto vestito di nero, col cappello nero, e che non parlava con nessuno salvo che con una brunetta alla quale sorrideva molto. Un giorno, in biblioteca, stava traducendo delle lettere di Engels, quando al suo tavolo alcuni studenti si misero a far baccano; i suoi occhi mandarono lampi; ordinò di far silenzio con voce tagliente, e con tanta autorità che fu subito obbedito. «È qualcuno!» pensai, impressionata. Riuscii a parlargli, e in seguito, ogni volta che non c'era la brunetta, parlavamo. Un giorno feci qualche passo con lui per il boulevard Saint-Michel; la sera domandai a mia sorella se pensava che la mia condotta fosse stata scorretta; lei mi rassicurò, e continuai. Pierre Nodier era legato al gruppo di «Philosophies», cui appartenevano Mohrange, Friedmann, Henri Lefebvre e Politzer; grazie agli aiuti finanziari forniti dal padre d'uno di loro, ricco banchiere, avevano fondato una rivista; ma il finanziatore, indignato da un articolo contro la guerra in Marocco, gli aveva tagliato i viveri. Poco tempo dopo, la rivista era resuscitata sotto un altro titolo «L'Esprit». Pierre Nodier me ne portò due numeri: era la prima volta che prendevo contatto con intellettuali di sinistra. Tuttavia non mi sentivo spaesata: riconobbi il linguaggio cui mi aveva abituata la letteratura dell'epoca; quei giovani parlavano anche loro di anima, di salvezza, di gioia, di eternità; dicevano che il pensiero doveva essere «carnale e completo», ma lo dicevano in termini astratti. Secondo loro la filosofia non si distingueva dalla rivoluzione, era in questa che risiedeva l'unica speranza dell'umanità; ma a quel tempo Politzer riteneva che « sul piano della verità, il materialismo storico non è inseparabile dalla rivoluzione »; egli credeva nel valore dell'Idea idealista, purché la si cogliesse nella sua totalità concreta senza fermarsi allo stadio dell'astrazione. Si interessavano soprattutto alle vette dello spirito; per loro, l'economia e la politica avevano soltanto una funzione accessoria. Condannavano il capitalismo perché aveva distrutto nell'uomo « il senso dell'essere »; consideravano che attraverso la sollevazione dei popoli dell'Asia e dell'Africa « La Storia si pone al servizio della Saggezza ». Friedmann faceva a pezzi l'ideologia dei giovani borghesi, il loro gusto dell'inquietudine e della disponibilità; ma a tutto ciò sostituiva una mistica. Si trattava di restituire agli uomini la loro « parte eterna ». Non consideravano la vita dal punto di vista del bisogno, né del lavoro, ne facevano un valore romantico. « C'è la vita, e il nostro amore è per lei », scriveva Friedmann, e Politzer la definí con una frase che fece gran rumore: « La vita trionfante, brutale, del marinaio che spegne la sigaretta sui *gobelins* del Cremlino, vi fa spavento e non volete sentirne parlare: eppure, questa è la vita! » Non si era lontani dai surrealisti, molti dei quali, infatti, erano in procinto di convertirsi alla Rivoluzione. Anch'io ne fui sedotta, ma unicamente sotto il suo aspetto negativo; cominciai a desiderare un radicale capovolgimento della società; ma non la compresi meglio che in passato. Restavo indifferente agli avvenimenti che si svolgevano nel mondo. Tutti i giornali, perfino « Candide », dedicavano colonne su colonne alla rivoluzione ch'era scoppiata in Cina: io non battei ciglio.

Tuttavia, le mie conversazioni con Nodier cominciarono ad aprirmi la mente. Gli facevo molte domande. Lui mi rispondeva con piacere, e traevo tanto profitto da queste conversazioni che a volte mi domandavo tristemente: perché non sono destinata ad amare un uomo come questo, che ha lo stesso mio gusto per le idee e per lo studio, e al quale sarei legata per la mente quanto per il cuore? Mi rammaricai molto quando verso la fine di maggio, nel cortile della Sorbona, egli mi fece i suoi addii. Partiva per l'Australia, dove aveva ottenuto un posto, e la brunetta andava con lui. – Vi auguro un mondo di buone cose, – mi disse con espressione intensa, stringendomi la mano.

Al principio di marzo superai molto bene il mio esame di storia della filosofia, e in quell'occasione feci conoscenza con un gruppo di studenti di sinistra. Mi chiesero di firmare una petizione: Paul Boncour aveva presentato un progetto di legge militare che disponeva la mobilitazione delle donne, e la rivista « Europe » apriva una campagna di protesta. Rimasi molto perplessa. Ero favorevole all'uguaglianza dei sessi; e in caso di pericolo, non era un dovere far di tutto per difendere il proprio paese? – Ebbene, – dissi, quando ebbi letto il testo del disegno di legge, – è buon nazionalismo –. Il giovanottone calvo che faceva circolare la petizione, ghignò: – Resta da vedere se il nazionalismo è buono! – Ecco una domanda che non mi ero mai posta; non seppi che cosa rispondergli. Mi spiegarono che la legge avrebbe avuto come risultato la mobilitazione generale delle coscienze, e questo mi decise: la libertà di pensiero, in ogni caso, era una cosa santa; e poi tutti gli altri firmavano, cosí firmai anch'io. Mi feci pregare di meno quando si trattò di chieder la grazia per Sacco e Vanzetti; i loro nomi non mi dicevano niente, ma mi si assicurava che erano innocenti; e in ogni caso, ero contro la pena di morte.

Le mie attività politiche si fermarono qui, e le mie idee restarono alquanto fumose. Sapevo solo una cosa: che detestavo l'estrema destra. Un pomeriggio, un gruppo di scalmanati entrò nella biblioteca della Sorbona gridando: – Fuori i meticci e gli ebrei! – Portavano grossi bastoni, e avevano buttato fuori alcuni studenti di pelle scura. Questo trionfo della violenza e della stupidità, mi aveva gettato in una collera sbigottita. Detestavo il conformismo, e tutti gli oscurantismi, avrei voluto che fosse la ragione a governare gli uomini; per questo, la sinistra m'interessava. Ma le etichette m'indisponevano, non mi piaceva che la gente fosse catalogata. Molti dei miei condiscepoli erano socialisti; alle mie orecchie la parola suonava male; un socialista non poteva essere un tormentato, i fini a cui mirava erano profani e limitati a priori, questa moderazione mi annoiava. L'estremismo dei comunisti mi attirava di piú; ma li sospettavo dogmatici e stereotipati come seminaristi. Tuttavia, verso il mese di maggio, mi legai con un ex allievo di Alain, che era comunista: a quel tempo, l'avvicinamento non stupiva. Costui mi parlava con entusiasmo delle lezioni di Alain, mi esponeva le sue idee, mi prestava dei libri. Mi fece conoscere anche Romain Rolland, e mi convinse decisamente al pacifismo. Mallet s'interessava di molte altre cose: di pittura, di cinema, di teatro, perfino della rivista. I suoi occhi e la sua voce eran pieni di fuoco, e mi piaceva parlare con lui. Annotai, stupita: « Ho scoperto che si può essere intelligenti e occuparsi di politica ». In realtà, dal punto di vista teorico non ne sapeva gran che, e non m'insegnò nulla. Continuai a subordinare le questioni sociali alla metafisica e alla morale: perché preoccuparsi della felicità dell'umanità, se questa non aveva ragion d'essere?

Questa ostinazione m'impedí di profittare del mio incontro con Simone Weil. Mentre preparava la sua laurea alla Normale, dava alla Sorbona gli stessi esami che davo io. M'incuriosiva, per la grande reputazione d'intelligenza di cui godeva, e per il suo bizzarro abbigliamento; deambulava nel cortile della Sorbona con un codazzo di ex allievi di Alain; in una tasca della sua casacca aveva sempre un numero dei « Libres propos » e nell'altra l'« Humanité ». Mi avevano raccontato che nell'apprendere che in Cina era scoppiata una grande carestia s'era messa a singhiozzare; queste lacrime m'imposero il rispetto piú ancora dei suoi doni di filosofa. Invidiai un cuore capace di battere all'unisono coll'intiero universo. Un giorno riuscii ad avvicinarla. Non so piú come nacque la conversazione; lei dichiarò in tono deciso che la sola cosa importante, oggi, sulla terra, era la Rivoluzione, che avrebbe dato da mangiare a tutti quanti. Io di rimando, e in tono non meno perentorio, risposi che il problema non era di far la felicità degli uomini, ma di trovare un senso alla loro esistenza. Lei mi squadrò. – Si vede che non avete mai avuto fame, – replicò. I nostri rapporti si fermarono qui. Compresi ch'ella mi aveva catalogata « una piccola borghese spiritualista », e me ne irritai, come mi ero irritata in altri tempi quando la signorina Litt aveva spiegato i miei gusti col mio infantilismo; mi credevo affrancata dalla mia classe: non volevo essere altro che me stessa.

Invece, non so bene perché, attaccai con Blanchette Weiss. Piccola, grassoccia, nel suo volto gonfio di sufficienza si affaccendavano due occhi malevoli; ma rimasi ipnotizzata dai suoi sproloqui filosofici; amalgamava le speculazioni metafisiche e i pettegolezzi con una volubilità che scambiai per intelligenza. Poiché i modi finiti non possono comunicare tra loro senza la mediazione dell'infinito, qualsiasi amore umano è colpevole, mi spiegò; dalle esigenze dell'infinito ella traeva l'autorizzazione a dir male di tutti quelli che conosceva. Da lei appresi divertita le ambizioni, le manie, le debolezze e i vizi dei nostri professori e degli studenti in vista. – Io ho un'anima da portinaia proustiana, – diceva compiaciuta. Non senza inconseguenza, mi rimproverava di conservare la nostalgia dell'assoluto: – Io, da parte mia, mi son creata i miei valori, – diceva. Quali? In proposito restava nel vago. Attribuiva un grandissimo valore alla sua vita interiore: ero d'accordo; disdegnava la ricchezza: anch'io; ma mi spiegò che per evitar di pensare al denaro le era necessario averne quanto gliene occorreva; e che avrebbe senz'altro acconsentito a fare un matrimonio d'interesse: ne fui indignata. In lei scoprii anche un singolare narcisismo: sotto i suoi riccioli e i suoi pompon si prendeva per una sorella di Clara d'Ellébeuse. Nonostante tutto, avevo talmente voglia di « scambiare delle idee », che la vedevo abbastanza spesso.

La mia unica vera amica rimaneva Zazà. Sua madre, ahimè!, cominciava a vedermi di malocchio. Era colpa della mia influenza se Zazà preferiva i suoi studi alla vita domestica, e poi le prestavo libri scandalosi. La signora Mabille detestava furiosamente Mauriac: si risentiva come d'un insulto personale delle sue descrizioni delle famiglie borghesi. Diffidava di Claudel, che a Zazà piaceva perché l'aiutava a conciliare il cielo con la terra. – Faresti meglio a leggere i Padri della Chiesa, – diceva la signora Mabille di malumore. Venne diverse volte da noi a lamentarsi con mia madre, e non nascose a Zazà che avrebbe desiderato che i nostri incontri si diradassero. Ma Zazà teneva duro; la nostra amicizia era una di quelle cose cui ella non intendeva rinunciare. Ci vedevamo molto spesso. Studiavamo il greco insieme; andavamo ai concerti e a veder le mostre di pittura. A volte mi suonava al piano Chopin o Debussy. Spesso andavamo a passeggio insieme. Un pomeriggio, dopo aver strappato a mia madre un consenso a lungo negato, mi accompagnò da un parrucchiere che mi tagliò i capelli. Non ci guadagnai gran che poiché mia madre, arrabbiata per essersi lasciata forzar la mano, mi negò il lusso di una messa in piega. Da Laubardon, dove trascorse le vacanze di Pasqua, Zazà mi mandò una lettera che mi commosse nel profondo del cuore: «Dai quindici anni in poi ero vissuta in una grande solitudine morale, soffrivo di sentirmi isolata e smarrita: voi avete rotto la mia solitudine»; tuttavia, in questo momento era piombata in uno «spaventoso marasma». «Mai mi sono sentita cosí oppressa», mi scriveva. E soggiungeva: «Ho vissuto troppo con gli occhi rivolti al passato, senza potermi strappare all'incanto dei miei ricordi d'infanzia». Nemmeno questa volta mi posi domande. Trovavo naturale che s'incontrassero difficoltà a diventare adulti.

Tutto ciò mi consolava molto del fatto che non vedevo piú Jacques; non mi tormentavo piú. I primi raggi del sole mi scaldarono il sangue. Pur continuando a studiare molto, decisi di distrarmi. Andavo spesso al cinema, nel pomeriggio; frequentavo soprattutto lo Studio des Ursulines, il Vieux-Colombier, e il Ciné-Latin, dietro il Panthéon, una piccola sala dai sedili di legno, che per orchestra aveva soltanto un pianoforte; l'ingresso non era caro, e vi si davano le riprese dei migliori film degli ultimi anni; fu lí che vidi la *Febbre dell'oro*, e molti altri Charlot. Certe sere la mamma ci accompagnava a teatro. Vidi Jouvet, ne *Le grand large*, in cui debuttava Michel Simon, Dullin ne *La Comédie du bonheur*, Madame Pitoeff, in *Santa Giovanna*. Queste serate illuminavano la mia settimana e le pregustavo per diversi giorni; dall'importanza che attribuivo loro posso misurare quanto mi avesse pesato l'austerità dei due trimestri precedenti. Di giorno, visitavo le mostre, vagavo a lungo per le gallerie del Louvre; passeggiavo per Parigi, senza piangere, guardando tutti. Mi piacevano le sere in cui, dopo cena, scendevo da sola nel métro, e riaffioravo all'altro capo di Parigi, vicino alle Buttes-Chaumont, che odoravano di umidità e di verdura. Spesso tornavo a piedi. Al boulevard de la Chapelle, sotto l'acciaio del métro sopraelevato, c'erano donne alla posta; degli uomini uscivano barcollando dai *bistrots* illuminati; sulle facciate dei cinema spiccavano le insegne. Il mondo, intorno a me, era un'enorme presenza confusa. Camminavo a gran passi, sfiorata dal suo fiato greve. Mi dicevo che, tutto sommato, vivere era ben interessante.

Le mie ambizioni si ravvivarono. Nonostante le mie amicizie, e il mio incerto amore, mi sentivo sempre molto sola; nessuno mi conosceva né mi amava tutt'intera, cosí com'ero; per me, nessuno era né avrebbe mai potuto essere « qualcosa di definitivo e di completo », pensavo. Anziché continuare ad affliggermene, mi rifugiai di nuovo nell'orgoglio. Il mio isolamento era il segno della mia superiorità; non ne avevo piú dubbio: io ero qualcuno, e avrei fatto qualche cosa. Architettai dei soggetti di romanzi. Una mattina, nella biblioteca della Sorbona, invece di far la traduzione di greco cominciai « il mio libro ». Dovevo preparare gli esami di giugno, mi mancava il tempo; ma calcolai che l'anno prossimo avrei avuto piú agio, e mi ripromisi di realizzare la mia opera senza piú attendere: « Un'opera, – decisi, – in cui avrei detto tutto, *tutto* ». Nei miei quaderni insisto spesso su questa volontà di « dire tutto », che fa un curioso contrasto con la povertà della mia esperienza. La filosofia aveva rafforzato la mia tendenza a coglier le cose nella loro essenza, alla radice, sotto l'aspetto della totalità; e poiché mi muovevo in mezzo alle astrazioni, credevo d'aver scoperta, in modo decisivo, la verità del mondo. Ogni tanto mi veniva il sospetto ch'essa traboccasse oltre quello che ne conoscevo, ma di rado. La mia superiorità sugli altri derivava dal fatto che io non lasciavo sfuggire nulla: la mia opera avrebbe tratto il suo valore da questo eccezionale privilegio. In certi momenti ero assalita da uno scrupolo, mi ricordavo che tutto è vanità, ma poi lasciavo perdere. In immaginari dialoghi con Jacques respingevo i suoi « a che pro? » Avevo una sola vita da vivere, e volevo realizzarla, nessuno me l'avrebbe impedito, nemmeno lui. Non abbandonavo il punto di vista dell'assoluto; ma poiché da quel lato tutto era perduto, decisi di non piú curarmene. Mi piaceva molto la battuta di Lagneau: « Non ho altro sostegno che la mia assoluta disperazione ». Una volta stabilita questa disperazione, visto che continuavo a esistere, bisognava che me la sbrogliassi sulla terra nel miglior modo possibile, vale a dire, fare ciò che mi piaceva.

Mi stupivo un poco di fare cosí facilmente a meno di Jacques, ma è un fatto che non sentivo per nulla la sua mancanza. Alla fine d'aprile mia madre mi riferí ch'egli era stupito di non vedermi piú.

Andai a trovarlo: non sentii niente. Mi parve che quell'affetto non era piú amore, e che perfino mi pesasse un po'. «Non desidero nemmeno piú di vederlo. Anche quando è piú semplice, non riesce a non stancarmi». Non scriveva piú il suo libro; non l'avrebbe mai scritto. – Avrei l'impressione di prostituirmi, – mi disse con sussiego. Una passeggiata in auto, una conversazione in cui mi parve sinceramente preoccupato per se stesso mi riavvicinarono a lui. Dopo tutto, mi dicevo, non ho il diritto d'imputargli un'incoerenza che è propria della vita stessa: essa ci getta verso questa o quella meta e poi ce ne scopre la nullità. Mi rimproverai la mia severità. «Lui è migliore della sua vita», mi dicevo. Ma temevo che la sua vita finisse per influenzarlo. A volte mi balenava un presentimento: «Quando penso a te provo una stretta; non so perché, la tua vita è tragica».

La sessione di giugno si avvicinava; ero preparata, e stanca di studiare; mi rilassai. Feci la mia prima scappata. Col pretesto d'una festa di beneficenza a Belleville, estorsi a mia madre un permesso fino a mezzanotte e venti franchi. Presi un biglietto di loggione per una rappresentazione dei Balletti russi. Quando, vent'anni dopo, mi ritrovai d'un tratto sola in mezzo a Times Square alle due del mattino, mi sentii meno sgomenta di quella sera, in mezzo alla folla del teatro Sarah-Bernhardt. Sete, pellicce, brillanti, profumi; sotto di me rutilava un pubblico rumoroso. Quando uscivo la sera coi miei genitori o coi Mabille, una pellicola infrangibile s'interponeva tra la gente e me: ed ecco che m'immergevo in una di quelle grandi feste notturne di cui tante volte avevo spiato il riflesso nel cielo. Mi vi ero insinuata all'insaputa di tutti quelli che conoscevo, e quelli che mi circondavano non mi conoscevano. Mi sentivo invisibile e dotata di ubiquità: un elfo. Quella sera si rappresentava *La Chatte* di Sauguet, *Le Pas d'acier* di Prokofiev, e *Le Triomphe de Neptune* di non so piú chi. Scene, costumi, musiche, danze: tutto mi sbalordí. Non provavo un simile incanto dall'età di cinque anni, credo.

Ci riprovai. Non so piú con quali imbrogli mi procurai un po' di denaro; comunque furono ancora le Equipes a fornirmi gli alibi.

Tornai altre due volte ai Balletti russi; ascoltai con sorpresa dei signori in abito nero cantare l'*Edipo re* di Strawinsky, su parole di Cocteau. Mallet mi aveva parlato delle bianche braccia di Damia e della sua voce: andai a sentirla al Bobino. Fantasisti, cantanti, equilibristi, tutto mi era nuovo e applaudivo tutto.

I giorni che precedettero gli esami, tra una prova e l'altra, e in attesa dei risultati, certi miei compagni – tra i quali Jean Mallet e Blanchette Weiss – ammazzavano il tempo nel cortile della Sorbona. Si giocava a palla, alle sciarade, ai ritratti cinesi; si pettegolava, si discuteva. Mi unii alla comitiva. Ma mi sentivo molto lontana dalla maggior parte di quegli studenti: la libertà dei loro costumi mi sgomentava. Se uno mi diceva che il tale e la tale «stavano insieme», mi raggricciavo. Quando Blanchette Weiss indicandomi uno stimato normalista mi confidò che, ahimè!, apparteneva a *quella* specie, fremetti. Le studentesse libere, e specie quelle che avevano, ahimè!, *quei* gusti, mi facevano orrore. Mi confessavo che queste reazioni si spiegavano soltanto con la mia educazione, ma mi rifiutavo di combatterle. Gli scherzi grossolani, le parole volgari, la sbracatezza, le cattive maniere mi ripugnavano. Tuttavia non provai maggior simpatia per il piccolo gruppo in cui m'introdusse Blanchette Weiss; era donna di mondo, e conosceva alcuni normalisti di buona famiglia che, per reazione alla grossolanità della Scuola, affettavano maniere ricercate. M'invitarono a prendere il tè nelle sale interne delle pasticcerie: non frequentavano i caffè, e in ogni caso non vi avrebbero mai condotto delle ragazze. Trovai lusinghiero il fatto che s'interessassero a me, ma mi rimproverai questo moto di vanità poiché li classificavo tra i Barbari: i loro unici interessi erano la politica, l'affermazione sociale e la loro futura carriera. Prendevamo il tè come nei salotti, e la conversazione oscillava spiacevolmente tra la pedanteria e la mondanità.

Un pomeriggio, nel cortile della Sorbona, contraddissi con vivacità su non so piú quale argomento un giovanotto dal lungo volto tenebroso: questi mi considerò con sorpresa, e disse che non trovava nulla da rispondermi. Da allora, venne ogni giorno da Porte Dauphine a continuare quel dialogo. Si chiamava Michel Riesmann, e stava finendo il suo secondo anno di *khâgne* [1]. Suo padre era un importante personaggio nel mondo della grande arte ufficiale. Michel si diceva discepolo di Gide, e rendeva un culto alla Bellezza. Credeva nella letteratura e stava per finire un piccolo romanzo. Lo scandalizzai professando una grande ammirazione per il surrealismo. Mi parve sorpassato e noioso, ma magari, dietro la sua pensosa bruttezza si nascondeva un'anima; e poi, mi esortava a scrivere, e io avevo bisogno d'incoraggiamenti. Mi mandò una lettera cerimoniosa e scritta con artistica calligrafia, per propormi di scambiarci una corrispondenza durante le vacanze. Accettai. Anche con Blanchette Weiss convenimmo di scriverci. M'invitò a prendere il tè da lei. Mangiai delle tartine alle fragole in un lussuoso appartamento dell'avenue Kléber, e Blanchette mi prestò delle raccolte di Verhaeren e di Francis Jammes splendidamente rilegate in pieno cuoio.

Avevo trascorso il mio anno a gemere sulla vanità di tutte le mete; ciononondimeno avevo perseguito le mie con tenacia. Fui ammessa a filosofia generale. In testa alla graduatoria veniva Simone Weil, seguita da me, che precedevo a mia volta un normalista che si chiamava Jean Pradelle. Ottenni anche il mio certificato di greco. La signorina Lambert esultò, i miei genitori sorrisero; alla Sorbona, a casa, tutti si rallegrarono con me. Mi sentivo molto felice. Questi successi confermavano la buona opinione che avevo di me stessa, mi rassicuravano circa il mio avvenire; attribuivo loro una grande importanza e per nulla al mondo avrei voluto rinunciarvi. Peraltro, non dimenticavo che ogni successo maschera un'abdicazione e mi concessi il lusso di piangere. Mi ripetevo furiosamente la frase che Martin du Gard mette in bocca a Jacques Thibault: « A questo, mi hanno ridotta! » Mi riducevano al personaggio d'una studentessa dotata, d'un soggetto brillante, a me, che ero la patetica assenza dell'Assoluto! Ce n'era dell'ipocrisia, nelle mie lacrime, pure, non credo fossero soltanto una commedia. Attraverso il frastuono d'una fine d'anno ben conclusa, sentivo amaramente il vuoto del mio cuore, continuavo a desiderare con passione quella certa altra cosa

[1] Termine goliardico per Scuola Normale [*N. d. T.*].

che non sapevo definire poiché mi rifiutavo di darle il solo nome che le si addicesse: la felicità.

Jean Pradelle, seccato, diceva ridendo, d'esser stato superato da due ragazze, mi volle conoscere. Si fece presentare da un compagno che mi era stato presentato da Blanchette Weiss. Un po' piú giovane di me, era alla Normale da un anno, come esterno. Anche lui aveva i modi del giovane di buona famiglia, ma senza alcun sussiego. Un volto limpido e abbastanza bello, lo sguardo vellutato, un riso di scolaro, un piglio diretto e allegro; mi fu subito simpatico. Lo rividi quindici giorni dopo, a rue d'Ulm, dov'ero andata a vedere i risultati del concorso d'ammissione, poiché alcuni miei compagni, tra i quali Riesmann, si erano presentati lí. Mi condusse nel giardino della Scuola. Per una sorboniana, era un posto abbastanza prestigioso, e, conversando, esaminai con curiosità quel luogo eccelso. Vi rincontrai Pradelle la mattina dopo. Assistemmo a qualche orale di filosofia; poi andai a passeggio con lui al Lussemburgo. Eravamo in vacanza; tutti i miei amici, e quasi tutti i suoi, avevano già lasciato Parigi; prendemmo l'abitudine di trovarci ogni giorno ai piedi di una regina di pietra. Io arrivavo sempre scrupolosamente puntuale agli appuntamenti: mi piaceva talmente vederlo accorrere, ridendo, fingendosi confuso, che gli ero quasi grata dei suoi ritardi.

Pradelle sapeva ascoltare, con un'aria pensosa, e rispondeva seriamente: che piacere! Mi affrettai a svelargli il mio animo. Gli parlai aggressivamente dei Barbari, e mi sorprese rifiutandosi di far coro; orfano di padre, andava perfettamente d'accordo con sua madre e sua sorella; e non condivideva il mio orrore dei « focolari chiusi ». Non detestava le manifestazioni mondane, e all'occasione, ballava. Perché no?, mi domandò con un'aria ingenua che mi disarmò. Il mio manicheismo opponeva a una ristrettissima *élite* un'immensa massa indegna di esistere; secondo lui, in tutti c'era qualcosa di buono e qualcosa di cattivo; non faceva molta differenza tra le persone. Criticava la mia severità, e la sua indulgenza mi turbava. A parte questo, avevamo molti punti in comune. Allevato come me nella religione, e oggi incredulo, portava ancora la marca della morale cristiana. Alla Scuola veniva classificato tra i *talas* [1]. Riprovava le maniere grossolane dei suoi compagni, le canzoni oscene, gli scherzi volgari, la brutalità, il libertinaggio, le dissipazioni del cuore e dei sensi. Gli piacevano pressoché gli stessi libri che a me, con una predilezione per Claudel e un certo disprezzo per Proust, che non trovava « essenziale ». Mi prestò *Ubu-roi*, che apprezzai solo in parte, poiché non vi ritrovai nemmeno lontanamente le mie ossessioni. Ciò che m'importava soprattutto era che anche lui cercava ansiosamente la verità; credeva che la filosofia sarebbe riuscita a scoprirla, un giorno. Su questo argomento discutemmo per quindici giorni senza interruzione. Mi diceva che io avevo scelto la disperazione troppo precipitosamente, e io gli rimproveravo di crogiolarsi in vane speranze: tutti i sistemi zoppicavano. Glieli demolivo uno dopo l'altro; egli cedeva su ognuno di essi, ma conservava la sua fiducia nella ragione umana.

In realtà non era razionalista fino a questo punto. Conservava assai piú di me la nostalgia della fede perduta. Riteneva che noi non avevamo studiato abbastanza a fondo il cattolicesimo per arrogarci il diritto di rifiutarlo: bisognava riprenderlo in esame. Obbiettavo che conoscevamo ancora meno il buddismo: perché questo pregiudizio in favore della religione delle nostre madri? Lui mi scrutava con occhio critico, e mi accusava di preferire la ricerca della verità alla verità stessa. Poiché ero testarda nel profondo, ma in superficie molto influenzabile, questi suoi rimproveri, aggiungendosi a quelli che mi avevano prodigati con discrezione la signorina Lambert e Suzanne Boigue, mi fornirono un pretesto per agitarmi. Andai a trovare un certo abate Beaudin, di cui Jacques mi aveva parlato con stima, e che si era specializzato nel recupero degli intellettuali smarriti. Per caso avevo in mano un libro di Benda, e l'abate cominciò con l'attaccarlo brillantemente, il che non mi fece né caldo né freddo; poi scambiammo qualche frase incerta. Lo lasciai vergognandomi di quel passo di cui avevo saputo in anticipo l'inutilità, poiché sapevo che la mia incredulità era piú salda di una roccia.

---

[1] Termine goliardico per denominare gli studenti di idee e costumi particolarmente castigati [*N. d. T.*].

Mi accorsi ben presto che nonostante le nostre affinità, tra Pradelle e me c'era molta distanza. Nella sua inquietudine puramente cerebrale non riconoscevo le mie lacerazioni. Lo giudicai « senza complicazioni, senza mistero, uno scolaro diligente ». Per la sua serietà, per il suo valore filosofico, lo stimavo piú di Jacques, ma Jacques aveva qualcosa che a Pradelle mancava. Passeggiando per i viali del Lussemburgo mi dicevo che, tutto sommato, se uno di loro mi avesse voluta per moglie, non mi sarebbe convenuto né l'uno né l'altro. Ciò che mi attaccava ancora a Jacques era quella fenditura che lo tagliava in metà; ma non si costruisce nulla su una fenditura, e io volevo costruire un pensiero, un'opera. Pradelle era un intellettuale, come me, ma restava adattato alla sua classe, alla sua vita, accettava senza riserve la società borghese; io non potevo accontentarmi del suo sorridente ottimismo piú che del nichilismo di Jacques. D'altronde, entrambi, per ragioni diverse, li spaventavo un po'. « È possibile sposare una donna come me? » mi domandavo con una certa malinconia, giacché allora non facevo distinzione tra l'amore e il matrimonio. « Sono troppo sicura che non esiste quello che sarebbe veramente tutto, che capirebbe tutto, che sarebbe profondamente il fratello e l'uguale di me stessa ». Ciò che mi separava da tutti gli altri era una certa violenza che non riscontravo che in me stessa. Questo confronto con Pradelle mi rafforzò nella mia convinzione che ero votata alla solitudine.

Tuttavia, poiché tra noi si trattava soltanto di amicizia, ci intendevamo bene. Apprezzavo il suo amore della verità, il suo rigore; non confondeva i sentimenti con le idee; e sotto il suo sguardo imparziale mi resi conto che assai spesso in me gli stati d'animo avevano sostituito il pensiero; Pradelle mi costringeva a riflettere, a fare il punto; non mi vantavo piú di sapere tutto: « Non so niente di niente; non soltanto non conosco una risposta, ma nessuna maniera valida di porre la domanda ». Mi ripromisi di non piú illudermi, e chiesi a Pradelle di aiutarmi a salvaguardarmi da tutte le menzogne; egli sarebbe stato « la mia coscienza vivente ». Decisi che avrei consacrato i prossimi anni a cercare con accanimento la verità. « Lavorerò come un bruto finché la troverò ». Pradelle mi rese un gran servigio rianimando il mio interesse per la filosofia.

E forse uno anche piú grande, insegnandomi di nuovo l'allegria: non conoscevo nessuno che fosse allegro. Egli sopportava cosí allegramente il peso del mondo che questo non mi schiacciò piú; al Lussemburgo, il mattino, l'azzurro del cielo, le verdi aiuole, il sole, brillavano come nei giorni piú belli. « I rami son numerosi e nuovi in questo momento; mascherano completamente l'abisso che c'è sotto ». Questo significava che provavo piacere a vivere, e che obliavo le mie angosce metafisiche. Un giorno che Pradelle mi riaccompagnava a casa incontrammo mia madre; glielo presentai; le piacque: era un ragazzo che piaceva. Quest'amicizia fu gradita.

Zazà aveva superato il suo esame di greco. Partí per Laubardon. Alla fine di luglio ricevetti da lei una lettera che mi mozzò il fiato. Era disperatamente infelice, e me ne diceva la ragione. Mi raccontava finalmente la storia di quell'adolescenza che aveva vissuta accanto a me, e di cui io avevo ignorato tutto. Venticinque anni prima, un cugino di suo padre, fedele alla tradizione basca, era partito in cerca di fortuna in Argentina, dove s'era fatto un patrimonio considerevole. Zazà aveva undici anni quando costui era tornato alla casa natale, a circa mezzo chilometro da Laubardon; era sposato, e aveva un figlio della stessa età di Zazà, un ragazzetto « solitario, triste, forastico » che concepí una grande amicizia per lei. I genitori lo misero in un collegio in Spagna; ma durante le vacanze i due ragazzi si ritrovavano, e insieme facevano quelle passeggiate a cavallo di cui Zazà mi parlava con gli occhi che le brillavano. L'estate del loro quindicesimo anno si accorsero di amarsi; derelitto, esiliato, André non aveva che lei al mondo, e Zazà, che si riteneva brutta, sgraziata, disdegnata, gli si gettò tra le braccia; si permisero dei baci che li legarono appassionatamente. D'allora in poi si scrissero ogni settimana ed era di lui ch'ella sognava durante le lezioni di fisica e sotto lo sguardo benigno dell'abate Trécourt. I genitori di Zazà e quelli di André – molto piú ricchi – erano in rotta; non avevano contrariato l'amicizia dei due bambini, ma quando si resero conto ch'erano cresciuti intervennero. Di un matrimonio fra André e Zazà non sarebbe mai stato da parlare. La signora Mabille decise perciò che dovevano cessare di vedersi. « Alle vacanze di Capodanno del 1926,

– mi scriveva Zazà, – passai qui un solo giorno, per rivedere André e dirgli che tra noi tutto era finito. Ma ebbi un bel dirgli le cose piú crudeli, non potei impedirgli di vedere quanto mi era caro e quello che doveva essere il colloquio della nostra rottura ci legò piú che mai ». Un po' piú avanti aggiungeva: « Quando mi obbligarono a rompere con André, soffersi tanto che piú volte fui a due dita dal suicidio. Mi ricordo una sera in cui guardando arrivare il métro, fui lí lí per gettarmi sotto. Non provavo piú alcun gusto a vivere ». Da allora erano trascorsi diciotto mesi; non aveva piú visto André, né si erano mai scritti. D'un tratto, arrivando a Laubardon, l'aveva incontrato: « Per venti mesi non avevamo saputo nulla l'uno dell'altro, ed avevamo camminato per vie cosí diverse che nel nostro brusco riavvicinamento v'è qualcosa di sconcertante, quasi di doloroso. Vedo con gran chiarezza tutte le pene, tutti i sacrifici che devono accompagnare un sentimento tra due esseri cosí poco assortiti come lui e me, ma non posso agire che come agisco, non posso rinunciare al sogno di tutta la mia giovinezza, a tanti cari ricordi, non posso venir meno a una persona che ha bisogno di me. La famiglia di André e la mia sono meno che mai desiderose di un riavvicinamento di questo genere. Egli parte in ottobre per l'Argentina, dove rimarrà un anno e di dove tornerà per fare il servizio militare in Francia. Perciò davanti a noi ci sono ancora molte difficoltà e una lunga separazione; infine, se i nostri progetti si realizzeranno, vivremo almeno per una diecina d'anni nell'America del Sud. Vedete che tutto ciò è alquanto triste. Questa sera bisogna che parli alla mamma; due anni fa mi disse di no con la massima energia, e sono sconvolta al solo pensiero della conversazione che avrò con lei. Le voglio talmente bene che mi riesce tanto piú duro causarle questa pena e mettermi contro la sua volontà. Quando ero piccola, nelle mie preghiere domandavo sempre: " Che mai nessuno soffra per causa mia ". Ahimè! che voto irrealizzabile! »

Rilessi questa lettera dieci volte. Adesso mi spiegavo il cambiamento di Zazà a quindici anni, la sua aria assente, il suo romanticismo, e anche la sua strana prescienza dell'amore: ella aveva già imparato ad amare col suo sangue, ed era per questo che rideva quando dicevano « platonico » l'amore di Tristano e Isotta, era per questo che l'idea di un matrimonio d'interesse le ispirava tanto orrore. Come l'avevo conosciuta male! « Vorrei addormentarmi e non svegliarmi mai piú », diceva, e io non ci facevo caso; eppure sapevo quanto può far nero in un cuore. Era intollerabile immaginare Zazà, regolarmente in cappellino e guanti, in piedi sull'orlo d'una banchina di métro, fissar le rotaie con sguardo affascinato.

Qualche giorno dopo ricevetti una seconda lettera. La conversazione con la signora Mabille era andata malissimo. Ella aveva nuovamente proibito a Zazà di vedere suo cugino. Lei era troppo cristiana per pensar di disobbedire: ma mai questa proibizione le era parsa cosí spaventosa, adesso che appena cinquecento metri la separavano dal ragazzo che amava. Ciò che la torturava piú di tutto era l'idea ch'egli soffrisse per causa sua, mentre giorno e notte ella non pensava che a lui. Quest'infelicità, che superava tutto ciò ch'io avessi mai provato, mi confondeva. Era stato stabilito che quest'anno, finalmente, avrei trascorso tre settimane con Zazà nella provincia basca, e non vedevo l'ora di esser da lei.

Quando arrivai a Meyrignac, mi sentii « pacifica come non lo ero stata da diciotto mesi ». Pure, il confronto con Pradelle non era favorevole a Jacques, ed evocavo il suo ricordo senza indulgenza: « Ah! quella frivolezza, quella mancanza di serietà, quelle storie di caffè, di bridge, di denaro!... Vi sono in lui qualità piú rare che in un altro: ma anche qualcosa di pietosamente mancato ». Ero distaccata da lui, e abbastanza attaccata a Pradelle nella giusta misura perché la sua esistenza illuminasse le mie giornate senza che la sua assenza le oscurasse. Ci scrivevamo molto. E scrivevo anche a Riesmann, a Blanchette Weiss, a Suzanne Boigue e a Zazà. Avevo piazzato un tavolo nel granaio, sotto un abbaino, e la sera, alla luce d'un lume a petrolio mi effondevo per pagine e pagine. Grazie alle lettere che ricevevo – soprattutto quelle di Pradelle – non mi sentivo piú sola. Avevo anche lunghe conversazioni con mia sorella; aveva appena ottenuto il suo baccalaureato in filosofia, e per tutto l'anno eravamo state molto vicine. A parte il mio atteggiamento religioso, non le nascondevo nulla. Aveva adottato le mie mitologie, e Jacques aveva tanto prestigio ai suoi occhi quanto ai miei. Detestava quanto me l'Istituto Désir, la maggior parte delle sue compagne e i pregiudizi del nostro ambiente, e anche lei era partita gioiosamente in guerra contro i « Barbari ». Forse perché aveva avuta un'infanzia molto meno felice della mia si rivoltava con piú arditezza di me contro le servitú che ci opprimevano. – È stupido, – mi disse una sera con aria confusa, – ma mi secca che la mamma apra le mie lettere; non mi dà piú piacere a leggerle –. Le dissi che anche a me dava fastidio. Ci esortammo a osare; dopo tutto, avevamo diciassette e diciannove anni; pregammo la mamma di non piú censurare la nostra corrispondenza. Ci rispose ch'era suo dovere vegliare sulle nostre anime, ma infine cedette. Fu una vittoria importante.

In complesso, i miei rapporti coi genitori s'erano un po' distesi. Passavo giornate tranquille. Studiavo la filosofia e pensavo di scrivere. Esitai, prima di decidermi. Pradelle mi aveva convinta che la cosa piú importante era la ricerca della verità: non v'era il rischio che la letteratura me ne distogliesse? E non c'era forse una contraddizione, nella mia impresa? Volevo esprimere la vanità del tutto; ma lo scrittore tradisce la sua disperazione, se ne fa un libro: forse era meglio imitare il silenzio di Monsieur Teste. Se mi mettevo a scrivere, magari sarei stata trascinata a desiderare il successo, la celebrità, cose che disprezzavo. Questi scrupoli astratti non avevano abbastanza peso per fermarmi. Consultai per corrispondenza diversi amici, e, come speravo, m'incoraggiarono. Cominciai un vasto romanzo; l'eroina attraversava tutte le mie esperienze; si svegliava alla « vera vita », entrava in conflitto col suo ambiente, e poi faceva amaramente il giro di tutto, azione, amore, sapere. Non conobbi mai la fine di questa storia, poiché il tempo mi mancò, e l'abbandonai a metà strada.

Le lettere che ricevevo da Zazà non avevano piú il tono di quelle di luglio. Si stava accorgendo, mi diceva, che nel corso di questi ultimi due anni s'era molto sviluppata intellettualmente, era maturata, era cambiata. Durante il suo breve colloquio con André aveva avuta l'impressione ch'egli non si fosse sviluppato, era rimasto molto infantile e un po' rozzo. Ella cominciava a domandarsi se la propria fedeltà non fosse « un ostinarsi in sogni che non si vuole che svaniscano, una mancanza di sincerità e di coraggio ». Aveva ceduto, certo esagerando, all'influenza del *Grand Meaulnes*. « Ho attinto in quel libro un amore, un culto del sogno che non ha base alcuna nella realtà, e che forse mi ha fatta smarrire lontano da me stessa ». Certo non si pentiva del suo amore per il cugino: « Questo sentimento provato a quindici anni è stato il mio vero risveglio all'esistenza; dal giorno in cui ho amato ho compreso un'infinità di cose; non ho piú trovato quasi nulla di ridicolo ». Ma doveva pur confessarsi che, dalla rottura del gennaio '26, aveva prolungato quel passato artificialmente, « a forza di volontà e d'immaginazione ». Ad ogni modo, André doveva partire per l'Argentina e restarvi un anno: al suo ritorno si sarebbe potuta prendere una decisione. Per il momento era stanca d'interrogarsi; trascorreva vacanze estremamente mondane e agitate, e al principio se ne era annoiata; ma adesso, mi scriveva, « non voglio piú pensare che a divertirmi ».

Questa frase mi stupí, e nella mia risposta, la rilevai con una sfumatura di critica. Zazà si difese con vivacità: sapeva benissimo che divertirsi non risolveva niente: « Ultimamente, – mi scrisse, – avevamo organizzato con alcuni amici una grande gita nella provincia basca; avevo un tal bisogno di solitudine che per evitarla mi son data un buon colpo di ascia su un piede. Ne ho avuto per otto giorni di poltrona e di frasi compassionevoli, ma almeno mi ha fruttato un po' di solitudine, e il diritto di non parlare e di non divertirmi ».

Questa lettera m'impressionò. Sapevo bene come si potesse desiderare disperatamente la solitudine e il « diritto di non parlare ». Ma io non avrei mai avuto il coraggio di ferirmi un piede. No, Zazà non era né tiepida né rassegnata: c'era in lei una sorda violenza che mi faceva un po' paura. Non bisognava prendere alla leggera nessuna sua parola, poiché lei ne era ben piú avara di me. Se non l'avessi provocata, non m'avrebbe nemmeno parlato di quell'incidente.

Non volli piú tacerle niente: le confessai che avevo perduto la fede: ne aveva dubitato, mi rispose; anche lei, nel corso di quell'anno aveva attraversato una crisi religiosa. « Quando confrontavo la fede e le pratiche della mia infanzia e il dogma cattolico, con tutte le mie nuove idee, c'era una tale sproporzione, una tale disparità tra i due ordini d'idee che ne provavo una specie di vertigine. Claudel mi è stato di grande aiuto, e non posso dire quanto gli devo. E credo come quando avevo sei anni, molto piú col cuore che con l'intelligenza, e rinunciando assolutamente alla ragione. Le discussioni teologiche mi sembrano quasi sempre assurde e grottesche. Credo soprattutto che Dio sia del tutto incomprensibile per noi, e molto nascosto, e che la fede che ci dà in lui è un dono soprannaturale, una grazia ch'egli ci concede. Per questo non posso che compiangere di tutto cuore quelli che son privi di questa grazia, e credo che quando son sinceri e assetati di verità, questa verità un giorno o l'altro si rivelerà loro... D'altronde, – aggiungeva, – la fede non appaga; è altrettanto difficile raggiungere la pace del cuore sia quando si crede che quando non si crede: soltanto, si ha la speranza di trovar la pace in un'altra vita ». Cosí, non soltanto ella mi accettava cosí com'ero, ma aveva gran cura di negarsi l'ombra d'una superiorità; se per lei un filo di paglia riluceva nel cielo, ciò non impediva che sulla terra ella brancolasse nelle tenebre come me, e che continuassimo a camminare fianco a fianco.

Il 10 settembre partii tutta allegra per Laubardon. Presi il treno a Uzerche, al mattino presto, e scesi a Bordeaux, « poiché, – avevo scritto a Zazà, – non posso attraversare la patria di Mauriac senza fermarmivi ». Per la prima volta in vita mia passeggiai sola in una città sconosciuta. C'era un grande fiume, dei *quais* nebbiosi, e già i platani sapevano di autunno. Nelle vie strette, l'ombra giocava con la luce; e poi grandi viali che filavano verso piazze. Sonnolenta e incantata, mi libravo, leggera come una bolla. Nel giardino pubblico, tra i cespugli di canne scarlatte, sognai sogni di adolescenti inquieti. Mi avevano dato dei consigli: bevvi un cioccolato sui viali di Tourny; feci colazione vicino alla stazione in un ristorante che si chiamava *Le petit Marguery*: non ero mai stata al ristorante senza i miei genitori. Poi, un treno mi portò lungo una via vertiginosamente dritta, fiancheggiata di pini all'infinito. Mi piacevano i treni. China al finestrino, offrivo il mio viso al vento e alle faville, e mi giuravo di non assomigliare mai ai viaggiatori ciecamente ammassati nel caldo degli scompartimenti.

Arrivai verso sera. Il parco di Laubardon era molto meno bello di quello di Meyrignac, ma mi piacque la casa dal tetto di tegole, ricoperta di vite selvatica. Zazà mi condusse nella stanza che avrei condiviso con lei e con Geneviève de Bréville, una ragazza fresca e assennata, per la quale la signora Mabille andava pazza. Vi restai sola per un poco, per disfare la mia valigia e mettermi in ordine. Dal pianterreno arrivavano rumori di piatti e di bambini. Un po' spaesata, feci il giro della stanza. Su un tavolinetto trovai un taccuino rilegato in tela nera che aprii a caso: «Domani arriva Simone de Beauvoir. Debbo confessare che la cosa non mi fa piacere poiché mi è francamente antipatica». Restai interdetta; era un'esperienza nuova e sgradevole; mai avrei supposto che si potesse provare a mio riguardo una viva antipatia; mi spaventava un poco questo volto nemico quale appariva il mio agli occhi di Geneviève. Non potei pensarci a lungo poiché qualcuno bussò alla porta: era la signora Mabille. – Vorrei parlarvi, mia piccola Simone, – mi disse; fui sorpresa della dolcezza del suo tono, poiché da molto tempo ella non mi prodigava piú i suoi sorrisi. Con aria imbarazzata, si toccò il cammeo che le fermava il colletto di velluto, e mi domandò se Zazà mi avesse «messa al corrente». Dissi di sí. Evidentemente ignorava che i sentimenti di sua figlia non eran piú cosí fermi, e si mise a spiegarmi perché lei li combatteva. I genitori di André si opponevano a quel matrimonio, e d'altronde essi appartenevano a un ambiente molto ricco, dissipato e grossolano, che non conveniva affatto a Zazà; bisognava assolutamente ch'ella dimenticasse il cugino, e la signora Mabille contava sul mio aiuto. Detestavo questa complicità che m'imponeva, pure, il suo appello mi commosse, poiché doveva costarle molto implorare la mia alleanza. L'assicurai confusamente che avrei fatto del mio meglio.

Zazà mi aveva avvertita; al principio del mio soggiorno, picnic, tè e balletti si susseguirono senza tregua; la casa era aperta: nugoli di cugini e di amici venivano a colazione, a merenda, a giocare al tennis e al bridge. Oppure la Citroën guidata dalla signora Mabille, da Lilí o da Zazà ci portava a ballare dai proprietari dei dintorni. Nel borgo vicino c'erano spesso delle feste; assistei a incontri di pelota basca, andavo a vedere dei giovani contadini verdi di paura che piantavano delle coccarde nella pelle di vacche sfiancate: certe volte un corno tagliente faceva uno strappo nei bei pantaloni bianchi, e tutti ridevano. Dopo mangiato, qualcuno si metteva al piano, e la famiglia cantava in coro; facevamo anche dei giochi: sciarade, e versi rimati. I lavori di casa divoravano le mattinate. Coglievamo i fiori, li disponevamo nei vasi; ma soprattutto si cucinava. Lilí, Zazà, Bébelle, confezionavano torte, quattro quarti, pan di spagna e brioches per il tè del pomeriggio; aiutavano la mamma e la nonna a imbottigliare tonnellate di frutta e di legumi; c'erano sempre dei fagioli da sgranare, fagiolini da sfilettare, noci da spellare, prugne da snocciolare. Nutrirsi diventava una grossa impresa, e stancante.

Non vedevo quasi affatto Zazà, e mi annoiavo un poco. E per quanto priva di senso psicologico, mi rendevo conto che i Mabille e i loro amici diffidavano di me. Mal vestita, poco curata, non sapevo far la riverenza alle vecchie signore, non misuravo i miei gesti e le mie risate. Non avevo un soldo; avrei dovuto lavorare, questo era già brutto, ma per colmo avrei insegnato in un liceo; per generazioni, tutta questa gente aveva combattuto il laicismo: per loro, io mi stavo preparando un avvenire infamante. Stavo zitta il piú possibile, mi sorvegliavo, ma avevo un bel da fare, ogni mia parola, e perfino i miei gesti, stonavano. La signora Mabille si sforzava di esser amabile. Il signor Mabille e la vecchia signora Larivière m'ignoravano compitamente. Il piú grande dei ragazzi era appena entrato in seminario; Bébelle covava una vocazione religiosa: questi due non si occupavano affatto di me. Ma stupivo vagamente i bambini piú piccoli, vale a dire che vagamente essi mi criticavano. E Lilí non nascondeva la sua riprovazione. Perfettamente adattata al suo ambiente questa ragazza modello aveva una risposta a tutto: ma bastava che io ponessi una domanda per irritarla. A quindici anni, durante un pranzo in casa Mabille, mi ero domandata ad alta voce perché, visto che gli uomini erano fatti tutti uguali, il gusto del pomodoro o dell'aringa non fosse uguale per tutte le bocche; Lilí mi aveva presa in giro. Adesso non mi lasciavo piú andare cosí ingenuamente, ma le mie reticenze bastavano per piccarla. Un pomeriggio, in giardino, si discuteva sul voto alle donne; sembrava logico a tutti che la signora Mabille avesse diritto di votare piú di un operaio ubriacone. Ma Lilí sapeva da fonte sicura che nei bassifondi le donne erano piú « rosse » degli uomini; se andavano alle urne la buona causa ne avrebbe sofferto. L'argomento parve decisivo. Io non dissi niente, ma nel coro delle approvazioni questo mutismo era sovversivo.

I Mabille vedevano quasi ogni giorno i loro cugini Du Moulin de Labarthète. La ragazza, Didine, era molto amica di Lilí. C'erano tre giovani, Henri, ispettore alle finanze, dal pesante viso di gaudente ambizioso; Edgard, ufficiale di cavalleria, e Xavier, un seminarista di vent'anni ch'era il solo che mi sembrasse interessante; aveva lineamenti delicati e occhi pensosi, e preoccupava la famiglia per la sua « abulia », come la chiamavano loro. La domenica mattina, abbandonato su una poltrona, rifletteva cosí a lungo per decidere se sarebbe andato o no alla messa che spesso gli capitava di perderla. Leggeva, rifletteva, sentenziava sul suo ambiente. Domandai a Zazà come mai non avesse alcuna dimestichezza con lui. Ne fu molto sconcertata. – Da noi non è possibile. La famiglia non capirebbe –. Ma le era simpatico. Nel corso d'una conversazione, Lilí e Didine si domandarono, con stupore certo intenzionale, come mai gente sensata potesse mettere in dubbio l'esistenza di Dio. Lilí parlò dell'orologio e dell'orologiaio, guardandomi negli occhi; mi decisi di malavoglia a fare il nome di Kant. Xavier mi appoggiò: – Ah! – disse, – ecco il vantaggio di non aver studiato la filosofia: ci si può accontentare di argomenti di quel genere! – Lilí e Didine batterono in ritirata.

L'argomento piú dibattuto a Laubardon era il conflitto scoppiato in quel periodo tra l'« Action française » e la Chiesa. I Mabille affermavano energicamente che tutti i cattolici dovevano sottomettersi al Papa; i Labarthète – tranne Xavier, che non si pronunciava – tenevano per Maurras e Daudet. Ascoltavo le loro voci appassionate e mi sentivo un'esiliata. Ne soffrivo. Nel mio diario pretendevo che per me una quantità di gente « non esisteva »; in realtà, giacché c'era, qualsiasi persona contava. Nel mio quaderno rilevo quest'annotazione: « Crisi di disperazione davanti a Xavier du Moulin. Sentita troppo bene la distanza tra loro e me e il sofisma in cui vorrebbero rinchiudermi ». Non ricordo piú il pretesto di quest'esplosione che rimase evidentemente segreta, ma il senso è chiaro: non accettavo tranquillamente di essere diversa dagli altri, e di essere trattata da loro, piú o meno apertamente, da pecorella smarrita. Zazà era affezionata alla sua famiglia, io stessa lo ero stata alla mia, e il mio passato mi pesava ancora molto. D'altronde, ero stata una bambina troppo felice perché in me potesse lievitare facilmente l'odio o anche soltanto l'animosità: non sapevo difendermi dalla malevolenza.

L'amicizia di Zazà m'avrebbe sostenuta se avessimo potuto parlarci, ma perfino la notte non eravamo sole; appena coricata cercavo di addormentarmi. Appena Geneviève mi credeva assopita, intavolava lunghe conversazioni con Zazà. Si domandava se era stata abbastanza gentile con sua madre; a volte aveva contro di lei dei moti di impazienza: era molto male? Zazà rispondeva a fior di labbro. Ma per poco ch'ella cedesse, queste stupidaggini la compromettevano, ed ella mi diveniva estranea; mi dicevo, col cuore stretto, che nonostante tutto ella credeva in Dio, a sua madre, ai suoi doveri, e mi ritrovavo molto sola.

Per fortuna Zazà fece in modo di combinare abbastanza presto un colloquio a quattr'occhi. Aveva indovinato i miei pensieri? Mi dichiarò discretamente, ma senza ambagi, che la sua simpatia per Geneviève era molto limitata: questa la riteneva sua intima amica, ma il reciproco non era vero. Mi sentii sollevata. D'altronde, Geneviève partí, e a mano a mano che la stagione avanzava, l'agitazione mondana si placò. Ebbi Zazà tutta per me. Una notte, mentre tutta la casa dormiva, ci gettammo uno scialle sulle nostre lunghe camicie di madapolam e scendemmo in giardino. Sedute sotto un pino, parlammo a lungo. Zazà era ormai certa di non amare piú suo cugino; mi raccontò nei particolari il loro idillio. Fu allora che seppi che cosa era stata la sua infanzia, e quel grande abbandono di cui nulla avevo intuito. – Io vi volevo bene, – le dissi; lei cadde dalle nuvole, mi confessò che io avevo avuto un posto molto incerto nella gerarchia delle sue amicizie, nessuna delle quali, d'altronde, aveva molto peso. Nel cielo agonizzava pigramente una vecchia luna; noi parlavamo del passato, e l'inettitudine dei nostri cuori infantili ci rattristava; Zazà era sconvolta al pensiero d'avermi mortificata e ignorata; io trovavo amaro dirle queste cose soltanto oggi, quando avevano cessato d'esser vere: adesso, non la preferivo piú a tutto.

Tuttavia era dolce comunicarsi questi rimpianti. Mai eravamo state cosí vicine, e la fine del mio soggiorno fu molto felice. Andavamo a sederci nella biblioteca, e parlavamo, circondate dalle opere complete di Louis Veuillot e di Montalembert, e dalla « Revue des Deux Mondes »; parlavamo per le strade polverose, in cui vagava l'odore asprigno dei fichi; parlavamo di Francis Jammes, di Laforgue, di Radiguet, di noi stesse. Lessi a Zazà qualche pagina del mio romanzo: i dialoghi la confusero, ma mi esortò a continuare. Anche a lei, diceva, sarebbe piaciuto scrivere, piú avanti, e io l'incoraggiai. Quando venne il giorno della mia partenza, mi accompagnò in treno fino a Mont-de-Marsan. Mangiammo su una panca certe frittatine asciutte e fredde, e ci separammo senza malinconia poiché di lí a poco ci saremmo ritrovate a Parigi.

Ero nell'età in cui si crede all'efficacia delle spiegazioni epistolari. Da Laubardon avevo scritto a mia madre invocando la sua fiducia: le assicuravo che sarei diventata qualcuno. Ella mi aveva risposto molto gentilmente. Quando mi ritrovai nell'appartamento di rue de Rennes per un momento mi sentii mancare: ancora tre anni da passare tra quelle mura! Ma il mio ultimo trimestre mi aveva lasciato buoni ricordi e mi esortai all'ottimismo. La signorina Lambert desiderava ch'io la sollevassi in parte delle sue lezioni di baccalaureato al Sainte-Marie; mi avrebbe lasciato le ore di psicologia; avevo accettato, per guadagnare un po' di denaro e per far pratica d'insegnamento. Contavo di dare in aprile la licenza di filosofia, e in giugno quella di lettere; questi ultimi esami non mi avrebbero richiesto molto lavoro, e mi sarebbe restato del tempo per scrivere, per leggere, per approfondire i grandi problemi. Redassi un vasto e minuzioso piano di studi e di orari, trovai un piacere infantile nel metter l'avvenire in tabelle, e quasi rinnovai la saggia effervescenza degli ottobri d'un tempo. Mi affrettai a rivedere i miei compagni di Sorbona. Attraversavo Parigi, da Neuilly a rue de Rennes, da rue de Rennes a Belleville, guardando con occhio sereno i mucchietti di foglie morte al margine dei marciapiedi.

Andai da Jacques, gli esposi il mio sistema; bisognava consacrare la propria vita alla ricerca del perché si viveva: in attesa, non si doveva mai dar nulla per ammesso, ma fondare i propri valori con atti d'amore e di volontà rinnovantisi indefinitamente. Egli mi ascoltò con buona grazia, ma scosse la testa. – Cosí non si potrebbe vivere, – disse. E poiché insistevo, sorrise: – Non credi che sia una cosa molto astratta, per della gente di vent'anni? – mi domandò. Lui voleva che la sua esistenza restasse ancora per un po' di tempo un gran gioco d'azzardo. Nei giorni che seguirono, a volte gli davo ragione, a volte torto. Decisi che l'amavo, poi, decisamente che non l'amavo. Ero indispettita. Restai due mesi senza vederlo.

Andavo a passeggiare con Jean Pradelle intorno al lago del Bois de Boulogne; guardavamo l'autunno, i cigni, la gente che andava in barca; riprendemmo il filo delle nostre discussioni, ma con minor ardore. Tenevo molto a Pradelle, ma com'era poco tormentato! La sua tranquillità mi feriva. Riesmann mi fece leggere il suo romanzo, che giudicai puerile, e io gli lessi qualche pagina del mio che l'annoiò assai. Jean Mallet mi parlava sempre di Alain, Suzanne Boigue del suo cuore, la signorina Lambert di Dio. Mia sorella era entrata in una scuola d'arte applicata, dove non si trovava affatto bene, e piangeva. Zazà praticava l'obbedienza, e trascorreva ore a scegliere degli scampoli nei grandi magazzini. Di nuovo la noia e la solitudine si abbatterono su di me. Quando al Lussemburgo mi ero detta che la solitudine sarebbe stata il mio destino, c'era tanta allegria nell'aria che non me n'ero troppo commossa; ma nelle nebbie dell'autunno l'avvenire mi spaventò. Non avrei amato nessuno, nessuno era abbastanza grande da esser degno d'essere amato; non avrei ritrovato il calore d'una famiglia; avrei passato la mia vita in una camera di provincia, dalla quale non sarei uscita che per far le mie lezioni, che aridità! Non speravo nemmeno piú di raggiungere una vera intesa con nessun essere umano. Nemmeno uno dei miei amici mi accettava senza riserve, né Zazà che pregava per me, né Jacques che mi trovava troppo astratta, né Pradelle che deplorava la mia agitazione e i miei partiti presi. Ciò che li spaventava era il mio ostinato rifiuto della mediocre esistenza che essi, in un modo o nell'altro, accettavano, e i miei sforzi disordinati per uscirne. Tentavo di farmene una ragione. « Non sono fatta come gli altri, devo rassegnarmi », mi dicevo; ma non mi rassegnavo affatto. Separata dagli altri, non avevo piú alcun legame col mondo: questo diveniva uno spettacolo che non mi riguardava. Avevo rinunciato successivamente alla gloria, alla felicità, a servire; adesso addirittura non m'interessava piú di vivere. A volte perdevo completamente il senso della realtà: le strade, le automobili, i passanti non erano altro che una sfilata di apparenze tra le quali fluttuava la mia presenza senza nome. Mi accadeva di dirmi con fierezza e con timore che ero folle: non c'è molta distanza tra una solitudine tenace e la follia. Le ragioni di smarrirmi non mi mancavano. Da due anni mi dibattevo in una trappola senza trovare una via d'uscita; mi scontravo senza tregua con invisibili ostacoli, e ciò finiva per darmi le vertigini. Le mie mani restavano vuote; ingannavo la delusione affermandomi ad un tempo che un giorno avrei posseduto tutto e che nulla valeva qualcosa: mi imbrogliavo in queste contraddizioni. Soprattutto, scoppiavo di salute, di giovinezza, e restavo confinata in casa o nelle biblioteche: tutta quella vitalità che non sfogavo si scatenava in vortici vani nella mia testa e nel mio cuore.

Della terra non m'importava piú nulla, ero « fuori della vita », non desideravo neanche piú di scrivere, l'orribile vanità del tutto m'aveva ripresa alla gola; ma ne avevo abbastanza di soffrire, l'inverno passato avevo pianto troppo; mi fabbricai una speranza. Negli istinti di perfetto distacco in cui l'universo sembrava ridursi a un gioco d'illusioni in cui il mio io si aboliva, sussisteva qualcosa, qualcosa d'indistruttibile e d'eterno; la mia indifferenza mi pareva manifestare, in negativo, una presenza cui non era forse impossibile arrivare. Non pensavo al Dio dei cristiani: il cattolicesimo mi dispiaceva sempre di piú. Ma subivo tuttavia l'influenza della signorina Lambert e di Pradelle, che affermavano la possibilità di raggiungere l'essere; lessi Plotino e degli studi di psicologia mistica; mi domandavo se, oltre i limiti della ragione, certe esperienze non avrebbero potuto scoprirmi l'assoluto; cercavo una pienezza in quel luogo astratto dal quale avrei potuto ridurre in polvere il mondo inospitale. Perché non sarebbe stata possibile una mistica? « Voglio arrivare a Dio o divenire Dio », dichiarai. Piú volte, nel corso di quell'anno, mi abbandonai a questo delirio.

Ma ero stanca di me stessa. Smisi quasi del tutto di tenere il diario. Mi diedi da fare. A Neuilly, come a Belleville, andavo assai d'accordo con le mie allieve, l'insegnamento mi divertiva. Alla Sorbona, nessuno seguiva i corsi di sociologia né quelli di psicologia, tanto ci sembravano insipidi. Assistevo soltanto alle dimostrazioni che ci faceva Georges Dumas, la domenica e il martedí mattina, al Sainte-Anne, col concorso di qualche pazzo. Maniaci, paranoici, dementi precoci, sfilavano sulla pedana, senza che mai ci venisse data alcuna informazione sulla loro storia o sui loro conflitti, senza che il professore sembrasse nemmeno sospettare che nella mente di costoro passavano delle cose. Si limitava a dimostrarci che le loro anomalie si organizzavano secondo gli schemi ch'egli esponeva nel suo Trattato. Provocava abilmente con le sue domande le reazioni ch'egli dava per scontate, e la malizia della sua vecchia faccia cerea era cosí comunicativa che riuscivamo a malapena a soffocare le nostre risate: si sarebbe detto che la pazzia non era altro che un'enorme buffonata. Ma anche sotto questa luce, mi affascinava. Deliranti, allucinati, imbecilli, ilari, torturati, ossessi, era gente diversa.

Andai anche ad ascoltare Jean Baruzi, autore d'una celebrata tesi su san Giovanni della Croce, che toccava occasionalmente e senz'ordine tutte le questioni capitali. La pelle e il pelo fuligginosi, i suoi occhi dardeggiavano attraverso la notte oscura oscuri fuochi. Ogni settimana la sua voce si strappava tremando dagli abissi del silenzio e ci prometteva per la settimana dopo laceranti illuminazioni. I normalisti disdegnavano queste lezioni, che erano frequentate da certi *outsiders*, tra i quali si notavano René Daumal e Roger Vailland. Costoro scrivevano sulle riviste d'avanguardia; il primo passava per uno spirito profondo, il secondo per una viva intelligenza. A Vailland piaceva far colpo, e il suo fisico stesso sorprendeva. La sua pelle liscia era tesa quasi a spaccarsi su una faccia tutta di profilo: di fronte, non si vedeva altro che il pomo d'Adamo. La sua espressione disincantata smentiva la sua giovinezza: si sarebbe detto un vecchio rigenerato da un filtro diabolico. Lo si vedeva spesso in compagnia di una giovane donna che teneva negligentemente per il collo. – La mia femmina, – diceva presentandola. Di lui lessi *Le Grand Jeu*, una veemente diatriba contro un sergente che aveva sorpreso un soldato con una scrofa e l'aveva punito. Vailland rivendicava per tutti gli uomini, civili e militari, il diritto alla bestialità. Rimasi perplessa. Avevo un'immaginazione intrepida, ma, come ho già detto, la realtà mi spaventava facilmente. Non tentai d'avvicinare né Daumal né Vailland, che m'ignorarono.

Legai una sola amicizia nuova: con Lisa Quermadec, una convittrice del Sainte-Marie che preparava la sua licenza di filosofia. Era una piccola bretone delicata, dal viso sveglio e un po' da ragazzo, sotto i capelli tagliati cortissimi. Detestava il collegio di Neuilly e il misticismo della signorina Lambert. Credeva in Dio, ma trovava fanfaroni o snob quelli che pretendevano di amarlo: – Come si può amare qualcuno che non si conosce? – Mi piaceva, ma il suo scetticismo un po' amaro non rallegrava la mia vita. Continuai il mio romanzo. Intrapresi per Baruzi un'enorme dissertazione su « la personalità », nella quale feci un sommario del mio sapere e delle mie ignoranze. Andavo ai concerti una volta alla settimana, da sola o con Zazà; per due volte, *Le Sacre du printemps* mi rapí. Ma in complesso quasi piú nulla mi entusiasmava. Mi afflissi leggendo il secondo volume della « Corrispondenza » di Rivière e Fournier: le febbri della loro giovinezza si perdevano in preoccupazioni meschine, in inimicizie, in acredini. Mi domandai se anch'io sarei caduta nella stessa degradazione.

E tornai da Jacques. Egli si mise a passeggiare per la galleria coi gesti e i sorrisi di un tempo, e il passato si rianimò. Tornai spesso a trovarlo. Lui parlava, parlava molto; la penombra si riempiva di fumo, e nelle volute azzurrastre fluttuavano parole cangianti; in qualche posto, in luoghi sconosciuti, s'incontravano persone diverse da tutte le altre, e succedevano cose; cose strane, un po' tragiche, a volte molto belle. E poi? Chiusa la porta, le parole si spegnevano. Ma otto giorni dopo, nuovamente scorgevo in quelle iridi scintillanti la scia dell'Avventura. L'Avventura, l'evasione, le grandi partenze: forse era qui la salvezza! era quella che proponeva *Vasco* di Marc Chadourne, che ebbe quell'inverno un considerevole successo e che lessi con quasi altrettanto fervore del *Grand Meaulnes*. Jacques non aveva attraversato gli oceani; ma una quantità di giovani romanzieri – Soupault tra gli altri – affermavano che si potevan fare viaggi straordinari senza lasciare Parigi; evocavano la sconvolgente poesia di certi caffè in cui Jacques trascinava le sue notti. Ripresi ad amarlo. Ero stata cosí lontana nell'indifferenza, e perfino nel disprezzo, che questo ritorno di passione mi stupí. Credo tuttavia di potermelo spiegare. Il passato già cominciava a pesare; amavo Jacques in gran parte perché l'avevo amato. E poi ero stanca d'avere il cuore secco e di disperare: mi tornò un desiderio di tenerezza e di sicurezza. Jacques si mostrava con me d'una gentilezza che non si smentiva piú; si faceva in quattro, mi divertiva. Tutto questo non sarebbe stato sufficiente a riportarmi a lui. Ciò che fu molto piú decisivo era ch'egli continuava ad essere disadattato, incerto; mi sentivo meno insolita vicino a lui che non vicino a tutti quelli che accettavano la vita cosí com'era; nulla mi sembrava piú importante che rifiutarla; conclusi che noi due eravamo della stessa razza, e di nuovo legai il mio destino al suo. Ciò non mi portò del resto molto conforto; sapevo quanto eravamo diversi, e non contavo piú che l'amore mi liberasse dalla solitudine. Avevo l'impressione di subire una fatalità, anziché di andare liberamente verso la felicità. Salutai il mio ventesimo compleanno con un brano melanconico: « Non andrò in Oceania. Non rifarò san Giovanni della Croce. Nulla è triste, tutto è previsto. La demenza precoce potrebbe essere una soluzione. Se provassi a vivere? Ma sono stata educata all'Istituto Désir ».

Mi sarebbe piaciuto assai gustare anch'io quell'esistenza « azzardosa e inutile » di cui Jacques e i giovani romanzieri mi vantavano le attrattive. Ma come introdurre l'imprevisto nelle mie giornate? A lunghi intervalli mia sorella ed io riuscivamo a rubare una serata alla vigilanza materna: lei, la sera spesso andava a disegnare alla Grande Chaumière, era un comodo pretesto; e anch'io, da parte mia, m'ero procurata il mio alibi. Col denaro che guadagnavo a Neuilly andavamo allo Studio des Champs-Elysées, a vedere un lavoro d'avanguardia, oppure al loggione del Casino de Paris, ad ascoltare Maurice Chevalier. Camminavamo per le strade, parlando della nostra vita e della Vita; invisibile, ma dappertutto presente, l'avventura ci sfiorava. Queste scappate ci rallegravano, ma non potevamo ripeterle spesso. La monotonia quotidiana continuava ad opprimermi: « Oh! i tristi risvegli, vita senza desiderio e senza amore, tutta già esaurita, e cosí presto! che noia spaventosa! cosí non può durare! che cosa voglio? che cosa posso? Niente di niente. Il mio libro? vanità. La filó? ne ho fino agli occhi. L'amore? troppo stanca. Eppure ho vent'anni, e voglio vivere! »

Cosí non poteva durare. Tornavo al mio libro, alla filosofia, all'amore. E poi ricominciavo: « Sempre questo conflitto a quanto pare senza uscita! Una viva coscienza delle mie forze, della mia superiorità su tutti loro, di ciò che potrei fare; e il sentimento della totale inutilità di queste cose! no, cosí non può durare ».

Durava. E forse, dopotutto, sarebbe durato sempre. Come un pendolo impazzito, oscillavo freneticamente dall'apatia a delle gioie smarrite. La notte salivo la gradinata del Sacré-Coeur, guardavo brillare Parigi, vana oasi nei deserti dello spazio. Piangevo perché era cosí bello, e perché era inutile. Ridiscendevo le viuzze della Butte ridendo a tutte le luci. Mi arenavo nell'aridità, rimbalzavo nella pace. Mi esaurivo.

Le mie amicizie mi deludevano sempre piú. Blanchette Weiss si urtò con me; non ho mai saputo il perché; dall'oggi al domani mi voltò le spalle, e non rispose alla lettera con cui le chiedevo spiegazioni. Seppi che mi tacciava d'intrigante, e mi accusava d'invidiarla al punto di aver rovinato con i denti la rilegatura dei libri che mi aveva prestato. Ero in freddo con Riesmann. Mi aveva invitata a casa sua. In un immenso salotto pieno d'oggetti d'arte avevo incontrato Jean Baruzi e suo fratello Joseph, autore d'un libro esoterico; c'era anche uno scultore celebre le cui opere deturpavano Parigi, e altre personalità accademiche: la conversazione mi costernò. Lo stesso Riesmann mi affliggeva con il suo estetismo e il suo sentimentalismo. Gli altri, quelli che amavo, quelli che amavo molto, quello che amavo, non mi comprendevano, non mi bastavano; la loro esistenza, la loro stessa presenza non risolveva nulla. Già da un pezzo la solitudine mi aveva precipitata nell'orgoglio. La testa mi girò del tutto. Baruzi mi rese la mia dissertazione con grandi elogi; alla fine della lezione mi ricevette, e la sua voce moribonda esalò la speranza ch'essa fosse l'abbozzo d'un'opera di peso. M'infiammai. « Son sicura che salirò piú in alto di tutti loro. È orgoglio? Se non ho genio, sí; ma se ne ho – come a volte credo, come a volte son *sicura* – è soltanto lucidità », scrissi tranquillamente. Il giorno dopo vidi il *Circo* di Charlot; uscendo dal cinema, passeggiai per le Tuileries; un sole arancione rotolava nel cielo azzurro pallido e incendiava le vetrate del Louvre. Ricordai vecchi crepuscoli, e d'un tratto mi sentii folgorata da quell'esigenza che da tanto tempo sentivo con tutta me stessa: dovevo scrivere la mia opera. Questo progetto non aveva nulla di nuovo, pure, poiché desideravo che mi succedessero delle cose, e non mi succedeva mai niente, feci della mia emozione un avvenimento. Ancora una volta pronunciai voti solenni al cospetto del cielo e della terra. Nulla, mai, in nessun caso, m'avrebbe impedito di scrivere il mio libro. Comunque, non rimisi piú in questione questa decisione. E mi ripromisi anche di volere la gioia, d'ora innanzi, e di ottenerla.

Cominciò un'altra primavera. Superai i miei esami di morale e di psicologia. L'idea di tuffarmi nella filologia mi ripugnò al punto che vi rinunciai. Mio padre ne fu accasciato: avrebbe trovato elegante ch'io avessi accumulato due licenze; ma non avevo piú sedici anni, e tenni duro. Mi venne un'ispirazione. Il mio ultimo trimestre era libero: perché non cominciare a preparare subito il mio diploma? A quel tempo non era proibito presentarlo lo stesso anno del concorso; se lo portavo abbastanza avanti, nulla mi avrebbe impedito, alla riapertura, di preparare il concorso mentre lo terminavo, cosí avrei guadagnato un anno! Cosí, tra diciotto mesi, l'avrei fatta finita con la Sorbona e con la famiglia, sarei stata libera, e sarebbe cominciata qualche altra cosa! Non ebbi esitazioni. Andai a consultare il signor Brunschvicg che non vide ostacoli a questo progetto, poiché già possedevo un certificato di scienze, e sufficiente preparazione in greco e in latino. Mi consigliò di trattare « Il concetto in Leibniz », e fui d'accordo.

La solitudine, tuttavia, continuava a minarmi. Al principio di aprile si aggravò. Jean Pradelle andò a trascorrere alcuni giorni a Solesmes con dei compagni. Il giorno dopo il suo ritorno lo incontrai alla « Casa degli amici del libro », alla quale eravamo entrambi abbonati. Nella sala principale, Adrienne Monnier, vestita del suo saio monacale, riceveva autori celebri: Fargue, Jean Prevost, Joyce; le piccole sale in fondo erano sempre vuote. Ci sedemmo su uno sgabello e parlammo. In tono un po' esitante, Pradelle mi confidò che a Solesmes si era comunicato: vedendo i suoi compagni accostarsi alla sacra mensa, si era sentito esiliato, escluso, abbandonato; il giorno dopo si era confessato e ve li aveva accompagnati; aveva deciso che credeva. Lo ascoltai con la gola stretta: mi sentivo abbandonata, esclusa, tradita. Jacques trovava un rifugio nei caffè di Montparnasse, Pradelle ai piedi del tabernacolo: accanto a me non avevo assolutamente piú nessuno. La notte, piansi su questo abbandono.

Due giorni dopo, mio padre partí per la Grillère; voleva parlare a sua sorella, non so piú a qual proposito. Il lamento delle locomotive, il rossore delle fumate nella notte fuligginosa mi fecero sognare alla lacerazione dei grandi addii. – Vengo con te, – dichiarai. Mi dissero che non avevo nemmeno lo spazzolino da denti, ma finalmente cedettero al mio capriccio. Per tutto il viaggio, affacciata al finestrino, mi ubriacai di tenebre e di vento. Non avevo mai visto la campagna in primavera; passeggiai tra il canto dei cuculi, le primavere, le campanule; mi commossi sulla mia infanzia, sulla mia vita e sulla mia morte. La paura della morte non mi aveva mai abbandonata, non mi abituavo ad essa; mi accadeva ancora di tremare e di piangere di terrore. Per contrasto, il fatto di esistere, qui, in questo istante, acquistava a volte un'intensità folgorante. Spesso, durante quei pochi giorni, il silenzio della natura mi precipitò nello spavento o nella gioia. Andai piú in là. In quei prati, in quei boschi in cui non scorgevo traccia degli uomini, credetti di raggiungere quella realtà sopraumana, alla quale aspiravo. M'inginocchiai per cogliere un fiore, e d'un tratto mi sentii inchiodata alla terra, schiacciata dal peso del cielo, non potevo piú muovermi: era un'angoscia e un'estasi che mi dava l'eternità. Rientrai a Parigi persuasa d'aver attraversato delle esperienze mistiche e provai a rinnovarle. Avevo letto san Giovanni della Croce: «Per andare dove non sai devi passare per dove non sai». Rovesciando questa frase vidi nell'oscurità delle mie strade il segno che stavo marciando verso un compimento. Scendevo nel fondo di me stessa, mi trasportavo tutt'intera verso uno zenit di dove abbracciavo tutto.

Queste divagazioni erano sincere. M'ero immersa in una tale solitudine che in certi momenti divenivo del tutto estranea al mondo, ed esso mi sbalordiva per la sua estraneità; gli oggetti non avevano piú senso, né i volti, né me stessa; poiché non riconoscevo nulla era tentante pensare che avevo raggiunto l'ignoto. Coltivavo questi stati con straordinario compiacimento. Pure, non avevo alcuna intenzione di illudermi; domandai a Pradelle e alla signorina Lambert che cosa ne pensassero. Lui fu categorico: – Son cose che non hanno alcun interesse –. Lei fu piú sfumata: – È una sorta d'intuizione metafisica –. Conclusi che non si poteva costruire la propria vita su queste vertigini, e non le cercai piú.

Continuavo a lavorare. Ora che mi ero licenziata potevo accedere alla biblioteca Victor Cousin, rintanata in un angolo remoto della Sorbona. Conteneva una vasta raccolta di opere filosofiche e non era frequentata quasi da nessuno. Trascorrevo le mie giornate là dentro. Scrivevo il mio romanzo con perseveranza. Leggevo Leibniz, e altri libri utili alla preparazione del concorso. La sera, abbrutita dallo studio, languivo in camera mia. Mi sarei ben consolata di non poter lasciare la terra se solo mi fosse stato permesso di potervi passeggiare in libertà. Come avrei voluto tuffarmi nella notte, ascoltare del jazz, accostare gente! Ma no, ero murata! soffocavo, mi consumavo, mi veniva voglia di fracassarmi la testa contro quei muri.

Jacques stava per imbarcarsi per l'Algeria dove avrebbe fatto i suoi diciotto mesi di servizio militare. Lo vedevo spesso; era piú cordiale che mai. Mi parlava molto dei suoi amici. Sapevo che Riaucourt aveva una relazione con una giovane donna di nome Olga; Jacques mi dipinse i loro amori a tinte cosí romanzesche che per la prima volta considerai con simpatia un'unione illegittima. Alluse anche a un'altra donna, molto bella, che si chiamava Magda e che gli sarebbe piaciuto farmi conoscere. – È una storia che ci è costata abbastanza cara, – mi disse. Magda faceva parte di quegli inquietanti fenomeni che s'incontrano di notte nei caffè. Non mi domandai quale parte avesse avuto nella vita di Jacques. Non mi domandai nulla. Ero certa, adesso, che Jacques teneva a me, e che avrei potuto vivere accanto a lui nella gioia. Paventavo la nostra separazione; ma ci pensavo poco, tanto ero felice di questo riavvicinamento ch'essa provocava tra noi.

Otto giorni prima della partenza di Jacques, cenai da lui con i miei. Dopo cena venne a prenderlo il suo amico Riquet Bresson; Jacques propose che io andassi con loro a vedere il film *L'equipaggio*. Seccata che la parola matrimonio non fosse mai stata pronunciata, mia madre non approvava piú affatto la nostra amicizia, e mi rifiutò il permesso; insistei, e mia zia perorò la mia causa; infine, date le circostanze, mia madre si lasciò ammansire.

Non andammo al cinema. Jacques mi condusse allo Stryx, in rue Huyghens, di cui era un assiduo, ed io mi appollaiai su uno sgabello tra lui e Riquet. Jacques chiamò il barman per nome, Michel, e ordinò per me un dry-martini. Non avevo mai messo piede in un caffè, ed eccomi qua, di notte, in un bar, con due giovanotti: per me era una cosa davvero straordinaria. Le bottiglie dai colori timidi o violenti, le coppette di olive o di mandorle salate, i tavolinetti, tutto mi stupiva; e la cosa piú sorprendente era che questo, per Jacques, fosse uno scenario familiare. Mi scolai rapidamente il mio cocktail, e poiché non avevo mai bevuto una goccia d'alcool, nemmeno di vino, che non mi piaceva, feci presto a partire. Chiamavo Michel per nome, e facevo buffonate. Jacques e Riquet sedettero a un tavolo per fare una partita di poker coi dadi, e finsero di non conoscermi. Mi misi ad apostrofare i clienti, che erano dei giovani nordici molto calmi. Uno mi offrí un secondo martini, che, a un segno di Jacques, vuotai dietro il banco. Per essere all'altezza della situazione ruppi due o tre bicchieri. Jacques rideva, io ero alle stelle. Andammo ai Vikings. Per la strada diedi il braccio destro a Jacques e il sinistro a Riquet; il sinistro era come non esistesse, e mi rallegravo di conoscere con Jacques un'intimità fisica che simboleggiava la confusione delle nostre anime. M'insegnò il poker coi dadi e mi fece servire un gin-fizz, con pochissimo gin; mi sottomettevo amorosamente alla sua protezione. Il tempo non esisteva piú; erano già le due, quando, al banco della Rotonde bevvi una menta all'acqua. Intorno a me volteggiavano facce sorte da un altro mondo; a tutti gli angoli scoppiavano dei miracoli. Mi sentivo legata a Jacques da un'indissolubile complicità, come avessimo commesso insieme un assassinio o attraversato a piedi il Sahara.

Mi lasciò davanti al 71 di rue de Rennes. Avevo la chiave di casa. Ma i miei genitori mi aspettavano, mia madre in lacrime, e mio padre con la faccia delle grandi occasioni. Erano appena tornati dal boulevard Montparnasse dove mia madre aveva suonato e risuonato finché la zia era apparsa a una finestra; mia madre aveva reclamato a gran voce che le si rendesse la figlia, e accusato Jacques di disonorarla. Spiegai che eravamo stati a vedere *L'equipaggio* e poi avevamo preso un caffè con panna alla Rotonde, ma i miei genitori non si placarono, e benché un po' piú smaliziata di un tempo, anch'io piansi e singhiozzai. Jacques mi aveva dato appuntamento per il giorno dopo sulla terrazza del Select. Costernato dai miei occhi arrossati e dal racconto che sua madre gli aveva fatto, mise nel suo sguardo piú tenerezza che mai; e si difese dall'accusa d'avermi trattata con poco riguardo: – C'è un rispetto piú difficile, – mi disse. Mi sentii ancor piú unita a lui che durante la nostra orgia. Quattro giorni dopo ci facemmo gli addii. Gli domandai se gli dispiaceva di lasciare Parigi. – Mi dispiace soprattutto di lasciare te, – mi rispose. Mi accompagnò in auto alla Sorbona. Scesi. Ci guardammo per un lungo momento. – Allora, – disse con una voce che mi sconvolse, – non ti vedrò piú? – Ingranò la marcia, e io restai sull'orlo del marciapiede, abbandonata. Ma gli ultimi ricordi mi davano la forza di sfidare il tempo. « All'anno prossimo », pensai, e andai a leggere Leibniz.

– Se qualche volta volessi offrirti una piccola distrazione, dillo a Riquet, – m'aveva detto Jacques. Mandai un biglietto al giovane Bresson che ritrovai una sera verso le sei allo Stryx; parlammo di Jacques, ch'egli ammirava; ma il bar era deserto, e non successe nulla. Successe poco quell'altra sera in cui salii a prendere un aperitivo al bar della Rotonde; delle coppiette parlottavano con aria intima; i tavoli di legno bianco, le sedie normanne, le tende rosse e bianche, non sembravano celare piú mistero d'una pasticceria. Peraltro, quando volli pagare il mio bicchiere di sherry, il grosso barman rosso rifiutò il mio denaro; questo fatto – che non riuscii mai a spiegarmi – aveva alquanto del prodigioso, e m'incoraggiò. Le sere in cui andavo a Belleville, uscendo di casa presto e arrivando in ritardo alla mia lezione, facevo in modo di passare un'ora ai Vikings. Una volta bevvi due gin-fizz; era troppo, e li vomitai nel métro; quando spinsi la porta del Centro mi si piegavano le gambe e avevo la fronte coperta d'un sudore freddo; pensarono mi sentissi male, mi fecero distendere su di un divano, congratulandosi con me per il mio coraggio. Mia cugina Madeleine venne a passare qualche giorno a Parigi, e approfittai dell'occasione. Madeleine aveva ventitre anni, e mia madre, una sera, ci autorizzò ad andare a teatro noi due sole; in realtà, avevamo complottato di andarcene a far un giro per i brutti posti. Le cose furono a un soffio dal guastarsi, poiché al momento di uscire di casa a Madeleine venne in mente di mettermi un po' di rosa sulle guance; trovai che stavo bene, e quando mia madre mi ordinò di lavarmi la faccia protestai. Certo ella credette di scorgere sulla mia guancia l'impronta forcuta di Satana; mi esorcizzò con uno schiaffo. Cedetti stringendo i denti. Comunque mi lasciò uscire, e con mia cugina ci dirigemmo verso Montmartre. Errammo a lungo sotto la luce delle insegne al neon: non ci decidevamo a scendere. Dirottammo in due bar tristi come latterie, e finimmo per incagliarci in un atroce localetto di rue Le Pic, dove dei ragazzi dai costumi leggeri aspettavano il cliente. Due di loro sedettero al nostro tavolo, stupiti della nostra intrusione poiché non eravamo visibilmente delle concorrenti. Sbadigliammo insieme per un lungo momento; il disgusto mi serrava la gola.

Tuttavia, perseverai. Raccontai ai miei genitori che il Centro di Belleville preparava per il Quattordici luglio una serata ricreativa, che io dirigevo le mie allieve nelle prove di una commedia, e che dovevo disporre di diverse sere alla settimana; fingevo di spendere a beneficio delle Equipes il denaro che consumavo in gin-fizz. Di solito andavo al Jockey, in boulevard Montparnasse: Jacques me ne aveva parlato, e mi piacevano i manifesti colorati appesi al muro, dove si mescolavano la paglietta di Chevalier, le scarpe di Charlot, e il sorriso di Greta Garbo. Mi piacevano le bottiglie luminose, le bandierine screziate, l'odore di tabacco e di alcool, le voci, le risate, i sassofoni. Le donne mi meravigliavano:

non c'erano parole nel mio vocabolario per designare il tessuto dei loro abiti, il colore dei loro capelli; non immaginavo si potessero comprare in nessun negozio le loro calze impalpabili, le loro scarpette, il rosso delle loro labbra. Le udivo discutere con gli uomini la tariffa delle loro notti e le delizie di cui li avrebbero colmati. La mia immaginazione non reagiva: l'avevo bloccata. Soprattutto i primi tempi, intorno a me non c'erano persone di carne e d'ossa, ma allegorie: l'inquietudine, la futilità, la stupidità, la disperazione, il genio, forse, e senza dubbio il vizio dal volto multiforme. Restavo convinta che il peccato è il posto vuoto di Dio, e mi appollaiavo sul mio sgabello col fervore con cui, da bambina, mi prostravo ai piedi del Santissimo: provavo la stessa presenza; il jazz aveva sostituito la voce solenne dell'organo, e aspettavo l'avventura come in passato avevo aspettato l'estasi. – Nei caffè, – m'aveva detto Jacques, – basta fare una cosa qualsiasi, i fatti succedono da sé –. Io facevo una cosa qualsiasi. Se entrava un cliente col cappello in testa, gridavo: – Cappello! – e gli gettavo in aria il copricapo. Rompevo un bicchiere qua o là. Peroravo, interpellavo gli *habitués*, che cercavo ingenuamente d'ingannare fingendomi modella o puttana. Col mio vestito smorto, le calze grosse, le scarpe basse, la faccia senza trucco, non ingannavo nessuno. – Non ci avete la mano, – mi disse uno zoppo dagli occhi cisposi. – Siete una piccola borghese che vuole recitare alla bohème, – concluse un uomo dal naso a becco che scriveva romanzi d'appendice. Protestai; lo zoppo disegnò qualcosa su un pezzo di carta. – Ecco che cosa bisogna fare e lasciarsi fare nel mestiere della cortigiana –. Conservai il mio sangue freddo: – È molto mal disegnato, – dissi. – È somigliante, invece –; si sbottonò i calzoni, e questa volta stornai gli occhi. – Non m'interessa –. Si misero a ridere. – Vedete! – disse il romanziere d'appendice. – Una vera puttana avrebbe guardato e detto: «Non c'è di che vantarsi!» L'alcool aiutando, incassavo freddamente le oscenità. D'altronde mi lasciavano in pace, poteva succedere che mi offrissero una consumazione, che m'invitassero a ballare, niente di piú; evidentemente non incoraggiavo la lubricità.

Mia sorella partecipò diverse volte a queste scappate; per darsi l'aspetto equivoco, si metteva il cappello di traverso e incrociava le gambe molto in alto. Parlavamo forte, sghignazzavamo rumorosamente. Oppure, entravamo una dopo l'altra in un locale, fingendo di non conoscerci, e poi fingevamo di metterci a litigare: ci prendevamo per i capelli, coprendoci d'insulti, felici se lo spettacolo attirava per un istante l'attenzione del pubblico.

Le sere in cui restavo a casa, mal sopportavo la tranquillità della mia stanza. Cercai di nuovo delle voci mistiche. Una notte intimai a Dio, se esisteva, di dichiararsi. Restò muto, e mai piú gli rivolsi la parola. In fondo, ero molto contenta che non esistesse. Avrei trovato odioso che la partita che stava svolgendosi quaggiú avesse già la sua conclusione nell'eternità.

In ogni caso, adesso c'era un posto, sulla terra, in cui mi sentivo a mio agio; il Jockey m'era divenuto familiare, vi ritrovavo persone di conoscenza, mi ci trovavo sempre meglio. Bastava un gin-fizz, e la mia solitudine fondeva: tutti gli uomini erano fratelli, ci comprendevamo tutti, tutti si amavano a vicenda. Non c'erano piú problemi, rimpianti, attese: il presente mi appagava. Ballavo, delle braccia mi stringevano, e il mio corpo presentiva evasioni, abbandoni piú facili e piú calmanti dei miei deliri; lungi dall'adombrarmene come a sedici anni, trovavo consolante che una mano sconosciuta potesse avere sulla mia nuca un calore, una dolcezza che somigliava alla tenerezza. Non capivo nulla della gente che mi circondava, ma poco m'importava: ero espatriata; e avevo l'impressione di toccar finalmente col dito la libertà. Avevo fatto molti progressi dall'epoca in cui provavo imbarazzo a camminare per la strada accanto a un giovanotto: adesso sfidavo allegramente le convenienze e l'autorità. L'attrazione che esercitavano su di me i caffè e i dancings proveniva in gran parte dal loro carattere illecito. Mai mia madre vi avrebbe messo piede; mio padre si sarebbe scandalizzato nel vedermici, e Pradelle se ne sarebbe afflitto; provavo una grande soddisfazione nel sapermi radicalmente fuori della legge.

A poco a poco mi feci ardita. Mi lasciavo avvicinare per la strada, andavo a bere nei *bistrots* con sconosciuti. Una sera salii in un'automobile che mi aveva seguita per i grandi boulevards. – Facciamo una corsa fino a Robinson? – mi propose il guidatore. Non aveva nulla di attraente; e come mi sarei trovata se m'avesse lasciata a terra a dieci chilometri da Parigi? Ma avevo i miei principî: « Vivere pericolosamente. Non rinunciare a nulla », dicevano Gide, Rivière, i surrealisti, e Jacques. – Va bene, – dissi. In piazza della Bastiglia bevemmo di malagrazia dei cocktails nella terrazza di un caffè. Risaliti in macchina, l'uomo mi sfiorò il ginocchio: mi scostai vivamente. – Come, ti fai scarrozzare in macchina, e poi non vuoi neanche farti toccare? – La sua voce era cambiata. Fermò la macchina e cercò di baciarmi. Scappai via inseguita dalle sue insolenze. Riuscii a prendere l'ultimo métro. Mi rendevo conto d'averla scampata bella; tuttavia mi rallegrai d'aver compiuto un atto veramente gratuito.

Un'altra sera, in un luna park dell'avenue de Clichy, giocai al calciobalilla con un giovinastro che aveva la guancia traversata da una cicatrice rosea; andammo a sparare al tiro a segno, e lui insisté per pagare tutte le partite. Mi presentò un amico e mi offrí un caffè con panna. Quando vidi in partenza il mio ultimo autobus, lo salutai e mi misi a correre. Mi riacchiapparono al momento in cui stavo per saltare sul predellino; mi afferrarono per le spalle: – Che maniera! – Il bigliettario esitava, la mano sul campanello, poi suonò e l'autobus partí. Io schiumavo di rabbia. I due giovinastri mi dissero che il torto era mio: non si pianta la gente a quel modo. Ci riconciliammo, ed essi vollero ad ogni costo accompagnarmi a piedi fino a casa: ebbi cura di spiegar loro che non dovevano sperare nulla da me, ma loro si ostinarono. In rue Cassette, all'angolo di rue de Rennes il giovinastro con la cicatrice mi afferrò alla vita: – Quando ci rivediamo? – Quando vorrete, – dissi debolmente. Cercò di baciarmi, mi dibattei. Apparvero quattro agenti ciclisti; non osai chiamarli, ma il mio aggressore mi lasciò e facemmo qualche passo verso casa. Passata la ronda, di nuovo lui mi afferrò: – Tu non verrai all'appuntamento: hai voluto farmi marciare! è una cosa che non mi va e meriti una lezione! – Aveva un'aria cattiva, mi avrebbe picchiata, o baciata a piena bocca, e non so quale delle due cose mi spaventasse di piú. L'amico s'interpose: – Avanti, ci si può mettere d'accordo. È seccato perché ha speso dei soldi per te –. Vuotai la mia borsetta. – Me ne frego dei soldi! – disse l'altro. – Le voglio dare una lezione –. Ad ogni modo finí per prendersi tutto il mio patrimonio, quindici franchi. – Neanche di che pagarsi una donna! – disse incarognito. Rientrai a casa mia. Avevo avuto paura sul serio.

L'anno scolastico era alla fine. Suzanne Boigue aveva trascorso alcuni mesi da una sorella in Marocco, dove aveva conosciuto l'uomo della sua vita. Il rinfresco ebbe luogo in un grande giardino della periferia; il marito era un bel giovane, Suzanne era al settimo cielo, la felicità mi parve una cosa simpatica. D'altronde, non mi sentivo infelice: l'assenza di Jacques e la certezza del suo amore tranquillizzavano il mio cuore, non piú minacciato dagli urti d'un incontro o dai capricci dell'umore. Andavo in barca al Bois, con mia sorella, Zazà, Lisa e Pradelle: i miei amici andavano molto d'accordo, e quando erano riuniti, provavo meno rammarico di non andare perfettamente d'accordo con nessuno di loro. Pradelle mi presentò un compagno della Normale per il quale professava una grande stima: era uno di quelli che a Solesmes l'avevano trascinato a far la comunione. Si chiamava Pierre Clairaut, ed era un simpatizzante dell'« Action française »; piccolo, nerastro, sembrava un grillo. Doveva presentarsi l'anno dopo al concorso di filosofia, e perciò saremmo stati condiscepoli. Poiché aveva un'aria dura, altezzosa e sicura di sé, mi ripromisi che alla riapertura delle scuole avrei cercato di scoprire che cosa c'era sotto la sua scorza. Con lui e con Pradelle andai ad assistere agli orali del concorso alla Sorbona; allungavamo il collo per udir l'esame di Raymond Aron, al quale tutti pronosticavano un grande avvenire di filosofo. Mi fu indicato anche Daniel Lagache, che si sarebbe dedicato alla psichiatria. Con sorpresa generale, Jean-Paul Sartre era caduto allo scritto. Il concorso mi parve difficile, ma non mi persi d'animo: avrei lavorato quanto occorreva, ma tra un anno l'avrei fatta finita; mi pareva già di essere libera. Penso anche mi avesse fatto assai bene folleggiare, distrarmi, cambiar aria. Avevo ritrovato il mio equilibrio al punto che non tenevo nemmeno piú il diario: « Desidero soltanto un'intimità sempre piú grande col mondo, ed esprimere questo mondo in un libro », scrissi a Zazà. Ero d'umore eccellente quando arrivai nel Limousine, e per di piú ricevetti una

lettera di Jacques. Mi parlava di Biskra, degli asinelli, del sole, dell'estate; rievocava i nostri incontri, ch'egli chiamava «i miei soli "attenti" di allora»; e mi prometteva: «l'anno prossimo faremo qualcosa di bello». Mia sorella, meno allenata di me nel decifrare i criptogrammi, mi domandò il senso di quest'ultima frase.
– Vuol dire che ci sposeremo, – risposi trionfalmente.

Che bella estate! Niente piú lacrime, niente piú effusioni solitarie, niente piú tempeste epistolari. La campagna mi colmava di felicità, come a cinque anni, come a dodici anni, e l'azzurro bastava a riempire il cielo. Ora sapevo che cosa mi prometteva l'odore dei caprifogli e che cosa significava la rugiada del mattino. Per i sentieri, attraverso i campi di saggina in fiore, in mezzo alle brughiere e ai roveti spinosi riconoscevo le infinite sfumature delle mie pene e delle mie gioie. Facevo molte passeggiate con mia sorella. Spesso facevamo il bagno in sottoveste nelle acque brune della Vezère, e ci asciugavamo sull'erba che sapeva di menta. Lei disegnava, io leggevo. Perfino i divertimenti non mi davano fastidio. I miei genitori avevano riannodato i rapporti con dei vecchi amici che passavano l'estate in un castello dei dintorni; costoro avevano tre figli grandi, tre bellissimi ragazzi che si avviavano all'avvocatura e coi quali andavamo ogni tanto a giocare al tennis. Io mi divertivo cordialmente. La loro madre prevenne con delicatezza la nostra ch'ella avrebbe accettato per nuore solo ragazze con dote; la cosa ci fece molto ridere, poiché non avevamo alcuna aspirazione verso quei giovani ammodo.

Anche quell'anno ero invitata a Laubardon. Mia madre mi aveva dato volentieri il permesso d'incontrarmi a Bordeaux con Pradelle che passava le sue vacanze da quelle parti. Fu una giornata bellissima. Decisamente Pradelle contava molto per me. E Zazà ancor di piú. Scesi a Laubardon esultante.

Zazà, in giugno, era riuscita nella difficile impresa di ottenere al primo colpo il suo certificato di filologia, benché quell'anno avesse potuto dedicare pochissimo tempo ai suoi studi. Sua madre esigeva sempre piú tirannicamente la sua presenza e i suoi servigi. La signora Mabille considerava il risparmio una virtú capitale; avrebbe giudicato immorale comprare da un fornitore i prodotti che si potevano confezionare in casa: pasticcerie, marmellate, biancheria, vestiti. Nella buona stagione andava spesso alle Halles, alle sei del mattino, con le figlie, per comprare frutta e verdura a buon mercato. Quando i piccoli Mabille avevano bisogno di un vestito nuovo, Zazà doveva visitare una diecina di negozi, da ciascuno dei quali portava via una mazzetta di campioni che la signora Mabille confrontava, tenendo conto della qualità del tessuto e del prezzo; dopo lunghe deliberazioni, Zazà ritornava a comprare la stoffa prescelta. Questi compiti, e le *corvées* mondane, che da quando il signor Mabille era diventato piú importante s'eran moltiplicate, esasperavano Zazà. Non riusciva a convincersi che correndo per salotti e negozi ella osservava fedelmente i precetti del Vangelo. Certo, era suo dovere di cristiana sottomettersi a sua madre, ma leggendo un libro su Port-Royal, era stata colpita da una frase di Nicole, che diceva che anche l'obbedienza può essere un trabocchetto del demonio. Accettando di diminuirsi, di istupidirsi, non contravveniva forse alla volontà di Dio? Come conoscerla con certezza, questa volontà? Temeva di peccare per orgoglio, fidandosi del suo proprio giudizio, e per viltà se cedeva alle pressioni esterne. Questo dubbio esasperava il conflitto che da tanto tempo la lacerava: amava sua madre ma anche molte cose che a sua madre non piacevano. Spesso mi citava con tristezza una frase di Ramuz: « Le cose che io amo non si amano tra loro ». L'avvenire non aveva nulla di consolante. La signora Mabille si opponeva decisamente a che Zazà continuasse a studiare, l'anno prossimo, per ottenere un diploma; temeva che sua figlia diventasse un'intellettuale. Quanto all'amore, Zazà non sperava d'incontrarlo mai piú. Nel mio ambiente poteva succedere – di rado – che ci si sposasse per amore, come aveva fatto mia cugina Titite. Ma, diceva la signora Mabille: – I Beauvoir sono gente fuori della propria classe –. Zazà era integrata ben piú saldamente di me alla borghesia benpensante in cui tutti i matrimoni venivano combinati dalle famiglie; e tutti questi giovani che si lasciavano passivamente sposare erano d'un'accorante mediocrità. Zazà amava la vita con ardore; per questo, la prospettiva d'un'esistenza senza gioia le toglieva, a volte, ogni voglia di vivere. Come nella prima infanzia, si difendeva dal falso idealismo del suo ambiente coi paradossi. Dopo aver visto Jouvet far la parte dell'ubriacone in *Au Grand Large* dichiarò d'essersi innamorata di lui, e appuntò la sua fotografia sopra il letto; in lei, l'ironia, il sarcasmo, lo scetticismo, trovavano subito un'eco. In una lettera che m'inviò al principio delle vacanze mi confidò che a volte sognava di rinunciare radicalmente a questo mondo. « Dopo certi momenti di amore per la vita sia intellettuale che fisica, d'un tratto, il senso della vanità di tutto questo mi afferra talmente che sento tutte le cose e tutte le persone ritirarsi da me; provo per tutto l'universo una tale indifferenza che mi sembra di esser già nella morte. Se sapeste come mi tenta la rinuncia a se stessi, all'esistenza, a tutto, la rinuncia dei religiosi che tentano di cominciare fin da questo mondo la vita soprannaturale. Assai spesso mi son detta che questo desiderio di trovare nei " vincoli " la vera libertà è un segno di vocazione; in altri momenti, la vita e le cose mi riprendono a tal punto che la vita del convento mi appare come una mutilazione, e mi sembra non sia questo ciò che Dio vuole da me. Ma quale che sia la via ch'io debba prendere, non posso andare verso la vita con tutta me stessa, come fate voi; anche nel momento in cui esisto con piú intensità, mi sento ancora in bocca il gusto del nulla ».

Questa lettera mi aveva un po' spaventata. In essa Zazà mi ripeteva che la mia incredulità non ci separava. Ma se mai ella fosse entrata in un convento, sarebbe stata perduta per me; e per lei stessa, pensavo.

La sera del mio arrivo ebbi una delusione; non avrei dormito nella camera di Zazà ma in quella della signorina Avdicovic, una studentessa polacca assunta per il periodo delle vacanze come governante dei tre Mabille piú piccoli. La trovai simpaticissima, e questo mi consolò un poco; Zazà nelle sue lettere m'aveva parlato di lei con molta simpatia. Aveva bei capelli biondi, occhi azzurri, languidi e ridenti insieme, una bocca allegra, e un'attrazione del tutto insolita cui non ebbi allora l'indecenza di dare il suo nome: del *sex-appeal*. Il suo abito vaporoso scopriva due spalle appetitose; la sera si mise al piano e cantò in ucraino delle canzoni d'amore con un brio e una civetteria che incantarono Zazà e me e scandalizzarono tutti gli altri. La notte, sgranai gli occhi nel vederla indossare un pigiama anziché una camicia. Mi aprí subito il suo cuore, volubilmente. Suo padre era proprietario di una grossa fabbrica di dolciumi a Lwow; studentessa, aveva militato in favore dell'indipendenza ucraina, ed era stata alcuni giorni in prigione. Per completare la sua istruzione si era recata prima a Berlino, dov'era rimasta due o tre anni, e poi a Parigi; seguiva dei corsi alla Sorbona e riceveva un mensile dai suoi genitori. Aveva voluto approfittare delle vacanze per penetrare nell'intimità di una famiglia francese: ne era sbalordita. Il giorno dopo mi resi conto fino a qual punto, nonostante la sua perfetta educazione, ella scandalizzasse la gente perbene; graziosa, femminile, vicino a lei tutte noi, Zazà, le sue amiche, e io stessa, sembravamo tante monache. Nel pomeriggio si divertí a far le carte a tutti i presenti compreso Xavier Du Moulin, col quale, indifferente alla sua sottana, civettava con discrezione; lui non sembrava insensibile alle sue *avances*, e le sorrideva molto; gli fece le carte e gli predisse che presto avrebbe incontrato la dama di cuori. Le madri e le sorelle maggiori furono indignate; dietro le sue spalle, la signora Mabille accusò Stépha di non stare al suo posto. – D'altronde, sono sicura che non è piú una vera ragazza, – disse. E rimproverò a Zazà di aver troppa simpatia per quella straniera.

Quanto a me, mi domandavo perché avesse consentito a invitarmi, certo per non urtare sua figlia; ma si applicava sistematicamente a impedirmi di trovarmi a tu per tu con Zazà. Questa passava le sue mattinate in cucina; mi esasperava vederla perdere ore e ore a ricoprire di cartapecora i vasetti di marmellata, aiutata da Bébelle o da Mathé. Durante il giorno non era sola neanche per un minuto. La signora Mabille moltiplicava i ricevimenti e le visite, nella speranza di accasare finalmente Lilí che cominciava a granire. – È l'ultimo anno che mi occupo di te; mi sei costata già abbastanza in ricevimenti. Adesso è la volta di tua sorella, – aveva dichiarato pubblicamente durante un pranzo cui partecipava Stépha. C'erano già stati degli studenti di Politecnico che avevano fatto sapere alla signora Mabille che avrebbero sposato volentieri la sua secondogenita. Mi domandavo se a lungo andare Zazà non si sarebbe lasciata convincere che il suo dovere di cristiana era di fondare una famiglia; ch'ella si adattasse alla tristezza di un matrimonio di rassegnazione mi era altrettanto insopportabile che vederla finire nell'istupidimento di un convento.

Qualche giorno dopo il mio arrivo, un grande picnic riuní sulle rive dell'Adour tutte le famiglie « bene » della regione. Zazà mi prestò il suo abito di tussor rosa. Lei portava un vestito bianco di seta cruda, con una cintura verde e una collana di giada. Era smagrita, aveva frequenti malditesta, e dormiva male; per tirarsi un po' su, si metteva sulle guance dei « tondi di salute », che non bastavano, tuttavia, a darle un tocco di freschezza. Ma mi piaceva il suo viso, e mi appenava ch'ella l'offrisse amabilmente a chiunque: recitava con troppa disinvoltura la sua parte di ragazza di società. Arrivammo in anticipo; a poco a poco la gente affluí, e ciascuno dei sorrisi di Zazà, ciascuna delle sue riverenze mi dava una stretta al cuore. Anch'io mi affaccendai con gli altri: furono stese delle tovaglie sull'erba, vennero fuori piatti e vettovaglie, io girai la manovella d'una macchina per fare i gelati. Stépha mi prese in disparte e mi chiese di spiegarle il sistema di Leibniz: per un'ora dimenticai la mia noia. Ma poi la giornata si trascinò pesantemente. Uova in gelatina, cialde, aspic, barchette, galantine, pâtés, caldi-freddi, stufati, pasticci, torte, crostate, frangipani: tutte quelle signore avevano adempito con zelo i loro doveri sociali. Si mangiò da scoppiare, si rise senza troppa allegria; si parlò senza convinzione: nessuno sembrava divertirsi. Verso la fine del pomeriggio la signora Mabille mi domandò se avevo vista Zazà; partí alla sua ricerca, e io la seguii. La ritrovammo che diguazzava nell'Adour, ai piedi d'una cascata; a mo' di costume da bagno s'era avvolta in un soprabito di loden. La signora Mabille la rimproverò, ma in tono allegro, non sprecava la sua autorità per delle scappatelle. Capii che Zazà aveva provato un bisogno di solitudine, di sensazioni violente, e magari anche d'una purificazione, dopo quel melmoso pomeriggio, e mi rasserenai; non era ancora disposta a lasciarsi affondare nel sonno soddisfatto delle matrone.

Pure, me ne resi conto, sua madre conservava su di lei un grande ascendente. Con i figli la signora Mabille seguiva una politica abile; da piccoli li trattava con allegra indulgenza; piú tardi restava liberale nelle piccole cose, cosí, quando si trattava di cose serie, il suo credito era intatto. All'occasione, non mancava di vivacità e d'un certo fascino; alla sua secondogenita aveva sempre manifestato un affetto particolare, e questa s'era innamorata dei suoi sorrisi: l'amore, come il rispetto, paralizzava le sue ribellioni. Una sera, tuttavia, insorse. Durante il pranzo, la signora Mabille dichiarò con voce tagliente: – Non comprendo come un credente possa frequentare degli increduli –. Sentii con angoscia salirmi il sangue alle guance; Zazà ritorse indignata: – Nessuno ha il diritto di giudicare il prossimo. Dio conduce ciascuno per le vie ch'egli sceglie. – Io non giudico, – disse freddamente la signora Mabille, – noi dobbiamo pregare per le anime smarrite, ma non lasciarci contaminare da esse –. Zazà scoppiava di collera e ciò mi rasserenò. Ma sentivo che l'atmosfera di Laubardon mi era ancora piú ostile dell'anno precedente. In seguito, a Parigi, Stépha mi raccontò che i bambini sghignazzavano nel vedermi cosí malvestita; sghignazzarono anche il giorno in cui Zazà, senza dirmene la ragione, mi aveva prestato uno dei suoi vestiti. Non avevo amor proprio ed ero poco osservatrice: subivo con indifferenza molti altri affronti. Però, certe volte mi sentivo il cuore greve. A Stépha venne la curiosità di andar a vedere Lourdes, e mi sentii ancora piú sola. Una sera, dopo cena, Zazà si mise al piano e suonò Chopin; suonava bene; guardavo il suo casco di capelli neri, separati da una diligente scriminatura di commovente bianchezza, e mi dicevo che questa musica appassionata esprimeva la vera essenza di lei; ma c'era quella madre, e tutta quella famiglia, tra noi due, e forse un giorno ella si sarebbe rinnegata, e l'avrei perduta; per il momento, comunque, era fuori della mia portata. Provai un dolore cosí acuto che mi alzai, uscii dal salotto, e andai a letto in lacrime. La porta si aprí, Zazà si avvicinò al mio letto, si chinò su di me e mi baciò. La nostra amicizia era stata sempre cosí severa che il suo gesto mi sconvolse di gioia.

Stépha tornò da Lourdes, e portò per i piccoli una grossa scatola di pastiglie di zucchero d'orzo: – Molto gentile, signorina, – le disse la signora Mabille in tono glaciale, – ma avreste dovuto risparmiarvi questa spesa: i bambini non hanno bisogno dei vostri dolci –. Con Stépha tagliavamo a fette la famiglia di Zazà e i suoi amici, e questo mi sollevava un po'. Peraltro, anche quell'anno la fine del mio soggiorno fu piú clemente dell'inizio. Non so se Zazà ebbe una spiegazione con sua madre, o se seppe manovrare abilmente; il fatto è che riuscii a star con lei da sola; di nuovo facemmo lunghe passeggiate, e parlammo. Mi parlava di Proust, che comprendeva molto meglio di me; mi diceva che leggendolo le veniva una gran voglia di scrivere. Mi assicurava che l'anno prossimo non si sarebbe lasciata abbrutire dal tran-tran quotidiano: avrebbe letto molto, avremmo parlato. Io ebbi un'idea che le piacque: la domenica mattina ci saremmo ritrovati per giocare al tennis, Zazà, mia sorella, io, Jean Pradelle, Pierre Clairaut e uno qualunque dei loro amici.

Zazà ed io andavamo d'accordo pressoché in tutto. Negli increduli, purché non facessero del male al prossimo, nessuna condotta le sembrava riprovevole: ammetteva l'immoralismo gidiano; il vizio non la scandalizzava. In compenso, non ammetteva che si potesse adorare Dio e si trasgredissero scientemente i suoi comandamenti. Trovavo logico quest'atteggiamento che in pratica corrispondeva al mio: poiché io permettevo qualsiasi cosa agli altri; ma a me stessa e a quelli che mi circondavano – Jacques in particolare – applicavo le norme della morale cristiana. Non fu senza disagio che udii Stépha dirmi, un giorno, scoppiando dalle risa: – Dio mio! quanto è ingenua, Zazà! – Shépha aveva dichiarato che anche negli ambienti cattolici nessun giovanotto arriva vergine al matrimonio. Zazà aveva protestato: se uno crede, vive secondo la sua fede. – Guardate i vostri cugini Du Moulin, – aveva detto Shépha. – Appunto! – aveva risposto Zazà, – fanno la comunione tutte le domeniche! e vi garantisco che non accetterebbero mai di vivere in peccato mortale! – Stépha non aveva insistito; ma poi mi raccontò che a Montparnasse, dove lei andava spesso, aveva incontrato parecchie volte Henri e Edgard in compagnia non equivoca: – Del resto, basta guardarli in faccia! – mi disse. Effettivamente non avevano l'aria di fanciulli del coro. Pensai a Jacques. Lui aveva tutt'un'altra faccia, era di tutt'altra qualità; impossibile supporre che si desse alle dissolutezze. Tuttavia, svelandomi l'ingenuità di Zazà, Stépha metteva in discussione la mia stessa esperienza. Per lei era cosa del tutto comune frequentare i bar e i caffè dove io andavo a cercare clandestinamente lo straordinario. Senza dubbio, lei li vedeva da un punto di vista assai diverso. Mi resi conto che io prendevo la gente cosí come appariva; non sospettavo che avessero un'altra verità, diversa dalla loro verità ufficiale; Stépha mi disse che questo mondo tutto lustro aveva dei sotterranei. Questa conversazione mi turbò.

Quell'anno Zazà non mi accompagnò a Mont-de-Marsan; passeggiai da sola, tra un treno e l'altro, pensando a lei. Decisi di lottare con tutte le mie forze perché in lei la vita avesse la meglio sulla morte.

Parte quarta

Quell'anno, la riapertura delle scuole fu diversa dalle altre. Con la decisione di prepararmi al concorso ero finalmente uscita dal labirinto in cui m'aggiravo da tre anni: mi ero messa in marcia verso l'avvenire. Tutte le mie giornate ormai avevano un senso: mi avviavano verso una liberazione definitiva. La difficoltà dell'impresa mi stimolava; non c'era piú tempo per le divagazioni né per la noia. Adesso che avevo qualcosa da fare, la terra mi bastava largamente; mi ero liberata dell'inquietudine, della disperazione, di tutte le nostalgie. « Su questo quaderno non registrerò piú dei tragici conflitti, ma la semplice storia di ciascuna giornata ». Avevo l'impressione che dopo un tirocinio doloroso stava per cominciare la mia vera vita, e mi ci buttai gioiosamente.

In ottobre, la Sorbona chiusa, passavo le mie giornate alla Biblioteca Nazionale. Avevo ottenuto il permesso di non tornare a casa per la colazione: compravo del pane e dei salamini, e andavo a mangiarli nei giardini del Palais-Royal, guardando morire le ultime rose; seduti sulle panchine, degli operai azzannavano grossi panini gravidi e bevevano vino rosso. Se piovigginava, mi rifugiavo in un certo caffè Biard, in mezzo a certi muratori che pescavano dentro le gavette; mi faceva piacere sfuggire al cerimoniale dei pasti di famiglia; riducendo la nutrizione alla sua verità mi sembrava di fare un passo verso la libertà. Tornavo in biblioteca; studiavo la teoria della relatività e mi appassionavo. Ogni tanto guardavo gli altri lettori, e mi crogiolavo soddisfatta nella mia poltrona; tra quegli eruditi, quei dotti, quei ricercatori, quei pensatori, ero al mio posto. Non mi sentivo piú affatto respinta dal mio ambiente: ero io che l'avevo abbandonato per entrare in questa società di cui qui vedevo una rappresentanza; una società in cui comunicavano tra loro attraverso lo spazio e i secoli tutti gli spiriti che s'interessavano alla verità. Anch'io partecipavo allo sforzo dell'umanità per sapere, per comprendere, per esprimersi: ero impegnata in una grande impresa collettiva, e non avrei mai piú sofferto la solitudine. Che vittoria! Tornavo al mio lavoro. Alle sei meno un quarto la voce del sorvegliante annunciava con solennità: – Signori, tra poco, si chiude –. Era sempre una sorpresa, uscendo dai libri, ritrovare i negozi, le luci, i passanti, e il nano che vendeva le violette vicino al Théâtre-Français. Camminavo lentamente, abbandonandomi alla malinconia delle sere e dei ritorni.

Stépha rientrò a Parigi pochi giorni dopo di me; veniva spesso alla Nazionale, a leggere Goethe e Nietzsche. Con gli occhi e il sorriso sempre alla posta, piaceva troppo agli uomini, ed essi la interessavano troppo perché potesse lavorare molto assiduamente. Appena installata, si gettava il soprabito sulle spalle, e andava a raggiungere fuori uno dei suoi flirt: il lettore di tedesco, lo studente prussiano, il dottore romeno. Facevamo colazione insieme, e benché ella non fosse troppo ricca, mi offriva dei pasticcini in una panetteria o un buon caffè al bar Poccardi. Alle sei andavamo a passeggiare sui boulevards, o, piú spesso, a prendere il tè da lei. Abitava in un albergo di rue Saint-Sulpice, una piccola stanza tutta azzurra; aveva appeso alle pareti delle riproduzioni di Cézanne, di Renoir, del Greco, e i disegni di un amico spagnolo che voleva fare il pittore. Mi piaceva stare con lei. Mi piaceva la morbidezza del suo collo di pelliccia, i suoi cappellini a tocco, i suoi abiti, il suo profumo, le sue graziette, i suoi gesti carezzevoli. I miei rapporti coi miei amici – Zazà, Jacques, Pradelle – erano sempre stati di un'estrema severità. Stépha per la strada mi prendeva il braccio, al cinema faceva scivolare la sua mano nella mia; mi baciava per un sí o per un no. Mi raccontava una quantità di storie, si entusiasmava per Nietzsche, s'indignava contro la signora Mabille, prendeva in giro i suoi innamorati: riusciva molto bene nelle imitazioni, e intramezzava i suoi racconti con piccole commedie che mi divertivano molto.

Stépha stava liquidando un vecchio fondo di religiosità. A

Lourdes s'era confessata e comunicata; a Parigi, acquistò al Bon Marché un libretto da messa, e s'inginocchiò in una cappella di Saint-Sulpice, cercando di dire le preghiere. Ma non aveva funzionato. Per un'ora aveva camminato in lungo e in largo davanti alla chiesa, senza sapersi decidere né a entrare né ad allontanarsi. Con le mani dietro la schiena, la fronte corrugata, misurando a gran passi la stanza in su e in giú, con aria preoccupata, mimò questa crisi con tale brio che dubitai della sua serietà. In realtà, le divinità che Stépha adorava seriamente erano il Pensiero, l'Arte e il Genio; in mancanza di esse, apprezzava l'intelligenza e il talento. Ogni volta che scovava un uomo «interessante», faceva in modo di far la sua conoscenza, e s'ingegnava di «mettergli il piede sopra». È «l'eterno femminino», mi spiegava. A questi flirt preferiva le conversazioni intellettuali e il cameratismo; ogni settimana, alla Closerie des Lilas, discuteva per ore con una banda di ucraini, vagamente studenti o giornalisti. Vedeva tutti i giorni il suo amico spagnolo, che conosceva da anni, e che le aveva proposto di sposarla. Lo incontravo spesso da lei; abitava nello stesso albergo. Si chiamava Fernando. Discendeva da una di quelle famiglie ebree che le persecuzioni avevano scacciato dalla Spagna, quattro secoli prima; era nato a Costantinopoli e aveva compiuto i suoi studi a Berlino. Precocemente calvo, il cranio e il volto rotondi, parlava del suo «dèmone» con romanticismo, ma era capace d'ironia e mi riuscí molto simpatico. Shépha lo ammirava, perché, pur essendo senza un soldo, riusciva a vivere dipingendo, e condivideva tutte le sue idee; erano entrambi decisamente internazionalisti, pacifisti, e perfino, in un modo utopistico, rivoluzionari. L'unico motivo per cui lei esitava a sposarlo era perché teneva alla propria libertà.

Feci loro conoscere mia sorella, che adottarono subito, e i miei amici. Pradelle s'era rotto una gamba, e zoppicava, quando lo ritrovai sulla terrazza del Lussemburgo, al principio di ottobre. Stépha lo trovò troppo saggio, e lei, dal canto suo, lo sbalordí per la sua loquacità. Fece piú amicizia con Lisa, che adesso abitava in una pensione per studentesse le cui finestre davano sul piccolo Lussemburgo. Si guadagnava stentatamente la vita dando lezioni; preparava l'esame di scienze e una tesi su Maine de Biran; ma non faceva

conto di presentarsi al concorso, aveva una salute troppo delicata.
– Il mio povero cervello! – diceva, prendendosi tra le mani la piccola testa dai capelli corti. – Pensare che non ho nient'altro su cui contare! È disumano, uno di questi giorni cederà! – Non gliene importava niente né di Maine de Biran, né della filosofia, né di se stessa: – Mi domando che piacere abbiate nel vedermi! – mi diceva con un piccolo sorriso freddoloso. Non mi annoiava perché non si accontentava mai delle parole, e spesso la sua diffidenza la rendeva perspicace.

Con Stépha parlavo molto di Zazà, che prolungava il suo soggiorno a Laubardon. Da Parigi le avevo inviato la *Nymphe au coeur fidèle* e qualche altro libro; la signora Mabille, mi raccontò Stépha, s'era arrabbiata, e aveva dichiarato: – Odio gli intellettuali! – Zazà cominciava a preoccuparla seriamente: non sarebbe stato facile imporle un matrimonio combinato. La signora Mabille rimpiangeva di averle permesso di frequentare la Sorbona; pensava ch'era urgente riprenderla in pugno, e avrebbe molto desiderato sottrarla alla mia influenza. Zazà mi scrisse che le aveva parlato del nostro progetto del tennis, e che sua madre se n'era mostrata indignata: « Ha dichiarato che lei non ammetteva questi costumi da Sorbona, e che io non parteciperò a partite di tennis organizzate da una piccola studentessa di vent'anni per incontrarvi dei giovani di cui lei non conosce nemmeno le famiglie. Vi dico tutte queste cose cosí brutalmente perché voglio vi rendiate conto della mentalità con la quale mi urto continuamente, e che d'altronde un concetto cristiano dell'obbedienza mi costringe a rispettare. Ma oggi mi sento abbattuta fino alle lacrime; le cose che amo non si amano tra loro; e col pretesto dei principî morali, ho sentito delle cose che mi rivoltano... ho proposto ironicamente di firmare una carta con la quale m'impegnerei di non sposare mai né Pradelle, né Clairaut, né nessuno dei loro amici, ma ciò non ha calmato la mamma ». Nella sua lettera successiva mi annunciò che per obbligarla a romperla definitivamente con « la Sorbona » sua madre aveva deciso di mandarla a trascorrere l'inverno a Berlino: « come in altri tempi – ella scriveva – per porre termine a una relazione scandalosa o imbarazzante, le famiglie del paese spedivano i loro figli nell'America del Sud ».

Non avevo mai scritto a Zazà lettere cosí espansive come in quelle ultime settimane; mai ella s'era confidata con me con tanta franchezza. Pure, quando tornò a Parigi, verso la metà d'ottobre, la nostra amicizia riprese male. A distanza, non mi parlava che delle sue difficoltà e delle sue rivolte, e mi sentivo sua alleata; ma in realtà il suo atteggiamento era equivoco: ella conservava per sua madre tutto il rispetto e tutto l'amore d'un tempo; restava solidale col suo ambiente. Non potevo accettare questa spartizione. Avevo misurato l'ostilità della signora Mabille, avevo compreso che tra i due campi cui appartenevamo non era possibile nessun compromesso: i « benpensanti » volevano l'annientamento degli « intellettuali », e viceversa. Non decidendosi a mio favore, Zazà veniva a patti con avversari accaniti che volevano la mia distruzione, e me ne risentivo. Il viaggio che le imponevano la preoccupava; se ne tormentava; io le dimostrai il mio risentimento rifiutandomi di condividere i suoi crucci; la grande allegria che ostentavo la sconcertava. Facevo mostra d'una grande intimità con Shépha, e mi mettevo al suo diapason, ridendo e chiacchierando con grande esuberanza; spesso i nostri discorsi urtavano Zazà; corrugò le sopracciglia quando Stépha dichiarò che le persone erano tanto piú internazionaliste quanto piú erano intelligenti. Per reazione contro i nostri atteggiamenti da « studentesse polacche » ella recitò rigidamente la parte della « giovane francese perbene », e i miei timori raddoppiarono: magari avrebbe finito per passare al nemico. Non osavo piú parlarle in tutta libertà, al punto che preferivo vederla con Pradelle, Lisa, mia sorella, Stépha, anziché a tu per tu. Ella sentí certamente questa distanza tra noi; e poi i preparativi della sua partenza l'assorbivano. Al principio di novembre ci facemmo i nostri addii senza troppa convinzione.

L'Università riaprí le porte. Avevo saltato un anno, e, salvo Clairaut, non conoscevo nessuno dei miei nuovi compagni; tra loro, nessun dilettante, nessun amatore: erano tutti animali da concorso come me. Trovai che avevano tutti una faccia noiosa e si davano arie d'importanza. Decisi d'ignorarli. Continuai a lavorare a tutto vapore. Seguivo tutti i corsi di *agrégation*, alla Sorbona e alla Scuola Normale, e, secondo gli orari, andavo a studiare al

295

Sainte-Geneviève, al Victor-Cousin, o alla Nazionale. La sera, leggevo romanzi o uscivo. M'ero fatta grande, fra poco li avrei lasciati, perciò, quell'anno, i miei genitori, ogni tanto mi permettevano di uscire la sera, per andare a qualche spettacolo, da sola o con un'amica. Vidi *L'Etoile de Mer* di Man Ray, e tutti i programmi dell'Ursulines, dello Studio 28 e del Ciné-Latin, e tutti i film di Brigitte Helm, di Douglas Fairbanks, e di Buster Keaton. Frequentavo i teatri del Cartel. Sotto l'influenza di Stépha mi trascuravo meno che in passato. M'aveva riferito che il lettore di tedesco mi criticava perché passavo tutto il tempo sui libri: a vent'anni, è troppo presto per recitare alla donna sapiente; a lungo andare sarei diventata brutta. Lei aveva protestato e s'era piccata: non voleva che la sua migliore amica avesse l'aria d'una *bas-bleu* senza grazia; sosteneva che fisicamente non mancavo di risorse, e insisteva perché ne approfittassi. Cominciai ad andare spesso dal parrucchiere, m'interessai all'acquisto d'un cappello, alla confezione di un abito. Riannodai delle amicizie. La signorina Lambert non m'interessava piú. Suzanne Boigue aveva seguito suo marito nel Marocco; ma rividi con piacere Riesmann, ed ebbi un ritorno di simpatia per Jean Mallet, che ora era supplente in un liceo di Saint-Germain e preparava un diploma sotto la direzione di Baruzi. Clairaut veniva spesso alla Nazionale. Pradelle lo rispettava e mi aveva convinta del suo grande valore. Era cattolico, tomista, maurassiano, e mentre mi parlava con gli occhi negli occhi e un tono categorico che m'impressionava, mi domandavo se non avessi sottovalutato san Tomaso e Maurras; le loro dottrine continuavano a non piacermi; ma avrei voluto sapere come si vedeva il mondo, come ci si sentiva, quando le si adottava: Clairaut m'incuriosiva. Egli mi assicurò che avrei ottenuto l'*agrégation*. – A quanto pare voi riuscite in tutto quello che vi mettete a fare, – mi disse. Ne fui molto lusingata. Anche Stépha m'incoraggiava: – Avrete una bella vita. Otterrete sempre ciò che vorrete –. Perciò andavo avanti, fiduciosa nella mia stella e molto soddisfatta di me stessa. Era un bell'autunno, e quando alzavo il naso dai libri, mi rallegravo che il cielo fosse cosí dolce.

Intanto, per rassicurarmi che non ero un topo di biblioteca, pensavo a Jacques; gli consacravo intere pagine del mio diario, gli scrivevo delle lettere, che poi non spedivo. Sua madre, quando la incontrai, al principio di novembre, si dimostrò molto affettuosa; Jacques, mi disse, le domandava continuamente notizie della «sola persona che m'interessa a Parigi»; e dicendomi queste parole mi sorrise con aria complice.

Lavoravo forte, mi distraevo, avevo ritrovato il mio equilibrio, ed ero sorpresa quando rievocavo le mie scappate dell'estate scorsa. Quei caffè, quei dancings in cui mi ero trascinata per tante sere, adesso m'ispiravano soltanto disgusto, perfino una specie d'orrore. Questa virtuosa repulsione aveva esattamente lo stesso senso dei miei antichi abbandoni: nonostante il mio razionalismo le cose della carne restavano tabú, per me.

– Come siete idealista! – mi diceva spesso Stépha; ma si faceva gran premura di non turbarmi. Disegnando sulle pareti della stanza azzurra uno schizzo di donna nuda, un giorno, Fernando mi disse in tono malizioso. – È Stépha che ha posato –. Rimasi confusa, e lei gli gettò uno sguardo corrucciato: – Non dire stupidaggini! – Lui si affrettò a dire che aveva scherzato. Nemmeno per un istante mi sfiorò l'idea che Stépha potesse giustificare il verdetto della signora Mabille: – Non è una vera ragazza –. Tuttavia, ella cercava con precauzione di sveltirmi un po'. – Vi assicuro, cara, l'amore fisico è una cosa molto importante, specie per gli uomini... – Una notte, uscendo dall'Atélier, vedemmo in place Clichy un assembramento: un agente aveva appena arrestato un elegante giovinottino il cui cappello era rotolato nel rigagnolo; era pallido e si dibatteva; la folla lo svillaneggiava: – Sporco ruffiano!... – Fui lí lí per cadere in terra; trascinai via Stépha; le luci, i rumori del boulevard, le donne imbellettate, tutto mi dava voglia di mettermi a urlare. – Ma che c'è, Simone? È la vita –. Con voce pacata, Stépha mi spiegava che gli uomini non erano dei santi. Certo, tutto questo era un po' «disgustoso», ma infine, esisteva, e anzi, contava molto, per tutti quanti. Mi raccontò a sostegno di questo una quantità di aneddoti. M'irrigidii. Ad ogni modo, ogni tanto, facevo uno sforzo di sincerità: di dove mi veniva questa resistenza, queste prevenzioni? «È il cattolicesimo, che mi ha lasciato un tal gusto della purezza che la minima allusione alle cose della carne mi suscita una costernazione indicibile? Penso alla Colombe di Alain-Fournier che si gettò in uno stagno per non venir meno alla purezza. Ma non potrebb'essere orgoglio? » Naturalmente, non pretendevo che ci si dovesse ostinare indefinitamente nella verginità. Ma ero persuasa che a letto si potessero celebrare delle messe bianche: un amore autentico sublima l'amplesso fisico, e tra le braccia dell'eletto la fanciulla pura si cambia gioiosamente in una limpida donna. Amavo Francis Jammes perché dipingeva la voluttà a colori semplici come l'acqua di torrente; e amavo soprattutto Claudel perché glorificava nel corpo la presenza meravigliosamente sensibile dell'anima. Respinsi senza finirlo *Le Dieu des corps* di Jules Romains, perché in esso il piacere non era descritto come una metamorfosi dello spirito. Le *Souffrances du Chrétien*, che Mauriac stava allora pubblicando sulla « N.R.F. » mi esasperavano. Trionfante nell'uno, umiliata nell'altro, in entrambi i casi la carne acquistava troppa importanza. M'indignai contro Clairaut, che rispondendo a un'inchiesta delle « Nouvelles Littéraires » denunciava « il ciarpame della carne e la sua tragica sovranità »; ma anche contro Nizan e sua moglie che rivendicavano tra i coniugi una completa licenza sessuale.

Davo alla mia ripugnanza la stessa giustificazione che a diciassette anni: va tutto bene se il corpo obbedisce al cuore e alla mente, ma non deve prendere il sopravvento. L'argomento si reggeva tanto meno in quanto, in amore, gli eroi di Romains erano volontaristi, e i Nizan propugnavano la libertà. D'altronde, la saggia pruderie dei miei diciassette anni non aveva nulla a che vedere col misterioso « orrore » che spesso mi agghiacciava. Non mi sentivo minacciata direttamente; a volte mi ero sentita percorsa da brividi di turbamento: tra le braccia di certi ballerini, al Jockey, oppure quando ci abbracciavamo con mia sorella, a Meyrignac, distese sull'erba del parco panoramico; ma queste vertigini mi riuscivano piacevoli, non ero in conflitto col mio corpo; per curiosità e per sensualità desideravo scoprirne le risorse e i segreti; aspettavo senza apprensione, e perfino con impazienza, il momento in cui sarei divenuta donna. Era in modo indiretto che mi sentivo messa in questione: attraverso Jacques. Se l'amore fisico non era che un gioco innocente, non v'era alcuna ragione di rifiutarvisi; ma allora, le nostre conversazioni, non dovevano aver molto peso al confronto delle gioiose e violente complicità ch'egli aveva conosciute con altre donne; mi compiacevo tanto dell'altezza e della purezza dei nostri rapporti, ma in verità essi erano inccmpleti, insipidi, aridi, e il rispetto con cui Jacques mi trattava era da attribuirsi alla morale piú convenzionale; ricadevo nel ruolo ingrato d'una piccola cugina cui si vuol molto bene: che distanza tra questa ragazzina e un uomo ricco di tutta la sua esperienza d'uomo! Non volevo rassegnarmi a una tale inferiorità. Preferivo vedere nel libertinaggio una porcheria; in questo caso potevo sperare che Jacques se ne fosse astenuto, altrimenti, non mi avrebbe ispirato invidia, ma pietà; preferivo dovergli perdonare delle debolezze che essere esiliata dai suoi piaceri. Pure, anche questa prospettiva mi turbava. Aspiravo a una trasparente fusione delle nostre anime; s'egli avesse commesso delle colpe tenebrose mi sarebbe sfuggito, nel passato come per l'avvenire, poiché la nostra relazione, falsata in partenza, non avrebbe mai piú coinciso con quella ch'io avevo sognata per noi. « Non voglio che la vita abbia altre volontà che la mia », scrissi nel mio diario. Era questo, io credo, il senso profondo della mia angoscia. Ignoravo quasi tutto della realtà, nel mio ambiente essa era mascherata dalle convenzioni e dai riti, cose che mi davano fastidio, ma non cercavo di coglier la vita alla radice; al contrario, evadevo nelle nuvole: ero un'amica, un puro spirito, non m'interessavo che agli spiriti e alle anime; l'intrusione della sessualità faceva scoppiare quest'angelismo: mi svelava bruscamente, nella loro tremenda unità, il bisogno e la violenza. Ero rimasta cosí scossa, in place Clichy, perché fra i traffici del ruffiano e la brutalità dell'agente avevo sentito uno stretto legame. Non si trattava di me, si trattava del mondo: se gli uomini avevano corpi che gridavano miseria e che pesavano grevi, questo mondo non si conciliava affatto con l'idea che io me n'ero fatta; miseria, delitti, oppressioni, guerre: intravvedevo confusamente orizzonti che mi spaventavano.

Tuttavia, alla metà di novembre, feci ritorno a Montparnasse. Studiare, chiacchierare, andare al cinema: d'un tratto quella dieta mi stancò. Era vivere, quello? Ero proprio io che vivevo cosí? Lacrime, ardori, l'avventura, la poesia, l'amore: avevo avuta un'esistenza patetica, non volevo decadere! Quella sera sarei dovuta andare con mia sorella all'Oeuvre; ci trovammo al Dôme e la trascinai al Jockey. Come il credente al termine d'una crisi spirituale s'immerge nell'odore dell'incenso e dei ceri, mi ritemprai nei fumi dell'alcool e del tabacco. Fecero presto a darci alla testa. Riprendendo le nostre tradizioni cominciammo a scambiarci ingiurie atroci e ci accapigliammo un po'. Ma io volevo ferirmi piú a fondo e condussi mia sorella allo Stryx. Vi trovammo il piccolo Bresson, e un suo amico ottantenne. Costui si mise a far la corte a Poupette, e le offrí delle viole, mentre io chiacchieravo con Riquet che mi fece un'ardente apologia di Jacques. – Ha subito colpi duri, – disse, – ma li ha sempre superati –. Mi disse quale forza vi fosse nella sua debolezza, quale sincerità si nascondesse sotto la sua ampollosità, come tra un cockail e l'altro sapesse parlare di cose gravi e dolorose, e con quale lucidità avesse misurato la vanità del tutto. – Jacques non sarà mai felice, – concluse con ammirazione. Mi si strinse il cuore. – E se qualcuno gli desse tutto? – domandai. – Ciò lo umilierebbe –. La paura, la speranza, mi ripresero alla gola. Per tutto il boulevard Raspail singhiozzai dentro le violette.

Amavo le lacrime, la speranza, il timore. Quando Clairaut, il giorno dopo, fissandomi negli occhi mi disse: – Voi farete una tesi su Spinoza; non c'è che questo nella vita: sposarsi e fare una tesi, – m'inalberai. Far carriera, andare a letto: due maniere di abdicare. Pradelle convenne con me che anche il lavoro poteva essere una droga. Ringraziai con effusione Jacques il cui fantasma mi aveva strappata al mio studioso istupidimento. Senza dubbio, alcuni dei miei compagni di Sorbona intellettualmente valevano piú di lui, ma m'importava poco. L'avvenire di Clairaut o di Pradelle mi sembrava tracciato in anticipo; l'esistenza di Jacques e dei suoi amici mi appariva come una partita ai dadi; magari avrebbero finito per distruggersi o per rovinarsi la vita; ma preferivo questo rischio a tutte le sclerosi.

Per un mese, una o due volte la settimana, portai allo Stryx Stépha, Fernando, e un giornalista ucraino loro amico, che impiegava piú volentieri i suoi momenti liberi a studiare il giapponese; vi portai mia sorella, Lisa, Mallet. Non so dove trovassi il denaro, quell'anno, poiché non davo piú lezioni. Certo economizzavo sui cinque franchi che mia madre mi dava per la colazione, e grattavo un po' qua e un po' là. Comunque, organizzavo il mio bilancio in funzione di queste orge: « Sfogliato da Picard gli *Onze chapitres sur Platon* di Alain. Costa otto cocktails, troppo caro ». Stépha si mascherava da barista e aiutava Michel a servire i clienti, scherzava con loro in quattro lingue, e cantava canzonette ucraine con Riquet e il suo amico; parlavamo di Giraudoux, di Gide, di cinema, della vita, delle donne, degli uomini, dell'amicizia e dell'amore. Tornavamo rumorosamente verso Saint-Sulpice. Il giorno dopo annotavo: « Meravigliosa serata! » ma ne intrammezzavo il resoconto con squarci che avevano un suono assai diverso. Riquet, a proposito di Jacques, mi aveva detto: – Si sposerà, un giorno, con un colpo di testa; e magari sarà un buon padre di famiglia; ma rimpiangerà sempre l'avventura –. Queste profezie non mi turbavano gran che; quello che m'imbarazzava era che per tre anni Jacques avesse condotto press'a poco la stessa vita di Riquet. Questi parlava delle donne con una disinvoltura che mi faceva fremere: potevo ancora credere che Jacques fosse un fratello del Grand Meaulnes? Ne dubitavo fortemente. Dopo tutto m'ero fabbricata quest'immagine di lui senza ch'egli ne avesse mai detto nulla, e cominciavo a pensare che forse non vi aderiva del tutto. Non mi ci rassegnavo. « Tutto ciò mi fa male. Ho delle visioni di Jacques che mi fanno male ». Tutto sommato, se il lavoro era un narcotico, l'alcool e il gioco non valevano molto di piú. Il mio posto non era né nei caffè né nelle biblioteche, ma dove, allora? Decisamente, non vedevo la salvezza altro che nella letteratura: progettai un nuovo romanzo, nel quale avrei messo di fronte un'eroina, che sarei stata io, e un eroe che avrebbe rassomigliato a Jacques, col « suo orgoglio forsennato e la sua follia distruttiva ». Ma il mio disagio permase. Una sera, in un angolo dello Stryx vidi Riquet, Riaucourt e la sua amica Olga, che trovai molto elegante. Commentavano una lettera appena ricevuta, una lettera di Jacques, e gli scrivevano una cartolina. Non potei evitare di chiedermi: « Perché a loro scrive, e a me mai? » Per tutto un pomeriggio vagai per i boulevards con la morte nell'anima, e in un cinema scoppiai in lacrime.

Il giorno dopo, Pradelle, ch'era in eccellenti rapporti coi miei, pranzò da noi, e dopo uscimmo insieme per andare al Ciné-Latin. In rue Soufflot, gli proposi d'un tratto di accompagnarmi piuttosto al Jockey; acconsentí senza entusiasmo. Ci sedemmo a un tavolo, da clienti seri, e sorseggiando un gin-fizz, mi misi a spiegargli chi era Jacques, di cui gli avevo parlato solo di sfuggita. Egli mi ascoltò con aria riservata. Era visibilmente a disagio. Gli domandai se trovava scandaloso ch'io frequentassi locali di questo genere. No, ma personalmente li trovava deprimenti. Non ha mai provato quell'assoluta solitudine, quella disperazione che giustifica ogni disordine, pensai. Tuttavia, seduta al suo fianco, lontana dal banco dove cosí spesso m'ero lasciata andare a stravaganze, vidi il dancing con occhi nuovi: lo sguardo pertinente di Pradelle ne aveva estinta ogni poesia. L'avevo forse condotto qui soltanto per sentirgli dire ad alta voce ciò che io stessa mi dicevo dentro di me?. – Che cosa vieni a fare qui? – Comunque, gli diedi subito ragione, e rivolsi perfino la mia severità contro Jacques: perché perdeva il suo tempo a stordirsi? La feci finita con gli stravizi. I miei genitori andarono a passare qualche giorno ad Arras e non ne approfittai. Mi rifiutai di andare con Stépha a Montparnasse, anzi, respinsi perfino con una certa bruschezza le sue insistenze. Me ne restai accanto al caminetto a leggere Meredith.

Smisi di tormentarmi sul passato di Jacques: dopotutto, se aveva commesso degli sbagli la faccia del mondo non era cambiata. In questo momento non mi curavo piú molto di lui; non si faceva mai vivo, e questo silenzio finiva per somigliare all'ostilità. Quando alla fine di dicembre sua nonna Flandin mi diede sue notizie, le accolsi con indifferenza. Tuttavia, poiché mi ripugnava abbandonare qualcosa per sempre, pensavo che al suo ritorno il nostro amore sarebbe risuscitato.

Continuavo a lavorare a tutta possa; passavo nove o dieci ore al giorno sui libri. In gennaio feci il mio tirocinio al liceo Janson-de-Sailly sotto la sorveglianza di Rodrigues, un vecchio signore molto cortese che presiedeva la Lega dei Diritti dell'Uomo, e si uccise nel 1940 quando i tedeschi entrarono in Francia. Avevo per compagni Merleau-Ponty e Lévi-Strauss; li conoscevo un poco entrambi. Il primo mi aveva sempre ispirata una vaga simpatia. Il secondo m'intimidiva per la sua flemma, ma sapeva sfruttarla con abilità, e lo trovai divertentissimo quando, con voce neutra, la faccia morta, espose al nostro uditorio la follia delle passioni. C'erano mattinate grigiastre in cui mi sembrava una beffa dissertare sulla vita affettiva davanti a quaranta liceali che evidentemente se ne infischiavano; i giorni di bel tempo m'infervoravo in ciò che dicevo, e mi pareva di cogliere in qualche sguardo dei lampi d'intelligenza. Ricordavo la mia emozione, tanto tempo fa, quando rasentavo le mura dello Stanislas: come mi sembrava lontana e inaccessibile, una classe di maschi! Adesso ero qui, sulla cattedra, ero io che facevo lezione. E piú nulla al mondo mi sembrava irraggiungibile.

Non rimpiangevo di certo d'esser donna; al contrario, ne traevo una grande soddisfazione. La mia educazione m'aveva convinta dell'inferiorità intellettuale del mio sesso, inferiorità che molte delle mie consorelle ammettevano. – Una donna non può sperare di vincere il concorso prima di cinque o sei bocciature, – mi diceva la signorina Roulin che già ne aveva subite due. Questo *handicap* conferiva ai miei successi uno spicco piú raro che non a quelli degli studenti maschi; mi era sufficiente eguagliarli per sentirmi eccezionale; in realtà non ne avevo incontrato nessuno che mi avesse sbalordita; l'avvenire mi era aperto in egual misura che a loro: essi non avevano alcun vantaggio su di me, né, d'altronde, lo pretendevano; mi trattavano senza condiscendenza, anzi con una gentilezza particolare, poiché non vedevano in me una rivale; le ragazze, al concorso, erano classificate con gli stessi criteri dei ragazzi, ma erano ammesse in soprannumero, non gli toglievano il posto. Per questo, una dissertazione su Platone mi valse da parte dei miei condiscepoli, di Jean Hippolyte in particolare, dei complimenti non condizionati da alcuna riserva mentale. Ero fiera d'essermi conquistata la loro stima. La loro simpatia mi evitò sempre di assumere quell'atteggiamento di sfida che in seguito trovai cosí spiacevole nelle donne americane. Al principio, gli uomini furono per me dei compagni e non degli avversari. Lungi dall'invidiarli, la mia posizione, in quanto singolare, mi sembrava privilegiata. Una sera Pradelle invitò a casa sua i suoi migliori amici e le loro sorelle. Venne anche Poupette. Tutte le ragazze si ritirarono nella stanza della piccola Pradelle; io rimasi coi giovanotti.

Peraltro, non rinnegavo la mia femminilità. Quella sera, mia sorella ed io avevamo fatto una toletta accuratissima. Vestite, io di seta rossa, e lei di seta azzurra, eravamo in realtà assai mal combinate, ma le altre non erano molto piú brillanti. A Montparnasse avevo incontrato delle eleganti bellezze, ma avevano una vita troppo diversa dalla mia perché potessi sentirmi schiacciata al loro confronto; e d'altronde, una volta libera e coi soldi in tasca, nulla mi avrebbe impedito d'imitarle. Non dimenticavo che Jacques mi aveva trovata carina; Stépha e Fernando mi davano grandi speranze. Cosí com'ero, mi guardavo volentieri negli specchi; mi piacevo. Sul terreno che ci era comune non mi ritenevo meno dotata delle altre donne, non provavo a loro riguardo alcun risentimento, e perciò non mi sentivo nemmeno di disprezzarle. Su molti punti ponevo Zazà, mia sorella, Stépha, e anche Lisa, al di sopra dei miei amici maschi: piú sensibili, piú generose, eran piú dotate di loro per il sogno, le lacrime, l'amore. Io mi piccavo di riunire in me « un cuore di donna e un cervello d'uomo ». Mi sentivo l'Unica.

Ciò che temperava, almeno spero, quest'arroganza, era che in me amavo soprattutto i sentimenti che ispiravo, e che m'interessavo agli altri assai di piú che al mio personaggio. Al tempo in cui mi dibattevo nei lacci che m'isolavano dal mondo, mi sentivo separata dai miei amici ed essi non potevano far nulla per me; adesso ero legata ad essi da quest'avvenire che avevo riconquistato e che ci era comune; questa vita in cui di nuovo scorgevo tante promesse s'incarnava in essi. Il mio cuore batteva per l'uno, per l'altro, per tutti quanti, era sempre occupato.

Al primo posto nei miei affetti veniva mia sorella. Adesso stava seguendo un corso di arte pubblicitaria in un Istituto della rue Casset, e le piaceva molto. A una festa organizzata dalla sua scuola cantò vecchie canzoni francesi mascherata da pastorella, e la trovai meravigliosa. A volte andava a qualche serata, e quando tornava, bionda, rosea, animata, nel suo abito di tulle azzurro, la nostra stanza s'illuminava. Andavamo insieme alle mostre di pittura, al Salon d'Automne, al Louvre; la sera, andava a disegnare in uno studio di Montmartre; spesso andavo a prenderla, e insieme traversavamo Parigi, proseguendo la conversazione iniziata coi nostri primi balbettamenti; la proseguivamo a letto, prima di addormentarci, e il giorno dopo, appena ci ritrovavamo a tu per tu. Ella partecipava a tutte le mie amicizie, alle mie ammirazioni, ai miei entusiasmi. Fatta piamente eccezione per Jacques, a nessuno tenevo quanto a lei; mi era troppo vicina per aiutarmi a vivere, ma senza di lei, pensavo, la mia vita avrebbe perduto ogni sapore. Quando spingevo i miei sentimenti al tragico, mi dicevo che se Jacques fosse morto mi sarei uccisa, ma se fosse scomparsa lei, non avrei nemmeno avuto il bisogno di uccidermi per morire.

Poiché non aveva alcuna amica ed era sempre libera, mi vedevo spesso e abbastanza a lungo con Lisa. Una piovosa mattina di dicembre, all'uscita da una lezione, mi chiese d'accompagnarla fino alla sua pensione. Preferivo tornare a casa a lavorare e dissi di no. In place Médicis, mentre stavo per salire sull'autobus, mi disse con voce strana: – Va bene, allora ve lo dirò giovedí, quello che volevo dirvi ora –. Io drizzai le orecchie: – Ditemi subito –. Mi trascinò al Lussemburgo; non c'era nessuno per i viali zuppi di pioggia. – Non ditelo a nessuno, è una cosa troppo ridicola –. Esitò: – Ecco, vorrei sposarmi con Pradelle –. Mi sedetti su un fil di ferro, al bordo d'un'aiuola, e la guardai, sbalordita. – Mi piace talmente! – disse. – Nessun uomo mi è mai piaciuto tanto! – Preparavano lo stesso esame di scienze, e seguivano insieme certi corsi di filosofia; non avevo notato nulla di particolare, tra loro, quando uscivamo in comitiva; ma lo sapevo che Pradelle, col suo sguardo vellutato e il suo sorriso affabile, faceva innamorare le ragazze; Clairaut m'aveva detto che tra le sorelle dei suoi compagni, almeno due si consumavano per lui. Per un'ora, nel giardino deserto, sotto gli alberi gocciolanti, Lisa mi parlò del gusto nuovo che la vita aveva acquistato per lei. Che aria fragile, aveva, nel suo logoro soprabito! Trovai che aveva un viso interessante, sotto il suo cappellino che sembrava il calice d'un fiore, ma dubitai che Pradelle sarebbe stato toccato dalla sua grazia un po' secca. La sera, Stépha mi ricordò che una volta che si parlava della solitudine di Lisa e della sua tristezza, lui aveva cambiato discorso con indifferenza. Cercai di sondarlo. Tornava da un matrimonio, e litigammo un po': trovava che queste cerimonie avevano un loro fascino, e io trovavo nauseante questa pubblica esibizione di un affare privato. Gli domandai se pensava qualche volta al suo proprio matrimonio. – Vagamente, – mi disse; ma non sperava affatto di amare una donna di vero amore; aveva un attaccamento troppo esclusivo per sua madre; perfino nell'amicizia si rimproverava una certa aridità. Gli parlai di quelle grandi effusioni di tenerezza che a volte mi facevano salire le lacrime agli occhi. Scosse la testa: – Anche questo è esagerato –. Lui non esagerava mai, e mi balenò l'idea che non sarebbe stato facile da amare. Comunque, Lisa non contava, per lui. Lei mi disse tristemente che alla Sorbona egli non le dimostrava il minimo interesse. Passammo una lunga fine di pomeriggio al bar della Rotonde, a parlare dell'amore e dei nostri amori; dal dancing saliva una musica di jazz e delle voci sussurravano nella penombra. – Sono abituata all'infelicità, – diceva lei, – ci si nasce –. Non aveva mai ottenuto nulla di ciò che aveva desiderato. – Eppure, se soltanto potessi prendere quel viso tra le mie mani, tutto sarebbe giustificato, per sempre –. Pensava di far domanda per un posto nelle colonie, e di partire per Saigon o Tananarive.

Mi divertivo sempre molto con Stépha; quando salivo nella sua stanza, spesso ci trovavo anche Fernando; mentre lei mescolava dei cocktails al curaçao lui mi mostrava delle riproduzioni di Soutine e di Cézanne; i suoi quadri, ancora maldestri, mi piacevano, e anch'io ammiravo che senza preoccuparsi delle difficoltà materiali egli puntasse tutta la sua vita sulla pittura. A volte uscivamo tutti e tre. Vedemmo con entusiasmo Charles Dullin nel *Volpone*, e senza indulgenza *Départs* di Gantillon, messo in scena da Baty alla Comédie des Champs-Elysées. All'uscita dalle mie lezioni, Stépha mi invitava a colazione al Knam; mangiavamo a suon di musica cibi polacchi, e lei mi domandava consiglio: doveva sposare Fernando? Io rispondevo di sí; mai m'era accaduto di vedere un'intesa cosí completa fra un uomo e una donna, essi rispondevano esattamente alla mia idea della coppia. Lei esitava: c'è tanta gente « interessante » al mondo! Questa parola mi disturbava un po'. Non mi sentivo affatto attirata da quei rumeni, da quei bulgari coi quali Stépha recitava alla lotta dei sessi. A volte il mio sciovinismo si risvegliava. Stavamo mangiando con uno studente tedesco al ristorante della biblioteca; biondo, la guancia debitamente tagliuzzata, parlava della grandezza del suo paese in tono vendicativo. Pensai d'un tratto: « Magari un giorno combatterà contro Jacques, contro Pradelle! » e mi venne voglia di alzarmi dal tavolo.

Peraltro feci amicizia col giornalista ungherese che fece irruzione nella vita di Stépha verso la fine di dicembre. Molto alto, molto pesante, nella gran faccia voluminosa le sue labbra pastose sorridevano male. Parlava con compiacimento del padre adottivo che dirigeva il piú grande teatro di Budapest. Stava lavorando a una tesi sul melodramma francese, ammirava appassionatamente la cultura francese, Madame de Staël, e Charles Maurras; salvo l'Ungheria, considerava barbari tutti i paesi dell'Europa centrale, e in particolare i Balcani. Si arrabbiava quando vedeva Stépha parlare con un rumeno. Si adirava facilmente; e allora le mani gli tremavano, batteva convulsamente il piede destro sul pavimento, e si metteva a balbettare; quest'incontinenza mi sconcertava. Egli m'irritava anche perché la sua grossa bocca rotolava continuamente parole come: raffinatezza, grazia, delicatezza. Non era stupido, e ascoltavo con curiosità le sue considerazioni sulle culture e le civiltà. Ma in complesso gustavo mediocremente la sua conversazione, ed egli se ne irritava. – Se sapeste come sono spirituale in ungherese! – mi disse un giorno in un tono insieme furioso e costernato. Quando cercava di circuirmi perché intercedessi in suo favore presso Stépha, lo mandavo a spasso. – È insensato! – diceva in un tono pieno di odio. – Tutte le ragazze, quando una loro amica ha un intrigo, sono entusiaste d'intromettersi –. Io rispondevo villanamente che il suo amore per Stépha non mi riguardava: era un egoistico desiderio di possesso e di dominazione; e d'altronde, dubitavo della sua solidità: era disposto a costruire la sua vita con lei? Le sue labbra si mettevano a fremere: – Se qualcuno vi regalasse una statuetta di Sassonia, la buttereste per terra per vedere se si rompe! – Non nascondevo a Bandi – cosí lo chiamava Stépha – che in questa faccenda io ero alleata di Fernando. – Lo detesto, quel Fernando! – mi disse Bandi. – Prima di tutto è ebreo! – Ne fui scandalizzata.

Stépha si lagnava molto di lui; lo trovava brillante abbastanza da invogliarla a « mettergli il piede sopra », ma la perseguitava con troppa insistenza. In questa occasione constatai quanto fossi ingenua, come diceva lei. Una sera andai con Jean Mallet al teatro dei Champs-Elysées a vedere i « Piccoli » che Podrecca presentava per la prima volta a Parigi. Vidi Stépha con Bandi, questi la teneva abbracciata stretta e lei lo lasciava fare. A Mallet piaceva molto Stépha, diceva che i suoi occhi gli sembravano quelli di una tigre che abbia preso la morfina; mi propose di andare a salutarla. L'ungherese si scostò vivamente da lei, che mi sorrise senza il minimo imbarazzo. Capii ch'ella trattava i suoi spasimanti con minor rigore di quanto mi avesse lasciato credere, e mi risentii per quella che mi parve una mancanza di lealtà, poiché non capivo nulla del flirt. Fui molto contenta quando decise di sposare Fernando. Bandi le fece violente scenate: la perseguitava perfino nella sua stanza, a dispetto di tutte le consegne. Poi si calmò. Lei smise di venire alla Nazionale. Bandi m'invitò ancora a prendere il caffè da Poccardi, ma non mi parlò piú di lei.

In seguito, rimase in Francia come corrispondente d'un giornale ungherese. Dieci anni dopo, la sera della dichiarazione di guerra, lo incontrai al Dôme. Il giorno dopo si sarebbe arruolato in un reggimento formato con volontari stranieri. Mi affidò un oggetto cui teneva molto, una piccola pendola di cristallo, di forma sferica. Mi confessò che era ebreo, bastardo e maniaco sessuale: amava soltanto le donne al di sopra dei cento chili; Stépha era stata un'eccezione: aveva sperato che nonostante la sua piccola taglia gli avrebbe dato, grazie alla sua intelligenza, un'impressione di immensità. La guerra lo inghiottí; non tornò mai piú a riprendersi la sua pendola.

Zazà, da Berlino, mi scriveva lunghe lettere, e ne leggevo dei brani a Stépha e a Pradelle. Quando era partita da Parigi chiamava i tedeschi *boches*, e aveva messo il piede in territorio nemico piena d'apprensione: « Il mio arrivo al Fiobel Hospiz è stato abbastanza affliggente; mi aspettavo di trovare un albergo per signore, e invece ho trovato un caravanserraglio pieno di grossi *boches*, rispettabilissimi d'altronde. Come mi aveva predetto Stépha, la *Mädchen*, introducendomi nella mia stanza, mi ha consegnato un mazzo di chiavi: dell'armadio, della stanza, della porta, dell'ala in cui abito e infine, del portone di strada, nel caso mi prenda l'estro di rientrare dopo le quattro del mattino. Ero talmente stanca del viaggio, talmente sbalordita dalla mia improvvisa libertà e dall'immensità di Berlino, che non ho avuto il coraggio di scendere per il pranzo, e mi son cacciata in uno strano letto senza lenzuola né coperte, soltanto con un piumino; e ho bagnato il guanciale delle mie lacrime. Ho dormito tredici ore, mi son recata alla messa in una cappella cattolica, sono andata curiosando per le strade, e a mezzogiorno il mio morale era già molto piú alto. Ho cominciato ad abituarmi; in molti momenti mi sento assalita da un bisogno forsennato della mia famiglia, di voi, di Parigi, una sorta di doloroso struggimento; ma la vita berlinese mi piace, non ho alcuna difficoltà con nessuno, e sento che questi tre mesi saranno interessantissimi ». La colonia francese, composta esclusivamente dal Corpo Diplomatico, non le offriva alcuna risorsa; a Berlino c'erano solo tre studenti francesi, e la gente trovava proprio straordinario che Zazà fosse andata a seguire dei corsi in Germania. « Il Console, in una lettera di raccomandazione che mi ha dato per un professor tedesco, ha concluso con una frase che mi ha divertita: " Vi prego d'incoraggiare caldamente l'iniziativa cosí interessante della signorina Mabille ". Sembra quasi ch'io abbia sorvolato il Polo Nord! » E cosí, si era decisa assai presto a far amicizia con gli indigeni. « Mercoledí ho fatto conoscenza coi teatri di Berlino in una compagnia del tutto inattesa. Immaginatevi, direbbe Stépha, che verso le sei mi vedo avvicinare dal direttore dell'Hospiz, il grosso, vecchio Herr Pollack, che, col suo piú grazioso sorriso, mi dice: – Piccola signorina francese, volete venire a teatro con me, questa sera? – Lí per lí, un po' stupita, mi sono informata della moralità del lavoro, e considerata l'aria seria e dignitosa del vecchio Herr Pollack, ho deciso di accettare. Alle otto trottavamo per le strade di Berlino chiacchierando come vecchi compagni. Ogni volta che si trattava di pagare qualcosa il grosso *boche* diceva graziosamente: – Siete mia ospite, è gratuito –. Al terzo intervallo, messo in vena da una tazza di caffè, mi ha detto che sua moglie non voleva mai andare a teatro con lui, che non aveva affatto i suoi gusti, e che non aveva mai cercato di compiacerlo in trentacinque anni di matrimonio, tranne due anni fa, quando lui era stato in punto di morte. – Ma non si può mica esser sempre in punto di morte! – mi diceva in tedesco. Mi divertivo follemente, trovavo il grosso Herr Pollack molto piú spassoso di Suddermann di cui si stava rappresentando *Die Ehre*, un lavoro a tesi, sul genere di Alexandre Dumas figlio. All'uscita dal Teatro Trianon, per completare quella serata cosí tedesca, il mio *boche* ha voluto assolutamente andare a mangiare la *choucroute* coi salsicciotti! »

Ridemmo, con Stépha, al pensiero che la signora Mabille avesse esiliata Zazà pur di non farla partecipare a un tennis misto, e lei usciva di sera con un uomo, uno sconosciuto, uno straniero, un *boche*! E meno male che s'era informata della moralità del lavoro! Ma a giudicare dalle lettere successive, aveva fatto presto a scaltrirsi. Seguiva dei corsi all'università, andava ai concerti, a teatro, nei musei, e aveva fatto amicizia con vari studenti, e con un amico di Stépha, di cui questa le aveva dato l'indirizzo, un certo Hans Miller. A tutta prima, costui l'aveva trovata cosí contegnosa che le aveva detto ridendo: – Lei prende la vita coi guanti di capretto *glacé* –. Lei c'era rimasta male. Aveva deciso di togliersi i guanti.

« Vedo tanta gente nuova, di tipo, d'ambiente, di nazionalità cosí diversi che tutti i miei pregiudizi se ne vanno malinconicamente alla deriva, e non so piú se abbia mai appartenuto a un ambiente, né quale esso sia. Mi capita di far colazione una mattina all'Ambasciata con celebri personaggi della diplomazia, con sontuose ambasciatrici del Brasile o dell'Argentina, e la sera di pranzare sola da Aschinger, il ristorante ultrapopolare, gomito a gomito con qualche grosso impiegato o qualche studente greco o cinese. Non sono imprigionata in nessun gruppo, nessuna ragione stupida viene d'un tratto a impedirmi di fare una cosa che mi può interessare, non c'è niente d'impossibile o d'inaccettabile, e prendo con meraviglia e fiducia tutto ciò che ogni nuovo giorno mi porta d'inatteso e di nuovo. Al principio avevo preoccupazioni di forma; domandavo alla gente ciò che " si faceva " o che " non si faceva ".

La gente sorridendo mi rispondeva: – Ma ognuno fa quello che vuole, – e ho profittato della lezione. Adesso son peggio d'una studentessa polacca, esco sola a qualunque ora del giorno e della notte, vado al concerto con Hans Miller, e passeggio con lui fino all'una del mattino. Lui ha l'aria di trovarlo talmente naturale che mi sento confusa di provarne ancora stupore ». Anche le sue idee si modificavano; il suo sciovinismo si scioglieva. « Ciò che mi sbalordisce di piú, qui, è il pacifismo, dirò di piú, la francofilia di tutti i tedeschi in generale. L'altro giorno, al cinema, ho assistito a un film di tendenze pacifiste che mostrava gli orrori della guerra: tutti applaudivano. Pare che l'anno scorso il film *Napoleone* abbia avuto un successo straordinario, l'orchestra suonava la Marsigliese. Una sera all'Ufa Palace, la gente applaudiva talmente che l'hanno dovuta suonare tre volte, tra le ovazioni generali. Prima di partire da Parigi se qualcuno mi avesse detto che avrei potuto parlare senza imbarazzo della guerra con un tedesco, avrei fatto un salto; l'altro giorno, Hans Miller mi ha parlato di quando era prigioniero, e ha concluso dicendo: – Forse lei era troppo piccola per ricordarsene, ma è stata una cosa atroce, per tutt'e due le parti; quei tempi non devono tornare mai piú! – Un'altra volta, mentre gli parlavo di *Siegfried et le Limousin* e dicevo ch'era un libro che l'avrebbe certamente interessato, mi ha risposto – ma le parole tedesche rendevano meglio l'idea –: – È " politico " o " umano "? Di nazioni, di razze, ce ne hanno già parlato abbastanza, è ora che ci parlino una buona volta dell'uomo in generale –. Idee di questo genere credo siano molto diffuse tra la gioventú tedesca ».

Hans Miller passò una settimana a Parigi; uscí con Stépha, e le disse che da quando era arrivata a Berlino la sua amica si era trasformata; accolto freddamente dai Mabille, si stupí dell'abisso che separava Zazà dal resto della sua famiglia. Anche lei se ne rendeva conto sempre piú. Mi scrisse che aveva pianto di felicità quando aveva scorto al finestrino del treno il viso di sua madre, che era andata a trovarla a Berlino; ciononostante l'idea di tornare a casa la spaventava. Lilí aveva finalmente concesso la sua mano a un ingegnere, e secondo il rapporto di Hans Miller tutta la famiglia era sossopra. « A casa, sento che tutti sono già completamente assorbiti dalle partecipazioni, le felicitazioni ricevute, i regali, l'anello, il corredo, il colore delle damigelle d'onore (spero di non dimenticare nulla); e tutta questa valanga di formalità non mi dà gran voglia di tornare, ho talmente perduta l'abitudine a tutto questo! Qui vivo una vita davvero bella e interessante... Quando penso al mio ritorno, ciò che sento soprattutto è una grande felicità di rivedere voi. Ma vi confesso che il riprendere la mia esistenza di tre mesi fa mi spaventa. Il rispettabilissimo formalismo di cui vive la maggior parte della gente del " nostro ambiente " mi è divenuto insopportabile, tanto piú insopportabile in quanto mi ricordo dell'epoca non troppo lontana in cui, senza saperlo, ne ero penetrata io stessa, e che temo, rientrando nel quadro, di riprenderne lo spirito ».

Non so se la signora Mabille si rendesse conto che questo soggiorno a Berlino non aveva avuto il risultato che lei aveva sperato; comunque, si preparava a riprendere sua figlia in pugno. Incontrando mia madre a una serata cui questa aveva accompagnato Poupette, le aveva parlato con freddezza. Mia madre aveva fatto il nome di Stépha: – Non conosco Stépha. Conosco la signorina Avdicovic che è stata governante dei miei bambini –. E aveva aggiunto: – Voi allevate Simone come vi pare. Io ho altri principî –. Si era lamentata del mio influsso su sua figlia, e aveva concluso: – Per fortuna, Zazà mi vuole molto bene.

Quell'inverno tutta Parigi si ammalò d'influenza; ero a letto quando Zazà tornò a Parigi. Seduta al mio capezzale, mi descrisse Berlino, l'Opera, i concerti, i musei. Era ingrassata e aveva un bel colorito; Stépha e Pradelle furono colpiti quanto me dalla sua metamorfosi. Le dissi che a ottobre il suo riserbo m'aveva preoccupata: mi assicurò gaiamente che da allora aveva mutato pelle. Non soltanto molte sue idee erano cambiate, ma anziché meditare sulla morte e aspirare al chiostro, traboccava di vitalità. Sperava che la partenza di sua sorella le avrebbe facilitata di molto l'esistenza. Peraltro, s'impietosiva sulla sorte di Lilí: – È la tua ultima occasione, – aveva dichiarato la signora Mabille. Lilí era corsa a consultare le sue amiche. – Accetta, – avevano consigliato le giovani spose rassegnate e le nubili vogliose di marito. Zazà si sentiva stringere il cuore quando ascoltava le conversazioni dei due fidanzati. Ma, senza ben sapere il perché, adesso era certa che un simile avvenire a lei non la minacciava. Per il momento, si disponeva a studiare seriamente il violino, a leggere molto, a coltivarsi; contava d'intraprendere la traduzione di un romanzo di Stephan Zweig. Sua madre non osava riprenderle troppo brutalmente la sua libertà; l'autorizzò a uscire due o tre volte di sera con me. Assistemmo al *Principe Igor* nell'esecuzione dell'Opera russa, al primo film di Al Jolson, *Il cantante di jazz*, e a una serata organizzata dal gruppo « l'Effort »; si proiettarono dei film di Germaine Dulac ai quali fece seguito un agitato dibattito sul cinema puro e il cinema sonoro. Spesso, nel pomeriggio, mentre lavoravo alla Nazionale, sentivo posarmisi sulla spalla una mano guantata; Zazà mi sorrideva sotto la sua *cloche* di feltro rosa, e ce ne andavamo a prendere un caffè o a fare un giro. Sfortunatamente ella dové andare a Bayonne, per un mese, a tenere compagnia a una cugina malata.

Mi mancò molto. I giornali dicevano che da quindici anni a Parigi non faceva un freddo cosí intenso; la Senna trasportava pezzi di ghiaccio; avevo smesso le mie passeggiate, e lavoravo troppo. Terminai la mia tesi; redassi per un professore a nome Laporte una dissertazione su Hume e Kant; dalle nove del mattino alle sei di sera restavo inchiodata alla mia poltrona, alla Nazionale; era molto se mi prendevo una mezz'ora per mangiare un sandwich; nel pomeriggio mi succedeva d'appisolarmi, e qualche volta mi addormentavo addirittura. La sera, a casa, cercavo di leggere: Goethe, Cervantes, Cechov, Strindberg. Ma avevo mal di testa. A volte la stanchezza mi faceva venir voglia di piangere. E decisamente la filosofia, quale la si praticava alla Sorbona, non aveva nulla di consolante. Bréhier faceva un eccellente corso sugli Stoici; ma Brunschvicg si ripeteva; Laporte demoliva tutti i sistemi salvo quello di Hume. Era il piú giovane dei nostri professori; portava i baffetti, ghette bianche, e seguiva le donne per la strada; una volta aveva abbordato per isbaglio una delle sue allieve. Mi rese la mia dissertazione con un voto mediocre e dei commenti ironici: avevo preferito Kant a Hume. Mi convocò a casa sua, in un bell'appartamento dell'avenue Bosquet, per parlarmi del mio lavoro. – Grandi qualità, ma molto antipatiche. Stile oscuro, falsamente profondo: per quello che c'è da dire in filosofia! – Fece il processo a tutti i suoi colleghi, e in particolare a Brunschvicg; poi passò rapidamente in rassegna gli antichi maestri. I filosofi dell'antichità? delle nullità. Spinoza? un mostro. Kant? un impostore. Restava Hume. Obbiettai che Hume non risolveva nessuno dei problemi pratici. Alzò le spalle: – La pratica non pone problemi –. No, nella filosofia non bisognava vedere nient'altro che un divertimento, e si aveva il diritto di preferirgliene altri. – Tutto sommato, non sarebbe altro che una convenzione? – suggerii. – Ah, no, signorina, adesso esagerate! – esclamò con improvvisa indignazione. – Lo so, – soggiunse, – lo scetticismo non è certo di moda. Cercatevi una dottrina piú ottimista della mia –. Mi riaccompagnò alla porta: – Bene. Tanto piacere! Riuscirete sicuramente al concorso! – conclude in tono disgustato. Era senza dubbio piú sano, ma meno incoraggiante delle predizioni di Jean Baruzi.

Tentai di reagire. Ma Stépha stava preparandosi il corredo e organizzando il suo *ménage*, la vedevo poco. Mia sorella era triste, Lisa disperata, Clairaut distante, Pradelle sempre uguale; Mallet si consumava sulla sua tesi. Tentai d'interessarmi alla signorina Roulin, a qualche altro compagno. Non vi riuscii. Per tutto un pomeriggio, nelle gallerie del Louvre, feci un gran viaggio dall'Assiria all'Egitto, dall'Egitto alla Grecia; mi ritrovai in un'umida serata di Parigi. Mi trascinavo, senza pensieri, senza amore. Mi disprezzavo. Pensavo a Jacques come a qualcosa di remoto, come a un orgoglio perduto. Suzanne Boigue era tornata dal Marocco; mi ricevette in un chiaro appartamento, discretamente esotico; era amata e felice, l'invidiai. La cosa che piú mi pesava era di sentirmi in decadenza. «Mi sembra d'aver perduto enormemente, e il peggio è che non riesco a soffrire... sono inerte, in balía delle occupazioni e delle fantasie del momento. Nulla di me è impegnato in nulla; non tengo né a un'idea né a un affetto con quella stretta, crudele ed esaltante aderenza che per tanto tempo mi ha attaccata a tante cose; mi interesso a tutto con *misura*. Ah! sono ragionevole al punto da non provar nemmeno l'angoscia della mia inesistenza!» Mi rifugiavo nella speranza che si trattasse di uno stato provvisorio; tra quattro mesi, liberatami del concorso, avrei potuto nuovamente interessarmi della mia vita; avrei cominciato il mio libro. Ma quanto desideravo mi giungesse un soccorso dal di fuori! « Desiderio d'un nuovo affetto, d'un'avventura, di qualsiasi cosa, purché sia diversa! »

La poesia dei caffè era svanita. Ma dopo una giornata trascorsa alla Nazionale o alla Sorbona, non me la sentivo di restare chiusa in casa. Dove andare? Ripresi a vagabondare per Montparnasse, una sera con Lisa, poi con Fernando e Stépha. Mia sorella aveva fatto amicizia con una sua compagna di scuola, una bella ragazza di diciassette anni, compiacente e ardita, figlia della proprietaria d'una confetteria; la chiamavano Gégé, e usciva molto liberamente. Le incontravo spesso al Dôme. Una sera decidemmo di andare alla Jungle, un locale che s'era aperto da poco, di fronte al Jockey; ma mancavano i fondi. – Non fa nulla, – disse Gégé. – Aspettateci giú; ci arrangeremo –. Entrai da sola nella *boite*, e mi sedetti al bar. Poupette e Gégé sedutesi su una panchina del boulevard, gemevano forte: – E pensare che ci mancano venti franchi! – Un passante si commosse. Non so che cosa gli raccontarono, ma poco dopo si arrampicavano accanto a me, davanti a un gin-fizz. Gégé sapeva come agganciare gli uomini. Ci offrirono da bere, ci fecero ballare. Una nana soprannominata Chiffon, che avevo già ascoltata al Jockey, cantava e spacciava oscenità alzandosi le gonne; esibiva delle cosce marmorizzate di ecchimosi e raccontava come la mordeva il suo amante. In un certo senso era corroborante. Continuammo. Una sera, al bar del Jockey, ritrovai delle vecchie conoscenze con le quali rievocai i divertimenti dell'estate precedente; un piccolo studente svizzero, assiduo della Nazionale, mi fece una corte serrata; bevvi e mi divertii. Piú tardi, un giovane medico ch'era rimasto a osservare il nostro trio con occhio critico, mi domandò se andavo lí per fare degli studi di costume; quando, a mezzanotte, mia sorella se ne andò, mi felicitò per la sua saggezza, ma mi disse in tono un po' critico che Gégé era troppo giovane per frequentare i dancings. Verso l'una propose di riaccompagnarci in taxi; riaccompagnammo prima Gégé, e poi si divertí visibilmente del mio imbarazzo nell'ultima parte del tragitto in cui restai sola con lui. Il suo interesse mi lusingò. Bastava un incontro, un fatto imprevisto, per restituirmi il mio buonumore. Il piacere che provavo a queste avventure da nulla non spiega tuttavia il fatto che soccombessi di nuovo al fascino dei luoghi equivoci. Me ne stupivo: « Jazz, donne, balli, parole impure, alcool, strusciamenti: come posso non esserne offesa, anzi, come posso accettare qui ciò che non accetterei in nessun altro luogo, e scherzare con quegli uomini? Come posso amare queste cose con una passione che sorge cosí dal profondo, e che mi prende con tanta violenza? Che cosa vado a cercare in quei luoghi dal fascino cosí torbido? »

Qualche giorno dopo andai a prendere il tè dalla signorina Roulin, con la quale decisamente mi annoiavo. Lasciandola, me ne andai all'Européen, e con quattro franchi mi sedetti a un posto di balconata, in mezzo a donne in capelli e a ragazzi scamiciati; c'erano coppiette che si abbracciavano e si baciavano; ragazze pesantemente profumate si sdilinquivano ascoltando il cantante impomatato, e grasse risate sottolineavano le battute salaci. Anch'io mi emozionavo, ridevo, mi sentivo bene. Perché? Gironzolai a lungo, per il boulevard Barbés; guardavo le puttane e i teppisti, non piú con orrore ma con una specie d'invidia. Di nuovo mi stupii: « Vi è sempre stato in me non so qual mostruoso desiderio di rumore, di lotta, di violenza, e soprattutto un desiderio di crogiolarmi nel fango... che cosa ci vorrebbe ormai perché anch'io diventassi morfinomane, alcolizzata, o non so che altro? Soltanto un'occasione, forse, una fame un po' piú forte di tutto ciò che non conoscerò mai... » In certi momenti mi scandalizzavo di questa « perversione », di questi « bassi istinti » che scoprivo in me. Che cosa avrebbe pensato Pradelle che un tempo mi aveva accusato di attribuire troppa nobiltà alla vita? Mi rimproveravo di esser doppia, ipocrita. Ma non pensavo affatto a rinnegarmi: « Voglio la vita, tutta la vita. Mi sento curiosa, avida, avida di bruciare piú ardentemente di chiunque altro, e a qualsiasi fiamma ».

Ero a due dita dal confessarmi la verità: ne avevo abbastanza di essere un puro spirito. Non che mi sentissi tormentata dal desiderio, come alle soglie della pubertà. Ma indovinavo che la violenza della carne, la sua crudezza, m'avrebbero salvata da quell'eterea scipitezza in cui intristivo. Quanto a farne l'esperienza, non se ne parlava nemmeno; me lo vietavano sia i miei sentimenti per Jacques quanto i miei pregiudizi. Detestavo sempre piú decisamente il cattolicesimo; vedendo Lisa e Zazà dibattersi contro quella « religione martirizzante », mi rallegravo di esservi sfuggita; in realtà vi rimanevo invischiata; i tabú sessuali sopravvivevano al punto che pensavo di poter diventare morfinomane o alcolizzata ma non pensavo neanche lontanamente al libertinaggio. Leggendo Goethe, e il libro scritto su di lui da Ludwig, protestavo contro la sua morale. « Il posto che egli fa cosí tranquillamente alla vita dei sensi, senza lacerazioni, senza inquietudine, mi urta. La peggiore dissolutezza, se è quella di un Gide, in cerca di un alimento per il suo spirito, una difesa, una provocazione mi commuove; gli amori di Goethe mi offendono ». O l'amore fisico si integrava con l'amore puro e semplice, e in questo caso tutto era naturale, oppure era una tragica caduta, e io non avevo l'audacia di piombarvi.

Decisamente, ero stagionale. Anche quest'anno, al primo alito della primavera, mi distesi, respirai allegramente l'odore dell'asfalto caldo. Ma non mi rilassai, il concorso si avvicinava e avevo un mucchio di lacune da colmare; la stanchezza tuttavia m'imponeva dei respiri, e ne approfittavo. Andavo a passeggiare con mia sorella sulle rive della Marna, ripresi con piacere le conversazioni con Pradelle sotto i castagni del Lussemburgo; mi comprai un cappellino rosso che fece sorridere Stépha e Fernando. Condussi i miei genitori all'Européen, e mio padre ci offrí il gelato sulla terrazza di Wepler. Mia madre mi accompagnava abbastanza spesso al cinema; al Moulin-Rouge vidi con lei *Barbette*, meno straordinario di quanto pretendesse Jean Cocteau. Zazà tornò da Bayonne. Visitammo al Louvre le nuove sale di pittura francese; Monnet, non mi piaceva, apprezzavo Renoir senza riserve, ammiravo molto Manet, e perdutamente Cézanne; perché vedevo nei suoi quadri « la discesa dello spirito nel cuore del sensibile ». Zazà condivideva press'a poco i miei gusti. Assistei senza troppa noia al matrimonio di sua sorella.

Durante le vacanze di Pasqua passai tutte le mie giornate alla Nazionale; v'incontravo Clairaut, che trovavo un po' pedante ma che continuava a incuriosirmi; quel piccolo uomo secco e nero aveva davvero sofferto della « tragica sovranità » della carne? In ogni caso, non c'era dubbio che questo problema lo travagliava. Portò diverse volte la conversazione sull'articolo di Mauriac. Quale dose di sensualità potevano permettersi gli sposi cristiani? e i fidanzati? Un giorno pose la questione a Zazà, che si arrabbiò: – Questi sono problemi da zitelle o da parroci! – gli rispose. Qualche giorno dopo mi raccontò che aveva attraversato una dolorosa esperienza. Al principio dell'anno scolastico si era fidanzato con la sorella di un suo compagno; lei lo ammirava immensamente e aveva un temperamento appassionato: se egli non le avesse posto un freno, Dio sa dove li avrebbe trascinati quella foga! Le aveva spiegato che dovevano conservarsi per la loro notte di nozze, e che in attesa potevano permettersi soltanto dei casti baci. Lei si era ostinata a offrirgli la bocca, e lui a rifiutarla; lei aveva finito per prenderlo in uggia e per rompere con lui. Questo scacco evidentemente lo affliggeva. Raziocinava sul matrimonio, sull'amore, sulle donne, con un accanimento da maniaco. Trovai che questa storia era abbastanza ridicola, mi ricordava quella di Suzanne Boigue, ma trovai lusinghiero che me l'avesse confidata.

Le vacanze di Pasqua finirono; mi ritrovai con piacere tra i miei compagni, nei giardini della Scuola Normale fioriti di lillà, di citisi, di crespini. Li conoscevo quasi tutti. Soltanto il clan formato da Sartre, Nizan e Herbaud, mi restava chiuso; non si mescolavano con nessuno; assistevano soltanto ad alcune lezioni eccezionali, e si sedevano lontano dagli altri. Avevano una cattiva fama. Si diceva che « mancavano di simpatia per le cose ». Violentemente anti-*talas*; appartenevano a una banda composta in maggioranza di ex allievi di Alain e nota per la sua brutalità: i suoi affiliati gettavano delle bombe ad acqua sui normalisti distinti, che rientravano la notte in smoking. Nizan era sposato e aveva viaggiato; portava spesso i calzoni da golf, e dietro i grossi occhiali di tartaruga il suo sguardo mi dava molta soggezione. Sartre non aveva una brutta faccia, ma si diceva fosse il piú terribile dei tre; lo si accusava perfino di bere. Herbaud era l'unico che mi sembrasse accessibile. Era sposato anche lui. In compagnia di Sartre e di Nizan mi ignorava. Quando lo incontravo da solo scambiavamo qualche parola.

Aveva fatta una relazione, in gennaio, al corso di Brunschvicg, e durante la discussione che ne era seguita, aveva divertito tutti. Il fascino della sua voce canzonatoria, del suo labbro ironico, m'aveva toccata. Il mio sguardo, scoraggiato dai grigi candidati al concorso si riposava con piacere sul suo volto roseo, illuminato da due occhi di un azzurro infantile; i suoi capelli biondi erano fitti e vigorosi come erba. Una mattina era venuto a lavorare alla Nazionale, e nonostante l'eleganza del suo soprabito blu, della sua sciarpa chiara, del suo completo ben tagliato, gli avevo riscontrato qualcosa di campagnolo. Avevo avuta l'ispirazione – contrariamente alle mie abitudini – di salire a colazione al ristorante interno della biblioteca, ed egli m'aveva fatto posto al suo tavolo con la stessa naturalezza che se avessimo avuto un appuntamento. Avevamo parlato di Hume e di Kant. Una volta l'avevo incontrato nell'anticamera di Laporte, mentre questi gli diceva in tono cerimonioso: – Dunque, arrivederci, signor Herbaud –; e avevo pensato con rammarico che era un signore sposato, assai distante, per il quale io non sarei mai esistita. Un pomeriggio l'avevo visto in rue Soufflot, accompagnato da Sartre e da Nizan, e sottobraccio con una donna in grigio; mi ero sentita esclusa. Era il solo del trio che seguisse i corsi di Brunschvicg; poco prima delle vacanze di Pasqua, a lezione, si era seduto accanto a me. Aveva disegnato degli *Eugène*, ispirati a quelli di Cocteau ne *Le Potomak*, e composto acide poesiole. L'avevo trovato molto strano, e mi aveva commosso incontrare, alla Sorbona, qualcuno che amasse Cocteau. In certo modo, Herbaud mi faceva pensare a Jacques; anche lui spesso sostituiva una frase con un sorriso, e sembrava vivere altrove che non nei libri. Ogni volta ch'era tornato alla Nazionale m'aveva salutata gentilmente; io morivo dalla voglia di dirgli qualcosa d'intelligente, ma purtroppo non mi veniva in mente nulla.

Ciononaimeno, quando le lezioni di Brunschvicg ripresero, dopo le vacanze, venne di nuovo a sedersi vicino a me. Mi dedicò un «ritratto del normalista qualunque», altri disegni e qualche poesia. Mi comunicò d'un tratto che lui era individualista. – Anch'io, – dissi. – Voi? – Mi scrutò con aria diffidente: – Ma vi credevo cattolica, tomista e sociale! – Io protestai, ed egli si rallegrò per il nostro accordo. Mi fece a piú riprese l'elogio dei nostri precursori: Silla,

Barrès, Stendhal, Alcibiade, per il quale aveva un debole; non ricordo piú tutte le cose che mi raccontò, ma mi divertiva sempre di piú; aveva l'aria di essere perfettamente sicuro di sé, e di non prendere nulla sul serio: fu questo miscuglio di superbia e di ironia che mi incantò. Quando, lasciandomi, si ripromise lunghe conversazioni con me, esultai: « C'è una forma d'intelligenza che mi rapisce », annotai la sera. Ero già pronta ad abbandonare per lui Clairaut, Pradelle, Mallet, e tutti gli altri insieme. Evidentemente possedeva l'attrattiva della novità, e sapevo bene come facessi presto a imballarmi, pronta, a volte, a ricredermi altrettanto rapidamente. Ad ogni modo, la violenza di quest'infatuazione mi sorprese: « Incontro con André Herbaud o con me stessa? Chi mai mi ha colpita fino a questo punto? Perché mi sento sconvolta come se mi fosse accaduto davvero qualcosa? »

M'era davvero accaduto qualcosa, qualcosa che indirettamente avrebbe deciso di tutta la mia vita: ma questo l'avrei saputo un po' piú tardi.

Ormai, Herbaud frequentava assiduamente la Nazionale; gli riservavo la poltrona vicina alla mia. Facevamo colazione in una sorta di lunch-room al primo piano d'una panetteria; i miei mezzi mi permettevano appena di pagarmi il piatto del giorno, ma egli mi offriva d'autorità delle barchette alle fragole. Una volta, alla Fleur de Lys, in place Louvois, mi offrí un pasto che mi parve sontuoso. Passeggiavamo per i giardini del Palais-Royal. Ci siedevamo sul bordo della vasca; il vento faceva ondeggiare lo zampillo e delle goccioline ci schizzavano sulla faccia. Suggerivo di tornare a lavorare. – Prima andiamo a prendere un caffè, – diceva Herbaud, – altrimenti lavorate male, vi agitate, mi impedite di leggere –. Mi portava da Poccardi e quando mi alzavo, dopo aver vuotata l'ultima tazza, diceva affettuosamente: – Che peccato! – Era figlio di un insegnante dei dintorni di Tolosa, ed era salito a Parigi per fare la Normale. Aveva conosciuto in *ipo-khâgne* [1] Sartre e Nizan, e mi parlò molto di loro; ammirava Nizan per la sua disinvolta distinzione, ma era soprattutto legato con Sartre che diceva prodigiosa-

---

[1] Primo anno di Scuola Normale [*N.d.T.*].

mente interessante. Noi condiscepoli ci disprezzava in blocco e in particolare. Considerava Clairaut un pedantuzzo, e non lo salutava mai. Un pomeriggio, questi mi avvicinò con un libro in mano: – Signorina de Beauvoir, – mi apostrofò in tono inquisitorio, – che cosa pensate di quest'opinione di Brochard, secondo la quale il dio di Aristotele proverebbe piacere? – Herbaud lo zittí: – Lo spero per lui, – disse con sufficienza. I primi tempi parlavamo soprattutto del piccolo mondo che ci era comune: dei nostri compagni, dei professori, del concorso. Mi citò l'argomento di dissertazione di cui si dilettavano per tradizione i normalisti: « Differenza tra nozione di concetto e concetto di nozione ». Ne aveva inventati altri: « Di tutti gli autori del programma qual è quello che preferite, e perché? » « L'anima e il corpo: somiglianze, differenze, vantaggi e inconvenienti ». In realtà, con la Sorbona e la Normale egli aveva rapporti abbastanza lontani; la sua vita era altrove. Me ne parlava un poco. Mi parlò di sua moglie, che incarnava ai suoi occhi tutti i paradossi della femminilità; di Roma, dov'era stato in viaggio di nozze, del Foro che l'aveva commosso fino alle lacrime, del suo sistema morale, del libro che aveva intenzione di scrivere. Mi portava « Détective » e « L'Auto »; si appassionava per una corsa ciclistica o per un mistero poliziesco; mi stordiva di aneddoti, di accostamenti imprevisti. Maneggiava cosí felicemente l'enfasi e la concisione, il lirismo e il cinismo, l'ingenuità e l'insolenza, che nulla di ciò che diceva era mai banale. Ma la cosa piú irresistibile in lui era il suo riso: si sarebbe detto ch'era caduto inopinatamente su un pianeta che non era il suo, un pianeta di cui scopriva rapito la prodigiosa stranezza; quando il suo riso esplodeva, tutto mi appariva nuovo, sorprendente, delizioso.

Herbaud non rassomigliava agli altri miei amici; questi avevano facce cosí ragionevoli da renderli immateriali. La faccia di Jacques, a dire il vero, non aveva niente di serafico ma una certa patina borghese ne mascherava l'abbondante sensualità. Impossibile ridurre il volto di Herbaud a un simbolo; la mascella prominente, il largo sorriso umido, le iridi azzurre cerchiate d'una cornea lucente, la carne, le ossa, la pelle, tutto s'imponeva. Inoltre, Herbaud aveva un corpo. Tra gli alberi verdeggianti, mi diceva quanto detestasse la morte, e che mai si sarebbe rassegnato alla malattia o alla vecchiaia. Come sentiva fieramente nelle vene la freschezza del suo sangue! Lo guardavo camminare per il giardino con una grazia un po' dinoccolata, guardavo le sue orecchie, trasparenti al sole come zucchero rosa, e sapevo d'aver accanto a me non già un angelo ma un figlio di uomini. Ero stanca dell'angelismo, e godevo ch'egli mi trattasse da creatura terrestre, come soltanto Stépha aveva fatto. Poiché la sua simpatia non era rivolta alla mia anima, non calcolava i miei meriti: era spontanea, gratuita, mi adottava tutta intera. Gli altri mi parlavano con deferenza, o almeno con gravità, a distanza. Herbaud mi rideva in faccia, mi posava la mano sul braccio, mi minacciava col dito, chiamandomi: « mia povera amica! » Faceva sulla mia persona una quantità di piccole riflessioni, amabili o beffarde, ma sempre inattese.

Dal punto di vista filosofico, non mi travolgeva. Annotai, con una certa incoerenza: « Ammiro la sua capacità di avere su tutte le cose delle teorie sue. Forse perché di filosofia non ne sa gran che. Mi piace enormemente ». In realtà mancava di rigore filosofico, ma per me contava molto di più il fatto ch'egli mi aprisse delle vie che bruciavo dalla voglia d'imboccare senza averne ancora l'audacia. La maggior parte dei miei amici erano credenti, e io perdevo il tempo a cercare dei compromessi tra i loro punti di vista e il mio; non osavo allontanarmi troppo da loro. Herbaud mi dava voglia di liquidare quel passato che mi separava da lui: riprovava le mie amicizie con i *talas*. L'ascetismo cristiano gli ripugnava. Ignorava deliberatamente l'angoscia metafisica. Antireligioso, anticlericale, era anche antinazionalista e antimilitarista; aveva in orrore tutte le mistiche. Gli diedi da leggere la mia dissertazione su « La personalità », di cui andavo straordinariamente fiera; fece una smorfia; vi sentiva il tanfo d'un cattolicesimo e di un romanticismo di cui mi esortò a liberarmi al più presto. Acconsentii con trasporto. Ne avevo abbastanza delle « complicazioni cattoliche », degli *impasses* spirituali, delle menzogne del meraviglioso; adesso volevo stare coi piedi per terra, ecco perché, incontrando Herbaud, ebbi l'impressione di trovare me stessa: egli mi indicava il mio avvenire. Non era né un benpensante, né un topo di biblioteca, né un pilastro di caffè; col suo esempio provava che ci si poteva costruire, al di fuori delle vecchie cornici, una vita orgogliosa, gioiosa e consapevole: esattamente quello che io desideravo.

Questa nuova amicizia esaltava le gaiezze della primavera. C'è una sola primavera nell'anno, mi dicevo, e una sola giovinezza nella vita: non devo sprecare nulla delle primavere della mia giovinezza. Stavo terminando la mia tesi, leggevo ancora libri su Kant, ma il piú grosso del lavoro era fatto e mi sentivo sicura di riuscire: il successo che anticipavo contribuiva a inebriarmi. Passai con mia sorella allegre serate al Bobino, al Lapin Agile, al Caveau de la Bolée, dove lei faceva degli schizzi. Con Zazà, ascoltai alla Sala Pleyel il festival Layton e Johnston; con Riesmann visitai un'esposizione di Utrillo; applaudii Valentine Tessier in *Jean de la Lune*. Lessi con ammirazione *Lucien Leuwen*, e con curiosità *Manhattan Transfer*, ma mostrava troppo la tecnica, per il mio gusto. Mi sedevo al Lussemburgo, al sole, e la sera seguivo le acque nere della Senna, attenta alle luci, agli odori, al mio cuore, e soffocavo di felicità.

Una sera, alla fine di aprile, trovai mia sorella e Gégé in place Saint-Michel; dopo aver bevuto qualche cocktail, e ascoltato dischi di jazz nel nuovo caffè del quartiere, il Bateau ivre, andammo a Montparnasse. L'azzurro fluorescente delle insegne al neon mi ricordava i vilucchi della mia infanzia. Al Jockey, dei volti familiari mi sorrisero, e ancora una volta la voce del sassofono mi trafisse mollemente il cuore. Vidi Riquet. Parlammo di *Jean de la Lune*, e, come sempre, dell'amicizia, dell'amore; mi annoiò; che distanza tra lui e Herbaud! Tirò fuori di tasca una lettera e intravvidi la scrittura di Jacques. – Jacques cambia, – mi disse, – sta invecchiando. Tornerà a Parigi solo alla metà di agosto –. E aggiunse con slancio: – Tra dieci anni farà cose incredibili –. Io non battei ciglio. Mi sentivo il cuore come paralizzato.

Peraltro, la mattina dopo mi svegliai sull'orlo delle lacrime. «Perché Jacques scrive agli altri e a me mai? » Andai al Sainte-Geneviève, ma rinunciai a lavorare. Lessi l'*Odissea*, «per mettere tutta l'umanità tra me e il mio dolore particolare ». Il rimedio fu poco efficace. A che punto ero con Jacques? Due anni prima, delusa dalla freddezza della sua accoglienza, avevo camminato per i boulevards rivendicando contro di lui «una mia vita personale»; adesso, questa vita l'avevo. Ma avevo dunque dimenticato l'eroe della mia giovinezza, il favoloso fratello di Meaulnes, destinato a fare «cose straordinarie», e magari marcato, chissà, dal genio? No. Il passato mi teneva: avevo tanto desiderato, e per tanto tempo, di portarlo con me tutt'intero nell'avvenire!

Perciò ricominciai a dibattermi tra i rimpianti e le attese, e una sera, spinsi la porta dello Stryx. Riquet m'invitò al suo tavolo. Al bar, Olga, l'amica di Riaucourt stava parlando con una bruna imbacuccata in *argentées*, che mi parve molto bella; aveva i capelli divisi in due bande nere, un volto puntuto, dalle labbra scarlatte, lunghe gambe seriche. Capii subito che era Magda. – Hai notizie di Jacques? – diceva. – Non ha chiesto di me? Si è squagliato un anno fa e non chiede nemmeno mie notizie. Non abbiamo durato neanche due anni, insieme. Non ho davvero fortuna! Bel porco! – Registrai le sue parole ma lí per lí non reagii quasi affatto. Continuai a discutere tranquillamente con Riquet e la sua banda fino all'una del mattino.

Appena coricata crollai. Passai una notte tremenda. Il giorno dopo passai tutto il tempo sulla terrazza del Lussemburgo a cercar di fare punto. Non provavo alcuna gelosia. Quella relazione era finita; non era durata molto tempo; a Jacques era stata di peso, per romperla aveva anticipato il servizio militare. E l'amore che desideravo per noi non aveva nulla di comune con quella storia. Mi tornò un ricordo: in un libro di Pierre-Jean Jouve che mi aveva prestato, Jacques aveva sottolineato una frase: «È questo l'amico al quale mi confido, ma è un altro che abbraccio». E avevo pensato: «E sia, Jacques. È l'altra che compiango». Egli incoraggiava quest'orgoglio dicendomi che non stimava le donne, ma che io ero per lui una cosa diversa da una donna. E allora, perché questa desolazione nel mio cuore? Perché mi ripetevo con le lacrime agli occhi le parole di Otello: «Che peccato, Jago! Ah, Jago, che peccato!» Il fatto è che avevo fatta una cocente scoperta: la bella storia che era la mia vita, diventava falsa a mano a mano che me la raccontavo.

Come ero stata cieca, e come ne ero mortificata! Le depressioni di Jacques, i suoi disgusti, li avevo attribuiti a chissà quale sete di impossibile. Quanto avevano dovuto sembrargli stupide le mie risposte astratte! Quanto ero lontana da lui quando ci credevo cosí vicini! Eppure, gli indizi non mi erano mancati: le conversazioni coi suoi amici, che ruotavano su abbrutimenti oscuri, ma precisi. Mi si risvegliò un altro ricordo: una volta avevo intravvista nell'auto di Jacques, seduta accanto a lui, una donna bruna molto bella ed elegante. Ma avevo moltiplicato gli atti di fede; con quale ingegnosità, con quale ostinazione mi ero illusa! Avevo sognato da sola quest'amicizia di tre anni; oggi tenevo ad essa a causa del passato, e il passato non era che menzogna. Tutto si sfasciava. Ebbi voglia di tagliare tutti i ponti: amare qualcun altro o partire, andare in capo al mondo.

E poi mi ripresi. Era il mio sogno, che era stato falso, non Jacques. Che cosa potevo rimproverare a lui? Mai aveva posato a eroe né a santo, anzi m'aveva spesso detto molto male di se stesso. La citazione di Jouve era stata un avvertimento; aveva cercato di parlarmi di Magda; ma non gli avevo resa facile la confidenza. D'altronde, da molto tempo avevo presentita la verità, anzi la conoscevo addirittura. Che cosa offendeva, lei, in me, se non dei vecchi pregiudizi cattolici? Mi rasserenai. Avevo torto di pretendere che la vita si conformasse a un ideale stabilito in anticipo; stava a me mostrarmi all'altezza di ciò ch'essa mi portava. Avevo sempre preferito la realtà ai miraggi; conclusi la mia meditazione inorgoglita d'aver cozzato su un avvenimento solido ed essere riuscita a superarlo.

La mattina dopo, una lettera da Meyrignac mi informò che il nonno era gravemente malato, che stava per morire; gli volevo molto bene, ma era molto vecchio, la sua morte mi parve naturale e non me ne rattristai. Mia cugina Madeleine si trovava a Parigi; la condussi a prendere il gelato in un caffè dei Champs-Elysées; mi raccontò delle storie che non ascoltai; pensavo a Jacques con disgusto. La sua relazione con Magda si conformava troppo fedelmente allo schema classico che mi aveva sempre rivoltata; il figlio di buona famiglia si inizia alla vita con un'amante di condizione modesta, e poi, quando decide di diventare un signore serio, la pianta. Era banale. Era indegno. Andai a letto, mi risvegliai con la gola serrata dal disprezzo. «Siamo all'altezza delle concessioni che ci facciamo»: mi ripetei questa frase di Jean Sarment durante le lezioni alla Normale, e mentre facevo colazione con Pradelle in una specie di latteria del boulevard Saint-Michel, «les Yvelynes». Mi parlava di sé. Protestava di essere meno freddamente ponderato di quanto dicessero i suoi amici; soltanto, detestava le sottolineature; si proibiva d'esprimere i suoi sentimenti o le sue idee al di là della certezza che ne aveva. Approvai i suoi scrupoli. Se a volte mi sembrava troppo indulgente verso gli altri, verso se stesso era severo: è meglio del contrario, pensai amaramente. Passammo in rassegna le persone di cui avevamo stima, e con una parola egli scartò «gli esteti da caffè». Gli diedi ragione. L'accompagnai a Passy in autobus e me ne andai a passeggio al Bois.

Respirai l'odore dell'erba appena tagliata, camminai per il parco di Bagatelle, inebriandomi alla profusione delle margheritine e delle giunchiglie, e degli alberi da frutto in fiore; c'erano tappeti di tulipani rossi, siepi di lillà, alberi immensi. Lessi Omero in riva a un corso d'acqua; leggere ventate e il sole accarezzavano il fogliame frusciante. Quale pena potrebbe resistere alla bellezza del mondo? mi domandai. Dopotutto, Jacques non era piú importante di un albero di questo giardino.

Ero loquace, mi piaceva dare pubblicità a tutto ciò che mi capitava; e poi desideravo che qualcuno mi desse un'opinione imparziale su questa storia. Sapevo che Herbaud ne avrebbe sorriso; Zazà e Pradelle, li stimavo troppo per esporre Jacques al loro giudizio. In compenso Clairaut non m'intimidiva piú, e avrebbe valutato i fatti alla luce di quella morale cristiana dinanzi alla quale, a mio malgrado, mi inchinavo ancora: gli sottoposi il mio caso. Mi ascoltò con avidità, e sospirò: come sono intransigenti le ragazze! Aveva confessato alla sua fidanzata certe mancanze – solitarie, mi lasciò capire – e invece di ammirare la sua franchezza ella ne era parsa rivoltata. Immaginai che ella avrebbe preferito una confessione piú gloriosa, o, in mancanza, il silenzio; ma non si trattava di questo. Per quanto mi riguardava, egli criticava la mia severità, e pertanto discolpava Jacques. Decisi di rimettermi al suo giudizio. Dimenticando che la relazione di Jacques mi aveva offesa soprattutto per la sua banalità borghese, mi rimproverai di averla condannata in nome di principî astratti. In verità, mi battevo in un tunnel, in mezzo a delle ombre. Contro il fantasma di Jacques, contro il passato defunto brandivo un ideale cui non credevo piú. Ma se lo ripudiavo, in nome di che cosa avrei potuto giudicare? Per proteggere il mio amore mortificai il mio orgoglio: perché esigere che Jacques fosse diverso dagli altri? Solo che, se somigliava a tutti, visto che su una quantità di punti lo sapevo inferiore a molti, quali ragioni avrei avuto di preferirlo? L'indulgenza si concludeva in indifferenza.

Un pranzo dai suoi aumentò ancora questa confusione. In quella galleria dove avevo trascorso momenti cosí grevi, cosí dolci, la zia mi riferí ch'egli le aveva scritto: «Di' tante cose a Simone quando la vedrai. Non sono stato *chic* con lei, ma non lo sono con nessuno; e d'altronde, questo non la stupirà da parte mia». E cosí, per lui io non ero che una persona tra le altre! Ciò che m'inquietò ancor di piú è che aveva chiesto a sua madre di affidargli per l'anno venturo il suo fratello minore: dunque, contava di continuare a vivere da scapolo? Ero davvero incorreggibile. Mi mordevo le dita per aver inventato da sola il nostro passato, e continuavo a costruire da sola il nostro avvenire! Rinunciai a fare delle ipotesi. Succeda quel che succeda, mi dissi. Arrivai perfino a pensare che magari avrei avuto tutto l'interesse a farla finita con quella vecchia storia e a cominciare tutt'un'altra cosa. Non desideravo ancora francamente questo rinnovamento, ma mi tentava. In ogni caso, decisi che per vivere, scrivere, ed essere felice, potevo benissimo fare a meno di Jacques.

Un telegramma, la domenica successiva, mi annunciò la morte del nonno; decisamente il mio passato si disfaceva. Al Bois con Zazà, sola attraverso Parigi, portavo a spasso un cuore disoccupato. Il lunedí dopo pranzo, seduta sulla terrazza assolata del Lussemburgo, lessi *Ma vie* di Isadora Duncan, e meditai sulla mia esistenza. Non sarebbe stata clamorosa, e nemmeno splendida. Desideravo soltanto l'amore, scrivere dei buoni libri, avere qualche figlio, «e amici cui dedicare i miei libri, e che avrebbero insegnato il pensiero e la poesia ai miei figli ». Concedevo al marito una parte minima. Attribuendogli ancora i tratti di Jacques, mi affrettavo a colmare con l'amicizia delle insufficienze che non mi nascondevo piú. In questo avvenire che cominciavo a sentire imminente, l'essenziale restava la letteratura. Avevo avuto ragione di non scrivere troppo da giovane un libro disperato: adesso volevo dire la tragicità della vita e, insieme, la sua bellezza. Mentre meditavo cosí sul mio destino, scorsi Herbaud che passeggiava lungo la vasca in compagnia di Sartre: mi vide e mi ignorò. Mistero e ipocrisia dei diari intimi: non menzionai nemmeno quest'episodio, che tuttavia mi restò sul cuore. Mi appenava che Herbaud avesse rinnegata la nostra amicizia, e provai quel senso di esilio che detestavo piú di tutto.

A Meyrignac si era riunita tutta la famiglia; forse fu a causa di questo trambusto che non fui commossa né dalla salma del nonno, né dalla casa o dal parco. A tredici anni avevo pianto al pensiero che un giorno non sarei stata piú a casa mia, a Meyrignac; adesso ciò era avvenuto; la proprietà apparteneva a mia zia e ai miei cugini, quest'anno ci sarei tornata da invitata, e ben presto, senza dubbio, non ci sarei tornata piú; non seppi strapparmi neanche un sospiro. Infanzia, adolescenza, e lo zoccolo delle mucche che bussava, la notte, sulla porta della stalla, tutto ciò era dietro di me, già lontanissimo. Adesso ero pronta per qualcos'altro; nella violenza di questa attesa i rimpianti si annullavano. Tornai a Parigi vestita a lutto, il cappello velato di orsoio nero. Ma tutti i castagni erano in fiore, l'asfalto sotto i miei piedi era molle, attraverso il mio abito sentivo il dolce calore del sole. C'era la fiera sulla spianata degli Invalidi; ci andai a passeggiare con mia sorella e Gégé, mangiando mandorle tostate che ci impeciavano le dita. Incontrarono un compagno di scuola che ci portò nel suo studio ad ascoltare dei dischi e a bere del Porto. Quanti piaceri in un solo pomeriggio! Ogni giorno mi portava qualcosa: l'odore di pittura del Salon des Tuileries; Damia, che andavo ad ascoltare con Mallet all'Européen; le passeggiate con Zazà o con Lisa; l'azzurro dell'estate, il sole. Riempivo ancora delle pagine del mio diario: raccontavano indefinitamente la mia gioia.

Alla Nazionale ritrovai Clairaut. Mi fece le sue condoglianze e mi interrogò, con occhi brillanti, sul mio stato sentimentale; era colpa mia, avevo parlato troppo; ma ne fui ugualmente seccata. Mi fece leggere, dattiloscritto, un breve romanzo in cui aveva descritto i suoi contrasti con la sua fidanzata: un ragazzo colto, e che aveva fama d'intelligente, come aveva potuto perdere il suo tempo a raccontare con frasi cosí incolori aneddoti cosí meschini? Non gli nascosi che mi sembrava poco dotato per la letteratura. Non parve risentirsene. Poiché egli era molto amico di Pradelle, che ai miei genitori piaceva molto, una sera venne anche lui a pranzo a casa nostra e piacque enormemente a mio padre. Parve molto sensibile alle grazie di mia sorella, e per provarle che non era un pedante si buttò in scherzi cosí pesanti che ne fummo costernati.

Rividi Herbaud una settimana dopo il mio ritorno, in un corridoio della Sorbona. Portava un vestito estivo nocciola chiaro, era seduto accanto a Sartre sul davanzale di una finestra. Mi tese la mano, con un lungo gesto affettuoso, e guardò con curiosità il mio vestito nero. A lezione, sedetti accanto a Lisa, ed essi presero posto dietro di noi a qualche banco di distanza. Il giorno dopo lo trovai alla Nazionale, e mi disse che era stato preoccupato per la mia assenza: – Avevo immaginato che eravate andata in campagna, e poi ieri vi ho vista in lutto –. Fui contenta che avesse pensato a me, ma egli portò al colmo il mio piacere parlandomi del nostro incontro al Lussemburgo; gli avrebbe fatto piacere presentarmi Sartre: – Ma se non rispetto le ruminazioni di Clairaut, – disse, – non mi permetterei mai di disturbare voi quando riflettete –. Mi consegnò da parte di Sartre un disegno che questi mi aveva dedicato, e che rappresentava: *Leibniz al bagno con le Monadi*.

Nelle tre settimane che precedettero il concorso, venne ogni giorno in biblioteca; anche se non veniva per lavorare, passava a prendermi prima della chiusura, e andavamo a bere qualcosa. L'esame lo preoccupava un po'; tuttavia, piantavamo Kant e gli stoici per chiacchierare. Egli m'insegnava la « cosmologia eugenica », inventata sulla base del *Potomak*, e alla quale aveva chiamato Sartre e Nizan; loro tre appartenevano alla casta piú alta, quella degli Eugeni, resa illustre da Socrate e Descartes; tutti gli altri compagni li

avevano relegati nelle categorie inferiori, tra i Marrani che nuotano nell'infinito, o tra i Mortimer che nuotano nell'azzurro: certuni se ne mostravano seriamente offesi. Io appartenevo alle aspiratrici: le donne che hanno un destino. Mi mostrò anche il ritratto dei principali animali metafisici: il catoblepa, che si mangia i piedi; il catoborice che si esprime per borborigmi: appartenevano a questa specie Charles Du Bos, Gabriel Marcel e la maggior parte dei collaboratori della « N.R.F. ». « Io vi dico che ogni pensiero d'ordine è di un'insopportabile tristezza »; questa era la prima lezione dell'Eugenio. Esso disdegnava la scienza, l'industria, e si faceva beffe di tutte le morali dell'universo; sputava sulla logica di Lalande e sul *Trattato* di Goblot. L'Eugenio cerca di far della propria vita un oggetto originale, e di raggiungere una certa « comprensione » del singolare, mi spiegava Herbaud. Io non ero contraria, e anzi mi servii di quest'idea per costruirvi una morale pluralista che mi avrebbe permesso di giustificare atteggiamenti cosí diversi come quelli di Jacques, di Zazà, e dello stesso Herbaud; ciascun individuo, decisi, aveva la sua propria legge, perentoria quanto un imperativo categorico, benché non fosse universale: non si aveva il diritto di criticarla o di approvarla se non in funzione di quella singola norma. Herbaud non apprezzò affatto questo sforzo di sistematizzazione:
– È il tipo di pensiero che io detesto, – mi disse in tono offeso; ma l'entusiasmo col quale ero entrata nelle sue mitologie mi valse il perdono. L'Eugenio mi piaceva molto, e aveva una gran parte nelle nostre conversazioni; beninteso, era stato Cocteau a crearlo, ma Herbaud gli aveva inventato avventure affascinanti, e ne utilizzava ingegnosamente l'autorità contro la filosofia della Sorbona, contro l'ordine, la ragione, l'importanza, la stupidità, e tutte le specie di volgarità.

Herbaud ammirava con ostentazione tre o quattro persone e disprezzava tutte le altre. La sua severità mi rallegrava; lo ascoltavo deliziata far a pezzi Blanchette Weiss, e gli abbandonai Clairaut. Non si attaccò a Pradelle, benché non lo stimasse, ma quando mi vedeva parlare con qualche compagno, alla Sorbona, o alla Normale, si teneva sdegnosamente in disparte. Mi rimproverava la mia indulgenza. Un pomeriggio, alla Nazionale, l'ungherese mi disturbò per due volte per consultarmi sulle finezze della lingua francese: voleva sapere, tra le altre cose, se si poteva usare la parola *gigolo* nel preambolo di una tesi. – Tutta questa gente che si butta su di voi! – mi disse Herbaud, – è inaudito! quell'ungherese che è venuto a seccarvi per due volte! Clairaut, e tutte le vostre amiche! Perdete il tempo con della gente che non ne vale la pena. O siete psicologa o siete imperdonabile! – Non aveva antipatia per Zazà benché trovasse che aveva un'aria troppo seria, ma quando gli parlai di Stépha, mi disse severamente: – Mi ha fatto l'occhio languido! – Le donne provocanti gli dispiacevano: venivano meno al loro ruolo di donna. Un altro giorno mi disse un po' di malumore: – Voi siete in balía di una banda. Mi domando quanto posto rimanga per me nel vostro universo –. Gli assicurai ciò che sapeva perfettamente, che era molto.

Mi piaceva sempre di piú, e cosa ancor piú piacevole era che attraverso di lui piacevo a me stessa; altri mi avevano presa sul serio, ma a lui lo divertivo. Uscendo dalla biblioteca, mi diceva allegro: – Come camminate in fretta! è una cosa che adoro, è come se si andasse in qualche posto! – Curiosa, la vostra voce rauca, – mi disse un'altra volta. – È una bellissima voce, del resto, ma è rauca. Ci diverte molto, a Sartre e a me –. Scoprii che avevo un portamento, una voce: era una cosa nuova. Mi misi a curare la mia toletta piú che potevo; egli ricompensava i miei sforzi con un complimento: – Vi sta benissimo questa nuova pettinatura, questo colletto bianco –. Un pomeriggio, nei giardini del Palais-Royal, mi disse in tono perplesso: – I nostri rapporti sono strani, almeno per me: non ho mai avuto amicizie femminili. – Forse è perché non sono molto femminile. – Voi? – e rise in un modo che mi lusingò molto. – No. È piuttosto che voi accogliete cosí facilmente chiunque: si è subito sullo stesso piano –. I primi tempi mi chiamava con affettazione « signorina ». Un giorno scrisse sul mio quaderno, a grosse lettere: BEAUVOIR = BEAVER. – Voi siete un castoro, – disse. – I castori vanno in bande e hanno lo spirito costruttore.

C'era una vasta complicità, tra noi; bastava una mezza parola per comprenderci; tuttavia non sempre le cose ci toccavano allo stesso modo. Herbaud conosceva Uzerche, dove aveva trascorso alcuni giorni con sua moglie; amava molto il Limousin: ma mi stupii quando la sua voce eloquente fece levare sulle lande dei dolmen, dei menir, delle foreste in cui i druidi coglievano il vischio. Si perdeva volentieri in fantasie storiche: per lui i giardini del Palais-Royal erano popolati di grandi ombre; a me, il passato mi lasciava di ghiaccio. In compenso, a causa del suo tono distaccato, della sua disinvoltura, gli attribuivo un cuore piuttosto arido; fui commossa quando mi disse che gli piacevano *La Nymphe au coeur fidèle*, *Il Mulino sulla Floss*, e il *Grand Meaulnes*. Mentre parlavamo di Alain-Fournier, mormorò in tono commosso: – Ci sono esseri invidiabili –; restò un momento in silenzio. – In fondo, – riprese, – io sono molto più intellettuale di voi; eppure, all'origine, è la stessa sensibilità che io ritrovo in me, e che non volevo affatto –. Gli dissi che spesso il semplice fatto di esistere mi sembrava inebriante: – Ho dei momenti meravigliosi! – Egli scosse la testa: – Lo spero bene, signorina, ve lo meritate. Io non ho momenti meravigliosi. Sono un povero diavolo: ma ciò che faccio è mirabile! – Sconfessò con un sorriso queste ultime parole: fino a che punto vi credeva? – Non bisogna giudicarmi, – mi diceva certe volte, senza che io riuscissi a distinguere se era una preghiera o un ordine. Gli facevo credito volentieri; mi parlava dei libri che avrebbe scritto: magari sarebbero stati davvero « mirabili ». Una cosa soltanto m'imbarazzava, in lui: per appagare il suo individualismo puntava sulla riuscita sociale. Io ero totalmente priva di questo genere di ambizione. Non agognavo né il denaro, né gli onori, né la notorietà. Temevo di parlare da « catoborice », se pronunciavo parole come « salvezza » o « realizzazione interiore », che mi venivano spesso alla penna quando scrivevo il mio diario. Ma è un fatto che conservavo un'idea quasi religiosa di quello che chiamavo « il mio destino ». A Herbaud interessava la figura che si sarebbe creata nell'opinione altrui; considerava i suoi futuri libri soltanto come elementi del suo personaggio. A questo proposito la mia ostinazione non avrebbe mai ceduto: non comprendevo come si potesse alienare la propria vita ai suffragi d'un pubblico dubbio.

Non parlavamo dei nostri problemi personali. Un giorno, tuttavia, Herbaud si lasciò sfuggire che l'Eugenio non è felice poiché l'insensibilità è un ideale che esso non raggiunge. Gli confidai che comprendevo bene gli Eugeni poiché ce n'era uno nella mia vita. I rapporti tra Eugeni e aspiratrici di solito sono difficili, egli disse, poiché esse vogliono divorare tutto, e «l'Eugenio resiste». – Ah, me ne son proprio accorta, – dissi. Egli rise molto. Da una parola all'altra, gli raccontai a grandi linee la mia storia con Jacques, ed egli mi ingiunse di sposarlo; o se non lui qualcun altro; e aggiunse: – Una donna si deve sposare –. Constatai con sorpresa che su questo punto il suo atteggiamento non era molto diverso da quello di mio padre. Un uomo che restava vergine oltre i diciotto anni, a suo giudizio, era un nevrotico; ma pretendeva che la donna non doveva darsi altro che in legittime nozze. Io non ammettevo che ci fossero due pesi e due misure. Non criticavo piú Jacques; ma adesso concedevo alle donne come agli uomini la libera disposizione del proprio corpo. Mi piaceva molto un romanzo di Michael Arlen intitolato *Il cappello verde.* Un malinteso aveva separato la protagonista, Iris Storm, da Napier, il grande amore della sua giovinezza; ella non lo dimenticava mai piú, benché andasse a letto con un mucchio di uomini; e alla fine, piuttosto che portar via Napier a una moglie amabile e amante, si fracassava con l'auto contro un albero. Ammiravo Iris, ammiravo la sua solitudine, la sua disinvoltura, e la sua superba integrità. Prestai il libro a Herbaud. – Non ho simpatia per le donne facili, – mi disse rendendomelo. Mi sorrise. – Quanto piú mi piace che una donna mi piaccia, tanto piú mi è impossibile stimare una donna che ho avuta –. Mi indignai: – Non si *ha* una Iris Storm. – Nessuna donna subisce impunemente il contatto dell'uomo –. Mi ripeté che la nostra società non rispetta che le donne sposate. A me non importava niente di essere rispettata. Vivere con Jacques e sposarlo era la stessa cosa. Ma nei casi in cui si poteva dissociare l'amore dal matrimonio, ciò mi sembrava ora assai preferibile. Un giorno, al Lussemburgo, vidi Nizan con sua moglie che spingeva una carrozzella da bambini, e mi augurai vivamente che quest'immagine non avrebbe figurato nel mio avvenire. Trovavo imbarazzante che gli sposi fossero incatenati l'uno all'altro da costrizioni materiali: il solo legame tra persone che si amano avrebbe dovuto essere l'amore.

Cosí, il mio accordo con Herbaud non era senza riserve. La frivolezza delle sue ambizioni, il suo rispetto di certe convenzioni e, a volte, il suo estetismo, mi sconcertavano; mi dicevo che se fossimo stati entrambi liberi non avrei voluto legare la mia vita alla sua; consideravo l'amore un impegno totale: insomma, non l'amavo. Tuttavia, il sentimento che provavo per lui ricordava stranamente quello che mi aveva ispirato Jacques. Dal momento in cui lo lasciavo incominciavo ad affrettare il nostro incontro successivo; tutto ciò che mi accadeva, tutto ciò che mi passava per la testa lo destinavo a lui. Quando avevamo finito di parlare, e lavoravamo fianco a fianco, il cuore mi si stringeva perché stavamo ormai avvicinandoci al momento di separarci: non sapevo mai esattamente quando l'avrei rivisto, e quest'incertezza mi rattristava; in certi momenti, sentivo con costernazione la fragilità della nostra amicizia. – Siete molto melanconica, oggi! – mi diceva gentilmente Herbaud, e s'ingegnava di farmi tornare il buonumore. Mi esortavo a vivere alla giornata, senza speranza e senza timori, questa storia che, alla giornata, non mi dava che gioia.

E fu la gioia che vinse. Rivedendo il mio programma, in camera mia, in un caldo pomeriggio, mi risovvenni delle ore proprio uguali in cui avevo preparato il mio baccalaureato: provavo la stessa pace, lo stesso ardore, ma come mi ero arricchita, dai sedici anni in poi! Mandai un biglietto a Pradelle per precisare un appuntamento, e lo conclusi con queste parole: «Dobbiamo essere felici». Due anni prima, egli mi ricordò, gli avevo chiesto di mettermi in guardia contro la felicità; che se ne fosse ricordato mi commosse. Ma la parola aveva cambiato senso; non era piú un'abdicazione, un torpore: la mia felicità non dipendeva piú da Jacques. Presi una decisione. L'anno venturo, anche se fossi stata bocciata, non sarei rimasta a casa, e se fossi riuscita, non avrei preso un posto, non avrei lasciato Parigi: in entrambi i casi, avrei abitato per conto mio, e sarei vissuta dando lezioni. La nonna, dopo la morte del marito, teneva delle pensionanti. Avrei preso una stanza da lei, il che mi avrebbe assicurata una perfetta indipendenza senza impressionare i miei genitori. Essi accondiscesero. Guadagnare, andare in giro, ricevere, scrivere, esser libera: questa volta la vita si apriva davvero.

Feci entrare anche mia sorella in quest'avvenire. Sugli argini della Senna, a notte, ci raccontavamo a perdifiato i nostri trionfanti domani: i miei libri, i suoi quadri, i nostri viaggi, il mondo. Nell'acqua fuggente tremolavano delle colonne; ombre scivolavano sulla passerella delle Arti; per rendere lo scenario piú fantastico, ci calavamo sugli occhi i nostri veli neri. Spesso ai nostri progetti associavamo Jacques; ne parlavamo non piú come l'amore della mia vita, ma come il grande cugino prestigioso ch'era stato l'eroe della nostra giovinezza.

– Io non sarò piú qui l'anno venturo, – mi diceva Lisa che stava terminando faticosamente la sua tesi; aveva fatto domanda per aver un posto a Saigon. Pradelle aveva sicuramente indovinato il suo segreto: la sfuggiva. – Ah, quanto sono sfortunata! – mormorava lei con un tenue sorriso. Ci incontravamo alla Nazionale o alla Sorbona. Andavamo a prendere una limonata al Lussemburgo. Nel crepuscolo, mangiavamo mandarini nella sua stanza fiorita di biancospini. Un giorno, mentre stavamo parlando con Clairaut nel cortile della Sorbona, questi ci domandò con la sua voce intensa: – Che cosa preferite di voi? – Io, molto ipocritamente, risposi: – Qualcun altro. – Io, – rispose Lisa, – scomparire addirittura –. Un'altra volta mi disse: – Il bello, in voi, è che non rifiutate mai niente, lasciate tutte le porte aperte. Io sono sempre fuori, e porto tutto con me. Che idea è stata, la mia, di entrare un giorno da voi? Oppure siete stata voi a venire, e vi è venuta l'idea di aspettare? È vero che, quando il proprietario è assente, si può pensare che tornerà da un momento all'altro; ma la gente di solito non la pensa cosí... – La sera, a volte, era quasi graziosa, nella sua vestaglia di linone; ma la stanchezza e la disperazione le inaridivano il viso.

Pradelle non pronunciava mai il suo nome; in compenso mi parlava spesso di Zazà: – Perché non portate la vostra amica, – mi disse, invitandomi a una riunione in cui si sarebbero affrontati Garric e Guéhenno. Lei pranzò a casa mia, e poi mi accompagnò in rue du Four. Maxence presiedeva la riunione, cui assistevano Jean Danielou, Clairaut, e altri normalisti benpensanti. Ricordavo la conferenza di Garric, tre anni prima, quando mi era sembrato un semidio, e Jacques stringeva tante mani, in un mondo inaccessibile:

oggi ero io che stringevo tante mani. Gustai ancora la voce calda e vivace di Garric: purtroppo le sue parole mi sembravano stupide; e questi *talas*, cui ero legata da tutto il mio passato, come me li sentivo estranei! Quando prese la parola Guéhenno, dei villanzoni dell'«Action française» si misero a far baccano per zittirlo; impossibile farli tacere. Garric e Guéhenno se ne andarono a bere insieme in un *bistrot* vicino, e il pubblico si disperse. Nonostante la pioggia, Pradelle, Zazà ed io, risalimmo a piedi il boulevard Saint-Germain e i Champs-Elysées. I miei due amici erano molto piú allegri che di solito, e fecero lega affettuosamente contro di me. Zazà mi chiamava «la dama amorale», che era il soprannome di Iris Storm nel *Cappello verde*. Pradelle rincarò: – Voi siete una coscienza solitaria –. La loro complicità mi divertí.

Benché quella serata fosse stata un fiasco, qualche giorno dopo Zazà me ne ringraziò in tono commosso; d'un tratto aveva compreso in modo decisivo che non avrebbe mai accettato quell'atrofia del cuore e dello spirito che il suo ambiente esigeva da lei. Pradelle ed io demmo l'orale dei nostri diplomi e lei venne ad assistere; festeggiammo il nostro successo prendendo tutti e tre insieme il tè agli Yvelynes. Io organizzai ciò che Herbaud chiamò «La gran partita di piacere del Bois de Boulogne». In una bella serata tiepida andammo in barca sul lago, Zazà, Lisa, mia sorella, Gégé, Pradelle, Clairaut, il fratello minore di Zazà ed io. Facemmo le gare, cantammo delle canzoni, si fece un gran ridere. Zazà portava un vestito rosa di seta cruda, un cappellino di paglia, i suoi occhi neri brillavano, mai l'avevo vista cosí carina; in Pradelle ritrovai in tutta la sua freschezza l'allegria che mi aveva illuminato il cuore al principio della nostra amicizia. Sola con loro in una barca, fui di nuovo colpita dalla loro connivenza e mi stupii un poco che il loro affetto per me, quella sera, fosse cosí espansivo: rivolgevano a me gli sguardi, i sorrisi, le parole carezzevoli che non osavano ancora scambiarsi. Il giorno dopo accompagnai Zazà in un giro di commissioni, in macchina, e lei mi parlò di Pradelle con devozione. Qualche momento dopo mi disse che l'idea di sposarsi la rivoltava sempre di piú; non si sarebbe rassegnata a sposare un mediocre, ma non si riteneva degna d'essere amata da qualcuno veramente a posto. Anche questa volta non riuscii a indovinare le vere ragioni della sua malinconia. A dire il vero, nonostante la mia amicizia per lei, ero un po' distratta. Due giorni dopo sarebbe cominciato il concorso. Avevo fatto i miei saluti a Herbaud; per quanto tempo? l'avrei intravvisto durante gli esami; poi egli contava di lasciare Parigi, e al suo ritorno avrebbe preparato gli orali con Sartre e Nizan. I nostri incontri alla Nazionale, finiti. Come li avrei rimpianti! Il giorno dopo, tuttavia, durante il picnic che riuní nella foresta di Fontainebleau la «banda del Bois de Boulogne» fui di ottimo umore. Pradelle e Zazà erano raggianti. Soltanto Clairaut era cupo; faceva una corte serrata a mia sorella, ma senza alcun successo. Bisogna dire che aveva un modo curioso di far la corte; invitava a bere un bicchiere in qualche retrobottega di pasticceria, e ordinava d'autorità: – Tre tè. – No, per me una limonata, – diceva Poupette. – Il tè è piú rinfrescante. – Preferisco la limonata. – E va bene, allora tre limonate, – diceva con collera. – Ma prendete il tè. – Non voglio fare l'eccezionale –. S'immaginava continuamente delle sconfitte che lo precipitavano nel risentimento. Ogni tanto inviava a mia sorella un *pnéu* in cui si scusava d'essere stato di cattivo umore. Prometteva di diventare un allegro compagnone, d'ora innanzi si sarebbe applicato a coltivare la sua spontaneità; all'incontro successivo la sua stridente esuberanza ci gelava, e di nuovo la sua faccia s'increspava di dispetto.

– Buona fortuna, Castoro, – mi disse Herbaud col tono piú tenero, quando ci installammo nella biblioteca della Sorbona. Posai accanto a me un termos pieno di caffè e un pacchetto di gallette; la voce del professor Lalande annunciò: – Libertà e contingenza –; gli sguardi si volsero al soffitto, le stilografiche cominciarono a camminare; io riempii diverse pagine ed ebbi l'impressione di aver fatto bene. Alle due del pomeriggio vennero a prendermi Zazà e Pradelle; prendemmo una limonata al Café de Flore, che a quel tempo era soltanto un piccolo caffè di quartiere, e poi ce ne andammo a passeggiare al Lussemburgo pavesato di grandi iris gialle e malva. Ebbi con Pradelle una discussione agrodolce. Su certi punti eravamo sempre stati divisi. Egli affermava che non c'è molta distanza tra la felicità e l'infelicità, tra la fede e l'incredulità, tra un qualsiasi sentimento e la sua assenza. Io pensavo fanaticamente il contrario. Anche se Herbaud mi rimproverava di perdere il mio tempo con chiunque, io classificavo le persone in due categorie: per alcune provavo un vivo attaccamento, per la maggioranza una sdegnosa indifferenza. Pradelle metteva tutti quanti nello stesso paniere. In due anni le nostre posizioni s'erano irrigidite. Un paio di giorni prima mi aveva scritto una lettera in cui mi faceva il processo: « Ci sono molte cose che ci separano, molte di piú di quanto voi non pensiate, e di quanto io stesso non pensi... Non posso sopportare che la vostra simpatia sia cosí ristretta. Come si può vivere senza raccogliere tutti gli uomini nella stessa rete d'amore? Ma voi siete cosí poco paziente, quando si tratta di queste cose ». E concludeva cordialmente: « Nonostante la vostra frenesia che m'indispone come incoscienza, e che mi è cosí estranea, provo per voi la piú grande e la meno spiegabile delle amicizie ». Di nuovo, quel pomeriggio, egli mi predicò la pietà per gli uomini; Zazà lo appoggiò, con discrezione, poiché ella osservava il precetto del Vangelo: non giudicare il prossimo tuo. Io, dal canto mio, pensavo che non era possibile amare senza odiare: amavo Zazà, ma detestavo sua madre. Pradelle ci lasciò senza che avessimo ceduto d'un pollice, né lui né io. Restai con Zazà fino all'ora di cena; mi disse che, per la prima volta, non s'era sentita un'estranea, tra Pradelle e me, e ne era profondamente commossa. – Credo che non esista un altro ragazzo a posto come Pradelle, – soggiunse con slancio.

Due giorni dopo, quando uscii dall'ultima prova, mi stavano aspettando nel cortile della Sorbona, parlando con animazione. Che sollievo, aver finito! La sera mio padre mi condusse alla Lune Rousse, e poi andammo a mangiare delle uova al piatto da Lipp. Dormii fino a mezzogiorno. Dopo colazione, salii da Zazà in rue de Berri. Portava un abito nuovo in voile azzurro a disegni neri e bianchi e una grande cappellina di paglia: com'era sbocciata, dall'inizio dell'estate! Scendendo per i Champs-Elysées mi disse quanto fosse stupita di questo rinnovamento che sentiva in lei. Due anni prima, quando s'era lasciata con André, aveva creduto che ormai non avrebbe fatto altro che sopravvivere; ed ecco che adesso si ritrovava piena di gioia come nei piú bei giorni della sua infanzia;

aveva ripreso gusto per i libri, per le idee, per il suo proprio pensiero, e soprattutto guardava all'avvenire con una fiducia che non sapeva spiegarsi.

Quella sera, verso mezzanotte, uscendo dal Cinéma des Agriculteurs con Pradelle, questi mi disse tutta la stima che provava per la mia amica: non parlava se non di ciò che sapeva perfettamente, o di ciò che sentiva sinceramente, ed era per questo che spesso taceva; ma ogni sua parola aveva un peso. Inoltre, egli ammirava che nelle difficili circostanze in cui si trovava ella sapesse mantenersi cosí pari a se stessa. Mi chiese d'invitarla ancora a venire a passeggio con noi. Rientrai a casa col cuore che mi balzava di gioia. Ricordai con quale attenzione Pradelle mi ascoltasse, l'inverno scorso, quando gli davo notizie di Zazà, e lei, dal canto suo, nelle sue lettere, spesso accennava a lui con parole piene di simpatia. Erano fatti l'uno per l'altro. Si amavano. Uno dei miei voti piú cari si realizzava: Zazà sarebbe stata felice!

La mattina dopo mia madre mi disse che mentre io ero al cinema, Herbaud era passato da casa; mi dispiacque molto che non m'avesse trovata, tanto piú che uscendo dalla sala degli esami, piuttosto malcontento delle sue prove, non m'aveva dato alcun appuntamento. Rimuginando il mio rammarico, verso mezzogiorno scesi per andarmi a comprare un cialdone alla panna, e lo incontrai in fondo alle scale; m'invitò a colazione. Sbrigai in fretta le mie commissioni; e poi, per non cambiare le nostre abitudini, andammo alla Fleur de Lys. L'accoglienza fattagli dai miei genitori l'aveva riempito di piacere: mio padre gli aveva tenuto dei discorsi antimilitaristi, e lui aveva rincarato la dose. Rise molto quando capí che papà l'aveva preso in giro. Partiva il giorno dopo per raggiungere sua moglie a Bagnoles-de-l'Orne; al ritorno, tra una diecina di giorni, avrebbe preparato gli orali del concorso con Sartre e Nizan, che m'invitavano cordialmente a unirmi a loro. Anzi, a proposito, Sartre voleva far la mia conoscenza, e mi proponeva un appuntamento per una delle prossime sere. Ma Herbaud mi pregò di non andarci: Sartre avrebbe approfittato della sua assenza per accaparrarmi. – Non voglio che mi si tocchi nei miei sentimenti piú cari, – mi disse, in tono di complicità. Decidemmo che all'appuntamento con Sartre sarebbe andata mia sorella; gli avrebbe detto ch'io ero andata improvvisamente fuori città, e avrebbe passato la serata con lui in vece mia.

Cosí, presto avrei rivisto Herbaud, e per di piú ero stata ammessa nel suo clan: giubilai. Attaccai mollemente il programma degli orali. Lessi dei libri che mi divertirono, andai a zonzo, mi diedi a bel tempo. Quella sera che Poupette passò con Sartre ricapitolai gioiosamente l'anno appena trascorso e tutta la mia giovinezza, e pensai con emozione all'avvenire: « Questa ricchezza che sento in me – ne sono stranamente certa – sarà riconosciuta; dirò parole che saranno ascoltate; questa vita sarà una sorgente cui altri attingeranno: certezza di una vocazione... » Mi esaltai appassionatamente, come al tempo dei miei rapimenti mistici, ma senza lasciar la terra. Decisamente, il mio regno era di questo mondo. Quando mia sorella rientrò, mi felicitò di essere rimasta a casa. Sartre aveva cortesemente incassata la nostra bugia; l'aveva portata al cinema e s'era mostrato molto gentile; ma la conversazione non era stata brillante. – Tutte le cose che Herbaud racconta di Sartre se le inventa lui, – disse Poupette, che conosceva un poco Herbaud e lo trovava molto divertente.

Approfittai del tempo libero per ravvivare dei rapporti piú o meno allentati. Feci visita alla signorina Lambert che si meravigliò molto nel trovarmi cosí serena, e a Suzanne Boigue che la felicità coniugale rendeva insipida; mi annoiai con Riesmann sempre piú tenebroso. Stépha da due mesi si era eclissata; si era stabilita a Montrouge, dove Fernando aveva affittato uno studio; immagino vivessero insieme e che ella avesse cessato di vedermi per nascondermi la sua cattiva condotta. Riapparve con la fede al dito. Venne a trovarmi alle otto del mattino; andammo a mangiare da Dominique, un ristorante russo che s'era aperto a Montparnasse poche settimane prima, e passammo tutta la giornata a passeggiare e a parlare; la sera cenai nel suo studio drappeggiato con chiari tappeti ucraini; Fernando dipingeva dalla mattina alla sera, e aveva fatto grandi progressi. Qualche giorno dopo diedero una festa per celebrare il loro matrimonio; c'erano dei russi, degli ucraini, degli spagnoli, tutti vagamente pittori, scultori, o musicisti; bevemmo, ballammo, cantammo, ci mascherammo. Ma Stépha sarebbe presto partita con

Fernando per Madrid, dove contavano di stabilirsi; fu assorbita dai preparativi di questo viaggio e dalle cure domestiche. La nostra amicizia – che piú tardi si sarebbe rinnovata – si nutriva soprattutto di ricordi.

Continuavo a uscire spesso con Pradelle e Zazà, ed ero io, adesso, che mi sentivo quasi un'intrusa. Come andavano d'accordo! Zazà ancora non si confessava francamente le sue speranze, ma vi attingeva il coraggio per resistere agli assalti materni. La signora Mabille le stava combinando un matrimonio, e la assillava senza tregua. – Che cos'hai contro quel giovane? – Niente, mammà, ma non l'amo. – Piccola mia, la donna non deve amare, è l'uomo che ama, – spiegava la signora Mabille; e si irritava: – Visto che non hai niente contro di lui, perché ti rifiuti di sposarlo? Tua sorella si è ben accontentata di un ragazzo meno intelligente di lei! – Zazà mi riferiva queste discussioni piú con tristezza che con ironia, poiché non prendeva alla leggera i brontolii di sua madre. – Sono cosí stanca di lottare che forse due o tre mesi fa avrei ceduto, – mi diceva. Trovava il suo spasimante abbastanza carino, ma non poteva immaginare che sarebbe mai potuto diventare amico di Pradelle o mio; nelle nostre riunioni non sarebbe stato al suo posto; non voleva accettare per marito un uomo che stimava meno di altri.

La signora Mabille doveva sospettare le vere ragioni di questa ostinazione; quando suonavo in rue de Berri mi accoglieva con una faccia gelida; e ben presto si oppose agl'incontri di Zazà con Pradelle. Avevamo progettato una seconda gita in barca; l'antivigilia ricevetti un *pnéu* da Zazà. « Ho avuto adesso una conversazione con mammà dopodiché mi è assolutamente impossibile venire in barca con voi giovedí. La mamma va fuori Parigi domattina; quando è qui posso discutere con lei e resisterle; ma non mi sento proprio di approfittare della libertà ch'ella mi lascia per fare una cosa che le dà dispiacere. Mi è molto duro rinunciare a questa serata nella quale speravo di ritrovare i momenti meravigliosi che trascorsi con voi e Pradelle al Bois de Boulogne. Le cose che mi ha detto la mamma mi hanno messo in uno stato cosí spaventoso che poco fa sono stata lí lí per andarmene per tre mesi in qualche convento. Non ho ancora rinunciato all'idea, mi sento in uno stato di grande smarrimento... »

Pradelle fu desolato. « Trasmettete i miei saluti piú affettuosi alla signorina Mabille, – mi scrisse. – Non credete che potremmo incontrarci in pieno giorno, come per caso? » S'incontrarono alla Nazionale, dove avevo ripreso a lavorare. Feci colazione con loro, e poi se ne andarono a fare una passeggiata per conto loro. Si rividero due o tre volte, da soli, e verso la fine di luglio Zazà mi annunciò, sconvolta, che si amavano, e si sarebbero sposati appena Pradelle avesse vinto il concorso e terminato il servizio militare. Ma temeva l'opposizione di sua madre. L'accusai di pessimismo. Non era piú una bambina, e la signora Mabille, dopo tutto, desiderava la sua felicità; avrebbe rispettato la sua scelta. Che cosa avrebbe potuto obiettare? Pradelle era di ottima famiglia, e cattolico praticante; verosimilmente avrebbe fatto una bella carriera, e in ogni caso il concorso gli avrebbe assicurato una posizione decorosa: nemmeno il marito di Lilí nuotava nell'oro. Zazà scuoteva la testa. – La questione non è qui. Nel nostro ambiente, i matrimoni non si fanno cosí! – Pradelle aveva conosciuto Zazà per mio tramite, e questo era già uno svantaggio. E poi la prospettiva d'un fidanzamento lungo avrebbe preoccupata la signora Mabille. Ma soprattutto, mi ripeteva ostinatamente Zazà: « non è cosí che si fa ». Aveva deciso di aspettare la riapertura delle scuole per parlarne a sua madre; comunque, contava di scriversi con Pradelle durante le vacanze. Ma la signora Mabille avrebbe potuto accorgersene, e allora, che cosa sarebbe successo? Nonostante queste preoccupazioni, quando arrivò a Laubardon, Zazà si sentiva piena di speranze. « Ho una certezza, – mi scriveva, – che mi permette di attendere con fiducia, e di sopportare molte eventuali noie e ostacoli. La vita è meravigliosa ».

Quando Herbaud tornò a Parigi, al principio di luglio, mi mandò un biglietto per invitarmi a passare la serata con lui. I miei genitori non approvavano che io uscissi con un uomo sposato, ma ormai ero cosí vicina a sfuggir loro che avevano praticamente rinunciato a intervenire nella mia vita. Perciò andai con Herbaud a vedere *Il Pellegrino*, e cenammo da Lipp. Mi raccontò le ultime avventure dell'Eugenio, e mi insegnò « l'*écarté* brasiliano », un gioco che aveva inventato lui per esser certo di vincere tutti i colpi. Mi disse che i « piccoli compagni » mi aspettavano il lunedí mattina alla Città universitaria; contavano su di me per lavorare su Leibniz.

Ero un po' spaventata quando entrai nella stanza di Sartre; c'era un gran disordine di libri e di carte, cicche in tutti gli angoli, e un fumo enorme. Sartre mi accolse con mondanità; fumava la pipa. Taciturno, una sigaretta incollata all'angolo del suo sorriso obliquo, Nizan mi spiava attraverso le spesse lenti con l'aria di chi la sa lunga. Per tutta la giornata, impietrita dalla timidezza, commentai il *Discorso sulla metafisica*; la sera, Herbaud mi riaccompagnò a casa.

Ritornai ogni giorno, e ben presto mi scongelai. Leibniz ci annoiava, e decidemmo che lo conoscevamo abbastanza. Sartre si prese l'incarico di spiegarci il *Contratto sociale*, sul quale aveva delle vedute particolari. A dire il vero, su tutti gli autori e su tutti gli argomenti del programma, era lui che ne sapeva di piú, e di gran lunga: noi ci limitavamo ad ascoltarlo. Io tentavo a volte di discutere; mi ingegnavo, mi ostinavo. – È astuta! – diceva gaiamente Herbaud, mentre Nizan si contemplava le unghie con aria assorta; ma Sartre aveva sempre la meglio. Impossibile risentirsene: si faceva in quattro per farci profittare della sua scienza. « È un meraviglioso allenatore intellettuale », annotai. Ero sbalordita dalla sua generosità. Poiché quelle riunioni a lui non insegnavano niente, e per ore si prodigava senza risparmio. Lavoravamo soprattutto al mattino. Nel pomeriggio, dopo aver fatto colazione al ristorante della Cité, o « da Chabin », accanto al parco Montsouris, ci prendevamo lunghe ore di svago. Spesso si univa a noi la moglie di Nizan, una bella bruna esuberante. Andavamo al luna park alla Porta d'Orléans. Giocavamo al bigliardino, al calciobalilla, sparavamo al tiro a segno; in una lotteria vinsi un grosso vaso da fiori. Ci ammucchiavamo nella piccola auto di Nizan, facevamo il giro di Parigi fermandoci ogni tanto a bere una birra. Visitai i dormitori e le stanzette della Normale, mi arrampicai ritualmente sui tetti. Durante queste passeggiate, Sartre e Herbaud cantavano a gran voce arie improvvisate; composero un mottetto sul titolo di un capitolo di Descartes: « Di Dio. Di nuovo ch'egli esiste ». Sartre aveva una bella voce e un vasto repertorio: *Old man river*, e tutte le arie di jazz in voga; era celebre in tutta la

Normale per le sue doti di comico: era sempre lui che nella rivista annuale interpretava la parte di Lanson; coglieva grandi successi interpretando la Bella Elena e delle romanze 1900. Quando si era prodigato abbastanza, metteva un disco sul grammofono: ascoltavamo Sophie Tucker, Layton e Johnston, Jack Hylton, i Revellers, e dei *negro spirituals*. Ogni giorno le pareti della sua stanza si arricchivano di qualche disegno inedito: animali metafisici, o nuove imprese dell'Eugenio. Nizan si era specializzato nei ritratti di Leibniz, spesso lo rappresentava vestito da prete, o con un cappello alla tirolese, e sul didietro l'impronta del piede di Spinoza.

A volte lasciavamo la Cité per l'ufficio di Nizan. Questi abitava dai genitori di sua moglie, in una casa di rue Vavin, tutta in piastrelle di ceramica. Teneva appeso alla parete un grande ritratto di Lenin, un manifesto di Cassandre, e la *Venere* di Botticelli; ammiravo i mobili ultramoderni, la biblioteca ben tenuta. Nizan era all'avanguardia del terzetto; frequentava gli ambienti letterari, era iscritto al partito comunista; ci faceva conoscere la letteratura irlandese e i nuovi romanzieri americani. Era al corrente delle ultime mode, e anche della moda di domani; ci portava al triste Café de Flore, «per far dispetto ai Deux Magots», diceva, rodendosi malignamente le unghie. Stava scrivendo un pamphlet contro la filosofia ufficiale e uno studio sulla «saggezza marxista». Rideva poco, ma sorrideva spesso, con ferocia. La sua conversazione mi affascinava, ma provavo una certa difficoltà a parlargli, a causa della sua aria vagamente canzonatoria.

Come feci ad acclimatarmi cosí presto? Herbaud aveva avuto cura di non urtarmi, ma quando erano insieme i tre «piccoli compagni» non si frenavano. Usavano un linguaggio aggressivo, il loro pensiero era categorico, la loro giustizia senza appello. Si facevano beffe dell'ordine borghese, si erano rifiutati di dar l'esame d'E.O.R.[1], e fin qui li seguivo senza difficoltà. Ma su molti punti restavo schiava delle sublimazioni borghesi; loro demolivano senza pietà tutti gli idealismi, irridevano le anime belle, le anime nobili, tutte le anime, e gli stati d'animo, la vita interiore, il meraviglioso, il mistero, le

---

[1] Esame per il corso allievi ufficiali [*N. d. T.*].

élites; in ogni occasione – nei discorsi, negli atteggiamenti, negli scherzi – affermavano che gli uomini non erano spiriti, ma corpi in preda al bisogno, e precipitati in un'avventura brutale. Ancora un anno prima mi avrebbero spaventata; ma ne avevo fatta di strada, dal principio di quell'anno, e assai spesso m'era accaduto d'aver fame di carni meno insipide di quelle di cui mi nutrivo. Compresi ben presto che se il mondo in cui m'invitavano i miei nuovi amici mi sembrava rude, ciò dipendeva dal fatto che essi non mascheravano nulla; tutto sommato, essi non mi chiedevano che di osare ciò che avevo sempre desiderato: guardare in faccia la realtà. Non mi occorse molto per decidermi a farlo.

– Mi fa molto piacere che andiate d'accordo coi piccoli compagni, – mi disse Herbaud, – ma... – Certo, – dissi, – voi, siete sempre voi –. Sorrise. – Voi non sarete mai un piccolo compagno: siete il Castoro –. Mi disse che era geloso in amicizia come in amore, e voleva esser trattato con parzialità. Manteneva con fermezza le sue prerogative. La prima volta che si parlò di uscire la sera tutti insieme, scosse la testa: – No. Questa sera vado al cinema con la signorina de Beauvoir. – Bene bene, – fece Nizan in tono sardonico, e Sartre disse: – E va bene, – bonariamente. Herbaud era triste, quel giorno, perché temeva d'aver sballato il concorso, e per oscure ragioni concernenti sua moglie. Dopo aver visto un film di Buster Keaton andammo a sederci in un piccolo caffè, ma la conversazione si trascinava. – Non vi annoiate mica? – mi domandò con un po' d'ansia e molta civetteria. – No –. Ma le sue preoccupazioni mi allontanavano un po' da lui. Tornai a sentirlo vicino durante la giornata che passai con lui col pretesto di aiutarlo a tradurre l'*Etica nicomachea*. Aveva preso una stanza in un alberghetto di rue Vaneau, e lavorammo lí: non a lungo, perché Aristotele ci faceva addormentare. Mi fece leggere dei frammenti dell'*Anabase* di Saint-John Perse, di cui non conoscevo nulla, e mi mostrò delle riproduzioni delle « Sibille » di Michelangelo. Poi mi parlò delle differenze che lo distinguevano da Sartre e da Nizan. Si dava senza secondi fini alle gioie di questo mondo: le opere d'arte, la natura, i viaggi, le avventure galanti e i piaceri. – Loro vogliono capire sempre tutto, specialmente Sartre, – mi disse. E in tono di ammirato spavento, soggiunse: – Sartre pensa tutto il tempo, salvo quando dorme, forse! – Acconsentí a che Sartre trascorresse con noi la sera del 14 Luglio. Dopo aver cenato in un ristorante alsaziano, guardammo i fuochi artificiali seduti in un'aiuola della Cité. Poi Sartre, la cui munificenza era leggendaria, ci imbarcò in un taxi, e al Falstaff, in rue Montparnasse, ci riempí di cocktails fino alle due del mattino. Rivaleggiavano in gentilezza e mi raccontavano una quantità di storie. Io ero alle stelle. Mia sorella s'era sbagliata: trovai Sartre ancor piú divertente di Herbaud; ciò nondimeno convenimmo tutti e tre che quest'ultimo conservava il primo posto nelle mie amicizie, e per la strada mi prese sottobraccio con ostentazione. Mai mi aveva manifestato cosí apertamente tutto il suo affetto come nei giorni che seguirono: – Vi voglio davvero molto bene, Castoro, – mi diceva. Poiché dovevo pranzare con Sartre dai Nizan, e lui non era libero, mi domandò con affettuosa autorità: – Mi penserete, questa sera? – Ero sensibile alle minime inflessioni della sua voce, e anche ai suoi corrugamenti di ciglia. Un pomeriggio, mentre stavo parlando con lui nell'atrio della Nazionale, ci avvicinò Pradelle e io l'accolsi cordialmente. Herbaud mi salutò con aria furiosa, e mi piantò. Non feci che rodermi per tutto il resto della giornata. La sera lo incontrai, tutto contento d'aver ottenuto l'effetto desiderato. – Povero Castoro! sono stato cattivo? – mi disse allegramente. Lo condussi allo Stryx, che trovò « funambolesco in modo incantevole », e gli raccontai le mie scappate. – Siete un fenomeno! – disse ridendo. Mi parlò di sé, della sua infanzia campagnola, dei suoi inizi a Parigi, del suo matrimonio. Mai avevamo parlato con tanta intimità. Ma eravamo ansiosi, perché il giorno dopo avremmo saputo il risultato dello scritto. Se Herbaud avesse fatto fiasco, sarebbe partito subito per Bagnoles-de-l'Orne. L'anno prossimo, in ogni caso, avrebbe preso un posto in provincia o all'estero. Mi promise di venire a trovarmi nel Limousin, quell'estate. Ma qualcosa stava per finire.

Il giorno dopo mi avviai alla Sorbona col batticuore; sulla porta incontrai Sartre: ero stata ammessa, al pari di Nizan e di lui. Herbaud era stato respinto. Lasciò Parigi quella sera stessa, senza che ci rivedessimo. « Trasmetterai al Castoro tutti i miei auguri », scrisse a Sartre, in un pneumatico con cui gli comunicava la sua partenza. Ricomparve una settimana dopo, e solo per un giorno. Mi condusse al Balzar. – Cosa prendete? – domandò, e aggiunse: – Ai tempi miei prendevate una limonata. – Sono sempre i tempi vostri, – dissi. Lui sorrise: – È quello che volevo sentirvi dire –. Ma sapevamo tutti e due che avevo mentito.

– Da questo momento, vi prendo in mano io, – mi disse Sartre quando mi ebbe annunciato ch'ero stata ammessa agli orali. Aveva il gusto delle amicizie femminili. La prima volta che l'avevo visto, alla Sorbona, portava il cappello e stava parlando animatamente con una stanga di normalista che m'era parsa molto brutta; se ne era disgustato ben presto, e si era legato con un'altra, piú carina, ma che combinava pasticci, e con la quale aveva ben presto litigato. Quando Herbaud gli aveva parlato di me, aveva subito voluto fare la mia conoscenza, e adesso era ben lieto di potermi accaparrare; quanto a me, adesso mi pareva che tutto il tempo che non passavo con lui era tempo perduto. Nei quindici giorni che durarono gli orali non ci lasciammo che per dormire. Andavamo alla Sorbona a dare gli esami e ad assistere a quelli dei nostri compagni. Andavamo in giro coi Nizan. Andavamo a bere al Balzar con Aron, che stava facendo il servizio militare nel Corpo Meteorologisti, o con Politzer, che adesso era iscritto al partito comunista. Ma piú spesso ce ne andavamo in giro da soli. Sui *quais* della Senna, Sartre mi comprava dei « Pardaillan » e dei « Fantomas », ch'egli preferiva di gran lunga alla *Corrispondenza* di Rivière e Fournier; la sera mi portava a vedere dei film di *cow-boys*, per i quali m'era nata una passione di neofita, poiché ero versata soprattutto nel cinema astratto o in quello d'arte. Parlavamo per ore, nelle terrazze dei caffè, o bevendo cocktails al Falstaff.

– Non smette mai di pensare, – m'aveva detto Herbaud. Ciò non significava che secernesse formule e teorie a ogni piè sospinto: aborriva la pedanteria. Ma il suo spirito era sempre all'erta. Ignorava i torpori, le sonnolenze, le evasioni, le tregue, la prudenza, il rispetto. S'interessava di tutto e non prendeva mai niente per ammesso. Di fronte a un oggetto, invece di farlo sparire a beneficio di un mito, d'una parola, d'un'impressione, d'un'idea preconcetta, lo osservava, e non lo lasciava prima di averne compreso le attinenze e le risultanze, i sensi molteplici. Non si domandava ciò che bisognava pensare, ciò che sarebbe stato originale o intelligente pensare, ma soltanto ciò che lui ne pensava. In tal modo deludeva gli esteti, avidi di un'eleganza inattaccabile. Due anni prima, dopo aver ascoltato una sua relazione, Riesmann, che si esaltava alla logomachia di Baruzi, m'aveva detto tristemente: – Non ha genio! – Quest'anno, nel corso di una lezione sulla « classificazione », la sua meticolosa diligenza aveva messo a dura prova la nostra pazienza, ma aveva finito per imporsi al nostro interesse. Egli interessava sempre la gente che non si spaventava alla novità, poiché, non mirando all'originalità, sfuggiva ad ogni conformismo. La sua attenzione ostinata, ingenua, coglieva le cose nella loro profusione, con gran vivezza. Com'era meschino, il mio piccolo mondo, di fronte a quest'universo pullulante! Piú tardi, soltanto certi pazzi che scoprivano in un petalo di rosa un labirinto di tenebrosi intrichi, mi ispirarono un'analoga umiltà.

Parlavamo di una quantità di cose, ma in particolare d'un argomento che m'interessava sopra tutti: me stessa. Gli altri, quando pretendevano di spiegarmi, mi annettevano al loro mondo, e m'irritavano; Sartre, al contrario, cercava di situarmi nel mio proprio sistema, mi comprendeva alla luce dei miei valori, dei miei progetti. Mi ascoltò senza entusiasmo quando gli raccontai la mia storia con Jacques; per una donna allevata com'ero stata allevata io, forse era difficile evitare il matrimonio: ma lui non ne pensava gran che di buono. In ogni caso, io dovevo salvaguardare ciò che v'era di piú stimabile in me: il mio amore della libertà, della vita, la mia curiosità, la mia volontà di scrivere. Non soltanto m'incoraggiava in quest'impresa ma si proponeva di aiutarmi. Di due anni piú grande di me – due anni che aveva saputo mettere a profitto – partito meglio e molto piú presto di me, la sapeva piú lunga su tutto; ma la vera superiorità che si riconosceva, e che mi saltava agli occhi, era la passione tranquilla e forsennata che lo gettava verso i suoi futuri libri. In passato, avevo disprezzato i bambini che mettevano meno ardore di me nel giocare al croquet o nello studio: ecco che avevo incontrato qualcuno al quale le mie frenesie sembravano timide. E in verità, se mi paragonavo a lui, com'erano tiepide le mie febbri! Mi ero creduta eccezionale perché non concepivo di vivere senza scrivere: lui non viveva che per scrivere.

Certo non si proponeva di condurre un'esistenza d'uomo di studio; detestava le *routines* e le gerarchie, le carriere, i focolari, i diritti e i doveri, tutto il serio della vita. Non si adattava all'idea di fare un mestiere, di avere dei colleghi, dei superiori, delle regole da osservare e da imporre; non sarebbe mai divenuto un padre di famiglia, e nemmeno un uomo sposato. Col romanticismo dell'epoca e dei suoi ventitre anni, sognava di fare grandi viaggi: a Costantinopoli avrebbe fraternizzato coi facchini del porto; si sarebbe ubriacato nei bassifondi coi magnaccia; avrebbe fatto il giro del mondo; i paria dell'India, i popi del Monte Athos, i pescatori di Terranova, nessuno avrebbe avuto segreti per lui. Non avrebbe messo radici in nessun posto, non si sarebbe gravato di alcun possesso: non per conservarsi oziosamente disponibile ma per sperimentare tutto. Tutte le sue esperienze sarebbero andate a profitto della sua opera, e avrebbe scartato categoricamente tutte quelle che avrebbero potuto diminuirla. A questo proposito discutemmo molto. Io ammiravo, almeno in teoria, le grandi sregolatezze, le vite pericolose, gli uomini perduti, gli eccessi dell'alcool, della droga, della passione. Sartre sosteneva che, quando si ha qualcosa da dire, ogni spreco è criminale. L'opera d'arte, l'opera letteraria, era per lui un fine assoluto; essa portava in sé la sua ragion d'essere, quella del suo creatore, e forse anche – questo non lo diceva, ma sospettavo lo pensasse fermamente – quella dell'intero universo. Le contese metafisiche gli facevano alzar le spalle. S'interessava alle questioni politiche e sociali, e aveva simpatia per la posizione di Nizan, ma la sua missione era scrivere, il resto veniva dopo. D'altronde, a quel tempo era assai piú anarchico che rivoluzionario; trovava detestabile la società cosí com'era, ma non detestava detestarla; a quella ch'egli chiamava la sua «estetica d'opposizione» conveniva assai bene l'esistenza degli imbecilli e dei mascalzoni, anzi la esigeva: se non ci fosse stato niente da abbattere o da combattere, la letteratura non avrebbe avuto molto interesse.

A parte qualche sfumatura, riscontravo una grande affinità tra la sua posizione e la mia. Non c'era nulla di mondano, nelle sue ambizioni. Riprovava il mio vocabolario spiritualistico, ma che cos'era se non una salvazione, quella che anche lui cercava nella letteratura? in questo mondo deplorevolmente contingente i libri introducevano una necessità che si ripercuoteva sul loro autore; certe cose dovevano esser dette da lui, e soltanto allora egli sarebbe stato interamente giustificato. Era abbastanza giovane da commuoversi sul suo destino quando ascoltava un'aria di sassofono dopo aver bevuto tre martini; se fosse stato necessario avrebbe accettato di conservare l'anonimo: l'importante non era il successo, ma il trionfo delle proprie idee. Non si diceva mai – come a me era capitato – che lui era « qualcuno », che aveva del « valore »; ma riteneva che a lui si erano rivelate importanti verità – forse arrivava addirittura a pensare: la Verità – e che la sua missione era d'imporle al mondo. Su certi quaderni che mi mostrò, nelle sue conversazioni, e perfino nei suoi lavori scolastici, affermava con ostinazione un complesso di idee che stupiva i suoi amici per la sua originalità e coerenza. Ne aveva fatta un'esposizione sistematica in occasione d'un'« Inchiesta tra gli studenti d'oggi » condotta dalle « Nouvelles Littéraires ». « Abbiamo ricevuto delle pagine notevoli da J.-P. Sartre », scrisse Roland Alix presentando la sua risposta di cui pubblicò larghi estratti; in realtà vi si annunciava tutta una filosofia, che non aveva alcun rapporto con quella che ci veniva insegnata alla Sorbona.

« È un paradosso dello spirito che l'uomo, la cui missione è quella di creare il necessario, non possa elevarsi lui stesso fino al livello dell'essere, come quegl'indovini che predicono l'avvenire agli altri ma non a se stessi. È per questo che nel fondo dell'essere umano come nel fondo della natura, io vedo la tristezza e la noia. Non è che l'uomo non pensi a se stesso come a un essere. Al contrario, vi mette tutto il suo sforzo. Di qui, il Bene e il Male, idee dell'uomo che lavora sull'uomo. Idee vane. Idea vana anche questo determinismo che tenta curiosamente di far la sintesi dell'esistenza e dell'essere. Possiamo esser liberi quanto volete, ma impotenti... Quanto al resto, la volontà di potenza, l'azione, la vita, non sono che vane ideologie. La volontà di potenza non esiste. Tutto è troppo debole: tutte le cose tendono a morire. Soprattutto l'avventura è un artificio, voglio dire questa credenza in certe connessioni necessarie, e che tuttavia esisterebbero. L'avventuriero è un determinista inconseguente che si crede libero ». Paragonando la sua generazione con quella che l'aveva preceduta, Sartre concludeva: « Noi siamo piú infelici, ma piú simpatici ».

Quest'ultima frase mi aveva fatta ridere; ma parlandone con lui, intravvidi la ricchezza di quella ch'egli chiamava la sua « teoria della contingenza », e in cui si trovavano già in germe le sue idee sull'essere, sull'esistenza, sulla necessità, sulla libertà. Mi fu evidente che un giorno egli avrebbe scritto un'opera filosofica d'importanza. Certo, non si facilitava l'impresa, ché non aveva alcuna intenzione di comporre un trattato teorico secondo le regole tradizionali. Gli piacevano allo stesso modo Stendhal e Spinoza, e si rifiutava di separare la filosofia dalla letteratura. Per lui la Contingenza non era una nozione astratta ma una dimensione reale del mondo: bisognava utilizzare tutte le risorse dell'arte per rendere sensibile al cuore questa segreta « debolezza » ch'egli scorgeva nell'uomo e nelle cose. Il tentativo a quell'epoca era assai insolito; impossibile ispirarsi ad alcuna moda, ad alcun modello. Tanto mi colpiva il pensiero di Sartre per la sua maturità, tanto mi sconcertava la goffaggine dei saggi in cui l'esprimeva; al fine di presentarlo nella sua singolare verità, faceva ricorso al mito. « Er l'Arménien » faceva parlare gli dèi e i Titani; sotto questo travestimento alquanto vecchiotto le sue teorie perdevano di mordente. Egli si rendeva conto di quest'inettitudine, ma non se ne preoccupava; in ogni caso, nessun successo sarebbe stato sufficiente a giustificare la sua sconfinata fiducia nell'avvenire. Sapeva ciò che intendeva fare, e aveva la vita davanti a sé: avrebbe pur finito per riuscirvi. Mai ne dubitai, neanche per un momento: la sua salute, il suo buonumore, avrebbero superato ogni ostacolo. Manifestamente, la sua certezza copriva una risoluzione cosí radicale che un giorno o l'altro, in un modo o in un altro, avrebbe portato i suoi frutti.

Era la prima volta nella mia vita che mi sentivo dominata da qualcuno. Gente molto piú anziana di me, Garric, Nodier, m'aveva messo soggezione, ma in un modo vago, remoto, senza che io mi confrontassi con loro. Con Sartre mi misuravo tutti i giorni, per tutto il giorno, e nelle nostre discussioni, non ero io ad aver peso. Una mattina, al Lussemburgo, accanto alla fontana dei Medici, gli esposi quella morale pluralista che m'ero fabbricata per giustificare le persone che amavo ma alle quali non avrei voluto assomigliare: lui la fece a pezzi. Ci tenevo, a quella teoria, perché mi autorizzava a prendere il mio cuore ad arbitro del bene e del male; mi dibattei per tre ore, e infine dovetti riconoscere la mia sconfitta; in piú, durante quella conversazione, m'ero accorta che molte mie opinioni riposavano su partiti presi, sulla malafede, sulla storditezza, che i miei ragionamenti zoppicavano, che avevo le idee confuse. « Non sono piú sicura di ciò che penso, e neanche di pensare », annotai, disarcionata. Ma il mio amor proprio non si sentiva per nulla offeso. Ero molto piú curiosa che orgogliosa, e preferivo apprendere anziché brillare. Con tutto ciò, dopo tanti anni di arrogante solitudine, era un fatto grave scoprire che non ero né l'unica, né la prima: una tra gli altri, e d'un tratto incerta delle mie vere capacità. Poiché Sartre non era il solo che m'inducesse alla modestia: Nizan, Politzer avevano un vantaggio considerevole su di me. Io avevo preparato il concorso alla brava: la loro cultura era piú solida della mia, essi erano al corrente d'una quantità di cose nuove che io ignoravo, avevano l'abitudine alla discussione; soprattutto, io mancavo di metodo e di senso di prospettiva; l'universo intellettuale, per me, era un gran guazzabuglio in cui mi muovevo a tentoni; in loro, la ricerca, almeno per grandi linee, aveva un orientamento. Tra loro vi erano già delle divergenze importanti; ad Aron si rimproverava una certa inclinazione per l'idealismo di Brunschvicg; ma tutti avevano tratto assai piú radicalmente di me le conseguenze dell'inesistenza di Dio, e riportato la filosofia dal cielo sulla terra. Un'altra cosa che mi faceva impressione era che essi avevano un'idea abbastanza precisa dei libri che volevano scrivere. Io continuavo a ripetere che « avrei detto tutto »; era troppo e troppo poco. Scoprii con inquietudine che il romanzo pone mille problemi che non avevo sospettati.

Tuttavia non mi scoraggiai; l'avvenire mi appariva d'un tratto piú difficile di quanto avessi pensato, ma anche piú reale e piú sicuro; invece d'informi possibilità vedevo aprirsi dinanzi a me un campo chiaramente definito, coi suoi problemi, i suoi compiti, i suoi materiali, i suoi strumenti, le sue resistenze. Non mi domandavo piú: che fare? C'era tutto da fare; tutto ciò che in passato avevo desiderato di fare: combattere l'errore, trovare la verità, dirla, illuminare il mondo, magari contribuire addirittura a cambiarlo. Ci sarebbe voluto tempo e fatica per mantenere anche solo una parte delle promesse che mi ero fatte, ma questo non mi spaventava. Nulla era risolto, tutto restava possibile.

E poi, avevo avuta una grande fortuna: di fronte a quest'avvenire, d'un tratto, non era piú sola. Fino allora, gli uomini cui avevo tenuto – Jacques e, in grado minore, Herbaud – erano stati d'una specie diversa dalla mia: disinvolti, sfuggenti, un po' incoerenti, marcati d'una sorta di grazia funesta; impossibile comunicare con loro senza riserva. Sartre rispondeva esattamente al sogno dei miei quindici anni: era l'alter-ego in cui ritrovavo, portate all'incandescenza, tutte le mie manie. Con lui, avrei potuto sempre condividere tutto. Quando lo lasciai, al principio di agosto, sentii ch'egli non sarebbe mai piú uscito dalla mia vita.

Ma prima che questa potesse prendere la sua forma definitiva dovevo mettere in chiaro i miei rapporti con Jacques.

Che cosa avrei provato, ritrovandomi faccia a faccia col mio passato? Me lo chiedevo ansiosamente quando, di ritorno da Meyrignac, alla metà di settembre, suonai alla porta di casa Laiguillon. Jacques uscí dagli uffici al pianterreno, mi strinse la mano, mi sorrise, e mi fece salire nell'appartamento. Seduta sul divano rosso, lo ascoltai parlare del suo servizio militare, dell'Africa, della sua noia; ero contenta, ma nient'affatto emozionata. – Com'è stato facile ritrovarci! – gli dissi. Lui si passò la mano tra i capelli. – È naturale! – Riconoscevo la penombra della galleria, riconoscevo i suoi gesti, la sua voce: lo riconoscevo troppo. La sera, scrissi sul mio quaderno: «Non lo sposerò mai. Non l'amo piú». Tutto sommato questa brutale liquidazione non mi sorprese: «È troppo evidente che anche nei momenti in cui l'amavo di piú c'era sempre tra noi un disaccordo profondo che superavo soltanto rinunciando a me stessa;

oppure mi ribellavo all'amore ». Avevo mentito a me stessa fingendo di attendere questo confronto prima d'impegnare il mio avvenire: la mia decisione era stata presa già da settimane.

Parigi era ancora vuota, e lo rividi spesso. Mi raccontò la sua storia con Magda in chiave romanzesca. Da parte mia, gli parlai delle mie nuove amicizie, ch'egli non parve apprezzare. Gli dispiacevano? Che cosa ero io per lui? che cosa si aspettava da me? Mi era tanto piú difficile indovinarlo in quanto quasi sempre, a casa sua o allo Stryx, eravamo con altri; uscivamo con Riquet, con Olga. Mi tormentavo un po'. A distanza l'avevo colmato del mio amore, e se ora me l'avesse chiesto, m'avrebbe trovata a mani vuote. Non mi chiedeva nulla, ma a volte parlava del suo avvenire in un tono vagamente fatale.

Una sera lo invitai con Riquet, Olga, e mia sorella, a inaugurare il mio nuovo domicilio. Papà mi aveva finanziata, e la mia stanza mi piaceva molto. Poupette mi aiutò a disporre su un tavolo le bottiglie di cognac e di vermut, i bicchieri, i piatti, i pasticcini. Olga arrivò un po' in ritardo, e sola, il che ci deluse molto. Tuttavia, dopo due o tre bicchieri, la conversazione si animò; ci mettemmo a parlare di Jacques e del suo avvenire. – Tutto dipenderà da sua moglie, – disse Olga, e sospirò: – Purtroppo, non credo che sia fatta per lui. – Chi? – domandai. – Odile Riaucourt. Non lo sapevate che sposa la sorella di Lucien? – No, – dissi con stupore. Mi diede cortesemente i particolari. Al suo ritorno dall'Algeria Jacques aveva trascorso tre settimane nella tenuta dei Riaucourt; la piccola s'era incapricciata di lui, e aveva imperiosamente dichiarato ai genitori che lo voleva per marito. Jacques, consultato da Lucien, aveva acconsentito. La conosceva appena, e, a parte una cospicua dote, la ragazza non aveva, secondo Olga, nessuna virtú particolare. Adesso capii perché Jacques non voleva mai stare con me a quattr'occhi, non osava né tacere né parlarmi; e questa sera m'aveva piantata in asso per lasciare a Olga la briga di mettermi al corrente. Feci del mio meglio per mostrarmi indifferente. Ma appena restammo sole, Poupette ed io, la nostra costernazione esplose. Girovagammo a lungo per Parigi, afflitte al pensiero che l'eroe della nostra giovinezza si fosse trasformato in un borghese calcolatore.

Quando tornai a trovarlo, m'intrattenne con un certo imbarazzo sulla sua fidanzata, e con importanza sulle sue nuove responsabilità. Una sera mi mandò una lettera enigmatica: era lui che mi aveva aperta la strada, mi diceva, e adesso restava indietro, ad arrancare nel vento, senza potermi seguire: « aggiungi che il vento, unito alla fatica, fa sempre un po' piangere ». Mi commossi; ma non risposi; non c'era nulla da rispondere. In ogni caso era una storia finita.

Che cosa aveva significato per Jacques? E lui stesso, chi era? M'ingannavo quando credetti che il suo matrimonio mi rivelava il suo vero essere, e che dopo una crisi di romanticismo giovanile sarebbe tranquillamente diventato il borghese che era. Lo vidi qualche volta con sua moglie: i loro rapporti erano agrodolci. Perdemmo ben presto i contatti, ma in seguito lo vidi abbastanza spesso nei caffè di Montparnasse, solitario, il viso gonfio, gli occhi lacrimosi, visibilmente impregnato d'alcool. Procreò cinque o sei figli e si gettò in una rischiosa speculazione: trasferí i suoi impianti nello stabilimento di un collega, e fece demolire la vecchia fabbrica Laiguillon per sostituirla con una grande casa di reddito; sfortunatamente, una volta abbattuto il vecchio edificio, non riuscí a raccogliere i capitali necessari per la costruzione del nuovo; ci si mangiò fino all'ultimo soldo e dovette ipotecare e poi vendere i suoi impianti. Lavorò per alcuni mesi nell'azienda del collega, ma si fece ben presto licenziare.

Anche se avesse agito con prudenza e l'affare gli fosse riuscito, ci sarebbe da domandarsi perché Jacques volle liquidare la sua ditta; non è certo trascurabile il fatto che in essa si fabbricassero non già delle chincaglierie ma vetrate artistiche. Negli anni che seguirono l'esposizione del 1925 le arti decorative presero un grande impulso; Jacques si entusiasmò all'estetica moderna, e pensò che le vetrate offrivano immense possibilità; in astratto questo era vero, ma in pratica le cose andavano diversamente. Nel campo dell'arredamento, del vasellame, dei tessuti, delle tappezzerie, si poteva, anzi, si doveva inventare, poiché la clientela borghese era avida di novità; ma Jacques aveva a che fare con dei piccoli parroci di campagna dai gusti arretrati; o si rovinava, oppure doveva perpetuare nei suoi laboratori la tradizionale bruttezza delle vetrate Laiguillon; e la bruttezza lo disgustava. Preferí buttarsi in affari che non avevano nulla a che vedere con l'arte.

Senza denaro, senza lavoro, Jacques visse per qualche tempo alle spalle della moglie, che riceveva un assegno da suo padre; fannullone, prodigo, libertino, sbornione, bugiardo – e non dico altro – Jacques era senz'alcun dubbio un marito detestabile. Odile finí per chiedere la separazione e per scacciarlo. Erano vent'anni che non lo vedevo quando lo incontrai per caso sul boulevard Saint-Germain. A quarantacinque anni, ne dimostrava piú di sessanta. I capelli completamente bianchi, gli occhi iniettati di sangue, l'abuso dell'alcool l'aveva reso mezzo cieco; non aveva piú sguardo, piú sorriso, era magro al punto che il suo volto, ridotto alla sola ossatura, somigliava in tutto e per tutto a quello di suo nonno Flandin. Guadagnava venticinquemila franchi al mese facendo vaghe registrazioni in un ufficio daziario in riva alla Senna: sulle carte che mi mostrò risultava equiparato a un cantoniere. Vestiva come un barbone, dormiva nelle locande, mangiava quasi niente e beveva il piú possibile. Poco tempo dopo perse l'impiego, e si ritrovò completamente privo di risorse. Sua madre, suo fratello, quando andava a chieder loro di che mangiare, gli rimproveravano la sua mancanza di dignità; soltanto la sorella e qualche amico vennero in suo soccorso. Ma non era facile aiutarlo; non alzava un dito per aiutarsi da sé, era logoro fino all'osso. Morí a quarantasei anni, di inanizione.

– Ah, perché non ti ho sposata! – mi disse, stringendomi le mani con effusione, il giorno in cui ci ritrovammo. – Che peccato! Ma mia madre mi ripeteva continuamente che i matrimoni tra cugini son maledetti! – Dunque aveva pensato di sposarmi! E quando aveva cambiato opinione? E perché, esattamente? E perché invece di continuare a rimanere scapolo s'era precipitato, cosí giovane, in un matrimonio assurdamente ragionevole? Non riuscii a saperlo, e forse non lo sapeva piú nemmeno lui, tanto gli s'era annebbiato il cervello; né tentai d'interrogarlo sulla storia della sua decadenza, poiché la sua prima preoccupazione era di farmela dimenticare; i giorni in cui portava una camicia pulita e in cui aveva mangiato a sufficienza mi ricordava volentieri il glorioso passato della famiglia

Laiguillon e parlava da cospicuo borghese; mi veniva fatto di pensare che se fosse riuscito non sarebbe stato gran che migliore di un altro, ma era una severità ingiusta la mia; non per caso era fallito in modo cosí spettacolare. Non s'era accontentato d'una caduta mediocre; gli si son potute rimproverare molte cose, ma in ogni caso non fu mai meschino; era rotolato talmente in basso che quella « follia distruttiva » che avevo imputata alla sua gioventú, in realtà doveva averlo interamente posseduto. Si sposò evidentemente per zavorrarsi di responsabilità; credette che sacrificando i suoi piaceri e la sua libertà avrebbe fatto nascere in sé un uomo nuovo, solidamente convinto dei suoi doveri e dei suoi diritti, adattato ai suoi uffici e alla sua famiglia; ma il volontarismo non rende; rimase lo stesso, incapace sia d'infilarsi nella pelle di un borghese, sia di evadere. Se ne andava per i caffè per fuggire il suo personaggio di marito e di padre di famiglia; nel tempo stesso cercava di elevarsi nella scala dei valori borghesi, ma non col lavoro paziente: d'un solo balzo, e lo rischiò con tanta imprudenza, quasi col segreto desiderio, si direbbe, di spezzarsi le reni. Senza dubbio questo destino s'era annidato nel cuore del ragazzino derelitto e spaventato che a sette anni si aggirava da padrone tra le glorie e la polvere della fabbrica Laiguillon; e se nella sua giovinezza ci aveva esortati cosí spesso a « vivere come tutti » è perché lui stesso dubitava di riuscirvi mai.

Mentre s'andava decidendo il mio avvenire, Zazà, dal canto suo, lottava per la sua felicità. La sua prima lettera sfavillava di speranza. La successiva era meno ottimista. Dopo essersi rallegrata per la mia riuscita al concorso, mi scriveva: « Esser lontana da voi, in questo momento, mi è particolarmente penoso. Avrei tanto bisogno di parlarvi cosí come viene, senza nulla di preciso né di molto pensato, di ciò che da tre settimane costituisce tutta la mia esistenza. Con qualche momento di gioia, fino a venerdí scorso ho provato soprattutto una terribile inquietudine e molte difficoltà. Venerdí ho ricevuto da Pradelle una lettera piuttosto lunga, e le cose e le parole che in essa mi dice costituiscono prove irrefutabili cui posso aggrapparmi per lottare contro un dubbio di cui non riesco a sbarazzarmi del tutto. Accetto relativamente senza pena delle difficoltà abbastanza grevi, l'impossibilità di parlare di tutto questo alla mamma, per il momento, la prospettiva di veder passare molto tempo prima che i miei rapporti con P. si precisino (anche se questo non ha alcuna importanza, tanto il presente mi appaga e mi basta). La cosa peggiore sono questi dubbi, queste alternative, questi vuoti cosí completi che a volte mi domando se tutto ciò che è avvenuto non sia che un sogno. E quando la gioia ritorna nella sua pienezza, provo una gran vergogna di aver avuto la viltà di non piú credervi. Peraltro, mi è difficile conciliare il P. di ora con quello di tre settimane fa, non riesco a conciliare le sue lettere con certi incontri relativamente recenti in cui eravamo ancora cosí distanti, cosí misteriosi l'uno all'altro; a volte mi sembra che tutto questo non sia che un gioco, che tutto stia per ricadere d'un tratto nel reale, nel silenzio di tre settimane fa. Come riuscirò a reprimere la tentazione di fuggire, quando lo rivedrò? questo ragazzo al quale ho scritto tante cose, e cosí facilmente, e davanti al quale adesso non oserei aprir bocca, tanto sento che la sua presenza m'intimidirebbe. Ah, Simone, come vi parlo male di tutto questo! Una cosa soltanto vale la pena che io vi dica. Ed è che vi sono momenti meravigliosi in cui tutti questi dubbi e queste difficoltà svaniscono come cose prive di senso, momenti in cui sento soltanto la gioia inalterabile e profonda che al di sopra di tutte queste miserie permane in me e mi penetra tutta. In questi momenti il pensiero che egli esiste basta a commuovermi fino alle lacrime, e quando penso che egli esiste un poco per me, sento il mio cuore arrestarsi quasi dolorosamente sotto il peso d'una felicità troppo grande. Ecco, Simone, ciò che mi succede. Della vita che conduco non ho il coraggio di parlarvi, questa sera. La grande gioia che s'irradia dentro di me, in questi giorni, dà a volte molto valore a ben piccole cose. Però, sono stanca d'esser costretta a continuare, nonostante un'intensa vita interiore e un immenso bisogno di solitudine, le gite nei dintorni, il tennis, le merende, i trattenimenti. La posta è il solo momento importante della mia giornata... non vi ho mai voluto tanto bene, mia cara Simone, e vi sono vicina con tutto il mio cuore ».

Le risposi con una lunga lettera, cercando di confortarla, e la settimana successiva lei mi scrisse: «Comincio ad essere tranquillamente felice, mia cara, carissima Simone, e com'è bello! Adesso ho una certezza che nulla potrà piú togliermi, una certezza meravigliosamente dolce, che ha trionfato di tutte le alternative e di tutte le mie rivolte. Quando ricevetti la vostra lettera... non ero ancora uscita dall'inquietudine. Non avevo abbastanza fiducia per saper leggere bene le lettere molto dolci, ma anche molto ermetiche, che Pradelle mi scriveva, e, cedendo a un irragionevole moto di pessimismo, gli avevo appena scritto una lettera che lui ha potuto poi definire, senza esagerare, " un po' feroce ". La vostra mi restituí alla vita... da allora, son rimasta silenziosamente con voi; con voi ho letta quella di Pradelle, ricevuta sabato, e che è venuta a completare la mia gioia, e a renderla cosí leggera, cosí giovane, che ad essa, dopo tre giorni, si aggiunge un'allegria da bambina di otto anni. Temevo che la mia lettera ingiusta offuscasse di nuovo l'orizzonte; lui mi ha risposto in modo cosí intelligente che, al contrario, tutto è ridivenuto facile e meraviglioso. Non credo si possa rimproverare una persona in modo piú delizioso, farle il processo, assolverla, e persuaderla che tutto è semplice e bello, con piú gaiezza e gentilezza di quanto lui abbia fatto ».

Ma ben presto sorsero altre e piú temibili difficoltà. Alla fine di agosto ricevetti una lettera che mi desolò: «Non siate arrabbiata con me per questo lungo silenzio... voi sapete com'è la vita a Laubardon. Abbiamo dovuto vedere mucchi di gente, siamo dovute andare a Lourdes per cinque giorni. Siamo tornate domenica, e domani Bébelle ed io partiamo di nuovo per raggiungere i Bréville nell'Ariège. Potete ben immaginare quanto volentieri farei a meno di queste distrazioni; è cosí opprimente divertirsi quando non se ne ha affatto voglia. E tanto piú ho bisogno di tranquillità in quanto la vita, senza cessare d'essere " meravigliosa ", si annuncia per qualche tempo ben difficile. La mia gioia era a tal punto avvelenata dagli scrupoli che mi son decisa a parlare alla mamma, che col suo atteggiamento interrogativo, inquieto, addirittura diffidente, mi faceva soffrire troppo. Ma poiché non potevo dirle che una mezza verità, il risultato della mia confessione è che non posso piú scrivere a Pradelle, e la mamma esige che fino a nuovo ordine io non lo riveda piú. È duro; è addirittura atroce. Quando penso a che cos'erano per me quelle lettere cui sono costretta a rinunciare, quando penso a questo lungo anno dal quale mi aspettavo tanto, e che sarà diminuito di quegli incontri che sarebbero stati meravigliosi, un'angoscia soffocante mi serra la gola, e il cuore mi si stringe fino a farmi male. Bisognerà vivere completamente separati – che orrore! per me, mi ci rassegno, ma per lui mi è molto piú difficile. L'idea che egli debba soffrire per causa mia mi rivolta; io sono ormai da molto tempo abituata alla sofferenza, e per me la trovo quasi naturale. Ma accettarla per lui che non l'ha minimamente meritata, per lui che mi piace tanto veder illuminato di gioia, come quel giorno sul lago del Bois de Boulogne, tra voi e me, ah, quanto mi è amaro! Pure, mi vergognerei di lamentarmi. Quando si è avuta questa grande cosa che sento in me, inalterabile, si può sopportare tutto il resto. L'essenza della mia gioia non è alla mercé delle circostanze esterne, per raggiungerla occorrerebbe una difficoltà proveniente direttamente da lui o da me stessa. E questo non è piú da temere; l'accordo tra noi è cosí profondo e completo che è ancora lui che parla quando mi ascolta, e sono ancora io che parlo quando ascolto lui, e nonostante le separazioni apparenti, ormai non possiamo piú essere realmente disuniti. E la mia allegria, dominando i pensieri piú crudeli, s'innalza ancora e si diffonde sopra tutte le cose... Ieri, dopo aver scritto a Pradelle la lettera che tanto m'appenava scrivergli, ho ricevuto da lui poche parole tutte traboccanti di quel bell'amore della vita che finora in lui era meno evidente che in voi. Soltanto che non era il canto pagano della cara dama amorale. A proposito del fidanzamento di sua sorella mi diceva tutto ciò che l'espressione *Coeli enarrant gloriam Dei* faceva zampillare di entusiasmo per " la limpida glorificazione dell'universo " e per " una vita riconciliata con tutta la dolcezza delle cose terrene ". Ah! come è duro rinunciare volontariamente a ricevere delle pagine come quelle di ieri, Simone! bisogna davvero credere nel valore della sofferenza, e desiderare di portare la Croce con il Cristo, per accettare una cosa simile senza lamentarsi, ché naturalmente io non ne sarei capace. Ma non parliamo di questo. Nonostante tutto la vita è splendida, e sarei terribilmente ingrata se in questo momento non mi sentissi traboccante di riconoscenza. Quanti sono coloro che hanno ciò che voi ed io abbiamo, e che mai conosceranno nulla che vi si avvicini? E sarebbe pagarlo forse un prezzo troppo alto, dover sopportare qualunque cosa per questo bene prezioso, tutto ciò che sarà necessario, e per tutto il tempo che ci vorrà? Lilí e suo marito sono qui, in questo momento: credo che da tre settimane tra loro non vi sia stato altro argomento di conversazione che la questione del loro appartamento, e di quanto verrà a costare la loro sistemazione. Sono molto buoni e non gli rimprovero nulla. Ma che sollievo aver adesso la certezza che tra la mia vita e la loro non vi sarà nulla di comune, di sentire che pur non possedendo nulla esteriormente, io sono mille volte piú ricca di loro, e che di fronte a tutta questa gente che, per certi lati almeno, mi è piú estranea dei sassi della strada, io non sarò mai piú sola! »

Suggerii una soluzione che mi pareva evidente: se la signora Mabille era preoccupata per i rapporti vaghi di Zazà con Pradelle, lui non aveva che chiederle la mano di sua figlia, nel modo piú formale. Ricevetti in risposta la seguente lettera: « Ieri, tornando dall'Ariège dove ho trascorso dieci giorni estenuanti sotto tutti i punti di vista, ho trovato la vostra lettera, che aspettavo. Da quando l'ho letta, non ho fatto che rispondervi, che parlare sottovoce con voi, nonostante le occupazioni, la stanchezza, nonostante tutto ciò che mi circonda. Ciò che mi circonda è terribile. Per tutti i dieci giorni trascorsi dai Bréville, dovendo condividere la mia stanza con Bébelle, non sono stata sola neanche un minuto. Ero cosí incapace di sopportare lo sguardo di qualcuno mentre scrivevo certe lettere, che per farlo dovevo aspettare che lei fosse addormentata, e allora mi alzavo, tra le due e le cinque o le sei del mattino. Durante la giornata bisognava fare grandi gite, e rispondere, senza mai aver l'aria assente, alle attenzioni e alle amabili spiritosaggini della gente che ci ospitava. Le ultime pagine ch'egli ha ricevuto da me risentivano terribilmente della mia stanchezza: ho letto la sua ultima lettera in un tale stato di spossatezza che, me ne accorgo adesso, ne ho compresi abbastanza male certi passi. La risposta che gli ho mandato forse l'avrà fatto soffrire, non ho saputo dirgli tutto ciò che volevo, tutto ciò che bisognava dire. Tutto questo mi affligge; e seppure non mi riconoscessi finora il minimo merito, sento di accumularne molto in questi giorni, tanta volontà mi occorre per resistere al desiderio di scrivergli tutto ciò che penso, tutte le cose eloquenti e persuasive con le quali protesto dal fondo del mio cuore contro le accuse ch'egli insiste a rivolgere contro se stesso, contro le richieste di perdono che egli ha l'incoscienza d'indirizzarmi. Non vorrei scrivere a P. attraverso di voi, Simone; ai miei occhi, sarebbe un'ipocrisia peggiore d'un'infrazione alle decisioni che non devo piú discutere. Ma mi tornano in mente certi passi delle sue ultime lettere cui non ho risposto in maniera sufficiente, e che continuano a tormentarmi. " Sarete rimasta delusa da alcune mie lettere ". " La sincerità con la quale vi ho parlato, vi avrà suscitato una certa tristezza ", e altre frasi ancora, che mi hanno dato una stretta al cuore. Voi, Simone, che sapete la gioia di cui sono debitrice a P., che ogni parola che egli mi ha detto e scritto, lungi dal deludermi, non ha fatto che aumentare e consolidare l'ammirazione e l'amore che ho per lui, voi che vedete ciò che ero e ciò che sono, ciò che mi mancava e ciò che egli mi ha dato con cosí meravigliosa pienezza, oh! cercate di fargli comprendere che a lui debbo tutta la bellezza di cui trabocca in questo momento la mia vita, che in lui non v'è nulla che per me non sia prezioso, che è una follia da parte sua scusarsi di ciò che dice o delle lettere di cui comprendo sempre meglio la bellezza e la dolcezza profonda ogni volta che le rileggo. Ditegli, Simone, voi che mi conoscete tutt'intera e che avete seguito cosí bene, quest'anno, tutti i palpiti del mio cuore, ditegli che non vi è un essere al mondo che mi abbia dato e che possa mai darmi la felicità senza riserve, la gioia totale che mi viene da lui, e di cui non potrò mai, anche se smetto di dirglielo, che ritenermi indegnissima.

« Simone, se il passo di cui parlate si potesse fare, il prossimo inverno tutto sarebbe piú semplice. Per non farlo, Pradelle ha delle ragioni che per me sono valide non meno che per lui. In queste condizioni, la mamma, senza chiedermi una rottura totale, mi ha fatto prevedere tante difficoltà e restrizioni nei nostri rapporti, che, spaventata da una lotta che non avrebbe tregua, ho finito per preferire il peggio. La sua risposta alla triste lettera che ho dovuto scrivergli mi ha fatto sentire troppo a fondo che cosa sarebbe per lui questo sacrificio. Ora non ho piú il coraggio di desiderarlo. Cercherò di accomodare le cose, di ottenere, a forza di sottomissione e di pazienza, che la mamma mi faccia, ci faccia, un po' di credito, e che rinunci all'idea che le è venuta, di mandarmi all'estero. Tutto ciò, Simone, non è semplice, e me ne affliggo per lui. Per due volte mi ha parlato di fatalismo. Comprendo ciò che mi vuol dire in questo modo indiretto, e per amor suo farò tutto ciò che è in mio potere per migliorare la nostra situazione. Ma sopporterò con ardore tutto ciò che sarà necessario; proverò una sorta di gioia nel soffrire a causa di lui; e soprattutto saprò che qualunque sia il prezzo che dovrò pagare non sarà mai troppo caro per la felicità nella quale già sono entrata, la gioia contro la quale nessuna circostanza accidentale potrà mai nulla... Son tornata qui, morta dal bisogno di star sola. Vi ho trovato, oltre a mio cognato, cinque suoi fratelli e sorelle; io dormo con la maggiore e le gemelle in quella stanza in cui ero stata cosí bene con voi e Stépha. Vi ho scritto questa lettera in meno di tre quarti d'ora, prima di andare ad accompagnare i miei al mercato del villaggio; domani tutti i Du Moulin passano la giornata qui, dopodomani arriva Geneviève de Bréville, e bisognerà andare a ballare dai Mulot. Ma io resto libera senza che nessuno se l'immagini. Tutte queste cose, per me son come non esistessero. La mia vita è di sorridere di nascosto alla voce che non cessa di farsi udire in me, è di rifugiarmi con lui, definitivamente... »

M'irritai contro Pradelle: perché respingeva la soluzione che io avevo proposta? Gli scrissi. Sua sorella, mi rispose, s'era appena fidanzata; il fratello maggiore – sposato da molti anni, e di cui egli non parlava mai – era in procinto di partire per il Togo; comunicando a sua madre che anche lui meditava di lasciarla, le avrebbe dato un colpo fatale. E Zazà? gli domandai quando tornò a Parigi, alla fine di settembre. Non si rendeva conto che queste lotte la estenuavano? mi rispose che lei approvava la sua decisione, ed ebbi un bell'insistere, non si smosse.

Zazà mi parve molto abbattuta; era dimagrita e aveva perduto il colorito; aveva frequenti malditesta. La signora Mabille l'aveva provvisoriamente autorizzata a rivedere Pradelle, ma in dicembre sarebbe partita per Berlino, dove avrebbe trascorso tutto l'anno.

Pensava a quest'esilio con terrore. Diedi un altro suggerimento: che Pradelle, all'insaputa di sua madre, si spiegasse con la signora Mabille. Zazà scosse la testa. La signora Mabille non avrebbe accettato le sue ragioni; le conosceva già, e le considerava soltanto una scappatoia. Secondo lei, Pradelle non era affatto deciso a sposare Zazà; altrimenti si sarebbe indotto a fare un passo ufficiale; una madre non ha il cuore spezzato se suo figlio si fidanza, questa storia non si reggeva in piedi! Su questo punto ero d'accordo con lei; il matrimonio non si sarebbe fatto in ogni modo prima di due anni, il caso della signora Pradelle non mi sembrava tragico: – Non voglio ch'ella soffra per causa mia, – mi diceva Zazà. La sua grandezza d'animo mi esasperava. Ella comprendeva la mia collera, comprendeva gli scrupoli di Pradelle e la prudenza della signora Mabille; comprendeva tutta quella gente che non si comprendeva a vicenda, e i cui malintesi ricadevano su di lei.

– Un anno non è poi l'eternità, – diceva Pradelle seccato. Questa saggezza, lungi dal confortare Zazà, metteva a dura prova la sua fiducia; per accettare senza troppa angoscia una lunga separazione ella avrebbe avuto bisogno di possedere quella certezza che aveva spesso invocata nelle sue lettere ma che in realtà le faceva crudelmente difetto. La mia previsione era confermata: Pradelle non era facile da amare, soprattutto per un cuore cosí violento come quello di Zazà. Con una sincerità assai simile al narcisismo, si lamentava con lei di mancare di passione, e lei non poteva far a meno di concludere ch'egli l'amava con mollezza. Il suo comportamento non la rassicurava; egli aveva per la sua famiglia delicatezze esagerate e non sembrava affatto preoccuparsi che lei ne patisse.

S'erano rivisti, finora, soltanto di sfuggita, lei aspettava con impazienza il pomeriggio che avevano deciso di passare insieme, quando al mattino ricevette un pneumatico; egli aveva perduto uno zio e trovava che questo lutto non era compatibile con la gioia che si riprometteva dal loro incontro: si disimpegnava. Il giorno dopo, lei venne a bere un bicchiere da me, con mia sorella e Stépha, e non riuscí a strapparsi un sorriso. La sera mi mandò un biglietto: « Non scrivo per scusarmi d'esser stata sinistra nonostante il vermut e la vostra cara accoglienza. Avrete compreso che ero ancora annientata dal pneumatico del giorno prima. È arrivato assai inopportuno. Se Pradelle avesse potuto immaginare con quale sentimento aspettavo quest'incontro penso che non l'avrebbe rimandato. Ma è assai meglio che non l'abbia immaginato, e preferisco molto che abbia fatto ciò che ha fatto; non è stato un male che io abbia visto fin dove può arrivare il mio scoraggiamento quando resto assolutamente sola a resistere alle mie amare riflessioni e ai lugubri avvertimenti che la mamma crede necessario darmi. La cosa piú triste è di non poter comunicare con lui: non ho osato mandargli una lettera a casa. Se voi foste stata sola, gli avrei scritto poche righe, con sulla busta la vostra scrittura illeggibile. Sarete molto cara se gl'invierete subito un *pneu* per dirgli ciò che spero egli sappia già, che gli sono vicinissima nella pena come nella gioia, ma soprattutto che può scrivermi a casa quando vuole. Farà bene a non astenersene poiché se non è possibile che lo veda assai presto, avrei terribilmente bisogno almeno d'una parola da lui. D'altronde, in questo momento non ha da temere la mia allegria. Se gli parlassi, anche di noi stessi, lo farei abbastanza seriamente. Anche se la sua presenza mi solleva, rimangono abbastanza cose tristi, nell'esistenza, di cui si può parlare quando si è in lutto. Pur se non fosse altro che *Polvere* [1]. Ho ripreso questo libro ieri sera, e mi ha commossa come la prima volta. Sí, Judy è magnifica e interessante; ciononostante, rimane incompiuta, e quanto infelice! Che il suo amore per la propria vita e per le cose create la salvi dalla durezza dell'esistenza, lo ammetto. Ma la sua gioia non terrebbe di fronte alla morte, e vivere come se in definitiva questa non vi fosse, non è una soluzione sufficiente. Lasciandola, mi sono vergognata di essermi per un momento lamentata, io, che al di sopra di tutte le difficoltà e le tristezze che qualche volta possono dissimularla, sento una gioia, difficile da gustare e troppo spesso inaccessibile alla mia debolezza, ma alla quale per lo meno nessun essere al mondo è necessario, e che non dipende neanche completamente da me. Nulla diminuisce questa gioia. Quelli che io amo non devono preoccuparsi, non evado da essi. E in questo mo-

---

[1] Allusione al noto romanzo della Lehman [*N. d. T.*].

mento mi sento attaccata alla terra e alla mia vita come non lo ero mai stata ».

Nonostante questa conclusione ottimistica, nonostante il corrucciato consenso ch'ella accordava alla decisione di Pradelle, Zazà lasciava intravvedere la sua amarezza; per opporre alle « cose create » la gioia soprannaturale « alla quale per lo meno nessun essere al mondo è necessario », bisognava che in questo mondo ella non sperasse piú di potersi definitivamente riposare su nessuno. Inviai un *pnéu* a Pradelle, che le scrisse subito; lei mi ringraziò: « Grazie a voi sabato sono stata liberata dei fantasmi che mi tormentavano ». Ma i fantasmi non la lasciarono in pace a lungo, e di fronte ad essi ella era proprio sola. Il fatto stesso ch'io prendessi tanto a cuore la sua felicità ci allontanava l'una dall'altra, poiché io me la prendevo con Pradelle, e lei mi accusava di misconoscerlo; aveva scelto la rinuncia, e s'irrigidiva quando la esortavo a difendersi. Inoltre, sua madre mi aveva proibito l'accesso in casa loro, e faceva di tutto per trattenervi Zazà. Comunque, avemmo una lunga conversazione da me, e le parlai della mia vita; il giorno dopo lei mi mandò una lettera per dirmi con effusione quanto ne fosse stata felice. Ma, aggiungeva, « per ragioni di famiglia che sarebbe troppo lungo spiegarvi, non potrò rivedervi per qualche tempo. Aspettate un poco ».

Pradelle, dal canto suo, l'aveva avvertita che suo fratello s'era imbarcato, e che per una settimana il compito di consolare sua madre l'avrebbe occupato interamente. Anche questa volta ella finse di trovare naturale ch'egli non esitasse a sacrificarla; ma ero certa che nuovi dubbi la rodevano; e deplorai che per otto giorni nessuna voce avrebbe fatto da contrappeso ai « lugubri avvertimenti » prodigati dalla signora Mabille.

Dieci giorni dopo la incontrai per caso al caffè Poccardi; ero andata a leggere alla Nazionale, e lei faceva delle commissioni nel quartiere; l'accompagnai. Con mio grande stupore, traboccava d'allegria. Aveva riflettuto molto, durante quella settimana di solitudine, e a poco a poco tutto s'era messo in ordine nella sua testa e nel suo cuore; perfino la sua partenza per Berlino non la spaventava piú. Avrebbe avuto del tempo libero, avrebbe provato a scrivere il romanzo cui pensava da tanto tempo, avrebbe letto molto: mai aveva avuto una tal sete di letture. Aveva appena riscoperto Stendhal e ne era piena d'ammirazione. La sua famiglia lo odiava in modo cosí deciso che fino allora ella non era riuscita a superare completamente questa prevenzione; ma rileggendolo in questi ultimi giorni l'aveva finalmente compreso e amato senza riserve. Sentiva il bisogno di rivedere molti suoi giudizi: aveva l'impressione che in lei si fosse d'un tratto scatenata un'importante evoluzione. Mi parlò con un calore e un'esuberanza quasi insoliti; c'era qualcosa di forsennato nel suo ottimismo. Pure, me ne rallegrai: aveva ritrovato forze nuove e mi pareva fosse in procinto di avvicinarsi di molto a me. La salutai con il cuore pieno di speranza.

Quattro giorni dopo ricevetti un biglietto dalla signora Mabille: Zazà stava molto male; aveva una gran febbre e terribili malditesta. Il medico l'aveva fatta trasportare in una clinica di Saint-Cloud; doveva star sola e in calma assoluta; non poteva ricevere alcuna visita: se la febbre non cadeva, era perduta.

Vidi Pradelle. Mi raccontò ciò che sapeva. Due giorni dopo il mio incontro con Zazà, la signora Pradelle era sola in casa; suonarono alla porta, ella aprí e si trovò davanti una ragazza ben vestita, ma senza cappello, cosa, a quell'epoca, molto scorretta. – Voi siete la madre di Jean Pradelle? – domandò. – Posso parlarvi? – Si presentò, e la signora Pradelle la fece entrare. Zazà si guardò attorno; aveva la faccia terra, i pomelli infiammati. – Jean non c'è? perché? è già in cielo? – La signora Pradelle spaventata, le disse che egli stava per rientrare. – Voi non mi potete vedere, signora? – domandò Zazà. L'altra protestò. – Allora, perché non volete che ci sposiamo? – La signora Pradelle fece del suo meglio per calmarla; quando, un po' piú tardi, Pradelle tornò a casa, era tranquilla, ma aveva la fronte e le mani ardenti. – Vi riaccompagno, – disse lui. Presero un taxi, e durante il tragitto verso la rue de Berri, lei gli disse in tono di rimprovero: – Non volete baciarmi? Perché non mi avete mai baciata? – Lui la baciò.

La signora Mabille la mise a letto e chiamò il medico; venne a una spiegazione con Pradelle: non voleva l'infelicità di sua figlia, non si opponeva a questo matrimonio. Nemmeno la signora Pradelle vi si opponeva: non voleva l'infelicità di nessuno. Tutto si sarebbe messo a posto. Ma Zazà aveva quaranta di febbre e delirava.

Per quattro giorni, nella clinica di Saint-Cloud, ella reclamò: « Il mio violino, Pradelle, Simone, e *champagne* ». La febbre non diminuí. Sua madre fu autorizzata a passare l'ultima notte vicino a lei. Zazà la riconobbe e capí che stava morendo. – Non vi addolorate, mamma cara, – disse. – In tutte le famiglie c'è qualcuno da buttar via.

Quando la rividi, nella cappella della clinica, giaceva in mezzo a un'aiuola di ceri e di fiori. Portava una lunga camicia da notte di tela ruvida. I capelli le erano cresciuti e le ricadevano in dure ciocche intorno al viso giallo e cosí magro ch'ebbi difficoltà a ritrovarvi i suoi lineamenti. Le mani dalle lunghe dita pallide, incrociate sul crocefisso, apparivano fragili come quelle d'una vecchissima mummia. La signora Mabille singhiozzava. – Noi non siamo stati che strumenti nelle mani di Dio, – le disse il signor Mabille.

I medici parlarono di meningite, di encefalite, non si seppe niente di preciso. Si trattava di una malattia contagiosa, d'un fatto accidentale? O Zazà era stata vittima d'un eccesso di stanchezza e d'angoscia? Spesso, la notte mi è apparsa, tutta gialla sotto una cappellina rosa, e mi guardava con rimprovero. Insieme avevamo lottato contro il destino melmoso che ci aspettava al varco, e per molto tempo ho pensato che avevo pagato la mia libertà con la sua morte.

Appendice critica

Vestale della memoria[1]

Un comunicato laconico della France Press ha annunciato, ieri pomeriggio alle 18, la morte di Simone de Beauvoir. Si è spenta quasi di nascosto, all'ospedale di Cochin, e forse era proprio cosí che se ne voleva andare, lei che ha tanto scritto, e con chirurgico distacco, sull'evento metafisico della nostra vita che frettolosamente chiamiamo morte. È la prima cosa che mi viene in mente, ascoltando i notiziari e sentendo per telefono gli intellettuali che l'hanno conosciuta: mi dico che solo lei potrebbe descrivere il mistero di questa scomparsa che nell'immediato non suscita lirismi ma commenti disincantati, che è evidente, incontrovertibile, come una lampadina che scoppia. Questa biologia che si rivela e prende il sopravvento sull'insondabile destino di un uomo solo lei avrebbe avuto la forza di raccontarla.

L'avrebbe raccontata dal di fuori, con lo sguardo anestetizzato con cui ha narrato la perdita di Jean-Paul Sartre, suo compagno di vita, nell'aprile 1980. La sua *Cerimonia degli addii* – pubblicata appena un anno dopo da Gallimard – descrive gli ultimi mesi dell'amico-amante, le sue ultime insopportabili giornate, la malattia e decrepitudine del filosofo. E forse è quella capacità di sguardo che ha finito per distruggerla. Sguardo che viviseziona, attentissimo a mai urlare. Spalancato nonostante la ferita inferta come la pupilla tagliata da una lama nel *Cane andaluso* di Buñuel. «Sguardo rapace nella disperazione», afferma oggi un suo amico. Ci sono coincidenze

[1] L'articolo è apparso su «La Stampa» del 15 aprile 1986.

che fanno riflettere: Jean-Paul e Simone sono morti ambedue in aprile. Lui il 13, lei il 14.

Ma c'è qualcosa di piú, nello sbigottimento afasico che si percepisce adesso che a Parigi non c'è piú la ieratica Simone. O «castoro», come la chiamava Sartre. In realtà, Simone de Beauvoir è l'ultima stella di una nebulosa già appannata che viene meno. L'ultimo volto di un mito che si chiamava «Rive gauche», ed era un agglomerato di fede nelle grandi ideologie progressiste, nelle scelte di campo, nell'importanza capitale dell'impegno politico, nelle esistenze individuali che si mescolano con la vita militante e con essa son chiamate a confondersi. Un mondo che naufragò, per la verità, quel freddo aprile dell'80 in cui la salma di Sartre fu portata al cimitero di Montparnasse.

E lí vicino, nel XIV Arrondissement di Parigi, Simone ha abitato negli ultimi cinque anni. A rue Victor Schoelchet, accompagnata dall'amico Claude Lanzmann, l'autore del film *Shoah*. Film che lei difese, amò, propose alla Francia e all'Europa «che dimenticano». *Shoah* narra dell'olocausto nazista, e fa rivivere una memoria. La memoria è un Leitmotive nella biografia della scrittrice.

Non sono stati dunque facili questi ultimi anni, per Simone la memorialista. Come una intristita vestale, ha visto tutti i suoi miti infrangersi, uno dopo l'altro. E quando non si sono infranti si sono dispersi e poi ricomposti in mosaici che lei osservava con amarezza mal repressa. Con disdegno, qualche volta. Non amava vedere i giornalisti, non rispondeva al telefono, soffriva per le biografie che uscivano su Sartre, e che senza troppi pudori parlavano della sua storia d'amore, ridimensionandone e la grandezza, e l'esemplarità che secondo lei aveva avuto. Un po' era anche gelosia. Di Sartre, e di quella che fu a suo tempo definita la «coppia maledetta», solo lei poteva parlare. Lei ne conosceva i sottofondi, gli ineffabili interstizi. Lei poteva dire com'era stato possibile l'incontro fra il filosofo dell'esistenzialismo – chiuso ma dongiovannesco, fedele ma effervescente – e la scrittrice che aveva teorizzato per prima (in un saggio che fece epoca nel '49, *Il secondo sesso*) la necessità del femminismo, della donna che completamente si libera del suo destino biologico, che non ha bisogno di appoggi né di imprimatur da parte dell'universo maschile. Che deve distruggere i miti che sulla donna sono stati costruiti, «se vuol interamente realizzare se stessa».

Posso sbagliarmi, ma credo che al fondo dell'amarezza di Simone de Beauvoir ci fosse anche questo: la scoperta di come la sua battaglia femminista era divenuta complicata. Di come era sfuggita al suo controllo. A ben vedere non è stata una lotta perduta. Si può dire che le donne hanno appreso la lezione di Simone, e quando non l'hanno interiorizzata l'hanno pur sempre vissuta: la nostra società, in questa fine di secolo, assomiglia assai poco a quella del 1929, quando la giovane De Beauvoir si laureò in filosofia a Parigi. Oggi non fa scandalo se una ragazza studia alla Sorbona. Non fa scandalo se una donna convive senza sposarsi col proprio uomo e cerca nel lavoro l'indipendenza. Ma ecco nel preciso momento in cui Simone vinceva, fu un baratro che di nuovo si aprí. I problemi non sono finiti. Anche nella vita di una donna, come in politica e nella storia, non ci sono battaglie finali. Non c'è fortunatamente filo conduttore, che mostri il bene arrivabile. Non ci sono soprattutto coppie esemplari, da imitare. C'è invece, nella cultura europea degli anni '80, il bisogno di miti che riemerge potente, di preservare l'aura delle esistenze individuali. Di riscoprire il piacere dei sensi e della spiritualità, appiattiti dalle razionalità militanti. E questo per Simone de Beauvoir doveva essere eresia.

All'orizzonte facevano capolino analisi piú complesse, studi improntati allo spiritualismo come quelli di Michel Serres. Restavano accanto a lei le fedelissime, quelle che la scoprirono e la adorarono quando cominciò il movimento femminista, tra gli anni Sessanta e Settanta. Con esse Simone si incontrava spesso, era un parlottare complice ed emozionante. Ma anche un mesto ricordare. Simone, che tanto aveva combattuto i miti, era divenuta l'amministratrice di un mito nostalgicamente tenuto in vita. E la consolatrice di molte deluse del femminismo.

Anche il suo rapporto con la sinistra aveva negli ultimi anni il gusto di un passato volontaristicamente conservato. Simone de

Beauvoir ha scritto alcuni racconti di limpida fattura (*La donna spezzata* è uno di essi) e saggi coraggiosi (*La morale dell'ambiguità*). Ma la lucida memorialista aveva giudicato tutto con severità tranne il proprio passato di militante politica. Lei che assieme a Sartre difese l'Unione Sovietica nei tempi staliniani, che giudicava i primi fuggiaschi dal *gulag* con aristocratica diffidenza, non ha usato nei confronti delle proprie ideologie la stessa sapienza con cui ha parlato della morte. Non c'è, di Simone de Beauvoir, un libro-confessione come quello dell'altra grande Simone. La Simone Signoret di *La nostalgia non è piú quella d'un tempo* e di *Addio Volodia*.

Al di là di queste premesse, tuttavia permane il senso di vuoto che lascia la scomparsa di Simone. È come una statua che già mostrava le crepe, ma che stordisce quando si abbatte per terra. A suo modo era una coscienza d'Europa, sempre vigile, e dopo di lei è difficile vedere chi possa sostituirla e inventare per sé un grande destino. Non certo le sue biografe, che sono le eredi perverse del femminismo e si divertono a scrivere con scapigliata e virile indiscrezione. Simone de Beauvoir era anche l'emblema dell'intellighenzia francese capricciosa, a volte presuntuosa, ma pur sempre piena di invenzioni. Questa intellighenzia, e questa Francia, non esistono piú da tempo. E oggi sembra piú che mai lontana, dopo la scomparsa di Simone de Beauvoir.

BARBARA SPINELLI

Nota biobibliografica.

Simone de Beauvoir nasce a Parigi il 9 gennaio 1908 da Françoise e Georges de Beauvoir. Intorno ai sedici anni, decide che farà l'insegnante (ha necessità di lavorare, perché la famiglia non è in condizioni floride): si iscriverà al corso di laurea in lettere e filosofia, laureandosi nel 1929, l'anno stesso in cui, nel mese di luglio, vivrà l'incontro decisivo della sua esistenza, quello con Jean-Paul Sartre, di due anni e mezzo piú adulto di lei. Insegna filosofia nel 1931 a Marsiglia (Sartre è professore a Le Havre), nel '32 a Rouen. Nel 1933 scopre con Sartre, attraverso un lungo viaggio, l'Italia: l'anno successivo è a Berlino, dove Sartre lavora (e studia) presso l'Istituto Francese di Cultura. Nel 1936 ha una cattedra al Lycée Molière di Parigi. Ha già abbozzato un racconto, *Primauté du spirituel*, la cui pubblicazione verrà rifiutata. Ora inizia a scrivere il romanzo *L'invitée*, che uscirà solo nell'agosto 1943.

Durante la guerra e l'occupazione tedesca è per lo piú a Parigi, salvo un breve soggiorno in campagna, a La Ponèze, dove Sartre, prigioniero ed evaso, la raggiunge. A conflitto terminato, lascia l'insegnamento, e si mette alla prova come saggista (*Pyrrhus et Cinéas*, il suo primo libro di filosofia, esce nel 1944) e come narratrice (Gallimard pubblica il suo secondo romanzo, *Le sang des autres*). A teatro, intanto, viene allestito il suo primo (e unico) copione teatrale, *Les bouches inutiles*.

Nei primi cinque mesi del '47 è negli Stati Uniti a tener conferenze: vi conosce Nelson Algren, con cui si lega sentimentalmente e con cui, nell'estate dell'anno successivo, viaggerà tra Italia, Algeria, Marocco e Tunisia. Intanto, tra estate e autunno, escono i due volumi di *Le deuxième sexe*: è uno dei libri che il Vaticano porrà all'Indice e che anche nella Francia laica ed esistenzialista suscita una vera e propria ondata di scandalo.

Il quinquennio 1950-55 la vede, sempre a fianco di Sartre, impegnata in incontri, conferenze, convegni in Francia e all'estero (alla fine del 1955, ad esempio, un viaggio in Cina è alla base di *La longue marche*.

Essai sur la Chine, che verrà pubblicato nel '57). Intanto, nell'ottobre 1954, ha pubblicato *Les mandarins* e vinto il Prix Goncourt e nel '55 una raccolta di saggi letterari, *Privilèges*, con lo studio centrale su Sade (sono usciti quasi tutti su «Les Temps Modernes», la rivista che Sartre ha fondato e dirige dall'ottobre 1945).

Nel 1956 firma il manifesto contro l'invasione sovietica in Ungheria; nel '58 è apertamente, e ripetutamente, a favore dell'Algeria libera; nel '60 visita, insieme a Sartre, Cuba. Intanto è uscito *Mémoires d'une jeune fille rangée* (1958, primo di tre volumi autobiografici), cui fa seguito nel 1960 *La force de l'âge* e nel 1963 *La force des choses*.

Nel 1964 muore la madre, Françoise de Beauvoir, e di lí a poco vede la luce *Une mort très douce*, «trascrizione», intensamente commossa, della sua agonia e del suo trapasso. Ai viaggi in Urss si alternano, tra il 1962 e il '66, lunghi itinerari in vari paesi (Egitto, Giappone, Israele): a fine '66 esce il romanzo *Les belles images*, nel '67 è la volta di *La femme rompue*, una silloge di racconti. Dopo l'invasione della Cecoslovacchia (1968), Simone e Sartre rompono con il comunismo. La de Beauvoir è sempre piú calata nei problemi della donna e della terza età: da quest'impegno nasce nel '70 il saggio *La vieillesse*. Nel '71 si schiera in prima linea nella battaglia per la legge sull'aborto. Del '72 è *Tout compte fait*, con cui il «discorso autobiografico», avviato nel '58, si conclude.

Gli anni Settanta la vedono sempre piú attenta e sempre piú fervidamente attiva su vari fronti del progresso civile: la donna (è presidentessa dell'associazione «Choisir» e della «Lega dei diritti della donna»), l'aborto, il Cile, il conflitto arabo-israeliano, la dissidenza sovietica. Nel 1975 riceve il Prix de Jérusalem, nel '78 viene girato su lei un film, che l'anno seguente entra in distribuzione. Negli ultimi mesi del '79 Gallimard pubblica il lavoro giovanile *Quand prime le spirituel*.

Il 13 aprile 1980 Sartre muore e nel novembre '81 esce *La cérémonie des adieux*, di cui molta parte è occupata dalla rievocazione del loro rapporto.

Il 14 aprile 1986 Simone de Beauvoir muore all'ospedale di Cochin.

Il 1990 vede l'uscita, sempre presso Gallimard, del *Journal de guerre (1939-1941)* e delle *Lettres à Sartre*.

Diamo qui di seguito l'elenco completo delle opere della scrittrice:
L'invitée, Gallimard, Paris 1943 (tr. it. *L'invitata*, Mondadori, Milano 1980).
Pyrrhus et Cinéas, ivi, 1944 (tr. it. *Pirro e Cinea*, Sugar, Milano 1964).
Les bouches inutiles, ivi, 1945.
Le sang des autres, ivi, 1945 (tr. it. *Il sangue degli altri*, Mondadori, Milano 1985).

Tous les hommes sont mortels, ivi, 1946 (tr. it. *Tutti gli uomini sono mortali*, ivi, 1949).

Pour une morale de l'ambiguïté, ivi, 1947 (tr. it. *Per una morale dell'ambiguità* e *Pirro e Cinea*, Garzanti, Milano 1975).

L'existentialisme et la sagesse des nations, Nagel, Paris 1948.

L'Amérique au jour le jour, Morihien, Paris 1948 (tr. it. *L'America giorno per giorno*, Feltrinelli, Milano 1955).

Le deuxième sexe, Gallimard, Paris 1949 (tr. it. *Il secondo sesso*, Il Saggiatore, Milano 1961).

Les mandarins, ivi, 1954 (tr. it. *I mandarini*, Einaudi, Torino 1955).

Privilèges, ivi, 1955 (tr. it. *Bruciare Sade?*, Lucarini, Roma 1989).

La longue marche. Essai sur la Chine, ivi, 1957.

Mémoires d'une jeune fille rangée, ivi, 1958 (tr. it. *Memorie d'una ragazza perbene*, Einaudi, Torino 1960).

La force de l'âge, ivi, 1960 (tr. it. *L'età forte*, ivi, 1961).

La force des choses, ivi, 1963 (tr. it. *La forza delle cose*, ivi, 1966).

Une mort très douce, ivi, 1964 (tr. it. *Una morte dolcissima*, ivi, 1966).

Les belles images, ivi, 1966 (tr. it. *Le belle immagini*, ivi, 1967).

La femme rompue – Monologue – L'âge de discretion, ivi, 1967 (tr. it. *Una donna spezzata*, ivi, 1969).

La vieillesse, ivi, 1970 (tr. it. *La terza età*, ivi, 1971).

Tout compte fait, ivi, 1972 (tr. it. *A conti fatti*, ivi, 1973).

Quand prime le spirituel, ivi, 1979 (tr. it. *Lo spirituale un tempo*, ivi, 1980).

La cérémonie des adieux, suivi d'Entretiens avec Jean-Paul Sartre, ivi, 1981 (tr. it. *La cerimonia degli addii*, ivi, 1983).

Journal de guerre (Septembre 1939 - Janvier 1941), ivi, 1990.

Lettres à Sartre, ivi, 1990.

Simone de Beauvoir ha collaborato con Gisèle Halimi al volume *Djamila Boupacha*, ivi, 1962 (tr. it. *I carnefici*, Editori Riuniti, Roma 1962).

Claude Francis e Fernande Gouthier hanno raccolto sue prefazioni e interviste in *Les écrits de Simone de Beauvoir. La vie. L'écriture*, Gallimard, Paris 1979 (tr. it. *Quando tutte le donne del mondo...*, Einaudi, Torino 1982).

[1994].

Indice

p. 7 Parte prima
99 Parte seconda
175 Parte terza
289 Parte quarta

Appendice critica
371 *Vestale della memoria* di Barbara Spinelli
375 *Nota biobibliografica*

Stampato per conto della Casa editrice Einaudi
presso Mondadori Printing S.p.A., Stabilimento N.S.M., Cles (Trento)

C.L. 17499

Edizione						Anno			
13	14	15	16	17	18	2006	2007	2008	2009